rororo

rororo

Linda Barnes, in Detroit geboren, studierte an der Bostoner Kunsthochschule Englisch und Schauspiel. Sie arbeitete fünf Jahre als Lehrerin, bis sie mit dem Schreiben von Kriminalromanen anfing. Nach vier Romanen mit dem Amateurdetektiv Michael Spraggue als Hauptfigur erfand sie Carlotta Carlyle, mit der sie sofort Erfolg hatte. Inzwischen liegen sieben Romane mit der rothaarigen Privatdetektivin vor. Linda Barnes lebt mit Ehemann und Sohn in der Nähe von Boston.

LINDA BARNES

Rückkehr aus dem Reich der Toten

Ein Fall für Carlotta Carlyle

Deutsch von
Erika Ifang

Rowohlt Taschenbuch Verlag

2. Auflage September 2000

Veröffentlicht im Rowohlt Taschenbuch Verlag GmbH,
Reinbek bei Hamburg, Mai 2000

Die Originalausgabe erschien 1997 unter dem Titel «Cold Case»
bei Delacorte Press, Bantam Doubleday Dell Publishing Group, Inc.,
New York

Umschlaggestaltung Notburga Stelzer
(Foto The Image Bank / Larry Fried)
Gesamtherstellung Clausen & Bosse, Leck
Printed in Germany
ISBN 3 499 22807 6

Für Susan Linn, meine Freundin

Dank

Die Autorin dankt ihrem treuen ersten Leser, Richard Barnes, für seine Güte, Großherzigkeit und sein unerschütterliches Vertrauen. Die anderen ersten Leser verdienen auch große Anerkennung für ihre Einsichten, Geduld und Toleranz; zu ihnen gehören James Morrow, Morgan Rose, Chris Smither und Cinda Van Deursen. Ihnen allen ein herzliches Dankeschön.

Gina Maccoby, meine Agentin, hat bei diesem Buch die doppelte Leistung erbracht, indem sie sich dem Lesekomitee angeschlossen und außerdem all die anderen Dinge erledigt hat, die den Weg für Carlotta und mich glätten.

Officer Daniel J. Daley von der Boston Police und Thomas G. Gutheil, M. D. haben alle meine Fragen beantwortet, was polizeiliche Verfahren beziehungsweise Gedächtnis betrifft. Bücher und Aufsätze von Dr. Lenore Terr und Dr. Elizabeth Lofthus haben mir auch geholfen, gewisse Aspekte des Gedächtnisses zu erhellen.

Cynthia Mark-Hummel und John Hummel sind weiterhin aktiv bei dem so wichtigen T-Shirt-Team.

Und bei Delacorte hielt Carole Baron die Dinge am Laufen, während Tracy Devine meine Hand hielt.

«Die Vergangenheit ist nie tot.
Sie ist nicht einmal vergangen.»

William Faulkner

ERSTER TEIL

Sie weiß nicht, welch ein Fluch das ist:
so webt sie denn zu jeder Frist,
und jeder Sorge sonst vergißt
die Dame von Shalott.

Alfred Lord Tennyson

August

Sie war nicht zu Hause, wie er gehofft hatte, nachdem er sie beiläufig angerufen und nach ihren Wochenendplänen gefragt hatte. Sie gab nie freiwillig etwas preis.

Er ließ die Hand über seine Jeans gleiten und tastete über die winzige Tasche an seinem rechten Hüftknochen. Der kleine Schlüssel fühlte sich heiß an, selbst durch den Stoff hindurch. Den größeren Hausschlüssel hatte er an einer billigen Kette, und ein Paar Gückswürfel wogen die Schwere des Rings auf. Gezinkte, übergroße, nutzlose Würfel, die immer falsch fielen.

Die Nachbarn auf der heruntergekommenen Straße kannten ihn. Wenn sie ein paar Tage fort war, ohne anzugeben, wohin, fuhr er hin, um die Post ins Haus zu holen. Auf ihn, den treuen Trottel, war in solchen Dingen Verlaß. Warum auch nicht? Er hatte sein Leben lang gehorcht, stumm und pflichtbewußt.

Einen Augenblick lang sah er sich so, wie sie ihn sehen mußte, wie einen Käfer in Bernstein, in jungen Jahren schon erstarrt. Wann hatte er in ihren Augen aufgehört zu wachsen? Mit fünfzehn, sechzehn? Als er noch schmale Schultern, dünne Arme und ungepflegtes Haar hatte.

Eins stand fest: Ihr Bild von ihm war eingefroren, bevor er seine volle Größe erreicht hatte. Sie hatte kaum je wieder den Kopf gehoben und ihm in die Augen geschaut. Statt dessen waren ihre Augen immer fest irgendwo auf seine Brust gehef-

tet, als habe sie es mit dem Schatten eines Kindes zu tun und nicht mit einem Mann.

Bevor er ausgezogen war, hatte er, wenn er sich im Haus beschäftigte und irgendwelche Hausarbeiten verrichtete, absichtlich das Hemd ausgezogen. Sie sollte die schwarzen Haare auf seiner Brust sehen und die strammen Muskelstränge an seinen Armen.

Ein Mann von 22 Jahren, obwohl er in allen Bars von Seattle immer noch seinen Ausweis vorzeigen mußte.

Mit einem Ruck holte er den kleinen Schlüssel aus seiner Hüfttasche und hielt ihn fest in der feuchten Hand. Vor sechs Tagen hatte er ihn abends nach Spaghetti mit Fleischbällchen und sinnlosem Small talk aus ihrem Schmuckkasten gestohlen.

Er lenkte das Motorrad in die enge Einfahrt, stellte es ab und ging über das welke Gras, ohne mit den Stiefeln Eindrücke auf dem harten Boden zu hinterlassen. Er schloß rasch mit dem Hausschlüssel auf, ging durchs Wohnzimmer in den Flur, ohne die abblätternde Wandfarbe und die wellige Tapete zu beachten, und gleich weiter durch die Seitentür, die in die enge Garage führte. Drückte auf den Knopf.

Das Garagentor, eins jener alten aus Holz, die später mit einer Automatik zum Öffnen versehen worden waren, protestierte mit lautem Quietschen. Er wünschte, er hätte daran gedacht, die Federn zu ölen.

Er holte das Wespenspray aus seiner Packtasche und befestigte eine Flasche fertig gemischtes Gift an einem Metallzylinder mit langem roten Griff, der aussah wie ein Feuerlöscher.

Sie war unberechenbar und kapriziös. Falls sie plötzlich nach Hause kam, mußte er eine gute Ausrede parat haben. Sie hatte ihn zwar gebeten, die Wespen zu vernichten, aber das war schon im Frühling gewesen. Eine Schande, daß er es so lange aufgeschoben hatte. Die Insekten würden ihre Zelte abbrechen und weg sein, sobald es kalt wurde. Warum sollten sie nicht noch einen Tag länger leben? Und an der Eiseskälte aus dem Nordwesten sterben? Warum sollte er, der Scharfrichter, sich zum Dank für seine Mühe noch stechen lassen?

Die eiserne Feldkiste war von Anfang an bei ihnen gewesen. Sie war mitgekommen, wenn sie umgezogen waren, wie wenig Platz sie auch gehabt haben mochten. Oft mußte sie von zweien getragen werden, von zweien jener Halbfremden, die den Mietwagen beluden, den geliehenen Lieferwagen, den rostigen Cherokee.

Da er immer wieder umgezogen war, während er aufwuchs, ein Nomade, der nie länger als ein Jahr auf ein und derselben Schule verbrachte und schließlich zwei Jahre, um in seinem Abschlußjahr an der High-School nicht wieder der Neue zu sein, waren Gegenstände aus der Kindheit rar – wie auch Freunde und Bargeld und das Benzin für das alte Motorrad, aus zweiter Hand gekauft von dem Geld, das er sich mit Rasenmähen verdient hatte.

Er konnte die Feldkiste leicht anheben. Er schluckte, aus Angst, sie könnte vielleicht leer sein. Sie kam ihm so leicht vor, weil er jetzt stark war. Stärker als die Typen, die sie gekannt hatte, als er noch ein Kind war. Damals waren sie ihm gewaltig vorgekommen. Wenn einer von ihnen sein Vater gewesen wäre, wäre er wahrscheinlich größer geworden, breiter und hätte vielleicht einen Bierbauch.

Er erinnerte sich an eine Fahrt zum Disneyland, ein seltenes Sonntagsvergnügen, für andere Kinder ganz normal. Sie hatte ihm dort beim Duft von Zuckerwatte seine Silhouette schneiden lassen, mit schnellen Schnitten einer winzigen Schere. Sein Profil war wie ihres, ihr getreues Abbild. Eine breite Stirn, volle Lippen. Die Form seiner Nase hatte sich nach einer Rauferei auf dem Schulhof verändert. Er sah je-

doch nicht weibisch aus. Überhaupt nicht. Das konnten die Mädchen vom Junior College bestätigen. Bloß war nie das richtige Mädchen dabei. Aber vielleicht war das örtliche Junior College auch nicht der richtige Ort, um die Traumfrau zu finden.

Ein Rennpferd ohne Papiere und ohne Stammbaum konnte an keinem ordentlichen Rennen teilnehmen, geschweige denn eine Trophäe erringen.

Selbst Pferde hatten Papiere. Seine mußten in der Feldkiste sein, die sie so sorgsam durch Tennessee, Arkansas, New York, Illinois und Montana mitgeschleppt hatten. Durch Orte, die er vergessen, die er nie richtig kennengelernt hatte. Er betrachtete die Feldkiste, grauschwarzes Eisen mit Lederbeschlägen an den Ecken. Stammte nicht aus einem Billigladen.

Ein Messingschloß wie am Tank seines Motorrads. Kleine Schlüssel für beide. Probier's doch mit einer Haarnadel, hatte einmal ein Collegemädchen gesagt und hinter vorgehaltener Hand voller Ringe unterdrückt gekichert und vorstehende Zähne versteckt.

Jetzt schwitzte er wirklich an den Händen, und die Finger wurden schlüpfrig. Fotos, dachte er. Briefe. Von meinem Dad. Sachen von mir. Meine Geburtsurkunde. Dads Geburtsurkunde.

Der Schlüssel ließ sich leicht drehen. Er schluckte seine Enttäuschung über den Kisteninhalt hinunter. Notizblöcke, Reihe um Reihe und dicht an dicht. Keine Fotoalben. Sie machte selten Aufnahmen und trat meist schnell zur Seite, wenn sie eine Kodak auf sich gerichtet sah. Keine amtlichen Dokumente mit Notarstempeln.

Er stopfte den Kisteninhalt in seine Packtasche, um ihn später durchzusehen. Was immer die Kiste enthielt, es gehörte ihm, gebührte ihm für unbezahlten Lohn, unbeantwortete

Fragen. Er blätterte in einem Notizblock, die Seiten waren seidenglatt und mit Worten bedeckt. Erinnerten ihn an Zeug, das er in der High-School gelesen hatte.

Er starrte seinen Glücksschlüsselring an. Vielleicht war es Zeit, auf sich selbst zu setzen statt auf Hunde oder Pferde, Karten oder Würfel.

Er schloß die Feldkiste wieder ab und steckte den Schlüssel hastig in die mit Samt ausgeschlagene Schatulle zurück. Blieb in der Küche stehen. Trank ein großes Glas Wasser, frisch aus dem Hahn.

Er hätte nun gehen können, aber er kehrte noch einmal um, wegen der Wespen. Er ging sorgfältig und planvoll vor, zog den Pumpkolben ganz heraus, stieß ihn wieder hinein und horchte auf das Zischen des flüssigen Todes, während er die lehmbraunen Nester durchtränkte. Er hatte immer geschickte Hände gehabt. Die geistlose Arbeit gab ihm Zeit zum Nachdenken. Die Wespen starben still, en masse. Keine einzige entkam, um die anderen zu warnen.

1

August, ein Jahr später

«Wenn sein Wort eine Brücke wär, hätte man Angst, darüberzugehen.» Oder wie meine *Bobe*, die Mutter meiner Mutter, auf jiddisch gesagt hätte: «*Wen sajn wort meg gebn a brik, hot men mojre iberzugejn.*»

Ehrlich, auf jiddisch ist es lustiger. Ich weiß. Ich weiß auch, daß Jiddisch die Stimme des Exils, die Sprache der Ghettos ist, aber wahrhaftig, ich werde Tränen vergießen, wenn es sich Altgriechisch und totem Latein zugesellt. Zum Klatschen und Schimpfen ist Jiddisch unschlagbar.

Ich stellte mir die ganze Zeit diese wackelige Brücke vor, während ich telefonierte. Später am Abend, als ich meinen Klienten befragte, erschien sie kurz vor mir. Aber ich eile meiner Geschichte schon voraus, und das ist etwas, das meine *Bobe* nie getan hätte. *«A gute haßchole is schojn a halbe Arbet»*, pflegte sie zu sagen: «Ein guter Anfang ist die halbe Arbeit.»

Die herablassende Stimme des Anwalts sickerte so abgehackt durch die Fernleitung, daß ich mich fragte, ob Fidel Castro vielleicht in Person mitlauschte.

«Verzeihung», sagte er bestimmt, eine höfliche Umschreibung für «Halten Sie den Mund». In einem Tonfall, als habe er es mit einer schwachsinnigen Vierjährigen zu tun, sagte er: «Ich glaube, wir führen dieses Gespräch lieber von einem

Münzfernsprecher aus. Ich rufe Sie in etwa einer halben Stunde an.»

Ich hatte Thurman W. Vandenburg, Esq., nie persönlich kennengelernt. Vor meinem geistigen Auge entstand ein Phantasiefoto: das gebräunte, feingefurchte Gesicht eines gegen die Midlifejahre ankämpfenden Mannes mit einem Lächeln, das perfekt überkronte Zähne, spitz wie die eines Barrakudas, freigab.

«Derselbe Fernsprecher wie sonst auch. Ich hab die Nummer, wenn *Sie* sich an den Ort erinnern», setzte er hinzu.

Ich fiel ihm ins Wort: «Ich hocke in genau der Telefonzelle, Mister. Und Sie brauchen meinen dahinschmelzenden Münzvorrat auf. Ich will keinen Ärger. Ich will, daß die Sendungen aufhören. *¿M'entiendes?*»

Siehe an, ich hatte fünf Sätze ohne Unterbrechung geschafft. Und ich hatte die Schlüsselworte fallenlassen: Ärger, Sendungen, aufhören. «Von Geld» hatte ich nichts gesagt. Er wußte, daß ich Geld meinte.

«Ich rufe in zehn Minuten an», sagte er kurz und bündig.

«Warten Sie! Nein! Ich habe einen Klienten, einen Termin –»

Klick.

Ich umklammerte den Hörer so fest, daß meine Knöchel weiß wurden. Ich hasse es, wenn schmierige Anwälte einfach einhängen. Teufel, ich hasse es auch, wenn mich vornehme Anwälte einfach so abhängen, obschon ich so gut wie nie Gelegenheit habe, mit ihresgleichen zu plaudern. Dabei sind Klasseanwälte mit Plüschkanzleien und Schreibtischen von der Größe einer Eisbahn eigentlich keine aussterbende Art. Nur komme ich in meinem normalen Berufsalltag nicht mit der Crème de la crème in Berührung.

Ich verglich meine Timex mit der Wanduhr über der

Drugstorekasse. Wenn er tatsächlich in den nächsten zehn Minuten anrief und mein Nach-Feierabend-Klient sich vielleicht verspätete, konnte ich gerade noch vor ihm zur Tür hineinwitschen.

Ich wünschte, Drugstores hätten immer noch eine Sodatheke. Dann hätte ich es mir auf einem roten Plastikstuhl bequem machen und zu Ehren meiner Kindheit eine Kirsch-Cola schlürfen und dabei über die hastig am Telefon geschilderte Notlage meines Klienten nachdenken können, eine Lage, die durch dessen atemlose, aufgeregte Stimme besser gekennzeichnet wurde als durch ihre einzigartige Problematik. Ich seufzte bei dem Gedanken, ihn enttäuschen zu müssen, wenn ich ihm gegenüber stand. Vermißte sind im Dutzend billiger. Eine erstaunlich hohe Zahl von Leuten in dieser Welt anonymer Großstädte glaubt, irgendwoanders mit weißer Weste neu anfangen zu können.

Es gab keine Sodatheke, und so lungerte ich zwischen den Regalen herum, für alle Welt eine Ladendiebin oder eine Frau, die Schiß hatte, bei einem pickligen Verkäufer in jugendlichem Alter eine Packung Kondome zu erstehen. Das Zeitungsregal war kurzzeitig eine willkommene Ablenkung. Der *Star* trompetete in Riesenschlagzeilen: TODESKANDIDATIN BRINGT IM KNAST AUSSERIRDISCHE DRILLINGE ZUR WELT.

Der *Herald* brachte als Leitartikel eine kräftig gewürzte Lokalstory: WOLLEN WÄHLER GESCHIEDENEN MANN MIT 19 JAHRE JÜNGERER EHEFRAU? Die Zeitschrift *Boston* wühlte etwas niveauvoller im gleichen Schlamm und handelte das anstehende Gouverneursrennen mit einem einfachen CAMERON GREIFT NACH DER KRONE ab.

Als das Telefon neun Minuten und 45 Sekunden später klingelte, hatte ich schuldbewußt 89 Cents für ein Päckchen Pfefferminzchen ausgegeben. Thurman W. Vandenburg alias

Miami-Miesling entsprach vielleicht nicht meiner Vorstellung von einem ehrenwerten Mitglied der Anwaltskammer, aber er war pünktlich.

«Ich kann nichts machen», sagte er, ehe ich überhaupt den Mund öffnen konnte.

«Ich aber wohl», erwiderte ich rasch. «Sie dürfen ein großes Geldpaket mit der Post erwarten. Ich wette, Sie kennen Ausflüchte genug, die das Finanzamt nicht schon millionenmal gehört hat.»

«Die Situation ist ein wenig heikel.»

«Sicher, Kumpel, aber ich bin draußen. Bis jetzt habe ich Paolinas Geld anlegen können. Legal. Aber damit ist Schluß. *No más.*»

«Es ist nicht bewiesen, daß sie seine Tochter ist», sagte der Anwalt giftig.

«Nur schickt er Geld», entgegnete ich trocken. «An sie, durch mich. Was haben Sie denn für Probleme? Angst, daß er Ihr Honorar nicht begleichen kann?»

«Er ist verschwunden», sagte Vandenburg leise.

Es dauerte eine Minute, bis ich das begriffen hatte.

«Keine Namen», sagte Vandenburg beschwörend.

«Jesus», murmelte ich langsam. «Oje, ein Name. Tut mir leid.»

Vollkommene Stille folgte auf ein gedämpftes Geräusch. Es hätte ein Kichern seitens Vandenburgs sein können. Oder Fidel Castro hatte seine Zigarre verschluckt.

«Keine Namen», wiederholte ich.

«Ich habe schon seit einigen Tagen keinen Kontakt mehr zu unserem gemeinsamen Freund», sagte Vandenburg. «Das hat Folgen, finanzielle und andere. Ich glaube aber nicht, daß es Sie irgendwie betrifft.»

«Ist er tot?»

«Keine Ahnung.»

«Packen Sie schon aus! Ich muß es wissen! *Ist er tot*?»

Thurman W. Vandenburg beendete das Gespräch. Ohne Zweifel hatte er die Sprechzeit mit der Stoppuhr gestoppt. Ohne Zweifel wußte er genau, wie lange die Leute von der DEA brauchen würden, um den Münzfernsprecher zu orten.

Der Drugstore an der Huron Avenue kann sich einer der letzten echten Telefonzellen mit winzigem Sitz und Falttür rühmen, eine wehmütige Erinnerung daran, daß Telefongespräche einmal als Privatsache galten. Die alte Ma Bell hatte sie eingerichtet, und Nynex, die Nachfolgerin, hatte sie offenbar noch nicht gefunden. Sonst hätten sie sie längst demontiert und durch das Schickimicki-Wandmodell ersetzt.

Ich überflog automatisch den ganzen Laden, bevor ich den Abgang machte. Meiner Vermutung nach waren die Drogenfahnder hinter allen Telefonaten Vandenburgs her, denn eins ist allseits bekannt: Wenn du im schönen Bundesstaat Florida mit einer Rauschdroge erwischt wirst, ist Vandenburg dein Mann.

Deshalb war ich nicht weiter überrascht, den Kerl zu sehen. Verärgert, ja, aber nicht überrascht. Er beobachtete mich nicht etwa, wartete nicht waffenstarrend auf mich wie ein totaler Amateur. Er bummelte einfach die Gänge entlang, und seine routinierte Art, sich wohlerzogen umzuschauen, hätte vielleicht auch Erfolg gehabt, wenn es nicht so unglaublich heiß gewesen wäre, wofür er nichts konnte. Seine Windjacke erregte meine Aufmerksamkeit wie eine rote Signalflagge. Die Ausbuchtung unter seiner Achsel fesselte meinen Blick. Die Form einer Kanone im Schulterhalfter ist unverwechselbar.

Ich hatte keine Lust, dem DEA meine Miami-Connection zu erklären. Meine Fingerspitzen tippten die 911, während ich langsam auf den Boden der Zelle niederglitt, wobei mein

T-Shirt hinten hochrutschte und ich mit der verschwitzten Haut an die kühle Fasergipsplatte kam, daß es mich kribbelte.

Die Frau vom Cambridger Notruf war nach dem ersten Klingeln dran. Toll!

Ich sprach absichtlich mit hoher, piepsiger Stimme und etwas unzusammenhängend, wie ein Kind. «Äh, da ist ein Mann mit einer Pistole», sagte ich fröhlich.

Ich hörte einen gedämpften Knall, als hätte die Frau gerade hastig eine Kaffeetasse abgestellt. «Wo denn, Schätzchen? Und bitte nicht aufhängen, Kleines», sagte sie.

«Im Drugstore», antwortete ich mit meiner hohen Piepsstimme. «Marks's Drugs, glaube ich. Auf der Huron Avenue. Ich bin mit Mami hier, und der Mann hat eine Pistole, wie im Fernsehen.»

«Du bist ein liebes Kind. Wie heißt du? Kannst du das Telefon einfach baumeln lassen –»

Den Rest konnte ich nicht mehr hören, weil ich schon auf die Tür hinter der Kasse zukroch. An der Vordertür hängen Glocken, die losbimmeln, wenn ein Kunde kommt oder geht. An der Hintertür nicht. Ich schob meinen Hintern durch den Türspalt und schlüpfte aus der klimatisierten Kühle in die Inversionssommerhitze hinaus, die seit Anfang August über Boston lag und die Luftverschmutzungsstatistik in die roten Zahlen brachte. Eine Straßenlaterne gab einen Lichtschleier von sich. Die Abendluft war dick und schadstoffreich: mehrfach recycelte Abgase, schwer und feucht wie ein Dampfbad.

Jemand müßte mal die verdammte Straße fegen, dachte ich. Die Bierflaschenscherben wegräumen. Ich schob mich vorwärts. Glas, vielleicht auch ein spitzer Stein, bohrte sich in mein rechtes Knie. Ich tastete nach glatterem Pflaster und blickte hoch.

Niemand zu sehen. In der Ferne näher kommendes Sirenengeheul. Ich wäre nur zu gern dageblieben, um mit anzuhören, wie die Polizei von Cambridge und die DEA ihre Kompetenzen klärten. Statt dessen stand ich auf, klopfte mir schnell die Knie ab und ging nach Hause, froh darüber, für Paolinas dreiwöchigen Aufenthalt in einem Ferienlager des YWCA an einem herrlichen See in New Hampshire tief in meinen Sparstrumpf gegriffen zu haben. Dort im Hinterland würde sie auf keinen Fall eine Zeitung zu sehen bekommen. Wenn ihrem Dad irgend etwas Schreckliches zugestoßen war, würde sie nicht unvorbereitet auf irgend so ein schauriges Todesfoto stoßen …

Ich hatte Paolina, meiner «kleinen Schwester» von der Big Sisters Association, nie erzählt, daß ihr leiblicher Vater, der legendäre Drogenbaron Carlos Roldan Gonzales, Verbindung mit mir aufgenommen hatte. Ich hatte nie ein Wort über seine unregelmäßigen Geldsendungen verloren.

Ich ertappte mich dabei, wie ich hoffte, Roldan Gonzales *sei* tot, um das Gedachte gleich wieder zurückzunehmen, als hätte es die Macht, Wirklichkeit zu werden. Sein Tod würde mir das Leben leichter machen, daran bestand kein Zweifel. Ich würde nichts erklären müssen. Ich könnte Paolina das Geld als Geschenk von mir zukommen lassen, ohne Umwege, ohne den üblen Geruch, der Geld anhaftet, das unzweifelhaft aus dem Drogenhandel stammt. Dann konnte es das sein, als was ich es dem Finanzamt angegeben hatte: Spielgewinne. Glück das voller Liebe von der «großen Schwester» an die «kleine Schwester» weitergegeben wurde. Fürs College. Reisen. Eine eigene Wohnung, wenn sie achtzehn war.

Nur daß alles Lüge war, wenn Carlos Roldan Gonzales' Name nicht mehr damit verbunden war.

Lügen machen mir im allgemeinen keine Sorgen, aber Paolina gegenüber versuche ich, ehrlich zu sein. Sie bedeutet mir zuviel. Und Lügen können so hinterlistig sein, wenn sie auf ihren kurzen Beinen hinter einem herschleichen.

Ich warf einen Blick auf meine Uhr und beschleunigte meinen Schritt, sprang über den Zaun und lief quer durch meinen Garten.

Ich fragte mich, ob der Typ wirklich von der Drogenfahndung gewesen war oder nur den Drugstore hatte überfallen wollen. Die Cops würden erheblich gröber mit ihm umgehen, wenn er von der DEA war. Ich weiß das; ich war früher selber bei der Polizei. Sie hassen es, wenn Bundesbeamte in ihrem Revier herumschnüffeln.

In meiner sicheren Küche angelangt, trank ich eine eiskalte Pepsi direkt aus der Dose vor dem offenen Kühlschrank, um mich abzukühlen, denn mir war siedend heiß. Ich stopfte mein Haar unter ein Elastikstirnband und steckte es aufs Geratewohl mit Haarnadeln oben auf dem Kopf fest. Gerade tupfte ich mir den verschwitzten Hals mit einem zusammengeknüllten Papiertuch trocken, als es an der Tür klingelte.

Auf einen pünktlichen Mafiaanwalt folgte pünktlich ein möglicher Klient. Was konnte sich eine Privatdetektivin Besseres wünschen?

2

Während ich zur Eingangstür ging, überlegte ich, welche Lügen mir Vandenburg, der Schmierige, aufgetischt haben mochte und welche Halbwahrheiten.

Was für Lügen würde dieser Klient wohl vorbringen?

Ich rühme mich mit einem gewissen Stolz – nein, mit einer geballten Ladung von Stolz –, Expertin auf dem Gebiet der Lüge zu sein, eine Sammlerin sozusagen. Ich habe Lügner kennengelernt, so frisch und geradeheraus wie Neugeborene; ein schnelles Zwinkern, ein kurzer Blick zu Boden verrieten mir das Spielchen gleich. Ich habe auch mit erfahrenen, geübten Lügnern zu tun gehabt, die das perfekte Timing eines Comedy-Stars hatten. Ich weiß nicht, woran ich Lügen erkenne. Jemand redet drauflos, und ich spüre oder höre, wie sich der Tonfall ändert oder der Sprachfluß. Vielleicht ist es Instinkt. Vielleicht war ich als Polizistin so sehr an Lügen gewöhnt, daß ich inzwischen jeden verdächtige.

Ich würde den Leuten lieber glauben. Wenn ich die Wahl hätte.

Mein Klient in spe bedachte mich mit einem 100-Watt-Lächeln, als ich die Tür öffnete, und kam in den Flur gesprungen wie ein zu groß geratener Welpe. Selbst wenn er erheblich jünger gewesen wäre, hätte ich seine unverhohlene Begeisterung seltsam gefunden, denn die Zahl derer, die freudig einen Privatdetektiv aufsuchen, ist deutlich geringer als die von Leuten, die sich freudig einer Kieferoperation unterziehen.

Beim Telefonieren am Nachmittag hatte er sowohl verstört als auch erregt gewirkt, sonst hätte ich mich nicht auf einen Sonntagabendtermin eingelassen. Er hatte etwas von einem Vermißten gesagt und ohne Zögern den Namen genannt. Ich hatte bereits bei der Bostoner Polizei nachgefragt; es gab keine Vermißtenmeldung, die vor kurzem für jemanden eingegangen wäre, der den gleichen Familiennamen trug wie Mr. Adam Mayhew. Was eine Tonne anderer Möglichkeiten offenließ. Die fragliche Person konnte unter einer anderen Rubrik gemeldet worden sein, vielleicht unter «Ausreißer im Kindesalter». Oder der Nachname lautete anders. Oder sie war nicht schon die erforderlichen 24 Stunden fort. Der Vermißte konnte auch als «unbekannt verzogen» eingestuft worden sein – als einer, der sich mehr oder weniger plötzlich davongemacht hatte.

Womöglich wußte mein Klient in spe genau, wo die vermißte Person zu finden war. Ein schnell gelöster Fall; geringes Honorar.

Was wirklich schade wäre, denn der Herr um die Sechzig, der gerade sein Gewicht von einem Fuß auf den anderen verlagerte, als würde er meine Holzdielen prüfen, sah aus, als könnte er Unsummen in den guten Zweck meiner Existenzerhaltung investieren, ohne es überhaupt zu merken. Seine Schuhe waren von Bally oder eine verdammt gute Imitation, leichte Slipper mit einem Glanz, der weder zu neu noch zu stumpf wirkte. Gut gepflegte Klassiker und ein Hinweis darauf, daß der Mann mehr als ein Paar Schuhe im Schrank hatte. Ein Mann mit einem unaufdringlich teuren Geschmack und Kunde einer guten Reinigung. Jemand, der die Form wahrte und selbst an einem schwülheißen Abend statt in Hemdsärmeln in voller Geschäftsmontur erschien.

Kein Trauring. Was nichts besagte. Ein Harvard-Ring mit

der Aufschrift *Veritas*, wie er hier relativ häufig zu sehen ist, mit einigem Stolz getragen.

Hübsch silbrig ergrauende Haare, Geheimratsecken. Größe: einsfünfundsiebzig, so daß ich mit meinen einsfünfundachtzig im Vorteil war und sehen konnte, daß sich oben auf seinem Haupt noch keine beginnende Glatze zeigte.

Die Fingernägel poliert und gefeilt. Gepflegte Hände. Wohlhabend. Ein Klient nach meinem Herzen. Anwalt? Professor? Angesehener Geschäftsmann? Die kurze Frist zwischen Anruf und vereinbartem Termin hatte eingehendere Nachforschungen meinerseits vereitelt.

«Mr. Mayhew?»

«Ja», antwortete er gut gelaunt. «Und Sie sind Miss Carlyle?»

Er hatte mich genauso sorgfältig gemustert wie ich ihn. Ich fragte mich, welche Schlüsse er wohl aus meinem unordentlichen Äußeren gezogen hatte.

Wenn nicht gerade die überraschende Geldsendung für Paolina eingetroffen wäre und wenn ich den Anruf in Miami ausgelassen hätte oder wenn dieser Anruf nicht so verdammt viel Zeit verschlungen hätte, dann hätte ich mich womöglich gekleidet, wie man sich kleidet, um erfolgreich zu sein. Und ein wenig Make-up aufgetragen, um meine grünen – na ja, eigentlich eher braunen, also nur grünlichen Augen zu betonen und meine dreimal gebrochene Nase unauffälliger zu machen. Außerdem hätte ich meine wirren roten Locken gebändigt.

Mir lagen schon höfliche Entschuldigungsfloskeln auf der Zunge, als ich sah, daß Mr. Mayhew nichts dergleichen zu erwarten schien. Ich mochte es, wie sich sein gerader Blick auf meine Augen konzentrierte, als sei eine Frau nicht nach ihrer Kleidung oder ihren Kurven zu beurteilen, sondern nach dem, was hinter allen äußeren Reizen und Schwächen verborgen liege.

Ich nickte ihm auffordernd zu, mir die eine Stufe hinab in mein Wohn- und Arbeitszimmer zu folgen.

«Nennen Sie mich bitte Adam», sagte er.

«Carlotta», erwiderte ich. Ich mochte sein vom Leben gezeichnetes, humorvolles Gesicht – samt Runzeln, Tränensäcken und Speckfalten. Seine Augen hinter den Bifokalgläsern waren blau, sie wirkten schüchtern und seltsam hilflos, als sei die Glasbarriere ebenso notwendig zum Schutz wie zum Scharfsehen.

Er hatte eine abgenutzte Aktentasche aus karamelfarbenem Leder mit Monogramm bei sich. Vielleicht hatte er sie vor vierzig Jahren einmal zum Collegeabschluß bekommen.

«Ich hatte es schon so lange vor», sagte er, während er sich auf dem Stuhl mit gerader Lehne vor meinem Schreibtisch niederließ.

«Verzeihung», sagte ich, «was hatten Sie schon so lange vor? Einen Privatdetektiv aufzusuchen?»

Wenn der Typ ein Spinner war, sollte er schleunigst wieder verschwinden. Er sah eigentlich nicht so aus wie ein sensationslüsterner Mensch. Er wirkte ehrlich. Sympathisch. So sympathisch, daß ich versucht war, ihm von meinem Ärger mit Paolina und dem Drogengeld zu erzählen. Ich riß mich zusammen.

«Am Telefon –» setzte ich an.

«Erinnern Sie sich noch an Thea Janis?» fragte er gleichzeitig und sah mich dabei erwartungsvoll an. «Die Schriftstellerin?»

«Schriftstellerin», kramte ich in meinem Gedächtnis.

«Das ist lange her», sagte ich und mühte mich ab, aus einer fernen Ecke meiner Erinnerung wenigstens eine Spur jenes alten Skandals wieder hervorzuholen, der dort mit anderem alten Gerümpel zusammen verstaut war. «Ich weiß, daß ich ihr Buch gelesen habe.»

«Aber nicht, als es herauskam», sagte er. «Da waren Sie noch zu jung.»

«Als ich fünfzehn, sechzehn war.» Es war ein halbes Leben her. Meine Mutter hatte es mir drei Monate vor ihrem Tod gekauft. Ob ich es noch hatte? Der Titel schwebte unerreichbar vor mir wie eine reife Frucht an einem hohen Ast.

«Thea war noch jünger, als sie es schrieb», sagte er. Er hätte es beiläufig bemerken können. Oder es so dahersagen können. Er sagte es jedoch voller Sehnsucht, voller Leidenschaft und Inbrunst. Fast triumphierend fuhr er fort: «Sie war vierzehn. Stellen Sie sich das mal vor! Vierzehn. Die Literaturkritiker wußten das anfangs gar nicht. Uneingeschränktes Lob. Als sie erfuhren, daß ein Kind, ein Teenager, das Buch geschrieben hatte, mischten sich ein paar Dornen in die Blumen, als fühlten sich die Kritiker düpiert, als hätte man ihnen keinen reinen Wein eingeschenkt. Eifersucht. Nichts als Eifersucht.»

«Wie meinen Sie das?»

«Es war alles echt», sagte er schlicht. «Ein Wunderkind. Nietzsche hat schon mit zwölf wie ein Erwachsener geschrieben. In der Musik können wir es leichter anerkennen. Mozart.»

«Thea Janis war literarisch ein Mozart?»

«Sehen Sie? Auch Sie können die Skepsis nicht ganz unterdrücken. Sie stellt sich automatisch ein. Filmwunderkinder: gut. In den bildenden Künsten: auch gut, aber mit Einschränkungen. Wir ziehen meist die Gemälde einer Grandma Moses vor. Wir rühmen Dichter und Autoren, die erst mit Fünfzig oder später ihre Karriere beginnen. Ich frage mich, ob das angeboren ist», fuhr er leise fort, als spräche er zu sich selbst, «eine Möglichkeit, durch die Menschen sich den Glauben an ihre inneren Fähigkeiten bewahren: eines Tages werde ich einen großen Roman schreiben, ein großartiges Bild malen … Eine Möglichkeit, sich einen Ausweg aus der Sinnlosigkeit des Lebens offenzuhalten.»

«Wir sind ein wenig von Thea Janis abgekommen», sagte ich.

«Entschuldigen Sie bitte.»

Der Gedanke rauschte über mich hinweg wie eine eiskalte Brandungswoge.

«Sie ist doch nicht etwa die vermißte Person, von der Sie am Telefon gesprochen haben, oder?»

«Doch», sagte er. «Natürlich ist es Thea.»

«Aber sie wird schon seit –»

«Vierundzwanzig Jahren vermißt», sagte er.

«Vierundzwanzig Jahre!» wiederholte ich.

«Ja», sagte er vollkommen ruhig. *Vierundzwanzig Jahre*, als wäre es dasselbe wie 24 Stunden.

3

24 Jahre …

Da hätte ich mir ruhig noch zehn Minuten mehr Zeit nehmen und den Block umrunden können, um sicherzustellen, daß mir kein Drogenfahnder auf den Fersen war, und um mir etwas einfallen zu lassen für den Notfall. Hätte mir in einem anderen Drugstore ein paar extrastarke Aspirin gegen die Kopfschmerzen kaufen können, die in meinem Hinterkopf zu pochen begannen.

Ich holte tief Luft und stieß sie mit einem Seufzer wieder aus.

«Vierundzwanzig Jahre», wiederholte ich nochmals und war in Versuchung, einen bissigen Fluch anzuhängen wie zu meiner Zeit als Polizistin. Doch ein Blick auf den silbergrauen Mann mit dem ernsten Gesichtsausdruck und dem hoffnungsvollen Blick sorgte dafür, daß ich es bei einer anständigen Redeweise beließ.

«Ja», sagte er.

«Warum dann die Eile?» fragte ich ruhig, stützte die Ellbogen auf den Schreibtisch und legte mein Kinn auf die gefalteten ringlosen Hände. «Warum dieser dringende Anruf und die Bitte um einen sofortigen Termin?»

«Thea Janis ist wieder da», sagte der Mann mit Nachdruck, noch ehe ich ganz ausgeredet hatte.

«Und Sie haben sie gesehen», sagte ich trocken.

Ich fühlte, wie sich meine Augenbrauen langsam nach oben bewegten und meinen Unglauben bezeugten. Ich bemühte mich, sie wieder zurückzuholen. Ich wollte unbedingt positiv reagieren. Jeder sieht jemandem ähnlich. Er hatte eine Doppelgängerin von Thea gesichtet, ihre Schwester, eine entfernte Cousine vielleicht, die gerade an einer Bushaltestelle wartete. Er hatte einen Moment zu spät auf die Bremse getreten; den flüchtigen Blick ausgemalt.

«Ich habe sie *nicht* gesehen.»

Der Mann setzte mich wirklich in Erstaunen.

Erinnerungen an Thea Janis, an ihr Verschwinden – Augenblick mal, an ihren *Tod*! – gingen mir durch den Kopf wie halbvergessene Liedtexte. Ich war mir ziemlich sicher, daß es um mehr ging als bloß um ein junges Genie, das ausgerissen war.

Tod.

«War es nicht Selbstmord?» fragte ich schroff, denn mir war heiß, und ich schwitzte von meinem schnellen Marsch heimwärts, und außerdem wurde ich von Sekunde zu Sekunde gereizter. Tote aufzufinden ist nicht meine Stärke. Sie pflegen nicht wiederzukehren, auch nicht nach 24 Jahren. Es sei denn, die Rede ist von Elvis. «Hat man nicht ihre Kleider am Strand gefunden?»

«Es sind vielleicht Kleider an einem Strand gefunden worden», sagte er ärgerlich, «aber es hat nie jemand nachgewiesen, daß es sich wirklich um Theas handelte, jedenfalls nicht mit Sicherheit. Und nicht zu meiner Zufriedenheit.» Er rutschte nach vorn auf die Stuhlkante und nahm eine abwehrende Haltung an.

Ich lächelte nett und freundlich und hielt meine Stimme unter Kontrolle. «Sie haben sie über zwanzig Jahre nicht gesehen, richtig? Wie kommen Sie also auf den Gedanken, ich könnte sie finden?» fragte ich behutsam. «Jetzt noch! Nach fast einem ganzen Leben!»

«Sehen Sie selbst.» Er öffnete die karamelbraune Aktentasche, wühlte in Papieren und zog schließlich einen braunen Umschlag hervor, den er mir auf den Schreibtisch legte und sorgfältig nach dem Rand der Schreibtischunterlage ausrichtete. Ich habe schon Priester weniger ehrerbietig mit der Hostie umgehen sehen.

«Erzählen Sie mir etwas darüber», sagte ich, die Hände weiterhin fest gefaltet. Manche Lektionen, die man einmal gelernt hat, beherzigt man mit der Zeit automatisch: Berühre nie etwas, woran Fingerabdrücke sein könnten.

«Haben Sie eine Ausgabe des *Bösen Erwachens*?»

Theas Buch. Gott sei Dank, daß er den Titel genannt hatte, sonst hätte ich die ganze Nacht darüber nachgegrübelt. Bilder, die einen nicht loslassen. Prosa und Gedichte gemischt. Die brillante, unbequeme Vision eines Mädchens aus der Hölle einer elitären Privatschule. Böse. Beunruhigend. Quälend. Ein Sprachrohr ihrer Generation. Lag es daran, weil Sylvia Plath den Kopf in den Ofen gesteckt und das Gas angedreht hatte, daß Thea und Tod so eng miteinander verflochten waren in meinem Kopf?

«Irgendwo», sagte ich, «auf dem Speicher ...»

«Ich hätte Ihnen meins mitbringen sollen.» Sein Lächeln war gewinnend, fröhlich wie das eines großen Babys. «Mein ganzer Schatz. Ich bewahre es, in Plastik eingebunden, in einer Vitrine auf. Sie hat etwas hineingeschrieben, die Erstausgabe handsigniert und mit einer sehr persönlichen Widmung versehen. Man hat mir über fünftausend Dollar für das Buch geboten.»

«Und nun haben Sie etwas erhalten», sagte ich und wies auf den Umschlag, «etwas Schriftliches – von jemandem, der angeblich Thea ist.»

Ich benutze normalerweise keine Worte wie «angeblich». Ehrlich nicht. Nicht mehr, seit ich meine Polizeimarke abgegeben habe. Diese Polizeisprache kam mir ungewollt und unfreiwillig über die Lippen. Das elende Polizeivokabular – «Täter» statt «Dieb», «Vorfall» statt «Vergewaltigung», «fehlend» statt «gestohlen» – hat sein Gutes. Es sorgt für eine gewisse Immunität. Besser gesagt, für Distanz ... hauptsächlich Distanz ... Distanz vom Leid. Ich bediente mich offensichtlich dieser Sprache, weil der Mann, der mir da gegenüber saß, so durchsichtig wirkte, so leicht verletzlich. Und unbedingt glauben wollte, daß er ein Lebenszeichen von einer Frau erhalten hatte, deren gebleichte Gebeine wahrscheinlich schon seit zwei Jahrzehnten den Meeresgrund zierten.

Warum war ich bloß so sicher, daß sie ertrunken war? Ich hatte vor 24 Jahren noch gar nicht in Boston gewohnt. War Thea Janis' Tod landesweiter Gesprächsstoff gewesen?

«Ich bin kein altersschwacher Narr», sagte Mayhew bestimmt, als könnte er meine Gedanken lesen. «Ich bin zweiundsechzig Jahre alt. Ich verdiene gutes Geld. Ich spinne nicht, und ich nehme keine Drogen.»

«Vierundzwanzig Jahre sind eine lange Zeit», sagte ich. «Was genau ist in diesem Umschlag?»

«*Kapitel eins*», sagte er und unterdrückte nur mühsam ein glückseliges Lächeln. «Der Anfang des Buches, des *neuen* Buches. Geschrieben von Thea und niemandem sonst. Das ist sicher, absolut sicher. Ich habe allem Anschein zum Trotz nie daran glauben können, daß sie tot war. Sie war so – so lebenssprühend, so wirklich. Aber dann hat mich die ... die Stille, die Stille fast überzeugt. Ein Talent wie Thea – sie brauchte einfach Papier und Füller. Das war die Art, wie sie mit der Welt kommunizierte. Ihre Art zu reden. Und die Stimme, diese Stimme. Wenn sie am Leben wäre, könnte niemand diese erstaunliche Stimme zum Schweigen bringen. Und sie *ist* am Leben. Sie lebt.»

«Allem Anschein zum Trotz», wiederholte ich langsam

und borgte mir seine Worte. «Könnten Sie mir das einmal näher erläutern, Mr. Mayhew? Ich würde diesen Fall auf gar keinen Fall übernehmen, wenn bewiesen, *absolut* bewiesen wäre, daß Thea Janis tot ist.»

«Schauen Sie sich doch einfach mal an, was ich mitgebracht habe, Miss Carlyle. Überzeugen Sie sich mit eigenen Augen.»

«Schön, Mr. Mayhew», sagte ich mit kurzem Nicken in seine Richtung. Verdammt, ich hasse nichts so sehr, wie potentielle zahlende Klienten an die Luft zu setzen. Unsere jähe Rückkehr zur Förmlichkeit stand wie ein Schnitt in der Luft. In dem Bemühen, wieder auf freundlichen oder sogar vertrauensvollen Fuß mit ihm zu kommen, schlug ich einen anderen Ton an. «Adam, nehmen wir einmal an, das, was Sie haben, *ist* von Thea. Es könnte aber doch etwas sein, das sie geschrieben hat, bevor sie verschwand. Es könnte ein Fundstück sein, die aufsehenerregende Entdeckung eines alten, noch unveröffentlichten Werkes –»

«Nein!» beharrte er. «Es sieht fast neu aus. Ein rahmfarbener Notizblock, wie sie ihn immer benutzt hat. Ihre Handschrift ...»

«Gut erhalten», sagte ich, «in einem Bibliotheksarchiv –»

«Theas Gesamtwerk ist als Schenkung an die Sammlung des zwanzigsten Jahrhunderts der Boston University gegangen.»

«Vielleicht ist denen etwas entgangen. Das wäre doch möglich.»

«Hätte Thea denn vor vierundzwanzig Jahren vom Fall der Berliner Mauer geschrieben?»

«Nur, wenn sie Hellseherin war», gab ich zu.

Und nicht nur Wunderkind und Genie. Er nickte zufrieden. «Suchen Sie sie», sagte er.

Ich machte einen letzten Versuch, ihn davon abzubringen.

«Jemand imitiert ihren Stil, im Sinne von ‹Nachahmung ist die aufrichtigste Form von Schmeichelei›.»

«Jemand, der wußte, daß Thea in Langschrift mit einem Kalligraphiefüller auf speziellem Papier schrieb? Jemand mit Theas Handschrift? Jemand mit –»

«Na schön», sagte ich und hielt ergeben beide Hände hoch. «Sind Sie schon bei der Polizei gewesen? Eine polizeiliche Nachforschung wäre meine erste Empfehlung.»

«Nein», sagte er ausdruckslos.

«Warum nicht?»

«Die Polizei muß Hunderte von Fällen bearbeiten. Sie auch?»

«Nicht gerade Hunderte», sagte ich.

«Es ist doch einen Versuch wert», sagte er mit Nachdruck. «Wenn Sie sie doch gekannt hätten! Thea war ... nein, Thea ist nicht zu beschreiben. In meinem ganzen Leben habe ich noch nie jemanden wie sie kennengelernt. Sie hatte eine rasche Auffassungsgabe und war intelligent, aber das war längst nicht alles. Sie besaß *Entschlossenheit*. Sie hätte sich mit einer Nagelfeile einen Tunnel durch einen Berg gegraben, wenn das, was sie wollte, auf der anderen Seite gewesen wäre. Sie konnte –»

Beim ersten Termin gebe ich einem potentiellen Klienten meist reichlich Spielraum, eine lange Leine, aus der er sich selbst den Strick dreht, der ihn umbringt, wenn er nicht auf dem Boden der Tatsachen bleibt. Jetzt war es an der Zeit, den Vogel scharf ins Auge zu fassen und zuzustoßen.

«Wer sind Sie eigentlich?» Das sagte ich mit einer gewissen Schärfe, und es war mir egal. 24 Jahre sind 24 Jahre. Wenn die Frau wirklich lebte und gefunden werden wollte, hatte sie Gelegenheit genug gehabt, aus der Kälte zu kommen. Meine Kopfschmerzen wurden zunehmend schlimmer.

«Adam Mayhew. Ich hatte mich bereits vorgestellt –»

«Und wer ist Adam Mayhew? Warum sollte Thea Janis unter allen Menschen dieser Welt ausgerechnet Sie als Bezugspunkt für ihre Wiederkehr wählen? Sind Sie Verleger?»

«Ich bin ihr Onkel, der Halbbruder ihrer Mutter», sagte er, ohne meinen Sarkasmus sonderlich zu beachten, aber so, als müsse er sich entschuldigen. «Ich hätte es gleich sagen sollen. Ich repräsentiere hier die Familie.»

«Warum?»

«Warum was?»

«Warum nicht ihre Mutter? Oder ihr Vater? Was heißt ‹repräsentieren›? Sind Sie Anwalt?»

Er preßte die Lippen zusammen, während er nach einer Antwort suchte. «Franklin, Theas Vater, ist vor fast zwanzig Jahren gestorben. Er ... er hatte sich mit Theas Tod abgefunden. Theas Mutter ... hat sich seitdem auf mich verlassen.»

Ich beugte mich vor und starrte den braunen Umschlag an. Er lag mit der Butterseite nach oben. Unbeschriftet. Keine Adresse. Keine Briefmarke. Kein Poststempel.

«Wie sind Sie daran gekommen?»

«Er ist an Theas Anschrift geschickt worden. An die Familienadresse.»

«Wohnen Sie dort?»

«Ein großes Anwesen. Weitläufig», murmelte er und starrte auf den Fußboden.

Das konnte seine erste direkte Lüge sein. Oder der erste Versuch, nicht direkt zu lügen.

«Das Janis-Haus», sagte ich, um ihn zum Weiterreden zu bewegen.

«Theas Nachname lautet nicht Janis. Das ist ihr Pseudonym, ihr *Nom de plume*.» Es war ihm sichtbar angenehmer, von Thea selbst zu sprechen als von ihrem Heim.

«Ich muß wissen, wie sie wirklich heißt.»

«Cameron.» Er duckte sich, als würden Blitzlichter aufflammen, wenn er diesen Namen erwähnte.

Es bereitete mir große Mühe, meine Augenbrauen davon abzuhalten, bis zum Haaransatz hochzuschnellen. «Wie der Cameron, der Gouverneur werden will? Der ‹nach der Krone greift›?»

Er nickte. «Garnet Cameron ist Theas Bruder. Die Schlagzeile ist völlig unzutreffend», sagte er bedauernd, «so ist Garnet überhaupt nicht.»

Jetzt stürmten die Erinnerungen auf mich ein, eine wahre Sintflut, eine Woge von Erinnerungen. «Fangen Sie mal ganz von vorn an», sagte ich. «Ich erinnere mich nur bruchstückhaft, aber was mir noch einfällt, hat durchaus seinen Reiz, Mr. Mayhew.»

«Vielleicht zeichne ich ein ganz falsches Bild», sagte er hilflos.

«Ich habe Zeit», sagte ich.

«Thea wurde als Dorothy Cameron geboren.»

«Cameron», wiederholte ich.

«Ja», sagte er müde, «die Besitzer des Myopia-Polo-Clubs, die Politiker, die Literaten. Ihre Mutter Tessa – meine Halbschwester – stammt aus Italien. Ist in Florenz aufgewachsen. Immerhin niederer Adel. Sie nannte Dorothy stets ‹Dorothea›. Deshalb Thea.»

«Und Janis?»

«Theas Einfall.»

«Die Verbindung zur Cameron-Familie kam heraus.»

«Ganz schnell. Niemand wollte glauben, daß die Autorin so jung war. Und irgendein dreister Polizist, der Kapital aus Theas Jugend schlagen wollte, hat herausgefunden, welche Schule sie besuchte. In Avon Hill hatte man keine Ahnung, daß das keineswegs im Sinne der Familie war.»

«Ach nein?» Meine Stimme mußte wieder skeptisch geklungen haben, denn er stürzte sich geradezu auf meine Frage.

«Die Camerons waren nie auf Publicity aus, außer wenn sie eindeutig politischen Zwecken dienlich war. Theas Begabung hatte nichts mit Politik zu tun. Sie hatte ihren Eltern schon von dem Buch erzählt; sie war überglücklich, als die ersten Rezensionen erschienen. Sie waren sehr positiv ... Ihre Eltern kamen zu dem Schluß – und sie beugte sich dieser Meinung –, daß sie über ihre wahre Herkunft Stillschweigen bewahren sollte.»

«Und wie fand Thea das?»

«Sie wollte nur die Freiheit zu schreiben.»

«Die Freiheit zu schreiben. Eine seltsame Formulierung.»

«Ja?» Er starrte seine manikürten Fingernägel an und entfernte ein Stückchen Nagelhaut. «Sie stand womöglich unter einem gewissen Druck. Sie war zu Hause unterrichtet worden, mit ihrem Bruder und ihrer Schwester zusammen. Das erste Jahr in Avon Hill fand sie gräßlich, sie hatte den Eindruck, daß sie ihre Zeit dort an banale Trivialitäten verschwenden mußte, mit Dingen, die sie vom Schreiben abhielten.»

«Zum Beispiel?»

«Sport», sagte er, «Pep-Rallyes, Fremdsprachen. Thea sprach fließend Italienisch, aber das wurde nicht als Ersatz für Französisch, Deutsch oder Russisch anerkannt. Theater. Man bestand darauf, daß sie freitags abends an den Tanzveranstaltungen teilnahm. Für ein Mädchen, das immer genau das tun durfte, was es wollte und wann es wollte, war der Lehrplan von Avon Hill eine Folter.»

Avon Hill war so feudal, wie Privatschulen in Cambridge nur sein können. Die meisten örtlichen Schulen spiegeln die politischen Anschauungen des linken Flügels wider, aber nicht Avon Hill, wo bis zum heutigen Tag Schuluniform getragen werden muß. Die Kids fallen auf am Harvard Square, wo Jeans und Batikblusen mit hautengem Schwarz und blinkendem Heavy Metal konkurrieren. Blütenweiße Hemden. Marineblaue Hosen, Röcke, Pullover und Jacken. Krawatten. Ich hatte keine Ahnung, was der Schulleiter oder die Schulleiterin von Avon Hill bei «Tanzveranstaltungen» für angemessen hielt.

«Und so geschah es, daß ein junges Mädchen von Avon Hill fortlief und vierundzwanzig Jahre lang zu keiner Menschenseele Kontakt aufnahm», sagte ich. «Ist das Ihre Geschichte?»

Er biß sich auf die Lippen. «Möglicherweise», sagte er höchst würdevoll.

«Aber unwahrscheinlich», sagte ich.

«Sie hat zu Hause angerufen», brachte er vor.

«Wann?»

«Am letzten Tag. Am 8. April 1971.»

Er schien keinerlei Schwierigkeiten zu haben, sich an das Datum zu erinnern.

«Der grausamste Monat», murmelte er und starrte seine blanken Schuhe an. «‹Der April ist der grausamste Monat.› T. S. Eliot ...»

«Was hat Thea denn gesagt? Am Telefon?»

«Nichts Unheilverkündendes. Daß sie bei einer Freundin übernachten würde, die in der Nähe der Schule wohnte.»

«Sonst nichts?»

«Sie ist nie zuvor weggewesen.» Sein Adamsapfel zuckte, als er schluckte. «Ich habe sie nie wiedergesehen.»

Ich sah den braunen Umschlag an. «Warum sollte sie jetzt das Schweigen brechen?» fragte ich.

«Geld?» sagte er mit kaum merklichem Schulterzucken.

«Weil sie's leid war, selbst für ihren Unterhalt zu sorgen?»

«Geld bedeutet Freiheit zu schreiben.»

Unter anderem.

«Sie ist seit vierundzwanzig Jahren fort», sagte ich. «Wie

kommen Sie da auf den Gedanken, daß sie von Ihnen gefunden werden möchte?»

«Bitte hören Sie mir zu, Miss Carlyle – Carlotta. Ich habe vierundzwanzig Jahre darauf gewartet, von Thea zu hören. Vierundzwanzig Jahre», wiederholte er nachdrücklich. «Und jetzt – welche Gnade, welch ein Wunder – höre ich von ihr. Wenn sie ihre Familie nicht wiedersehen will, gut. Wenn ja, auch gut. Ich – wir wollen nur wissen, ob es ihr gutgeht.»

Er wirkte vollkommen aufrichtig. Ich klopfte mit den Fingern meiner linken Hand auf meine Schreibunterlage. Mit der rechten Hand fuhr ich mir automatisch in die roten Haare und drehte eine Strähne zu einer dicken Zigarre zusammen. Die Macht der Gewohnheit. Wie das Schreiben mit einem Lieblingsfüller auf Papier einer bestimmten Art.

Ich brauchte den Job. Ich mochte den Mann. Ich überprüfte meine Auslastung, meine Finanzlage. Ich wohne mietfrei dank meiner Tante Bea, die mir das überdimensionale viktorianische Haus in Cambridge vermacht hat, in dem ich lebe und arbeite.

Steuern müssen bezahlt werden.

Ich gab mich nicht dem Glauben hin, daß Mr. Adam Mayhew mir die Wahrheit erzählt hatte, die ganze Wahrheit und nichts als die Wahrheit. Andererseits hat mein Wohn- und Arbeitszimmer keinerlei Ähnlichkeit mit einem Gerichtssaal. Und jeder lügt.

«Ich sehe zwei Möglichkeiten, ihre Spur zu finden», sagte ich. «Durch das neue Werk oder durch die Vergangenheit.»

«Durch das Werk», sagte er mit Entschiedenheit.

«Wie ist es Ihnen zugestellt worden?»

«Was?»

Ich tippte mit dem Radiergummiende eines Bleistifts auf den kostbaren braunen Umschlag. «Es ist nicht mit der Post gekommen.»

Keine Antwort.

«Haben es die Mäuse auf Ihre Schwelle gelegt?»

«Nein. Und Ihr Ton gefällt mir nicht.»

In meinem Kopf hämmerte es. «Ist der Postumschlag da drin?»

«Nein.»

«Wo ist er dann?»

«Es gibt eine Sekretärin, die die Post der Familie öffnet. Da sie nicht wußte, welchen Wert der Umschlag hatte, hat sie ihn weggeworfen.»

«Sicher hat jemand den Abfall durchwühlt, in der Hoffnung, Theas Adresse zu finden», sagte ich nüchtern.

«Der Umschlag konnte nicht wiedergefunden werden.»

«Steht innen eine Adresse? Auf der Titelseite?»

«Nein.» Wieder ein schneller Blick zu Boden. Eine weitere Lüge?

«Ist das alles? Ein einziges Kapitel?»

«Nein», sagte er rasch, «es gibt einen vollständigen Roman, ein ganz neues Buch.»

«Haben Sie es gesehen?»

«Zum Teil.»

«Wo?»

Er biß sich auf die Lippen. «Das kann ich nicht sagen.»

«Ist das Ganze ein Publicity-Gag? ‹Privatdetektivin sucht fehlendes Manuskript? Die Presse dicht auf ihren Fersen›?»

«Nein. Nein. Das versichere ich Ihnen. Das erste Kapitel ist alles, was ich Ihnen im Augenblick bieten kann. Aber ich gebe Ihnen mein Wort darauf, daß der ganze Roman existiert.»

Sein Wort. Er sah mich ernst durch seine schützenden Brillengläser an.

«Ich war immer der Meinung, daß sie einen Fehler gemacht haben», sagte er leise.

«Was für einen Fehler?» fragte ich.

«Einen Fehler … Ach, egal. Es wird spät. Was sagte ich gerade?»

«Ich sagte gerade: Wenn ich keine Adresse von Thea habe, ist der Roman nur eine Sackgasse. Ich muß ganz von vorn anfangen.»

«Wie meinen Sie das?»

«Ich muß bei ihrem Verschwinden anfangen. Und ich will Ihnen nichts vormachen: Es ist praktisch unmöglich. Inzwischen hat sie, wenn sie noch lebt, einen anderen Namen, eine neue Identität, ein neues Leben. Sie kann wer weiß wer sein. Sie hatte Zeit genug, sich glaubhaft neu zu etablieren.»

«Die Familie hat unter Umständen etwas dagegen, die Untersuchung wiederaufzunehmen», sagte er nachdenklich. «Alte Wunden …»

«Wo sollte ich denn Ihrer Meinung nach anfangen?» fragte ich.

Er starrte mich an. «Sie könnten vielleicht zuerst den Nachweis erbringen, daß das Kapitel wirklich aus ihrer Feder stammt. Ich kann Ihnen Schriftproben von Thea geben …»

«Ich bin keine Graphologin», sagte ich. «Und keine Archivarin oder Gerichtsmedizinerin.»

«Ich weiß, ich weiß.»

«Zuerst haben Sie gesagt, Sie *wüßten*, daß sie lebt. Und jetzt bitten Sie mich, den Nachweis zu führen, daß das Werk authentisch ist. Werde ich engagiert, um eine Vermißte zu finden? Um nachzuweisen, daß Thea lebt? Tot ist? Oder was?»

Er hob beschwörend die Hände. «Ich weiß es doch nicht! Ich weiß nichts vom Wie und Warum. Ich habe nur – ich habe nur so ein *Gefühl*, daß Thea irgendwo ist. Vielleicht verzweifelt –»

«Haben Sie ein Foto mitgebracht?»

«Ja, aber es ist so alt –»

«Ich brauche es trotzdem.»

Die alte Aktentasche quietschte, als sie geöffnet wurde. Mayhew zögert, dann gab er mir stumm mit einem flehenden Blick, als wollte er mich bitten, Theas Foto nicht zu verlieren, eine große Ledermappe. Ich fragte mich, ob es wohl sein einziges Bild war.

«Wo spielt der neue Roman denn?» fragte ich. «Hier in der Gegend?»

«Ja», sagte er eifrig, «in einer kleinen Stadt, nicht weit von hier.»

«In welcher Stadt?»

«Sie hat die Charakteristika verändert – dichterische Freiheit –, aber der Ort ist wahrscheinlich wiedererkennbar.»

Wenn ich den Schauplatz finde, dachte ich, würde ich hinfahren und mich an den Plätzen umschauen, die erwähnt werden.

«Würden Sie zumindest versuchen, sie zu finden?» fragte Mayhew. «*Könnten* Sie sie überhaupt finden?»

Zuerst packte er mich bei meinem Stolz. *Könnten Sie sie überhaupt finden?* Und dann appellierte er an meine Brieftasche. Mit zehn Hundertdollarnoten, die er aus einer dicken Rolle zog.

«Ich hätte lieber einen Scheck», sagte ich. Einen Scheck mit seinem Namen und seiner Adresse drauf.

«Würde das nicht die Sache verlangsamen?» sagte er. «Ich bin extra bei meiner Bank gewesen, um Bargeld zu holen, damit Sie gleich anfangen können.»

«Bei welcher Bank?» wollte ich wissen.

An seiner Haltung änderte sich nichts, aber sein Kinn schien sich plötzlich zu straffen. «BayBank, meine Liebe», sagte er mit ruhiger, unbewegter Stimme. «Sie sind vermutlich beruflich zum Mißtrauen verpflichtet. Ich Gott sei Dank nicht.»

Der Blick seiner leuchtendblauen Augen beschämte mich. Aber ich nahm sein Geld nicht an. Ich sagte, ich würde es mir noch einmal überlegen. Vermißtensuche ist bestenfalls eine Glückssache. Jemanden aufzutreiben, der mehr als zwanzig Jahre Vorsprung hatte und nicht gefunden werden wollte ... Ich versuchte, ihm deutlich zu machen, daß er Unmögliches verlangte.

«Unwahrscheinlich, meine Liebe», sagte er entwaffnend, «aber nicht unmöglich. Und ich bezahle Ihnen den Zeitaufwand. Großzügig. Es ist – es könnte so – so überaus wichtig sein.»

«Ich muß das Kapitel hierbehalten», sagte ich.

«Wir werden es kopieren», sagte er sofort. «Haben Sie ein Kopiergerät?»

«Nein.»

«Dann fahre ich schnell zum Square. Dort gibt es Copyshops, die vierundzwanzig Stunden geöffnet haben.»

«Mr. Mayhew, wenn Sie wünschen, daß ich die Echtheit des Werkes nachweise, muß ich das Original haben. Es können Fingerabdrücke daran sein, Abdrücke, die mit Theas übereinstimmen.»

Oder auch nicht.

Einen Augenblick lang dachte ich, der Handel sei vom Tisch. Dann fixierte er mich mit einem Blick, der weit durch mich hindurch zu gehen schien.

«Ich brauche eine Quittung», sagte er.

«Kein Problem.»

«Ich schreibe eine aus.»

Ich sagte: «Und ich unterzeichne sie.»

In Rekordzeit holte er Stift und Papier aus seiner Aktentasche. Da er gerade bei Laune war und sein Papier ohnehin keinen Briefkopf mit Adresse trug, ließ ich ihn seinen Namen samt Adresse und Telefonnummer in Druckbuchstaben auf eine Rolodexkarte schreiben. Er gab mir keine gedruckte Visitenkarte, nahm jedoch gerne meine an.

Er schüttelte mir fast den Arm ab, als er ging, und seine welpenhafte Begeisterung war vollständig wiederhergestellt.

4

Ich bin vorbereitet. Ich habe immer eine Packung Chirurgenhandschuhe aus Latex in der Schreibtischschublade. Bevor ich den Inhalt des Umschlags auf den Schreibtisch ausleerte, holte ich ein Paar heraus. Ich hatte lose Blätter erwartet. Statt dessen kam ein Schreibblock zum Vorschein, milchkaffeefarben und mit dem Deckblattaufdruck «Strathmore Calligraphy» unter einem kunstvoll verschlungenen «S», das aus einer bebilderten Handschrift des 15. Jahrhunderts hätte stammen können. Der Block war 20 mal 28 Zentimeter groß und wurde an der Schmalseite von einem Streifen Stoff zusammengehalten, der wie Ripsseide aussah. Soweit ich sehen konnte, war nichts zerknittert, abgenutzt oder vergilbt.

Ich hob ihn unter meine Nase und schnupperte. Zigarettenrauch. Schlug die erste Seite auf. Leer. Das mattweiße Papier entsprach nicht meiner Vorstellung von rahmfarben. Als ich es ins Licht hielt, schien jedes Blatt in sechs Längsspalten mit feinen waagerechten Linien eingeteilt zu sein, die darüberliefen wie Wellen über einen Sandstrand. «50 Blatt» stand in schlichter Schrift auf dem Deckblatt.

Die Schreiberin hatte so geschrieben, daß die Bindung links war, den Block also nicht wie eine Ansammlung von herausreißbaren Blättern, sondern wie ein Buch behandelt. Die zweite Seite war ebenfalls leer. Auf der dritten war eine winzige Eins in der oberen rechten Ecke eingekreist. Die vierte war das Titelblatt: zwei Worte und sonst nichts. *Schwielige Knochen.*

Die fünfte Seite war mit der Art von eleganten Schriftzügen bedeckt, wie man sie von feinen Hochzeitseinladungen her kennt, mit dünnen Grundstrichen und fetten Querstrichen. Nachdem ich rasch darin geblättert hatte, stand ich auf, zerrte mir die Handschuhe von den schwitzigen Händen und ging auf die Suche nach meiner alten Ausgabe von *Böses Erwachen*.

Ich fand sie auf dem Speicher bei den ordentlich verpackten und bis dato ungeöffneten Kisten mit «Mementos», die meine Tante Bea mir hinterließ, als sie starb.

Ich schwöre mir immer, daß ich sie einmal durchsortiere. Ich komme nicht dazu. Meine Tante war eine sehr verschwiegene Frau; sie hütete ihre Geheimnisse so sorgfältig, daß ich erst von deren Existenz erfuhr, als sie gestorben war. In dem Medaillon, das sie stets trug, selbst im Bett zu ihren hochgeschlossenen Nachthemden, waren zwei sepiafarbene Fotos. Zwei Herren mit steifen Kragen und noch steiferer Haltung. Soweit ich wußte, war Tante Bea nie verheiratet. Ich habe keine Ahnung, wer die beiden Männer sind oder was sie ihr bedeutet haben.

Ich bin auch nicht sicher, ob ich's überhaupt wissen will.

Ich entfloh dem muffigen Speicher und klopfte dabei das verstaubte Buch ab. Kehrte in Theas Welt zurück.

Der Knopf-Verlag hatte *Böses Erwachen* in einer hübschen dunkelblauen Ausgabe mit einfachem Schutzumschlag herausgebracht. Der Titel in verschlungener Schreibschrift stand rahmweiß auf nachtblauem Untergrund wie Blitze im Sturm. Hatte Thea, die Kalligraphin, an der Gestaltung mitgewirkt?

Handschuhe wieder an.

Ich leide unter Schlaflosigkeit. Manchmal ist das von Nutzen, je nachdem, wie man es sieht. Es fiel mir nicht schwer, in der schwülen Nacht lange aufzubleiben und Theas brillantes

Erstlingswerk noch einmal zu lesen und dann ihr «neues» Kapitel anzugehen.

Ich kann eine Gerichtsakte lesen und sagen, ob zwei Kugeln aus demselben Revolver stammten; ich kann aber nicht zwei Gedichte lesen, die zeitlich über zwanzig Jahre auseinanderliegen, und sagen, daß sie beide von derselben Autorin stammen.

Das neue Kapitel war wie das veröffentlichte Buch eine Mischung aus Gedichten und Prosa. Es las sich wie ein Tagebuch, wie Notizen, die eine Frau sich privat macht. Nichts wirkte so ausgefeilt, als könnte es so veröffentlicht werden, aber mir gefiel, was ich las. Die Autorin hatte Initialen statt Namen verwandt. Der Schauplatz, den Adam Mayhew erwähnt hatte, war ein erfundener Erholungsort irgendwo auf Cape Ann, ein Refugium für Maler und Jachtbesitzer. Spannungen kamen auf zwischen den Menschen, die das ganze Jahr über dort lebten – den Fischern und Ladeninhabern –, und den gutbetuchten Feriengästen, die das Städtchen als ihren privaten Spielplatz betrachteten. Eine Romanversion von Rockport oder auch Marblehead?

Es gab keine Orientierungspunkte, an die man sich hätte halten können. Ich hätte nichts dagegen, mich auf Cape Ann umzusehen, wenn ich eine wirkliche Spur hätte. Aber nur ein einziges Kapitel von einem Roman nach 24 Jahren …

Zwei Restaurants wurden namentlich genannt. Ich wählte die Nynex-Telefonauskunft und fragte jedes Eßlokal erst in Rockport, dann in Marblehead ab. Nichts. Restaurants stehen immer im städtischen Telefonbuch. Entweder hatte Thea die Namen geändert, um die Besitzer zu schützen, oder die Lokale waren ihrer Phantasie entsprungen.

Vielleicht lag ich auch mit den Orten falsch. Vielleicht hatte sie mehrere Orte zusammengefaßt. Jedenfalls benutzte Thea sie als Hintergrund für ein Familiendrama.

Die betreffende Familie war reich und hatte sich in Politik und Kunst einen Namen gemacht. Der ungeheure Reichtum entsprang der unglücklichen Verbindung eines stämmigen Schiffskapitäns mit einer zarten Millionenerbin des Chinahandels.

Wie hatten die Camerons eigentlich ihre Unsummen verdient?

Das Mädchen auf den ersten Seiten der Geschichte schien ungefähr im gleichen Alter zu sein wie Thea, als sie verschwand. Sie wurde «d.» genannt. «D» für Dorothy? Waren das Memoiren? War es eine Autobiographie? Ein Schlüsselroman?

Ich bin keine Expertin auf dem Gebiet der modernen Literatur, obgleich mir die Namen von Dichtern, besonders von weiblichen, nicht fremd sind. Meine Tante besaß eine stattliche Sammlung moderner Dichtung. In ihren letzten Lebensjahren habe ich ihr daraus vorgelesen.

Ich erinnere mich noch an unzusammenhängende Sätze, Wortfetzen. June Jordans Gedicht über einen sterbenden Junge: «So wurde Brooklyn ein heiliger Ort.» Das war eins der Lieblingsgedichte meiner Tante. Sie sagte immer, die bitteren Worte der Autorin würden ihr Frieden geben. Ich weiß nicht, warum, aber Theas Worte stimmten mich auch friedlich. Ich nahm tatsächlich meine alte Steel-Gitarre, Marke «National», zur Hand und versuchte, eine Begleitung dazu zu finden, die ihnen gerecht wurde.

Theas Gedichte weckten eine teuflische Neugier in mir. Mit vierzehn hatte sie geschrieben:

der geist erinnert lange sich
in einsamkeit
an dunkle winkel der erinnerung
wie eine grube voller leere

voller schwärze
voller kälte
und ruft des nachts den namen
mit fragendem bedenken
bist du da bist du da
erinnert sich
und kann nicht vergessen
mit einem nachgeschmack von bitterkeit
und schaudern
und angst

Ich konnte es nicht singen, aber ich konnte förmlich hören, wie es jemand sang, eine leicht chassidische Melodie, die von der *Bema*, der Kanzel einer Synagoge, ausgeht.

Ich fragte mich, welche Art von Musik Thea wohl gemocht hatte. Protestsongs der 60er Jahre? Folk? Wonach mochte sie getanzt haben an den geselligen Freitagabenden von Avon Hill?

Ich sagte das Gedicht laut auf.

Vielleicht Jazz.

In dem neuen Kapitel schrieb sie, *wenn sie* es geschrieben hatte:

der geist kann zerstören, was der geist besitzt:
und da bist du
vor mir,
in verstaubter rüstung und blindem silber,
fern der kriege,
unzerstört

(du kannst nicht mein sein).

Nach so vielen Fragen und Ängsten von einst jetzt gemeißelte Antworten wie Felsblöcke. «der geist erinnert sich … der geist kann zerstören.»

Wen sprach sie an? Wem hatte sie zugerufen: «du bist da bist du da?» Wer stand vor ihr in «verstaubter rüstung?»

Warum sie das erste Gedicht geschrieben hatte, war mir ebenso unklar wie, warum sie das zweite geschrieben hatte.

Wenn sie es geschrieben hatte …

Das Fehlen von Versalien, die zufällige Anordnung der Worte auf den Linien, die eigenwillige Interpunktion war bei beiden Texten ähnlich. Das war alles, was ich sagen konnte, außer daß mir ihre Gedichte immerhin so sehr gefielen, daß ich sie laut las. Und mich fragte, was Tante Bea wohl gesagt hätte, wenn sie dort in ihrem Schaukelstuhl mit den gestickten Kissen gesessen und zugehört hätte.

Mein Versuch, Theas Verse in Musik umzusetzen, mißlang. Ich spielte Delta-Blues. Mit den alten Texten der Sklaven und kleinen Farmarbeiter, Leute mit Namen wie Blind Blake, Smilin' Cora oder Robert L.

Ich holte mir ein frisches Paar Latexhandschuhe aus dem Karton, streifte sie über und arbeitete mich mit den Fingern bis in die Spitzen vor, bis sich meine Hände verschränkten, als wollte ich beten. Zuerst schüttelte ich den braunen Umschlag, dann drückte ich ihn vorsichtig auseinander und spähte hinein. Nichts. Kein Hinweis darauf, woher er kam, ob er durch Plastikfolie geschützt worden war oder im Regal geklemmt hatte. Ich packte den rahmfarbenen Block an der Bindung und schüttelte ihn mit Daumen und Zeigefinger über meinem Schreibtisch. Ein loses Blatt segelte zu Boden wie ein Papierflugzeug.

Noch mehr Dichtkunst, ein kurzes Gedicht.

berlin, jetzt
          ohne eine mauer
                    kannst du

die glitzernden tore
abbrechen?
behalte immer
die westliche mauer,
der körper schreit
nach klagemauern

(nicht in jerusalem)

Das war der Beweis, von dem Mayhew gesprochen hatte: «berlin, *jetzt* ohne eine mauer». Es mußte nach 1989 geschrieben worden sein. Die großartige Schreibkunst schien die gleiche zu sein, das Papier identisch. Warum war dieses eine Blatt lose? Hatte Mayhew es hinzugefügt, es einem späteren Schreibblock entnommen, dem Teilstück einer Reihe, die das gesamte Manuskript ergab?

35 Seiten des Blocks waren für Kapitel 1 verbraucht worden. 15 waren leer geblieben. Die Berlin-Seite war ein Extrablatt, ein Zusatz. Genügte ein einziges Gedicht für eine Jahresbestimmung? Konnte sich die junge Thea Berlin nicht einfach ohne Mauer vorgestellt haben?

«berlin, *jetzt*»

Ich legte die Seite wieder in den Block, schob den Block wieder in den Umschlag und schloß den ganzen Kram in meine Schreibtischschublade ein. Zupfte mir die Handschuhe von den Händen und warf sie in den Papierkorb.

Bevor ich schlafen ging, rief ich noch einen Freund mit Internetanschluß an der Küste an und ließ mir die Privatnummer von Thurman W. Vandenburg geben. Ich wählte seine Nummer nur zu dem Vergnügen, ihn aufzuwecken, atmete schwer und legte wieder auf.

Halt, das solltest du nicht tun, dachte ich, während ich den Hörer fallen ließ, als stände meine Hand in Flammen.

Die Drogenfahndung hörte vielleicht sein Telefon ab, eine High-Tech-Spur zu mir. Vielleicht hatte Vandenburg auch ein Telefon, das die Nummer des Anrufers speicherte. Wenn ich eine Klientel wie Vandenburg hätte, würde ich mir jede technische Neuerung anschaffen; koste es, was es wolle.

Ich mußte eine andere Methode finden, um Informationen über Carlos Roldan Gonzales zu erhalten, eine andere Möglichkeit, um seinen Rechtsbeistand zum Reden zu bewegen.

5

Am frühen Morgen des nächsten Tages ertappte ich Roz – meine Mieterin, Putzhilfe und Gelegenheitsassistentin – dabei, wie sie um meinen Schreibtisch herumschnüffelte, als könnte sie das Geld riechen, das ich am Vorabend abgelehnt hatte. Roz war anfangs nur meine Mieterin, erbot sich dann jedoch, gegen Mietnachlaß das Haus zu putzen, eine Arbeit, die ich hasse. Ich nahm das Angebot sofort dankbar an. Hätte ich ihre Putzfähigkeiten vorher geprüft, würde sie mehr für ihr Zimmer bezahlen. Andererseits hätte ich, wenn sie im Zorn von mir geschieden wäre, auch auf ihre Karatefähigkeiten, ihre Post-Punk-Kunst und ihre intuitive Computersachkenntnis verzichten müssen. Ihr weites Spektrum von ewig wechselnden modischen Attributen gar nicht zu erwähnen.

In glänzend schwarze Radlerhosen und ein gebatiktes Top gekleidet, das sie in einem Secondhandshop der 60er Jahre ergattert hatte, war sie mit den kegelförmigen Einsätzen à la «Madonna mimt die Dietrich» sowie handgekritzelten Graffiti voll im Trend der 90er. «Titten sind wieder in», hatte sie quer über ihre linke Brust geschrieben. Eine Tätowierung von zwei sich paarenden Adlern zierte ihren gewaltigen Brustansatz. Sie war barfuß, so daß ich ihre Zehennägel goutieren konnte, die alle in unterschiedllichen Grüntönen lackiert waren: von erbsen- bis tannengrün und darüber hinaus.

«Ein zahlender Klient?» fragte sie, und es berührte sie überhaupt nicht, daß sie eindeutig beim Spionieren erwischt worden war. Wahrscheinlich würde sie ein Schubladenschloß oder zwei knacken, während ich zuschaute. Roz kennt keine Scham.

«Wie kommst du darauf?»

«Ich habe dich gestern reden gehört. Du hättest natürlich mit dir selbst sprechen können. Mit zwei Stimmen. Vielleicht bist du eine multiple Persönlichkeit.»

Roz sieht sich tagsüber Talk-Shows im Fernsehen an. Ich versuche, diese Tatsache nicht gegen sie zu verwenden, vermute aber, daß sie zu ihrer generellen Gewissenlosigkeit beiträgt.

«Die Privatsphäre ist doch eine feine Sache», sagte ich.

«Ich habe nicht gelauscht», erwiderte sie, ein bißchen zu eingeschnappt für jemanden, der gerade ungeniert meinen Schreibtisch durchwühlt hatte. «Ich habe nur Kameraeinstellungen geprobt.»

«Was?»

«Vergiß es. Wollte der Typ dich engagieren?»

«Ja», sagte ich.

«Vorschuß?»

«Noch nicht.»

«Carlotta, du mußt die Kohle vorher kassieren», sagte sie.

«Der Mann ist in Ordnung», entgegnete ich.

«Kann ich dabei helfen?»

«Brauchst du Geld?» Es ist immer gut, im voraus zu wissen, wann der Mieter die Miete nicht bezahlen kann. Roz hat eigentlich nie finanzielle Probleme gehabt; soweit ich weiß, ist sie die Tochter stinkreicher Eltern, die ihr jede Summe zukommen lassen, solange sie nicht mit fuchsrot und blau gestreiftem Haar, Tätowierungen und diversen Nasenringen in ihrer feinen Umgebung aufkreuzt.

«Ich bin nicht gerade vollkommen pleite», murmelte sie. «Ich hab ein paar Sachen hängen.»

«Was hängen?»

«Eine Ausstellung. Bei Yola in South End. Die Frau ist ganz verrückt nach meinem Zeug. Sagt, ich wäre die nächste Bostoner Künstlerin, die ganz groß rauskommt.»

«Groß und teuer?»

«Groß und Ende», sagte sie kummervoll. «Ich habe der Dame gesagt, sie könnte ruhig die ganze Scheiße verkaufen, aber ich würde nie wieder irgend etwas machen, was auch nur die geringste Ähnlichkeit damit hätte. Ich würde am liebsten alles zurücknehmen, nur brauche ich Kohle für den Film.»

«Den Film», wiederholte ich.

«Ich erweitere mein Programm», sagte Roz.

«Aufs Kino?»

«In etwa.»

«Mit Schauspielern?»

«Mit mir selbst.»

«Aha», sagte ich und bereute meine Dummheit. Wen sonst sollte sie dazu brauchen!

«Ich habe die Leasingpreise ausgecheckt. Kameras sind astronomisch teuer. Die Schneideausrüstung ist auch ein Hammer.»

«Und die laufende Ausstellung bringt nicht genug ein?»

«Auf Kommission. Womöglich verkauft sie kein einziges Stück.»

«Du mußt die Kohle vorher kassieren», äffte ich sie genußvoll nach. Ich fragte nicht genauer nach, was unter dem Universalwort «Stück» zu verstehen war. Ich verliere kein Wort darüber, wie Roz aussieht. Auch nicht über Inhalt, Art und Form ihrer Kunst. Ich fürchte, nie mehr aufhören zu können, wenn ich einmal davon anfange. Ich leide noch immer unter ihrer *Art-trouvé*-Phase. Das bedeutet frei übersetzt «Fundstück-Kunst», und das meiste Zeug hat sie in meiner Küche gefunden. Ich würde wohl nicht zu der besagten Ausstellungseröffnung gehen. Es hätte mich doch einigermaßen aus der Fassung gebracht, meine Käsereibe mit einem Preisschild dran an der Wand hängen zu sehen. Und ich weiß nicht, wo zum Teufel sonst diese Käsereibe hingeraten sein könnte. Ich bin Detektivin. Ich finde Sachen; ich verliere sie nicht.

«Du willst also Arbeit?» fragte ich Roz.

«Mir ist alles recht.»

«Dann überprüf mal Adam Mayhew. Hier ist seine Adresse und Telefonnummer. Der Schwager der stinkfeinen Dover-Camerons. Überprüf die ganze Familie. Einer kandidiert für das Gouverneursamt, ist also nicht gerade unsichtbar.»

Sie rieb Daumen und Zeigefinger aneinander, die internationale Geste fürs Penunzenzählen, so daß ich ihre Fingernägel alle im Blick hatte, deren Rot- und Orangetöne einen scharfen Kontrast zu den Zehennägeln bildeten. «Wenn du mit *denen* gut ins Geschäft kommst, kannst du hier ganz was Neues aufziehen. Ein Büro mieten. Deinen Mitarbeitern eine Leibrente zahlen.»

Ich reichte ihr den kostbaren braunen Umschlag, der das möglicherweise von Thea stammende Manuskript enthielt. Ich hatte alles auf Fingerabdrücke hin untersucht. Das glänzende Papier und das glatte feste Deckblatt enttäuschten meine Hoffnungen. Nicht das geringste Fleckchen, das ich einem Experten hätte anbieten können. Auf dem braunen Umschlag hingegen waren massenhaft Fingerabdrücke. Doch wenn ich sie mit Abdrücken auf der Ledermappe verglich, die Mayhew mir widerstrebend überlassen hatte, stimmten sie in so vielen Details überein, daß sie nur von meinem Klienten herrühren konnten. Ich hatte auch nichts anderes erwartet. Im Grunde hatte ich nur trainingshalber nach Fingerabdrücken gesucht. Es als Vorwand benutzt, um das Originaldokument behalten zu können. Wo sollte ich denn eigentlich einen echten, 24 Jahre alten Fingerabdruck von Thea Janis auftreiben?

Vielleicht hatte nie jemand ihr Zimmer geputzt, seit sie verschwunden war.

«Wenn du gehst», sagte ich zu Roz, «kopier das doch bitte. Zweimal. Und nicht verlieren, klar?»

«Sei nett zu den Camerons», riet mir Roz, «dann kannst du dir einen eigenen Kopierer leisten. Einen Super-Farbkopierer. Dann kannst du selber Geld drucken.»

«CopyCop's Copyshop ist nicht einmal eine halbe Meile von hier entfernt.»

«Die Schlange davor ist auch eine halbe Meile lang.»

«Dann will ich deine kostbare Zeit nicht länger in Anspruch nehmen.»

«Leih mir bitte den Ausweis für Widener.»

Widener ist die Hauptbibliothek von Harvard.

«Lassen Sie dich denn in *dem* Aufzug in die heiligen Hallen rein?» fragte ich anzüglich.

«Machst du Witze? Die Hälfte der Harvard-Typen sieht um Längen heißer aus als ich. Ich hole mir da Anregungen.»

«Kaum zu glauben», sagte ich und betrachtete ihr Äußeres.

«Glaub's nur.» Sie seufzte. «Geld. Die Wurzel allen Übels, ha! Damit kannst du dir ein tolles Outfit kaufen, das sage ich dir.»

«Nicht Geld ist die Wurzel allen Übels», belehrte ich sie automatisch, «sondern die Gier nach Geld –»

«Das gleiche in Grün, stimmt's?»

«Nicht ganz.»

«Aber fast.»

«Zieh Schuhe an», empfahl ich ihr. «Das Pflaster ist heiß.»

«Stimmt», sagte sie.

«Roz», sagte ich, und plötzlich hatte ich Hemmungen, den Schreibblock aus der Hand zu geben. «Ich kopier's selbst.»

«Ich mecker doch gar nicht. Ich brauche wirklich ein paar Scheinchen. Ich mach's schon, Carlotta.»

«Überprüf die Camerons. Besonders den Onkel, Adam Mayhew.» Ich fischte noch eine zweite gefälschte Studentenausweiskarte aus meiner Kollektion. «Und dann rüber zur Boston-Uni; tu so, als wärst du Doktorandin, und kopier mir, wenn's geht, ein paar Seiten aus einem handschriftlichen Originalmanuskript von Thea Janis. Verstanden? Thea Janis.»

Roz schob beide Karten in ihren Ausschnitt. «Ich habe wirklich nichts gegen CopyCop. Mit oder ohne Schlange.»

«Es ist nicht persönlich gemeint», sagte ich und nahm den Umschlag wieder an mich.

Manches muß man einfach selber tun. Roz ist eigentlich verläßlich. Aber «eigentlich» schien mir nicht auszureichen für die erste Botschaft von Thea Janis ans Reich der Lebenden nach 24 Jahren.

6

Roz ging und schritt dabei über den *Globe* hinweg, den der Zeitungsjunge in die Büsche zu stecken vergessen hatte. Sie balancierte auf gefährlich hohen Stöckelschuhen, die den grellen Nagellack auf ihren Zehennägeln verbargen, alles übrige jedoch betonten, und machte sich nicht die Mühe, die Zeitung aufzuheben. Ich tat es. Hob sie auf und nahm sie mit in mein Büro, wo ich jede einzelne Spalte nach einem Hinweis auf das mysteriöse Verschwinden von Paolinas Vater absuchte, dem berüchtigten kolumbianischen Drogenbaron Carlos Roldan Gonzales. Ich las jede noch so kurze Auslandsmeldung zweimal. Nach den Auskünften, die Vandenburg Esq. mir gegeben hatte, konnte der Mann sogar in Sri Lanka ermordet worden sein.

Keine Silbe über Roldan Gonzales.

Die Camerons beherrschten die Titelseite, außer der Schlagzeile und einer schmalen Spalte rechts, die der Katastrophe auf dem Balkan gewidmet waren, wie es sich gehörte. Die zweite Bostoner Zeitung, der *Herald*, hätte den Balkanstaaten keine Headline gegönnt. Sie wären gleich zur Sache gekommen: Läßt Marissa Cameron ihren Mann mitten im Wahlkampf fallen?

Und konnte ich es dem *Herald* verdenken? Ich überflog ja selbst den Artikel über die Konfrontation von Serben und Kroaten nicht einmal, bevor ich mich an den Einzelheiten der häuslichen Bredouille von Garnet Cameron ergötzte. Mir gefiel besonders der herablassende Stil des Artikels, mit dem der *Globe* allen Ernstes vorzugeben versuchte, ein so schmutziges Thema nur zu behandeln, weil andere Sensationsblätter es für druckreif hielten. Ich fragte mich, wann der *Globe* wohl anfangen würde, ebenfalls von Todeskandidatinnen im Knast zu berichten, die von Außerirdischen geschwängert worden waren.

Normalerweise interessieren mich die Skandalgeschichten der Reichen und Mächtigen nicht weiter, nein danke. Aber dieser Garnet Cameron, der anscheinend seine zweite Frau nicht anbinden konnte, war der Bruder der vermißten Thea. Also schüttete ich ordentlich Orangensaft in mich hinein und stürzte mich ins Vergnügen.

Mit 23 Jahren war Marissa Gates Moore Cameron bereits zwei Jahre verheiratet. Davor hatte sie kurz ein Ivy-League-College besucht und sich dann als Schauspielerin, Model und Sängerin versucht. Ein Foto zeigte sie bei ihren Wahlkampfaktivitäten in einem gelben Kleid, ihrem Markenzeichen, ein blonder Miss-Amerika-Typ, ein Mädchen wie du und ich, aber mit Pep. Mit ihrem strahlenden Lächeln und in ihrer süßen Vollkommenheit sah sie so aus, als könnte sie wunderbar einen Jonglierstab herumwirbeln, während sie gerade zur nächstgelegenen Elizabeth-Arden-Schönheitsfarm joggte.

Gestern hatte sie ein vereinbartes Interview für eine elegante Frauenzeitschrift platzen lassen und die Eröffnung eines Hätschelprojekts, eines Seniorenzentrums in Brockton, versäumt.

Kam mir so vor wie das Schmollen eines verwöhnten Görs. Vielleicht hatte Garnet vergessen, ihr Blumen zu schicken. Vielleicht hatte ihr gelbes Kleid beim Würstchengrillen für die Wahlkampagne einen Ketchupfleck davongetragen.

Ihr ganzes Vorleben – die elitäre, aber sehr lückenhafte

Ausbildung, die Europareisen, der Starruhm, der ihr nur knapp entgangen war –, das alles wurde breitgetreten, als wäre sie eine neue Lady Di. Der *Globe* teilte noch einen Seitenhieb an den *Herald* aus, indem er die Vermutung äußerte, ein jüngst darin erschienener Artikel, in dem über den Zustand der Cameronschen Ehe – junges Häschen, alter Hase – spekuliert wurde, sei der letzte Tropfen, den das Faß dieses heiklen «Bleiben sie für den Wahlkampf zusammen?»-Dramas zum Überlaufen brachte.

Ich bemühte mich um Mitgefühl. Meine Eltern waren nicht einmal für die drei Kinder zusammengeblieben. Sie schreckten nur des Geldes wegen vor einer Scheidung zurück – meine Mutter war zu arm, um uns zu unterhalten, und mein Vater wußte, daß die Unterhaltskosten erheblich höher sein würden als die Miete für unsere lausige Wohnung in Detroit.

Ich bezweifelte allerdings, daß Marissa oder Garnet finanzielle Sicherung vorrangig am Herzen lag.

Ich goß ein drittes Glas Orangensaft hinunter. Ich hätte mehr schlafen sollen. Ich bin unausstehlich, wenn ich nicht genug schlafe.

Theas eigenartiger Tagebuchroman hatte mich wach gehalten. Sowohl ihre Prosa als auch ihre Lyrik übten eine seltsam beklemmende Macht aus. 36 Seiten weckten den Wunsch in mir, alles, aber auch alles über sie in Erfahrung zu bringen und noch die kleinste Kleinigkeit über ihr Verschwinden herauszufinden.

Oder ihren Tod.

Den Schutzumschlag von *Böses Erwachen* zierte kein lächelndes Autorengesicht. Das Foto, das Adam Mayhew mir überlassen hatte, mußte von einem Berufsfotografen aufgenommen worden sein. Ein schmächtiges, verlassen wirkendes Geschöpf starrte mich mit traurigen Augen und exquisiter Wangenpartie aus dem edel wirkenden 18-mal-24-Schwarzweißfoto an. Es war kein perfektes Gesicht. Es hatte Fehler. Der Schmollmund mit den vollen Lippen war ungeheuer breit. Das Kinn war zu klein, um den Mund aufzuwiegen. Sie trug ein weißes Kleid und einen blumengeschmückten Sonnenhut, und ihr wissender Blick stand in scharfem Kontrast zu ihren züchtig zusammengepreßten Knien.

Das Foto war ungemein vielschichtig: lüstern, sinnlich und seltsam unschuldig. Marissa Cameron auf ihrem Bild, ein zugegebenermaßen nur grob gerastertes Zeitungsbild, wirkte dagegen so einfältig wie eine 50er-Jahre-Fernsehkomödie.

Ich betrachtete Theas Foto genau. Computer können heutzutage das Porträt auf einem Foto altern lassen, aber ich besaß kein solches Programm. Roz konnte es wahrscheinlich besser als jede Maschine. Das Foto in verschiedenster Hinsicht ändern. Eine im Reichtum aufgewachsene Thea, eine in Armut aufgewachsene Thea, eine älter werdende Thea, pummelig oder schmächtig, gesund oder krank. Roz hat ein Auge für so was.

Und ich, nun, ich warf noch einen kurzen Blick auf die Titelseite und revidierte mein Morgenprogramm. Ich habe immerhin soviel gelernt, nicht in ein Wespennest von Reportern zu stechen. Kein Besuch des Cameron-Anwesens heute. Ich mußte erst mal meine beste Informationsquelle bearbeiten und mich dazu durch die Hintertür an meinen früheren Arbeitsplatz schleichen.

Ich duschte eiskalt – kurzfristig ein guter Schlafersatz – und zog mir für meinen Besuch im Polizeirevier ein ärmelloses Tank-Top und Khakishorts an. Ich wählte absichtlich diese leichte Bekleidung, um die Uniformierten voller Neid auf mich im eigenen Saft brutzeln und vor Hitze fast erstikken zu sehen. Die Freiheit, anziehen zu können, was ich mag, ist eine der wenigen Vergünstigungen meines Jobs.

Als Zivilbeamtin der Kripo hatte ich natürlich ähnliche Freiheiten genossen. Ich hatte aber keinen Gebrauch davon gemacht. Denn ich hatte genau gewußt, wenn ich in «unprofessioneller» Kleidung zum Dienst gekommen wäre, hätte das noch einen Minuspunkt für die wenigen Frauen im Polizeidienst gegeben und wäre ein Vergehen gewesen, das sehr wohl mit der Rückversetzung zur gefürchteten Streifenpolizei hätte enden können. Das einzige, wobei die männlichen Cops meine Anwesenheit in Zivil zu befürworten schienen, war eine scheinheilige Sittenstreife, vorzugsweise im Winter, aus «Sorge» um die armen Straßenhuren: Loch sie um Gottes willen ein, damit sie nicht erfrieren. Um mich, die ich bei Eiseskälte weit unter Null einen nur bis zum Schritt reichenden Minirock tragen mußte, machten sie sich keine Sorgen. Ein paar von den Kerlen fuhren sogar richtig darauf ab, sie plädierten für hauchdünne Strumpfhosen statt Wolltrikots und ließen die Bemerkung fallen, ich würde sicher noch bessere Arbeit leisten, wenn ich mir den BH mit Papiertüchern ausstopfte.

Und wenn ich das alles nicht mit einem Lächeln einsteckte, hatte ich eben keinen Funken Humor.

Ich erwiderte, ich würde nur zu gern meinen BH ausstopfen, wenn sie erst mal die Kerle einlochten, die mir immer als Zuhälter auf die Pelle rückten, und nicht bloß die Mädchen im Auge hätten, die ihrer Arbeit nachgingen und mit denen ich mich nur anfreunden sollte, um sie später reinzulegen.

Vielleicht hätte ich etwas ändern können, wenn ich es länger auf der Straße ausgehalten hätte. Vielleicht konnten Schweine ja mit Billardkugeln jonglieren.

Himmel, dachte ich, beruhige dich bloß. Mir wurde schon beim Gedanken an damals siedend heiß. Es war nicht die ganze Abteilung gewesen, nur ein paar großmäulige, dickköpfige Wichser. Ich warf einen Blick in den Spiegel, spritzte mir kaltes Wasser ins Gesicht, zog mir ein gemäßigteres Hemd an und längere, weitere Shorts.

Warum die Guten vor den Kopf stoßen, wenn so viele Schlechte da sind?

Ich beschloß, zum Harvard Square zu laufen und die Bahn zur South Station zu nehmen. Vielleicht wehte vom Meer her ein kühler Wind. Außerdem wollte ich nicht unbedingt schon wieder einen Strafzettel fürs Falschparken einheimsen, was jedesmal passiert, wenn ich meinen Wagen in der Nähe der D-Wache abstelle.

Ich stopfte den braunen Umschlag mit Theas Schreibblock in eine Plastiktüte, die ich mir ans linke Handgelenk hängte, und zog los.

Auf dem Weg zur Huron Avenue drehte ich mich abrupt um, ohne ersichtlichen Grund, nur einfach so, und da sah ich ihn. Den gleichen Mann, der mich gestern im Drugstore beschattet hatte. Heute trug er eine Jeansjacke, eine Baseballmütze, eine Sonnenbrille und etwas Unförmiges unter dem Arm. Viel zu dick angezogen für die Hitzewelle.

Ich erkannte ihn an seinen Ohren wieder. Auf Ohren und Finger drillen sie einen auf der Polizeischule. Jeder kann sich eine Sonnenbrille, eine Perücke und einen Schnurrbart kaufen. Schwielige, plumpe Finger verändern sich nicht. Dünne, baumelnde Ohrläppchen auch nicht.

Also noch einmal umplanen.

Statt mich nach links zu wenden und auf Harvard zuzugehen, bog ich nach rechts ab und hielt auf den Mount-Auburn-Friedhof zu. Das hört sich vielleicht nicht nach einem angenehmen Abstecher an, aber ich hatte ohnehin vorgehabt, dorthin zu gehen. Dieser alte Friedhof hat nichts mit denen gemein, wo man mit dem Motormäher über die flachen Grabsteine fährt. Er ist ein richtiger Park mit Springbrunnen, Bäumen, Standbildern und einer wunderbaren Landschaftsgestaltung sowie den Gräbern von Edwin Booth, einem der größten Schauspieler seiner Zeit und Bruder des Mannes, der Lincoln erschoß; Fannie Farmer, der bekannten Kochbuchautorin; Mary Baker Eddy, der Dame von der Christian Science, die gar nicht wirklich mit einem Telefon beerdigt wurde, obwohl die Story gut klingt; Winslow Homer, dem Maler; Buckminster Fuller; Henry Wadsworth Longfellow. Gerüchten zufolge ist hier auch die Begräbnisstätte von Sacco und Vanzetti, aber darüber spricht kein Mensch.

Ich kannte die Anlage genau und wußte, wo die steinernen Engel und hohen Grabdenkmäler waren, hinter denen ich mich verstecken und meinen Beobachter beobachten konnte, vorausgesetzt, er biß an und folgte mir in den Park.

Ich duckte mich rasch unter den Steinbogen, der zum Hauptteil des Friedhofs führt. Auf der anderen Seite der Coolidge Avenue liegt der städtische Friedhof von Cambridge, auf dem die weniger Bekannten bestattet werden. Ich beschloß, mich an die Touristenroute zu halten, zumindest zu Anfang, um es dem Kerl leichter zu machen. Ich schlug einen Laubengang zum Familiengrab der Lowells ein. Der Schatten bot eine willkommene Abkühlung.

Die ganze Anlage war peinlich sauber und gut gepflegt, die Hügel waren gefällig gestaltet, die Teiche klar und mit Seerosen übersät. Marmorne Heilige blickten himmelwärts, um für die Seele der zigarrenrauchenden Amy Lowell Fürsprache einzulegen. Mein Verfolger war nicht in Sicht. Vielleicht war er falsch abgebogen. Oder hatte die Falle gerochen.

Ich ging denselben Weg ein Stück zurück.

Niemand.

Ich schlug einen neuen Pfad ein und erwog kurz, den Gärtner zu fragen, ob er noch einen anderen Touristen hier draußen gesehen hätte. Der ältere Mann, der langsam den makellosen Rasen harkte, sah so aus, als würde er gern plaudern und freimütig reden. Bei so schweigsamen Nachbarn hatte er wohl wenig Gelegenheit, sich zu unterhalten.

«Wo kann ich die Familiengrabstätte der Camerons finden?» fragte ich, sobald er einmal aufblickte und mich bemerkte. Bestimmt hatten die Camerons hier eine Grabstätte, ein fürstliches Grabmal für illustre Vorfahren.

Der Gärtner wies mir genauestens den Weg, an der dritten Ulme vorbei, am flachen Teich links, den Hügel rechts hinunter, am Fliedergebüsch vorbei. Im Frühling wäre es recht hübsch, meinte er. Weißer Flieder.

Ob er einen Mann in einer Jeansjacke gesehen hatte? Nein. Ein heißer Tag.

Die Camerongrabstätte war von einem kniehohen schmiedeeisernen Zaun eingefaßt, der so kunstvoll gearbeitet war wie die Verzierungen an ausgefallenen Terrassenmöbeln. Ich kann die Marmorsorten nicht auseinanderhalten, aber die Camerons gaben weißem Marmor mit kaum sichtbar rosa Maserung den Vorzug. Dadurch wirkten die Statuen lebendig, als würde ein sanftes Erröten ihre sonnenbeschienene Haut erwärmen. Das älteste Grab war aus dem Jahre 1714. Lucinda Eustachia Estes Cameron, Frau und Mutter. Mit 22 gestorben. Krankheit oder Kindbett.

Franklin Camerons Grabmal, eine Platte zwischen hohen geriffelten Säulen, war mit der amerikanischen Fahne für Veteranen geschmückt und trug die Aufschrift: Er diente seinem Land in Krieg und Frieden. Geboren 1911, gestorben 1975. Geliebter Mann und Vater.

Ich spähte den Pfad hinunter. Kein Fremder in blauer Jacke.

Ich suchte nach dem Grab, dessentwegen ich hier war und das es vielleicht nicht gab.

Es war schlicht. Fast schon karg im Vergleich zu den kunstvoll gemeißelten Seraphim und Cherubim der anderen. Ein schmaler, hoher Stein mit zwei geschwungenen Blättern. Es dauerte eine Weile, bis ich merkte, daß der Stein Buchform hatte. Sonst deutete nichts darauf hin, daß es sich um das Grab der Frau handelte, die unter dem Pseudonym Thea Janis geschrieben hatte.

«Dorothy Jade Cameron» stand in tief eingravierten Lettern, die dem Zahn der Zeit trotzen würden, darauf: 1956–1971. 15 Jahre alt. Sogar noch jünger als ihre Ahne Lucinda Eustachia.

Wie mögen sie das Todesjahr festgelegt haben, fragte ich mich. Wenn sie 71 verschwunden war, konnte sie frühestens 78, sieben Jahre später, amtlich für tot erklärt werden.

Der Gärtner hatte seine Arbeit mit dem Rechen beendet. Ich sah ihn noch eine Weile draußen und ging ihm dann nach in das dienstlich wirkende kleine Steinhaus. Friedhöfe führen Buch. Wenn man die letzte Ruhestätte eines lieben Verwandten nicht mehr weiß, kann man meist eine Karte der Anlage bekommen.

Ich wollte mehr als bloß eine Karte.

Er trank eine Dose Cola, und die Falten seines erhobenen Kinns wackelten, als er schluckte. Ich wartete und machte mich schließlich dadurch bemerkbar, daß ich den Fuß geräuschvoll über den Kies zog.

«Ja?» sagte er, während er die Coladose auf die Theke knallte, und er sah so schuldbewußt aus, als sei er bei einer Flasche Wild Turkey erwischt worden. «Womit kann ich Ihnen dienen?»

«Sind Sie schon lange hier beschäftigt?» fragte ich.

«Ja», sagte er und entspannte sich, «fast 35 Jahre.»

«Sind manche der Grabstellen nur Gedenkstätten?»

«Wie meinen Sie das?»

«Daß dort niemand begraben liegt, sondern nur ein Gedenkstein steht wie bei Paul Revere, der an drei oder vier Orten gleichzeitig ‹bestattet› wurde.»

«Wir haben die Asche», sagte er. «Vom Krematorium.»

«Nein. Ich möchte wissen, ob all die Steine und Grabmäler bedeuten, daß dort auch wirklich jemand begraben wurde.»

«Am besten sagen Sie mir mal genau, was Sie meinen, Miss. Haben Sie jemanden Bestimmten im Sinn?»

«Dorothy Cameron. Sie war Schriftstellerin, hat 1970 ein Buch veröffentlicht. Auf ihrem Grabstein steht, daß sie 1971 gestorben ist.»

«Das stimmt», sagte er. «Die große Grabstelle. Sie ist 71 gestorben und begraben worden. Eine traurige Sache, wenn Eltern ein Kind überleben.»

«Das ist also kein Gedenkstein. Sind Sie da sicher? Gibt es Bücher, in denen Sie nachsehen könnten?»

«Könnte ich, aber das ist nicht nötig. Ich erinnere mich noch gut an die Beerdigung, denn die junge Frau war ja berühmt. Eine feine Familie. Alle großen Beerdigungen fanden hier statt; jetzt sind wir glatt überfüllt.»

«Es gab einen Sarg», sagte ich.

«Stimmt», sagte er, kratzte sich hinten am Hals und zuckte mit den Schultern, als wolle er sie lockern, bevor er wieder draußen an die Harkarbeit ging. «Ich bin nicht zur Leichenhalle gegangen oder sonstwas, aber ich weiß noch, daß es ein weißer Sarg war und daß weiße Lilien den ganzen Grabhügel bedeckten. Alles war weiß, ohne einen einzigen Farbtupfer.»

«Es ist lange her», sagte ich.

«Und ich bin schon lange hier. Aber ich erinnere mich

gut. Nicht gerade daran, was ich damals zum Frühstück gegessen habe, aber eine so große Beerdigung und daß man die Presse fernhalten mußte und all das, daran erinnere ich mich gut.»

«Ich danke Ihnen», sagte ich und wandte mich zum Gehen; die Plastiktüte an meinem Handgelenk wog auf einmal schwer.

Wenn Theas neues Manuskript echt war, wessen Leiche lag dann unter dem Marmorstein? Hatte mein Klient *das* gemeint, als er sagte, er sei sicher, daß jemand einen Fehler gemacht hätte?

Ich sah ihn auf dem Weg zum Friedhofsausgang, während ich mit einem Auge noch immer nach dem Mann mit der blauen Jeansjacke Ausschau hielt.

Adam Mayhews Grabstein. Oder besser gesagt: sein Grabmal. Die Inschrift war genau auf Augenhöhe. Kunstvoll. Groß. Jedem, der die Cameron-Familiengruft besuchte, mußte es ins Auge fallen, vielleicht sogar die fein ausgeführte Einfassung, ein Kranz von herausgemeißelten Tauben.

Ich notierte mir das Geburts- und Todesdatum. Schließlich bin ich Detektivin. Dann suchte ich mir eine Telefonzelle und wählte die Nummer, die mir mein Klient vergangenen Abend aufgeschrieben hatte.

Innerhalb des Bereichs mit der Vorwahl 617 gab es keinen Anschluß unter dieser Nummer. Ich probierte es mit der Vorwahl 508 der westlichen Vororte, nur um sicher zu sein. Eine Computerstimme empfahl mir, die Nummer noch einmal zu prüfen und erneut zu wählen.

7

Im überfüllten, überhitzten Bus und dann in der gnädigerweise klimatisierten Red Line trommelten tausend Möglichkeiten durch mein Hirn im gleichen Tempo wie die dahinsausende U-Bahn. Erstens: Mein Klient war ein Lügner und Betrüger. Lügner und Betrüger. Lügner und Betrüger. Der Rhythmus paßte sich dem Rattern der Bahn und dem Schwanken der Sitze an.

Andererseits mußte – das versuchte ich mir einzureden, während der Zug ans Tageslicht fuhr und die Longfellow Bridge über den Charles River überquerte – der Adam Mayhew auf dem Mount-Auburn-Friedhof nicht unbedingt *mein* Adam Mayhew sein.

Gleißendes Sonnenlicht prallte von der goldenen Kuppel des Kapitols zurück, und ich schloß die Augen, ohne die Gruppe von Rowdys zu beachten, die am Bahnhof Charles Street zustieg. Bei den alteingesessenen Bostoner Familien kommen Namenswiederholungen häufig vor. Mein blauäugiger, bifokaler Adam konnte sehr wohl Adam Mayhew der dritte, vierte oder fünfte sein. Von einem überhaupt nicht mit der Familie verwandten Adam Mayhew gar nicht zu reden.

Klar. Ich glaube an Zufälle. Ebenso wie an den Osterhasen, das Horoskop und langfristige Wettervorhersagen.

Glaubte ich auch an die genauen Erinnerungen eines alten Friedhofswärters? Konnte er sich wirklich an eine 24 Jahre zurückliegende Beerdigung erinnern? Er hatte sich nicht erboten, in irgendwelchen Unterlagen nachzusehen. Aber warum sollte er lügen?

Ich seufzte und täuschte gleich darauf ein Hüsteln vor, als ich bemerkte, daß mich mein Banknachbar forschend betrachtete. Er hatte einen langen Bart, trug ein Käppchen auf dem Kopf und eine schwarze Soutane. Ein schweres Kreuz an einer Metallkette baumelte bis zu seinen Knien herab. Er sah aus, als suchte er Leute, die er bekehren konnte, oder Schäfchen und Spender.

Tatsache ist: Ich bin von Natur aus argwöhnisch. Und ich ließ meinem Argwohn in der U-Bahn freien Lauf, aber es tauchte nirgendwo ein breitschultriger Mann mit einer völlig unnötigen Jacke irgendeiner Färbung oder einer Kanone im Schulterhalfter auf. Die Bahn war so voll, daß ich nicht absolut sicher sein konnte, daß er nicht doch da war, und deshalb stieg ich an der Park Street um und wartete acht Minuten auf den nächsten überfüllten Zug Richtung Süden, wobei ich die Augen offenhielt.

Wenn es nicht immer so verdammt heiß wäre in den Schächten, würde ich vielleicht zur Bahnpolizei gehen und die Vergünstigungen eines halbwegs normalen Jobs sowie ein regelmäßiges Einkommen genießen.

Aber dürfte ich dort so verrückte Tops tragen wie die von Roz? Würde ich überhaupt so etwas tragen, wenn ich die Freiheit hätte? Oder die Figur?

Manchmal komme ich mir neben Roz wie eine junge Naive vor; dann wie eine wahre Heilige, eine nie versiegende Quelle des gesunden Menschenverstandes. Kein Wunder, daß ich ihre Anwesenheit in meinem Leben so schätze.

Wie ich auch Mooney schätze.

Mooney ist einfach einer der besten Polizisten, die es gibt. Wäre er nicht gewesen, wäre ich nie bei der Kripo gelandet, hätte mir nie meine Marke verdient. Oder vielmehr: Ich *hätte* sie zwar verdient, sie aber nie bekommen, weil immer einer vor mir dran gewesen wäre, dessen guter alter Papa und fünf irische Onkel einst dem Bostoner Polizeidienst angehörten.

Der Ärger mit Mooney ist, daß ich ihm gegenüber ständig Schuldgefühle habe, als hätte ich um jeden Preis Polizeibeamtin bleiben sollen, denn er hat sich für mich wirklich weit aus dem Fenster gelehnt. Und ich habe es ihm damit gedankt, daß ich den Dienst quittierte.

Schuldgefühle spielen generell eine so entscheidende Rolle in meinem Leben, daß die Schuldgefühle Mooney gegenüber immer erst zuletzt drankommen. Aber heute, wo er mir einen Gefallen tun sollte, kamen sie verstohlen wieder angekrochen und nagten an mir, während ich auf der Rampe bei den Zapfsäulen auf einen Beamten wartete, den ich kannte und dem ich unauffällig in die Wache folgen konnte, ohne mir dumme Sprüche anhören zu müssen. Während ich die Treppe hinaufstieg und dabei automatisch über die knarrende vierte Stufe und die lose Gummikante an der sechsten hinwegtrat, überlegte ich, ob ich noch etwas gut hatte.

Wer schuldete wem noch etwas?

Ich hatte das miese Gefühl, daß ich ein paar fette Punkte zurücklag und noch weiter zurückfallen würde. Vielleicht sollte ich auf allen vieren in sein Büro kriechen, als demütige Bittstellerin. Nein. Cops klatschen für ihr Leben gern. Den Gefallen würde ich ihnen nicht tun.

«Was ist?» bellte Mooney, als ich die Tür öffnete. Er blickte argwöhnisch auf und spähte über kleine rechteckige Brillengläser hinweg zur Tür. Als er merkte, daß sie mir auffielen, nahm er die Brille schnell ab und verstaute sie in seiner Schreibtischschublade.

Eitelkeit: nicht direkt eine der sieben Todsünden, aber Mooney war sonst kaum jemals eitel.

Ich zog lediglich die Augenbrauen hoch. Wenn ich Hilfe brauche, lade ich ihn normalerweise zu Doughnuts ein; ich platze eigentlich nie unangemeldet und ungebeten bei ihm rein.

«Krach mit deinem Freund?» fragte er.

Die beste Verteidigung ist ein Überraschungsangriff; Mooney weiß das.

Ich überhörte seine Frage. Ich besuche Mooney nicht, um mit ihm über mein Sexualleben zu reden. Das weiß er.

«Wie geht's Sam?» fuhr er fort, ein weiterer Verflossener von mir, da wir nun schon bei dem Thema waren.

Sam Gianelli ist ein heikles Thema. Wir waren nicht zusammen, als er bei einem Anschlag auf die Taxizentrale von Green & White verletzt wurde, aber wir unterhalten seit Jahren eine Liebesbeziehung mit Pausen.

«Ist in der Reha-Klinik», sagte ich. «Palm Beach. Sieht mehr wie ein Hotel und nicht wie eine Klinik aus, aber Sam ist ganz schön mutlos. Sie scheinen sein linkes Bein nicht so hinzubekommen, daß es zum rechten paßt. Es fehlen ein Zentimeter hier und ein paar Millimeter da. Klingt nicht nach viel, aber dadurch wird das Laufen zur Hölle. Er wird sich freuen, daß du dich nach ihm erkundigst.»

«Hast du ihn besucht?»

«Warum?»

«Na ja, ich habe mich gefragt, ob seine Familie jemand auf dich angesetzt hat.»

«Wieso?» fragte ich.

«Triola hat einen Galgenvogel geschnappt, der dachte, er könnte sich eine Strafmilderung einhandeln.»

Der Typ im Drugstore, den ich für einen von der Drogenfahndung gehalten hatte. Der Mann mit dem Schulterhalfter …

«Ich habe Sam doch das Leben gerettet!» protestierte ich.

«Einige von den Gianellis sehen das vielleicht etwas anders», sagte Mooney.

«Dann sehen sie wahrscheinlich nicht besser als du. Seit wann hast du die Brille?»

«Liegt an diesen verdammten Berichten. Versauen einem die Nahsicht. Komm bloß nicht auf dumme Gedanken. Ich kann immer noch besser schießen als du.»

«Auf jede Distanz», stimmte ich beflissen zu. «Du bist ein phantastischer Schütze, Mooney.»

«Und ich soll dir einen Gefallen tun», sagte er und nickte mit dem runden irischen Gesicht, das eigensinnige Kinn vorgeschoben.

«Wie kommst du darauf?»

«Einen großen Gefallen. Du lächelst mich an. Und nicht, um mir die Zähne zu zeigen. Ein richtiges Lächeln.»

«Mooney –»

«Also sag mir, daß es nicht stimmt. Sag mir, daß du den dämlichen Seelenklempner fallengelassen hast und dich verzweifelt danach sehnst, heute abend mit mir zu Mary Chung ausgeführt zu werden und Suan La zu speisen oder wie sie das Zeug nennt.»

«Mary hat wieder geöffnet?»

«Seit Monaten schon. Warst du noch nicht wieder da?»

«Ich wußte das nicht.» Mary Chungs Restaurant am Central Square in Cambridge war jahrelang geschlossen, seit die Biogen-Labors ihrem Verpächter ein Angebot machten, das er nicht ausschlagen konnte. Es ging dauernd das Gerücht um, es hätte wieder geöffnet. Es formierte sich sogar eine Kultgemeinde von Interessierten im Internet, um die Gerüchte möglichst lange am Kochen zu erhalten. Mary sei in China. Mary hätte eine Alkohollizenz beantragt, und der Antrag sei abgelehnt worden. Mary hätte ein Lokal in 443 Mass. Ave. gemietet. Nein, hätte sie doch nicht. Ich hatte die

Sache längst nicht mehr verfolgt, obwohl ich wahrhaftig die größte Mühe hatte, mir meine Besuche bei Mary Chung abzugewöhnen. Ich war nämlich regelmäßig zweimal die Woche da, ein Suan-La-Chow-Show-Junkie. Bei Mary gibt es sauerscharfe Wontonsuppe, die einfach toll ist. Meine Großmutter – Gott hab sie selig – vergebe mir, aber Suan La Chow Show ist besser als Hühnersuppe gegen alles, was einem vielleicht fehlen mag. Macht garantiert die Nebenhöhlen frei, vertreibt Dämonen, bringt Politessen vom vorgeschriebenen Dienstweg ab. Ich vergaß beinahe den Grund für meinen Besuch, so eifrig war ich darauf bedacht, zum Central Square zu kommen.

«Ich lade dich zum Lunch ein, Mooney», sagte ich. «Ich bin dran.»

«Versteh mich nicht falsch, ich weiß deine Einladung durchaus zu schätzen», sagte Mooney, «aber alles, was die Dame kocht, verursacht bei mir Sodbrennen.»

«Es ist dein Geschmack, der uns entzweit, Moon», sagte ich.

«Gegen Vanille ist doch nichts einzuwenden», beharrte er eigensinnig.

«Igitt», sagte ich. «Du ißt wahrscheinlich Knautschbrot mit Mayonnaise und nennst das Sandwich. Ich gestehe es: Ich möchte dich um einen Gefallen bitten. Ich habe einen Fall, der an eine alte Vermißtensache anschließt – oder auch nicht. Normalerweise würde ich davon ausgehen, daß es in dieser Abteilung keine Akte mehr gibt über eine so alte Sache, aber es handelt sich *nicht* um eine 08/15-Ausreißerin.»

«Geht es um Richter Crater oder um Amelia Earhart?»

Ich setzte mich auf die Kante seines Schreibtischs. Sein Besucherstuhl ist ein Witz und so gebaut, daß er die Ärsche unvorsichtiger Bürokraten malträtiert, damit sie sich kurz fassen.

«Sehr komisch», sagte ich. «Entlockt mir ein müdes Lächeln.»

«Wie lange liegt der Fall denn zurück?» fragte er.

Ich zuckte die Achseln. Konnte es ruhig gleich hinter mich bringen. «Vierundzwanzig Jahre.»

Mooney starrte mich eine Zeitlang an, ehe er traurig den Kopf schüttelte. «Hast du eine Anzeige im *Glücksritter* geschaltet? ‹Spezialistin übernimmt unheimliche Klienten, unheimliche Fälle›? Du solltest wirklich wieder zum Polizeidienst kommen.»

«Als wenn es bei euch keine unheimlichen Fälle gäbe! Wie Zehnjährige, die Neunjährige wegen ein Paar Nikes töten?»

«Ja, damit können wir aufwarten», sagte er. «Mit viel zu vielen von der Sorte.»

«Komm, laß dich mal von mir von alledem wegführen, zumindest bis zum Central Square», drängte ich ihn.

Er schob seinen Sessel nach hinten. Fußbodendielen knarrten. «Vierundzwanzig Jahre? Lassen meine Ohren nach, oder was?»

«Fast genauso wie deine Sicht.»

«Was willst du eigentlich von mir?»

«Immer mit der Ruhe. Ich will nur wissen, wer die Untersuchung geleitet hat. Und ich will wissen, ob die Sache noch läuft oder ob sie abgeschlossen ist.»

Ich möchte wissen, warum ein Mann, der mit den Camerons verwandt zu sein behauptet, mir so viele Lügen aufgetischt hat. Ich möchte wissen, woher das Schriftstück stammt, das ich in einer Plastiktüte vom Star Market mit mir herumschleppe.

«Carlotta, die Cops hier machen's zwanzig Jahre, fallen auf die Knie, danken dem Herrgott und treten mit einer guten Rente in den Ruhestand.»

«Nicht alle», sagte ich.

«Ein paar bekommen vorher einen Herzinfarkt oder werden erschossen», sagte er. «Werden begraben.»

«Hör bloß auf, Mooney, manche sind doch mit der Dienstmarke verheiratet. Sicher, am Anfang läuft alles anders – dann haut die Frau ab, und die Kinder sehen sie nie. Was sollen sie denn im Ruhestand machen? In einem Motelzimmer herumsitzen, bis es ihnen lieber ist, an einer Kugel zu ersticken? Du sollst mich mit dem Typen bekanntmachen, der am längsten hier ist.»

«Es war kein 08 / 15-Fall», sagte er langsam.

«Richtig.»

«Dann sag mal, wer es war, bevor wir weitersehen. In manchen Töpfchen rühren wir nicht mehr.»

«Richter Crater», sagte ich.

Keine Reaktion. Nicht die Spur eines Lächelns.

«Thea Janis», sagte ich widerwillig, weil es mir inzwischen widerstrebt, einem Polizisten überhaupt etwas zu erzählen, was ich nicht unbedingt erzählen muß. Ich buchstabierte es wegen des merkwürdigen Vornamens und der Vielzahl von Schreibweisen, die der Nachname zuließ.

«Thea Janis», wiederholte Mooney. Ich ließ ihn ruhig da sitzen und eine Weile über den Vornamen nachgrübeln, um zu sehen, ob es bei ihm genauso klingelte wie bei mir. «Warte mal. Ich ruf eben ‹U-Boote› an.»

«U-Boote?»

«Neue Abteilung. Ein Sergeant und zwei Beamte. Sie checken ungelöste Fälle durch, besuchen alte Tatorte, suchen fehlende Zeugen. Manchmal ist jemand erst nach acht, neun Jahren bereit zu reden.»

Er klemmte sich den Hörer zwischen Ohr und Schulter und wählte.

Mooneys Büro ist einer der wenigen geschlossenen

Räume – außer dem Klo – in der alten D-Wache in Southie, dem Sitz des Morddezernats. Es ist ansprechender als die Toilette, aber nicht viel. Es sieht immer so aus, als würde gerade jemand ein- oder ausziehen, nur nicht wie ein normaler Arbeitsplatz. An der Wand nicht ein einziges Plakat. Kein Foto auf dem Schreibtisch. Vielleicht sollte ich dem Mann eine Zimmerpflanze kaufen und zuschauen, wie sie dahinwelkt und schließlich wegen Vernachlässigung eingeht.

Ich horchte auf Mooneys Gespräch. Er brummte fast nur: «Hm, hmmm, hm, hm.»

Nachdem er aufgelegt hatte, wandte er sich wieder zu mir. «Die Abteilung ‹U-Boote› bearbeitet gerade einen wiedereröffneten neunzehn Jahre alten Mord», sagte er. «Ein kleiner Junge, der erwürgt und hinter einem Spirituosenladen liegengelassen wurde. Sie haben nichts über Thea Janis.»

«Es müßte aber einen Haufen Papier darüber geben, Mooney.»

«Warum denn?»

Er war wie eine Backsteinwand. Ich würde nichts aus ihm herausbekommen, wenn ich ihm nichts erzählte. «Unter einem anderen Namen», sagte ich. «Dorothy Jade Cameron.»

«Cameron», sagte Mooney und schnippte zufrieden mit den Fingern, als es bei ihm ‹klick› machte. «Sag mal, hast du mir etwa einen Bären aufgebunden? Suchst du etwa nach *dem* Herzchen? Nach der Frau von Wonder Boy? Nach Marissa Cameron?»

«Wird sie vermißt?»

Er überhörte meine Frage. «Soll das heißen, daß die Camerons diese alte Sache wiederaufwärmen wollen? Jetzt? Schlechtes Timing, wenn du mich fragst.»

Diesmal überhörte ich seine Fragen. «Wer könnte mir denn Informationen aus erster Hand liefern? Wenn der betreffende Cop schon im Ruhestand ist, kann ich ihn ja finden.»

«Carlotta, hast du ein berechtigtes Interesse an der Sache?»

«Ich will nicht unhöflich sein, Moon, aber das geht dich nichts an.»

«Könnte mich doch etwas angehen, Carlotta. Mitglieder der Familie Cameron besetzen praktisch auf allen Regierungsebenen Ämter hier in Boston. Ist ein Cameron nicht auch Staatsanwalt?»

«Hast du Angst, daß er dich feuert?»

«Politiker, Carlotta, können dich so schnell in die Pfanne hauen, daß du es erst merkst, wenn du schon anbrennst.»

«Ich wüßte nicht, warum ein Cameron etwas gegen eine Überprüfung haben sollte, ob angemessene Nachforschungen angestellt wurden, als seine Schwester oder Cousine oder sonstwer vor über zwanzig Jahren verschwand.»

Ich biß mir auf die Unterlippe. Ich hätte beinahe «starb» gesagt. Vor über zwanzig Jahren «starb».

«Verschwand», sagte er und schüttelte den Kopf. «Ich erinnere mich nicht daran.»

«Sie war Schriftstellerin.»

«Ja. Thea Janis. Kommt mir irgendwie bekannt vor. Aber vor vierundzwanzig Jahren habe ich noch die Grüße meiner Regierung in Südostasien ausgerichtet.»

«Deshalb sind deine Erinnerungen so lückenhaft, Moon.»

«Es hat also nichts mit dem derzeitigen Spektakel zu tun», sagte er. «Darauf gibst du mir dein Wort.»

Ich blickte ihm direkt in die Augen und sagte die Wahrheit. «Alles, was ich von dem Gouverneursrennen weiß, habe ich aus der Zeitung.»

Er erwiderte meinen Blick, im Stehen, so daß er einen kleinen Größenvorteil hatte. «Woodrow McAvoy», sagte er.

Ich bat ihn, den Namen zu buchstabieren.

«Ein echtes Unikum», fuhr er fort. «Darum erinnere ich mich auch an ihn. Ist als Sergeant in den Ruhestand getreten, hat immer geflucht, er hätte längst Inspektor sein müssen. Er war für die Politiker zuständig, für die heiklen Sachen. Ein guter Redner. Konnte den Kriminalreportern wunderbar was vom Pferd erzählen. Die dachten dann, sie bekämen die wahre Story, dabei war alles nur fauler Zauber.»

«Wenn er so gut war, wundert es mich, daß er nicht zum Inspektor befördert worden ist.»

«Kocht Mary irgend etwas, wovon ich keine wunden Lippen bekomme?»

Mit dieser Frage hatte ich nicht gerechnet.

«Du kommst mit?» fragte ich ungläubig.

«Hat sie irgendwelche Speisen, die nicht so stark gewürzt sind?»

«Sesam-Zitronenhuhn. Rangun-Krabben. Du kannst mir vertrauen.»

«Immer», sagte er. «Deshalb fahre ich selber.»

8

Wir nahmen Moons verbeulten Pontiac statt eines zivilen Dienstfahrzeugs, was für mich hieß, von der Fahrerseite her einzusteigen und mich über die verschlissene Lederbank auf meinen Platz zu schieben. Seine Beifahrertür läßt sich nicht mehr öffnen, sie ist seit einem Unfall vor grauen Zeiten eingedrückt und festgerostet. Was Autoreparaturen betrifft, hält er sich an die goldene Bostoner Regel: Ein schönes Auto ist ein schönes Ziel, also lieber nicht so schön.

In jeder anderen Hinsicht ist er atypisch.

Mooney bekommt nie einen Strafzettel wegen Geschwindigkeitsüberschreitung, muß nie 100 Dollar Strafe zahlen wegen anderer Vergehen im fließenden Verkehr. Und nicht etwa, weil die Verkehrspolizisten bei einem Kollegen von der Kripo ein Auge zudrücken würden. Auch nicht, weil die Gerichte vollkommen überfordert sind in dieser Stadt der Gesetzesbrecher. Vielmehr fährt der Mann so konservativ, daß es mir schwerfällt, seiner Behauptung Glauben zu schenken, er sei hier geboren. Bostoner Autofahrer sind knallhart und kampflustig. Sie wechseln die Fahrspur, ohne zu blinken; sie biegen von der rechten Straßenseite nach links ab, ohne sich um den Gegenverkehr zu scheren. Mooney fährt so grundanständig wie einer aus dem Mittelwesten. Wohingegen ich, die ich aus Detroit stamme, mir alle Tricks Bostoner Fahrer angewöhnt habe: Außerhalb von Boston kann ich kaum fahren. Sofort schnappen mich die Bullen. Und die andern hupen.

Ich wurde allmählich nervös, drehte das Autofenster ein bißchen nach oben, dann wieder einen Fingerbreit nach unten, um die beste Mischung aus Abgasen und Wind einzufangen. Meine Hände juckten nach dem Lenkrad, mein Fuß nach der Bremse. Ich legte sogar den Gurt an. Ich hatte Angst, es würde uns jemand hinten reinfahren; Moon hält bei Gelb.

Er erinnerte sich zwar daran, daß Thea Janis Schriftstellerin war, aber ich bezweifle, daß er *Böses Erwachen* – diese «Geschichte vom Erwachsenwerden eines jungen Mädchens», wie es in der Werbung hieß – Wort für Wort gelesen hatte. Wahrscheinlich hatte er nur mitbekommen, daß ein zerfleddertes Taschenbuch herumgereicht wurde mit Eselsohren an den Sexstellen.

Verflucht, mein Buch öffnete sich automatisch auf diesen Seiten.

Moon weigerte sich, das Suan La Chow Show auch nur zu kosten, gab jedoch zu, daß die Rangun-Krabben durchaus ihren Reiz hätten. Ich wäre gern mit der Bahn nach Hause gefahren, aber er bestand darauf, mich noch zum Harvard Square zu bringen, was ein Riesenumweg für ihn war und ihm so wenig ähnlich sah, daß ich mich fragte, ob er mich vielleicht nur zum Lunch begleitet hatte, um sich mit eigenen Augen davon zu überzeugen, ob ich von einem gedungenen Killer beschattet wurde oder nicht.

Er setzte mich Ecke Mass. Ave. und Brattle ab, was ihm das Stinkefingerzeichen von drei anderen Autofahrern eintrug.

Ich überquerte die Straße vollkommen verkehrswidrig, machte vor dem internationalen Zeitungskiosk eine schnelle 360-Grad-Drehung und benahm mich ganz so wie eine Provinzlerin, die angesichts von rotem Backstein und teuren Boutiquen ehrfürchtig erstarrt. Ich konnte Mr. Windjacke nicht ausmachen. Die Warteschlange bei CopyCop *war* eine halbe Meile lang, wie Roz vorhergesagt hatte. 37 Minuten später seufzte ich erleichtert auf, als ich zwei Kopien von «Theas» brandneuem Manuskript in einen CopyCop-Umschlag, den Originalschreibblock in seine braune Hülle zurück und alles zusammen wieder in die Plastiktüte stecken konnte.

Eine Telefonkabine lockte mich an. Nicht direkt eine Kabine, sondern ein an die Wand montierter Münzfernsprecher in der geschützten Ecke einer Bank. Da ich kaum Münzen bei mir hatte, probierte ich es mit einem R-Gespräch.

Es ging alles automatisch. Ich wählte die Null vom Amt und dann die Vorwahl von Miami. Neutrale Computerstimmen nahmen meinen Anruf entgegen. Ich war überzeugt, daß Vandenburg sicher kein R-Gespräch von Carlotta annehmen würde, und so murmelte ich «CRG» nach dem Piepton auf das Band. Für Carlos Roldan Gonzales würde der Miesling alles bezahlen.

Ich kam sofort durch.

«Keine Namen», sagte ich statt einer Begrüßung.

«Himm–»

«Legen Sie nicht auf. Haben Sie etwas von ihm gehört?»

«Nein. Halten Sie sich, verdammt noch mal, da raus.»

Klick und Ende. Soviel über Neuigkeiten vom kolumbianischen Drogenkartell.

Ich beobachtete, wie ein Gitarrenspieler mit einem Glasauge und zittrigen Fingern seinem Instrument Akkorde zu einem Lied abzuringen versuchte. Er war zu alt und zu schlecht, um auf der Straße zu spielen. Ich legte fünfzig Cent in seinen abgenutzten Gitarrenkasten. Ihm fehlten zwei Schneidezähne oben.

Ich ging die Brattle Street entlang Richtung Avon Hill School. Es war zwar kaum damit zu rechnen, daß jetzt, im

Sommer, der gesamte Lehrkörper und alle Schüler dort anzutreffen waren, aber vielleicht war immerhin jemand da, der auf den Laden aufpaßte. Dann konnte ich das Institut besichtigen, in dem Thea über ein Jahr ihres Lebens verbracht hatte. Wenn ich sehen konnte, was Thea gesehen hatte, konnte ich vielleicht ein paar Zeilen ihrer Prosa, ihrer Lyrik leichter entschlüsseln.

Ich weiß. Wenn sie tot und begraben war, was brachte es dann noch? Ich gehe gern zu Fuß; die Schule lag nicht weit von meinem Weg ab. Und mein «Adam Mayhew» hatte von Theas Zeit dort so gesprochen, als wäre er deren Zeuge gewesen, als wüßte er genau, was sie damals empfunden hatte.

Vermutlich dachte ich, ich könnte einfach an der Tür klingeln, und der gute alte «Adam Mayhew» würde aufmachen. Er könnte wahrhaftig verdammt gut für einen Tag meiner Zeit einen Tag von Roz' Zeit zahlen. Daran verschwendet, ein Gespenst zu jagen.

Die Avon Hill School blickte von einem gepflegten Parkgelände auf die Welt herab, das örtlichen Stadtplanern das Wasser im Munde zusammenlaufen ließ. Harvard hatte es einmal erwerben wollen. Die Stadt hatte diesem Ansinnen klugerweise entschlossen einen Riegel vorgeschoben, und so mußte das College sein fettes Scheckheft wieder in die vollgestopften Taschen zurückstecken. Sollte Avon Hill wirklich je geschlossen werden, würde Cambridge auf jeden Fall dafür sorgen, daß der Grund und Boden nebst den entsprechenden Steuereinnahmen der Stadt erhalten blieben. Gemeinnützige Einrichtungen, Universitäten, Schulen und Kirchen treiben die Belastung in Cambridge so hoch, daß normale Leute in die Außenbezirke ziehen müssen.

Das Hauptgebäude war eine herrschaftlich georgianische Villa, grau mit weiß abgesetzten Verzierungen, schiefergedeckt, wunderschön proportioniert und mit einem säulengetragenen Portal in der Mitte. Unten von der Straße aus waren die Schlafquartiere und Nebengebäude kaum zu sehen. Selbst die Turnhalle verbarg sich diskret. Da ich Theas Buch gelesen hatte, überlief mich ein Schauder an diesem Ort. Er machte nicht den Eindruck, als könnten irgendwo Kinder lachen oder spielen. Vielmehr wirkte er so wie der Schauplatz eines gruseligen Schauerromans samt tückischer Gouvernante und einer Wahnsinnigen auf dem Speicher.

Ich stieg den gepflegten, mit Schieferplatten gepflasterten Weg hinauf, der sich auf der Hangseite nach oben schwang, und ließ den schweren Messingklopfer an die Eichentür schlagen. Ein dumpfer Ton erklang, aber niemand kam. Ich ging hinten herum. Dort mußte ein Spielplatz sein, ein Fußballplatz, vielleicht eine Gruppe von Sommerschülern.

Gärtner. Drei Langhaarige saßen auf fahrbaren Rasenmähern und schnitten den Rasen. Das Dröhnen wurde lauter und war ohrenbetäubend. Ich winkte und hoffte, sie würden anhalten. Einer, der rechts außen fuhr, winkte zurück. Er hatte kein Hemd an. Entweder hatte er noch nicht gehört, daß zuviel Sonneneinstrahlung Hautkrebs verursachen kann, oder es war ihm egal. Hübsch und jung, trotzt man der großen Geißel allemal.

Das Leben hielt noch Neuigkeiten für ihn bereit.

Er scherte aus der Reihe aus, sauste den Hügel hinab, hielt wenige Fuß vor mir an und stand dann vor mir mit dem Mäher zwischen den Beinen, als wäre der ein Hengst und er ein vogelfreier Räuber aus einer anderen Zeit. Wenn der Himmel nicht so bewölkt gewesen wäre, hätte sein goldenes Haar womöglich geleuchtet. Er trug schwere dunkle Stiefel, die nicht zu seinen knapp abgeschnittenen Hosen paßten. Hatte immerhin so viel Verstand, daß er seine Zehen zu schätzen wußte, wenn schon nicht seine Gesundheit.

«Alle in den Sommerferien?» fragte ich.

Sein Gesicht verzog sich zu einem Grinsen.

«Direktor», sagte er und wischte sich mit dem muskulösen Unterarm den Schweiß von der Stirn.

«Wie?»

«Im Haus neben dem großen. Der Typ, der uns bezahlt.»

«Arbeitet ihr das ganze Jahr über hier?»

«Meistens. Wir mähen den Rasen und pflügen den Schnee. Ein paar alte Knaben kümmern sich um die Rosen und den ganzen Scheiß.»

«Arbeiten Sie auch hier, wenn keine Ferien sind?»

«Ja.»

Ich hatte einen sehr gesprächigen Informanten gefunden.

«Wie alt sind denn die Kids?»

Er zuckte die Achseln.

«Vorschule? High-School?»

«Eher High-School. Ein bißchen älter, glaube ich.»

«Ärgern sie euch?»

«Wir dürfen nicht mit den Gören sprechen.»

Ich zog eine Augenbraue hoch.

«Ja, Sie müßten sie bloß mal sehen. Zum Anbeißen, wie sie zappeln und kichern, wenn wir vorbeidüsen.»

Einer seiner Gefährten brüllte ihm von oben etwas zu und gestikulierte dabei.

«Ich muß wieder ran», sagte er und starrte auf seine Stiefelspitzen. Seine Füße waren sicher heiß.

«Ist der Schulleiter da?» fragte ich.

Er schüttelte den Kopf. «Weggegangen. Hat auch nicht gesagt, wann er zurück ist. In die Stadt gegangen.»

«Ein alter Mann? Silbergraues Haar? Brille?»

«Ziemlich jung. Hat letztes Jahr hier angefangen.»

Soviel über die offene Aussprache mit meinem lügenhaften Klienten.

«Danke», sagte ich.

«Versuchen Sie's mal bei der Frau», sagte er noch, ehe er den Motor anließ und wieder den Hügel hinauffuhr.

Das Haus nebenan war ein guterhaltenes viktorianisches Gebäude mit umlaufender Veranda. Ein Karton mit Prospekten stand auf einem Rattantisch. Ich nahm mir einen heraus. Die Prinzipien des Hauses, ferner ein breitgefächertes Angebot von Klassen und die Möglichkeiten eines teuren Auslandsstudiums. Keine Preise. Wenn man sich danach erkundigen mußte, konnte man sie sich eh nicht leisten. Ich fragte mich, ob die Prospekte auf der Veranda wohl die Hauptwerbemittel dieser Schule waren. Mundpropaganda und das Netz der Ehemaligen taten sicher ein übriges.

Ich klopfte an die Tür des Schuldirektors und hatte schon fast aufgegeben, als doch noch geöffnet wurde.

Die Frau war jung und schüchtern. Ihr glänzendes braunes Haar war fest zu einem Knoten oben auf dem Kopf zusammengedreht. Wenn sie nicht schwanger gewesen wäre, hätte sie perfekt zur Umgebung gepaßt. Mit Hausmädchenschürze und Häubchen hätte sie eindeutig fesch ausgesehen.

Fesch! Die unwirklich altmodische Atmosphäre des Ortes begann, mich in ihren Bann zu ziehen. Fesch, du liebe Güte!

«Wollen Sie etwas verkaufen?» fragte sie. Keine Rückkehr zur guten alten Zeit. Sie kam gleich zur Sache.

«Nein.»

«Gut. Äh, geht es um einen der Schüler? Sie haben nämlich Ferien.»

Ich konnte einfach abwarten, bis sie den Grund meines Besuches traf. Oder ihr einen bieten.

«Hallo», sagte ich, ging rasch die Stufen hinauf, öffnete die Fliegentür und drückte ihr herzlich die Hand. «Bin ich froh, daß Sie an die Tür gekommen sind! Frau ...?»

«Emerson. Die, äh, die Frau des Direktors.»

Sie errötete, als sie das sagte, und drehte ihren Ehering. Sie war offenbar noch nicht lange die Frau des Direktors. Ich überlegte, ob sie wohl vor der Eheschließung schwanger gewesen war.

«Ist Ihr Mann da?»

«Nein. Tut mir leid.» Sie wollte die Tür schon wieder schließen.

Ich wünschte, ich hätte mich besser angezogen. Aber es war schließlich heiß, und alter Geldadel protzt nicht mit dem, was er hat.

Ich legte die Fingerspitzen an die Stirn und seufzte tief. «Es ist nur, daß meine Schwester Helen gestern abend angerufen und mich gebeten hat, mich hier umzusehen. Sie hat zwei Kinder und lebt in Kolumbien, Südamerika, wissen Sie. Dauernd politische Unruhen. Die Vorstellung, von ihnen getrennt zu sein, ist ihr schrecklich, aber sie denkt inzwischen daran, sie auf ein Intenat in den Staaten zu schicken.»

«Wir haben eine ganze Reihe von Schülern aus dem Ausland», sagte die Frau mit strahlenden Augen, als ich mit den zwei saftigen Schulgeldbeträgen winkte.

«Meine Schwester Helen wollte sich eigentlich selbst umsehen. Bei B, B und N, Dexter, Southfield, Phillips-Andover, aber sie mußte sich einer kleinen Operation unterziehen, und ihre vollständige Genesung läßt einfach länger auf sich warten als gedacht.»

«Hatten Sie an eine Einschulung im Herbst gedacht?»

«Ich weiß, daß es zu spät ist. Sie sind wahrscheinlich schon voll besetzt.» Ich bemühte mich, schuldbewußt und zerknirscht dreinzuschauen.

«Wir haben eine lange Warteliste.»

«Ich habe meiner Schwester gleich gesagt, daß es zu spät ist», sagte ich, zum Gehen gewendet, und gab mich freundlich geschlagen.

«Wir haben unter Umständen *nächsten* September einen oder zwei Plätze frei», sagte die Frau.

Ich blieb zögernd stehen und sah dabei auf meine Armbanduhr, als hätte ich einen engen Zeitplan.

«Nächsten September», sagte ich mit bedauerndem Seufzen. «Die Kinder brauchen aber jetzt einen Platz.»

«Da Sie nun schon mal hier sind, kann es nicht schaden, wenn Sie sich etwas umsehen», sagte die Frau des Direktors, als wäre ihr plötzlich ihr Werbetext wieder eingefallen. «Wie alt sind die Kinder denn?»

Ein Glück, daß ich den Prospekt gelesen hatte.

«Paolina ist dreizehn», sagte ich, ohne zu lügen. Ich gab meiner kleinen Schwester schnell noch eine imaginäre Schwester an die Seite und nannte sie Cecilia. «Und Cecilia ist vierzehn, vierzehneinhalb.»

Die Frau drehte sich um und nahm einen Schlüsselbund von einem Haken in Reichweite. Ihre Stimme bekam auf einmal einen lebendigen, frischen Beiklang.

«Fangen wir mit dem Hauptgebäude an. Die Schule ist 1898 gegründet worden. Wir halten seitdem einen hohen Leistungsstandard aufrecht.»

Es war anscheinend Routine für sie. Die Tür des großen Hauses quietschte, als sie sich mit der Schulter dagegenstemmte.

Die Eingangshalle war voller Glasvitrinen. Überall hingen kunstvoll gerahmte Fotos, als hätte jemand wahllos Nägel in den Putz getrieben. Klassen, Sportmannschaften, Ruderregatten auf dem Charles River. Regalbretter und Glasvitrinen waren den Siegestrophäen vorbehalten. Silbernen Paul-Revere-Schalen, einige blind, andere blank. Alten vergilbten Fotos, die dazwischen lagen. Blauen, roten und goldenen Ordensbändern, einige auf Pappe aufgezogen, die andern aufeinandergelegt.

An der anderen Wand reihten sich die Ölgemälde der Gründer, Direktoren und Direktorinnen aneinander. Wo wir gerade von Düsterkeit sprechen: Die ganze Halle wurde von höchstens einer 60-Watt-Birne erleuchtet.

«Wer gehört denn zu Ihren berühmtesten ehemaligen Schülern?» fragte ich, als sie stehenblieb.

Sie nannte in schneller Folge einen US-Senator, einen bekannten Nachrichtenmoderator, einen Rocksänger, eine Frau, die drei Jahre nacheinander den Iditarod-Preis in Alaska gewonnen hatte, einen Anwalt am Obersten Bundesgericht sowie ein paar Top-Geschäftsleute, darunter einen Softwaremilliardär, der alle künftigen Finanzsorgen mit einer einzigen Schenkung hätte beheben können.

«Waren auch Künster dabei? Schauspieler? Schriftsteller? Meine Schwester legt großen Wert auf eine musische Erziehung.»

Sie steckte die Zunge zwischen die Zähne und runzelte die Stirn. Dachte angestrengt nach.

«Wir hatten, glaube ich, einen Dichter hier», sagte sie.

«Hätten Sie etwas dagegen, wenn ich mir einige von den Fotos näher ansehe?»

«Überhaupt nicht. Sie sollten wirklich noch einmal kommen, wenn mein Mann da ist. Er kennt sich viel besser im musischen Bereich aus. Wir haben auf jeden Fall ein Programm in Zusammenarbeit mit der Bostoner Ballettschule.»

«Heißt das, es gibt keinen Ballettlehrer auf dem Campus? Wie steht's denn mit der Musik? Cecilia spielt wunderbar Cello.»

Verdammt, es fällt mir so leicht, Leute anzulügen, daß es mir manchmal angst macht.

Sie verankerte ihre Zunge im Mundwinkel und runzelte wieder die Stirn. «Was Sie brauchen, ist eine Liste des Lehrkörpers.»

«Eine Liste wäre natürlich großartig», pflichtete ich ihr bei.

«Mein Mann hat sie.» Sie hatte noch immer die Stirn in Falten gelegt und schürzte ihre Lippen.

«Wahrscheinlich bewahrt er so etwas in seinem Büro auf, meinen Sie nicht?» sagte ich aufs Geratewohl.

Sein Büro. Sie stürmte durch die Halle wie ein Ritter auf der Suche nach dem Heiligen Gral, während ich mir die Bilder genau ansah. Jahrgang 73? 74? Welche mochte Theas Klasse sein? Keine ledergebundene Ausgabe von *Böses Erwachen* zierte die Trophäensammlung. Angesichts des Inhalts überraschte mich das nicht weiter.

Sie kam schnell zurück mit einem dünnen Blatt Papier, zwei dicken Formularen und der Röte des Erfolgs auf dem Gesicht. «Ich habe die Liste der Lehrer. Wir haben auch ein paar bekannte Professoren hier, die ihre Zeit großzügig zur Verfügung stellen.»

«Wunderbar», sagte ich begeistert.

«Und ich habe gleich zwei Anmeldeformulare mitgebracht. Für alle Fälle», sagte sie.

Ich fragte mich, ob es bei zwei Anmeldungen wohl Mengenrabatt gab. Wahrscheinlich nicht.

Ich sah erneut auf die Uhr und schnalzte leise mit der Zunge. «Ich muß unbedingt los», sagte ich.

«Aber Sie haben die Turnhalle noch gar nicht –»

«Ich weiß, aber da nur eine geringe Chance auf zwei Plätze besteht –»

«Sie müßten meinen Mann von dieser Schule erzählen hören, wirklich. Er ist auch ein Ehemaliger.»

Ich rechnete kurz nach. Er konnte zehn Jahre älter sein als seine Frau und trotzdem von einem jugendlichen Gärtner «ziemlich jung» genannt werden. Er konnte ein Klassenkamerad von Thea gewesen sein.

«Ich würde gern mit ihm sprechen», sagte ich. «Ich lasse Ihnen meine Karte da.» Ich wählte eine schlichte. Nur Adresse und Telefonnummer. Nichts über meinen Beruf.

«Es war mir ein Vergnügen, Sie kennenzulernen, Mrs. Emerson», sagte ich.

Sie warf verstohlen einen Blick auf meine Karte. «Miss Carlyle.»

«Ach ja, wie hieß Ihr Gatte doch gleich mit Vornamen?»

«Anthony.»

«Tony?»

«Er zieht Anthony vor.»

«Ich danke Ihnen vielmals.»

Wir nahmen an der Tür des viktorianischen Hauses Abschied voneinander. Sobald sie drinnen verschwunden war, ging ich rasch mit dem Finger die Lehrerliste durch. Kein Adam Mayhew, kein Lehrer mit den Initialen A. M.

Ich ging wieder zum Hauptgebäude zurück und setzte mich auf die Veranda, nicht gerade, um die Rückkehr des Direktors abzuwarten, sondern weil ich mich hier einmal an Theas Stelle versetzen wollte. Ich schaute mit den Augen der jungen Frau, die *Böses Erwachen* geschrieben hatte, über die ausgedehnte Rasenfläche und sah wie sie Schlangen und Nagetiere. Maulwürfe, die bei Nacht ihre Gänge gruben, und Geheimnisse, die bei Tag an den Schülern zehrten. Cliquen, nervöse Magersucht, Schikanen, Einschüchterungen, Geheimclubs, Ausschluß.

Ich blinzelte. Der Himmel war azurblau und mit hohen Federwölkchen betupft. Es roch nach frisch gemähtem Gras. In meinen Augen war das hier der Garten Eden, einen Tag bevor Gott Äpfel erschuf.

9

Es war zu heiß, um nach Hause zu rennen. Ich bummelte also, freute mich an den Farben der Spätsommerblumen, deren Namen ich nicht kannte, und war beeindruckt von der Betriebsamkeit der Bienen. Niemand beschattete mich. Ich hörte das stotternde Dröhnen eines Motorrads und machte mir müßige Gedanken darum, ob ein Gangster mit nur einem Funken Selbstachtung wohl ein so primitives Fortbewegungsmittel benutzen würde, aber es fuhr eine andere Straße entlang.

Ich widerstand dem Drang, die Post mit einem Tritt unter den Teppich zu befördern, und hob die Umschläge auf, die aus meinem Briefschlitz herausgepurzelt waren. Für die Sorte Post, die ich normalerweise bekomme, lohnt sich das Bücken nicht. Reklameblätter der örtlichen Eisenwaren- und Lebensmittelläden, als ob ich Zeit und Lust hätte, Gutscheine für Dinge abzuschneiden, die ich sowieso nie haben wollte. Ein Zahnarzt lud mich zu einem Kontrollbesuch ein. Er hatte mir einmal einen Haufen Geld für den Ersatz eines bei der Pflichterfüllung ausgeschlagenen Zahns abgenommen.

Bei einer Postkarte von Paolina mußte ich lächeln; auf der einen Seite waren ihre krakeligen Schriftzüge, auf der anderen eine malerische Ansicht von New Hampshire – eine mit weißen Kirchtürmen gespickte Kleinstadtidylle. Ich hielt mir die Karte dicht vors Gesicht und atmete tief ein in der Hoffnung, ich könnte vielleicht den Kirschbonbonduft meiner kleinen Schwester riechen. Sie ist jetzt dreizehn, die einzige wahre Angabe in dem Lügenpaket, das ich Mrs. Emerson aufgetischt hatte, aber am besten ist sie mir mit sieben in Erinnerung, übel zugerichtet, verängstigt und bockig. Trotz des freizügigen Gebrauchs, den sie mittlerweile von Gratisproben modischer Parfums macht – die eine Woche ist es Anais Anais, die andere DKNY –, wird sie für mich immer nach Kirschbonbons duften.

«*Ola*, Carlotta! Es ist wirklich ganz prima hier. Besser als prima. Toll! Meine Knackis sind echt cool. Wie geht's Sam? Ich küsse und umarme Gloria und Dich. Vergiß nicht, meinen Vogel zu füttern!»

Mit vierzehn, ein knappes Jahr später, hatte Thea Janis geschrieben:

zur strafe vielleicht
muß ich
barfuß und heilig
durch schneewachskamelien laufen,
so bitter wie das götterblut
der lebenden
oder die früchte der toten.

Wenn Thea das mit vierzehn geschrieben hatte, warum sollte sie sich dann, verflucht noch mal, nicht mit fünfzehn umgebracht haben? Welche Tat hatte sie begangen, die eine solche Strafe notwendig machte? Welches Verbrechen außerhalb ihrer blühenden Phantasie?

Ich las Paolinas Karte noch einmal, ein klein wenig besorgt darüber, daß sie das Wort «Knackis» benutzte. Das ist gängiger Knastjargon für «Mitinsassen». Hatte ein Ferienkamerad vielleicht Angehörige, die im Gefängnis saßen? Blechte ich etwa gutes Geld dafür, daß meine kleine Schwester dort Autos klauen statt segeln lernte? Wie man Autos knackt, konnte sie in ihrem eigenen Viertel lernen, dazu brauchte sie bloß den Kopf aus dem Fenster zu strecken.

Ich brülle nach oben, aber Roz war anscheinend noch nicht mit Informationen über die Camerons oder Adam Mayhew zurückgekehrt. Verdammt. Ich hätte ihr doch den Schreibblock anvertrauen und mich selbst an die Nachforschungen machen sollen.

Höchstwahrscheinlich war Roz nicht gleich von der Bibliothek nach Hause spaziert. Vielleicht hatte sie einen Kumpel getroffen und war schwofen und tanzen gegangen. Vielleicht war sie sogar oben, frisch und munter, aber nicht ansprechbar, weil sie und ihr Kumpel jetzt zwischen den Laken steckten, nur daß man bei Roz nicht von «zwischen den Laken» sprechen kann, da sie keine Laken besitzt. Waschen ist ein Fluch für sie. Keine Bettlaken, weniger Wäsche. Ihre gepolsterten Karatematten, die zugleich als Futons dienten, stinken inzwischen wie ein gebrauchtes Katzenklo, aber ich habe noch keinen taktvollen Weg gefunden, das Thema anzuschneiden, und werde es vermutlich auch nie. Ich gebe die Hoffnung nicht auf, daß sie herauswächst aus diesem dauernden Bedürfnis, jeden Nachmittag und jede Nacht einen neuen Spielgefährten mit nach Hause zu bringen. Vielleicht will sie ins *Guinness Buch der Rekorde*.

Wenn Roz zu Hause war, würde ich es früh genug hören. Kreischende Straßenkatzen sind nichts gegen Roz in Erregung. Ich *habe* ihr gegenüber das Thema «Kondome» angesprochen.

Aha! Sie hatte eine Nachricht zurückgelassen. Ein einziges Blatt mit feinen Schriftzügen und dem Aufdruck «B. U.-Archiv – säurefreies Papier. *Bitte nicht aus dem Stapel entfernen!*» lag mitten auf meinem Schreibtisch.

Eine Probe von Theas Handschrift. Ich las sie eifrig.

Bei ihrer realistischen Schilderung von Meer, Strand und Nebel spürte ich förmlich, wie mich winzige Winkerkrabben in die Füße zwickten. Ich zog ein Vergrößerungsglas aus seiner vergilbten Hülle und verglich das Archivblatt mit einer Seite des Schreibblocks, den mir Mayhew dagelassen hatte. Mein Vergrößerungsglas ist nicht so verläßlich wie, sagen wir mal das überholte und reparierte Hubble-Teleskop, aber der Verlauf der Schriftzüge wies eine signifikante Ähnlichkeit in Schrägheit, Form und Stil auf.

Ich war geneigt zu behaupten, daß der Schreibblock authentisch war. Dann allerdings …

Verdammt. Ich wünschte, Roz hätte mehr für mich hinterlassen, mir noch detaillierte Angaben zur Person Adam Mayhews geliefert, des lebendigen oder des toten, damit ich wußte, woran ich war. Ich konnte die Sache mit dem Thea-Janis-Manuskript nur weiterverfolgen, Wahrheit und Täuschung, Original und Fälschung nur auseinanderhalten, wenn ich meinen Klienten trauen konnte. Einmal hätte ich beinahe einem gewalttätigen Ehemann geholfen, den Aufenthaltsot seiner flüchtigen Ehefrau herauszufinden. Das passiert mir nicht noch einmal. Mir nicht.

Paolinas Ermahnung, «ihren» Vogel zu füttern, führte mich in die Küche, um Futter zu suchen. Der Vogel ist ein heikles Thema. Ich besäße keinen Sittich, wenn ich die Wahl hätte; ich habe Fluffy von meiner Tante Bea geerbt und nicht gedacht, daß er seine Herrin so lange überleben würde.

Fluffy will offensichtlich auch ins *Guinness Buch der Rekorde*. Aber nicht unter dem Namen. Ich werde nie meine Wohnung mit jemandem namens Fluffy teilen. Sie heißt jetzt rote Emma nach Emma Goldman, einem meiner Idole. Paolina gefällt das nicht. Sie nennt den Vogel Esmeralda, weil er unstreitig grün ist, allerdings keineswegs, wie dieser Name vermuten ließe, so grün wie ein Smaragd.

Der Vogel ist ein häßlicher Federhaufen, ganz gleich, wie man ihn nennt. Ich füllte die Körner- und Wassernäpfchen, und er versuchte, meine Finger anzupicken. Beim Vogelfüttern fielen mir noch andere Pflichten ein, zum Beispiel T. C., der Kater, der sich seinen Lebensunterhalt damit verdiente, daß er unter dieser Adresse im Telefonbuch steht. Ein Thomas C. Carlyle erhält in jedem Fall weniger lästige Anrufe als eine Carlotta Carlyle. Er bekommt tonnenweise Junkmail, aber die muß ich nicht lesen. Alles, was an T. C. adressiert ist, wandert in den Müll.

T. C. hat bessere Pflege verdient, als ich ihm angedeihen lasse. Ich kraulte ihn ausgiebig hinter den Ohren, bevor ich ihm eine Dose feinste Zwiebelleber servierte.

Bewegung sagt mir zu. Herumsitzen nicht, es sei denn, ich verdiene Geld damit wie bei einer Überwachung.

Ich ging noch einmal die Lehrerliste von Avon Hill durch. «Adam Mayhew» hatte vielleicht dort unterrichtet und war inzwischen im Ruhestand. Ich zog die Schreibtischschublade auf, in der ich das Foto von Thea verstaut hatte. Der Blick ihrer klugen Augen machte mich verlegen. Wenn ich wirklich in diesen Fall einstieg, sollte ich dann von der Annahme ausgehen, daß sie tot war, oder von der Annahme, daß sie lebte?

Mayhew hatte mir das Berlin-Gedicht gegeben. Er schien fest zu glauben, daß Thea gesund und munter war. Das Dokument, das Roz in der Unibibliothek stibitzt hatte, sah so aus, als stammte es von derselben Person, deren Schriftzüge auch in dem Milchkaffee-Schreibblock waren.

Als ich auf der High-School war, fielen ich und die anderen aus allen Wolken, als ausgerechnet mein Lieblingslehrer mit einer Schülerin durchbrannte und Frau und zwei Kinder sitzenließ. Die sechzehnjährige AnnaBeth O'Reilly mit gelben Zöpfen und eisblauen Augen. Was sie wohl jetzt machte?

Ihre Familie hatte keine Begräbnisfeier abgehalten, soviel stand fest.

17 Namen standen auf der Liste des Lehrkörpers und mit jeder Menge abgekürzten Titeln und Graden. Wie viele von ihnen mochten schon in Avon Hill unterrichtet haben, als Thea ihr Verschwinden inszenierte? Jeder Lehrer, der seinen Dienst in Avon Hill im selben Jahr aufgekündigt hatte, war verdächtig. Thea konnte seinen Namen angenommen haben.

Aber wie stand es mit dem Schreiben?

In aller Freiheit schreiben zu können, das schätzte Thea nach Aussage meines Klienten am meisten. Wäre sie mit einem Entführer ausgerissen, wenn sie damit gleichzeitig ihre Freiheit zum Schreiben verloren hätte?

Ich wollte nüchterne Fakten. Ich wollte, daß Roz mir von Mayhew und den Camerons berichtete. Ich wollte einen dicken Ordner voller Zeitungsausschnite mit Einzelheiten über das Verschwinden oder den Tod eines Wunderkindes.

Ich sah auf die Uhr. 17.32 Uhr. Fünf Minuten später als beim letzten Blick. Ich wünschte, Gloria wäre wieder im Geschäft. Ich habe ein Dutzend Karten von Taxiunternehmen auf dem Schreibtisch. Könnte für jedes davon eine Schicht fahren, aber es ist nicht dasselbe. Die Fahrerei für Green & White war nicht bloß ein Job, der Laden war meine zweite Heimat, bis er in die Luft gesprengt wurde, während Sam, mein früherer Geliebter, und Gloria, Disponentin und Freundin, drin waren. Gloria geht's gut, sie kümmert sich mit einem Riesenelan um den Neuaufbau des Unternehmens, aber es wird noch Monate dauern, bis es wieder in Betrieb geht.

Das Telefon klingelt. Roz, dachte ich. Halleluja!

Mooney machte sich nicht die Mühe, seinen Namen zu nenne. Er sagte: «Stimmt es, daß der Cameron daran denkt, aus dem Wahlkampf auszuscheiden? Ist das ein Public-Relations-Trick? Rechnet er mit einer bestimmten Reaktion, einer Welle öffentlicher Unterstützung?»

Ich sagte: «Wovon redest du eigentlich?»

«Hörst du denn nie Nachrichten?»

«Nein. Erzähl mal.»

«Und ich dachte, du könntest mich aufklären. Dieser feine Garnet Cameron von ebenjener Familie, die dich so interessiert, hat geäußert, womöglich nicht mehr für die Wahl im November zu kandidieren. Und ich wollte den Scheißkerl sogar wählen!»

«Magst du ihn?»

«So wie jeden Politiker. Jeder Affe, der ein Amt anstrebt, propagiert lauthals verstärkte finanzielle Mittel für den Gesetzesvollzug. Bei Hailey hätte das meines Erachtens Unsummen für Haftanstalten und Zuchthäuser bedeutet, vielleicht einen neuen elektrischen Stuhl, wenn er beim Obersten Gericht damit durchkäme. Bei Cameron hätte die Chance bestanden, mehr Polizisten auf den Straßen zu haben und mehr Computer einsetzen zu können. Ich habe den Scheißkerl sogar mit Geld unterstützt – als hätte er es nötig!»

Wenn Mooney das Wort «Scheißkerl» benutzt, ist er so wütend, wie er überhaupt sein kann.

«Warum sollte er denn ausscheiden, Moon? Ich dachte, er hätte alles im Sack.» Die Demokraten sind den Republikanern in diesem Bundesstaat zahlenmäßig überlegen. Allerdings verhalten sich unsere Demokraten wie Republikaner und umgekehrt, was die Sache knifflig macht.

«Das entzieht sich meiner Kenntnis», sagte Mooney wie ein Gerichtsreporter.

«Es muß doch Klatsch geben auf der Wache.»

«Klatsch willst du? Nach dem, was ich gehört habe, will sich seine junge Frau von ihm scheiden lassen. Äußerst schlechtes Timing.»

Mir konnte das Timing eigentlich egal sein. Ich war nicht engagiert worden, um Marissa und Garnet Cameron dazu zu bewegen, sich vor einer begeisterten Öffentlichkeit zu küssen oder zu knutschen. Solche Sachen drehen mir den Magen um.

Ich war überhaupt noch nicht engagiert worden. Adam Mayhews Geld hatte ich abgelehnt. Denn eines war klar: Mein Klient war möglicherweise ein Fälscher oder auch vollkommen übergeschnappt.

Ich konnte Mooney am Telefon schnaufen hören. Er hat nichts für lange Telefongespräche übrig. Das weckte meinen Argwohn.

«Du hast also angerufen, um dich bei mir für das Essen zu bedanken», sagte ich. «Oder wolltest du nur diese Spekulationen loswerden?»

«Nein.»

«Hast du vielleicht Woodrow MacAvoys Adresse aufgetrieben?»

«Nein.»

«Dann geb ich's auf.»

Mooney hatte einen merkwürdigen Ton drauf.

«Carlotta, ich habe die Akte gefunden. Der alte MacAvoy hat jedes Papierschnitzelchen aufgehoben, das ihm unter die Augen kam, ich schwör's.»

«Ist ja wunderbar, Moon. Bin gleich da.»

«Nein! Hör doch mal zu, Carlotta. Ernsthaft. Ich habe den ganzen verfluchten Fall hier vor mir.»

«Das habe ich schon richtig verstanden.»

«Thea Janis, deine ‹Vermißte› –»

«Ja?»

«Vergiß sie. Sie ist tot.»

Das Mädchen auf dem Foto starrte aus der Schreibtischschublade zu mir hoch. Ich lächelte ihm beruhigend zu.

Und sagte: «Vielleicht. Vielleicht auch nicht. Vielleicht hat MacAvoy sich geirrt. Ist vielleicht auf Selbstmord reingefallen. Mein Klient hat gesagt, es seien Kleidungsstücke in der Nähe eines Strandes gefunden –»

«Nein», sagte Mooney. «Nein. Vergiß es. Nichts zu machen.» Seine Stimme war auf einmal rauh und heiser geworden wie dann, wenn er Eltern sagen mußte, daß ihr geliebtes Kind fort, tot, erschossen war. «Damit du Bescheid weißt: Sie hat sich nicht selbst umgebracht. Sie ist ermordet worden. Ein Typ hat lebenslänglich bekommen für sie und noch zwei andere Mädchen, sitzt in Walpole ein.»

Ich starrte das mit schönen Schriftzügen bedeckte Archivblatt auf meinem Schreibtisch an, dann die Lehrerliste von Avon Hill.

«Aber Mooney –» hob ich an.

«Carlotta, hör zu! Das ist kein ungeklärter Fall und kein U-Boot. Das ist ein hundertprozentig abgeschlossener Fall.»

Ich wirbelte mich auf meinem Drehstuhl herum. Stieß mit dem Ellbogen an ein Glas mit Stiften und Krimskrams aller Art, das am Boden zerschellte. T. C. raste aus dem Zimmer, von Lärm und Scherben aufgeschreckt.

«Carlotta, alles in Ordnung?»

«Alles klar. Danke.»

Wessen Verse, wessen Prosa hatte ich in meinem Besitz?

Zuerst dachte ich, ich hätte den Hörer so fest auf die Gabel geknallt, daß das Telefon in Notwehr klingelte. Dann merkte ich, daß es die Türklingel war. Nicht Roz. Sie hat einen eigenen Schlüssel. Auch niemand *für* Roz. Die klingeln immer dreimal.

Hoffentlich war es Adam Mayhew.

Paß auf, was du dir wünschst, pflegte meine Großmutter zu sagen.

10

Ich war drauf und dran, dem Mann den Kopf abzureißen. Ich rechne mit Winkelzügen von seiten meiner Klienten, aber alles hat eine Grenze. Ich rechne nicht mit ernst gemeinten Aufträgen, Frauen zu suchen, die offiziell und amtlich tot sind. Ermordet. Ich hatte merkwürdigerweise ein Gefühl wie bei einer offenen Wunde. Ich tastete sie vorsichtig ab, wie man ein Geschwür im Mund mit der Zunge prüft, und war erschüttert, wie fest ich von einer lebendigen, atmenden Thea Janis überzeugt war. Ich hatte ihm das ganze hübsch verpackte Paket abgekauft. Ich hatte das verschwundene Wunderkind unbedingt wiederfinden wollen, hatte mich einsetzen, ja bleibend in Erinnerung bringen wollen als jemand, der daran mitgewirkt hatte, Thea Janis dem Leben und den literarischen Ehrungen wiederzugeben.

Jetzt hatte ich nur noch einen bitteren Geschmack im Mund und das Bedürfnis, ihn in Form von Worten auszuspucken.

Adam Mayhew schlurfte wie ein alter Mann zur Tür herein und blinzelte eulenhaft. Seine Haut war fleckig, die Kleidung zerknittert. Er sah so aus und roch so, als hätte er seine Zeit auf einer Parkbank verbracht und dabei eine Flasche Fusel aus der Plastiktüte geleert. Seine Lippen wirkten noch dünner dadurch, daß sie angespannt und zusammengepreßt waren, als hätte er Angst, sie könnten mit Sätzen herausplatzen, die er nicht sagen wollte. Seine blauen Augen blickten trübe durch die verschmierten Brillengläser.

«Vielen Dank, daß Sie mich ohne Terminvereinbarung

empfangen.» Was immer ihm auch so schrecklich zugesetzt hatte, seine angeborene Höflichkeit war davon unberührt geblieben. Ich nickte in Richtung Wohnzimmer, und er folgte mir, um sich mit einem müden Ächzen auf den gleichen Stuhl sinken zu lassen, auf dem er am Vorabend noch so unbeschwert gesessen hatte.

«Was kann ich für Sie tun?» fragte ich, als die Stille drükkend und unangenehm wurde. Der Mann ließ den Blick über Wände, Fenster und Kamin schweifen und zählte die sich wiederholenden Ornamente des Orientteppichs. Mit dem rechten Zeigefinger malte er konzentrische Kreise in die linke Handfläche.

«Ich hätte das Manuskript gern zurück.» Seine Augen blieben auf den Fußboden geheftet.

«Warum?»

Schweiß perlte von seiner Stirn. Dabei war es nicht heißer als gestern.

Er hob den Kopf und starrte mich an. Wenn Jammer ansteckend wäre, hätte er mich jetzt infiziert. «Es tut mir schrecklich leid», sagte er steif. «Ich habe meine Meinung geändert. Es war nichts – nur ein Spiel, ein Scherz, was auch immer. Ein Klient – äh, ein Schüler von mir hatte wohl gedacht, ich fände das amüsant. Wirklich, meine Liebe, Sie hatten recht mit Ihrer Skepsis. Ich bin nur ein närrischer alter Mann. Mir war gar nicht bewußt, wie närrisch.»

Seine Stimme zitterte vor unterdrückter Erregung. Er schien den Tränen nahe zu sein.

«Möchten Sie eine Tasse Kaffee? Etwas zu trinken? Einen Whiskey?»

«Nein. Nichts, danke. Ich brauche den Block zurück. Heute abend noch.» Er machte Anstalten, sich zu erheben. Ich wollte ihn so nicht gehenlassen.

«Sie sagten, Sie hätten Ihre Meinung geändert», sagte ich.

«Wie meinen Sie das? Ihre Meinung über die Authentizität des neuen Werkes?»

«Ich möchte Ihre Dienste nicht länger in Anspruch nehmen. Ist das nicht klar genug?» Sein Jammer wich dem Ärger. Eine Verbesserung. Ärgerliche Leute reden, und gelegentlich entschlüpft ihnen etwas.

«Haben Sie das Manuskript irgend jemandem gezeigt?» fragte er gereizt.

«Bisher nicht», äußerte ich zurückhaltend. Ich hatte mich noch nicht entschieden, wie ich mich verhalten wollte.

Er ließ so abrupt die Schultern sinken, als wäre er eine Marionette, und sein Puppenspieler hätte gerade die Fäden locker gelassen. Seine Mundwinkel zogen sich herab, und er schluckte schwer. Im Vergleich zu dem feinen Herrn, den ich zu Beginn kennengelernt hatte, war dieser Typ ein platter Reifen. Ein vollkommen anderer Mensch. Mit anderen Verhaltensmustern. Einer anderen Sprache.

Bipolare Verhaltensstörung?

Ich bin eine Zeitlang mit einem Psychiater befreundet gewesen und ausgegangen – na ja, um ehrlich zu sein: ins Bett gegangen. Vielleicht kam mir deshalb diese Krankheit in den Sinn, bei der Klinikärzte früher von einer manischen Depression sprachen. Hatte Matthew vielleicht seine Medikamente abgesetzt? Hatte er sich gestern pillenfrei genommen?

«Sie sehen nicht gut aus», sagte ich. «Zwei Häuser weiter wohnt ein Arzt. Soll ich ihn rufen?»

«Nein! Auf gar keinen Fall. Der Block … Geben Sie ihn mir, und schließen wir dieses traurige Kapitel ein für allemal.»

Ich wollte nicht einfach aufgeben. Theas Schreibblock. Ich suchte nach einer Ausflucht und verfiel auf eine Lüge. Lügen machen mir nichts aus, solange ich selber sie erzähle.

«Tut mir leid. Aber er ist nicht mehr in meinem Besitz.»

«Nicht mehr in –»

«Ich kann ihn zurückbekommen. Nur wird es eine Weile dauern.»

«Wer hat ihn denn? Was haben Sie damit gemacht?»

«Ich habe ihn einer Freundin im FBI-Labor geschickt. Nach Quantico, Virginia. Sie hatten mich ja gebeten, die Echtheit des Manuskripts zu prüfen. Ich habe keine Geräte dafür. Sie aber.»

«Rufen Sie Ihre Freundin an», sagte er bestimmt. «Jetzt. Sie soll den Umschlag sofort zurückschicken. Sie braucht ihn überhaupt nicht aufzumachen.»

Ich sah auf die Uhr. Die Panik des Mannes paßte gar nicht zu dem, was er mir gesagt hatte, nämlich daß er einfach einen «Fehler» gemacht hätte.

«Sie müssen den Zeitunterschied bedenken«, sagte ich leichthin. «Sie hat schon Feierabend. Ich rufe sie morgen früh an. Außerdem hat sie ihn wahrscheinlich noch gar nicht.»

«Haben Sie ihn –»

«Mit der Post geschickt, ja. Mit der guten alten US-Post. Keine Sorge: Ich habe ihn versichern lassen.»

«Sie haben ihn versichern lassen», wiederholte er ungläubig.

«Er müßte in ein paar Tagen da sein», sagte ich ohne einen Funken von Schuldbewußtsein, obwohl der Block zwanzig Zentimeter von seinen unruhigen Fingerspitzen entfernt in der Schreibtischschublade lag. «Dann braucht er noch ein paar Tage, bis er wieder zurückgeschickt ist –»

«Rufen Sie sie an. Sie soll ihn per Eilboten schicken. Es wundert mich allerdings, daß Sie – war Ihnen denn nicht klar, um was es geht?»

«Ich dachte, es geht um – wie sagten Sie doch? – ‹ein Spiel, einen Scherz, was auch immer –›»

Er preßte eine Hand auf den Mund.

«Waren das nicht Ihre Worte?» fragte ich mit gespielter Unschuld.

Er befeuchtete seine Lippen mit der Zungenspitze. «Ja. Ja, schon. Aber ich will es so bald wie möglich zurückhaben. Niemand läßt sich gern – äh – an der Nase herumführen. So zum Narren halten wie ich.»

«Stimmt», sagte ich. «Niemand läßt sich gern zum Narren halten, Mr. Mayhew. Mr. Adam Mayhew, nicht wahr?»

«Ja. Adam Mayhew.» Er starrte mich giftig an.

Er log. Das wußte ich. Zum Teufel mit Roz, die mir keine Munition geliefert hatte, mit der ich ihn jetzt hätte abschießen können!

Er bemerkte das Zittern und Beben seiner Hände, verschränkte sie rasch und faltete sie fest auf dem Schoß zusammen.

«Sie wollten doch unbedingt glauben, daß sie noch lebt», sagte ich sanft. «Das kann ich verstehen. Übrigens habe ich das Kapitel mit Genuß gelesen. Auch das beiliegende Gedicht. Ich habe inzwischen meine Ausgabe von *Böses Erwachen* wiedergefunden. Sie hatten recht. Sie war außerordentlich begabt.»

«Ja», murmelte er.

«Eines der neuen Gedichte – von einem Mann, der in verstaubter Rüstung vor ihr steht, vom Krieg heimgekehrt – gefällt mir besonders gut. Haben Sie eine Ahnung, von wem sie da spricht?»

«Es hat keine Bedeutung. Ist nicht von ihr.» Er atmete jetzt schwer, und sein Gesicht war rot. «Sie haben das Manuskript noch, stimmt's? Sie hätten es nicht weggeschickt. So schnell jedenfalls nicht. Zeigen Sie mir mal die Postquittung. Sie sagten doch, Sie hätten es versichern lassen. Wo ist die Quittung?»

Sehen Sie, wie leicht man beim Lügen ertappt wird? Ich

durchwühlte gekonnt meine Tasche. Als er mir aufmerksam dabei zusah, beschloß ich, mit Mooneys Informationen zum Schlag auszuholen.

«Es ist schon schwer genug, jemanden auf natürliche Weise zu verlieren», sagte ich, «durch Altersschwäche oder Krankheit. Ihre Ermordung muß grauenhaft gewesen sein. Sind Sie bei der Verhandlung gewesen?»

Er war so erschüttert, daß er buchstäblich wieder umfiel, als er aufzustehen versuchte. Ich griff nach seiner Hand, um ihn zu halten, und fühlte die rauhe Oberfläche seines Rings.

«*Veritas*», sagte ich, indem ich den Harvard-Wahlspruch zitierte. «Die Wahrheit.»

Ich hob seine Hand ins Licht. Die Aufschrift war klein, aber das Jahr war gut zu lesen. Harvard: 1954.

«Haben Sie denn gar nicht daran gedacht, daß ich herausfinden könnte, daß sie tot ist?» fragte ich. «Bei einer Familie wie den Camerons war ja mit einer erschöpfenden Berichterstattung zu rechnen.»

Er versuchte, ein Lächeln zustande zu bringen. Er wollte etwas sagen, schloß jedoch den Mund wieder und schluckte. Probierte es noch einmal. «Ich habe die falschen Dinge im Auge gehabt», sagte er. «Ich habe auf die Oberfläche gestarrt und nur das Spiegelbild gesehen. Ich habe nie den Spiegel zu zertrümmern versucht ...» Er blickte abwesend ins Leere.

Ich fragte mich erneut, ob er etwas einnahm.

Er sprach leise: «Ich habe mich mit dem Schreibblock geirrt. Er ist ein Schwindel. Ich hätte es nie ernst nehmen sollen.»

«Ich kann meiner Freundin sagen, sie soll ihn vernichten, und Ihnen die Mühe sparen», schlug ich vor.

«Nein! Bitte. Quälen Sie mich nicht so. Wenn Sie es noch haben, geben Sie es mir zurück. Es könnte eine letzte Chance sein.»

Eine letzte Chance? Für wen?

«Hat es irgend etwas damit zu tun, daß Garnet Cameron möglicherweise seine Kandidatur für das Gouverneursamt zurückzieht? Brauchen Sie deshalb das Manuskript zurück?»

«Nein. Keineswegs.» Er hielt inne und faßte sich mit Mühe. «Sie werden für Ihre Arbeit entschädigt.»

«Ich hatte kaum Gelegenheit, etwas zu tun.»

«Ich mache keine Schulden», sagte er, zählte Geldscheine auf eine Ecke meines Schreibtischs und schob sie unter die Auflage. «Ich danke Ihnen. Es tut mir aufrichtig leid, Ihnen solche Mühe gemacht zu haben.»

Als er sich zum Gehen wandte, sagte ich: «Mr. Mayhew, wenn ich Ihnen in irgendeiner Weise behilflich sein kann –»

«Oh, das waren Sie schon, meine Liebe. Ich werde in ein paar Tagen wieder anrufen und mir das Manuskript abholen. Vergessen Sie mich für den Augenblick. Ein törichtes Spiel, die Phantasien eines alten Mannes –»

Seine Schritte hallten nach, als er über die Fußbodendielen tappte, und wechselten zu einer dumpferen Tonart, als er die Vordertreppe hinunterstapfte und den Gehweg entlangstolperte. Ich konnte seinen Wagen nicht sehen. Aber ich hörte einen starken Motor aufheulen, bevor er überhaupt hinter dem Steuer sitzen konnte.

Sein Partner war nicht mit hereingekommen.

Verdammt. Ich hätte ihn zu seinem Wagen begleiten und eine Taschenlampe mitnehmen sollen, um sein Nummerschild zu lesen.

Ich setzte mich in meinen Drehsessel, lehnte mich zurück und legte die Beine auf den Schreibtisch; dabei fiel mir das Geld ein. Ich mußte Roz einen völlig nutzlosen Arbeitstag bezahlen.

Das Knattern eines alten Motorrades zog mich ans Fenster wie eine Motte ans Licht. Zu spät. Ich konnte außer dem Lärm, dem halbrhythmischen Gestotter nichts hören. Es verschwand um die Ecke und wurde immer leiser.

Die Scheine auf meinem Schreibtisch waren keine Zwanziger. Vier davon waren Hunderter, der Rest Fünfziger, was abzüglich der Bezahlung von Roz 1100 Grüne für 72 kopierte Seiten und ein chinesisches Mittagessen gab.

Verdammt, verdammt. Ich hasse es, unterbezahlt worden zu sein. Ich hasse es, überbezahlt zu werden. «Überbezahlt» riecht mir zu sehr nach «gekauft».

11

Ich saß an meinem Schreibtisch, fuhr mir mit beiden Händen durch die Haare und suchte nach Knoten, Tucks und Spliß. Zog und zupfte an den beanstandeten wie auch ein paar unbeanstandeten Strähnen. Der medizinische Fachausdruck lautet «Trichotillomanie»; so nennen die Ärzte den Zwang, sich Haare auszureißen. In extremer Form kann sie zu Kahlköpfigkeit führen.

Ich erliege dem Reißzwang, wenn ich frustriert bin, wenn sich mein Urteil, auf das ich mich verlasse, als vollkommen falsch erwiesen hat. Ich war Mayhew und seiner verschwundenen Dichterin auf den Leim gegangen. Und jetzt hatte ich auch noch gelogen, mich geweigert, das verdächtige Manuskript zurückzugeben.

Gut, daß ich eine Riesenfülle von Haaren habe. Nicht zu bändigendes buschiges rotes Haar. Ich halbierte einen Strang und wand ihn um meinen Zeigefinger. Vielleicht sollte ich ihn dort festbinden als Erinnerung daran, nicht jedem Spinner Glauben zu schenken, der zu meiner Tür hereinspaziert kommt.

Als das Telefon klingelte, hätte ich die Sache beinahe dem Anrufbeantworter überlassen. Ich übe, aber ich werde nie richtig mit dem angeblich einfachen Vorgang des Mithörens fertig. Wahrscheinlich liegt es daran, daß meine Mam immer schon beim ersten Klingeln den Hörer abnahm und sich mit ihrer zitternden Altstimme meldete, überzeugt, mein Vater, der Polizist war, läge im Rinnstein und verblutete gerade. Es traf nie zu. Er wurde nie verletzt im Dienst. Nicht Blei, sondern Nikotin hat ihn umgebracht.

Das Hallo war angenehm, tief, herzlich und von einer weiblichen Stimme. Glorias Stimme hat eine wunderbare Gospeltönung, so willkommen wie frische Luft. Deshalb ist sie auch die beste Taxidisponentin von Boston. Oder vielmehr war, bis ihr das Unternehmen unterm Hintern in die Luft gejagt wurde.

«Babe», sagte sie, «hast du Fremden meine Telefonnummer gegeben?»

«Wie geht's dir, Gloria?»

«Gut. Ziemlich gut für meine Figur.»

Gloria ist rund. Kugelrund. Fett, um es frei heraus zu sagen. Ich dachte, sie würde ihr Gewicht halten, nachdem sie im Krankenhaus etliche Pfunde abgespeckt hatte. Nach dem Tod ihres Bruders Marvin mochte sie eine Zeitlang ihr Lieblings-Junk-food nicht mehr. Doch eines Tages appellierten Kartoffelchips, Malzkugeln und M&M-Schokosüßigkeiten so an ihr Herz, daß sie dem Diesseits wiedergegeben wurde. Sie ißt, darum ist sie.

Sie sagte: «Ich habe hier einen Anruf von einem gewissen Mr. Emerson – die Rede ist von einem Mann, der so steif ist, daß es klingt, als trüge er noch im Bett Anzug und Krawatte – wollte Miss Carlyle sprechen. Bin ich dieser Tage deine Sekretärin?»

Ich verfüge über eine Vielzahl von Visitenkarten. Manche weisen mich als Immobilienmaklerin aus, andere als Versicherungsangestellte. Sie kosten nicht viel, und anscheinend haben die Leute dann mehr Vertrauen zu einem. Es sind auch jeweils verschiedene Telefonnummern angegeben.

«Tut mir leid», sagte ich, «da muß ich die falsche Karte ausgespielt haben. Warst du nett zu ihm?»

«Natürlich, Babe.»

«Was wollte Mr. Emerson denn?»

«Nur, daß du ihn gleich zurückrufen sollst: 555-8330. Hast du's? Mit Betonung auf schnell wie sofort. Teufel auch, ich sollte schleunigst auflegen und die Leitung freigeben!»

«Schon gut.» Ich war ja inzwischen gefeuert worden. Hatte kein Interesse mehr an der Avon Hill School und ihren feinen Ehemaligen. Das dachte die eine Hälfte von mir. Die andere weigerte sich hartnäckig, zu glauben, was Mooney gesagt und Mayhew nicht abgestritten hatte. Ich wollte an diesem Fall dranbleiben, an Thea dranbleiben.

Thea Janis, ermordet, alle vielversprechenden Hoffnungen zur letzten Ruhe gebettet.

«Was von Sam gehört?» fragte Gloria allzu beiläufig.

Meine Warnlampen blinkten. Gloria hat ein tiefgreifendes Interesse daran, mich und Sam zusammenzuhalten. Ich weiß nicht, warum, aber in Glorias heimlichsten Phantasien sind Sam und ich ein Traumpaar. Vielleicht liegt es daran, daß sie uns miteinander bekannt gemacht und mitbekommen hat, wie wir viel zu schnell den Wandel von Boss und Angestellter zu Freunden und schließlich Liebenden vollzogen haben, und sie hat uns jeden Schritt nachempfunden und genossen. Wir könnten gar nicht unterschiedlicher sein, Sam und ich, und schlechter zusammenpassen. Eine ehemalige Kripobeamtin mit dem Sohn einer Gangsterfamilie: Das ist keine glückliche Rezeptur.

«Ein, zwei Postkarten», sagte ich kurz und knapp.

«Meine Liebe, ich wollte dir schon längst mal sagen –»

Wann immer jemand so etwas sagt, legen Sie gleich auf, rate ich Ihnen.

Gloria sagte: «Warum, zum Teufel, läßt du diesen Seelenklempner nicht laufen? Wenn du meinst, du brauchst 'ne Analyse, dann nichts wie hin, aber zahl gefälligst dafür. Der Mann ist nichts für dich.»

«Gloria, wie kommst du auf den Gedanken, daß du wüßtest, wer was für mich ist?»

«Wenn Sam gut war, kann es dieser Klapsdoktor nicht sein. Auf gar keinen Fall.»

«Ich will dir ein Geheimnis anvertrauen, Gloria.»

«Ja?»

«Sam war nicht so gut.»

«Ach, hör doch auf.»

«Gloria, laß uns das Thema wechseln und Freunde bleiben.»

«Du heiratest diesen Doktor nicht?»

«Heiraten? Gloria, ein Versuch in dieser Richtung reicht mir. Sollte ich dir je eine Einladung zu meiner Hochzeit schicken, ruf Mooney an und laß mich einlochen. Wirklich.»

Sie lachte aus voller Kehle, während ich verächtlich prustete.

Sie fragte: «Hat Paolina angerufen?»

«Nein.»

«Aber mich. Von einem Münzfernsprecher in der Stadt. Hat sie von ihrem eigenen Geld bezahlt.» Aus ihrer Stimme klang eine ungeheure Zufriedenheit heraus. Einen Augenblick lang fühlte ich mich einsam und verlassen und war eifersüchtig. Warum hatte meine kleine Schwester *mich* nicht angerufen? Hatte sie kein Kleingeld mehr gehabt?

«Die Kleine ist wahrhaftig süß, wollte wissen, wie es mir geht und so. Vielleicht hat sie dadurch, daß sie allein in dem Ferienlager ist, ein bißchen mitfühlen können, wie es mit mir steht, seit Marvin tot ist. Sie ist ein Goldschatz.»

Ich sagte: «Meinst du, sie ist einsam? Hat sie keine Freunde?»

Ich konnte förmlich sehen, wie Gloria mit ihren gewaltigen Schultern zuckte. Den Oberkörper kann sie bewegen.

Von der Taille abwärts ist sie seit einem Autounfall mit 19 Jahren gelähmt.

«Wollte sie irgendwas?» fragte ich.

«Hat nur angefragt, ob sie mir Konfekt schicken soll.»

«Hör mal, Gloria, hast du gerade Zeit?»

«Warum?»

«Ich brauche Informationen über Paolinas leiblichen Vater. Hast du Zugang zu anderen Telefonleitungen?»

«Ich bin Disponentin für ITOA.»

«Denen will ich keinen Ärger einhandeln», sagte ich. ITOA ist die Vereinigung unabhängiger Taxiunternehmer.

«Was für Ärger?»

«Der Typ mit den Infos ist ein schmieriger Drogenanwalt in Florida. Nummer eins: Ich bin sicher, daß er ein Programm zur Identifizierung eingehender Anrufe hat, und auf Anrufe von meinem Telefon aus wird er nicht reagieren. Nummer zwei: Die Drogenfahndung hört sein Telefon ab.»

«Und da soll ich ihn anwählen? Mich mit der DEA anlegen? Nein danke.»

«Worauf ich hinauswollte, Gloria, ist: Ideal wäre es, die Anschlüsse von Leuten zu benutzen, die wir nicht sonderlich mögen – soll sich die DEA doch auf die stürzen.»

Gloria sagte: «Deine Denkweise gefällt mir.»

«Ich habe eine kleine Liste zusammengestellt», sagte ich. «Die Heilsfront. Die Steuerbefreiungspartei. Die Bürgerwehr.»

Gloria stimmte gleich mit ein: «Und wie wär's mit diesem Typen von Harvard, der *Die Glockenkurve* geschrieben hat? Da heißt es, Schwarze seien generell dümmer als Weiße. Dem sollte die DEA ruhig mal einen Besuch abstatten.»

«Wenn du seine Nummer hast und rausbekommst, wie man Anrufe über seinen Büroanschluß tätigen kann, kannst du Thurman W. Vandenburg zehnmal pro Tag anwählen.»

«Ich kenne jemanden, der wahre Wunder vollbringen kann, was die Rufweiterleitung betrifft.»

«Ich wußte doch, daß du ein Händchen für so was hast.»

«Ich brauche ein bißchen Geld, um ein, zwei Leute zu schmieren, aber ich mach's. Geht in Ordnung. Wie lautet die Nachricht?»

«Es muß meine Stimme sein.»

Eine Zeitlang konnte ich nur die Fahrgeräusche von Glorias motorisiertem Rollstuhl hören. «Band läuft. Leg los.»

Nach einigen Versuchen ging es.

«Thurman, Babe», sagte ich, als hätte ich den Hai mein Leben lang «Thurman» genannt. «Muß dringend CRGs Verbleib erfahren, pronto. Ruf C. an, in loco parentis.»

«Ich glaube, so geht's», sagte Gloria zweifelnd. «Können wir nicht etwas dranhängen von der Art, daß wir die Kokssendung schnell brauchen? Damit die Leute richtig in der Scheiße sitzen?»

«Solange *ich* nicht dazugehöre ...»

«Vertrau mir, Babe. Ich habe überallhin Kontakte. Die Telefongesellschaft muß mich praktisch erst um meine Genehmigung bitten, ehe sie einen neuen Anschluß errichtet.»

Ich glaubte ihr. Gloria kann sich nicht bewegen. Sie benutzt Telefone wie Waffen. Sie ist die Spinne im Zentrum eines Kommunikationsnetzes, gegen das das Internet absolut nichts ist.

Ich probierte es noch einmal. «Thurman, Babe, wenn du die zwanzig Päckchen haben willst, mußt du C. etwas von CRG erzählen. Pronto.» Ich ließ den «In parentis»-Nachsatz weg. Je weniger Leute ahnten, daß Carlos Roldan Gonzales ein Kind hatte, um so besser.

«Er könnte es einfach ignorieren», sagte Gloria.

«Aber nicht, wenn er diesen Anruf jede Stunde bekommt», sagte ich. «Vierundzwanzig Stunden am Tag.»

«Grobe Belästigung», sagte sie.

«Genau das will ich, Gloria. Ihn grob belästigen.»

«Du bist an der richtigen Adresse.»

«Und wenn dir persönlich jemand stinkt, ruf von da an.»

Ich gab Gloria voller Zuversicht Thurman W. Vandenburgs Privatnummer. Uns wurmen die gleichen Sachen: Superreiche, die nichts für staatliche Einrichtungen zahlen wollen, Frömmler mit dem Finger in der Bibel, die wollen, daß alles nach ihrer Pfeife tanzt, Heuchler, Spanner, die ihrer Mitmenschen Schlafzimmer beobachten, Typen, die in anderer Leute Privatsphäre eindringen.

«Mach mir eine Kopie von dem Band, ja?» sagte ich. «Solltest du irgendwo keinen Zugang finden, setze ich Roz darauf an.»

«Da kommt Freude auf bei der DEA diese Woche», sagte Gloria. «Hat Paolinas Papa irgend etwas vor?»

«Ich weiß es nicht», erwiderte ich. «Das würde ich eben gern herausfinden.»

Gloria sagte: «Ich werde mir einen Spaß daraus machen.»

«Und sollte ich zufällig mal im Hause eines echten Stinktiers sein, werde ich Vandenburg von da aus anrufen», sagte ich.

«Tu das, aber denk dran, genau das gleiche zu sagen wie auf dem Tape, damit die Drogenfahndung dranbleibt.» Gloria sprach auf einmal mit weicher, lieblicher Stimme. «Versuch's doch mal vom Haus deines Seelenklempners aus.»

Ich legte auf und tippte rasch die Nummer ein, die sie mir durchgegeben hatte.

Zweimal das Amtszeichen. Dann wurde abgehoben.

«Avon High School. Emerson am Apparat.»

«Hi», sagte ich. «Carlotta Carlyle, die Frau, die heute bei Ihnen auf dem Campus war.»

«Miss Carlyle, ich freue mich, daß Sie zurückrufen.

Meine Frau wußte nicht, daß ein paar Anmeldungen wieder rückgängig –»

«Spielt keine Rolle», sagte ich. «Ich habe gar keine kolumbianischen Nichten, die nach Avon Hill wollen.»

«Sie sind –»

«Nicht interessiert. Die Sache ist gelaufen, Mr. Emerson. Ich war engagiert worden, um Nachforschungen über eine ehemalige Schülerin anzustellen. Ich habe sie gefunden.»

«Sie sind eine Art Detektivin?»

«Privatdetektivin.»

Funkstille. Er legte jedoch nicht auf. Ich auch nicht.

«Darf ich fragen, nach wem Sie gesucht haben?»

Vertraulichkeit war nicht mehr nötig.

«Thea Janis. Dorothy Cameron. Kommt Ihnen einer der Namen bekannt vor? War sie in Ihrer Klasse?»

Schweigen.

«Könnten Sie es einrichten, herzukommen?» fragte er sehr leise.

«Warum?»

«Es ist merkwürdig, daß Thea nach all diesen Jahren plötzlich solches Interesse erregt.»

«Wie meinen Sie das?»

«Ich unterhalte mich lieber persönlich mit Ihnen über die Sache.»

«Ich kann in zehn Minuten da sein», sagte ich. Eine Plauderei mit Anthony Emerson würde mir zumindest das Gefühl geben, etwas für die Kohle getan zu haben, die Mayhew mir dagelassen hatte.

«Kommen Sie zur Schule», sagte er hastig. «Nicht zum Haus.»

12

Mehr Leute als sonst bummelten durch die nächtlichen Straßen und suchten spärlich bekleidet Kühlung bei der anhaltenden Hitze. Etliche – wahrscheinlich auf dem Heimweg von *Steve's* am Square – leckten Eishörnchen. Mooneys Warnung hatte meine Sinne für andere Passanten geschärft. Ich hielt die Augen offen. Horchte. Ich registrierte die Bekleidung. Niemand schien mir auf den Fersen zu sein. In schneller Gangart schaffte ich es in sieben Minuten bis Avon Hill.

Das Verandalicht war ausgeschaltet. Ich hatte nicht die geringste Chance, den Messingklopfer zu betätigen. Die Tür öffnete sich mit dem bekannten schaurigen Quietschen, sobald ich einen Fuß auf die erste Treppenstufe gesetzt hatte.

«Miss Carlyle?» Er hatte schon auf mich gewartet.

«Ja.»

«Sie haben also keine Schüler, die Sie bei uns unterbringen wollen?» sagte er und verzog den Mund zu einem trübseligen Lächeln.

«Wenn ich welche hätte, müßten sie ein volles Stipendium haben.»

Er schüttelte bedauernd den Kopf, und ich fragte mich, ob die Schule wohl eine solide finanzielle Grundlage hatte.

«Können Sie sich ausweisen?» fragte er, noch immer den Eingang versperrend. «Mit irgendeinem Dokument, das mir bestätigt, daß Sie wirklich Privatdetektivin sind?»

Ich seufzte. «Hören Sie, Sie haben mich zu einem Gespräch hergebeten, Mr. Emerson. Ich brauchte ein bißchen

Bewegung, aber ich kann genausogut gleich wieder umkehren.»

Er zögerte kurz.

«Bitte», sagte er dann, «kommen Sie herein.»

Er war schmal und versteckte sich in einem gut geschneiderten Anzug, der zu warm war für die Hitze. Sein Haar, ein glatter blonder Pelz, war so fein, daß einige Strähnen trotz aller Versuche, einen stockgeraden Scheitel zu ziehen, eigene Wege gingen. Die lange Adlernase sah aus, als würde sie jeden Augenblick zustoßen. Ich rechnete mit kühlen blauen Augen, aber sie waren braun, dunkel und unergründlich und schmiegten sich in faltige Tränensäcke, die ihn älter erscheinen ließen, als er war.

Er mußte 39 sein, wenn er ein Klassenkamerad von Thea gewesen war.

Wir gingen durch den schwach beleuchteten Trophäensaal zu einem Zimmer, das wohl sein Büro war. Ein großer, imposanter Mahagonischreibtisch und dazu passende Bücherregale. Perserteppiche in Rot-, Orange- und Brauntönen, ein Ledersofa. Die Wände mit goldgerahmten Diplomen bedeckt. Eine vornehm anmutende heilige Halle zur Begrüßung von Eltern, die bereit waren, Riesensummen hinzublättern, nur um sagen zu können: «Ja, unsere Tochter ist in Avon Hill. Und Ihre?» Und zu wissen, daß es zwar vergleichbare Einrichtungen gab, aber nichts Feineres.

Vielleicht hatte der Direktor anderswo noch ein schlichteres Arbeitszimmer. Dieses Büro eignete sich jedenfalls gut dazu, Eltern Schecks aus der Tasche zu ziehen. Und Disziplin zu wahren. Ein Kind mußte sich hier drin zu Tode ängstigen. Fürchten, eine Vase umzustoßen.

Ein Buch lag auf der Schreibtischplatte. Ein Jahrbuch, kunstvoll gebunden und mit geprägtem Lederrücken. Ein goldenes Seidenband markierte eine der Seiten in der Mitte.

Ich zeigte Emerson meine Detektivlizenz. Um sich zu revanchieren, fragte er mich, ob ich ein Bild von Thea sehen wollte.

«Sicher.»

Er winkte mich zu einem stinkfeinen Polstersessel. «Sie hatte nicht viel für Clubs, sportliche Aktivitäten und Pep-Ralleys übrig. Aber irgend jemand hat einen Schnappschuß von ihr gemacht. Hier. Da können Sie ihr Profil sehen.»

Das Goldband markierte die betreffende Seite im Jahrbuch. Das Bild ließ die Gesichtszüge kaum erkennen. Aber Theas Brüste fielen um so mehr ins Auge. Sie hatte offenbar bereits mit vierzehn, fünfzehn Jahren den Körper einer Frau, die Haltung einer Frau.

«Ist dieses Foto das einzige von ihr in dem ganzen Jahrbuch?»

«Ja», sagte er ein wenig abwehrend. «Wie gesagt, sie hatte kein Interesse am Clubleben, und sie ist zu keinem Fototermin erschienen. Sie war ja noch nicht in der letzten Klasse.»

Thea hat es in ihrem Leben nicht mal so weit gebracht, dachte ich. *Nicht mal bis in die letzte Klasse der High-School.*

«Waren Sie in ihrer Klasse?»

«Allerdings», sagte er.

Ich wünschte, er wäre heute nachmittag schon dagewesen. Ich hätte ihm lieber Fragen gestellt, solange ich noch dachte, Thea könnte vielleicht am Leben sein.

«Wir hätten im gleichen Jahr unseren Abschluß gemacht», fuhr er fort, «wenn sie nicht – davongelaufen wäre.»

«Warum sagen Sie ‹davongelaufen›? Warum nicht ‹wenn sie nicht ermordet worden wäre›?»

Er zeigte sein Mißfallen durch fest zusammengepreßte Lippen. «Ich nehme mal an, weil damals darüber spekuliert wurde, mit wem sie wohl, äh, durchgebrannt war.»

«Gab es einen eindeutigen Favoriten?»

Er thronte auf seinem hohen Ledersessel hinter dem breiten Mahagonischreibtisch, legte die ausgestreckten Fingerspitzen aneinander und blickte sinnend drein. Ich fragte mich, ob seine Füße überhaupt den Boden berührten. Und ich fragte mich auch, wie es gekommen sein mochte, daß er jetzt in seiner ehemaligen Schule das Zepter schwang. War das sein Lebensziel gewesen?

Er sagte: «Ganz zu Anfang hat vermutlich jeder Junge seinem besten Freund zugeflüstert – vollkommen vertraulich, versteht sich –, daß Thea im Sommerhaus ihrer Eltern auf ihn warte. Dieses Gerede ist jedoch schnell verstummt.»

«Und die Lehrer?»

«Wir sagten damals noch ‹Herr oder Frau Professor›, denn Avon Hill war angestrengt darum bemüht, die alten Traditionen aufrechtzuerhalten und die rebellischen Zeiten einfach zu ignorieren. Unterirdisch brodelte es überall auf dem Campus, aber nach außen hin schien alles vollkommen in Ordnung zu sein.»

Er hatte einen andeutungsweise britischen Akzent, als wäre er in England zur Schule gegangen. Dieser Beiklang hätte aufgesetzt sein können den zahlenden Eltern zuliebe, aber das glaubte ich nicht.

«Also gut, die Professoren», sagte ich, «gab es Gerüchte, daß Thea mit einem von ihnen ‹durchgebrannt› sei?»

Er zuckte die Achseln. «Ich habe nur einen einzigen Kurs mit ihr geteilt. Bei einer Lehrerin.»

«Gerüchte? Spekulationen?»

«Es kursierten Gerüchte über Thea und praktisch jeden Mann oder Jüngling der Schule.»

«Wieso?»

«Sie war … ungewöhnlich», sagte er und fummelte dabei an einem blitzenden Füllfederhalter herum. «Für ihr Alter.

Für jedes Alter. Für diese außerordentlich konservative Schule. Du meine Güte, schon allein die Tatsache, daß ihre Eltern sie hierher geschickt haben, ist kaum zu glauben. Sie war so fehl am Platz, als wäre sie von einem anderen Stern gekommen.»

«Aber sie hat trotzdem Kontakt zu den Leuten hier aufgenommen.»

«Eigentlich nur, um ihren Widerwillen zu äußern.»

«Inwiefern?»

«Indem sie sich strikt jeder Anweisung von oben widersetzte. Sie war unser Pionier in Sachen Rebellion. Wir anderen waren alle Waisenknaben gegen sie. Wir hatten schreckliche Angst, von der Schule zu fliegen und Schande über unsere Familien zu bringen. Sie hingegen schien es geradezu darauf anzulegen. Sie liebäugelte mit dem Hinauswurf. Sie war so frei ...»

«Frei», wiederholte ich.

«Herrlich frei», sagte er. «In vieler Hinsicht.» Er fuhr sich nervös durchs Haar und wich meinem Blick aus. Anscheinend schwankte er hin und her, ob er mir etwas erzählen oder es lieber für sich behalten sollte. Ich fragte mich, wie viele seiner Schüler wohl auf Fragen ebenso zögernd reagieren mochten, hin und her gerissen zwischen der gemischten Freude der Beichte und der geheimen Sünde.

«Warum wollten Sie eigentlich mit mir sprechen?» fragte ich und bemühte mich, nicht verärgert oder ungeduldig zu klingen.

Mein Ärger und meine Ungeduld galten gar nicht ihm. Ich selbst war die Zielscheibe. Ich hätte nicht herkommen sollen. Warum war ich hier und stellte Nachforschungen über eine Tote an? Was wollte ich in Erfahrung bringen? Es gab keinen Fall und somit keinen Grund für Fragen. Bloß Neugier. Wegen eines einzigen Kapitels, einiger Gedichte.

«Wir hatten neulich zwei ziemlich seltsame Besucher hier», sagte er, plötzlich wieder ganz sachlich. Das war es aber nicht, was er mir beinahe offenbart hätte.

«Wir?» fragte ich.

«Ich», sagte er und lächelte. «Sie haben mich bei meinem Schulleiter-‹Wir› ertappt. Ich werde mich bemühen, es zu unterlassen. Bestimmt.»

«Und ‹neulich› war wann?»

«Letzten Mittwoch, den achten.»

«Wodurch wirkten die Besucher seltsam?»

Im Stehen war er kaum größer als 1,72 Meter, aber er machte eine sehr gute Figur. Er hielt die Hände hinter dem Rücken verschränkt, während er auf und ab schritt. Sein Gang wirkte gekünstelt, wie einstudiert: So schreitet und redet ein Direktor. Vielleicht hatte er ein Buch darüber gelesen oder einen entsprechenden Kurs belegt.

Er sagte: «Es ist Sommer. Fast alle sind weg. Wenn es meiner Frau nicht so schlechtginge, wären wir auch fort in unserem Ferienhäuschen in Maine.»

Ich drängte nicht, ließ ihn ruhig erzählen. Ich hatte Zeit genug.

«Es waren Herumtreiber», sagte er. «Bettler.» Er sprach mit geschürzten Lippen, als handle es sich um Figuren aus einem Dickens-Roman.

«Straßenkids», sagte ich.

«Der Junge war kein Kind mehr – ein Mann, würde ich sagen, unter all dem … Haar. Ich würde ihn auf Anfang Zwanzig schätzen. Er hatte so einen Gang, ein großspuriges Auftreten, eine bestimmte Haltung, wenn Sie wissen, was ich meine, aber das Mädchen war noch sehr jung, zwölf, vielleicht dreizehn. Sie hatte ein Laken in der Hand, eine Tischdecke, ein Stück Stoff. Ich nahm an, sie suchten nach einem Platz, um sich zu vergnügen. Ich wollte sie vom Grundstück scheuchen, bevor sie unter irgendwelchen Bäumen oder im Gebüsch zu Werke gingen. Von den Gärtnern war niemand da, und irgend jemand mußte ihnen ja sagen, daß sie sich auf Privatgelände befanden.»

Ich nickte. Ich hatte den üppig grünen Park hinterm Haus gesehen. Die Gärtner hatten wahrscheinlich überhängende Zweige während des Schuljahrs kurz zu halten.

«Sie waren kein bißchen eingeschüchtert, als ich kam. Ich muß gestehen, daß ich einen gewissen Respekt von seiten der Schüler gewohnt bin. Ich weiß nicht, aber ich bin wohl einfach an unterwürfige Hasenfüße gewöhnt. Ich habe Macht über die Jugendlichen, die meiner Obhut anvertraut sind. Der junge Mann war völlig ungerührt. Er ließ sich keineswegs durch meinen Blick in Verlegenheit bringen. Ich erwog, die Polizei zu rufen, und glauben Sie mir, ich tue das nicht gern. Einige Eltern wohnen hier in der Nähe, und ich würde sie nicht gern auf den Gedanken bringen, ich könnte nicht mit jeder möglichen Situation fertig werden. Aber ich mochte die Art und Weise nicht, in der er mich ansah. Ich mochte sein Grinsen nicht. Es wirkte – irgendwie raubtierhaft. Und dann fragte er mich aus heiterem Himmel nach Thea. Ob dies die Schule sei, an der Thea Janis, die Schriftstellerin, die berühmte Schriftstellerin, gewesen sei. Sie wollten wissen, ob es eine ihr gewidmete Gedenkstätte gäbe, einen ‹Schrein›. Sie lachten, waren stoned oder high, vielleicht auch betrunken, aber sie benutzten tatsächlich das Wort ‹Schrein›. Und dann fragten sie mich, ob ich ihnen ein Foto von Thea geben könnte. Als wäre Avon Hill ein drittklassiges Filmstudio und ich ein Laufbursche, der herumgeht und Hochglanzfotos verteilt.»

Diese Kränkung seiner Person und seiner Schule beleidigte ihn. Ich ging darüber hinweg und fragte weiter: «Können Sie die beiden im einzelnen beschreiben? Was hatten sie an?»

«Der junge Mann war dünn, fast ausgemergelt. Die Größe, nun ja, ein paar Zentimeter mehr als ich. Ein schmutziges T-Shirt, zerrissene Jeans, in hohe schwarze Stiefel gestopft. Er hatte ziemlich dunkles Haar, zu einem fettigen Pferdeschwanz zusammengebunden, und Bartstoppeln im Gesicht, als hätte er eigentlich gar keinen Bart haben wollen, sondern nur vergessen, sich zu rasieren. Ach ja, er trug einen Ohrring, einen silbernen Ring. Das Mädchen war eine schmächtige Blondine, praktisch noch ein Kind, wie bereits erwähnt, aber sie hing dauernd an dem Kerl, schmiegte sich an ihn, tätschelte an ihm herum.

Ich blieb einfach stehen, wich nicht von der Stelle, bis sie schließlich auf einem jener schrecklich lauten Motorräder verschwanden. Der Sitz war im Grunde nicht groß genug für beide, aber das Mädchen kuschelte sich mit aller Kraft an ihn und legte ihm die Arme um die Brust. Sie trug etwas, das – ja, wie ein Männerunterhemd aussah und so abgeschnitten war, daß oberhalb der Taille ein Stück freiblieb, und dazu abgeschnittene Jeans. So weit abgeschnitten, daß man sehen konnte, daß darunter kein Slip war. Ihr ganzes Äußeres war mit der Schere gestylt!»

«Fahrzeugkennzeichen?»

«Daran habe ich nicht gedacht.»

Natürlich nicht; war zu sehr mit der blonden Mieze auf dem Rücksitz beschäftigt gewesen, den Brüsten, die sich an den Rücken des jungen Mannes preßten, den Schenkeln, die dessen Hintern umklammerten.

«Farbe? Marke?» fragte ich, um ihn aus seinen Träumereien zu reißen.

«Tut mir leid. Rot vielleicht.»

«Klang der Motor normal?»

«Der Motor? Tut mir leid, ich habe wirklich nicht darauf geachtet.»

«Sonst etwas? Ihre Namen?»

«Wir haben uns nicht miteinander bekannt gemacht.»

«Haben Sie sich gegenseitig beim Namen genannt?»

«Er sagte irgendwas. Dixie? Ein komischer Name.»

«Wer von beiden fragte nach Thea Janis?»

«Der junge Mann.»

«Hat sich sonst noch jemand nach Thea Janis erkundigt?»

«Nein, und die beiden haben auch nicht gerade Daten für eine Biographie gesammelt. Sie ist nicht mehr en vogue, würde ich sagen, mit ihrem Protest, der inneren Suche, dem frühen Tod. Vielleicht erfreut sie sich an anderen Schulen einer gewissen Beliebtheit, jedoch wir befassen uns nicht mit etwas so Modernem und ... Unsittlichem in Avon Hill. Hier geht es sehr anständig zu. Die Schulverwaltung legt großen Wert darauf, daß sich meine Frau während der letzten Wochen ihrer Schwangerschaft nicht mehr draußen zeigt. So fortschrittlich sind wir.»

Eine seiner Augenbrauen bewegte sich fünf Millimeter nach oben. Und er blinzelte mit den Augen, um mir klarzumachen, daß ihm das Verhalten der Verwaltung zwar unerklärlich war, er es aber irgendwie auch amüsant fand. Kurios, wie sein britischer Akzent.

«Ich wüßte gern, warum Sie an Thea interessiert sind», murmelte er. «Ein merkwürdiges Zusammentreffen, zwei Nachfragen in einer Woche.»

Ich überhörte die Frage. Bevor ich ging, wollte ich noch sein Geheimnis in Erfahrung bringen, das, wobei er so unschlüssig war, ob er es erzählen sollte oder nicht.

«Wie haben Ihre Klassenkameraden reagiert, als sie herausfanden, daß Thea ein Buch geschrieben hatte?» fragte ich. Er hätte mich rausschmeißen können, aber er schien gern zu antworten und in Erinnerungen zu schwelgen.

«Zuerst wußten wir nicht, daß es *ihr* Buch war. Die Autorin hieß schließlich Thea Janis und nicht Dorothy Cameron. Aber wir bekamen es ziemlich bald heraus. Es stand in den Zeitungen. Wir haben alle Bücher am Square aufgekauft, um zu sehen, ob sie jemanden fertiggemacht hatte, den wir kannten.»

«Und hatte sie?»

«Eigentlich nicht. Gut, sie hat die Schule sehr geschickt als Schauplatz benutzt. Ihre Romanfiguren wiesen auch eine gewisse Ähnlichkeit mit dem einen oder anderen Professor auf, aber sie hatte die Namen und Eigenschaften doch sehr gut verändert. Ich war noch ein Kind, aber ich bezweifle, daß von rechtlichen Schritten dagegen die Rede war. Thea war auf einmal berühmt. Bekannt wie ein bunter Hund. Und sie war plötzlich irgendwie anders.»

«Inwiefern anders?»

«Wir hörten sofort damit auf, sie Dorothy zu nennen, sondern riefen sie statt dessen ‹Thea›.» Er dehnte die Vokale, gab dem Namen eine fremdartige Melodik. «Es war höchst romantisch. Wir achteten plötzlich darauf, wie sie sich bewegte. Sie war *anders* als die anderen Mädchen. Das merkten wir.»

Er blickte wieder drein wie ein ungezogener Junge.

«Meinen Sie mit ‹anders›, daß Thea schon sexuelle Erfahrungen gemacht hatte?» fragte ich. «Ist es das, worum wir herumreden?»

Er saß in seinem Sessel. Bewegte die Lippen, als überlegte er, was er sagen sollte, wie er seine Gedanken am besten in Worte fassen konnte.

«Sie war mit Sicherheit kein Flittchen», sagte er schließlich. «‹Make love not war› war damals der Slogan, und sie hatte die freie Liebe für sich entdeckt. Sie war deren Verfechterin. Sie war –»

«Avon Hills Pionier in Sachen Liebe.»

«Das war gewiß eins ihrer Lebensziele, ja.»

«Haben Sie mit ihr geschlafen?»

Er senkte die Stimme, als könnten seine Worte von dem großen Steingebäude in das kleinere viktorianische Haus hinübergetragen werden und die Träume seiner schwangeren Frau stören.

«Wir waren eine ganze Schule voller unschuldiger Knaben, die nur darauf warteten, erste Erfahrungen zu machen», sagte er und vermied die Einzahl.

«Und sie war die Erfahrene. Mit vierzehn?»

«Fünfzehn. Sie schien genau zu wissen, was sie tat.»

«Wer hatte sie gelehrt?»

«Mir schien es so, als hätte sie eine natürliche Begabung dafür, ebenso ausgeprägt wie ihr literarisches Talent. Eine Begabung für Sex.»

«Haben die Lehrer ihr auffällig gute Zensuren gegeben?»

«Es gab allerlei Gerüchte. Ich habe keine Ahnung, was davon stimmte und was Phantasie war, aber das Gerede schien ihr nicht zu schaden. Sie war auf irgendeine grundlegende Art weiter als wir, älter als wir. Unsere Lügen und Übertreibungen schienen sie nicht zu berühren. Wir erfanden Thea-Affären. Thea und der betagte Mathematiklehrer. Thea und der Sportlehrer. Letztere war besonders beliebt. Thea und der Gärtner, Thea und der Mannschaftskapitän vom Harvard-Footballteam. Sie stand im Mittelpunkt unserer gesammelten Phantasien.»

«Ist sie wahllos Beziehungen eingegangen?»

«Meines Wissens nicht.»

«Sie war vierzehn, als sie das Buch geschrieben hat, und fünfzehn, als sie starb!» sagte ich scharf, um das selbstgerechte Grinsen von seinem Gesicht zu wischen.

Es spornte ihn nur zur Selbstverteidigung an.

«Aber nicht wie andere Fünfzehnjährige, die man kennt, Gnädigste. Sie werden keine Schuldgefühle bei mir wecken, so leid mir's tut. Ich habe mit ihr geschlafen. Sie hat mich verführt und nicht andersherum. Sie hat mich fallenlassen und nicht andersherum. Ich habe sie nicht von dieser Schule getrieben. Und keiner von uns hatte irgend etwas mit ihrem Tod zu tun. Das Tier, das sie abgeschlachtet hat, wußte nichts ...»

«Wußte nichts wovon?»

«Er muß sie für ein gewöhnliches –»

Die Worte wollten anscheinend nicht über seine Lippen.

«Ein gewöhnliches Flittchen?» half ich aus. «Nutte? Schlampe?»

«Mädchen», sagte er leise. «Er konnte nicht wissen, was für ein schrecklicher Verlust das war, was für eine schreckliche Tat.»

«Schlimmer als die Ermordung der anderen beiden Mädchen?»

«Es klingt vielleicht seltsam; hört sich wie versnobtes, elitäres Gerede an, ist es vielleicht auch. Aber Thea war etwas Besonderes. Ich trauere anders um Mozarts frühen Tod als um den Tod eines gewöhnlichen Bauern.»

«Waren Sie hier an der Schule, als Sie hörten, daß sie tot ist?»

«Es hat mir den Atem verschlagen. Wir hatten sie zur zentralen Figur so vieler Schauplätze gemacht, so vieler abstruser Phantasien ...»

«Und danach? Nach ihrem Tod?»

«Was glauben Sie? Thea wurde uns ständig vorgehalten. Fahr nicht mit Fremden mit. Geh nicht nachts aus. Tu dies nicht, tu das nicht. In gewisser Weise hat ihr Tod uns unsere Unschuld genommen.»

«Ich dachte, die hätte sie Ihnen schon vorher geraubt», sagte ich.

«Ich wollte keineswegs damit sagen, daß sie mich verdorben hätte. Sie hat niemanden verdorben. Sie war wundervoll. Besorgt. Großherzig. Verwirrt und verwirrend.»

Eine hilfreiche Beurteilung, dachte ich.

Ich wünschte, ich hätte mehr über die näheren Umstände von Theas Tod gewußt. Ich hätte Mooney ausquetschen sollen. Als wenn er am Telefon klebengeblieben wäre, nur um mich zufriedenzustellen!

Ich sagte: «Wenn ich es recht verstanden habe, hat Thea zu Hause angerufen und gesagt, sie verbringe die Nacht bei einer Freundin, die in der Nähe der Schule wohnte.»

«Haben wir darüber gelacht!»

«Wieso?»

«Sie hat gesagt, sie wolle bei Susie Alfred übernachten, dabei hätte das hochnäsige kleine Biest Thea nicht mal in ihr geheiligtes Haus reingelassen!»

«Warum denn nicht?»

«Die anständigen Bürger hatten nichts für Thea übrig.»

«Was sollte dann der Anruf? Eine Falschmeldung?»

Er zuckte die Achseln.

Normalerweise rufen Kinder nicht zu Hause an und richten alles so ein, daß sie nicht vermißt werden. Jedenfalls nicht Kinder, die ermordet werden.

Ich bedrängte ihn. «Was hat Thea dann gemacht in der Zeit zwischen dem Fortgang von Avon Hill und dem Zeitpunkt ihres Todes? Waren es zwei, drei Tage? Oder mehr?»

«Das weiß niemand.»

«Das weiß niemand», wiederholte ich.

Solche Antworten hasse ich. Feierlich, schwülstig, dumm. Emersons Büro schien immer enger zu werden und mich ersticken zu wollen. Ich verabschiedete mich, so höflich ich konnte. Er bat mich um meine Telefonnummer, und ich sagte ihm, er könne mich unter der Nummer erreichen, die er schon hatte. Sollten seine wollüstigen Phantasien doch erst durch Gloria gebremst werden.

Ich fühlte mich mißbraucht, schmutzig. Er hatte jemandem erzählen müssen, daß er ein Verhältnis mit einem schönen Mädchen gehabt hatte, als er so alt war wie seine jetzigen Schüler. Seine schwangere Frau war vermutlich keine gute Zuhörerin.

«Haben Sie ihr Buch gelesen?» fragte ich ihn, während wir zur Haustür gingen.

«Zum Teil», sagte er leichthin.

Ich wußte genau, welche Teile.

«Wenn Sie noch mal was von den Kids hören, die nach Thea gefragt haben, könnten Sie mich dann anrufen?» fragte ich.

«Sicher», sagte er mit unbeschwertem Lächeln und öffnete die Tür, um mich hinauszugeleiten.

Ich wette zehn zu eins, daß er log.

13

In meinen Träumen heulte ein Motor auf und ging in ein stotterndes zorniges Dröhnen über, nah und bedrohlich. Der Mann mit der Windjacke kam mit einem roten Motorrad angebraust, balancierte perfekt darauf, die Arme ausgebreitet wie ein gewaltiger Raubvogel. Lautlos schnappte er sich Mädchen auf seinem Weg – Teenager in dunkelblauen Faltenröcken mit gestärkten weißen Blusen – und warf sie mir vor die Füße, nachdem er ihnen alle Knochen gebrochen hatte, blutend, mit Köpfen, die baumelten wie die von Stoffpuppen.

Ich wachte schweißgebadet auf. Hitze und Licht versengten mir die Augen. Halb wach und benebelt, wie ich war, geriet ich in Panik, unfähig, die Augen zu öffnen, weil ich Angst hatte, in den feurigen Abgrund zu blicken. Ich blinzelte. Es war nur die Sonne, die durch die gazeartigen Vorhänge brannte und den Morgendunst aufsaugte.

Die Zahnpasta schlängelte sich aus der Tube wie eine zerschmolzene Zuckerstange. Ich wusch mir die Haare, nicht weil sie schmutzig gewesen wären, sondern weil das kalte Wasser so angenehm war.

Ich hasse die Hitze.

Ich haßte es, daß Adam Mayhew gekniffen hatte. Ich haßte die aufgeblasene Schuldlosigkeit von Avon Hill, die sorglose Unschuld des Direktors.

Ich schloß meine Schreibtischschublade auf und las Theas 36 Seiten noch einmal. Eine perfekte Familie setzt sich an einen schön gedeckten Tisch. Feines Porzellan, Kristall und Silberglanz im Kerzenschimmer. Ein wohldurchdachtes Essen mit vielen Gängen wird aufgetragen, und obgleich den Speisenden Insekten über die nackten Füße krabbeln und Schlangen sich um ihre Knöchel winden, ist keiner so taktlos, die Invasion auch nur zu erwähnen.

Es erinnerte mich an etwas aus der Feder eines südamerikanischen magischen Realisten – eines Kolumbianers, in dessen Bücher ich mich vertieft hatte, um Paolinas Heimatland besser verstehen zu können.

In Theas Werk war die mit «b» bezeichnete Figur eine Dichterin, die aus dem feinen Familienkreis ausgestoßen worden war. «b» erzählte sich in unhörbaren, eintönigen Wiederholungen Geschichten, die keinen Sinn hatten. Nur «b» bekannte sich zur Anwesenheit der Reptilien, schien jedoch die Insekten nicht wahrzunehmen.

Roz kam die Treppe herunter in einem dürftigen Ersatz für ein Kleid, möglicherweise eine Art Longshirt. Ihre Sandalenriemen waren über Kreuz bis zu den Knien hoch geschnürt. Die Hitze schien sie kaltzulassen. Bevor ich sie daran hindern konnte, knallte sie mir einen dicken Aktenordner auf den Schreibtisch, brachte die Füße annähernd in die dritte Ballettposition und begann ihren Bericht.

«Erstens», sagte sie, «habe ich nicht annähernd so viel Mist gefunden, wie über Chuck und Di geschrieben worden ist, aber das liegt wahrscheinlich daran, daß das Zeug älter ist. Ich meine, damals hat die Presse noch ihre Krallen geschärft.»

Wenn ich nicht gerade «Theas» Kapitel noch einmal gelesen und nicht wieder durch den Zauber ihrer Worte eingefangen worden wäre, hätte ich Roz mitten im Redestrom gestoppt. Doch ich war wie hypnotisiert und ließ sie weiterreden.

«Der alte Cameron, der ehrenwerte Franklin Cameron, US-Abgeordneter des Repräsentantenhauses im vierten Wahlbezirk, Gott hab ihn selig, war wohl ein großes Tier. Geerbtes Vermögen, Reedereien, Chinahandel – willst du etwas über seine Mama und seinen Papa hören?»

«Nicht unbedingt.»

Sie hörte gar nicht auf mich – wie üblich.

«Sein Papa hat Geld geheiratet, zweimal. Hatte ein Händchen dafür. So kam Kies aus dem Chinahandel mit Schotter von den Raubrittern zusammen. Eine nette Kombination. Genug, um dem Sprößling – das war Franklin, der Vater von Garnet – eine Erziehung erster Güte angedeihen zu lassen. Das hieß Yale, ein bißchen was sollte wohl für die Familie dabei herausspringen, vielleicht gar die Präsidentschaft. Aber unser Franklin sträubte sich anscheindend gegen ein Leben im öffentlichen Dienst. Hat einen kurzen Auftritt beim Bezirksgericht gehabt und war eine Zeitlang Berater des Gouverneurs, hat aber keine Spitzenposition erringen können. Die Gouverneurswahl hat er einmal verloren, die zum Senator dreimal; 1962 hat er es immerhin ins Abgeordnetenhaus geschafft. Aber nur für eine Amtsperiode.»

«Skandale?» fragte ich automatisch. Es kommt äußerst selten vor, daß einer, der vom Bundesstaat Massachusetts ins Abgeordnetenhaus gewählt worden ist, freiwillig in den Norden zurückkehrt.

«Nicht das geringste», erwiderte Roz. «Nicht die Spur. Keinerlei Gerede. Der Mann hat gesagt, das Leben in Washington gefiele ihm nicht.»

Ich fragte mich, was wohl wirklich dahinterstand. Anfang der 60er Jahre gab es noch Sachen, die für den Bericht in einer normalen Lokalzeitung nicht geeignet waren.

«Hat er denn nie für das Amt des Bezirksverordneten kandidiert?»

«Nee. In der Lokalpolitik das Gouverneursamt oder nichts.»

«Die Kinder», sagte ich. «Ich bin in erster Linie an den Kindern interessiert.»

«Keine Kinder aus erster Ehe. Die ließ er annullieren. Drei aus seiner Ehe mit – hör gut zu! – Comtessa de la Montefiore alias Tourmaline Montefiore. *Tourmaline*, wirklich. Von der Familie wird sie Tessa genannt, und ich für meinen Teil kann es ihnen nicht verdenken. Obwohl sie ihren eigenen Kindern auch verrückte Namen gegeben hat. Die älteste ist Beryl, geboren 1950. Dann kommt Garnet. Und dann schlicht und ergreifend Dorothy.»

Komisch. Ich hatte mir immer Dorothy – Thea – als Älteste vorgestellt.

«Und an wem bist du nun interessiert?»

«An Dorothy.»

«Der Toten. Ein Jammer.»

«Ja», pflichtete ich ihr von ganzem Herzen bei, «ein Jammer.»

«Es war vier Wochen lang *die* Sensation. Ein totaler Zirkus. Ich glaube nicht, daß ich alle Zeitungsartikel kopiert habe, aber die meisten.»

«Und?»

«Schlagzeilen: ‹VERMISST!› ‹SCHRIFTSTELLERIN AUSGERISSEN!› ‹SELBSTMORD?› ‹MILLIONENERBIN GEKIDNAPPT!› und dann ‹MILLIONENERBIN ERMORDET!!!›»

«Bleiben wir bei dem Selbstmord.»

Sie wühlte in Papier. «Verschleierte Andeutungen, daß jemand anders von den Camerons es probiert hätte. Dann haben die Entführungsstorys alles verdrängt.»

Beryl? sinnierte ich. «b» für Beryl, die am perfekt gedeckten Tisch saß und leise vor sich hin redete? Diejenige, die die Schlangen sah. Oder Tessa. Hatte sie eine wirkungsvolle

Möglichkeit aufgetan, ihren Mann von der Rückkehr nach Washington abzuhalten?

Vermutlich hätte ich Garnet oder Franklin Cameron nicht aus der Selbstmordlotterie ausschließen dürfen, nur gibt mir die Statistik im allgemeinen recht. Männer begehen zwar öfter erfolgreich Selbstmord, aber erheblich mehr Frauen als Männer machen einen Selbstmordversuch. Der klassische «Hilfeschrei».

«Die Reaktion der Familie auf Dorothys Tod?»

Roz runzelte die Stirn und suchte nach einem Wort. «Gedämpft. Meinem Empfinden nach hat die Familie sich mit aller Macht hinter ihrem ‹Kein Kommentar› verkrochen, und die Journalisten haben das Blaue vom Himmel herunterphantasiert. Du müßtest den ganzen Käse mal lesen!»

Sie tippte auf den Ordner. Vielleicht würde ich das irgendwann mal tun.

«Ich habe ein paar tolle Artikel über die Beerdigung. Kannst mir glauben, war eine richtige Modenschau, ganz in Weiß. Falls die Familie die Presse in Verzückung versetzen wollte, hätte sie's nicht besser machen können. Da hat das Mächen ein skandalöses Buch geschrieben und bekommt eine 1a-Jungfrauenbestattung. Unter Leitung von nicht nur einem, sondern gleich zwei Kardinälen.»

Ich warf einen Blick auf die Seite mit den fließenden Schriftzügen in meiner Hand und schloß den Schreibblock sanft. «Adam Mayhew» konnte so eine protzige Beerdigung kaum verpaßt haben.

«Du brauchst nicht in Begeisterungsstürme auszubrechen und mich für meine gute Arbeit loben», sagte Roz, die endlich merkte, daß sie nicht die gewünschte Reaktion hervorrief. «Bezahl mich einfach nur und sag mir, was ich sonst noch tun kann. Ich habe mir eine Videokamera gekauft. Auf Kredit.»

«Ich wußte gar nicht, daß du eine Kreditkarte besitzt.»

«Jetzt habe ich eine. Ich habe dich als Bürgin angegeben. Wenn sie anrufen, kannst du ihnen sagen, daß du mir etwa dreihundert die Woche zahlst.»

«Du träumst wohl, Roz.»

«Ach komm schon. Dafür habe ich noch mehr über diesen trotteligen alten Pseudo-Mayhew ausgegraben. Er lügt wie gedruckt. Theas Mam – La Comtessa – lebt noch, und sie hat keine Brüder, weder Halb- noch Stief-, noch andere. Es steht auch kein Mayhew Komma Adam in einem der örtlichen Telefonbücher.»

«Immerhin liegt ein Adam Mayhew auf dem Mount-Auburn-Friedhof.»

Roz kniff die Augen zusammen. «Woher weißt du das?»

«Ich habe einen Ausflug gemacht.» Ich biß mir auf die Unterlippe, während ich Roz' hingekritzelte Notizen und die Zeitungsausschnitte flüchtig durchsah. «Was kannst du mir von Beryl Cameron erzählen?»

«Beryl? Sie könnte ebensogut schon zwanzig Jahre tot sein.»

«Die einzige Schwester der brillanten Thea? Sie muß doch wenigstens *etwas* Berichtenswertes getan haben. Über ihre Hochzeit hätte es bestimmt Sonderberichte in der Sonntagsbeilage gegeben.»

«Ja, sollte man eigentlich meinen. Sie ist auf allen Pressefotos von den Kampagnen des seligen Franklin Cameron aus den sechziger Jahren. Da macht sie mit der Familie die Wahlreisen mit, die Mädchen alle in diesen scheußlichen gebauschten weißen Kleidern und Spangenschuhen mit kleinen Absätzen. Die Söckchen sind tatsächlich so nostalgisch, daß ich's vielleicht damit versuchen sollte. Und dazu dann Pfennigabsätze –»

«Roz!»

«Pardon. Also, nach Theas Tod war nichts mehr.»

«Wie meinst du das, ‹nichts mehr›?»

«Genau noch ein einziger Artikel im ‹Frauenteil› mit der Ankündigung, daß Beryl Cameron plant, die Verwandten ihrer Mutter in Italien zu besuchen. Die Verfasserin erwähnt gerade mal den Namen des Mädchens, das Ganze ist nur ein Aufhänger für einen Modebeitrag darüber, was junge Debütantinnen für eine Reise ins Ausland einpacken sollten. Und geht am Ende in eine Tirade gegen Jeans über.»

«Datum?»

«Ich glaube, 7. August.»

Nach Theas Tod. Wenn Thea gekidnappt und schließlich, als etwas von den Lösegeldverhandlungen schiefging, ermordet worden war, hatte die Familie die andere Tochter vielleicht aus Sicherheitserwägungen fortgeschickt …

Nein, unmöglich. Vier Wochen vom Verschwinden bis zum Tod. Kaum genug Zeit für Lösegeldverhandlungen mit so schrecklichem Ausgang.

Ich hatte meine Zweifel an einer Entführung. Das FBI hätte zwar versucht, die Sache unter Verschluß zu halten, aber nach dem Mord wären alle Einzelheiten darüber auf den Titelseiten erschienen. Und Mooney hatte gesagt, der Mann in Walpole wäre noch des Mordes an zwei weiteren Mädchen außer Thea überführt worden.

Vielleicht hatte die Familie «Kidnapping» geschrien, damit die Selbstmordvermutungen in der Presse aufhörten.

«Beryl könnte also in Italien leben?» fragte ich Roz.

«Was die Zeitungsmeldungen betrifft, war nie von einer Rückkehr die Rede. Aber Bruder Garnet hat alles wettgemacht. Ein Überflieger. Kann wahrscheinlich seinen Lebenslauf auf keine Diskette bekommen, geschweige denn auf ein Blatt Papier.»

«Was hat er denn gemacht?»

«Was hat er *nicht* gemacht! Harvard. Yale. Juristische Fakultät. War als Staatsanwalt tätig, hat in einer Jazzband mitgespielt, jung geheiratet, ist jung geschieden worden. Hat für das Amt des Justizministers kandidiert, wieder geheiratet, liegt gegenwärtig im Gouverneursrennen vorn, wie du vielleicht –»

«Und seine einzige Schwester spielt bei seiner Kampagne keine Rolle?»

«Hat auch keine Rolle in seinem Leben gespielt, wenn du mich fragst.»

«Na schön», sagte ich und kam zu dem Schluß, daß die 1100 Grünen noch etwas mehr finanzieren konnte. «Ein neuer Job: Siehst du dieses Foto?»

«Ja. Gute Arbeit.»

«Kannst du das Mädchen auf dem Bild zwanzig Jahre älter machen?»

«Thea Janis? Sie ist tot. Was bringt das noch?»

«Es bringt dir etwas ein», sagte ich giftig.

«Nur ruhig Blut», sagte Roz. «Wenn du Geld zum Fenster rauswerfen willst, soll's gern bei mir landen.»

So lange, bis ich Theas Totenschein gesehen, in Händen gehalten, den gottverdammten Prägestempel des Notars genau studiert hatte, so lange hatte ich vor, dem falschen «Mayhew» zu glauben. Ich hatte ihm seine Aufrichtigkeit abgenommen, wenn auch nicht seinen Namen. Er war einer Sache auf der Spur gewesen. Ich stellte eine verfluchte Menge Vermutungen an. Das wußte ich. Aber ich arbeite in einer Branche, in der man seinen Ahnungen trauen muß.

«Kannst du sie älter machen?» fragte ich Roz.

«Sah gut aus, was?»

«Würde sie, wenn sie noch lebte, immer noch gut aussehen?»

«Knochen sind und bleiben Knochen», sagte Roz, «aber

man kann viel versauen. Sie könnte zum Beispiel jetzt vier Zentner wiegen oder Aids haben.»

«Mach drei oder vier Versionen», sagte ich. «Keine Extreme. Ein bißchen stämmiger, ein bißchen magerer ...»

«Wie alt ist sie auf dem Bild?»

«Vierzehn.»

«Dann wäre sie jetzt was, vierunddreißig?»

«Neunundreißig.»

Roz' Augen strahlten. «Das kostet aber.»

«Ich weiß. Du kannst noch was machen.»

«In dieser Sache steckt wohl das dicke Geld.»

«Roz, sie ist praktisch gelaufen. Aber egal, beschaff mir ein Harvard-Jahrbuch von 1954.»

Sie öffnete den Mund, schloß ihn wieder, probierte es noch einmal. «Wie?»

«Das ist mir gleich, Roz. Spiel den Leuten etwas vor. Klapper von mir aus die Häuser in der Brattle Street ab, klopf an die Türen und sag, daß du auf der Jagd nach Antiquitäten bist.»

«Ein Jahrbuch von 1954.»

«Ich will ein Bild von jedem aus dem Abschlußjahrgang mit den Initialen A. M.»

«Junge oder Mädchen?»

«Roz, hör doch zu! Glaubst du, 1954 hätten sie Mädchen an Harvard zugelassen?»

Es war zu heiß, um Volleyball spielen zu gehen. Ich machte mich daran, Paolina einen vergnügten Brief zu schreiben, und zerriß drei Versuche.

Ich hatte Lust auf Eiskaffee, war jedoch zu faul, mir welchen zu machen. Schließlich gab ich mich einer Frühstückspepsi in Begleitung der sauersten Pflaume dieser Welt zufrieden. Roz ist fürs Einkaufen zuständig. Sie hat ein besonderes Geschick darin.

Ich machte meine Routinearbeit, tippte, legte ab, schrieb Rechnungen und machte die Post fertig, darunter auch eine dritte Mahnung mit Androhung der Einschaltung eines nichtexistierenden Inkassounternehmens. Schrieb einen Bericht über den Janis/Cameron-Fall, der keiner war, wobei ich vor allem den Ablauf meiner zwei Begegnungen mit «Adam Mayhew» und meines Treffens mit Mr. Anthony Emerson von Avon Hill festhielt.

Ich merkte, wie ich beim Schreiben trödelte. Ich konnte nichts dafür; ich wollte den Fall nicht als abgeschlossen betrachten. Ich wollte nicht, daß Thea tot war. Im Geiste erfand ich dauernd andere Szenarien. Da die Presse sich so beharrlich über Beryl ausschwieg, fragte ich mich, ob sie vielleicht tot war, während Thea unerkannt irgendwo lebte. Und dort schrieb, ohne etwas zu veröffentlichen, weil sie vielleicht, wie man von anderen Wunderkindern erzählte, Angst hatte, daß mit ihrer Jugend auch ihre Begabung geschwunden war, Angst, ihrem frühen Ruhm nicht mehr gerecht zu werden.

Mooney hätte mich ausgelacht. Als ich noch bei der Polizei war, hatte er mich immer gewarnt, meine Phantasie würde mich noch mal in große Schwierigkeiten bringen. Mörder legen kein Geständnis ab aus Spaß an der Freude, pflegte er zu sagen. Und wenn doch, landen sie nicht im Walpole-Staatsgefängnis. Dafür sorgen die Richter oder die Geschworenen schon. Trotzdem …

Ich empfand eine tiefe Sympathie für den Mann, der sich Adam Mayhew nannte. Wenn selbst ich, die ich Thea nie kennengelernt hatte, mit aller Macht glauben wollte, daß sie lebte, wie mußte da jemand fühlen, der ihr nahegestanden hatte, der ihr innig zugetan war.

Als Schweißperlen auf das Papier hinunterzutropfen begannen, machte ich Schluß und duschte noch einmal.

Während ich mir gerade die Seife abbrauste, klingelte das

Telefon. Ich sprang aus der Dusche, schnappte mir ein Handtuch und kam noch rechtzeitig in mein Zimmer gestolpert, um den Hörer abzunehmen.

«Mein Haus hat eine Klimaanlage. Die Laken sind kühl. Der Wein liegt kalt.»

«Und ich bin vollkommen nackt. Bin gleich da.»

«Häng dir einen Morgenrock um», sagte Keith Donovan, immer auf Anstand bedacht.

Ich habe sicher schon mit einer ansehnlichen Zahl von Typen geschlafen, aber Keith Donavan ist mein erster Psychiater, soweit ich weiß. Gestatten Sie mir aber, bevor Sie mich nun als herumstreunende Vagabundin einstufen, meine Ehre zu verteidigen und Ihnen zu erzählen, daß ich schwere Zeiten durchgemacht habe, nachdem mich mein erster und einziger Ehemann zugunsten von Kokain und Bluesmusik hat sitzenlassen. Ein Seelenklempner würde wahrscheinlich sagen, meine Selbstachtung hätte einen argen Knacks bekommen. Er würde vielleicht sagen, ich hätte mir beweisen müssen, daß ich noch begehrenswert war. Ich habe diesen Beweis ein paar Wochen lang geführt, aus Rache. Gottlob hat Cal mich verlassen, ehe Aids um sich griff, denn sonst wäre ich wohl nicht mehr.

An diesem kurzen Abenteuerdasein mit einmaligen nächtlichen Gastspielen liegt es, daß ich nicht ganz sicher bin, ob Donovan wirklich mein erster Psychiater ist. Ich mache mir nämlich keine Kerben in den Gürtel.

Sex bringt mich immer in Schwierigkeiten. Verstehen Sie mich nicht falsch. Ich habe nicht so früh angefangen wie Thea, aber ich bin auch nicht für ein Leben im Zölibat geeignet oder ausersehen. Ich habe bloß diese unglückliche Neigung, mich dauernd mit dem Falschen einzulassen. Manchmal über Jahre hinweg, aus Trägheit vielleicht oder aufgrund der Körperchemie, wie auch immer.

Bei Donovan stimmt das Sexuelle. Ich habe allerdings so ein Gefühl, daß sich sein Beruf als verhängnisvoller Makel erweisen wird. Ich habe keine Lust, in einem Artikel im *American Journal of Psychiatry* mit dem Titel «Frauen und Kanonen im Bett» vorzukommen.

Er hatte eine kurze Liaison mit Roz, bevor ich Interesse zeigte und zur Verfügung stand. Das allein weckt schon Argwohn in bezug auf die Motivation des Mannes bei mir.

Ansonsten ist er jung, gutaussehend, blond und wohnt in bequemer Nähe. Soviel zu meiner Motivation.

Mit Keith' Haus kann meins nicht mithalten. Das Mahagonigeländer an der Treppe glänzt nur so. Die Fußbodendielen aus Eiche sind blank gebohnert. Die Bettlaken passen zueinander.

Sein Beruf hat manchmal auch etwas Gutes. Ich bekomme Antwort auf meine Fragen. Der Mann redet.

«Was zu trinken?» fragte er, während er mir die Tür weit offenhielt für den Fall, daß ich mir doch nicht die Zeit genommen hatte, mich anzuziehen. Fehlanzeige. Die Nachbarn klatschen schon genug.

Er sprang in die Küche, um eine Flasche Wein im Silbereimer mit Eiswürfeln zu holen. Kristallgläser standen auf seinem Schreibtisch bereit, als warteten sie nur darauf, für ein Hochglanzmagazin aufgenommen zu werden. Keith benutzt sein gesamtes Wohnzimmer als Praxis und läßt kaum Raum darin für soziale Kontakte. Ich ließ mich auf einem jagdgrünen Teppichquadrat nieder.

Der Chardonnay war vollmundig und weich.

«Acacia», sagte er beim Eingießen, als ob ich etwas anderes darunter verstehen sollte als teuer, und teuer war der Tropfen offensichtlich.

Ich scheine eine entscheidende Vorliebe für reiche Liebhaber entwickelt zu haben. Meine Mutter, sie ruhe in Frieden, hätte das viel anstößiger gefunden als häufig wechselnde Beziehungen. Mam war ein Freigeist. Liebhaber, ja. Reiche, nein. Weder sie noch mein schottisch-irisch-katholischer Vater konnten viel mit der Bibel anfangen, außer mit den Stellen, wo die Reichen gegeißelt werden. Ich hörte in meiner Kindheit bloß von einem steten Strom reicher Leute, von Kamelen und Nadelöhren. Als ich älter wurde, erfaßte ich allmählich den Sinn dieser Botschaft.

Ich trank noch einen Schluck von dem goldgelben Hochgenuß. Keith ließ sich neben mich sinken. Der Teppich war bestimmt viel zu heiß, und so blieb ich aufrecht sitzen.

«Erzähl mir von sexuell frühreifen Mädchen», sagte ich.

«Kommt jetzt etwas Schräges? Willst du dich nicht erst aus deinen Jeans schälen?»

«Etwas Geschäftliches. Eine Vierzehnjährige, die Schuljungen verführt und wahrscheinlich auch Lehrer.»

«Einfache Antwort: Da wird Liebe am falschen Ort gesucht.»

«Kann sie damit glücklich werden?»

«Nein. Ein Zeichen für geringe Selbstachtung.»

Klang nicht nach Thea, der glänzenden Autorin und gefeierten Dichterin.

«Würde es dich wundern, wenn das Mädchen der Schule den Rücken gekehrt und sich umgebracht hätte?» fragte ich.

«Nein.»

«Warum sollte ein junger Mann, den sie verführt hat, von ihr behaupten, sie sei eine ‹Pionierin in Sachen Liebe› gewesen, hätte selbst die Initiative ergriffen und alles kontrollieren wollen?»

«Weil er dann aus dem Schneider ist.»

«Aha.»

«Sonst nichts? Aha? Hat das Mädchen einen Selbstmordversuch unternommen? Braucht es eine Therapie?»

«Nur ruhig. Das war vor über zwanzig Jahren. Da warst du noch ein Baby.»

«War ich nicht.»

«Warst du doch.»

«Stimmt mich nachdenklich, die ‹freie Liebe›. Man hört nicht mehr viel von ‹freier Liebe›.»

«Hat ja auch ihren Preis.»

Wir nahmen den Wein mit nach oben und entzogen uns mit seidigen Baumwollaken der Hitze des Tages.

Da ich bestenfalls eine unruhige Schläferin bin, beschloß ich, ihn zu verschonen, und wagte mich abends gegen elf wieder nach Hause. Ich spürte, wie warm und stickig die Nachtluft war, während ich durch zwei Vorgärten zu meiner Tür hastete, die Sandalen in der Hand, damit die Nachbarn etwas zu reden hatten.

Das rote Licht meines Anrufbeantworters blinkte wie wild, als ich hereinkam. Sechs Nachrichten.

Bevor ich den Abspielknopf drücken konnte, klingelte das Telefon. Gottverfluchte Irrsinnsnacht. Heiße Nächte sind für Cops das Schlimmste überhaupt. Die Leute spielen verrückt in der Hitze, sie fallen mit Hämmern, Scheren und allem, was ihnen gerade in die Finger kommt, über ihre besten Freunde und ihre Liebhaber her.

«Da sind Sie ja. Ich dachte schon, daß Sie das Telefon abgestellt hätten.» Eine weibliche Stimme mit starkem Akzent. Ich mag fremd klingende Stimmen, genieße den Rhythmus, die Melodik.

«Bitte?»

«Oh, entschuldigen Sie. Ich habe den Anrufbeantworter erwartet, keinen richtigen Menschen … Jetzt bin ich ein wenig unvorbereitet.»

«Wer sind Sie denn?» fragte ich. Das schien mir ein guter Anfang zu sein.

«Tessa Cameron, Mrs. Franklin Cameron. Ich denke, ich bin Ihnen bekannt.»

Tessa. *Theas Mutter.* Die keinen Bruder namens Adam Mayhew hatte, keinen Bruder mit den Initialen A. M.

«Ja», sagte ich. «Was kann ich für Sie tun?»

«Ich muß Sie sehr dringend so bald wie möglich sprechen. In einer persönlichen Angelegenheit.» Aus der Stimme klang die Überlegenheit eines Menschen heraus, der gewöhnt ist, daß sein Name bekannt ist. Sie sprach, als wolle sie einen Tisch in einer Spelunke reservieren, die absolut nicht damit rechnen konnte, daß auch nur der Schatten einer so hochstehenden Person auf ihre Tür falle.

«Heute abend nicht mehr», sagte ich.

Sie zögerte, als prüfe sie ihren überfüllten Terminkalender. «Dann morgen vormittag um elf.»

Sie schien sicher zu sein, daß sich mein Leben ihren Wünschen entsprechend einrichten ließ. Hätte beinahe schon aufgelegt, ehe ich ihr klarmachen konnte, daß mir elf Uhr nicht paßte. Ich machte zwölf daraus, um sie ein bißchen schmoren zu lassen.

Strengste Vertraulichkeit, bemerkte sie noch mit Nachdruck, als sei mein nächster logischer Schritt ein Anruf bei einem Klatschkolumnisten.

Ich begann, meine positive Einstellung zu fremdländischen Akzenten zu revidieren.

«Und bringen Sie bitte mein ... mein Eigentum mit», sagte sie leise.

«Ich glaube nicht, daß ich irgend etwas habe, das Ihnen gehört, Mrs. Cameron», sagte ich. Am Telefon ist das Lügen noch leichter.

Ich wollte mich eben verabschieden, als sie mit der Wegbeschreibung loslegte. Auf den Einfall, daß ich künftige Klienten bei mir empfangen könnte, kam sie gar nicht.

Wahrscheinlich kamen ihr Schneider, ihr Friseur und ihr Privattrainer alle zu ihr nach Hause. Warum sollte es mit mir anders sein?

Ja, warum auch? Ich notierte mir alles sorgfältig, denn mir gefiel der Gedanke, einmal das Haus sehen zu können, in dem Thea Janis aufgewachsen war. Ich war froh, es auf zwölf verschoben zu haben. Vielleicht wurde ich zum Mittagessen eingeladen und konnte unter dem Eßtisch nach Schlangen und Skorpionen schauen.

Beklommen drückte ich die leuchtende Sechs auf meinem Anrufbeantworter. Als ich endlich alle sechs Nachrichten abgehört hatte, alle von Tessa Cameron und jede noch fordernder als die vorherige, beschloß ich, alles zu versuchen, um von ihrem Haus aus einen Anruf bei Vandenburg in Miami zu machen.

Sollte sich doch die DEA mit Contessa Cameron befassen.

14

Am Mittwoch morgen um 11.30 Uhr lieferte Roz zwei vergilbte Seiten ab, 167 und 168, die aus einem alten Jahrbuch herausgerissen waren.

«Ans Kopieren hast du wohl dabei nicht gedacht», sagte ich.

«He, ist der Typ dabei oder nicht? Ich habe alle vom Abschlußjahrgang mit ‹M›. Du hast gesagt, es wäre dir egal, wie ich darankomme.»

«Hast du dafür gemordet?» fragte ich, und mein Sarkasmus beschränkte sich auf eine hochgezogene Augenbraue.

«Nein.»

«Dann bin ich beruhigt», sagte ich.

Sie stürmte davon und vergaß ganz, gleich ihr Geld zu fordern.

Sie hatte recht; ich wollte wirklich nicht wissen, wie sie darangekommen war.

1954 hatte kein Adam Mayhew in Harvard graduiert. Richtig. Ich überflog die Fotos. Blick und Finger blieben schlagartig bei einem «Andrew Manley» stehen. Die gleichen Initialen. Bingo. Wie kannst du bloß diese Detektivin aufsuchen, eine Aktentasche mit Monogramm mitschleppen, deinen Harvard-Ring tragen und trotzdem hoffen, unerkannt zu bleiben! Ich faßte das zugehörige Bild genauer ins Auge und erkannte Augen und Ohren wieder.

Adam/Andrew war ziemlich gealtert. Der etwas rätselhafte Text unter seinem schwarzweißen Einzelfoto sagte ihm eine große Zukunft in der Medizin voraus. «Starchirurg!» hieß es da. Spitzname: «Drew». Er hatte Klarinette, Schach und Tennis gespielt. Sein Haar war erstaunlich blond und sehr kurz geschnitten. Mit 21 hatte er wie ein Falke ausgesehen. Jetzt war sein Gesicht verrunzelt und zu einem freundlichen Mond gerundet, ein Abbild der Güte. Wie war der Mann nun wirklich? Altern wir in unser Gesicht hinein? Oder formen wir es willentlich so?

Meine Großmutter pflegte zu sagen, daß man bis Vierzig das Gesicht hat, das Gott einem gegeben hat. Danach ist man selbst daran schuld, wenn es Falten bekommt.

Sie pflegte außerdem immer zu sagen: *«In der jungerhejt a sojne, af der elter a gabete.»* Zu deutsch: «In der Jugend eine Hure, im Alter ein Vorbild an Sittlichkeit.»

Es besteht also noch Hoffnung für mich.

Mit Beweisen für die Existenz Drew Manleys bewehrt, fuhr ich den Wagen rückwärts aus der engen Einfahrt und wünschte, ich hätte ihn in weiser Voraussicht vorher gewaschen. Ein verstaubter alter Toyota macht immer Eindruck auf reiche Klienten. Ganz zu schweigen von der Verspätung, mit der ich bei diesem ersten wichtigen Treffen erscheinen würde, wenn ich nicht sämtliche Taxifahrerabkürzungen benutzte und auf die Geschwindigkeitsbegrenzung pfiff.

Ich hätte einen Bogen über die 128 machen und dadurch vielleicht den dichten Mittagsverkehr vermeiden können, aber ich entschloß mich, auf Nebenstraßen mitten durch Boston zu brausen, bis ich den VFW Parkway nach Süden erreichte. Während ich so dahinraste, betrachtete ich die Leute auf der Straße – grüppchenweise an den Bushaltestellen, auf Parkbänken – und versuchte, mir Thea nach 24 harten Jahren vorzustellen, in denen ihre samtigglatten Wangen abgeschlafft waren. Ob ich sie erkennen würde, wenn ich jetzt an ihr vorbeifuhr? Wenn sie nebenan wohnte?

Ich bog auf die Route 109 ein und fuhr schnell durch die Summer Street zur Dedham Street. Warnschilder wiesen auf Fußgängerüberwege hin. Verkaufsstände waren zu vermieten. Nach der Dunkelheit Durchfahrt verboten. Um sechs Minuten nach zwölf kam ich in Dover-Mitte an. Es dauerte weitere fünf Minuten, bis ich das Anwesen der Camerons fand, das an der Farm Road lag, einer Landstraße mit gemauerten Einfassungen, und noch zwei brauchte ich für die lange Einfahrt, die majestätisch von hohen Ulmen gesäumt war. Das Laub der Bäume bildete einen Baldachin, durch den Sonnenflecken drangen und mich blendeten, so daß ich abbremsen mußte.

Was hatte «Adam Mayhew», mein Pseudoklient gesagt? «Ein großes Anwesen ... weitläufig.» Mußte dem alten Lügner immerhin anrechnen, daß er stark untertrieben hatte.

In meinem Kopf entstand die Anzeige eines Immobilienmaklers: Herrliches, parkähnliches Anwesen im Kolonialstil. Ruhige Einzellage mit Aussicht, einzigartige architektonische Besonderheiten. Drei wunderbare gemauerte Kamine. Bogenförmig geschwungener Fahrweg zu einem überdachten – wie hieß das doch gleich? – «Portikus», dieses Wort fiel mir nach einigem Kramen in den Tiefen meines Gedächtnisses ein. Der Preis des Angebots war sicher siebenstellig und blieb den Augen der ordinären Welt vorenthalten. Wie die Gebühren für die Avon Hill School: Wenn man schon danach fragen mußte, gehörte man eindeutig nicht dahin.

Ich mochte den Portikus, wahrscheinlich deshalb, weil ich wußte, wie man so etwas nennt. Wenn die Camerons ein kleines Abendessen für sechzig Personen gaben, brauchten die weiblichen Gäste nicht zu fürchten, daß ihr «kleines Schwarzes» vom Regen durchweicht oder ihre Nerzstola von Schnee überpudert wurde.

Das Hauptgebäude paßte gut in die Landschaft. Die Seitenflügel jedoch waren aufgrund der Hanglage ein Problem gewesen, das der Architekt nicht zu lösen vermocht hatte. Ich konnte nicht recht sagen, warum. Vielleicht paßte der linke Flügel wegen seiner Höhe nicht ganz zum rechten. Verschiedene Architekten? Gegensätzliche Vorstellungen?

Dennoch war die Gesamtwirkung so eindrucksvoll, daß ich mich fragte, ob es wohl einen Dienstboteneingang gab, an dem ich mein bescheidenes Fahrzeug parken konnte, ohne unangenehm aufzufallen.

«Hör schon auf damit!» schalt ich mich selbst. Ich würde nicht viel aus Tessa Cameron herausholen, wenn ich mich schon von ihrem Haus einschüchtern ließ. Also fuhr ich direkt unter den affigen Portikus, als führe ich einen riesigen schwarzen Mercedes 500 S. Oder einen Ferrari Testarossa. Einen roten.

Ein eleganter schwarzberockter Mann kam die fünf Stufen heruntergeeilt und traf Anstalten, mich vom Fahrersitz zu vertreiben.

«Dürfte ich wohl Ihre Wagenschlüssel haben?» fragte er.

«Warum?»

«Gäste parken im allgemeinen links vom Hauptgebäude. Wenn Sie gestatten, würde ich gern Ihren Wagen dorthin –»

Ich ließ den Motor aufheulen und fuhr zum genannten Platz. Ich trenne mich nicht so leicht von meinen Autoschlüsseln.

Alles in allem kam ich damit fünfzehn Minuten zu spät zu meiner Sitzung mit Tessa Cameron.

Sie ließ mich warten.

Die Eingangshalle war nicht größer als mein Haus, aber sicherlich hübscher, mit einer Freitreppe, die sich zu rahmweißen Marmorfliesen hinabschwang.

Ein riesiges goldgerahmtes Porträt von Franklin Cameron beherrschte das Foyer. Nach den Fotos, die ich von ihm kannte, hatte der Maler ihm geschmeichelt, denn seine Augen waren größer und sein Kinn kräftiger.

Ich wurde nach links in einen Raum mit kunstvoll verzierten Friesen gebeten. Ich weiß nicht, wie ihn die Familie nannte – das Empfangszimmer, den Salon. Ich hätte ihn das Sonnenzimmer genannt, weil die Fenster nach Süden gingen und die glänzenden Blätter der Pflanzen nur so blitzten. Die Tapete war stumpfweiß mit blaßrosa und goldenen Streifen, und jede Farbe hatte eine andere Struktur. Ein Dschungel aus Grüngewächsen sowie Korbmöbel verliehen dem Raum eine gartengleiche Atmosphäre, die sich auch mit viel Geld und Phantasie nicht aus den üblichen Wintergartenmöbeln hervorzaubern ließ.

Was die Möglichkeiten zum Schnüffeln betraf, war der Raum eine dicke fette Niete. Nicht ein einziges Foto von dem illustren Clan. In den paar unverschlossenen Schubladen lagen lediglich ein Nynex-Telefonbuch und weißes Papier. Bis auf das Fehlen einer Bibel hätte ich ebensogut in einer schicken Hotelsuite warten und Däumchen drehen können. Ich spürte förmlich die eiskalte Hand des Dekorateurs.

Harte Stakkatoschritte waren zuerst zu hören, dann laute, zornige Stimmen. Es dauerte eine Weile, bis ich merkte, daß der Lärm von oben kam. Ich ging rasch zur Fensterfront. Damit ich euch besser hören kann, meine Lieben …

Eine Frauenstimme, hoch, schrill, fordernd. Worte wie aus einem Schnellfeuergewehr, die sich dem Klack-Klack der Pfennigabsätze anpaßten, und so wütend, daß ich keine ganzen Sätze verstehen konnte, weil die Silben ineinanderglitten. Ich konzentrierte mich darauf, einzelne Worte aufzuschnappen.

«Ekel.» Eindeutig. «Du ekelst mich an?» Möglicherweise.

Der Mann antwortete: ein Bariton, ein dumpfes Grollen, das Ärger ausdrückte. Drohend?

Weitere Füße näherten sich. Ich konnte mich gerade noch rechtzeitig umdrehen, um Tessa Cameron wie eine Königin von Gottes Gnaden eintreten zu sehen, eine Frau in höherem Alter. Genaues sagen konnte nur ihr Schönheitschirurg, aber ich hielt sie für die besterhaltene 65jährige, die ich je ohne Kinoleinwand und günstige Ausleuchtung gesehen hatte. Ein ovales Madonnengesicht, das durch unzufriedene Falten in den Schmollwinkeln verdorben wurde. Leuchtende bernsteinfarbene Augen, die mit Adlerblick alles sahen. Stockgerade Haltung. Haar, das einmal dunkel gewesen war und jetzt die Farbe von Münzen angenommen hatte. Etwas Fremdländisches in ihrem Gang, der wie ein Gleiten war, als müsse sie eigentlich ein langes Gewand mit Spitzenmantille tragen.

Als sie näher kam, stieg mir ihr Duft in die Nase: Kamelienduft. Ihre Größe setzte mich in Erstaunen. Sie ging mit der ruhigen Sicherheit eines hochgewachsenen Menschen, einer *grande dame*. Die Erkenntnis, daß all die Macht nur von schlanken 1,50 Metern ausging, traf mich wie ein Schlag.

Sie trug ein schlichtes, gebrochen weißes, ärmelloses Kleid, das aussah, als wäre es ihr wie auf den Leib geschnitten. Perlen waren ihr einziger Schmuck. Ich war froh, statt meiner Jeans etwas anderes angezogen zu haben. Wenn in Filene's Basement, Bostons Mekka für die Pfennigfuchser – ganz zu schweigen von den Armen – der jährliche Ausverkauf von Damenbekleidung stattfindet, bin ich früh da und nehme meinen Platz in der Menge ein, die die Türen belagert. Mein elegantes blaues Gabardinekostüm hat schon vier Modesaisons hinter sich, und in Anbetracht der Tatsache, daß ich es sehr selten trage, wird es hoffentlich noch zehn Jährchen halten. Ich hatte eine cremefarbene Seidenbluse dazu gewählt. Im V-Ausschnitt baumelte Tante Beas Goldrosettenmedaillon. Ich hatte sogar ein Paar laufmaschenfreie Strumpfhosen gefunden, was ich allerdings – angesichts der Hitze – bedauerte.

Meine Gastgeberin sah so aus, als wäre sie schon mit Strumpfhosen und hochhackigen Schuhen zur Welt gekommen. Hatte wahrscheinlich Füße wie Barbie.

«Miss Carlyle?»

«Ja», gab ich zu und fühlte mich so riesig wie Alice, als sie zuviel von den Iß-mich-Pilzen gegessen hatte. Größe-36-Frauen haben nun mal eine solche Wirkung auf mich.

Der Streit über unseren Köpfen lebte mit neuem Schwung und größerer Lautstärke wieder auf. Ich wünschte, die Streitenden würden sich namentlich beschimpfen.

«Mistkerl!» kreischte die hohe Stimme.

Donnerndes Gebrüll endete mit den Worten «Polizei» oder vielleicht auch «es wird Zeit».

«Da mache ich nicht mit, niemals!» Die Frau spie ihre Wut weithin hörbar aus. «Die Kampagne, ja! Aber ich hatte keine Ahnung, daß –»

Die Frau senkte plötzlich die Stimme. Ich konnte wohl kaum Tessa bitten, mich aufzuklären.

«Kommen Sie», sagte sie bestimmt, die Hand um die Perlen geklammert. «Würden Sie mich bitte in mein Büro begleiten?»

Verdammt, dachte ich, ich würde viel lieber lauschen.

15

Tessa ging voran, und mir blieb nichts anderes übrig, als ihr zu folgen. Ihr Büro ist bestimmt schalldicht, dachte ich wehmütig.

Wir gingen an Franklin Camerons bedrohlichem Porträt vorbei. Ich stellte ein paar Fragen dazu – Wann ist es entstanden? Wer ist der Künstler? –, aber sie zuckte bloß die Schultern, während sie mehrmals mit unverändert kerzengerader Haltung abbog. Die Korridore unterschieden sich offenbar alle nur durch unterschiedlich gemusterte orientalische Läufer. Ich hatte ein Gefühl, als sollte ich lieber wie Hänsel und Gretel ein paar Kieselsteine hinter mir fallen lassen. Ich verstehe nicht viel von Orientteppichen. Wenn mir jemand sagen würde, ich sollte erst dem Isfahan und dann dem Buchara zum Ausgang folgen, säße ich in der Patsche.

Tessas Büro sah aus wie ein Gedenkraum. Gerahmte Plakate von den Wahlkampagnen ihres verstorbenen Gatten bedeckten die Wände. Fahnen zierten die Decke: *Cameron: Ihr Kandidat für den Senat! Cameron: Ihr Kandidat fürs Abgeordnetenhaus! Cameron! Cameron! Cameron!* Alle Plakate und der ganze Wahlkampagnenkrempel waren etwa dreißig Jahre alt. Ich warf rasch einen Blick ringsum: keine Plakate von Garnets derzeitigem Rennen.

War das oben Garnets Stimme gewesen? Lebten er und seine Frau mit seiner Mutter zusammen?

Tessa nahm an einem winzigen Schreibtisch Platz – der Dekorateur hatte ihn sicher «Damenpult» genannt. War er auch für dieses nostalgische Attribut verantwortlich, oder hatte Tessa hier einen Schrein für ihren verstorbenen Mann errichtet?

Sie musterte mich abschätzend.

«Ich hatte Sie mir ganz anders vorgestellt», sagte sie mit ihrem schweren fremdländischen Akzent, wobei sie mein Ausverkaufskostüm anstarrte, meine Schuhe betrachtete und registierte, daß ich keine Handtasche dabeihatte, sondern eine abgetragene Aktenmappe. Ich war sicher, daß sie meine Garderobe auf den Penny genau taxieren konnte. Und wahrscheinlich wußte sie, daß mein linker Absatz wackelte und repariert werden mußte.

«Was hatten Sie denn erwartet?» fragte ich.

«Bitte setzen Sie sich.»

Ich ließ mich auf dem Besuchersessel nieder, der für meinen Geschmack und meine Ansprüche zu niedrig und zu weich gepolstert war.

Sie zuckte die Schultern und rang ausdrucksvoll die kleinen Hände. «Ich weiß nicht. Jemanden wie im Fernsehen. Wie in *Drei Engel für Charlie*, kennen Sie das noch?»

Sie schaute sich also alte Serien an.

«Vielleicht auch eine Frau wie einen Schrank, nicht wahr?» fuhr sie fort. «So groß wie Sie, aber dabei schwer, ein Trumm.» Sie lächelte breit, und ich merkte, daß ich sie in ihrer Lebendigkeit mochte.

«Und was kann ich für Sie tun?» fragte ich.

«Nur eine Kleinigkeit, fürchte ich. Wirklich eine Lappalie.»

Sie saß mit dem Rücken zur Fensterfront, während ich gezwungen war, in die Sonne zu blicken. Wie sie da auf ihrem hochlehnigen Sessel thronte, wirkte sie noch kleiner, fast kindhaft. Eine Frau, die wußte, wie man seine Umgebung manipuliert. Sie hatte die beste Position, das beste Licht.

Was für ein Büro. Die Schreibtischplatte war leer. Kein einziges Bücherregal weit und breit. Was machte sie bloß hier drin?

Sie lächelte charmant und sagte: «Am besten läßt es sich vielleicht so erklären: Man hat Leute um sich herum, die das Haus putzen, die Kleider bügeln, kochen, den Wagen fahren –»

Richtig. Das komplette Hauspersonal. Meins ist in der Küchenschublade.

«Und manchmal sind diese Leute nicht so ehrlich, wie sie sein sollten. Aber man will auch nicht gleich die Polizei einschalten, weil es dann gleich an die große Glocke gehängt wird, und immerhin ist Helga eine ausgezeichnete Köchin, so daß man nur ungern auf ihre süßen Köstlichkeiten verzichten würde. Aber sie hat etwas mitgehen heißen, und das kann man nicht einfach übergehen. Nur regelt man es lieber innerhalb der Familie, nicht wahr?»

«Was hat Helga denn mitgehen heißen?»

«Nein, nein. Nehmen Sie es bitte nicht wörtlich. Helga ist nicht meine Köchin. Sie ist eine Person, die ich erfunden habe, um Ihnen anschaulich einen –»

«Einen fiktiven Fall zu schildern.»

Sie strahlte, als wäre ich ihr bester Schüler. «Richtig. ‹Fiktiv› heißt das also.»

Wenn Leute anfangen, mich anzustrahlen, und sich überhaupt so benehmen, als wären sie glühende Bewunderer von mir und würden sich gern im Lichte meiner Weisheit sonnen, gehen all meine Alarmglocken auf einmal los. Dann wollen sie meines Erachtens entweder, daß ich mich einem sonderbaren Kult anschließe, oder sie wollen mich übers Ohr hauen.

«Erzählen Sie mir ein wenig mehr von diesem fiktiven Diebstahl», sagte ich.

«Es hat keinen wirklichen Wert, das, was gestohlen wurde.»

«Einen Liebhaberwert vielleicht», half ich weiter.

«Ja. Wie ich sehe, arbeiten Sie mit», sagte sie. «*Simpatico.*» Ihr Lächeln wirkte plötzlich wie erstarrt, es gefror, als wäre es ihr an den Mund geklebt und beginne jetzt zu jucken.

«Wenn ich Sie recht verstehe, wünschen Sie meine Hilfe bei der Wiederauffindung dieses liebgewordenen Schatzes», sagte ich.

«Genau das ist mein Wunsch.» Sie schien erleichtert zu sein. Das Lächeln wurde eine Stufe wärmer eingestellt.

«Können Sie ihn mir beschreiben?»

«Ich glaube, Sie kennen ihn bereits. Es handelt sich um Papier, um den Block einer Künstlerin.»

Ich beschloß, einen Knaller loszulassen, weil ich sehen wollte, ob eine Frau von solcher Gelassenheit aus der Fassung gebracht werden konnte. «Und der hypothetische Dieb wäre vermutlich Drew Manley?»

Sie wandte sich abrupt zu mir und sah mir direkt ins Gesicht. Bis zu diesem Augenblick war mir gar nicht bewußt gewesen, daß sie schräg gesessen hatte, als wenn sie fotografiert werden sollte und der Kamera ihre schöne Seite zuwandte.

«Andrew Manley», wiederholte ich. «Ich nehme an, Sie haben mich wegen Andrew Manley herbestellt.»

Sie war aus der Fassung gebracht. «Aber er hat mir doch gesagt, er hätte nie –»

«Er hat mir seinen wahren Namen verschwiegen», versicherte ich ihr. «Hat es mit einem Pseudonym versucht. Das ist einer der Gründe dafür, warum ich mich bereitgefunden habe, zu Ihnen zu kommen. Ich dachte mir, dann hätte ich eher die Gelegenheit, die wahre Tessa Cameron kennenzulernen.»

Sie konnte sich nicht entscheiden, ob sie mich mit Empörung strafen oder ihre gute Laune behalten sollte. Ich sah förmlich, wie die Rädchen surrten und die Gänge einrasteten.

«Sie wissen also schon alles!» sagte sie, als sie endlich zu dem Schluß gekommen war, daß ein kleiner Fischzug vielleicht die beste Reaktion sei.

«Nicht alles», erwiderte ich unbekümmert. «Ich habe Ihr Foto gesehen, deshalb weiß ich, daß Sie die echte Mrs. Cameron sind. Aber ich weiß nicht, was Sie wollen.»

«Ich will nur diesen Gegenstand, den Schatz, den Dr. Manley mir entwendet hat.» Sie starrte gierig auf meine Aktenmappe. «Sie haben ihn mitgebracht, nicht wahr?»

Doktor. Er hatte also das Medizinstudium geschafft, wie in dem Jahrbuch prophezeit worden war.

«Sie nennen Ihren Arzt einen Dieb», sagte ich rasch.

«O bitte, legen Sie mir nicht solche Worte in den Mund. Dieb! Narr vielleicht. Er bereut schon, was er getan hat. Er hat gesagt, Sie hätten ihn weggeschickt und behauptet, Sie hätten diese Sache nicht mehr, diesen Block. Aber er sagte auch, daß Sie ihm keine Quittung von der Post zeigen konnten. Er ist wie alle Männer: leichtgläubig. Er glaubt, Sie würden die Sache an Ihr FBI schicken. Ich bin nicht so leichtgläubig.» Sie erhob sich elegant aus dem Sessel und stand, eben noch völlig entspannt, im nächsten Augenblick vollkommen aufrecht da. «Ich möchte entweder die betreffende Quittung sehen oder mein gestohlenes Eigentum zurück.» Für eine Frau von 1,50 Metern war sie verdammt eindrucksvoll.

«Mir wurde gesagt, es sei Eigentum Ihrer Tochter Thea.»

«Dorothea», korrigierte sie und betonte jede Silbe liebevoll. Ihr Gesicht veränderte sich, während sie den Namen aussprach. Ihr Mund entspannte sich. Sie sah auf einmal zehn Jahre jünger aus. «Meine glänzende schöne Tochter. Sie ist nun schon so lange tot, und immer noch versuchen sie, etwas aus ihr herauszuschlagen. Ihr wird alles gestohlen. Sogar ihr richtiger Name.»

«Dorothy Cameron.»

«Doro*thea*. Davon ist Thea abgeleitet. Franklin, mein Mann, hat mir nicht erlaubt, diese Tochter nach meinen Herzen zu nennen. Ich habe Beryl und Garnet, meinen Schätzen, ihre Namen gegeben, und ich glaube, bei ihr hätte es Ivory, Jade oder Lapis sein müssen, eben auch etwas Kostbares. Aber die Mutter meines Mannes hatte Geld, und wegen dieses Geldes, in der Hoffnung auf die Erbschaft, hat er in die Geburtsurkunde Dorothy eintragen lassen, den häßlichen Namen seiner Mutter. Ich könnte ihn anspucken deshalb. Wenn er jetzt noch lebte, würde ich ihn anspucken.»

Hing darum Franklin Camerons Bild so beherrschend in der Eingangshalle? Damit sie immerfort einen Mann anspucken konnte, der schon zwanzig Jahre tot war? Benutzte sie seine Wahlplakate vielleicht zu Übungszwecken als Zielscheibe?

«Dr. Manley sagte mir, das Manuskript bedeute, daß Ihre Tochter noch lebt.»

Sie senkte den Kopf und blieb eine volle Minute still. Ihre Lippen bewegten sich, als bete sie.

«Warum sollte er so etwas sagen, so eine Lüge verbreiten?» murmelte sie schließlich. «Da glaubt man einen Menschen zu kennen, *wirklich* zu kennen, und dann –»

Das Klopfen an der Tür war so laut, daß die Täfelung zitterte. Wir schraken beide zusammen.

«Mama, mach die Tür auf.» Eine tiefe Baritonstimme mit dem gleichen Timbre und Tonfall wie bei dem Streitenden oben.

Listenreiche Tessa. Ich hatte nicht einmal mitbekommen, daß sie abgeschlossen hatte.

«Bitte», flüsterte Tessa Cameron mir zu, «kein Wort. Tun Sie so, als wären Sie gar nicht hier.» Und dann sagte sie laut, zur Tür gewandt: «Liebling, ich telefoniere gerade. Ein Ferngespräch. Sehr wichtig. Es ist doch schon weit nach zwölf! Du kommst zu spät zu deiner Versammlung!»

«Mutter, Henry hat mir gesagt, du hättest Besuch.»

Ich fragte mich, ob Henry wohl der Wagenschlüsselmann war.

«Jetzt ist die Katze aus dem Sack», sagte ich achselzukkend zu Tessa, laut genug, daß es zu hören war. Ich hatte noch nie einen Kandidaten für das Gouverneursamt persönlich kennengelernt.

«Beachten Sie diese Störung bitte überhaupt nicht», sagte sie mit stählerner Stimme zu mir. «Ich bezahle Sie.»

«Wofür?» fragte ich.

«Der Teufel soll ihn holen», stieß Tessa im Flüsterton hervor. Und zu mir gewandt: «Nein, nicht meinen Sohn, den Chauffeur meine ich. Warum werde ich in meinem eigenen Haus bespitzelt?»

Darauf wußte ich keine Antwort. Das Klopfen wurde hartnäckiger, ging in einen gleichmäßigen Rhythmus über.

Sie schüttelte den Kopf, und ihre gepflegte Frisur ging wie aus einem Guß mit. Sie schnalzte leise mit der Zunge, ein Ausdruck reiner Verärgerung im Englischen oder Italienischen. «Schsch», sagte sie auf dem Weg zur Tür. «Ich laß dich ja rein. Einen Moment noch bitte! Er muß immer alle herumkommandieren. Immer! Er war noch klein, als sein Vater gestorben ist. Das muß ich zu seiner Entschuldigung sagen. Gehen Sie nicht allzu streng mit ihm ins Gericht.»

Allem Anschein nach tat das seine Mutter schon.

Tessa öffnete die Tür, und der Mann, der nach der Krone greift, stürmte an ihr vorbei, als sei sie die Haushälterin. Er musterte mich kurz, dann drehte er sich rasch zu ihr um.

«Mama, ich dachte, wir hätten uns darauf geeinigt, daß du dich heraushältst.»

«Nein, nein. Es ist ganz einfach, Liebling. Paß auf. Miss Carlyle, mein Sohn Garnet. Er vergißt manchmal die einfachsten Formen der Höflichkeit.»

Aber nicht sehr oft, dachte ich. Ein Mann mit diesen politischen Interessen und Zielen nicht. Garnet glich seiner Mutter, hatte die gleichen forschenden bernsteinfarbenen Augen, das gleiche makellose ovale Gesicht. Sein Haar war an den Schläfen leicht ergraut. Keine Schuppen.

Er hatte einen Anzug nach europäischem Schnitt an, kohlschwarz mit einem schwachen Nadelstreifen. Keine Fusseln. Keine Knitter. Dazu passend trug er ein rosa Hemd, so matt rosa, daß es fast grau wirkte, und zur Belebung dieser Kombination eine handbemalte Blumenkrawatte, die allein wahrscheinlich schon mehr kostete als meine Ausstattung insgesamt.

Bis auf die entschwundene Beryl standen alle Camerons von Dover im *Who's Who*. Ich wußte also, daß Garnet an Harvard graduiert, am Rutgers ein juristisches Staatsexamen abgelegt hatte, 42 Jahre alt war und nach seiner Scheidung vor längerer Zeit kürzlich die erheblich jüngere Marissa geheiratet hatte. Keine Kinder. War 18, als seine Schwester Thea verschwand.

Seit Jahren schon setzte er sich mit beträchtlicher Energie und großem Einfluß für die Politik ein, vor allem auf finanzieller Seite. Bei Veranstaltungen zur Aufbringung von Spenden hörten die Leute von Garnet. Leute mit Geld. Ich wette, daß er dann kaum jemals seine guten Manieren vergaß.

Er hatte sich seine Lorbeeren verdient und den rechten Augenblick abgewartet. Als die Republikanische Partei von Massachusetts wieder einmal ihre schon traditionelle Schwäche zeigte, sah er seine Zeit gekommen, um sich vom Spendeneintreiber zum Kandidaten aufzuschwingen und schließlich doch noch die gescheiterten Hoffnungen seines Vaters zu erfüllen.

Ich gebe zu, daß ich politikverdrossen bin, aber ich wähle, obwohl die Dinge, für die ich mein Kreuzchen mache – etwa, daß mehr Geld in die Kasse von Paolinas Schule fließen soll, damit sie nicht unentwegt irgendwelche Kuchenverkäufe abhalten und Werbeveranstaltungen für Zeitschriften durchführen müssen –, nie auf dem Stimmzettel stehen. Ich hatte eigentlich sogar vor, die Weichen für diesen Typen mitzustellen. Wir brüten seltsame Kandidaten in unserem Bundesstaat aus – Reiche, die für den kleinen Mann eintreten, Arme, die vor den Reichen buckeln aus Sehnsucht danach, einer von ihnen zu werden. Das Vorbild Kennedys muß abgefärbt haben: Tu alles, um reich zu werden, und hast du endlich eine Million, kannst du deine Kinder zu Dienern des Staates machen.

Garnet Cameron sagte: «Wie ich sehe, haben Sie bereits die Bekanntschaft meiner verehrten Frau Mutter gemacht.»

Spannungen, dicker als Sirup.

Sie klebte sich ein joviales Lächeln an den Mund und sagte: «Hör nur, Garnet, wie wenig ich ihr gesagt habe. Nur soviel, daß wir ein paar Seiten Papier von einem Schreibblock vermissen. Sie hat sie gefunden. Dafür bezahlen wir sie. Mit einem Scheck oder bar, wie immer sie es wünscht. So einfach ist das, siehst du?»

«Sie haben eigentlich nicht gesagt, daß Sie sie vermissen», korrigierte ich sie, «sondern daß Andrew Manley sie gestohlen hat.»

Garnet sah aus, als wolle er seiner Mutter über den Mund fahren, aber er hatte keine Chance, die anklagende Stille auch nur mit einem Wort zu unterbrechen.

«Was? Was soll ich gesagt haben? *Sie* hat seinen Namen genannt, nicht andersherum. Du willst mir immer was anhaben.» Tessa hatte einen köstlichen Akzent, befand ich, wie dahinplätscherndes Wasser. Ich hoffte, sie würde weiterreden, denn Garnet machte den Eindruck, als wünsche er verzweifelt, daß sie schwieg.

«Hören Sie, Liebes.» Sie sprach leise mit mir, von Frau zu Frau, als hätte sich ihr Sohn in Luft aufgelöst. Klienten nennen mich selten «Liebes». «Ihre Haare! Sie brauchen einen guten Haarschnitt, nicht wahr? Ich kenne da jemanden, einen Mann, der wahre Wunder wirkt bei solchem Haar. Und das, was Sie zurückerstatten sollen ... Der Doktor – ein lieber Freund von mir – hat vielleicht gedacht, er täte mir etwas Gutes, ja, ihm war aber nicht bewußt – ‹gestohlen› ist ein viel zu starkes Wort.»

«Mama!»

«Wie? Immer ist alles, was ich mache, falsch, wie? Ich kann doch sehen, daß sie ein guter Mensch ist und ehrlich –»

«Ich hatte dich gebeten, mir die Sache zu überlassen.» Garnet brachte kaum die Lippen auseinander; er schien mit zusammengebissenen Zähnen zu sprechen.

Tessa sagte: «Du solltest nicht zu spät zu deiner Versammlung kommen.»

«Betrachte den Termin als abgesagt», erwiderte Garnet.

«Dr. Manley wollte den Schreibblock unbedingt zurückhaben», sagte ich. «Und *wenn* ich ihn gehabt hätte, hätte ich ihn auch zurückerstattet.»

Tessa Camerons Augen blitzten. «Ich weiß nicht, warum Sie ihn behalten wollen», sagte sie, «aber Sie haben kein Recht dazu. Das, wovon wir sprechen, ist ein – ein Schwindel! Es ist wie bei einem toten Maler, zum Beispiel Picasso, einem toten Meister. Glauben Sie, ein Niemand, ein Kunststudent vielleicht, könnte ein paar Linien auf Papier kritzeln und mir dann weismachen, das sei ein echter Picasso und ich solle zwanzigtausend Dollar für dieses kleine Machwerk bezahlen, das am Vortag zusammengestrichelt wurde? Das ist eine Unverschämtheit.»

Bingo: Hatte ihr jemand den Block zum Kauf angeboten? Zum Beispiel für 20 000 Dollar?

«Moment mal, Mrs. Cameron», sagte ich. «Bitte korrigieren Sie mich, wenn ich mich irre, aber bei Kunstwerken setzt eine Fälschung den Wert der Originale herab. Wenn jemand irgendwo weitere tausend ‹Picassos› findet, ist jeder echte Picasso weniger wert.»

«Ja, das stimmt», gab sie zu.

Ich fuhr fort: «Aber wenn Thea noch lebte und nach all diesen Jahren wieder schreiben würde, wäre ein neues Manuskript eine Goldmine. Es würde ein ungeheures Interesse an ihrem früheren Roman erregen –»

Ich bin so gut wie nie von einer Frau, die einen Kopf kleiner ist als ich, mit einem einzigen Blick zum Schweigen gebracht worden, aber Tessa leistete in dieser Beziehung bewundernswürdige Arbeit.

«Es ist kein neues Manuskript, es ist ein Schwindel», sagte sie kalt. «Meine Thea lebt nicht mehr. Meinen Sie wirklich, sie würde von zu Hause weglaufen und nie mit ihrer Mutter sprechen? Sie hat mich von ganzem Herzen geliebt. Irgendein Scheißkerl, ein politischer Gegener meines Sohnes, mehr steckt nicht hinter dieser Sache. Ich sage Ihnen, ich werde Sie nicht nur für dieses eine Kapitel bezahlen, das Sie, wie ich fest glaube, zurückerstatten werden, sondern dafür, daß Sie diesem Menschen – wer immer es ist – das Handwerk legen.» Sie zog ein Spitzentaschentuch aus einer unsichtbaren Tasche und betupfte sich die Augen. «Ihn dazu bringen, aufzuhören mit diesen verhaßten Fälschungen, damit aufzuhören, mir das Herz zu brechen.»

«Mama», sagte Garnet und versuchte, ihre Hände zu ergreifen. «Bitte. Laß mich das machen. Es gibt keinen Grund, dich so aufzuregen.»

«Du», murmelte Mrs. Cameron voller Gehässigkeit, «du wirst doch nicht einmal mit deiner Frau fertig. Selbst jetzt, wenn sie wenigstens bis zur Wahl bleiben –»

«Mutter, ich bin sicher, Miss Carlyle interessiert sich nicht für die Wahl», sagte Garnet mit festgefrorenem Lächeln im Gesicht. Wenn er seiner Mutter die Hand auf den Mund hätte legen können, hätte er es bestimmt getan.

«Du kannst deinem Vater nicht das Wasser reichen.» Mrs. Cameron schleuderte ihm diese Beleidigung an den Kopf wie einen Lieblingsknüppel.

«Danke dem Herrn», erwiderte er sarkastisch, «und reich den Martini rüber. Vielleicht kommen Sie lieber ein andermal wieder, Miss Carlyle, wenn meine Mutter besser beieinander ist.»

Bewundernswert, wie er sie als unzurechnungsfähige Alkoholikerin beschrieb, ohne das Kind beim Namen zu nennen.

Ich sagte: «Hören Sie, Mr. Cameron, ich habe eine Verabredung mit Ihrer Mutter, nicht mit Ihnen. Wenn sie reden will, werde ich gern zuhören.»

«Sie redet ja», sagte er mit zusammengebissenen Zähnen.

«Und du, du stinkst jedesmal vor Eifersucht, wenn Theas Name fällt.» Die Frau wandte sich ihrem Sohn zu. «Gibt es etwa irgendein Gesetz, daß ich in meinem eigenen Haus nicht von meinem eigenen Kind reden darf?»

«Wie war sie eigentlich, Mrs. Cameron? Ich habe ihr Buch gelesen, aber ...»

«Stacheln Sie sie nicht noch an», sagte Garnet Cameron. «Bitte.»

Sie brachte ihn mit einem Blick zum Verstummen.

«Ein schlimmes Buch, das sie da geschrieben hat, nicht? Sie war eine Wilde, meine Tocher, wie ein Pferd, das niemand zähmen konnte. Mein Vater hatte einmal ein solches Pferd, einen Araber, und nur ich konnte ihn reiten. Aber selbst ich konnte Thea nicht bändigen. Sie hat über die muffige Schule geschrieben, in der sie war. Sie hat alles und jeden lächerlich gemacht, und die einen haben gelogen und einfach behauptet, sie würden sich keineswegs wiedererkennen, während die anderen gelacht haben, aber das Lachen ist ihnen im Halse steckengeblieben.» Sie unterdrückte einen Laut, und ich merkte, daß sie mit Mühe die Tränen zurückhielt. «Manchmal denke ich, deshalb hat der Mann sie ermordet, weil sie mit ihm gesprochen hat, als sie es nicht hätte tun sollen, und etwas Lustiges, Boshaftes gesagt hat.»

«Setzen Sie sich doch», drängte ich sie und führte sie zu ihrem Sessel. Martini. Wenn sie sich zuviel davon gegönnt hatte, wurde der Alkoholgeruch jedenfalls gut durch ihr Kamelienparfüm überdeckt.

«Sie hatte kein Talent zur Sanftheit, meine Tochter», fuhr Tessa fort, sobald sie saß. «Sie hatte eine Zunge, wie eine Klinge so scharf. Es war ein Fehler, aber ich dachte im stillen, daß sie noch viel Zeit hat und mit den Jahren sicher sanfter wird. Im späteren Leben, dachte ich, wird sie auch diese Tugend erwerben und eine wirkliche Dame werden. Und die Tochter sein, mit der ich alt werde, die mich zum Mittagessen ausführt und zum Tee ins Ritz mitnimmt, weil ich ja schon meine älteste Tochter verloren habe, und ich würde für den Rest meines Lebens stolz auf sie sein können, doch damit ist es aus und vorbei, und geblieben sind mir nur Erinnerungen, so flüchtig wie Rauchwölkchen.»

«Sie haben schon Ihre älteste Tochter verloren? Was meinen Sie mit ‹verloren›?»

Garnet warf mir einen vernichtenden Blick zu.

«Das reicht, Mama», sagte er.

Sie holte ein Päckchen Zigaretten aus der obersen Schreibtischschublade und einen Aschenbecher aus Kristall.

«Mama, denk an den Arzt!»

«Wie? Ich mache, was ich will, Garnet. Ihr habt mich nie verstanden. Nicht einmal euer Vater. Meine Kinder lügen mich bloß an oder halten mir Predigten – nur mein brillantes Mädchen nicht, meine Thea. Sie ist wahrhaftig die einzige, die mir zugehört –»

«Sich umbringen zu lassen ist nicht besonders brillant, Mutter.»

Einen Augenblick lang herrschte unbehagliches Schweigen, während Mrs. Cameron sich mit einem schlanken Goldfeuerzeug die Zigarette anzündete. Sie war nicht der Typ Frau, der daran gewöhnt ist, sich seine Zigaretten selbst anzuzünden. Ihre Finger zitterten. Garnet scherte sich nicht darum.

«Jede Freude versagt ihr mir», sagte sie bitte. «Selbst Erinnerungen –»

Diesmal war das Klopfen an der Tür eher zögernd.

«Contessa? Bist du da?» Die hohe, dünne Stimme.

Aha, dachte ich, der streitbare Sopran.

«Mach die Tür auf, Garnet», sagte Tessa.

Er tat es nicht gern, aber er gehorchte. Teufel auch, wenn sie mir in diesem Ton befohlen hätte, die Tür aufzumachen, hätte ich es auch getan.

16

Marissa Cameron hatte sich bemüht, ihr verschmiertes Augen-Make-up wiederherzustellen und die Tränenspuren mit Puder zu überdecken. Es hatte nichts genützt. Ihre Nase war rot, die Stimme zittrig. Sie und ihr Mann Garnet waren das streitende Paar gewesen, daran bestand kein Zweifel.

Ich betrachtete sie voller Interesse. Das Zeitungsfoto war ein Porträt gewesen; es hatte keinen Hinweis darauf gegeben, wie jung Marissa in Wirklichkeit wirkte. 23 ist eben nicht gleich 23. Roz ist Anfang 20, aber Roz sah im Vergleich zu ihr wie eine gestandene Frau aus.

Alice-im-Wunderland-Haar, mit einem dünnen blauen Band zusammengebunden, fiel Marissa fast bis zur Taille ihres gelben Kleides. Auf dem Foto war das Haar hochgesteckt gewesen, was ihr ein herrschaftliches Flair verlieh. Völlig glatt hing ihr Haar wie maisgelbe Seide herab und betonte die schmalen Schultern und den zarten Körperbau noch. Sie wirkte zerbrechlich, klein, schutzbedürftig.

Ich warf einen verstohlenen Blick auf ihre Füße. Hochhackige Schuhe hatten für das Stakkato-Getrappel gesorgt, aber es war kaum zu glauben, daß sie eine Stimme besaß, die schneidend sein konnte wie eine Messerklinge.

Nach kurzem Zauderen nahm sie eine entschlossene Haltung ein und ignorierte Garnet einfach vollkommen. Er und ich existierten augenscheinlich gar nicht. Dies ging nur sie und ihre Schwiegermutter an.

«Ich wollte dir nur auf Wiedersehen sagen, Tessa, und dir

danken. Du warst so gut zu mir», sagte sie leise. Es klang tapfer, gefaßt und verletzt. Und irgendwie falsch, als spreche sie einen Rollentext, den sie nicht ganz verstand.

«Liebling, bitte bleib doch.» Tessa nahm ihre Hand und wollte sie umarmen. Da jedoch die Zigarette gefährlich dabei schlenkerte und ohnehin nur Tessa aktiv wurde, geriet die Umarmung ziemlich daneben.

«Nein, Tessa. Ich kann nicht.»

«Gibt es etwas, das du mir verschweigst? Bist du vielleicht schwanger, mein Liebling? Das würde alles erklären –»

Garnet fuhr dazwischen, indem er sagte: «Miss Carlyle muß wohl nicht unbedingt Zeuge dieser reizenden Familienszene sein, meine Damen.»

«Wer ist das denn?» fragte Marissa.

«Interessiert es dich etwa?» erwiderte Garnet scharf.

Ein Summen ertönte mit einer solchen Lautstärke, daß Marissa zusammenzuckte. Garnet zog ein flaches Telefon aus der Tasche. «Ja», sagte er, «ich weiß, wieviel Uhr es ist. Rufen Sie bitte dort an und sagen Sie, auf der Stadtautobahn sei ein Verkehrsstau oder ähnliches. Sie kennen sich ja damit aus.» Er klappte das Telefon wieder zu.

«Garnet, also wirklich», sagte seine Mutter, während sie die Asche sorgfältig über dem Kristallascher abklopfte, «du solltest dich beeilen. Die Leute warten nicht gern. Dein Vater hätte Wähler nie warten lassen.»

«Das hat ihm auch nicht geholfen», sagte Garnet gifig.

Marissa schwankte hin und her mit einer Handtasche, die in ihrer Übergröße weder gut zu tragen noch modisch war. Ich spähte an ihr vorbei durch die offene Tür und sah einen Haufen Gepäckstücke im Flur. Ein Set in Jagdgrün. Mehr, als sie für einen Kampagnenauftritt brauchen würde, es sei denn, sie hatte vor, mindestens sechs Monate oder zwölf landesweit auf Wahltour zu gehen.

Während der nun eintretenden peinlichen Stille holte ich ein Standardvertragsformular aus meiner Aktentasche. Tessa ergriff es sofort, wahrscheinlich dachte sie, ich hätte meinen Sinn geändert und wollte ihr doch noch das Manuskript ihrer Tochter zurückgeben.

Ich sagte, ich würde mein Bestes tun, um den Ursprung der Fälschungen zu ergründen.

«Was für Fälschungen?» fragte Marissa. «Worum geht's denn?»

Wieder hatte ihre Stimme diesen gewollten Unterton. Klang sie immer so, als würde sie lügen?

Tessa überhörte ihre Fragen. «Ich will, daß sie augenblicklich damit aufhören!» sagte sie. «Und ich will wissen, wer dahintersteckt. Es kommt nicht in Frage, die Polizei einzuschalten», fügte sie noch mit einem raschen Seitenblick auf Garnet hinzu.

Ich fragte mich, ob Tessa wohl ihre älteste Tochter, die «verlorene» Beryl, im Verdacht hatte, die tote Schwester in Wort und Stil zu kopieren. Wenn Garnet sich nicht Zutritt ins Büro verschafft hätte, hätte ich es vielleicht herausgefunden.

«Worum geht's denn, Tessa?» fragte Marissa artig. «Gibt es Probleme? Kann ich behilflich sein?»

«Nein, Liebes», sagte Tessa. Und zu mir gewandt: «Ich schreibe Ihnen einen Scheck über einen Honorarvorschuß aus, ja?»

«Gut», sagte ich.

Sie holte ihr Scheckbuch und einen goldenen Kugelschreiber aus dem winzigen Damenpult. Ein Platz für alles, und alles an seinem Platz.

Marissa leckte sich die Lippen und sagte: «Also, ich muß jetzt gehen. Ich wollte nur nicht ohne –»

«Bitte», sagte Tessa, «bleib doch noch ein wenig.»

«Mutter!» brauste Garnet auf.

Tessa wechselte die Farbe und senkte den Kopf, als sei ihr ein Verweis erteilt worden. Sie kritzelte schnell und händigte mir dann den Scheck und den unterschriebenen Vertrag aus. Bevor ich auch nur ein Wort mehr als einen Abschiedsgruß hervorbringen konnte, hatte Garnet mich schon am Ellbogen gepackt, nicht so fest, daß ich aufgschrien hätte, aber immerhin fest genug, um mich ohne weiteres durch die Flure zur Tür hinaus zu geleiten. Sein Griff war außerordentlich gekonnt. Im *Who's Who* hatte nichts von einer Ausbildung bei der Militärpolizei gestanden. Er war so geübt wie ein guter Nachtclubrausschmeißer.

Sobald wir draußen waren, erklärte er: «Sie können alles vergessen, was dort drin besprochen worden ist. Meine Mutter wird ihren Sinn innerhalb der nächsten achtundvierzig Stunden ändern. Das garantiere ich Ihnen. Sie sind gesetzlich verpflichtet, den Scheck zurückzuerstatten. Sie können auch den Vertrag sofort zerreißen. Sie steht unter Druck. Sie haben kein Recht, sie auszunutzen.»

Ich zuckte die Achseln. «Sie hat *mich* angerufen», sagte ich, «nicht andersherum.»

«Sollten Sie irgend etwas haben, das angeblich aus der Feder meiner lieben verblichenen Schwester stammt, täten Sie gut daran, es loszuwerden.»

«Ihre Mutter will es zurück, und Sie wollen es loswerden. Interessant», sagte ich.

«Auf Wiedersehen.»

Ein Taxi fuhr vor dem Portikus vor und hupte zweimal. Henry, der herumspionierende Chauffeur, lud Marissa Camerons Gepäck in den Kofferraum. Garnet ging hin, um ein Auge darauf zu haben – vermutlich aus Sorge, sie könnte das Familiensilber klauen –, und so mußte ich die letzten paar Schritte zu meinem Toyota allein tun.

Ich schließe meine Wagentür normalerweise ab. In Cambridge und Boston kette ich den Wagen fast an einen Baum an, so häufig werden Autos gestohlen. Im feinen Dover, wo der Chauffeur Wache hielt, war ich unvorsichtig geworden.

Ich warf einen Blick auf die Rückbank, eine unbewußte Beherzigung der Kripo-Regel Nr. 27: Steig erst in dein Auto, wenn du überprüft hast, ob auch keine unerwünschten Passagiere drin sind. Das bucklige Etwas unter meinem Regenmantel bewegte sich, und ich wollte schon die hintere Tür aufmachen.

Drew Manley hob den Kopf und sah mich flehentlich mit seinen blauen Augen an. Er legte den Finger an die Lippen und hob dann beide Hände, um eine Fahrbewegung anzudeuten. Ich ließ die Tür wieder los, stieg ein und startete vorsichtig den Motor.

Wenn er mir beide Hände zeigt, überlegte ich, hat er wahrscheinlich keine Waffe. Trotzdem erschien mir die Einfahrt besonders lang und kurvenreich.

Als wir die Farm Road erreichten, sagte ich: «Also, Herr Doktor, soll ich nun links oder rechts abbiegen?»

«Fahren Sie links auf die Farm Road, halten Sie sich an der Bridge Street rechts und dann geradeaus, bis Sie zur North Street kommen. Die können wir nach Medfield nehmen.»

«Geht es einigermaßen dahinten?»

«Nein.»

«Sie können sich ruhig richtig hinsetzen.»

«Noch nicht.»

«Gibt es hier irgendwo ein Café oder einen Rastplatz?»

«Fahren Sie», sagte er. «Sobald wir in Sicherheit sind, können Sie mir aufhelfen.»

Ich bemühte mich, die Schlaglöcher möglichst zu umfahren, aber ein gelegentliches unterdrücktes Stöhnen sagte mir, daß es mir nicht immer gelang.

«Nicht so schnell», sagte er, als wir an einem riesigen roten scheunenähnlichen Gebäude vorbeifuhren.

Ich verlangsamte das Tempo und beobachtete, wie sich die steinernen Einfassungsmauern in Höhe und Farbe veränderten. Hinter den Einfassungen befanden sich große baumbestandene Flächen, wie Wald mit gepflegten Rasenstücken dazwischen; dahinter lagen Herrenhäuser. Ab und zu konnte ich einen Kamin sehen oder auch das eine oder andere Schieferdach. Autos heulten vorbei, alles teure Limousinen. Ich hielt mich an die Geschwindigkeitsbegrenzung; den Verkehrspolizisten von Dover würde jeder Vorwand recht sein, einen schmutzigen, zehn Jahre alten Wagen anzuhalten.

Nach vier langen Minuten überquerten wir die Bahngleise, und ich seufzte erleichtert auf. Meine Intuition – und die Umgebung – sagten mir, daß wir uns wieder auf *meiner* Seite der Schienen befanden, auf der Seite, die mir am meisten behagte.

Der falschen Seite.

17

«Wohin fahren wir eigentlich?» fragte ich nach einer Weile. Ich bin immer wieder erstaunt über die Entfernungen in Vororten. Ich meine, ich fahre zwar gern, aber wenn ich dauernd endlose Meilen zwischen dem Laden an der Ecke und der Tankstelle zurücklegen müßte, würde mich das in kürzester Zeit zum Wahnsinn treiben. Ich habe mehr für Bürgersteige übrig und für Fußgänger, die darauf unterwegs sind.

Seine Stimme klang leise und gedämpft. «Bleiben Sie unbedingt auf der North. Sind wir schon an Polizei und Feuerwehr vorbei?»

«Wir fahren gerade daran vorbei. Gibt es nicht etwas hier in der Nähe?»

«Wir hätten zur ‹Apotheke› fahren können, aber da trifft sich die ganze Stadt. Schauen Sie mal rechts rüber. Da müßte ein chinesisches Restaurant in Sicht kommen. Mit großem Parkplatz.»

Der Parkplatz war ziemlich leer. Ich bog auf einen geschützten Platz am hintersten Rand ein. Die Polizeiwache war zu nahe, um sich wohl zu fühlen. Ich wollte nicht, daß mir irgendein scharfsichtiger Beamter dabei zusah, wie ich einem älteren Herrn von den Bodenmatten meines Toyota aufhalf.

Halb hob ich ihn, halb zerrte ich ihn unter großen Mühen auf den Sitz. Er trug ein hellblaues Strickhemd und dunkle legere Hosen und Schuhe. Sein Gesicht war rot, sein silbriges Haar durcheinander, die Brille war seltsam verbogen, aber er blieb beharrlich dabei, daß es ihm gutgehe. Ich empfahl ihm, vor dem Aussteigen erst ein wenig zu verschnaufen.

«Ich habe zufällig etwas mitgehört», fing er sofort an. «Das mußte ich Ihnen gleich erzählen – und dann kam Garnet –» Er kam ins Stottern und hielt inne. «Ich glaube, ich bleibe doch noch ein Weilchen sitzen, bis ich wieder zu Atem gekommen bin», sagte er widerwillig.

Ich musterte die nicht gerade vielversprechende Front des «Dragon King». Chinesisch-amerikanische Cuisine, hieß es da verheißungsvoll. «Cuisine» birgt in meinen Augen immer ein größeres Risiko als «Küche». «Cocktail Lounge», stand auf einem anderen Schild und kleiner als das LOTTO!, das mit riesigen gelben Buchstaben in Leuchtfarbe auf die Eingangstür gekleistert war. Das Lokal lag neben der Praxis eines Chiropraktikers und der Bretterbude eines Immobilienmaklers.

«Möchten Sie etwas trinken?» fragte ich Manley. «Etwas zu essen zum Mitnehmen?»

Er atmete jetzt wieder leichter und betrachtete seine unmittelbare Umgebung mißbilligend. «Der rückwärtige Teil Ihres Wagens ist eine Zumutung», sagte er verstimmt. «Ich muß auf Schuhen gelegen haben, auf irgend etwas Spitzem. Vielleicht einem Schirm. Und gestunken hat es auch.»

«Ich kann mich nicht erinnern, daß ich Sie zu einer Inspektion eingeladen habe», fuhr ich ihn an, weil mich seine gute Beoachtungsgabe ärgerte.

«Bitte», sagte er begütigend und hielt mir statt einer Entschuldigung die Hand hin, «ich müßte mal die Beine strekken.»

«Könnten wir jemandem über den Weg laufen, den Sie kennen?»

Er warf einen zweifelnden Blick auf das Restaurant. «Ich glaube kaum.»

Ich half ihm aus dem Auto. Er kam einmal ins Taumeln und murmelte etwas von kribbelnden, eingeschlafenen Beinen.

Innen war das Restaurant ein typisch chinesisches Vorortlokal. Ich hätte das Fischbecken, die dunklen Holzschnitzereien, die Vasen mit den Plastiknelken und die aufdringlichen Drachengemälde beschreiben können, ohne erst hineinzugehen.

Auf einem Schild stand: BITTE NEHMEN SIE PLATZ. Das Geschäft lief augenscheinlich nicht so gut, um für den Mittagstisch einen Oberkellner zu beschäftigen.

Wir fanden ohne Mühe eine Sitzecke. Falls in der mit rotem Teppichboden ausgelegten angrenzenden Bar ein paar Cops saßen und tranken, waren sie in Zivil und nicht von hier.

Er bestellte Tee. Ich bestellte Sauerscharfsuppe und dazu sauerscharfe grüne Bohnen, erstaunt, diese beiden Gerichte auf der überwiegend mandarinchinesischen Speisekarte zu finden. Er schüttelte den Kopf, als die gelangweilte junge Kellnerin ihm einen fragenden Blick zuwarf. Vielleicht dachte sie, ich würde mit ihm teilen. Das hatte ich jedoch nicht vor; Tessa hatte mich schließlich nicht zum Lunch eingeladen.

Das Mädchen kritzelte lustlos ein paar Striche auf seinen Bestellungsblock und verschwand mit kleinen Trippelschrittchen, bei denen sich sein traditionelles Gewand kaum bewegte. Die Tochter oder Nichte des Inhabers, schloß ich daraus. Und nicht gerade begeistert von dem Job.

«Wollen Sie hören, was ich inzwischen gelernt habe und was ich eigentlich schon vor langer Zeit hätte lernen sollen?» fragte mein früherer Klient, sobald die Kellnerin außer Hörweite war.

Ich zuckte mit den Schultern und schwieg, denn ich war

mir nicht sicher, mit wem ich es zu tun hatte – dem aufrichtig wirkenden Lügner Adam Mayhew oder dem übel zugerichteten, konfusen Lügner gleichen Pseudonyms, dem, der mir den Fall wieder entrissen hatte. Oder dem echten Dr. Drew Manley.

Er faßte mein Achselzucken als Zustimmung auf. «Laß dich nie mit einer Patientin ein. Was immer du auch für sie empfindest, was immer dir dein Herz auch sagen mag, halte dir Patientinnen um Armeslänge vom Leibe.»

«Wenn Sie damit sagen wollen, daß Sie nicht Tessa Camerons Halbbruder sind», sagte ich, «das weiß ich bereits.»

«Ich lebe die meiste Zeit über dort. Ich bin der Geliebte von Tessa Cameron – ihr ‹Paramour›, wie sie es in ihrer altmodischen Art nennt. Ich bin Tessas Geliebter, seit Franklin gestorben ist. Ich liebte sie schon vorher, aber nur platonisch. Bis zu seinem Tod habe ich immerhin der Versuchung widerstanden.»

Nach dem zu urteilen, wie er das sagte, hatte ich das Gefühl, daß Tessa auch vor Franklins Hinscheiden nichts dagegen gehabt hätte.

«Sie wollte mich nicht heiraten», sagte er nüchtern. «Ich bin nicht katholisch.»

«Was für ein Arzt sind Sie eigentlich?» fragte ich.

«Ein guter. Im Ruhestand.»

«Da ich inzwischen Ihren Namen weiß, Dr. Manley, was glauben Sie, wie lange ich brauche, um herauszubekommen, auf welchem Fachgebiet Sie praktiziert haben?»

Er schnitt ein Gesicht. «Ich bin Psychiater.«

«Aha.»

«Und was soll das nun bedeuten?»

«Wissen Sie das nicht?» sagte ich. «Es bedeutet, daß ich Sie jetzt fragen werde, ob Tessa die einzige von den Camerons war, die Ihre Patientin war oder ist.»

«Schon mal was von ärztlicher Schweigepflicht gehört?»

Die Kellnerin verschüttete Tee auf dem Tisch. Ich wischte ihn mit einer Serviette weg und warf ihr einen bösen Blick zu. Ich nahm einen Schluck Sauerscharfsuppe zu mir. Enttäuschend fad.

«Schon mal was von falschen Namen gehört?» frage ich scharf. Ärztliche Schweigepflicht, daß ich nicht lache!

«Was den – äh – falschen Namen betrifft, so hatte ich nie vor, Sie arglistig zu täuschen.»

«Was hatten Sie dann vor? Genauer gesagt, was *haben* Sie vor?»

Er senkte die Stimme. Ich mußte mich vorbeugen, um ihn zu verstehen. «Ich habe gehört, was Garnet gesagt hat. Er *wird* seine Mutter dazu bewegen, ihren Sinn zu ändern. Eins steht fest bei Tessa: Sie ist sehr emotional. Sie liebt diesen ihren Sohn über alle Maßen, abgöttisch, hört auf ihn, als sei er Jesus bei der Bergpredigt.»

«Das sagte er.»

Dr. Manley nahm einen großen Schluck Tee und ließ den Blick im Restaurant umherschweifen, als suche er nach Spionen. Außer unserem waren nur noch zwei andere Tische besetzt, und diese Gäste fand er anscheinend harmlos.

Er fuhr fort: «Ich möchte, daß Sie ... dieser Sache weiter nachgehen, was immer auch dabei herauskommen mag. Das Manuskript ist echt; ich garantiere dafür –»

«Ach nee», sagte ich. «jetzt machen Sie aber mal halblang! Ich kriege allmählich ein Schleudertrauma, wenn Sie wissen, was ich meine! Sonntag abend heißt es: ‹Bitte helfen Sie mir, das verschwundene Genie zu finden›, Montag abend: ‹Hoppla, ich habe einen Fehler gemacht. Vergessen Sie das Ganze.›» Ich starrte ihn an. «Es ist erst Mittwoch nachmittag, verdammt noch mal, und Sie machen schon wieder eine Kehrtwende?»

Er schien mich gar nicht zu hören, dabei hatte ich keineswegs im Flüsterton gesprochen. Er starrte die Tischplatte aus Resopal an und fragte dann langsam, als bewege er sich auf unbekanntem Terrain: «Wissen Sie etwas über Tektonik?»

«Über was?»

«Kräfte und Zustand der Erdkruste, das, was Erdbeben auslöst.» Während er sprach, hatte er seine Hände flach auf den Tisch gelegt und schob sie nun mit solcher Kraft zusammen, daß sich die eine über die andere schob.

«Und was ist damit?»

«Mancherorts wird die Kruste dünner, so daß flüssige Lava und Dampf durchbrechen. Daran läßt sich nichts ändern. Es sind Naturkräfte.»

«Heiße Quellen», sagte ich, «Geysire.»

«Ja.»

«Ich weiß immer noch nicht, worauf Sie hinauswollen.»

«Junge Frau, bisweilen quillt die Wahrheit an die Oberfläche. Ansehen, Ruhm, Geld – das alles nimmt erst die zweite Stelle hinter der Wahrheit ein, wenn sie einmal ausgesprochen, gehört und schließlich als solche erkannt worden ist ...»

Wenn er nicht wirklich tief bewegt von dem war, was er gerade gesagt hatte, dann gehörte er zu den besten Schauspielern, die ich je erlebt hatte.

Ich sagte: «Und welcher Sache soll ich weiter nachgehen? Bisher habe ich nur in Erfahrung bringen können, daß Ihre ‹lebendige› Thea tot und begraben ist. Ermordet. Das sagt ihre Mutter, das steht in den Zeitungen –»

«Ihre Mutter hat ebensowenig das Berlin-Gedicht gelesen, wie sie die Leiche identifiziert hat. Es ist sehr leicht, Tessa zu überzeugen. Das habe ich Ihnen schon gesagt. Sie läßt sich extrem leicht beeinflussen.»

«Moment mal. Sie gründen Ihre Theorie, daß Thea noch lebt, auf ein einziges Gedicht? Ein Gedicht? Wie wär's hiermit: Thea hat es vor ewigen Zeiten geschrieben, es sich ausgedacht, sich *vorgestellt*, was in Zukunft möglicherweise geschehen könnte, sich ausgemalt, wie die Mauer fällt und die Grenzen verschwinden.»

«Berlin, *jetzt*», zitierte er.

«‹Jetzt› ist relativ», entgegnete ich.

Verdammt, seine Augen glänzten wieder blau und klar durch die Bifokalbrille mit dem Silbergestell. Er hatte jedes Quentchen von dem Selbstvertrauen zurückgewonnen, das er bei unserer ersten Begegnung ausgestrahlt hatte.

«Sie ist nicht tot», sagte er.

«Erzählen Sie mir doch nichts.»

«Sie hat mich angerufen.»

«Und Sie haben ihre Stimme nach vierundzwanzig Jahren wiedererkannt.»

«Sie hat sich selbst zu erkennen gegeben. Sie kommt wieder. Gott steh ihr bei, sie hat Angst.»

«Angst wovor?» fragte ich.

«Das hat sie nicht gesagt.»

«Natürlich nicht», sagte ich angewidert.

Er las mir die Ungläubigkeit vom Gesicht ab. Ich versuchte auch nicht, sie zu verbergen.

«Nun hören Sie mal zu», sagte ich. «Ich habe alles über ihre tolle Beerdigung ganz in Weiß gelesen. Ihr Vater und ihre Mutter waren dabei. Ihr Bruder.»

«Sie sagt, sie muß mit mir als einem Freund und als Arzt reden. Sie sagt, sie muß mich persönlich sehen.»

«Na, da wäre ich ja gern dabei», sagte ich, «aber ich scheine ein Problem zu haben.»

«Nein! Sie können nicht dabeisein. Sie muß mich allein sehen. Zuerst jedenfalls.»

«Im Ernst? Nun, das ist nicht mein Problem. Mein Problem ist die Definition des Jobs. Sie wollten mich engagieren, um Thea zu finden. Jetzt kommt sie zu Besuch. Ist schon unterwegs. Hat *Sie* gefunden. Bringt mir nichts ein. Nach Tessas Wunsch soll ich nachweisen, daß das Kapitel und das Gedicht Fälschungen sind. Sie hat zu diesem Zweck einen anständigen Scheck ausgestellt.»

«Garnet wird sie überreden, ihn zu stornieren.»

«Wie auch immer, mir scheint, ich bin nicht mehr mit von der Partie.»

«Doch», sagte er. «Bitte. Arbeiten Sie für Tessa, bis sie die Sache abwürgt. Versuchen Sie nachzuweisen, daß die Dokumente gefälscht sind. Sie werden keinen Erfolg damit haben, aber ich kann Ihnen nicht so viel zahlen wie Tessa. Ich habe Ihnen etwas auf den Rücksitz Ihres Wagens gelegt, falls Sie es überhaupt finden in dem Schweinestall.»

«Ich will Ihr Geld nicht mehr, nicht, wenn ich nach einem toten Mädchen suchen soll.»

«Ich will Ihnen etwas sagen: Etwas ist schiefgegangen, vollkommen schiefgegangen, vor langer Zeit. Vielleicht habe ich unwissentlich daran mitgewirkt. Ich bin ein alter Mann. Und ich will nicht damit auf dem Gewissen sterben.»

«Womit auf dem Gewissen? Wieso haben Sie zwischen Ihrem ersten und zweiten Besuch Ihre Meinung geändert? Und warum haben Sie dann erneut Ihre Meinung geändert?»

Die Kellnerin unterbrach uns, um zu fragen, ob wir unsere leeren Teetassen noch einmal gefüllt haben wollten. Ich scheuchte sie ungeduldig weg.

Manley starrte in seine leere Tasse. «In dem Augenblick, in dem Thea mir die Erlaubnis gibt, es Ihnen zu sagen, werde ich das tun.»

«Mit anderen Worten: Nur keine Eile.»

«Gehen Sie zum Auto und holen Sie, was ich dort liegengelassen habe. Dann können wir weiterreden.»

«Wenn es ein Scheck ist, zerreiße ich ihn.»

«Gut.» Er winkte der Kellnerin. «Ich trinke noch einen Tee, während ich warte», sagte er.

Unter meinem Regenmantel und einem einsamen Turnschuh fand ich einen neuen braunen Umschlag. Ich spähte hinein, gerade lange genug, um zu sehen, daß mehrere Seiten darin steckten, diesmal getippte. Kurze Zeilen, zum Teil unterstrichen, wie bei einer Bibliographie.

Als ich ins Restaurant zurückkam, war meine Sitzecke leer. Die Kellnerin sagte mir, der alte Herr sei zur Toilette gegangen. Ich legte das Geld für die Rechnung hin und wartete. Nach gut zwölf Minuten ging ich zur Herrentoilette und klopfte an die Tür. Keine Antwort.

Ich kehrte zum Tisch zurück. Die kleine Chinesin kam, um das Geld in Empfang zu nehmen.

«Wieviel hat er Ihnen gegeben?» fragte ich.

«Bitte?»

«Damit Sie mir sagen, daß er auf dem Klo ist.»

Sie grinste blöd. «Zwanzig», sagte sie.

Ich prellte sie um das Trinkgeld und fuhr eine weitere halbe Stunde im Zentrum von Medfield hin und her. Der gute Herr Doktor konnte auch zur Polizeiwache hinübergeschlendert sein, aber ich glaubte es eigentlich nicht.

Der Umschlag fiel mir wieder ein, und ich fuhr scharf rechts an den Straßenrand, was mir ein Hupen und einen erhobenen Finger eintrug. Bei den Papieren handelte es sich tatsächlich um eine Art Literaturverzeichnis, Angaben zu einzelnen Artikeln aus psychiatrischen Zeitschriften sowie ein paar Büchern. Loftus, E. F.; Terr; L.; Appelbaum; P. S.; Gutheil, T. G. Ein Buch trug den Titel *Entlastungszeugen*, ein anderes *Die Psychologie der Wiedererinnerung*.

Wiedererinnerung. Wollte Manley mir durch die Blume mitteilen, daß Thea unter Gedächtnisschwund litt, dieser Modeerscheinung im Hollywood der 40er Jahre?

Ich überflog die Bibliographie. Ein Text war dabei, der ein kompliziertes juristisches Fachbuch zu sein schien, in dem es um Verbrechen ging, die erst Jahre nach der Tat wiedererinnert wurden, meist während einer psychiatrischen Behandlung, und um die Zulässigkeit solcher Erinnerungen als Beweismittel vor Gericht.

In meinem Kopf klickte es jetzt, in meinem Gedächtnis auch. 1990 war ein Mann für schuldig befunden worden, vor gut 20 Jahren die Freundin seiner Tochter ermordet zu haben, und zwar aufgrund der Zeugenaussage seiner Tochter, die behauptete, am Tatort zugegen gewesen zu sein, die Erinnerung daran jedoch 20 Jahre lang verdrängt zu haben. Der Fall war in die Berufung gegangen, wie ich meinte. Das Urteil aufgehoben worden. Wiedergekehrte Erinnerungen bringt ein Anwalt nicht gerade gern bei Gericht vor …

Verdammt. Garnet überredete seine Mutter womöglich wirklich dazu, den Vertrag für nichtig zu erklären. Ich hielt an der Bank, um Tessas Scheck einzulösen, eine Geste des Vertrauens, und dann kurz zu Hause, um mir die Strumpfhose auszuziehen und mich in bequemere Klamotten zu werfen. Wieder im Auto, fuhr ich zum Bezirk D. Bevor mich jemand ein für allemal von diesem Fall abzog, mußte ich unbedingt feststellen, was genau Dorothy «Thea Janis» Cameron vor 24 Jahren zugestoßen war. Mein Verstand hungerte nach Fakten – Daten, Zeiten, Orten –, die klar und in ordentlicher Form niedergeschrieben waren.

Fürs erste würde ich Tessas Auftrag ausführen. Meiner Meinung nach mußte jemand, der Theas Werk so gut fälschen und ihren einzigartigen, eindringlichen Stil so gut imitieren konnte, sie gekannt haben, sie vor langer Zeit sehr gut gekannt haben.

Ich hatte ein Gefühl, als würde ich Mooney, noch ehe der Tag herum war, mehr als nur ein Mittagessen schulden.

18

Eines Tages werden Polizeiakten online einzusehen sein als gleichförmige Buchstabenkolonnen, die über Computerbildschirme marschieren. Keine modrigen Seiten mehr, die nach Hamburgerfett stinken und mit Senf- und Kaffeeflekken gesprenkelt sind. Kein steifes, sprödes Papier mehr, kein greifbares Gefühl von Alter und Abnutzung.

Doch wir sind noch in der guten alten Zeit. Der Epoche der zerknitterten vergilbten Blätter.

«Wie hast du das gefunden?» fragte ich Mooney voller Bewunderung.

Er nahm mir meine Bewunderung nicht ab. Der Ausdruck auf seinem normalerweise gütigen Gesicht war grimmig. «Warum soll ich dir eigentlich Einblick geben? Hilf mir doch mal auf die Sprünge.»

Es schmeckte mir gar nicht, mich über die ständig wechselnden Beziehungen zu meinen diversen «Klienten» auszulassen. Tessa Cameron hatte inzwischen womöglich den Vertrag zerrissen, und Mooneys Reaktion auf meine drei Treffen mit Drew Manley – zwei unter einem falschen Namen, eins, das mit seinem spurlosen Verschwinden endete – konnte ich mir lebhaft vorstellen.

«Mooney», sagte ich, «ich habe wirklich ein Gefühl im Bauch, als sei etwas nicht ganz koscher. Okay?»

«Das reicht mir nicht.»

Ich atmete ein, atmete aus. Hielt die Hände hinterm Rükken, damit sie sich nicht plötzlich die Akte schnappten.

«Was reicht dir dann?» fragte ich. «Als ich noch für dich arbeitete, hast du dich immer auf meinen Instinkt verlassen.»

«Du arbeitest aber nicht mehr für mich.»

«Soll ich dich anflehen? Auf die Knie fallen vor dir? Dir in deinem eigenen Büro eine peinliche Szene machen?»

«Ich überleg's mir», sagte er, als wolle er sich mein Angebot wirklich durch den Kopf gehen lassen.

Meine Taktik hatte nicht die gewünschte Wirkung.

«Bitte, Mooney», sagte ich leise und versuchte es mit einfacher Höflichkeit. Und einem Appell an sein Mitgefühl, wie ich zugebe.

Im gleichen Augenblick sagte er: «*Du* könntest etwas für *mich* tun.»

Ich wußte, daß es schlimm kommen würde, denn er wandte sich von mir ab, als er das sagte.

«Was?» fragte ich kurz und knapp.

«Dir einen Leibwächter zulegen.»

«*Waaas*?» Diesmal sprach ich das Wort gedehnt und mit hörbarer Ungläubigkeit aus.

Er sah mich an. Ich nahm die Haut unter seinen Augen wahr, dunkel und von feinen Fältchen durchzogen. Sein blaues Oxfordhemd begann am Kragen durchzuscheuern. Er sagte: «Ist dir jemand hierher gefolgt?»

«Hör mal, Mooney, ich glaube nicht an deine Gianelli-Clan-Rachephantasie.»

«Es ist keine Phantasie.»

«Wenn du es nicht nur von einem knastreifen Ganoven hörst, sondern auch von anderswoher, würde ich es vielleicht ernst nehmen.»

«Das reicht nicht», sagte Moon.

«Ich paß auf mich auf, das verspreche ich.»

Ich tat die Gefahr zwar leichthin ab, aber trotzdem hatte mein Nacken während der ganzen Fahrt von Medfield nach

Southie geprickelt, war ich über gelbe Ampeln gesaust und hatte dann schnell in den Rückspiegel geschaut, um zu sehen, ob mir ein Wagen gefolgt war.

Vergebliche Liebesmüh in einer Stadt, in der das Anhalten bei Rot ohnehin nur als freiwillig betrachtet wird.

Der «Dorothy Cameron alias Thea Janis»-Ordner war fast zehn Zentimeter dick, er enthielt verschiedene dünnere Mappen, die von Gummibändern zusammengehalten wurden, und wog sicher mehrere Pfund. Das «alias» gab mir zu denken. «Aliasse» stehen im allgemeinen bei Berufsverbrechern im Strafregister, die ihren Namen bei jeder Gelegenheit wechseln: Von Thomas Jackson auf der Heiratsurkunde zu Jack Thomson, Thompson oder Thomsen zwecks eines Versicherungsbetrugs und T. J. oder Jeeter auf der Straße.

«Nichts kopieren oder klauen», sagte Mooney mißbilligend mit verkniffenem Mund, als er mir den Ordner reichte. «Es kommt kein einziges Blatt aus dem Haus.»

Ich stritt mich nicht, witzelte nicht, daß er mich durchsuchen könnte, machte mir nicht die Mühe, ihn zu fragen, ob Notizen erlaubt seien.

Auf den ersten Blick wirkte die Akte viel zu ordentlich. Vielleicht war sie von irgendeinem prominenten Biographienjäger auf der Suche nach Buchmaterial geordnet worden. Ich fragte nach, ob das der Fall gewesen war.

«Nein. Woody MacAvoy hat außer Tippen und Abheften nicht mehr viel gemacht in seinen letzten Jahren hier.» Mooney sagte es etwas abwertend, fast spöttisch. «Die feinste Aktenarbeit weit und breit.»

Ein Cop, der nicht mehr auf die Straße ging, sondern sich nur noch dem Formularausfüllen und Aktenablegen widmete, war in Mooneys Augen das Letzte vom Letzten. Ein Dreck. Mooney bereitete es größere Schwierigkeiten, Kollegen zu verstehen als Gauner, weil er ihnen weniger durchgehen ließ. In Mooneys Augen war ein Cop eine Mischung aus Superman und dem lieben Gott und dazu da, für Gerechtigkeit hier auf Erden zu sorgen.

Nachdem wir uns in einem kurzen Wortwechsel über Vertraulichkeit und Lücken im Sicherheitsapparat der Polizei ergangen hatten, schloß Mooney mich mit dem Ordner, einem Styroporbecher Kaffee und drei altbackenen Doughnuts in ein Vernehmungszimmer ein. Soviel zum Stichwort «Vertrauen». Die Fenster ließen sich nicht öffnen, und die letzte Person, die sich in diesem Raum aufgehalten hatte, hatte lange nicht gebadet. Mir war es egal. Als ich den Ordner berührte, fühlte ich mich Thea ebenso nahe wie beim Lesen ihres Manuskripts. Für mich war sie immer noch «Thea» und nicht die verstorbene Dorothy Cameron. Manleys hündische Ergebenheit – und ihre eigenen Worte – machten sie lebendig.

Die Akte brachte mich mit einem Schlag wieder auf den Erdboden zurück, denn ihre Sprache war von Poesie so weit entfernt, wie überhaupt möglich ist. Berichte, Berichte, Berichte. Es gibt nichts Besseres, um seine Gedanken zu ordnen, hatte man uns auf der Polizeihochschule trotz allgemeiner Buhrufe weisgemacht. Ja sicher, aber nur, wenn das Denken Kategorien folgte wie Größe, Gewicht und Geburtsdatum, den Eckpfeilern aller polizeilichen Schreibarbeiten.

Ich streifte meine Armbanduhr ab und legte sie vor mich, um die Zeit im Auge zu behalten. Ich lockerte meine Finger wie ein Pianist, der Fingerübungen macht, schloß die Augen und legte mein Gesicht in Falten.

So, fertig.

Ich holte ein winziges Notizbuch mit Stift aus meiner Gesäßtasche. Das Notizbuch gibt es jeden August neu im Coop-Warenhaus von Harvard. Das Büchlein besteht aus einem Kalender, einem Teil für Termine und ein paar Seiten für Telefonnummern. Sein Hauptvorteil ist seine Größe. Einschließlich Stift, den ich in einer Minigolfanlage geklaut hatte, verschwand es in der Tasche, ohne sie auszubeulen.

Die erste Meldung war bei der Polizei von Dover eingegangen. Theas Eltern hatten ihre Tochter am 9. April 1971 um 21.02 Uhr, nachdem bereits 36 Stunden verstrichen waren, als vermißt gemeldet. Der Morgen des 8. April, ein Donnerstag, war ereignislos verlaufen bei den Camerons. Nach einem hastigen Frühstück – nichts Besonderes – hatte Dorothy eine Tasche gepackt und ihrem Vater gesagt, sie bleibe die Nacht von Donnerstag auf Freitag im Hause einer Freundin – Name: Sue Alfred, Adresse: 48 Brattle Street, Cambridge 02138 –, um sich auf eine Lateinprüfung vorzubereiten. Sie hatte zu Hause angerufen, um das noch einmal zu bestätigen. Als Dorothy Freitag abend nicht nach Hause kam, hatte Franklin Cameron bei der «Freundin» angerufen und erfahren, daß Thea weder dort gewesen noch überhaupt Kurse mit Sue gemeinsam belegt hatte. Sue hatte kein Latein.

Franklin Cameron. Vor meinem geistigen Auge erschien das Porträt aus der Eingangshalle des Hauses in Dover, das nach all den Jahren noch immer beherrschend wirkte. Die Polizei von Dover hatte seinen Beruf nicht vermerkt, wahrscheinlich in der Annahme, daß jeder den Namen kannte. «Pressemogul» hätten sie hinschreiben können. «Dreimalige Kandidatur für das Amt des Senators, einmal so nahe am Sieg, daß er ein Nachzählen der Stimmen verlangen konnte.»

Ich machte mir ausführliche Notizen. Vorerst war nur von einer Vermißten die Rede, die höchstwahrscheinlich von zu Hause ausgerissen war. Nichts deutete auf Mord hin. Opfer besorgen ihren Mördern keine Alibis. Thea mußte etwas anderes im Sinn gehabt haben, hatte vielleicht die Nacht von Donnerstag auf Freitag allein oder in Begleitung von jemandem verbringen wollen. Frage: Wenn sie hatte fortlaufen wollen, warum hatte sie sich dann nicht das Wochenende zunutze gemacht, irgendein fiktives Schulfest erfunden, sich vier Tage Vorsprung verschafft statt nur der zwei? Nächste Frage: Warum hatte sie keinen wirklichen Freund, keine wirkliche Freundin eingeweiht, die sie hätten decken können? Hatte sie vielleicht keine Freunde in Avon Hill?

Ich schrieb: *Wo hat Thea die Nacht von Donnerstag auf Freitag verbracht? Und mit wem?*

Einmal auf den Plan gerufen, war die Polizei von Dover voll in Aktion getreten. Alle Beamten, auch die, die frei hatten, waren benachrichtigt und zur Eile angetrieben worden. Ein Naturschutzgebiet, das an den riesigen Besitz der Camerons anstieß, wurde mit Hilfe des – ich las den Satz noch einmal, wahrhaftig, meine Augen hatte mich nicht getäuscht – mit Hilfe des Myopia-Polo-Clubs abgesucht.

Für kurze Zeit hatte ich ein Bild vor Augen, wie Hunde, Pferde und Jäger in rotem Samt unter Hörnerschall durch die Gegend streiften, als sei Thea ein Fuchs, der zur Strecke gebracht werden müßte. Halali! Tee und Hefekuchen in der Pause um vier.

Bei diesem Gedanken bekam ich Hunger, und biß in ein Doughnut, aber vorsichtig, denn es war nahezu versteinert, und ich habe keine Versicherung für Zahnbehandlungen mehr.

Als nächster Verein hatte sich das FBI mit dem Fall befaßt, was mir seltsam vorkam. Aha. Jemand vom Cameron-Clan hatte einen alten Kumpel von Yale angerufen, und schon kam das Schreckgespenst «Kidnapping» ins Spiel. Es wurden jedoch keine Lösegeldforderungen erhoben. Das meiste Material des FBI war dick durchgestrichen und dadurch unleserlich.

Ich fragte mich, warum.

Da Thea zum letzten Mal am Donnerstag nachmittag in

der Avon Hill School gesehen worden war, legte endlich auch die Cambridger Polizei los. Keine einzige Befragung war von einem einfachen Streifenpolizisten durchgeführt worden. Von Anfang an waren lauter Topleute am Werk gewesen.

Miss Eva Walters, die damalige Direktorin von Avon Hill, hatte Thea als hochintelligentes, hochbegabtes Mädchen geschildert, bei dem durchaus eine Neigung zu sonderbarem Verhalten gegeben war. Zum Beispiel? Nun ja, sie hatte Zigaretten geraucht. Großer Gott, wer hatte das nicht getan in der Zeit vor der Warnung des Gesundheitsministers! Sie hatte zerschlissene Hosen und Sweatshirts getragen. Miss Walters glaubte, daß die junge Dame sich extra auf der Toilette umgezogen und die von ihrer Mutter favorisierten Rüschenkleider mit rebellischen Jeans vertauscht hatte.

Gut so! Ich mußte insgeheim lächeln.

Und dann *das* Buch. Miss Walters bezweifelte, daß der Beamte *Böses Erwachen* gelesen hatte, ein Buch beziehungsweise einen «Kurzroman», wie sie es nannte, der extrem vulgär und unangemessen sei. Wahrhaftig, wenn das Mädchen keine Cameron gewesen wäre, hätte man es höchstwahrscheinlich der Schule verwiesen. Miss Walters wußte zuverlässig, daß andere Eltern besorgt waren: Ein solches Kind vermittelte am Ende ihren eigenen reizenden Mädchen Kenntnisse, die die Direktorin nur als «sexuell frühreif» bezeichnen konnte.

Ich wette, daß im Polizeirevier von Cambridge die Nachfrage nach dem *Bösen Erwachen* sprunghaft angestiegen ist.

Auf einem Blatt war ein ganzer Absatz dick weiß überpinselt worden.

Ein Beamter von Cambridge hatte sich laut gewundert, ob Theas Verschwinden nicht eine Art Werbetrick war, den sich ihr Verleger ausgedacht hatte. Er war sofort beurlaubt worden.

Vielleicht hat Miss Walters Thea beseitigt, spekulierte ich einfach mal, weil sie fürchtete, das Mädchen würde mit seiner rüden Sprache und seinen sexuellen Aktivitäten den makellosen Ruf der Schule besudeln. Miss Walters war nicht beurlaubt worden.

Ich sah meine Lehrerliste durch. Sie war nicht mehr dabei. Pensioniert? Tot?

Jeder Lehrer von Thea war befragt worden. Alle ohne Ausnahme hatten sie als «sehr gescheit» oder «klug» geschildert, sie jedoch trotz verhaltenen Lobes verurteilt. Ihr Englischlehrer, ein Mr. Henreid Symmes, hatte sich offenbar besonders negativ geäußert und gesagt, sie wäre mit einem Privatlehrer besser bedient gewesen. Sie sei fast nie zum Unterricht erschienen. Sein Alter war mit 64 angegeben.

Kein Wunder, daß auch Henreid Symmes nicht mehr zum heutigen Lehrkörper gehörte.

Die Suche nach Schulfreunden Theas, männlichen wie weiblichen, war ergebnislos verlaufen. Keiner katte sich dazu bekannt, mit ihr befreundet gewesen zu sein. Niemand hatte sich beim Mittagessen zu ihr gesetzt. Voller Ärger dachte ich an das späte Eingeständnis Anthony Emersons. Fürs Bett war sie gut genug gewesen, aber nicht gut genug für einen Platz an seinem Tisch in der Cafeteria. Mistkerl.

Für einen Avon-Hill-Jüngling wie Anthony Emerson konnte es Ehrensache gewesen sein, Theas Ruf nicht in den Schmutz zu ziehen. Ganz zu schweigen davon, daß er ein Nachspiel, vielleicht sogar die Verweisung von der Schule, hätte fürchten müssen.

Andererseits konnte Thea auch rein wie eine vestalische Jungfrau gewesen sein. Womöglich hatte Emerson gelogen. Ich hatte nur seine Äußerungen über Theas liederliches Benehmen. Und ihre eigenen, aus ihrem Roman. Eben einem Roman, einer Fiktion.

Zurück zu den Akten. Den Fakten.

Eine gewisse Madeleine Pierce aus der Abschlußklasse, dieselbe, die Thea um 14.10 Uhr am Donnerstag nachmittag noch in der Schule gesehen hatte, gab an, Thea sei oft durch das Schulgelände gestreift. Sie sei dabei beobachtet worden, wie sie mit den Gärtnern sprach. Der eine, ein Gelegenheitsarbeiter und nicht mehr an der Schule beschäftigt, war gegangen, ohne seine neue Adresse zu hinterlassen. Der zweite Gärtner war ein Schwarzer namens Edgar Barrett Jr.

Ich will nicht behaupten, daß die Cops vom Polizeirevier Cambridge damals rassistischer waren als die anderer Bezirke, aber von dem Augenblick an, wo sie auf Edgar gestoßen waren, gab es sonst niemanden mehr. Sie holten sogar so verwerfliches Belastungsmaterial ans Tageslicht wie eine Äußerung, die er einmal einem Nachbarn gegenüber fallenlassen hatte, nämlich daß es ein paar verdammt hübsche Püppchen an jener Schule der Reichen gäbe.

Erstaunlich, daß sie den Mann nicht gelyncht hatten.

Edgar Barrett Jr. hatte kein Vorstrafenregister, nicht einmal ein Jugenddelikt war vermerkt. Vierzehn Beamte hatten ihn ausgiebig vernommen. Es wurde immer wieder auf Ton-bandaufnahmen verwiesen, aber weder lagen die betreffenden Bänder bei der Akte noch eine Mitschrift dieser Aussage. Ich fragte mich, warum nicht. Vielleicht, weil er während des Verhörs geschlagen worden war.

Ich trank einen Schluck lauwarmen Kaffee, der den bitteren Geschmack in meinem Mund noch verstärkte. Meine Zähne in die Doughnuts zu schlagen, hatte ich aufgegeben. Es erschien mir sicherer, nur die Zuckerkruste abzulecken.

Mehrere Verweise auf den Bandmitschnitt waren durchgestrichen und bis zur Unleserlichkeit schwarz übertuscht worden. Waren sie von derselben Hand ausgelöscht worden, die vorher alles weiß überpinselt hatte?

Zurück zum FBI. Eine Hotline war eingerichtet, 10 000 Dollar Belohnung waren ausgesetzt worden. Thea wurde denn auch schnell in New York, Las Vegas und Nashville gesichtet sowie in jeder Stadt im Umkreis von 50 Meilen rings um den Staat Massachusetts. Ihr privates Telefon zu Hause wurde abgehört, aber es gab keine erpresserischen Anrufe. Auch keine Anrufe, bei denen der Anrufer einhängt, sobald der Hörer abgenommen wird, etwas, das Ausreißer normalerweise machen, um sich zu vergewissern, daß zu Hause alles in Ordnung ist, daß Mam und Dad im Wohnzimmer sitzen und die Welt heil ist.

Ich schrieb mir Edgar Barretts Adresse und Telefonnummer auf. Nach 24 Jahren bestand zwar wenig Hoffnung, daß er immer noch am selben Ort lebte, aber von da aus konnte ich wenigstens seine Spur aufnehmen und ihn vielleicht finden.

Familie Cameron war in krassem Gegensatz zu dem armen Edgar mit Samthandschuhen angefaßt worden, eine Behandlung von der Art, wie sie sonst Diplomaten und königlichen Staatsgästen vorbehalten ist. Ärzte hatten verschiedene Gutachten vorgelegt, denen zufolge Mrs. Cameron zu erregt war, um zum Verschwinden ihrer geliebten Tochter Stellung zu nehmen. Ihr Ehemann Franklin litt unter ausgeprägtem Bluthochdruck, der ihn bereits sechs Monate von Wahlreisen abgehalten hatte; eine Befragung konnte eine Herzattacke auslösen. Theas ältere Schwester war schnell von zu Hause weggebracht worden, als die Angst vor Kidnappern aufkam. Auch für Beryl gab es ein ärztliches Gutachten, das ihr «extreme nervöse Zustände, Neigung zu hysterischen Anfällen und Vernehmungsuntauglichkeit» bescheinigte. Mehrere Folgeabsätze waren dick schwarz ausgestrichen worden. Ich versuchte, die Unterschrift des Arztes zu entziffern, wünschte, ich hätte ein Vergrößerungsglas. Es handelte sich um eine jener ärgerlichen Kritzeleien, wie man sie häufig auf Rezepten findet, aber mir war, als könnte ich doch Initialen ausmachen, zuerst ein «A» und dann ein «M». Andrew Manley, Psychiater, Schwindler und Meister im Verschwinden. Soweit ich feststellen konnte, war die ältere Schwester nie vernommen worden. Theas Bruder Garnet war am Tag von Theas Verschwinden auf dem Campus der Halloway School in New Hampshire gewesen. Mehrere Schulkameraden konnten sich für seine Anwesenheit dort verbürgen. Zwischen den beiden jüngeren Geschwistern hatte es angeblich nur ganz normale Meinungsverschiedenheiten gegeben. Sie waren sich in Alter und Temperament ähnlich. Garnet leitete eine Suchaktion in Marblehead, dem Sommersitz der Familie, wobei er laut ihren Namen rief und ihre Kindheitsverstecke auf dem riesigen Gelände mit Privatstrand durchstöberte.

Aus einer kurzen Notiz ging hervor, daß das Haus in Marblehead zwar noch den Camerons gehörte, seit dem Unglück jedoch aufgegeben und nicht mehr bewohnt worden war.

Ein Fleck auf einer Seite zog meinen Blick auf sich. Ein Kaffeefleck? Nein. Da war etwas weggekratzt worden. Ich drehte das Blatt auf den Kopf und seitlich, hielt es gegen das Licht. Nichts. Dann strich ich vorsichtig mit meinem Bleistift über die beschädigte Stelle; 902869432. Ich fügte die Nummer zu meinen übrigen Notizen, dachte, daß ich vielleicht die Fernsprechnummer der Freundin eines pensionierten Lieutenants kopiert hatte. Einer Eingebung folgend, blätterte ich ein paar Seiten zurück. Wieder etwas Weggekratztes. Diesmal konnte ich nicht so viel mit meinem Bleistift herausholen, aber mehrere Ziffern stimmten überein.

Eine neue Mappe. Ich zog das Gummiband ab, strich die gewellten Seiten glatt. Die Polizei von Marblehead, die bei der Durchsuchung des Sommersitzes mitgewirkt hatte, war erst zwei Wochen später richtig auf den Plan gerufen worden.

Ein Hund, der später als russischer Wolfshund namens Petrov angegeben wurde, war zum Haus seiner Besitzer zurückgekehrt und hatte ein Geschenk mitgebracht, einen einzelnen flachen schwarzen Ballerinenschuh, Größe 6. Die Hundeausführerin – seine Ausführerin! – hatte bemerkt, daß der Hund von seinem gewohnten Morgenweg abwich und im Strandhafer zu buddeln begann. Die besagte Ausführerin – eine irische Haushälterin namens Caren oder Karen Midgeley oder Migely, je nachdem, wer die Vordrucke ausgefüllt hatte –, hatte untätig zugesehen, wie er eine weiße Rüschenbluse hervorwühlte und mit den Krallen zerfetzte, Krallen, die ihm schon eine Woche zuvor hätten gestutzt werden sollen, nur daß der Wagen von Doggy Delite eine Panne gehabt hatte und das Schneiden von Hundenägeln nicht mit der Würde einer Haushälterin zu vereinen war, da ohnehin das Ausführen des riesigen Tieres schon Strafe genug bedeutete.

Der einzige Grund, warum die vergrabenen Kleider schließlich offiziell Aufmerksamkeit erregten, war der, daß Caren/Karen mit dem Bruder eines Polizisten befreundet war. Als dieser Beamte endlich von der Entdeckung hörte, hatten Hunde und Möwen den Fund bereits in Baumwoll- und Leinenreste zerpflückt.

Arbeits- und kostenintensive Labortests waren an diesen Fetzen vorgenommen worden. Theas Mutter hatte der Tochter nur Kleidung aus Naturfasern gekauft. Nur Naturfasern wurden identifiziert. Kein einziges totes oder mißhandeltes Kunstfäserchen.

Der Marblehead-Beamte plus dessen Vorgesetzter plus ein Geistlicher hatten die zerfetzten Überreste und den einzelnen Ballerinenschuh nach Dover überführt.

Material, Stil und Größe stimmten mit Theas Kleidung überein und «könnten der Toten gehört haben».

Ich schrieb mir das Datum des Berichts auf: 25. April 1971. Es war das erste Mal, daß von Thea als der «Toten» die Rede war. Da keine Blutspritzer auf der Kleidung waren, fragte ich mich, warum eigentlich. Kein Wort von einem Abschiedsbrief, und es war doch eine ziemlich gewagte Annahme, Theas Kleider am Strand mit Theas Leiche im Meer gleichzusetzen.

Über drei Stunden saß ich nun schon daran, und die beiden rechteckigen Tische waren angefüllt mit Papier. Ich hatte die Berichte, nach Orten getrennt, in chronologischer Folge ausgebreitet.

Ich suchte nach provozierenden Fragen: Hatte Thea Marihuana geraucht, Heroin gefixt? Getrunken? Wahllos mit Männern geschlafen? Geburtenkontrolle praktiziert? War sie schwanger gewesen? Entweder hatte niemand danach gefragt, oder niemand hatte die Antworten festgehalten.

Ich schloß die Augen, sah auf die Uhr. Weiter. Urplötzlich übernahm Sergeant Woodrow MacAvoy den mutmaßlichen Selbstmord in Marblehead und sammelte alle schriftlichen Ausführungen in Boston. Warum? fragte ich mich. MacAvoy war vom Morddezernat. Selbstmord ist nicht einmal strafbar in Massachusetts.

Mir sahen die Akten mit den ausgekratzten Stellen und unkenntlich gemachten Absätzen allmählich wie Dokumente aus, die nach einer Prüfung durch den staatlichen Datenschutz freigegeben werden. Ich hob ein vollkommen schwarz überstrichenes Blatt an die Nase und schnupperte. Kein frischer Tintengeruch.

Zehn Tage nach dem Kleidungsfund geriet einem unglücklichen Fischer aus Gloucester eine Leiche – das, was von einer weiblichen Leiche noch übrig war – ins Netz. *Am 3. Mai 1971.* Franklin Cameron hatte die sterblichen Reste schnell identifiziert und schon den Bestattungstermin festgelegt, als eine zweite Familie eine Gebißüberprüfung verlangte. Die Foley-Tochter Heather war so volltrunken, daß sie nicht mehr schwimmen konnte, von einem Kabinenkreuzer gefallen und ertrunken. Ballnacht.

Bis zum Urteil des zuständigen richterlichen Beamten vergingen zwei Tage: Tochter Nummer eins, Dorothy Cameron alias Thea Janis war die richtige. Dorothy, nicht Heather. Ich stieß langsam den Atem aus. Was mußten diese 48 Stunden für eine Ewigkeit für beide Familien gewesen sein! Die Foleys entschuldigten sich schriftlich bei den Camerons dafür, die prunkvollen Beisetzungsfeierlichkeiten verzögert zu haben. Ein Sprecher der Camerons erklärte, jeder hätte angesichts des Zustands der sterblichen Überreste und unter dem emotionalen Druck, der mit einem so schrecklichen Verlust verbunden sei, einen solchen Irrtum begehen können. Er ersuchte die Presse, doch bitte ihre müßigen Spekulationen einzuschränken.

Die wenigen müßigen Spekulationen, die es gab, waren offenbar nur im *Herald* erschienen, während der *Globe* nie daran gerührt hatte. Sie rankten sich um den Mammon, Theas Testament und darum, wer in größerem Umfang – und schneller – davon profitierte, wenn das Mädchen für tot erklärt wurde.

Ich schrieb in mein Notizbuch: Wie kommt eine Fünfzehnjährige zu einem Testament? Unterstrich es doppelt.

In einem Bericht aus Beverly, oder vielmehr Pride's Crossing, dem feudalen, *absolut feudalen* Ortsteil von Beverly, vom 14. Mai 1971 sah ich zum ersten Mal den Namen Albert

Ellis Albion. Der Mann, der jetzt im Zuchthaus Walpole einsaß. Theas überführter Mörder.

Ich notierte mir die Lebensdaten des Mörders, las seine gesammelten Geständnisse, betrachtete sein Kopfbild. Albert hatte mit 20 noch immer nicht die High-School abgeschlossen, obwohl er sich redlich abgemüht hatte. Mir kam es unbegreiflich vor, daß es dieser junge Mann gewesen sein sollte, den sich Thea freiwillig als Partner für die Nacht von Donnerstag auf Freitag ausgesucht hatte. War sie aus der Schule entführt worden? Hatte sie vorgehabt, die Nacht in Marblehead zu verbringen? Wahrscheinlich letzteres. Albion hatte ausgesagt, sie auf der Route 1A in Swampscott mit seinem Wagen aufgelesen zu haben. Er hatte angegeben, sie sei getrampt und hätte eine Sporttasche dabeigehabt. Er hätte nur aus Hilfsbereitschaft angehalten.

Seine Aussage wäre glaubwürdiger gewesen, hätte er nicht mehrmals «aus Hilfsbereitschaft angehalten», nämlich für zwei weitere Vermißte: Anne Katon, 16 Jahre alt, und Eileen Evans, 15. Anne hatte in der Nähe von Albert in Lynn gewohnt und in einem Schnellrestaurant gekellnert, in dem er jeden Morgen sein Frühstück einnahm. Er hatte Anne möglicherweise flüchtig gekannt, ihr eines Abends angeboten, sie nach Hause zu fahren. Im Fall Eileens war sechs Wochen vor Auffinden ihrer Leiche in einem verwilderten Gebüsch nahe der Rocky Ledge Road in Swampscott ihr Fahrrad entdeckt worden. Es war nicht nachzuweisen, ob er Eileen überhaupt gekannt hatte; sie hatte jedenfalls Anne Katon nicht gekannt. Und bei keinem der beiden Mädchen bestand eine Verbindung zu Dorothea Cameron. Wenn Albion nicht auch den Mord an Thea gestanden hätte, wäre wahrscheinlich auf Selbstmord erkannt worden.

Ich vertiefte mich in drei gerichtsmedizinische Berichte. Drei Autopsieberichte. Zeitpunkt des Todes: bei allen unbekannt. Klinischer Befund: Das meiste davon war mir zu hoch, aber ich machte mir trotzdem genaue Notizen. Gesamtbefund: Albion hatte anscheinend vorzugsweise zuerst mit einem stumpfen Gegenstand zugeschlagen und zum Schluß ein Messer benutzt. In der Nähe von Eileen Evans' unbekleideter Leiche war ein blutbespritzter Stein gefunden worden. An einem Hammer im Kofferraum seines Kombis wurde Blut der gleichen Gruppe wie bei Anne Katon nachgewiesen. Messer waren nicht gefunden worden, aber ein Ladeninhaber am Ort hatte geschworen, Albion mindestens zwei Instrumente verkauft zu haben, mit denen die tödlichen Wunden beigebracht worden sein konnten. Nur Theas Leiche war im Wasser entdeckt worden. Dadurch war es schwieriger gewesen, festzustellen, welche Verletzungen vor dem Aufenthalt im Meer und welche hinterher entstanden waren. Ihr Autopsiebericht war der einzige, in dem ganze Abschnitte übertuscht worden waren. Zusammenfassender klinischer Befund: auch wieder zu hoch für mich. Eine Liste der durchgeführten Obduktionstests war dem jeweiligen Bericht der Mädchen beigeheftet. Alle Mädchen waren sexuell mißbraucht worden. Albion war ein sogenannter «Ausscheider». Seine Blutgruppe stimmte mit den Blutausscheidungen im gefundenen Sperma überein. Bei Thea Janis war kein Sperma gefunden worden. Wasserleichen gaben im allgemeinen wenig Aufschlüsse.

Ich las sein Geständnis bezüglich Theas noch einmal und prägte es mir ein.

Ich sah auf die Uhr, stand auf und ließ meine schmerzenden Schultern locker hängen. Ordnete alles wieder sorgfältig in die Aktenordner ein und zog die Gummibänder so darum, daß die breiten wieder in die breiten Druckstellen rutschten und die schmalen wieder in die schmalen. Ziel:

Der Stapel sollte so aussehen, als sei er nie angerührt worden.

Wo in diesem Meer von Formularen und Akten, von getippten, gedruckten und hingekritzelten Worten war Thea? Ich fühlte mich ihr nicht mehr nahe. Es war nichts zu spüren hier von Thea, der Tochter, der Schwester, dem Kind, der Schülerin, dem Wunderkind. Ich habe mal gehört, «Gott steckt im Detail», aber vielleicht ist es auch der Teufel, der im Detail steckt – Thea jedenfalls nicht. Weder in den Daten und Namen der befragten Leute noch in den Angaben über die abgesuchten Orte, noch in der Sprache des Autopsieberichts: tote weibliche Person.

Ich war erschöpft, meine Kaffeetasse war längst leer, meine Blase voll. Ich klopfte an die Tür, um herausgelassen zu werden, einen Moment lang mit der Befürchtung, es sei vielleicht keiner mehr in dem Dienstraum.

Mooney öffnete die Tür.

«Bist du clean?» fragte er.

Ich schniefte verächtlich. «Sauberer jedenfalls als der Mensch, den ihr vor mir hier reingestopft habt.»

«Hast du den Fall gelöst?»

«Ich habe noch ein paar Fragen», gestand ich ein.

«Zum Beispiel?»

«Ist es zu spät, mir eine Adresse zu besorgen?»

«Ist es zu spät, Kaffee zu besorgen?»

«Gehört das zusammen?»

«Unter Umständen», sagte Mooney lächelnd und wirkte auf einmal weicher.

«Moon, ich trinke auf jeden Fall Kaffee mit dir, Hausnummer hin, Hausnummer her.»

Ich raste zur Toilette. Er brauchte fünf Minuten, um die Adresse des alten Woodrow MacAvoy in Marshfield auszugraben.

Ich wartete lieber, bis Moon ein paar Doughnuts verschlungen hatte, ehe ich ihn darum bat, mir ein Treffen mit Albert Ellis Albion zu ermöglichen, dem Mann, der Thea ermordet hatte.

ZWEITER TEIL

«Ich bin halb krank von Schatten!»
spricht
die Dame von Shalott.

Alfred Lord Tennyson

Die Münzen in seiner Hand fühlten sich schwer und feucht an. Vierteldollars vor allem, ein paar Zehn- und Fünfcentstücke. Insgesamt acht Dollar, und dafür mußte er 22 Minuten in der Bank Schlange stehen. Kein einziger Verkäufer in einem der stinkvornehmen Geschäfte am Harvard Square hatte ihm wechseln wollen, nicht einmal dann, wenn er ein Päckchen Zigaretten kaufte oder Kaugummi.

Er stank wahrscheinlich. Er wußte nicht mehr, wann er das letzte Mal geduscht hatte. Die rauhen Papiertücher und die Flüssigseife aus den Spendern öffentlicher Toiletten schienen doch nicht auszureichen.

Sie nahm nach dem zweiten Klingeln den Hörer ab, die Stimme ausdruckslos und vertraut. Ihre graue Stimme, wie er es nannte, eine Stimme ohne Begeisterung, ohne die geringste Erwartung, daß der Anruf ihr gute Nachrichten bringen könnte.

Aus Trotz gab er sich nicht zu erkennen. Wenn sie ihn nicht an der Stimme erkannte, hatten sie einander nichts zu sagen. «Warum hast du mir nichts davon erzählt?» fragte er.

«Wo bist du?» sagte sie sofort, obwohl es in Seattle zwei Uhr früh sein mußte. «Ich komme und hole dich. Bist du okay?» Immerhin wußte sie, wer er war.

«Wir sind also arme Leute, ja?» sagte er, und Hohn und Sarkasmus sickerten durch die Fernleitung. «Nicht einmal das bißchen Geld fürs Junior College. Streng dich an, Junge, nur so kommst du voran.»

«Wo bist du?» fragte sie wieder.

«In Massachusetts. ‹If you go to Massachusetts, be sure to wear a flower in your hair.› Hast du das getan? Eine Blume im Haar getragen?»

«‹San Francisco›», sagte sie. «Es heißt: ‹If you go to San Francisco.›» Daß sie ihn verbesserte, brachte ihn in helle Wut. Er hätte beinahe gleich aufgelegt. Aber was er ihr sagen wollte, war zu schön, als daß er es für sich behalten konnte. Und die kleine Blonde verstand offenbar nicht viel davon.

Er sagte: «Er kommt in deinem Buch vor, nicht? Der Typ, der für das Gouverneursamt kandidiert? Du warst mit der toten Schwester befreundet, stimmt's? Hat er all ihre Freundinnen gefickt und dann fallenlassen? Oder warst du vielleicht nur eine Hausangestellte dort, ja?»

«Aber nein, Schatz!» Sie fiel ihm ins Wort, unterbrach seinen Gedankengang.

Verdammt, dachte er, kann sie sich nicht einmal an meinen Namen erinnern? «Süßer, Liebchen, Schatz», bisweilen wußte sie seinen gottverdammten Namen nicht mehr, das hätte er schwören können. Warum hatte sie ihm eigentlich diesen albernen Namen gegeben?

«Schätzchen, du mußt mal gut zuhören. Ich habe diese Dinge alle erfunden. Sie sind nie wirklich passiert. Hast du verstanden?»

«Na klar. Deshalb wollen sie mir auch das dicke Geld bezahlen. Sie haben hier in der Gegend entschieden etwas für Romane übrig.»

«Komm nach Hause», sagte sie. Ihre Bitte hatte einen flehenden Unterton, der ihn ungeheuer befriedigte. Sie hätte ihm auch sagen können, er nehme zum ersten Mal in seinem Leben seine Chance wahr, halte alle Trümpfe in der Hand. «Komm jetzt gleich nach Hause. Hast du Geld für den Flug?

Ich kann es dir telegraphisch überweisen. Sag mir nur, wohin.»

«Geld», sagte er. «Das ist nun wirklich ein interessantes Thema. Du wirst mit Freuden hören, daß ich meinen Teil bekomme. Sie werden mir tonnenweise Geld geben, das kannst du mir glauben. Sie schulden mir eine Menge.»

«Schatz!» Ihre Stimme war dünn und zart wie eine Feder, ein entsetztes Flüstern, wie er es noch nie gehört hatte. «Halt dich fern von ihnen, halt dich von allen fern. Hörst du?»

«Ich sichere mir ein Stück von dem Kuchen», sagte er. «Ein größeres Stück, als du abbekommen hast.»

«Geh zu Dr. Manley, Dr. Andrew Manley. Hier, das ist seine Adresse und Telefonnummer – 12 Standing Brook, Weston ... 555-8432. Ich habe ihn schon angerufen, sobald du ausgerissen warst. Warte mal, bitte leg nicht auf. Ich treffe dich dort, sobald ich kann. Ich werde ihn noch mal anrufen. Du darfst sonst niemandem trauen, nur Dr. Manley. Warte dort auf mich –»

Klar. Sie dachte immer, sie wüßte alles am besten.

Er hängte ein, ohne noch ein Wort zu sagen; er hatte seine Sohnespflicht erfüllt. Unmittelbar danach klingelte der Fernsprechapparat, schrillte ihm ins Ohr. «Nach dem Signalton bitte einen Dollar und fünfundsiebzig Cent einwerfen», krächzte die Computerstimme.

Er erwog, einfach zu gehen und das Telefon bis in alle Ewigkeit klingeln zu lassen, überlegte es sich jedoch anders und schob gewissenhaft Münzen in den Schlitz. Es war besser, keine Aufmerksamkeit zu erregen, zumindest jetzt noch nicht. Die paar Kröten brauchten ihn nicht zu kratzen.

Die kleine Blonde war begeistert. Sie machte «Juchhu!» und sagte «Weiter so!» oder etwas ähnlich Dämliches. Er hörte gar nicht richtig hin. Nach seinem Besuch in dem großen Haus in Dover hatte er sie vollkommen ausgeblendet.

19

Drei Nachrichten auf dem Anrufbeantworter. Meine Beliebtheit war offensichtlich im Wachsen begriffen. Die eine bestand in schwerem Atmen und Auflegen, was mich veranlaßte, meine Ansicht bezüglich meiner wachsenden Beliebtheit zu revidieren. Eine war von Gloria, die mir mitteilte, daß die Zermürbungskampagne gegen Thurman W. Vandenburg begonnen hatte. Und die dritte stammte von Paolina, was mich wunderte, da es in ihrem ländlichen Sommerlager, so bezaubernd es in vieler Hinsicht ist, keine Fernsprecher für die Ferienkinder gibt. Sie mußte extra in die Stadt gegangen sein, ihre Münzen in den Geldschlitz gesteckt und hier angerufen haben, nur um meinen Anrufbeantworter zu hören. Sie klang gut, sagte, sie würde es noch einmal versuchen, nannte aber keinen Grund, warum sie mit mir sprechen wollte. Heimweh? fragte ich mich.

Schlaflosigkeit. Wahrscheinlich wegen der drei Tassen Kaffee, die ich bei Dunkin' Donuts hinuntergegossen hatte, um den Gestank der Polizeiwache aus meiner Nase zu vertreiben. Vielleicht auch wegen der Mondphase. Ich leide darunter; ich lebe damit. Dadurch habe ich mehr Zeit zum Gitarrespielen. Oder für Nachforschungen.

Ohne große Erwartungen wählte ich die 24 Jahre alte Telefonnummer von Edgar Barrett Jr., dem unglücklichen schwarzen Gartenarbeiter, der den Cops von Cambridge in den ersten Tagen nach Thea Janis' Verschwinden soviel Zeit geraubt hatte.

Kein Anschluß unter dieser Nummer. Keine weiterführenden Hinweise. Vielen Dank.

Ich schaltete meinen Computer ein, der automatisch meinen Online-Service anwählte. Symbole füllten den Bildschirm, und ich klickte Netscape an. Das Netscape-Fenster erschien. Ich klickte einmal auf «location» und tippte oben auf dem Bildschirm schnell http:/www.switchboard.com/ ein. «Switchboard», eine Art Telefonzentrale, war seit ein paar Monaten online. Ihre Welcome-Page erschien, und ich drückte «Enter». Sobald ich eine Eingabeaufforderung erhielt, tippte ich als Nachnamen «Barrett Jr.» ein und als Vornamen «Edgar». «Boston, MA». Klickte auf «Suchen».

Nichts.

Ich beschloß, die Suche mit leichten Veränderungen fortzusetzen. Ließ das «Jr.» weg und schrieb lediglich Edgar Barrett.

Immer noch nichts.

Weitere Veränderungen

E. Barrett, Boston. Davon gab's reichlich. Acht wurden aufgelistet, mehr bot der Service nicht auf einmal an, wahrscheinlich, um den Kunden nicht zu überfordern. Ich nahm Papier und Stift und schrieb mir diese acht auf – manchmal hänge ich an den alten Technologien –, dann klickte ich «nächste Seite» an, um die übrigen auf den Bildschirm zu holen. Nur noch drei weitere. Von den elf Möglichkeiten waren fünf voll ausgeschriebene Namen und sechs einfach nur E. Barretts, vermutlich also Frauen, die sich mit der Abkürzung des Vornamens tarnten. Ich konnte froh sein, wenn ich irgendeinen Verwandten erwischte, der mir etwas über Edgar erzählen konnte, und so ersann ich schnell eine Geschichte von einem alten Bankkonto, dessen Inhaber ich angeblich aufzuspüren versuchte. Dieses Märchen hatte sein Gutes: Ich konnte bleiben, was ich war – Privatdetektivin –, und war obendrein glaubwürdig, denn Angehörige anderer Berufe tätigen um 22 Uhr keine geschäftlichen Anrufe mehr. Ich schon, da dann mehr Leute zu Hause sind. Die Beantwortungsrate ist höher, aber auch die Gemütswogen schlagen höher, wenn man Leute aus dem Schlaf aufweckt.

Geld ist für die meisten Leute ein interessantes Thema. Die Möglichkeit, an lange verloren geglaubtes Geld zu gelangen, ist eine starke Verlockung. Auch wenn der gute alte Edgar angeblich keinen Penny besessen hatte, konnte man doch durchsickern lassen, daß er im Lotto gewonnen und Stillschweigen darüber bewahrt hatte.

Keiner der E. Barretts war ergiebig, weder der Schlimmste, der gleich losbrüllte und mich wüst beschimpfte, noch der Beste, der meinte, wir sollten einmal gemeinsam essen gehen, weil er meine Telefonvibes mochte.

Ich beschloß, es doch lieber mit der Adresse zu versuchen, in der Hauptsache deshalb, weil Boston noch immer eine Stadt mit Rassentrennung ist und die Chancen, einen Barrett zu finden, der Edgar Barrett Jr. kannte, in seiner Heimatgemeinde Roxbury erheblich besser waren als im überwiegend weißen South Boston.

«Switchboard» gestattete mir, nach Barrett, *, Roxbury zu suchen. Ich arbeitete mich durch das Alphabet, gestärkt durch ein großes Glas Orangensaft.

Mavis Barrett war verschlossen, verdrossen und eigenwillig. Sie fand, daß Leute nach zehn Uhr abends nicht mehr anrufen und andere erschrecken sollten. Andererseits legte sie nicht gleich wieder auf. Entweder war sie einsam und darauf erpicht, sich zu unterhalten, oder sie wußte etwas von Edgar. Sie wollte wissen, um wieviel Geld es denn ginge.

«Um eine beträchtliche Summe», sagte ich. «Sonst würde ich keine Zeit daran verschwenden, Mr. Barrett Jr. zu suchen.»

«Edgar Barrett Jr.?» fragte sie.

«Ja», sagte ich. «Ein Farbiger, kann sich ‹Ed› oder ‹Edgar› genannt und das ‹Jr.› fallenlassen haben.»

«Und angenommen, er wäre tot?» sagte sie anklagend. «Bekommt die Regierung dann sein Geld?»

«Dann würde sein Geld an den gesetzlichen Erben gehen. Falls ich die betreffende Person vor Ablauf der Frist auftreibe.» Diese kleine Schwindelei ließ ich einfließen, um die Frau ein wenig zu kitzeln. Ich wollte nicht, daß über unserem Gespräch die ganze Nacht hinging.

«Er hatte einen Jungen», sagte sie. «Ich bin Edgars Schwester. Kriege ich auch etwas? Einen Finderlohn?»

«Es kommt ganz darauf an, ob Ihre Information stimmt», sagte ich.

Ich hatte das untrügliche Gefühl, sie hätte aufgelegt, wenn ich ihr etwas Abschlägiges gesagt hätte, und beim Finanzministerium des Staates angerufen. In Massachusetts wird jedes Jahr eine Liste herrenloser Bankkonten veröffentlicht. Clever, wie sie war, dachte sie, Edgars Sohn vielleicht dazu bringen zu können, ihr ein paar Dollar zu leihen, wenn sie mich aus dem Felde schlug.

«Wie heißt Edgars Sohn denn?» fragte ich, als sei das eine Routinefrage auf einem Formular. «Wissen Sie, wie alt er ist? Kennen Sie seine Adresse? Die Telefonnummer?» Ich bemühte mich, gelangweilt zu klingen, als hätte ich wenig Interesse an ihren Informationen und glaubte, wieder auf einer falschen Spur zu sein.

«Fräulein», sagte sie, «mein Bruder Edgar hat seinen Jungen Edgar genannt, und Jung Edgar lebt mit einer Frau namens Esther Briony zusammen.» Sie buchstabierte Esthers Familiennamen. «Sie wohnen ein Stück meine Straße hinunter, Amory Terrace, gehen aber früh zu Bett, wegen der Kinder. Also nicht mehr heute abend anrufen.»

«Nein, mach ich nicht», versprach ich ihr. «Sie wissen nicht zufällig, wo Ihr Neffe arbeitet?»

«Warum sollte ich das nicht wissen? Er arbeitet beim Gartenamt. Zieht Blumen in einem städtischen Gewächshaus, so lang wie sechs oder acht schicke Autos.»

«Ich danke Ihnen vielmals, Miss Barrett.»

Ich legte auf. Ob sie gleich mit ihrem Neffen telefonieren und die Regel, dort nicht mehr spät anzurufen, brechen würde? Spielte es eine Rolle, wenn sie es tat? Ich holte mir den Eintrag von E. Briony, Amory Terrace, Roxbury, auf den Schirm. Unter «Stadtverwaltung Boston» fand ich die Adresse des städtischen Gewächshauses. In der Nähe des Lemuel Shattuck Hospitals am Franklin Park.

Es klingelte an der Haustür. Ich wartete, ob es insgesamt dreimal läuten würde für Roz, von der ich nicht wußte, ob sie zu Hause war oder nicht, allein oder nicht. Die Glocke erklang nur einmal.

Nach elf Uhr renne ich nicht zur Tür und reiße sie auf. Ich tippe auch nicht gleich darauf, daß Roz ihren Schlüssel vergessen hat, was gelegentlich vorkommt, oder daß Keith Donovan die Nacht bei mir verbringen will, was gelegentlich vorkommt. Und ebensowenig schließe ich normalerweise die unterste linke Schublade meines Schreibtischs auf und schnappe mir meine S&W 40. Vielleicht hatte Mooneys dauerndes Gerede von der bedrohlichen Gianelli-Sippschaft endlich gewirkt.

Ich paßte auf, daß die Waffe gesichert war, bevor ich sie hinten in den Bund meiner Jeans schob, ließ alle Lampen an wie vorher und ging zur Tür, um durch den Türspion zu spähen.

Das Licht an meiner Eingangsveranda lasse ich die ganze Nacht über brennen. Habe ich immer so gemacht. So können Einbrecher besser sehen, mit welcher Art von Schlössern sie es zu tun haben. Und das Licht erst anzuknipsen, wenn man durch den Türspion blicken will, ist ein todsicherer Hinweis darauf, daß jemand zu Hause ist. Es gibt Abende, an denen will ich nicht von Greenpeace oder sonstwem gestört werden, wie edel auch das Ansinnen sein mag.

Garnet Cameron stand auf meiner Veranda und trat von einem Fuß auf den anderen. Ich suchte die nähere Umgebung ab. Eine dicke Karosse vorm Haus.

Er war noch immer in Anzug und Schlips. Ich hatte bereits wieder Jeans und ein T-Shirt an. Er lag in Sachen Eleganz vorn, ich in Sachen Bequemlichkeit.

Wollte er mir die Papierschnipsel des zerrissenen Vertrags bringen?

Ich öffnete die Tür. Wegen der verschiedenen Schlösser und Sicherheitsverriegelungen dauert das einige Zeit. Ohne Schlüssel kommt man weder in mein Haus herein noch hinaus.

«Ich hoffe, es ist nicht zu spät für einen Besuch», sagte er, sobald uns nur noch das Fliegengitter trennte.

«Ich war noch auf», sagte ich. «Kommen Sie herein.»

«Schön hier», sagte er und sah sich in meinem Eingangsflur um. «Eine nette Gegend.»

«Sie brauchen keine Wahlwerbung zu betreiben, Mr. Cameron.»

«Garnet. Ich glaube, Sie haben genug von meinem Privatleben mitbekommen, um mich beim Vornamen zu nennen.»

«Möchten Sie einen Kaffee, Garnet?»

«Nur, wenn er schon fertig ist, Carlotta.»

Er sprach meinen Namen stockend aus, als probierte er ihn zum ersten Mal und ließe ihn sich auf der Zunge zergehen.

«Ist er nicht. Sonst habe ich noch Kraneberger aus der Wand und Orangensaft im Karton anzubieten.»

«Saft», sagte er und schaute zum Garderobenständer. «Darf ich mein Jackett ausziehen? Es ist so warm.»

«Nur zu.»

Als ich mit zwei Gläsern Orangensaft zurückkehrte, hatte er sich auf das Sofa plumpsen lassen, statt auf dem Stuhl mit der geraden Rückenlehne zu sitzen, der vor meinem Schreibtisch steht, dem «Klientenstuhl». Er sah erschöpft aus.

Ich setzte mich in den alten Schaukelstuhl meiner Tante Bea.

«Den Schreibblock haben Sie wohl noch nicht von Ihrer Freundin zurück», sagte er.

«Er müßte in ein paar Tagen ankommen», erwiderte ich.

«In ein paar Tagen», wiederholte er, als hätte ich «in ein paar Jahren» gesagt. «Meine Mutter will diese Nachforschungen nicht fortsetzen. Sie hat das Gefühl, dadurch nur Dinge aufzurühren, die besser ruhen. Wenn die Presse ihre Klauen hineinschlagen würde, könnte sie locker drei Monate davon zehren. Jedes sachliche Wahlthema wäre vom Tisch, statt dessen würde öffentlich über meine Familie diskutiert und speziell über Vergangenes, das wir lieber vergessen wollen.»

«Sie glauben also nicht an die reale Chance, daß Ihre Schwester tatsächlich das fragliche Kapitel geschrieben hat?»

«Thea? Wenn ich es glaubte, würde ich den Wahlkampf aufgeben und mich an der Suche nach ihr beteiligen. Ich bin, weiß Gott, sowieso schon in Versuchung, ihn abzubrechen.»

«Warum?» fragte ich. «Ich dachte, Sie wären *der* Kandidat, der todsichere Gewinner.»

«Tut mir leid, ich sollte Sie nicht damit belasten. Manchmal ist es einfach schwer, sonst nichts. Ich spüre den Druck; es ist hart, die Hoffnungen und Träume einer ganzen Familie auf sich vereint zu wissen. Ich hätte nie gedacht, daß es einmal so weit kommen würde.»

«Wie weit?»

«Ich bin kein Einzelkind. Theas Erfolg hat die Bürde, Flaggschiff der Camerons zu sein, erheblich leichter gemacht.»

«Sie haben doch noch eine Schwester.»

«Ich habe noch eine Schwester, die lebt. Falls Sie aber die schöne Einbildung hegen sollten, sie sei diejenige, von der die Fälschung stammt, vergessen Sie's lieber. Beryl kann nicht schreiben. Gar nichts. Nicht mehr.»

Die Nacht erschien mir unglaublich still. Ich hoffte inständig, daß jetzt nicht das Telefon klingeln oder die Türglocke läuten würde.

«Was ist denn mit Beryl geschehen?» fragte ich leise.

«Das weiß keiner genau», antwortete er. «Die Bezeichnung lautet ‹Schizophrenie›, aber das ist nur ein Wort. Es handelt sich um eine neurobiologische Störung unbekannter Herkunft. Keine Ursache, keine Heilung. Meist tritt sie in den letzten Teenagerjahren, Anfang der Zwanziger, auf. Beryl hörte plötzlich Stimmen und gab merkwürdige Laute von sich, das war noch vor meiner Collegezeit und vor Theas Tod. Wir haben sie immer gehänselt ...»

«War Andrew Manley ihr Arzt?»

Widerwille malte sich flüchtig auf seinem Gesicht ab. «Zu Anfang nicht, und zum Schluß auch nicht. Meine Mutter sah in Beryls Erkrankung einen Angriff auf unsere Familie, einen Angriff auf sie als Mutter, eine sichtbare Form von Stigmatisierung. Und in gewisser Weise hatte sie wohl Angst, wir alle könnten es bekommen, könnten wahnhafte, furchtsame Menschen werden, die mit sich selbst reden und unzusammenhängende Worte herausschreien.»

«Es ist nicht ansteckend», sagte ich.

«Trotzdem, in manchen Familien besteht eine Tendenz dazu», sagte er. «Ich glaube, besonders Thea hatte Angst, sie könnte sich eines Tages in Beryl verwandeln. Sie standen sich sehr nahe und teilten sich ein Zimmer, obwohl wir jede Menge Platz hatten.»

Ruhig und gesammelt saß er da auf meinem Sofa, ein ganz anderer Mensch als der dynamische Energiebrocken, den ich einige Stunden zuvor kennengelernt hatte.

«Ich glaube, meine Mutter hat Angst, daß die Wahrheit über Beryl mir meine Chancen bei dieser Wahl verderben würde. Die Leute haben ja keine Ahnung, was psychische Erkrankungen betrifft. Es entsetzt sie zutiefst. Wer anders ist, wird nicht leicht toleriert, weder hier noch sonstwo.» Er lachte bitter.

«Was ist daran lustig?»

«Absolut nichts. Meine Schwester Beryl ist in psychiatrischer Behandlung und wird es, nach dem Erfolg der Medikamente zu urteilen, die bisher bei ihr ausprobiert wurden, auch immer bleiben. Meine Schwester Thea, die ein Sprachrohr ihrer Generation gewesen wäre, ist tot. Jetzt muß ich allein die Fackel weitertragen. Und das Seltsame ist, daß ich mich meistens dieser Aufgabe auch gewachsen fühle; ich habe das Gefühl, daß ich etwas ändern kann, daß dieser Bundesstaat reif für einen politischen Wandel ist –! Bitte verzeihen Sie», sagte er und hielt abrupt inne. «Ich vergesse immer, daß ich nicht zu einem größeren Publikum spreche. Ende der Rede.»

«Klang aber gut», sagte ich. «Feiner Einstieg.»

«Danke», sagte er abwehrend. Er starrte den Kamin an, den Teppich, den Kaminsims. «Ein angenehmes Zimmer. Ich könnte direkt einschlafen hier.»

«Das liegt daran, daß Sie erschöpft sind», sagte ich rasch, um den Gedanken im Keim zu ersticken. Ich konnte es nicht gebrauchen, daß ein Cameron auf meinem Sofa schlief. «Was ist Ihrer Meinung nach eigentlich mit Thea passiert?»

Das weckte ihn auf. «Wie meinen Sie das? Jeder weiß doch, was mit ihr passiert ist. Ich weiß alles noch ganz genau. Ich war kein Kind mehr. Ich war achtzehn.»

«Wohin wollte sie an jenem Donnerstag abend? Es ergibt alles keinen Sinn. Ist sie fortgelaufen? Hatte sie einen Liebhaber?»

«Thea», sagte er, und in seinen Augenwinkeln bildeten sich Fältchen. «Thea war womöglich wieder auf großer ‹Abenteuersuche›.»

«Ich kann nicht ganz folgen.»

«Entschuldigung, natürlich nicht. Meine Schwester betrachtete ihr Leben als ein einziges Abenteuer. Wäre es Sommer gewesen, hätte ich daran teilgehabt, und das hätte alles heißen können, absolut alles: ein Haus in der Nachbarschaft ausrauben, die Beute vor der Haustür hinterlassen, die Türklingel läuten und wegrennen, oder auch den größten Fisch der Schöpfung angeln und wieder freilassen.»

«Aber es war nicht Sommer», sagte ich.

«Nein.» Er preßte die Lippen zusammen. «Ich glaube, sie wollte die Nacht in Marblehead in unserem Sommerhaus am Strand verbringen. Sie hätte es allen leichtmachen können. Sie hätte es Dad erzählen können. Sie hätte sich von jemandem hinfahren lassen können. Sie hätte den Bus oder ein Taxi nehmen können. Aber nein, es mußte unbedingt etwas Geheimes, Mysteriöses sein.»

«Sie ist getrampt.»

«Ja, so war Thea – leben und dabei lernen, unterwegs sein. Vielleicht fand sie ja jemanden, der ihr Stoff für eine gute Geschichte lieferte, ein großartiges Gedicht, eine Figur für ein Theaterstück. Statt dessen ...»

Er setzte sein leeres Glas auf einem Beistelltisch ab und schüttelte traurig den Kopf.

«Ich vermisse sie immer noch», sagte er. «Ich habe sie bewundert, sie angebetet. Besonders dann, als Beryl uns immer fremder wurde. Wie gesagt, ich bin kein Einzelkind gewesen.» Er schluckte hörbar. «Ich dachte, ich hätte sie für alle Zeiten, diese zwei Schwestern, denen ich jeden geheimen Gedanken anvertrauen konnte – ach, tut mir leid. Ich schweife ab. Dabei wollte ich Ihnen bloß sagen, daß die Nachforschungen ein Ende haben. Meine Mutter hat den Scheck bereits storniert –»

Er stand auf, aber sein Abgang wurde durch das hartnäkkige Klingeln der Türglocke verdorben. Es war Henry, der Chauffeur, mit rollenden Augen, und er hielt ein Handy auf Armesweite von sich ab, als sei es eine giftige Schlange.

20

Der Chauffeur reichte Garnet das Handy, als könnte er es nicht schnell genug loswerden.

«Dringend», brachte er kaum hörbar hervor, um dann hastig zurückzutreten und wie eine Wache auf der Schwelle stehenzubleiben.

«Was ist?» bellte Garnet in die Sprechmuschel.

Während er zuhörte, wich alle Farbe aus seinem Gesicht und verwandelte die Bräune in ein gräuliches Weiß. Er tastete ins Leere, berührte eine Wand und streifte sie flüchtig mit den Fingern. Unbeholfen tappte er zwei Schritte vorwärts und lehnte sich dagegen. Ich dachte wirklich, er würde in Ohnmacht fallen.

Er sagte: «Warten Sie. Ich geh ins Auto.»

Ich sagte: «Wer immer es ist, sagen Sie ihm, daß Sie zurückrufen.»

«Still», bedeutete er mir lautlos.

«Hat das Handy einen Verschlüsseler? Wollen Sie, daß die ganze Nachbarschaft mithört?» Verdammt, ein Politiker müßte es doch besser wissen, sollte man meinen.

«Halt», sagte er bestimmt ins Telefon, «dieser Apparat ist nicht sicher. Rufen Sie mich unter –» Er funkelte mich an, und ich sagte ihm meine Nummer. Er sprach sie nach. «Nein, das ist kein Trick. Sofort.»

Er blickte aufgeregt im Zimmer umher. Ich wies auf mein Schreibtischtelefon.

«Ich will allein sein», forderte er.

«Dann in der Küche, oder im ersten Stock, erste Tür links.»

Er wählte das obere Stockwerk. Mein Schlafzimmer mit wie gewöhnlich ungemachtem Bett. Nahm zwei Stufen auf einmal. Das Telefon schrillte schon, als er noch oben auf dem Treppenabsatz war.

Ich sog alles in vollen Zügen ein: Garnets Blässe, die Katastrophenstimmung. Der Chauffeur war draußen und starrte die Limousine an, als hätte jemand vor, sie zu stehlen, was gar nicht so abwegig war. Ich ging langsam und beiläufig zu meinem Schreibtisch, wartete die Pause nach dem Klingeln ab und hob – ganz sachte – den Hörer ab.

Wenn Garnet sich nicht so auf den Inhalt des Anrufs konzentriert hätte, hätte er das leichte Knacken wahrscheinlich gehört.

«Bitte lassen Sie sie noch einmal ran», sagte er gerade. «Mein Gott, tun Sie ihr bloß nichts. Ich will Sie nicht reinlegen!»

Die andere Stimme klang mechanisch, metallisch, *jemand mit einem digitalen Stimmumwandler also.* «Finger für Finger», sagte sie drohend. «So wird sie zu Ihnen zurückkommen, Mr. Cameron. Sie haben die Wahl. Entweder zwei Millionen, oder Sie werden nichts mehr von ihr wiedersehen als zehn abgetrennte Finger. Vielleicht lassen wir die Nägel dran, vielleicht auch nicht. Sie werden nicht einmal ihre Leiche wiederfinden. Verstanden?»

«Warten Sie!» sagte Garnet flehend. «Lassen Sie mich noch einmal mit ihr sprechen!» Klick, wurde die Leitung unterbrochen, und auch ich drückte den Hörer wieder auf die Gabel.

Ich hörte Schritte auf der Treppe. Ich hatte keine Zeit mehr, meinen Entschluß zu überdenken.

«Über meine Moralvorstellungen können wir später reden», sagte ich. «Ich habe mitgehört. Was wollen Sie jetzt machen?»

«Sie haben was?» Er klammerte sich beim Herunterkommen am Geländer fest, als brauche er diese Stütze.

«Ich habe das Telefongespräch mitgehört.»

Er setzte sich auf die zweite Stufe von unten und sank in sich zusammen, als wäre plötzlich die Luft aus seinem Körper entwichen. «Sie haben sie», flüsterte er. «O mein Gott!»

«Wen? Wen haben sie?»

Er blickte mich verständnislos an, unschlüssig.

«Wen?» fragte ich wieder und kniete mich dabei hin, so daß unsere Augen auf einer Höhe waren.

Die Worte sprudelten nur so aus ihm heraus. «Marissa. Ich habe mit ihr gesprochen. Sie klang verängstigt.»

«Moment mal. Sie ist doch heute irgendwann mit einem Haufen Gepäck abgezogen», sagte ich.

«Die gerichtlich erforderliche Trennung», gab er zu. «Wir wußten nicht, wie lange wir es vor der Presse geheimhalten konnten.»

«Wo wollte sie denn hin?»

«Zu ihrer Mutter nach Rhode Island. Sie muß dort sein. Das muß ein Bluff sein. Jemand hat gesehen, wie sie gegangen –»

«Rufen Sie in Rhode Island an. Stellen Sie fest, ob sie dort angekommen ist.»

«Nein! Ihre Mutter wird in Panik geraten!»

«Lassen Sie mich anrufen. Ich werde so tun, als sei ich eine Journalistin.»

«Dann legt sie gleich auf.»

«Ich gebe mich als Freundin aus! Himmel noch mal, wie lautet die Nummer?»

Er sagte die Zahlen schnell hintereinander, aber ich brauchte sie mir nicht aufzuschreiben.

«Rosemary», murmelte er. «Sagen Sie dem, der sich meldet, Sie seien Rosemary und müßten mit Missy sprechen.»

Eine Frau mit näselndem Texasakzent meldete sich. Ich wußte nicht, ob es die Mutter, die Sekretärin oder das Hausmädchen war. Sie sagte fröhlich, Missy sei nicht da. Würde auch nicht erwartet. Ob ich ihre Telefonnummer in Dover haben wollte? Ich legte auf und ruinierte damit Rosemarys Ruf als höflicher Mensch.

«Hat sie ihrer Mutter nicht gesagt, daß sie kommen wollte?»

«Nein. Wir waren uns nicht sicher. Ich hatte die Hoffnung, daß sie bis nach der Wahl ausharren würde. Mein Leben ist nicht immer so verrückt und so öffentlich. Marissas ‹Besuch›, wenn es denn dazu kam, sollte eine Überraschung sein.»

Eine nette Überraschung.

Er stand auf und tappte im Eingangsflur herum, versuchte sich zu erinnern, wo er sein Jackett hingehängt hatte.

«Setzen Sie sich», befahl ich. «Oder gehen Sie in die Küche und machen Sie sich einen Toast. Wir müssen das FBI anrufen.»

Er machte eine Kehrtwendung zu mir herüber und klatschte mir mit mehr Kraft, als ich erwartet hatte, die Hände auf die Schultern. «Nein! Er hat gesagt, sie würden sie umbringen!»

Ich stieß ihn weg.

«Natürlich», sagte ich. «So machen es Entführer immer. Sie versetzen die Leute in Angst und Schrecken und erpressen sie dann. Wenn die Drohung nicht wirkt, kommen sie um ihr Geld. Aber im Grunde wollen sie nur Geld sehen, kein Blut. Das ist Ihr Trumpf, und das FBI weiß, wie man den einsetzt. Sie schicken keine Leute los, die mit heulenden Sirenen in Streifenwagen angesaust kommen. Kidnapping ist etwas, womit das FBI sich ausnahmsweise einmal wirklich auskennt.»

Garnet schüttelte den Kopf. «Es könnte ein Bluff sein.»

«Das haben Sie schon gesagt, bevor Sie hörten, daß sie nicht bei ihrer Mutter ist.»

«Sie könnte woanders sein. Vielleicht wollte sie die Nacht bei einer Freundin verbringen. Man weiß nie, was sie vorhat.»

«Na klar», sagte ich. «Bald werden Sie noch davon überzeugt sein, daß es gar nicht ihre Stimme war, die Sie am Telefon gehört haben.»

«Es könnte eine Bandaufnahme gewesen sein –»

«Wollen Sie sie tot zurück? Wäre eine Leiche besser für Ihre Wahlkampagne als eine Frau, die die Scheidung wünscht?»

Er hätte mich geschlagen, wenn ich nicht auf Abstand gegangen wäre. Aber er hörte endlich zu.

«Moment mal», sagte er, «ich muß erst darüber nachdenken.»

«Sie müssen das FBI anrufen. *Jetzt sofort*. Sonst tu ich es.»

Er kam bedrohlich nahe. «Wenn Sie einer Menschenseele davon erzählen, sorge ich dafür, daß Sie in dieser Woche noch Ihre Lizenz loswerden. In dieser Woche, verstanden?»

«Ich bin gesetzlich dazu –», hob ich an.

«Kommen Sie mir nicht mit dem Quatsch. Sie sind nichts dergleichen.»

Ich hätte wissen müssen, daß so etwas bei einem Juristen nicht zieht, aber er war schließlich zutiefst aufgewühlt. Ich dachte, er würde darauf hereinfallen.

«Wie lange wollen Sie denn auf den ersten Finger warten?» fragte ich boshaft. Falls ich ihn dazu provozieren konnte, auszuholen, war ich entschlossen, den Schlag einzustecken. Grund genug, die Cops zu rufen.

«Seien Sie still!» sagte er. «Seien Sie bloß still! Es ist ein Bluff, und damit basta.»

Er stürmte aus dem Haus und riß dabei sein Jackett von der Garderobe. Henry, der Chauffeur, folgte ihm wie ein Schatten die Stufen hinunter und über den Rasen. Die Wagentüren schlugen laut zu. Jemand ließ den Motor aufheulen. Die Reifen rauchten, als der große Cadillac die Bordsteinkante streifte.

21

Es macht mir Spaß, meinen Lebensunterhalt als Privatdetektivin zu verdienen. Das einzige, was mir ebensolche Freude macht, ist meine gültige Taxifahrerlizenz. Schließlich wird es nicht gerade Karolyn Kirby in den Fingern jucken, mich anzurufen und anzuflehen, doch bitte in das olympische Volleyballteam einzutreten.

Praktische Erwägungen – Essen und Steuern – hielten meine Hand vom Telefon fern.

Ein neuer Gedanke schoß mir durch den Kopf, und ich ließ mich wieder in meinen Schreibtischsessel fallen: *Was hätte Garnet Cameron getan, wenn ich nicht an die Tür gekommen, wenn ich nicht zu Hause gewesen wäre?*

Richard Nixon hat es für alle Politiker schwergemacht. Garnet hatte noch nicht einmal gebrummelt: «Ich bin kein Gauner», und schon war er mir verdächtig.

Ich schloß meinen Schreibtisch auf, holte beide Kopien und das Original des ersten Kapitels und Gedichts von Thea oder auch nicht von Thea hervor und sortierte sie auseinander. Eine Kopie behielt ich im Schreibtisch und beschwerte sie mit meiner S&W 40, die ich nur zu gern wieder aus dem Hosenbund zog.

Den Originalschreibblock nebst Gedicht brachte ich in meinem Lieblingsversteck unter. Ein guter Platz. Man nehme ein Katzenklo aus Kunststoff und lege seine Wertsachen – dick in Klarsichtfolie gewickelt und je flacher, desto besser – hinein. Nun lege man die Schale mit passend zugeschnittener Plastikfolie in genau der gleichen Farbe der Schale aus, fülle sie mit Katzenstreu und lasse die Katze, in diesem Fall T. C., den schwarzen Beau mit der bekannten Postleitzahl, sein Geschäft darin verrichten. Es gibt nur wenige Einbrecher, die den Inhalt eines Katzenklos durchsuchen.

Die zweite Kopie schob ich in einen Briefumschlag, den ich an mich selbst adressierte.

Ich schnappte mir das Telefon und rief bei Mooney an. Er war nicht im Büro und nicht über Funk zu erreichen. Dann konnte er nur noch zu Hause sein, wo ich ihn nicht gern störe, weil sein Drachen von Mutter, die mich aus tiefstem Herzen haßt, dort Wache schieben könnte.

Ich mußte es trotzdem versuchen.

Nach fünfmaligem Klingeln war Mooney selbst am Apparat, und ich seufzte erleichtert auf.

Ich meldete mich nicht mit Namen, denn ich wollte meine Lizenz nicht aufs Spiel setzen.

Ich sagte: «Ich hab einen Leckerbissen für dich!»

«So, so.» Seine Stimme klang trocken und ungläubig.

«Ich sollte es eigentlich für mich behalten.»

«Vielleicht solltest du das.»

«Die grenzenlose Bewunderung eines FBI-Agenten könnte nützlich für mich sein. Ein wirklicher Geschäftsvorteil.»

Mooney blieb still. Das kann er gut.

«Wenn ich plaudere, müßten wir vollkommen quitt sein», sagte ich, «nur daß du mir noch einen kleinen Gefallen schulden würdest.»

«Dann müßte es etwas absolut Erstaunliches sein», sagte Mooney.

Ich sagte: «Willst du nicht, daß dir das FBI aus der Hand frißt?»

«Nein, ich will Astronaut werden, wenn ich groß bin.»

«Es ist mein Ernst, Moon. Wenn es jemand beim FBI gibt, dessen Wohlwollen du brauchen kannst, dann ruf ihn jetzt an und schick ihn zu den Camerons, zu Garnet Cameron.»

«Warum sollte ich denn meine müden Knochen nach Dover schleppen?»

«Kidnapping.»

Sein Benehmen änderte sich schlagartig. Es war, als würde er strammstehen und salutieren. «Wer?» fragte er.

«Marissa Cameron. Hilf dem FBI, sie zu finden, und sorge dafür, daß unser Mann im Gouverneursrennen bleibt. Du kannst ihn wählen. Ich werd ihn wählen.»

«Macht schon zwei.»

«Moon, es ist mir ernst.»

«Mir auch. Wenn ich meinen Kumpel dort anrufe, was soll ich ihm denn sagen? Daß ich's aus dem Kaffeesatz gelesen habe?»

«Erwähne auf keinen Fall, ich wiederhole, *auf keinen Fall* meinen Namen. Wenn du das tust, bin ich so gut wie tot. Sag ihm, eine gute Staatsbürgerin hätte über ihr Handy einen Hinweis auf eine politische Entführung mitbekommen. Sie hätte den Namen ‹Marissa› gehört. Hätte Angst bekommen und dich angerufen. Du hättest zwei und zwei zusammengezählt.»

«Warum sollte sie *mich* angerufen haben? Ich gehöre nicht zum FBI.»

«Mooney, laß dir selber was einfallen, Himmel noch mal. So, das war der Leckerbissen.»

«Hoffentlich. Die Spezialagenten vom Dienst haben jeden Sinn für Humor verloren, seit jeder weiß, daß Edgar Hoover Frauenkleider getragen hat.»

«Spezialagenten hatten noch nie Sinn für Humor, Mooney.»

«Oh.»

«Und ich will etwas von dir.»

«Außer daß wir vollkommen quitt sind?»

«Ich muß Albert Ellis Albion sprechen. Theas Mörder. Er sitzt in Walpole, und ich möchte wetten, daß du mir dort Einlaß verschaffen kannst.»

«Warum?»

«Warum nicht?»

«Carlotta –»

«Mooney, die Leute fragen nach ihr. Alte Manuskripte tauchen auf. Alte Manuskripte, vielleicht auch neue.»

«Stimmen aus dem Jenseits?»

«Ich will den Mörder kennenlernen.»

«Und die Camerons? Wie finden die denn das?»

«Tessa Cameron hat mir einen riesigen Scheck ausgestellt.» Das war keine Lüge. Sie hatte ihn zwar storniert, aber ich sah keinen Grund, das Mooney auf die Nase zu binden.

«Und ich muß dafür arbeiten», sagte Mooney. «Herzlichen Dank.»

«Keine Sorge. Du kriegst am Ende den Ruhm.»

«Genau, was ich brauche.»

Ich merkte, daß er nicht in Stimmung war für Fragen nach Beryl Cameron. «‹Bist schon zu lange im Job›, Moon», zitierte ich einen alten Blues-Refrain.

Er hängte ein.

Ich legte den Hörer wieder auf die Gabel und starrte untätig Paolinas Postkarte an. Ein Jahr jünger, als Thea gewesen war, als sie *Böses Erwachen* geschrieben hatte. Zwei Jahre jünger als Dorothy Jade Cameron zum Zeitpunkt ihres Todes gewesen war.

Paolina ist begabt, wenn nicht sogar hochbegabt. Aber niemand würde sie meine «glänzende schöne Tochter» nennen außer im Zusammenhang mit dem Funkeln in ihren

Augen oder dem satten Glanz ihrer Haare. Sie ist rhythmisch begabt. Sie ist Schlagzeugerin in ihrer Schulband und wiegt sich hin und her, während sie die Trommeln, die Triangel oder die Becken genau im richtigen Augenblick mit Stock oder Bürste trifft.

Ein Kind zu verlieren wie Tessa. Mehr als eins zu verlieren. Ihre «glänzende schöne Tochter ...»

Das Telefon klingelte. Ich zuckte zusammen bei der Vorstellung, es könnte Garnet sein, der mich des Vertrauensbruchs bezichtigte, oder die Kidnapper. Schließlich hatte ich ihnen ja meine Nummer gegeben!

«Du Miststück, sorg bloß dafür, daß diese Anrufe auf–»

An dieser Begrüßung erkannte ich Vandenburg und brachte ihn mit der Frage: «Wo ist Carlos?» zum Schweigen.

«Ich weiß es –»

Er wollte «nicht» sagen. Ich legte auf, bevor er es aussprechen konnte. Ich wollte nicht, daß die DEA seinen Anruf bis zu mir verfolgte.

Ich versuchte zu schlafen, aber die Nacht ging doch überwiegend mit dem Studium der merkwürdigen Bibliographie von Andrew Manley hin. Hätte ich mich mit meinem Computer besser ausgekannt, hätte ich mir Artikel über «Gedächtnisstörung und Wiedererinnerung» herunterladen können. Aber ich mußte passen.

Das Starren auf den Bildschirm ermüdete meine Augen. Als ich längst das Gerät abgeschaltet und das Licht ausgemacht hatte, sah ich noch immer Kommas, Semikolons und blinkende Eingabeaufforderungen. Sie pulsierten weiter und wiegten mich in traumlosen Schlaf.

22

Ich wachte auf mit der sicheren Gewißheit, etwas schrecklich Wichtiges vergessen zu haben. Für mich ist die Dusche hervorragend für mein Kurzzeitgedächtnis, und so kam ich, als mir das kalte Wasser auf den Kopf donnerte, darauf, daß ich unbedingt Gloria anrufen mußte, um ein Teilchen dieses immer komplizierteren Puzzles aufzuspüren.

In Shorts und T-Shirt gekleidet, suchte ich auf der Veranda nach der Morgenausgabe des *Globe* und schüttelte mir dabei die restliche Nässe aus dem Haar.

Ich wählte die Nummer des ITOA in der Annahme, daß Gloria während des morgendlichen Berufsverkehrs Dienst in der Vermittlung des Verbands unabhängiger Taxifahrer tat. Sie legte mich in die Warteschleife, und ich verbrannte derweil meinen Toast.

Sie meldete sich wieder, als ich eben den Mund voll hatte. Sie hat eine Spezialantenne für Eßbares.

«Glory», brachte ich unter hastigem Schlucken heraus, «ich muß einen Taxifahrer finden, der gestern mittag um 1.45 Uhr einen Gast an der Farm Road in Dover aufgenommen und womöglich zum Flughafen gebracht hat.»

«Kann ich eine Belohnung aussetzen?»

«Zwanzig Grüne.»

«Das nennst du eine Belohnung?»

«Besser, als ein Gerichtsverfahren am Hals zu haben.»

«Dover», murmelte sie, «ich seh mal, was ich machen kann. Was ißt du denn gerade?»

«Toast. Angebrannt, ohne alles.»

«Warum das?»

«Weiß ich auch nicht.»

Als ich endlich mein üppiges Frühstück beendet hatte und zum Auto ging, flimmerte die Hitze schon über dem Pflaster. Meine Khaki-Shorts waren genau das richtige, aber die dunkle Polsterung meines Toyota – aus Haltbarkeitsgründen ausgewählt – stand auf «Schnellkochen». Ich holte ein helles Handtuch aus meiner Sporttasche und legte es glatt über den Sitz. Das Lenkrad war glühend. Ich kurbelte das Fenster hinunter.

Eigentlich hätte ich bei den städtischen Gewächshäusern anrufen und feststellen sollen, ob Barrett heute im Dienst war. Aber ich wollte lieber fahren, wollte Action, Bewegung, die Illusion des Fortschritts. Außerdem wollte ich nicht zu Hause sein, wenn Mooney mich den Camerons und dem FBI auslieferte.

Hinter dem Lemuel Shattuck Hospital ist eine Straße namens Franklin Park Maintenance Yard. Es ist ein holperiger, schmaler Weg, aber wenn man bis zum Ende darauf bleibt, kommt man zu den städtischen Gewächshäusern.

Sechs lange Treibhäuser aus Glas. Ich weiß nicht, was ich erwartet hatte – vielleicht rosenüberwucherte Pavillons –, aber das Ganze sah einfach nur zweckmäßig aus. Eine Fliegengittertür am Ende des größten Glashauses, eine Reihe von Säcken, Tonkübeln und Geräten zum Verkauf.

Als ich die Fliegengittertür öffnete, erklang eine Glocke. Der Platz war doch nicht so freundlich und schutzlos.

Der Mann, der ankam, war fett und hatte ein rotes Gesicht. Eher teigig als drahtig. Weiß. Ich fragte nach Ed Barrett, wurde daraufhin kurz abfällig von oben bis unten gemustert und erhielt ein Nicken zum anderen Ende des Treibhauses als Antwort.

«Er ist beschäftigt», sagte der Kerl, womit er mir zu verstehen gab, daß ich es mit Edgars Vorgesetztem zu tun hatte und das auch unbedingt wissen sollte.

«Ich werde ihm nicht viel Zeit rauben», sagte ich. «Ich komme von der OSHA, wir überprüfen Arbeitsbedingungen.»

«Hat er sich beklagt?»

«Nein», sagte ich unschuldig, «sollte er das?»

Der Mann trat zur Seite, als ich weiterdrängte. Ich schaffte es, mich an ihm vorbeizuzwängen, ohne mit ihm in Berührung zu kommen. Wenn ich nicht von einer Regierungsbehörde mit schöner Abkürzung gekommen wäre, hätte ich wahrscheinlich nicht soviel Glück gehabt.

Ich durchschritt eine Abteilung mit fröhlichen Ringelblumen. Es war heiß und feucht hier. Mein Hemd klebte mir bereits auf dem Rücken. Der Mann, den ich für Edgar Barrett hielt, topfte eifrig Chrysanthemen um, die er zuvor sorgsam teilte, damit sie Platz für ihr spätsommerliches Wachstum hatten. Das Treibhaus war eine wahre Farborgie in Apricot, Weiß, Pink und flammendem Orange.

«Hätten Sie mal ein paar Minuten Zeit für mich?» fragte ich und drehte mich kurz um, ob der Aufseher mir gefolgt war.

«Ich bezweifle es.» Barrett war ein schlanker Mann in den Dreißigern, mit langen, gelenkigen Fingern. Er trug ein übergroßes kariertes Hemd, weite Chinos und Turnschuhe. «Worüber wollen Sie denn mit mir reden? Über Blumen?»

«War Ihr Vater Gärtner?»

«Ein verdammt guter», sagte er.

«Hat er an der Avon Hill School gearbeitet?»

Seine Finger bewegten sich weiter, aber alles übrige kam zum Stillstand.

«Sie sind die ‹Ermittlerin›, von der meine Tante erzählt

hat?» sagte er geringschätzig. «Dann verschwenden Sie keine Zeit an mich. Ich weiß, daß die Masche mit dem aufgetauchten Geld reiner Quatsch ist. Mavis kann den Mund nicht halten. Hat sie noch nie gekonnt.»

«Ich bin Privatdetektivin», sagte ich.

«Sie kommen ein bißchen zu spät. Ich glaube nicht, daß mein Daddy jetzt, wo er tot ist, noch eine braucht.» Edgar sprach immer noch in geringschätzigem Ton. Er widmete sich weiter seinen Blumen, teilte Wurzelballen, setzte die Pflanzen in neue Töpfe und stützte schwächere Triebe ab.

«Sind Sie denn gar nicht neugierig?» fragte ich.

«Neugierig?» sagte er. «Nein.»

«Wie wär's denn mit ‹wütend›?» sagte ich.

Er nahm sich Zeit, ehe er antwortete. «Bringt auch kein Brot auf den Tisch, diese Wut-Scheiße.»

«Ihr Vater hat seinen Job verloren.»

«Mein Vater hat *alles* verloren. Nicht bloß den einen Job, sondern alle Jobs, die er je hatte. Er war *der* Gärtner für alle Leute der Brattle Street. Er ging von Haus zu Haus, und die Nachbarn versuchten immer, ihn dazu zu bringen, das, was er für den Chef von Polaroid oder die Managergattin von nebenan gemacht hatte, noch zu übertreffen. Wenn er vor der Armenischen Kirche ein Beet mit rosa Tulpen bepflanzte, wollten alle ein Beet mit rosa Tulpen. Und dann verschwindet ein weißes Mädchen, und er bekommt keine Arbeit mehr, nicht mal im Gemüsegarten.»

«Wie alt waren Sie damals?»

«Acht Jahre, genau acht, und ich erinnere mich daran, als sei es gestern gewesen. Ich weiß noch, wie er krankenhausreif geschlagen nach Hause kam und sagte, o nein, es ist nichts passiert, *nichts*, er sei nur auf der Straße hingefallen. Ich erinnere mich, daß meine Mama und Tante Mavis ihn so ansahen, als sei er gar nicht mehr da. Wissen Sie, wenn Frauen einen Mann lange genug so ansehen, verschwindet er wirklich, und das hat mein Daddy schließlich gemacht. Ist in der Bourbonflasche verschwunden, und daran ist er auch gestorben. Wenn ich heute auf der Straße einen Polizisten sehe – egal, ob schwarz oder weiß –, gehe ich auf die andere Straßenseite. Manchmal spucke ich sogar aus.»

«Die Polizei hatte keine Beweise gegen Ihren Vater.»

«So? Da kommen Sie nach vierundzwanzig Jahren den weiten Weg hierher, nur um mir das zu sagen? Trotzdem, das höre ich gern, wahrhaftig. Mein Vater bestimmt auch.»

Ich brachte keine Entschuldigung vor. Dazu war es zu spät. Andererseits – vielleicht ist es nie zu spät. Manchmal überlege ich, ob ich nach Deutschland oder Polen fahren soll, in die Länder meiner Kindheitsalpträume, Orte, wo die Verwandten meiner Mutter in Lagern verschwunden sind. Ich frage mich, ob die Leute dann mein Profil anstarren würden, meine unverwechselbar jüdische Nase, und murmeln würden: «Es tut mir leid.»

Würde ich eine Entschuldigung überhaupt annehmen? Ich weiß es nicht.

«Es tut mir leid», sagte ich.

«Was tut Ihnen leid? Daß sich mein Daddy nicht an die Regeln gehalten hat? Er hat mit einem weißen Mädchen gesprochen. Einem reichen weißen Mädchen. Können Sie sich einen Begriff von der Schwere, dem gewaltigen Ausmaß dieses Verbrechens machen?»

Ich nickte. *Soviel ich davon überhaupt verstehen kann*, dachte ich.

«Sie wollten, daß er ihnen Namen nennt», sagte er leise.

«Was für Namen?»

«Mein Daddy sollte sagen, daß er seine Kumpels mitgenommen hätte, um kleinen weißen Mädchen schöne Augen zu machen. Sie wollten einen Schwarzen überführen. Sie fuhren total darauf ab, daß der Übeltäter ein Schwarzer war – mein Dad, mein Onkel, ein Freund von meinem Dad. Haben all unsere Nachbarn verhört. ‹Jimmy Lee, bist du je mit Eddie in Cambridge gewesen?› Dabei hat nie jemand meinen Dad ‹Eddie› genannt. Er hatte vorher schon nicht viele Freunde, und hinterher natürlich gar keine mehr.»

«Die Chrysanthemen sind wunderschön», sagte ich nach einiger Zeit, um das lange Schweigen zu brechen.

«Sie sind ausdauernd», sagte er. «Brechen nicht so schnell. Halten eine gute Weile.»

Ich wartete noch etwas länger.

«Hat Ihr Dad Sie je mit zur Arbeit genommen?»

«Ein paarmal. Meinen Sie, ich hätte mich an dem weißen Mädchen vergriffen?»

«Ein paarmal?»

«Ich war acht Jahre alt, er muß mich mehr als zweimal mitgenommen haben. Jedenfalls erinnere ich mich noch gut an die gepflegten Gärten. Er hat mir beigebracht, wie man Blattläuse von den Blättern entfernt, die Marienkäfer aber drauflläßt. Unkraut jätet. Ich habe gelernt, wie gute Erde bei nassem Wetter riecht –»

«Haben Sie mal einen Kollegen von Ihrem Dad kennengelernt?»

«Nur den Kubaner.»

«Hatte der Kubaner einen Namen?»

«El Producto», sagte er ausdruckslos.

«Wie die Zigarre.»

«Tut mir leid, Lady, ich weiß den Namen des Typen nicht mehr. Er war eine Aushilfskraft, jemand, der keinen blassen Schimmer vom Gärtnern hatte. Das hat mein Dad jedenfalls gesagt. Mein Dad hat gesagt, ich sollte mich von dem Schleimer fernhalten. Er sei schlechte Gesellschaft. Und das habe ich auch gemacht.»

«Warum meinte Ihr Dad denn, er sei ‹schlechte Gesellschaft›?»

«Weil er immer damit geprahlt hat, was für ein toller Hecht er ist, dabei war er nur Gartenarbeiter, genau wie mein Dad. Er hätte 'ne große Sache laufen mit dem CIA, sagte er.»

Der CIA, dachte ich. So, so. Der hatte in diesem Fall gerade noch gefehlt.

«Die Polizei hat ihn nie gefunden», sagte ich.

«Die Polizei hat ihn nie gesucht. Sie haßten Kubaner nicht genug, um sich solche Mühe zu machen. Es versuchen nicht genügend Kubaner, in South Boston auf die High-School zu kommen. Verstehen Sie mich recht: Wenn dieser Albion nicht gestanden hätte, hätten meine Kinder ihren Großvater im Knast besuchen müssen.»

«Wann ist Ihr Vater gestorben?»

«Vor sieben Jahren. Haben Sie den Nachruf im *Time Magazine* nicht gelesen?»

«Er hat seinem Sohn einen ganz schönen Sarkasmus vererbt.»

«Und nicht viel mehr.»

«Ich bin ermächtigt, Ihnen hundert Dollar für die aufgewandte Zeit zu bezahlen.»

«Ach ja? Von wem? Vom Wohlfahrtsverein der Polizei?»

«Nehmen Sie's als Geschenk von Ihrem Vater für die Enkel an.»

«Die brauchen Ihr Geschenk nicht.»

«Ich stecke Ihnen zwei Fünfziger unter den Ringelblumentopf dort. Tun Sie mir den Gefallen und lassen Sie sie nicht von Ihrem Chef finden.»

«Geben Sie schon her», sagte er. Und murmelte ein Dankeschön.

Ich wollte ihm noch sagen, daß ich seinen Dank nicht brauchte, aber dann ließ ich doch ihn das letzte Wort haben. Er hatte es nötiger als ich.

23

Ich muß vier- oder fünfmal um den Kreisverkehr am Eingang zum Franklin Park gefahren sein und über dem Lenkrad gebrütet haben. Als ich das Gefühl hatte, daß dieses Karussell kein Ende mehr nähme, betätigte ich meinen Blinker, was alle, die in Sicht waren, in Angst und Schrecken versetzte, und bog in die Hauptdurchfahrtsstraße des Parks ein, den Jewish War Veterans Drive, den allerdings kaum noch jemand so nennt. Ich sauste am Golfplatz vorbei, der an schönen Vormittagen voller Menschen ist, dann am White-Stadion und an den steinernen Löwen des Zoos. Beim bloßen Durchfahren konnte ich sehen, daß der Franklin Park klar im Aufwind ist. Einzelne Jogger jagten vorbei. Spaziergänger aller Rassen flanierten vorüber. Ich fragte mich, ob die Stadt wohl je die Pferdeställe und Reiterpfade wieder einrichten würde, und schwor mir im stillen, Paolina mit in den Zoo zu nehmen, bevor sie zu «alt» und zu «anspruchsvoll» für solche Vergnügungen war. Bei einigem Glück würde das vielleicht nie passieren.

Glück. Der verstorbene Edgar Barrett Jr. war mit seinem Anteil davon zu kurz gekommen – wenn man davon ausgeht, daß es eine begrenzte Menge Glück auf dieser Welt gibt, eine Vorstellung, über die man streiten kann. Selbst nach seinem Tod litt sein einziger Sohn noch immer seelisch unter den tiefen Narben, die Arbeitslosigkeit und Alkoholismus des Vaters bei ihm hinterlassen hatten, und trug schwer am Erbe einer schrecklichen, aber gerechtfertigten Wut.

Würde Edgar Barrett, der Achtjährige, dessen Welt damals zu Bruch ging, der 32jährige, den ich eben kennengelernt hatte, eines Tages zum Gegenschlag ausholen? Gegen die Polizei? Gegen Familie Cameron? Schauderte er vor Abscheu zusammen, wenn er den Namen «Garnet Cameron» in der Zeitung las? Verglich er das Schicksal seines Vaters mit dem Garnets?

Garnet war nicht von der Polizei in die Mangel genommen worden. Er war nicht einmal richtig verhört worden. Andererseits hatte er eine Schwester verloren, die er nach eigenen Angaben sehr geliebt hatte. Verbergen die besseren Kreise ihre Narben so gut?

Ich fuhr nach Hause, brüllte nach Roz und bekam die Standardreaktion. Nichts.

Die Telefonnummernzentrale «Switchboard» im Netz konnte weder mit einem privaten noch mit einem Geschäftseintrag von Dr. Andrew Manley aufwarten. Ich hätte mit verstellter Stimme bei den Camerons anrufen und nach ihm fragen können. Aber das FBI würde meinen Anschluß schon orten, noch ehe ich den Mund aufmachte, und denen wollte ich nach Möglichkeit aus dem Weg gehen.

Also fing ich bei Manleys «Geschenk», seinem Literaturverzeichnis, an. Die meisten Eintragungen waren Artikel aus dem *American Journal of Psychiatry*, dem *British Journal of Psychiatry*, dem *Journal of the American Academy of Child and Adolescent Psychiatry*, dem *Journal of the American Psychoanalytic Association* und dem *Journal of Neurology, Neurosurgery, and Psychiatry* – meinem persönlichen Lieblingsfachblatt. Es waren auch Bücher aufgeführt, die meisten davon herausgegeben von Universitäten und einem Verlag namens «Basic Books».

Ich hätte Keith Donovan anrufen können; er ist schließlich Seelenklempner. Er hätte die Titel der Aufsätze in vernünftige Umgangssprache übertragen können. Aber er arbeitete wahrscheinlich. Außerdem widerstrebte es mir seltsamerweise, Donovan etwas schuldig zu sein. Mit Mooney konnte ich handelseinig werden. Moon konnte ich immer als Gegenwert Informationen liefern, die ich bei meinen Ermittlungen auf der Straße auflas. Was ich Donovan schuldete, konnte ich in Anbetracht der Tatsache, daß seine häuslichen Fähigkeiten die meinen bei weitem übertrafen, nur auf eine einzige Art zurückzahlen – mit Sex, und das erschien mir so verkehrt, wie etwas nur verkehrt sein kann.

Ich brüllte wieder nach oben, weil ich dachte, Roz hätte sich vielleicht beim ersten Mal einfach nicht gerührt. Keine Reaktion; ich begebe mich nicht gern in ihre Räumlichkeiten aus Angst vor dem, was ich dort finden könnte. Roz hätte sich bestimmt über «America Online» Zugriff zur Datenbank der psychiatrischen Fachzeitschriften verschaffen und die gesuchten Artikel runterladen können. Ich hatte keine Ahnung davon. Mir scheint, daß ich jedesmal, wenn ich einen Browser anklicke, stundenlang festsitze. Es ist einfach so verdammt viel Information da draußen!

Lies die Gebrauchsanweisung, wiederholt Roz ständig wie ein Mantra. Ich hab's versucht. Meine Gebrauchsanweisung liest sich, als wäre sie aus Taiwanesisch ins Deutsche und dann ins Englische übersetzt worden. Sie könnte als Medikament gegen Schlaflosigkeit vermarktet werden.

Verschiedene Möglichkeiten zeichneten sich ab. Die öffentliche Bibliothek zum Beispiel mit ihren kühlen, hohen Räumen, wo ich einen kundigen Bibliothekar finden konnte, der mir bei der Durchsicht der Zeitschriftenstapel von Veröffentlichungen helfen konnte – oder einen Pedanten, für den ich erst tausend Anforderungsformulare ausfüllen und dann warten, warten, warten mußte. Oder eine Universitätsbibliothek, in die ich mir mit einer meiner vielen gefälschten

Ausweise Zugang verschaffen und der Hilfe eines Studenten versichern konnte, der mich in das System einwies.

Das Liberty-Café. *Ja.*

Das Liberty ist ein Souterrain-Lokal auf der Massachusetts Avenue, eigentlich am Central Square, aber doch so nah am MIT, daß es praktisch als Teil der Uni fungiert. Es hat Internetzugang, Doughnuts und starken Kaffee zu bieten – und wer hilflos und allein dort rumsitzt, kann immer darauf zählen, einen eitlen Hacker männlichen oder weiblichen Geschlechts aufzutun. Die beiderseitigen Leistungen halten sich so ziemlich die Waage. Ich würde zum Kaffee einladen, und der- oder diejenige wäre entzückt, meine Artikel zu suchen und runterzuladen. Ich würde für die Computerzeit bezahlen. Niemand würde mir raten, die Betriebsanweisung zu lesen.

Und der Kaffee ist wirklich gut.

Die Ausstattung ist eine andere Sache.

Wenn man die schmale Treppe hinuntergestiegen ist, gelangt man in eine Höhle, für Kenner ist es, wie ich gehört habe, eine Version vom *Land der fantastischen Drachen*, einem Computerspiel für Erwachsene oder halbwegs Erwachsene.

An der niedrigen Decke sind bunte Glasscheiben hinterleuchtet, auf denen Fantasy- und Science-fiction-Gestalten dargestellt sind. Ein detailliert gezeichneter Plan der Bostoner Red Line nimmt eine Wand ein. Tische, Sessel und Sofas sind zum Plaudern in Gruppen aufgestellt. Teppiche bedekken den unebenen Boden. Es sieht vollkommen anders aus als die Cafés, die ich sonst noch kenne. Und es kann sich rühmen, über sechs Computer samt Drucker zu verfügen, Apple und andere, und praktisch jeden Server, den man brauchen könnte. Für vier Dollar pro Stunde kaum zu überbieten.

Zwei Cappuccinos und ein Eisbecher waren der Preis, den Stanley – wohnhaft auf dem vierten Stock des East Campus – dafür forderte, sein Können unter Beweis zu stellen. Er benutzte Netscape, als hätte er es selbst erfunden. Ich machte mir Notizen und konnte sechs Artikel ausdrucken, bevor mein Computerguru zum Sommerkurs an der Uni verschwand. Ich machte es mir auf einem Sofa bequem, schüttelte die Schuhe von den Füßen und las, wie in der guten alten Zeit.

In einem Artikel wurde ausgeführt, wo Erinnerungen gespeichert sind, nämlich offenbar in allen Lappen der Hirnrinde, aber auch in anderen Bereichen wie etwa dem Hippokampus und dem mittleren Thalamus, woran ich mich, das wußte ich sicher, nur mit Mühe würde erinnern können. Ein zweiter Artikel behandelte die verschiedenen Gedächtnistypen: das unmittelbare bzw. Neu- oder Kurzzeitgedächtnis, das Alt- oder Langzeitgedächtnis, das Wissens- und das Verhaltensgedächtnis, das auditive, das motorische und das visuelle Gedächtnis. Ich erfuhr, daß beim «Priming» die Art von Erinnerung aktiviert wird, die den Übergang vom Rollschuhlauf zum Schlittschuhlauf oder vom Dreiradfahren zum Zweiradfahren ziemlich leicht werden läßt, als logischen Fortschritt. Im selben Artikel hieß es weiter, daß es das episodische Langzeitgedächtnis ist, das beim «Wiedererinnerungssyndrom» eine Rolle spielt, und es wurde definiert als «Erinnerung an die Dinge, die im Leben geschehen – an traurige, glückliche und angsterregende Ereignisse». Das glaubte ich mir merken zu können. In einem anderen Artikel war die Rede von einer bestimmten Gerichtsverhandlung, bei der die Wiedererlangung des Erinnerungsvermögens ausschlaggebend dafür gewesen war, einen Mann Jahre nach der Tat wegen Mordes anzuklagen. Die nächsten beiden hatten Sittlichkeits- und Sexualverbrechen zum Inhalt, die erst

Jahre nach erfolgter Tat strafrechtlich geahndet wurden, und die mögliche Verbindung zwischen Wiedererinnerung und psychiatrischen Hilfsmethoden («prompting») oder hypnotischer Suggestion. Allem Anschein nach erinnerte sich eine abnorm hohe Zahl von Frauen nach erfolgter Therapie an sexuellen Mißbrauch in der Kindheit.

Wann immer jemand die Worte «abnorm» und «Frauen» im gleichen Satz verwendet, kann ich mit ziemlicher Sicherheit davon ausgehen, daß der Autor ein Mann ist. Ich sah nach. Keine Überraschung.

Ich veränderte meine Haltung auf dem Sofa, setzte mich mit gekreuzten Beinen hin, zuckte mit den Schultern und fuhr mir mit beiden Händen durch die Haare. Meine Gedanken gingen im Kreis herum.

Erinnerungen, die unter Hypnose zurückgekehrt sind, werden an den Gerichten in Massachusetts seit Jahren nicht als rechtsgültig anerkannt. Wenn die Polizei einen Hypnotiseur einschaltet, um einen Augenzeugen dazu zu bringen, sich an ein Autokennzeichen zu erinnern, gilt alles, was der Zeuge im Zeugenstand aussagt, als rechtsunerheblich.

Ich war mir nicht sicher, wie Erinnerungen, die mit Hilfe von Psychoanalyse wiedererlangt wurden, rechtlich eingestuft wurden.

Das «Wiedererinnerungssyndrom» konnte in meinem Fall eine wichtige Rolle spielen, es sei denn, Andrew Manley führte mich in bestimmter Absicht in die Irre, etwa, um Tessa Cameron zu schützen.

Andrew Manley glaubte ja angeblich, daß Thea Janis lebte. Ich konnte absolut nichts Schriftliches über Personen finden, die Erinnerungen an den eigenen Tod wiedererlangt hatten. Zero.

Die meisten verschütteten – «verdrängten» – Erinnerungen betreffen Inzest. Gut, dachte ich, nehmen wir mal das

Schlimmste an. Der berühmte Franklin Cameron vergewaltigt seine glänzende junge Tochter Thea. Sie droht ihm, es auszuplaudern. Da läßt er sie von einem Kerl, den er zufällig kennt, einem Serienmörder auf freiem Fuß, umbringen. Na klar.

Ich preßte mir die Hände auf die Augen, atmete ein, atmete aus. Ich brauchte nicht noch mehr Kaffee. Ich brauchte Luft. Eine Prise Wirklichkeit.

Draußen war die Dämmerung angebrochen. Erstaunlich, wie viele Tagesstunden ein Computer so wegschlingt.

Obgleich mein Wagen an einer Parkuhr stand, die längst abgelaufen war, hatte ich keinen Strafzettel. Ein gutes Omen. Mein Tank war auch voll. Noch ein gutes Omen.

Marshfield, dachte ich. Am Meer. Eine kühle, sternenklare Nacht. Genau der richtige Zeitpunkt, um einen Polizisten im Ruhestand zu besuchen und ihn zu fragen, warum seine ordentlich abgehefteten, wunderbar getippten Akten eigentlich mit einer solchen Überdosis Tipp-Ex protzten.

24

Nach Angabe der Handelskammer besteht Cape Cod aus fünfzehn Gemeinden, zahllosen Dörfern, 365 Seen und Weihern, langen, gutausgebauten Landstraßen und 399 Quadratmeilen Land, die einen kräftigen, muskulösen Arm formen, der sich ausstreckt, um ein Stück vom Nordatlantik für sich zu reklamieren.

Kein Wort über Marshfield, obgleich die meisten Einheimischen auf die Frage, was das für ein Ort ist, ohne langes Zögern sagen: «Unten am Cape.»

Marshfield, die sogenannte «irische Riviera», liegt nicht genau auf Cape Cod, jenem Stück Land, das durch den Cape-Cod-Kanal vom Festland getrennt ist, über Bournedale, Cedarville und Buzzards Bay jedoch Zugang zum lieblichen Sagamore Beach hat, wozu natürlich die berühmten Inseln Martha's Vineyard und Nantucket gehören, dieses Refugium für Künstler, Rockstars und Präsidenten.

Marshfield ist zu weit nördlich, um dazuzugehören. Die falsche Gegend. Arbeitersiedlungen mit verstreuten kleinen, meist ordentlichen Sommerhäuschen, zehn Minuten Fußweg von einer erodierenden Strandlandschaft entfernt.

Ich meine keine «Sommerhäuser» wie in Newport oder den Berkshires. Keine Spur von Eingangshalle, vielmehr landet man sofort im Wohnzimmer, hat maximal ein bis zwei Schlafzimmer, eine winzige Küche und ein einziges Bad. Dünne Holzwände und nur wenige Leute, die das ganze Jahr über dort wohnen. Häufig befindet sich die Dusche draußen. Im Garten hinter der Hütte Kieselsteine, Sand und ein paar verwahrloste Grasbüschel.

Sergeant MacAvoys Häuschen sah winterfest aus, und danach zu urteilen, wie das Ofenrohr schief aus den kreuz und quer liegenden Dachschindeln ragte, war das in Eigenarbeit bewerkstelligt worden. Eine Lampe brannte, was mich hoffen ließ, während ich die zwei Stufen zu einer quadratischen Holzveranda hinaufstieg. Keine Klingel. Ich klopfte, klopfte lauter. Nichts.

Na ja, die Fahrt war schön gewesen. Der Mond hatte einen goldenen Lichthof und wurde von vorübertreibenden Wolken beschattet. Ich konnte den Strand entlangbummeln, die Sandalen von mir schleudern, meine Füße vom Brandungsschaum benetzen lassen und Muscheln für Paolina sammeln. Es um halb zehn oder zehn noch einmal versuchen.

Ich spähte durch das vorhanglose Vorderfenster. Eine Wand wurde fast ganz von einem Fernseher mit einem Bildschirm von der Größe einer kleinen Kinoleinwand eingenommen. Außerdem ein Ledersessel in Liegestellung, als sei sein Besitzer nur mal eben aufgestanden, um zur Toilette zu gehen. Vielleicht stimmte das. Ich wartete fünf Minuten, klopfte wieder. Nichts. Also doch zum Strand.

Ich erwog kurz einen Einbruch, einfach um in Übung zu bleiben und zu sehen, was für gute Sachen Sergeant MacAvoy außer gigantischen Fernsehapparaten noch sammelte. Ich sah nach allen Seiten. Dies war zwar kein gefahrvolles Großstadtpflaster, aber Marshfield genoß einen gewissen Ruf: Jedes zweite Haus gehörte wahrscheinlich einem Polizisten im Ruhestand. Selbst während ich auf der Veranda stand und mich zu orientieren versuchte – das Meer war im Osten; ich konnte die Wellen hören, wie sie am Strand aufliefen –, konnte es gut sein, daß geladene Gewehre auf meinen Kopf gerichtet waren. Ehemalige Polizeibeamte, die in Form bleiben wollen und mit dem neulich erstandenen Nachtvisier üben.

Ich entschied mich für den strategischen Rückzug.

Eine Hand an der Tür meines Toyota, blieb ich stehen. In MacAvoys Carport stand ein alter Buick. Vielleicht war er gar nicht weit weg, vielleicht war er nur zu einem Nachbarn hinübergeschlendert.

Ich erwog gerade, es ebenso zu machen, als eine Verandalampe anging mit einem Lichtkegel, der ausreichte, um einen Einbrecher zu blenden. Unter Blinzeln machte ich eine stämmige Gestalt auf der Veranda eines Bungalows in der Nähe aus.

«Suchen Sie den alten Bock?» Eine Frauenstimme, tief und angenehm rauh, mit einer Spur von irischem Akzent.

«Sergeant MacAvoy? Ja. Wenn Sie wissen, wo er ist –»

«Wo sonst als in der Bar.»

«In welcher Bar?»

«Sie sind nicht von hier.» Ein leichter Vorwurf, ein Hauch von Argwohn. Fremde. Aufpassen.

«Nein.»

«Sie machen keinen Ärger, oder?»

«Nein.»

«Bei Woody kommen nicht gerade viele Frauen vorbei. Er wäre traurig, wenn er eine verpaßte, dachte ich mir.»

«Freut mich, daß Sie das dachten.»

«Sind Sie mit dem Mann verwandt?»

«Nein.»

«Scheint niemanden auf der Welt zu haben.»

Ein Test. Wenn ich behauptet hätte, seine Nichte zu sein, ob ich dann hätte einpacken können, ohne je den Namen der Bar zu erfahren?

«‹Lucky Horseshoe›», sagte die Stimme. «Zwei Häuserblocks nach Süden und dann schräg mittendurch. Falls Sie zu Fuß gehen. Das Schild sehen Sie erst, lange nachdem Sie den Lärm hören.»

«Danke», sagte ich.

«MacAvoy läuft die meisten Abende zu Fuß hin, dann kann er friedlich heimschwanken, wenn Sie wissen, was ich meine.»

Eine andere Stimme, diesmal eine männliche, ertönte im Haus. Die Frau murmelte etwas Unfreundliches. Sie knallte hastig die Tür zu. Ich konnte durchs Fenster hören, wie ihr Mann sagte: «Kümmer dich um deinen eigenen Kram.» Das Motto des ausgebrannten Expolizisten. Warum 25 Jahre lang sein Leben riskieren und seine Pension nicht mehr genießen, weil man tot ist!

Ich konnte eigentlich zur Bar laufen, fand ich und schnüffelte in die salzige Luft, genoß den leichten Wind in vollen Zügen. Mal sehen, ob ich weiterhin Glück hatte.

25

Eine Rose ist eine Rose ist eine Rose, aber eine örtliche Bar ist etwas Einzigartiges, besonders eine Dorfbar. Ich habe gelernt, mich vollkommen unauffällig im Hintergrund zu halten in den irischen Pubs von Boston, in den Lokalen, wo Cops nach Feierabend herumhängen, in den als schick geltenden Schnellrestaurants auf der Newbury Street. Das «Lucky Horseshoe» von Marshfield war Neuland für mich.

In einem hatte Mrs. Neugier einen todsicheren Treffer gelandet: Ich hörte die Bar, lange bevor ich sie sah. Bei dem Lied «Black Velvet Band», mit mehr Begeisterung als Können geschmettert, hatte ich das Gefühl, daß mir meine Pub-Erfahrung womöglich gut zustatten kam. Ein zitteriges Akkordeon, so schlecht, daß es live sein mußte, sorgte immerhin dafür, daß ein paar der Nachtschwärmer den Ton richtig hielten. Ich blieb auf einem engen, nur schwach beleuchteten Parkplatz stehen und überdachte meine Lage.

Ich bin keine umwerfende Schönheit, und das habe ich eigentlich nie bedauert. *Lüge. Natürlich habe ich es auf der High-School bedauert, wer zum Teufel hat das nicht?* Aber vom Körperbau her bin ich durchaus weiblich – ich habe lange Beine, bin extrem groß und rothaarig –, und wenn ich ohne Begleitung eine Bar betrete, pflegen sich die Männer nach mir umzudrehen, und sei es auch nur, um mir zuzuzwinkern, zu nicken, mißfällig «ts, ts» zu machen oder über meinen Beruf zu spekulieren.

Kurz, ich hätte mich gern getarnt. Meine Khakishorts, das

türkise Tank-Top und die Hawaiisandalen waren der siedenden Hitze angemessen. Ich hatte nicht mit einem Barbesuch gerechnet. Ich konnte zum Toyota zurückgehen und wahrscheinlich nach einigem Herumwühlen auf der Rückbank einen zerknautschten Regenmantel oder ein ausladendes Sweatshirt finden, Turnschuhe. Und auf dem Rückweg an Hitzschlag sterben.

Ich wußte nicht, wie MacAvoy aussah. Ein Nachteil. Andererseits kannte er mich überhaupt nicht. Ein Vorteil.

Ich konnte hineingehen, mich an einen leeren Tisch setzen, ein Bier bestellen und immer wieder auf die Uhr sehen. So tun, als habe sich der, mit dem ich verabredet war, verspätet.

Ich konnte mich auch zur Bar durchdrängen, dem Barmann kurz und knapp meinen Ausweis vorhalten und ihn bitten, mir MacAvoy zu zeigen. Der Barmann würde ein Trinkgeld erwarten. Das Fernsehen verdirbt das wirkliche Leben. Barkeeper glauben, daß sich aus Privatdetektiven Zwanzigdollarnoten herausziehen lassen wie Kleenextücher.

Mehrere Kleinlaster bogen auf den Parkplatz ein und rissen mich aus meinen Träumen. Ich trat in den Schatten und sah meine Rettung in der Schar von Besuchern beiderlei Geschlechts, die von irgendeiner Fabrikschicht kamen und ihre Firmenoveralls und Mützen ablegten. Eine Gruppe, mit der ich hineingehen, in der ich untertauchen konnte oder auch nicht, je nach den Umständen.

Ich ging unter dem Hufeisen durch, das über die Tür genagelt war; die Enden wiesen natürlich nach oben, damit das Glück nicht herausfallen konnte.

Das Geld war ihnen zuerst ausgegangen. Die Inneneinrichtung war rustikal, zerrissene Fischernetze hingen von der Decke. Damit war das Motiv «Seefahrt» auch schon erschöpft, als hätte der Inhaber sie als herrenloses Strandgut aufgegabelt und andere nautische Gegenstände – Muscheln oder Bootsausrüstungsstücke zum Beispiel – zu kostspielig gefunden. Neben dem Hut des Akkordeonspielers, der auf einem verstaubten Klavier lag, war ein Zettel, der besagte, daß Trinkgelder willkommen seien. An dem Klavier fehlten so viele Tasten, daß es grinste wie eine zahnlose alte Frau. Der Linoleumfußboden wellte sich an den Ecken und Rändern. Eine Neonreklame flackerte «Budweiser» ohne das «r». Meine Untertauchgruppe wurde vom Barmann mit einem hoffnungsvollen Blick bedacht, dem gleich darauf ein Stirnrunzeln folgte. Jeder ein Bier, an dem er sich lange festhalten wird, schien sein langes Gesicht zu sagen, und kein Chivas-Regal «on the rocks» dabei.

Der Akkordeonspieler malträtierte das nächste Stück. Ein paar ältere Herren klatschten und fielen in zweifelhafter Harmonie ein. Ich fragte mich, ob dem Akkordeonspieler wohl die Bar gehörte oder er vielleicht die Schwester des Besitzers geheiratet hatte. Eins war sicher, nämlich daß er betrunken war, danach zu urteilen, wie fahrig seine Hände über die Tasten und Knöpfe glitten und die Luft hineinquetschten.

Einer aus der Fabrikmeute – ein älterer Teen, jüngerer Twen mit abgeschnittenen Jeans und Rugby-Shirt – bemerkte, daß ich mich unter sie gemischt hatte.

«Sie habe ich hier aber noch nicht gesehen», sagte er.

Eine bessere Anmache als manches andere, was ich kannte.

«Ich war auch noch nie hier», sagte ich. «Und wenn der Akkordeonspieler noch einen Song dermaßen vermurkst, gehe ich wieder.»

«Er hört bald auf», sagte er mit schiefem Grinsen. «Was trinken Sie?»

«Ich bezahle selbst», sagte ich, «aber wenn Sie eh zur Bar gehen, können Sie mir ein Faßbier mitbringen, egal was.»

«Harp oder Bass?»

«Harp», sagte ich. Beides gute Biere, das zog vermutlich die Städter hierher. Das schlechte Akkordeon sicher nicht.

Ich setzte mich an einen winzigen wackeligen Tisch, bis mein viel zu junger Verehrer mit einem großzügig gefüllten Bierglas zurückkehrte, das er nicht bezahlt haben wollte. Da seine Kumpels forschend von der Bar herüberspähten, schob ich ihm drei Dollarscheine unter dem Tisch zu. Mein neuer Freund und ich lächelten verschwörerisch.

«Jimmy», sagte er und beugte sich erwartungsvoll vor. Er hatte ein schönes Kinn, wie gemeißelt und mit einem Grübchen drin, und streckte es vor, als wüßte er, daß das seine starke Seite war. Seine grauen Augen waren klein und lagen eng zusammen unter dichten Augenbrauen.

«Carlotta», sagte ich.

«Sie sind nicht aus dieser Gegend.»

Das sah jeder.

«Ich bin von der Drogenfahndung», flüsterte ich und rechnete mit totaler Ungläubigkeit. «Ermittle verdeckt.»

Der Typ starrte mich den Bruchteil einer Sekunde lang an und brach in Gelächter aus. Genau das taten sie, als ich *wirklich* Fahnderin war und verdeckt ermittelte.

«Da sind Sie aber am völlig falschen Platz», sagte Jimmy, «es sei denn, Sie wollen ein paar minderjährige Kids ohne Papiere erwischen.»

«Sie zum Beispiel?»

«Teufel auch, nein», sagte er ebenso empört wie stolz. «Ich bin einundzwanzig.»

Na ja, ich war auch mal einundzwanzig, war ich versucht, ihm zu sagen, aus keinem anderen Grund als dem, daß es mir unmöglich schien, je so jung wie er gewesen zu sein. Hatte ich je so gegrinst, als ob die Welt mir gehörte? War ich je so sorgenfrei gewesen?

Das nervtötende Akkordeon schwand aus meinem Geist, wurde von einer Blues-Zeile verdrängt: «Been on the job too long», dem ein hübsches Gitarrenglissando folgte. Dave Van Ronk singt es mit rauher Stimme, irgend etwas Altmodisches von Sheriffs und Outlaws. Den gleichen Satz hatte ich heute Mooney zitiert.

Der Junge fragte mich etwas, aber ich konnte ihn bei dem Lärm nicht verstehen. Ich fragte ihn, ob er von hier wäre.

Er nickte und trank einen Schluck Bier.

«Kennen Sie jemanden namens MacAvoy, einen Ex-Cop, der hier herumhängt?»

«Warum?»

«Warum nicht?»

«Sie sind doch nicht von einem dieser Sozialdienste, oder?»

«Ich glaube nicht, daß die abends arbeiten oder Bars besuchen, es sei denn, Sie meinen einen Sozialdienst, den ich keinesfalls anbiete.»

Der Jüngling wurde puterrot, und ich fragte mich zwangsläufig, ob er mich nun als möglichen Flirt, ältere Schwester oder als Frau betrachtete, die eine Freundin seiner Mutter sein konnte.

Verflucht, als was sah ich mich eigentlich selbst?

Jedenfalls nicht als eine, die sich an angebliche Einundzwanzigjährige heranmacht. Nie und nimmer.

«Ist Sergeant MacAvoy hier?» fragte ich.

Seine grauen Augen suchten den Raum ab und blieben an einem Tisch mit vier Personen in der hintersten Ecke haften, so weit weg wie nur möglich von dem Akkordeon. Ein Pluspunkt für MacAvoy.

«Weißes Haar und Brille?»

«Rechts daneben der schwere alte Klotz, habe gehört, er sei mal ganz schön hart gewesen.»

«Kariertes Hemd?»

«Ja.»

«Danke», sagte ich.

«Wenn das Ihr Ernst ist, trinken Sie noch ein Bier. Auf meine Rechnung.»

«Sehen Sie das blonde Mädchen mit der Jeansweste? Sie wird mich gleich ohrfeigen, wenn ich Sie nicht allein lasse.»

«Ich bin nicht Lauries Eigentum.»

«Ist das unser Spielchen hier? Sehe ich so aus wie die Unabhängigkeitserklärung? Warum tun Sie ihr nicht einen Gefallen? Wenn Sie sie nicht wollen, dann sagen Sie's ihr. Andere Typen scheinen durchaus interessiert zu sein.»

«Wer denn?» fragte er gereizt.

«Egal», sagte ich trocken und stand auf. «Sagen Sie ihr, Sie hätten mich für Ihre Cousine Elsie gehalten. Ich sehe ihr schließlich sehr ähnlich.»

«Also … na schön, wenn Sie's so wollen. War nett, Sie kennenzulernen.»

Ich zwängte mich an dem verkrüppelten Klavier und dem kleinen Knäuel von Hobbysängern vorbei. Ein Schild wies den Weg zu den Toiletten. Ich ging ihm nach und hoffte, nicht von der erzürnten Laurie verfolgt zu werden. «Mädchen» und «Jungen», stand auf den Schildern an den Türen, wie in der Grundschule.

Im schlechtbeleuchteten Toilettenspiegel starrte ich mein Gesicht an. Über Nacht waren Krähenfüße in meinen Augenwinkeln entstanden, als hätte jemand feine Linien in mein einundzwanzigjähriges Gesicht gemeißelt, während ich schlief. Vielleicht sollte ich mich wieder zu Jimmy gesellen, ihn Laurie wegschnappen, ihn unter den Tisch trinken. Ihn als Souvenir mit nach Hause nehmen.

Ich ließ kaltes Wasser ins Waschbecken laufen und wischte mir den Nacken.

Zur Hölle damit.

Zweierlei weiß ich von Polizisten im Ruhestand: Sie schwelgen gern in Erinnerungen, und sie nehmen sich gern wichtig. Ich konnte nur hoffen, daß MacAvoy schon so weit angetrunken war, daß er redete, aber nicht so betrunken, daß er mir nicht mehr erzählen konnte, was ich wissen wollte.

Ein labiles Gleichgewicht.

Ich betrachtete mich forschend im Spiegel wie in einer Kristallkugel. Wenn ich Puder dabeigehabt hätte, hätte ich mir die Nase gepudert.

Ich trat aus der Mädchentoilette auf den engen Gang hinaus, wo mich ein Mann in Lederjacke streifte, dessen Schweißgeruch noch in der Luft hing, als er längst verschwunden war. Ich zog mir einen Stuhl zwischen MacAvoy und seinen bebrillten Nachbarn und setzte mich in der plötzlich eintretenden argwöhnischen Stille hin.

«Sergeant», sagte ich, holte tief Luft und legte meinen Ausweis auf den Tisch, «was halten Sie von Privatdetektiven?»

Er nahm sich Zeit, musterte erst mich, dann mein Foto und reichte meinen Ausweis bei seinen Freunden herum, die nickten und etwas Beifälliges murmelten.

Ich betrachtete MacAvoy in aller Ruhe. Vielleicht war er einmal so jung gewesen wie Jimmy, fast hübsch zu nennen. Jetzt war sein Gesicht rund mit Hängebacken, die Nase teigig und von Trinkeräderchen überzogen. Seine Haut wirkte talgig im Neonlicht, zu blaß für einen Mann, der am Meer lebte.

«Tja», verkündete er schließlich, an seine Freunde gewandt, «ich finde, die heutigen sehen um Längen besser aus als die früheren.»

Röhrendes Gelächter erschallte, das die allgemeine Aufmerksamkeit auf unseren Tisch lenkte.

«Könnte ich Sie allein sprechen?» fragte ich.

«Keine Frage, Mädel. Verzieht euch, Jungs. Feiert alleine weiter.»

«Draußen», sagte ich. «Ich bringe Sie nach Hause.»

«Ein so gutes Angebot habe ich seit zwanzig Jahren nicht mehr bekommen», sagte er und erhob sich mühsam auf die Füße, indem er sich mit seinem ganzen Gewicht schwer auf den Tisch stützte. Er holte seine Brieftasche hervor, zog einen Zwanziger heraus und klatschte ihn auf den Tisch. «Eine Runde für euch auf meine Rechnung, Jungs.» Er legte noch einmal zwanzig dazu. «Freibier für alle», verkündete er großspurig, daß es alle im Raum hören konnten. «Mein Glückstag heute.»

Er versuchte, ein bißchen sein Becken hin- und herzubewegen, und ich hoffte nur, daß er endlich in die Gänge käme, bevor ich ihm eine in seinen fetten Bierbauch verpaßte. Ich weiß, ich weiß, ich sollte lieber von meinen weiblichen Verführungskünsten Gebrauch machen, um einem alten Mann Informationen zu entlocken, aber mal ehrlich, heißt das, daß ich Schrott ertragen muß, der schon vor meiner Geburt Rost angesetzt hat?

Ich unterdrückte meinen Abscheu. Es wäre mir wahrhaftig sauer aufgestoßen, wenn der Kerl jung gewesen wäre. Ältere Männer, verflucht, das war eine andere Welt. So mußt du das sehen. Damit leben. Spiel deine Rolle, befahl ich mir selbst. Davon gibt's nur eine begrenzte Anzahl: Mutter, Tochter, Frau, Geliebte.

Ich würde die liebe, besorgte Tochter sein. Es fällt mir zwar schwer, wie mein seliger Vater mir bestätigen würde, wenn er könnte, aber für ein paar kurze Momente kann ich die Show abziehen.

Ich schob tochtermäßig einen Arm unter MacAvoys, und der Mann war so wackelig auf den Beinen, daß er keine andere Wahl hatte, als sich zu bewegen, denn sonst hätte es ausgesehen, als würde ich ihn gegen seinen Willen zur Tür zerren. Einer seiner Kumpel johlte, als wir gingen, aber ich hatte meinen Mann fest im Schlepptau und kümmerte mich nicht darum. Der alte Bock legte einen Arm um mich und probierte es mit Antatschen, aber er war betrunken und ich schneller.

«Wenn Sie das noch mal machen, müssen Sie die Wohltaten Ihrer Krankenkasse in Anspruch nehmen», warnte ich ihn.

Er starrte mich aus feindseligen, trunkenen Augen an. Einen flüchtigen Augenblick lang fragte ich mich, ob er wohl seine Kanone dabeihatte. Ich hatte meine im Auto gelassen, ins Handschuhfach eingeschlossen.

Hoffentlich mußte ich das nicht bereuen. Bei Expolizisten, betrunkenen Expolizisten, weiß man nie.

26

Die Stille – keine zehn Meter vom Eingang der Bar entfernt – war unheimlich. Der Akkordeonspieler hatte vorerst Schluß gemacht. Ich betrachtete den ungeschlachten alten Mann neben mir mit bösen Ahnungen.

«Was ham Se denn für Probleme, Mädel?» fragte er.

«Ich hab keine Probleme», schoß ich zurück. «Wie steht's mit Ihrem Gedächtnis?»

«Ich wette, daß ich mich an mehr erinnere, als Se je wissen werden, Mädchen.»

«Wenn Sie mich weiter ‹Mädchen› oder ‹Mädel› nennen wollen, sollte ich vielleicht ‹Daddy› zu Ihnen sagen. Wie finden Sie das?»

«Nich besonders.»

«Wie möchten Sie denn gern genannt werden?»

Er starrte zu der einen Reihe windgepeitschter roter Plastikwimpel hinauf, die den Parkplatz markierte. Erinnerte mich an Überbleibsel von einem Gebrauchtwagengelände, aber sein Gesicht entspannte sich, und er grinste, als fielen ihm andere Dekorationen ein, vielleicht die Decke der hohen Schulturnhalle. Hopsertanz, Samstagabend.

«Hübsche Ladys nenn' mich Mac», sagte er.

Als nette Tochter, die ich war, lächelte ich. «Mac, ich heiße Carlotta, ich war auch mal bei der Polizei, hab aber keine zwanzig Jahre vollgekriegt, und darum bin ich Privatdetektivin geworden. Ich hätte gern, daß Sie mir helfen.»

«Wer hat Ihn' gesagt, wo'ch wohne?»

Argwohn wischte ihm das Grinsen vom Gesicht.

«Der Chef des Bostoner Morddezernats.»

«Un der heißt?»

«Mooney. Ich habe für ihn gearbeitet. Wenn Sie Revier D anrufen, wird er Ihnen sagen, daß ich eine ehrliche Haut bin.»

«Die olle Fledermaus ge'nüber hat Ihnen vonner Bar erzählt, stimmt's? Würde gern ihrn dickn Kopp als Zielscheibe benutzn. Wenn mal 'n Ganove aus'm Knast ausbricht – irg'nd so'n Rotzer, den ich mal vor dreißig Jahren eingelocht hab –, sagt sie ihm gleich, wo 'r mich finden kann, Tag un Nacht. Blöde Kuh.»

Er stolperte, und ich hielt ihn am Ellbogen fest, und verdammt will ich sein, wenn er mir nicht wieder den Po zu tätscheln versuchte. Ich trat ihm auf den Zeh. Feste.

«Sin Se wirklich, wer Se sagen?» fragte er.

«Jawoll. Wenn ich mich recht erinnere, geht es hier lang zu Ihnen.» Der Gedanke, mit einem Betrunkenen, der mir am Arm hing, noch eine lange Strecke zu laufen und sein Gewicht auszuhalten, während ich als Gegenwert nur Steine und Schotter in die Sandalen bekam, schmeckte mir gar nicht.

«Ha'm Se kein Auto?»

«Habe ich in der Nähe Ihres Hauses geparkt.»

«Verdammt, un ich dachte, ich würde 'n Lift nach Hause kriegen. Hab Arthritis im Knie und so.»

«Ich kann Sie nicht tragen», sagte ich. «Tut mir leid.»

Er tat keinen Schritt mehr. Blieb einfach im Dunkeln stehen, grinste blöd und grübelte darüber nach, wie es weitergehen sollte.

«Und über welch'n meiner alten Triumphe wolln Se mit mir redn? Was is'n so wichtig, daß Se hier rauskommen und 'ne alte Schnapsdrossel bis zu ihrm Nest verfolgen?»

Ich spielte die Unschuldige. «Wie kommen Sie darauf, daß ich an Ihren alten Fällen Interesse haben könnte?»

«Se ham nach meim Gedächtnis gefragt, Mädchen. Ich weiß noch gut, was Se vor fünf Minuten gesagt ham, Mädchen.»

Das letzte «Mädchen» schmetterte er mir förmlich als Beleidigung an den Kopf.

Ich überhörte es. Meine Tochterrolle erforderte Bewunderung und Respekt. Keinen Streit.

«Sie sind helle», sagte ich.

«Se ham ja keine Ahnung.» Er setzte sich auf eine grob zusammengezimmerte Bank und klopfte einladend auf den Platz neben sich. Ich nahm an, ließ aber eine gute Handbreit zwischen uns frei. Der gelbliche Widerschein von der Bar beleuchtete die rechte Seite seines Gesichts. Ich fragte mich, ob seine Kumpel uns auf der Bank sitzen sehen konnten, ob ich vielleicht auf einen täppischen Annäherungsversuch vorbereitet sein sollte, etwas, wovon er den Freunden erzählen konnte.

Ich sagte: «Ich finde es durchaus verständlich, daß man nicht weiterkommt mit einer heißen Kartoffel wie dem Verschwinden des Cameron-Mädchens. Was ich nicht verstehe, ist, warum der Fall so schnell bei Ihnen gelandet ist, schon nach ein paar Wochen. Die Ermittlungen wurden in Dover aufgenommen, erstreckten sich dann auf Cambridge und schließlich Marblehead. Es wäre doch anzunehmen, daß die Polizei des Staates –»

MacAvoy warf mir einen verächtlichen Blick zu, dann hustete er und spie auf den Parkplatz. «Scheiß-Thea-Dorothy-Janis, allmächtige Cameron», sagte er, nach Art eines Trunkenbolds um deutliche Aussprache bemüht. «Die gottverfluchten Camerons, bitte verzeihn Se das rüde Wort. Glaube nich, daß ich Lust hab, darüber zu reden, danke vielmals.»

«Aber Sie sind doch derjenige, der alles zusammengefügt hat, Mac», sagte ich und trug dick auf. «Wenn Sie nicht gewesen wären, wäre der Mord an Dorothy vielleicht nie mit Albert Albion in Zusammenhang gebracht worden. Und erzählen Sie mir nicht, sie könnten sich nicht an ihn erinnern. Ein Cop bekommt nicht allzuoft die Chance, einen Sensationsfall einem Serienmörder anzuhängen! Sind irgendwelche Leute von Hollywood an Sie herangetreten? Agenten? Mit Buch- oder Filmangeboten?»

MacAvoy reagierte überhaupt nicht. Weder auf den Namen Albert Albion noch auf den versteckten Hinweis, daß ihm Geld angeboten worden sein könnte.

«Soll die ganze Bande doch auf dem Grund des Meeres verrotten», sagte er leise. «Für wen, zum Teufel, halten die sich eigentlich? Sie sagen etwas, und die Erde bewegt sich, die Berge wackeln, und die Cops tun auch besser daran, die Beine in die Hand zu nehmen. Aus dem Weg, oder du wirst niedergewalzt.»

Anscheinend sprach er von den Camerons – und nicht von Polizisten oder Serienmördern.

«Manche Fälle sind so», sagte ich, um ihn erneut daran zu erinnern, daß auch ich früher Polizistin gewesen war, daß wir einmal beim gleichen Verein waren. «Man braucht Fingerspitzengefühl dafür wie für Landminen, die noch nicht explodiert sind.»

«Richtig», sagte er und nickte einmal kurz, als wäre die Sache damit ein für allemal abgehakt. Wegen flatternder Wimpel und Meer konnte ich ihn kaum hören. Zu meinem Leidwesen setzte nun auch der Akkordeonspieler wieder ein.

Ich sagte: «Ich habe Ihren Aktenordner gesehen.»

«Ja?» Seine Gleichgültigkeit wirkte gekünstelt und falsch.

«Sieht großartig aus», sagte ich. «Das, was noch übrig ist.»

«Wie mein' Se das?»

«Ganze Seiten durchgestrichen, andere fehlen, viel Tipp-Ex, Text weggekratzt –»

«Der Fall ist abgeschlossen», sagte er und verlagerte sein Gewicht. «Was nörgeln Se da noch?»

Ich dachte an den Schotter, die Steine. Ich konnte eine Handvoll aufheben, sie ihm ins Gesicht schleudern und wegrennen.

«Ich hab nur ein paar Fragen.»

«Welche?»

«Warum sind Sie auf den Fall angesetzt worden?»

«Muß mein Glückstag gewesen sein, Mädel. Wolln Se wissen, was für 'n Glück? Wenn die Camerons nich gewesen wärn, wär'ch jetzt Captain im Ruhestand, nich 'n gottverdammter Sergeant. Wissen Se, was für 'n Unterschied das gewesen wär für meine Pension?»

Ich konnte es nachsehen. Im Besoldungsverzeichnis des öffentlichen Dienstes.

«Haben Sie Beryl Cameron jemals *gesehen* oder ihr gar Fragen gestellt?»

Er starrte auf die Bank.

«Wie steht's mit dem Rest der Familie? Franklin, Tessa –»

«Die Polizei von Dover hat die Aussagen.»

«Die Polizei von Dover hat lauter Entschuldigungen angeführt, lauter Gründe, weswegen die Camerons nicht befragt werden konnten –»

«Also wirklich, Schätzchen, wundert Se das? Daß die Reichen anders behandelt werden als wir andern alle? Kein Wunder, daß Se ausgestiegen sin. Oder sin Se gefeuert worden?»

Ich ignorierte den Stich. «Wissen Sie noch, zu welchem Zeitpunkt Albion gestanden hat?»

«Nein», sagte er gleichgültig. «Mein Gedächtnis is anscheinend doch nich mehr so gut. Ham Se 'ne Zigarette, Schätzchen? Rauchen hilft mir immer auf die Sprünge.»

«Nein», sagte ich. «Ich hab's aufgegeben.»

Der Zeitpunkt war Ende Mai, nach Dorothys Beerdigung.

Er hatte ein Päckchen, noch fast voll. Er lehnte sich auf der wackeligen Bank zurück und strich das Streichholz auf dem freigebliebenen Stück an, das uns auseinanderhielt. Es sollte wohl eine Drohgebärde sein, eine Warnung, ihm nicht zu nahe zu kommen. In dem flackernden Lichtschein konnte ich flüchtig einen sonderbaren fünfzackigen Stern erkennen, der ihm auf den Handrücken tätowiert war.

Der Geruch des Tabaks war besser als der nach schalem Bier und altem Erbrochenen, der von der Bank ausging, das muß ich sagen.

«Erinnern Sie sich an einen Dr. Manley, einen Psychiater, der gesagt haben könnte, daß Beryl Cameron zu krank sei, um auszusagen?»

«Kann ich nich behaupten.»

«Hat Beryl Cameron während der Ermittlungen einen Selbstmordversuch unternommen?»

«Das hätt ich sicher inner Akte vermerkt», sagte er. «Schätzchen.»

«Und wie wär's hiermit? Könnten Sie sich vorstellen, daß der CIA die Akten verändert hat?»

«Der was?» sagte er. «Ham Se grade die heiligen Initialen genannt? Ham *Sie* getrunken oder hab *ich* getrunken, oder sin wir beide verrückt geworden?»

Ich sog tief die salzhaltige Luft ein. «Besteht die Möglichkeit, daß Thea Janis noch am Leben ist?»

«Nein», sagte er. «Es sei denn, Se glauben an den Reinkarnationsquatsch.»

Zum Teufel damit, dachte ich, bereits im Stehen. Es war eine schöne Fahrt gewesen.

«Für wen arbeiten Se?» fragte MacAvoy plötzlich. Ich tat so, als hätte ich nichts gehört, und machte mich auf den Weg zu meinem Wagen.

«Werden Se von den Camerons bezahlt? Oder von dem anderen Kandidaten, der Gouverneur werden will? Wenn Se Staub aufwirbeln wolln –»

Er torkelte auf die Füße. Unbeholfen, aber schnell. Ich verlor keine Zeit mehr, sondern machte mich auf und davon. Ich fing zwar nicht an zu laufen, aber ich blieb auf der Hut und horchte, horchte immer auf Schritte.

Auf der Heimfahrt konnte ich das Gefühl nicht loswerden, daß ich beschattet wurde. Aber wenn ich in den Rückspiegel blickte, war nichts zu sehen bis auf die normale Lichterkette gleichförmiger Scheinwerfer. Einmal wurde das unangenehme Gefühl so stark, daß ich an den Straßenrand fuhr, das Handschuhfach aufriß und meine S&W 40 auf den Sitz neben mich knallte, das kalte Metall an meinen Schenkel gedrückt. Ich achtete darauf, daß sie gesichert war. Wartete, leise vor mich hin summend.

Brauchte eine Weile, bis ich merkte, welches Lied das war.

«Been on the job too long.»

War ich vielleicht auch.

27

Durch die Art, wie ich fuhr, stellte ich verdammt sicher, daß mir niemand folgte. Ich bekam keinen Strafzettel für eine Geschwindigkeitsübertretung oder ähnliche Vergehen, aber nicht, weil ich die Verkehrsregeln beherzigt hätte. Nach Mitternacht sind kaum noch Polizeistreifen auf den Straßen.

Alles vergebene Liebesmüh. Ein Cop lungerte vor meiner Haustür herum. Mooney. Er hat seit Jahren keine Anzeige wegen eines Verkehrsvergehens erstattet.

«Komm mit», sagte er.

«Ich bin müde.»

«Gary Reedy ist im Wagen. Das FBI will was von dir.»

«Hast du deine Informationsquelle ausgeplaudert?»

«Nein, Carlotta, so ist es nicht gelaufen. Garnet Cameron hat dich der Lüge bezichtigt.»

«Der Lüge? Das könnte in der Kirche jemanden zum Weinen bringen, aber seit wann ist es ein Vergehen, das mit Haft geahndet wird?»

«Red einfach mit Reedy, ja?»

Wenn es irgendein Cop gewesen wäre und nicht Mooney, hätte ich ihm gesagt, er solle verschwinden.

Gary Reedy fuhr den Wagen eines FBI-Manns, einen Mercury Marquis mit einer Halterung für eine Schrotflinte unter dem Dach. Er hatte den kernigen Händedruck eines FBI-Manns und das klobige Kinn und die tiefe, barsche Stimme eines FBI-Manns. Ich gebe es ungern zu, aber ich mochte den Kerl. Auf mich machte er den Eindruck des perfekten Papas, nicht des perfekten J.-Edgar-Hoover-Agenten mit Schlips und Kragen. Ich habe ihn noch nie mit einem weißen Hemd gesehen. Er trug Jeans, wie immer. Leider tendiert er dazu, mich wegen meines Verhältnisses mit Sam Gianelli als Gangsterbraut abzuhaken.

«Spielt sie mit?» fragte er Mooney, als sei ich gar nicht vorhanden.

«Teil aus», sagte Mooney.

«Was wird denn gespielt um diese nachtschlafende Zeit?» fragte ich Reedy.

«Wo waren Sie?» fragte Reedy. Ich überhörte die Frage. Er stellt sie rein übungsmäßig. Da er keine Antwort von mir erwartet, sage ich auch nichts.

«Steigen Sie ein», sagte er und wies auf seinen Wagen.

«Nein danke.»

«Es dauert nicht so lange, wenn ich es Ihnen beim Fahren erkläre.»

«Andererseits kann ich hier einfach nein sagen, wenn Sie mich fragen.»

«Ich muß Sie Garnet Cameron gegenüberstellen.»

«Blödsinn.»

Reedy sagte: «Ich möchte wetten, daß er Sie dann nicht mehr Lügnerin nennt.»

Ich funkelte Mooney wütend an, beherrschte mich jedoch und sprach normal mit Reedy, denn er hört Frauen nicht zu, sobald sie die Stimme erheben, vor Wut beben oder sonst eine Eigenschaft aufweisen, die er «hysterisch» nennen kann.

«Warum denn nicht?» sagte ich ruhig und vernünftig. «Weil er die richtigen Schulen besucht hat? Vielleicht haben Sie recht. Vielleicht würde Garnet mich dann nicht mehr rundheraus als Lügnerin bezeichnen. Er würde sagen, daß ich mich geirrt hätte. Daß ich etwas mißverstanden hätte. Daß Missy –»

«Marissa», korrigierte mich Reedy.

«Daß *Marissa* ihrem Göttergatten gerade einen kleinen Streich spielt. Erwarten Sie nicht, daß er bei meinem Anblick von Schuldgefühlen geplagt wird und zusammenbricht.»

«Kommt auf den Versuch an.»

Ich mühte mich fünf Minuten vergeblich damit ab, den FBI-Mann loszuwerden. Keine Chance.

«Darf ich mich eben umziehen? Ich glaube, ich bin nicht ganz passend gekleidet für Dover.»

«Ziehen Sie einen Mantel über», sagte Reedy. Wahrlich sehr witzig.

Ich krabbelte auf den Vordersitz des Wagens und überließ Mooney die Rückbank, die ihm, wie ich inständig hoffte, keinen Platz für die Beine ließ.

«Haben Sie keine Bedenken, daß es als Belästigung angesehen werden könnte, wenn Sie mich um diese Nachtzeit – am frühen Morgen – zu Garnet bringen?»

«Sobald eine Entführung angezeigt worden ist, sind wir für alles zuständig. Jetzt, da wir die Anzeigeerstatterin selbst haben, können wir ganz anders vorgehen.»

«Anzeigeerstatterin?» dachte ich. Toll, diese FBI-Sprache. Machte mir nicht die Mühe, eine Bemerkung über den Pluralis majestatis fallenzulassen. Das FBI ist eine Gesamteinheit, ein Wesen, ein «Wir». Ich hoffte, daß Mooney auf dem Rücksitz ordentlich litt, wenn seine Beine bei jedem Schlagloch gequetscht wurden.

Ich warf den Kopf nach hinten, einmal, um mein Haar in Form zu bringen, und zum andern, um mein Hirn aufzuwecken. Ich stand nicht mehr im Dienst Tessa Camerons. Ich hatte gegen den ausdrücklichen Wunsch ihres Sohnes ein Verbrechen gemeldet. Ich konnte bestenfalls mit einer eisigen Begrüßung rechnen.

Es sei denn, Andrew Manley war zufällig anwesend.

«Gary», sagte ich betont freundlich, «darf ich Sie etwas fragen?»

«Aber bitte», sagte er, während Mooney hinten schnaubte.

«Wann habt ihr eigentlich mit euren Fallprofilen angefangen, Teten, Depue, Douglas und all die anderen in Quantico?»

Jeder FBI-Agent kennt die stolze Geschichte des Bundeskriminalamts. Läßt sich mit Wonne darüber aus.

«Es war 69 oder 70, als Teten einen Kurs für angewandte Kriminologie einrichtete», sagte Reedy. «Er rief Agenten und Polizisten aus allen Landesgegenden dazu auf, ihm ungelöste Fälle vorzulegen, die Sorte, die ihnen nachts den Schlaf raubte. Er hatte einen Riesenerfolg damit.»

«Nehmen wir mal an, ein Mädchen verschwindet 71 und wird von einem Kerl ermordet, der noch mindestens zwei weitere auf dem Gewissen hat – vergewaltigt und ermordet. Hätte das FBI Unterlagen darüber?»

«Nur, wenn es zu dem Zeitpunkt ein aufsehenerregender Fall war oder es Jahre gedauert hat, bis er gelöst war.»

«Es war eine aufsehenerregende Sache», murmelte ich leise und überlegte, wie ich wohl an die FBI-Akte des Falls Cameron herankommen konnte.

Stille herrschte in dem großen Wagen. Er fuhr so anders als mein kleiner Toyota, daß wir gut an Bord eines Schiffes auf hoher See hätten sein können.

«Mooney», sagte ich, «hast du dir die Akte von Thea Janis eigentlich angesehen, bevor du sie mir gegeben hast?»

«Aber sicher», sagte er, «hinterher auch.»

«Erinnerst du dich an die Geständnisse von Albion?»

«Hab sie mir nicht gemerkt.»

Ich lächelte im Dunkeln. Ich schon, und Mooney wußte das.

Ich wandte mich wieder an den FBI-Mann. «Gary», sagte ich, «hier mal ein hypothetischer Fall: Ein Typ tötet eine Frau, die er *vielleicht* kennt, dann eine weitere und dann eine dritte, die der ersten Frau ähnlich sieht. Wird erwischt, wie er gerade mit dem Messer in der Hand über der nackten Leiche der Lady steht. Kein Auto in der Nähe.»

«Und?»

«Würden Sie den Mörder als ‹intentional› oder als ‹affekthaft› bezeichnen?»

«Machen Sie Witze? Der Typ handelt im Affekt. Ein Wunder, daß er nicht gleich nach dem ersten Mord geschnappt worden ist. Kein Fluchtplan beim dritten Mord reicht aus, um ihm die mangelnde Intention zu attestieren. Aber das FBI hat Anfang der siebziger Jahre noch nicht die Begriffe ‹intentional› und ‹affekthaft› benutzt.»

«Was hat das FBI denn gesagt?»

«Moment. Die einen nannten wir, glaube ich, die ‹einfachen Schizophrenen›. Und dann gab's noch die ‹Psychopathen›. Den gewöhnlichen Serienkiller à la Ted Bundy.»

Albert Ellis Albion war nicht über Thea Janis' Leiche geschnappt worden. Nach McAvoys Rekonstruktion der Verbrechen war sie das zweite Opfer in der Reihe gewesen.

«Kann aus einem ‹intentionalen› Mörder ein ‹affekthafter› werden?» fragte ich Reedy.

«Möglicherweise ja. Mit der Zeit. Besonders dann, wenn ihm die Sache psychologisch entgleitet, wenn er geschnappt werden will. Dann fängt er unter Umständen an, Mitteilungen an Zeitungen zu schicken oder vor Kumpeln in der Bar zu prahlen.»

Ich drehte mich um und sah nach hinten. «Irgendwelche Fortschritte?» fragte ich Mooney leise.

«Womit?»

«Daß ich Albion besuchen darf.»

«Wenn du Reedy hilfst, tue ich dir vielleicht einen Gefallen.»

«Das erwarte ich auch», sagte ich.

Nach einer Viertelstunde fröhlicher Unterhaltung über Serienmörder der Vergangenheit, Gegenwart und Zukunft bogen wir von der Hauptstraße ab, zwängten uns zwischen den Torpfosten hindurch und fuhren die Allee zur Cameron-Villa hinauf. Das Haus war taghell erleuchtet.

Nicht bloß eine Kerze im Fenster, um Marissa bei der Heimkehr zu leuchten.

Ich hatte keine Autos beim Hinauffahren bemerkt, aber kaum hielten wir, trat ein Mann aus dem Gebüsch und berichtete durch ein halb geöffnetes Fenster, es schiene alles ruhig zu sein. Er informierte Reedy darüber, daß zwei Agenten vor einer halben Stunde Motorengeräusche von einer Nebenstraße her gehört hätten wie von einem Motorroller oder Moped, aber nicht auf das Haus zukommend, und der Versuch, den Fahrer zu ergreifen, sei gescheitert, weil er in den Wald abgebogen sei.

Ein Motorroller. Wie der an der Avon Hill School, den die «Herumtreiber» gefahren hatten, wie Anthony Emerson sie genannt hatte.

«Hat es jemand gesehen?» fragte ich rasch.

«Nein. Das Gelände ist dicht bewaldet», sagte der Agent.

Spezialagent Reedy riß die Kontrolle wieder an sich, indem er sagte: «Ich möchte, daß das gesamte Gelände abgesucht wird. Nach Reifenspuren. Irgendwas. Haben die hier eigentlich schon die ganze Nacht das verdammte Licht an?»

«Nein, Sir. Es ging erst vor zehn Minuten an wie am Weihnachtsbaum –»

Die Haustür öffnete sich, und Garnet Cameron erschien, so elegant gekleidet, als hätte er die Presse erwartet und nicht die Polizei.

«Bitte, Agent Reedy, kommen Sie doch herein.»

Agent Reedy schien irritiert zu sein. Die Begrüßung war offenbar viel herzlicher ausgefallen als vorher. «Danke, Sir. Also, nur ein paar Fragen.»

«Wir haben wieder eine Nachricht», sagte Garnet. «Ich fürchte, es ist ernster, als ich dachte.»

«Haben Sie sie auf Band aufgenommen?»

«Ja, habe ich. Zumindest teilweise. Ich war nervös. Habe vergessen, das Gerät gleich einzuschalten.»

«Hören wir's uns mal an.»

Wir wurden hastig in ein Zimmer geleitet, das ich noch nicht kannte und das mit schweren Eichenmöbeln ausstaffiert war. Ein großes Klavier beherrschte die eine Seite eines marmornen Kamins, der kaum Platz wegnahm. Garnet nickte nur, als er mich sah.

Reedy kümmerte sich sofort um das Gerät.

Dieselbe Stimme, die ich schon gehört hatte, die krächzende, digital veränderte Stimme, sagte: «Sie lebt. Wenn Sie falschspielen, zerschneiden wir ihr das Gesicht.»

Garnets Stimme auf dem Band ging eine Oktave höher. «Lassen Sie mich mit Marissa sprechen! Woher soll ich wissen –»

Ein lautes Klicken ertönte. Einen Augenblick lang dachte ich, die Entführer hätten aufgelegt, dann kam etwas Neues. Eine Frau las mit Leierstimme laut etwas vor. Wie eine Maschine, leblos.

«Das ist Marissa», erklärte Cameron eifrig. «Sie liest aus der *Times* vor. Der heutigen – nein, der gestrigen Zeitung.»

«Es ist eine Bandaufnahme», sagte Reedy, «aber wenn es ein Zeitungsbericht von heute ist, wissen Sie, daß sie am Leben und kaum verletzt ist.»

«Steht sie unter Drogeneinfluß? Warum klingt sie so komisch?»

Reedy nickte. «Wahrscheinlich Tranquilizer im Essen.»

Die Computerstimme ertönte wieder. «Mr. Cameron, vergessen Sie nicht, das Lösegeld beträgt zwei Millionen. Schalten Sie keine Polizei ein oder so was. Denken Sie an die Finger. Jeweils einer. Vielleicht auch zuerst ihre hübsche kleine Nase. Oder ein Ohr.»

«Was meinen Sie?» sagte Garnet, als das Band zu Ende war.

«Ich wünschte, ich wäre hier gewesen. Wieviel von dem Gespräch ist nicht aufgezeichnet? Wie lange hat es gedauert, bis Sie das Gerät eingeschaltet haben?»

«Ich weiß es nicht. Nicht lange. Vielleicht ein Satz, höchstens zwei. Können Sie die Telefonnummer nicht feststellen?»

«Ja, aber wenn der Täter schon so schlau ist, seine Stimme zu verändern, wird er sicher von einer öffentlichen Telefonzelle oder über eine Umleitung angerufen haben.»

Ich wunderte mich über die Stimmenveränderung. Hieß das, daß Garnet die Stimme sonst erkennen würde?

«Können Sie zwei Millionen aufbringen?» fragte Reedy.

«Nein.»

«Einsfünf?»

Garnet holte tief Luft. «Ja. Es wird aber einige Zeit dauern. Und Sie haben ja gehört. Sie werden ihr –»

«Nein», sagte Reedy ruhig. «Vergessen Sie die Drohungen. Kidnapper sind gierig. Sie wollen Geld. Ohne Ihre Frau, gesund und munter, bekommen sie nichts. Das wissen sie. Setzen Sie, wenn sie wieder anrufen, die Höhe des Lösegeldes neu fest. Versuchen Sie, es auf eine Million runterzuhandeln.»

«Ich soll mit ihnen feilschen?»

«Versetzen Sie sich mal in deren Lage. Eine Million ist immer noch erheblich besser als eine Leiche, die man loswerden muß.»

«Mr. Cameron», fragte ich schnell, «wird das Auswirkungen auf Ihre Kandidatur haben? Werden Sie sich aus dem Wahlkampf zurückziehen?»

Spezialagent Reedy verabschiedete sich und uns bereits und entschuldigte sich barsch für die Störung. Ich bin sicher, daß er die Telefonnummer checken lassen wollte, für alle Fälle, aber ich hatte auch das Gefühl, daß ihm meine peinlichen Fragen mißfielen.

Er starrte mich wütend an, als wir die Stufen hinuntergingen. Bestimmt hatte er mir draußen die Hölle heiß machen wollen. Zum Glück kam einer seiner Leute dazwischen. Sie hatten Abdrücke von schmalen Reifenspuren im Matsch gemacht. In der Nähe hatten sie eine Schachtel gefunden, die mit Druckbuchstaben an Mr. Garnet Cameron adressiert war. Eine kleine, leichte Schachtel. Der Deckel saß lose, und es waren weder Drähte noch ein Mechanismus daran befestigt. Spuren auf den Außenflächen waren vom Erkennungsdienst gesichert worden. Wollte der verantwortliche Spezialagent sie aufmachen?

Ja, das wollte er. Er zog Latexhandschuhe an.

Ich war froh, längere Zeit nichts gegessen zu haben. Ich war auf einen Finger eingestellt.

Die Schachtel war angefüllt mit blondem Haar, Marissa Camerons lang herabfallendem Haar. Die glatten, glänzenden Strähnen waren anscheinend mit einer stumpfen Schere abgeschnitten worden. Auf einem Zettel stand in Blockschrift: «Mehr davon?»

Der Agent hatte auch für mich etwas. Tessa Cameron wollte mich sehen. Sie wartete in dem Aussichtspavillon am See auf mich. Der Mann deutete einen Pfad hinunter und sagte: «Etwa eine dreiviertel Meile.»

Ich warf einen kurzen Blick auf Gary Reedys angespanntes Gesicht und sprintete davon.

28

Nach meinem Verständnis ist ein Aussichtspavillon ein offenes Bauwerk mit Rundumblick. Ich brachte fünfzehn Minuten mit der Suche nach etwas zu, das an einen solchen Pavillon erinnert, bis ich schließlich auf ein rundes Gebäude aus aufgetürmten Felsbrocken stieß, das aussah wie eine wild gewordene alte Steinmauer in Neuengland. Die Felsen ragten hoch auf und gingen in einen Miniaturmärchenturm mit allem Drum und Dran einschließlich Zinnen über. Ans Ufer eines dunklen Sees gekauert, wirkte er wie die Illustration aus einem Kinderbuch. Wenn ich bis Sonnenaufgang wartete, würde womöglich Rapunzel ihr Haar noch länger als Marissas herabfallen lassen. Bei diesem Gedanken fröstelte ich.

Ein einziges rundes Fenster ließ genügend Licht durch, daß die Tür eben zu erkennen war. Drinnen war es überraschend kühl. Dicke Mauern. Ich stieg die Wendeltreppe hinauf.

Spielzeug der Reichen und Berühmten. Vielleicht hatten Thea und Beryl und Garnet als Kinder hier herumgetollt. Nun war eine tot, eine schizophren, und einem war seine Frau entführt worden. Einen Moment lang wünschte ich mir, ich könnte die Spinnweben aus den Ecken wischen und all die verlorenen Kinder mit einem zaubermächtigen Fingerschnipsen wieder in eine frühere Zeit zurückholen.

So daß sie all das Leid noch einmal erfahren konnten.

Die Tür am oberen Ende des Turms war angelehnt.

Kein einziges Kinderspielzeug. Was immer es einst gewesen war, jetzt war es Tessas Versteck, mit weichen Sofas und dicken Teppichen. Das Porträt an der gegenüber liegenden Wand mußte Tessa in jungen Jahren sein. Ein sehr feines Gesicht. Konventioneller als Thea, aber die Zeiten waren auch konventioneller.

Meine Augen suchten Tischplatten und Kommoden ab. Keine Fotos oder Porträts des seligen Franklin Cameron. Überhaupt keine Erinnerungsstücke der Familie.

«Mrs. Cameron?»

«Danke, daß Sie gekommen sind.»

Mehr hatte sie anscheinend nicht zu sagen. Sie saß einfach auf einem Sofa, starrte ins Leere und spielte mit den juwelengeschmückten Händen.

«Hatten Sie einen Wunsch?» fragte ich.

«Ich wollte nur hören, ob Sie Fortschritte gemacht haben. Wissen Sie inzwischen, wer die Texte meiner Tochter imitiert haben könnte?»

«Verzeihen Sie, Mrs. Cameron, aber Ihr Sohn sagte mir, Sie wünschten keine weiteren Schritte in dieser Sache. Er brachte mir den von Ihnen unterzeichneten Vertrag, in Fetzen zerrissen. Er sagte, Sie hätten den Scheck storniert.»

Sie wirkte vollkommen verblüfft. «Das ist gelogen. Alles Lügen. Warum sollte ich meine Meinung ändern? Selbstverständlich will ich wissen, wer das getan hat. Was spräche dagegen?»

Ich zuckte die Achseln. «Dann nehme ich mal an, daß ich immer noch von Ihnen bezahlt werde.»

«Aber gewiß! Obschon es mir leid tut, daß Sie die Behörden eingeschaltet haben bei diesem letzten ... Unglücksfall. Oh, mir ist bewußt, daß Sie glaubten, es tun zu müssen, aber jetzt denke ich, ja, sorge mich, daß wir alle Marissa in die gierigen Hände spielen.»

Ich sagte: «Moment mal. Sie glauben, daß das Manuskript gefälscht ist, und jetzt halten Sie auch noch die Entführung für eine Täuschung? Warum sollte sich Marissa auf Kidnapper einlassen? Sie könnte sich doch einfach von Ihrem Sohn scheiden lassen. Und sich von ihm den Unterhalt zahlen lassen.»

«Sie braucht kein Geld. Ihre Familie besitzt ein beträchtliches Vermögen.»

«Glauben Sie, daß es persönliche Gründe hat? Haßt sie Ihren Sohn so sehr?»

«Es hat politische Gründe.»

«Wie meinen Sie das?»

«Es ist ein Ablenkungsmanöver, das meinem Sohn im kritischen Stadium des Wahlkampfs die Konzentration raubt.»

Ich blieb stumm, schnüffelte in die Luft. Ich konnte ihren Kamelienduft nicht riechen. Ob dies das Haus war, das sie mit Dr. Manley teilte?

«Was ist?» fragte sie.

«Erinnert Sie das denn gar nicht an die Zeit, als Thea verschwunden ist?» Ein Strohhalm, an den ich mich klammerte.

Sie hob das Kinn. «Wieso?»

«Ich habe die Polizeiakten gelesen. Das FBI dachte, Thea sei entführt worden. Ihr Telefon wurde damals abgehört; jetzt wird es ebenfalls –»

«*Damals* war ich wie von Sinnen vor Sorge. *Damals* brachte ich keinen Bissen mehr hinunter. *Damals* konnte ich weder gehen noch sprechen.»

«Ist Thea während einer Wahlkampagne verschwunden?»

Sie überhörte die Frage. «Sind Sie weitergekommen?»

«Ich weiß nicht recht. Ich habe noch einmal mit Andrew Manley gesprochen. Ich würde ihm gern ein paar Fragen stellen, aber ich habe ihn bisher nicht aufspüren können.»

Sie veränderte ihre Haltung auf dem Sofa und kreuzte die wohlgeformten Beine. «Möchten Sie etwas trinken?»

Das kleine Märchenschloß war mit einer Hausbar ausgestattet. Darauf standen ein reifbeschlagener Krug und eine Reihe von dunkelfarbigen Flaschen. Nur ein Martiniglas war benutzt, wie ich bemerkte.

«Nein, danke», sagte ich.

Sie biß sich auf die Lippen. «Bitte, wollen Sie sich nicht setzen?»

Plüschpolster kitzelten mich an den Schenkeln. Ich wartete.

Sie sagte: «Dr. Manley schlug vor, ich sollte vielleicht ein wenig näher erläutern … was es mit dem Schreibblock, dem Manuskript, auf sich hat.»

«Ich würde gern dem Herrn Doktor selbst ein paar Fragen stellen», sagte ich.

«Dr. Manley ist nicht mehr in der Stadt», sagte sie mit Bestimmtheit. «Er meinte, ich sollte Ihnen erzählen, wie wir an das erste Kapitel gekommen sind. Warum wir es unbedingt wiederhaben wollten.»

Nun rede schon, drängte ich sie im stillen.

«Wir waren ausgegangen – in ein Restaurant, tanzen. Drew und ich sind schon seit Jahren eng befreundet. Wir wußten, daß mein Sohn zu einer Veranstaltung fort war, um Spenden zu sammeln. Marissa neigt nicht zur Geselligkeit. Wir waren erstaunt, daß das Wohnzimmer hell erleuchtet war und sogar ein Feuer im Kamin. In einer ebenso schwülheißen Nacht wie dieser.»

«Wann war das?»

«Letzten Samstag abend, den Abend, bevor Drew Sie aufgesucht hat.»

«Fahren Sie fort.»

«Wir nahmen an, daß Garnet frühzeitig heimgekommen

war, und gingen hinein, um ein Gläschen mit ihm zu trinken.»

Sie schwieg so lange, daß ich sie wieder anspornen mußte. «Und?»

«In dem Zimmer war niemand. Auf dem Fußboden lag ein Schreibblock, ein Schreibblock, der so sehr wie Theas aussah, daß es mir den Atem verschlug. Ich dachte, mich träfe der Schlag, befürchtete einen Herzanfall. Drew half mir, mich auf das Sofa zu setzen und ein paarmal tief durchzuatmen. Ich sah einige verstreute Seiten herumliegen. Drew sammelte sie ein. Er atmete so heftig, daß ich mir auch um ihn Sorgen machte. Er brachte mir den Schreibblock. Er fragte mich, ob es Theas schöne Handschrift sei, und tatsächlich! Mir wollte fast das Herz zerspringen! Aber er blieb beharrlich dabei, es handle sich um eine Fälschung, und zum Beweis zeigte er mir den Zettel.»

«Welchen Zettel?» fragte ich fast lautlos, im Flüsterton.

«Den Zettel, auf dem Geld gefordert wurde.»

«Wo ist dieser Zettel?»

«Wir haben ihn verbrannt.»

«Sie haben *was*?»

«Im Kamin. Wirklich. Drew sagte, ich hätte es nicht tun sollen, aber ich ... Es war so heiß, so stickig ... Und Thea ist tot. Sie hätte nie um Geld gebettelt. Und daher wußten wir, daß der Rest des Manuskripts –»

«Moment! Ein ‹Rest des Manuskripts›?»

«Auf dem Zettel stand, daß wir für jeden Manuskriptteil mehr bezahlen müßten, daß es vulgär sei, obszön, daß es die Familie ruinieren würde. Politisch. Daß es sich um Theas Geständnisse handle – vor langer Zeit geschrieben –, die sie vor ihrem Tod einer Freundin übergeben habe.»

Ich blieb einen Augenblick still und dachte nach. *Berlin, jetzt.*

Ich fragte. «Warum haben Sie der Nachricht auf dem Zettel Glauben geschenkt, wenn Sie das Manuskript anzweifelten?»

Sie zog hilflos die Schultern hoch. «Drew hat gesagt, er würde sich um alles kümmern.»

Ihr kostbarer Drew war von der Echtheit des Manuskripts überzeugt gewesen. Dann hatte er eine Kehrtwende gemacht und seine Meinung radikal und von Grund auf geändert. War verschwunden. Wiedergekehrt. Hatte sich wieder in Luft aufgelöst.

Ich leckte mir die trockenen Lippen. «Ihr Sohn befindet sich in einem politischen Wahlkampf, und seine Frau verschwindet. War Ihr Mann mitten in einer Wahlkampagne, als Thea verschwand?»

Sie legte die Fingerspitzen an die Schläfen und massierte sie mit kleinen Kreisbewegungen. «Das ist lange her. Wenn ja – was ich bezweifle –, dann hat er entweder verloren oder aufgegeben. Franklin war nie erfolgreich. Alles, was er angepackt hat, ging daneben. Warum fragen Sie?»

«Ich suche nach Parallelen», sagte ich. «Ihr Mann. Ihr Sohn. Damals. Heute. Thea. Marissa.»

«Es gibt keine», sagte sie. «Keine.»

Na gut, dachte ich. Wechseln wir das Thema.

Ich sagte: «Ihre Tochter Thea hat ein Testament hinterlassen.»

«Dazu hat ihr ihr Agent geraten. ‹Ein literarisches Erbe für einen literaturbegeisterten Erben.›»

«Hat Thea viel Geld vererbt?»

«Nein. Kaum der Rede wert.»

«Wer bekommt ihre Tantiemen?»

«Ich kann mich nicht mehr erinnern.»

«Können Sie nicht oder wollen Sie nicht?»

«Bitte», sagte sie, «hören Sie damit auf.»

«Mrs. Cameron», sagte ich.

«Ja?»

«Es könnte auch jemand anders als ein politischer Gegner Ihres Sohnes Theas Werk imitieren.»

«Wie meinen Sie das?»

«Reden wir von Ihrer anderen Tochter. Reden wir von Beryl.»

Sie versteifte sich und zog die Schultern zusammen, als hätte ich ihr einen Schlag versetzen wollen.

«Lieber nicht.»

«Dann gehe ich jetzt.»

Sie wartete, bis ich aufgestanden war und zwei Schritte gemacht hatte.

«Sie haben recht», sagte sie dann. «Theas ganzes Geld geht an Beryl. Es ist nicht rechtmäßig, nicht gesetzlich – wegen Theas Alter, weil sie so jung war, als sie gestorben ist –, aber ich achte Theas Willen. Beryl bekommt Theas Tantiemen.»

«Wo?» fragte ich.

«Eine Mutter sollte ihre Kinder nicht überleben», sagte sie leise.

«Entschuldigen Sie, aber wollen Sie damit sagen, daß Beryl tot ist? Und nicht psychisch krank? Daß sie auf einem Friedhof liegt statt in einer Heilanstalt?»

«Ich hätte Sie nicht für so grausam gehalten, Carlotta.»

«Wenn jemand im Dunkeln gelassen wird, Mrs. Cameron, kann es passieren, daß er unabsichtlich grausam ist.»

Tessa drehte mir den Rücken zu und starrte aus einem Fenster, das zu dem dunklen See hinausging. Ich probierte es noch mit ein paar anderen Fragen, die Beryls gegenwärtigen Aufenthaltsort betrafen, und ob Dr. Manley als Experte für Gedächtnisverlust und Wiedererinnerung bezeichnet werden könnte.

Tessa Cameron saß die ganze Zeit über da wie unter einem Zauberbann, sprachlos, bewegungslos. Sie reagierte auch nicht, als ich ging. Ich blieb fünf Minuten still am Fuß der Wendeltreppe stehen, hörte jedoch kein Geräusch, keinen einzigen Schritt.

Mooney fuhr mich nach Hause. Auf meinem Anrufbeantworter war eine Nachricht. Das Taxi aus Dover hatte Marissa Cameron direkt zum Logan-Flughafen gebracht und sie um 14.18 Uhr am Terminal der United Airlines abgesetzt. Am Mittwoch, dem 16. August. Gestern – nein, inzwischen schon vorgestern. Niemand dieses Namens war am Mittwoch nachmittag oder abend oder Donnerstag morgen mit einer Maschine der United Airlines aus Boston abgeflogen. Gloria überprüfte gerade andere Fluglinien. Sie hatte einen Aufruf an alle Taxen von Logan ergehen lassen. Falls ein Taxifahrer Marissa und ihr jagdgrünes Gepäck am Flughafen aufgenommen und irgendwohin in die Bostoner Innenstadt gefahren hatte, würde Gloria es herausfinden.

Ich schaffte es gerade noch, mir die Zähne zu putzen, fiel aber mit Kleidern ins Bett. Irgendwann in der Nacht muß ich meine Shorts ausgezogen und auf den Fußboden geschmissen haben.

29

Während ich mich am nächsten Morgen auf der Route 95 vorankämpfte, Amerikas «Technologie-Highway», einem halbkreisförmigen Wunderding der Technik, das unentwegt durch ein ständiges Verkehrschaos blockiert ist, sann ich über Drew Manley nach, meinen früheren und künftigen Klienten, Harvard-Jahrgang 54, Beryls Psychiater und Tessas Geliebten. Nicht allein, daß seine Telefonnummer nicht im Telefonbuch stand, ich konnte sie auch durch meine normalen Informationsquellen nicht herausbekommen. Eine Flasche «Wild Turkey» zu Weihnachten pflegte für einen besseren Service der Telefongesellschaft zu sorgen. Ärzte haben für gewöhnlich einen Eintrag im Telefonbuch. Meist sogar rot hervorgehoben. Wie zum Teufel erreichten Drews Klienten den Mann?

War er wirklich «nicht mehr in der Stadt», wie Tessa behauptet hatte? Etwas hatte nicht gestimmt an der Art und Weise, wie sie das gesagt hatte, aber in Anbetracht des Stresses, unter dem sie gestanden hatte, war ich mir nicht sicher, ob sie gelogen hatte. Vielleicht wußte sie es wirklich nicht. Vielleicht argwöhnte sie, von ihrem Geliebten belogen worden zu sein.

Ich konnte jede psychiatrische Einrichtung in Massachusetts anrufen und darum bitten, Dr. Manley in einer dringenden Angelegenheit sprechen zu dürfen. Hoppla. Hatte er nicht selbst gesagt, er sei im Ruhestand? Verdammt, das würde die Sache erschweren. Und wie stand es mit Beryl?

Psychiatrische Kliniken rücken mit den Namen ihrer Patienten noch weniger gern heraus als mit denen ihres Personals. Mal sehen ... ich konnte eine einzelne Rose an Beryl Cameron unter der Adresse von zehn, zwanzig verschiedenen Kliniken schicken. Vielleicht erfuhr ich dann, daß Beryl nicht mehr in diesem Bundesstaat war, daß sie unter einem Pseudonym lebte. Beryl Jade? Beryl Ivory? Beryl Franklin?

War Thea je Manleys Patientin gewesen? Wie hatte er sie kennengelernt, wie kam es, daß er sich so leidenschaftlich für sie einsetzte?

Gegen elf legt die Route 95 – die frühere Route 128 und zur völligen Verwirrung von Touristen immer noch so ausgeschildert – für knapp eine Stunde eine kleine Atempause ein, um dann von Mittagsreisenden und Einkaufswütigen überschwemmt zu werden, bis um drei schon der abendliche Berufsverkehr beginnt. Das technische Wunder! Es gibt vier Kriechspuren, zwischen denen man wählen kann – fünf, wenn man die stark frequentierte Standspur dazurechnet –, jede vollgestopft mit Autos, die Stoßstange an Stoßstange dahinkriechen und giftige Abgase ausstoßen, hinter dem Steuer jeweils ein einziger Pendler, der auf das Heulen von Martinshörnern wartet, das blitzende Rotlicht von Rettungswagen, irgendein Zeichen, warum und wann der Verkehr eigentlich zum Erliegen kam.

Ich schmiegte mein Kreuz in den gemütlichen Sitz des Toyota, schloß die Augen und hörte mir «Up on the Lowdown» an, wobei ich mir Chris Smither mit der leuchtendblauen Alvarez-Gitarre bei Johnny D. auf der Bühne vorstellte. Ich bin seit meiner Collegezeit mit Unterbrechungen immer wieder Taxi gefahren und brauche nicht mehr hinzusehen, um zu merken, wann sich der Verkehr weiterbewegt. Ich klopfte mit einem Fuß den Rhythmus und machte mir im Kopf eine Liste. Nummer eins: Manley finden.

Nummer zwei: Beryl finden. Nummer drei: Marissa Cameron ausfindig machen. Um ihr Verschwinden kümmerte sich zwar das FBI, aber mir war ein Aspekt bekannt, von dem sie nichts wußten, *falls* es sich bei dem von Emerson in Avon Hill erwähnten Motorrad um eben den «Motorroller» handelte, den der FBI-Macker im Wald in der Nähe der Stelle gehört hatte, wo auf so mysteriöse Weise die Schachtel mit Marissas abgeschnittenen Locken aufgetaucht war.

Und ich hatte Gloria, immer ein As in der Hinterhand.

Ich drängelte mich auf die Überholspur, vorbei an einem zu langsamen Ford Bronco, dessen Fahrer wohl glaubte, Größe allein würde einschüchternd wirken. Er drückte frustriert und voller Verachtung auf die Hupe. Ich ignorierte ihn. Wenn man heutzutage einem anderen Fahrer den Stinkefinger zeigt, ist das unter Umständen die letzte Handlung. Ich dachte an das anmutig auf dem Hügel gelegene Anwesen der Camerons und an das Mayhew-Grabmal nebenan. Den launischen Finger möchte ich nicht unbedingt in meinen Grabstein eingraviert haben.

Ein Stück vom Manuskript erscheint erst wichtig, dann unwichtig, aber Mrs. Cameron hatte nichts Eiligeres zu tun, als mit Geld um sich zu werfen, um es wieder in Besitz zu nehmen. Kein Wunder, wenn das vollständige Manuskript so skandalös war, wie auf dem beigefügten Zettel angegeben. Dem Zettel, den Tessa und Manley verbrannt hatten.

Ich widerstand einem Impuls, nervösen Auffahrkünstlern hinter mir Obszönitäten an den Kopf zu werfen, bis ich die Ausfahrt Walpole erreichte. Nachdem ich dem – laut Mooney – von den Gianellis angeheuerten Killer zugenickt hatte, wechselte ich binnen einer knappen Viertelmeile über drei Fahrspuren auf die Standspur, schoß in die Ausfahrt und verabschiedete mich auf zwei quietschenden Reifen.

Wenn jemand mich beschattete, hätte ich's jetzt gemerkt.

In Massachusetts ist es gesetzeswidrig, die Spur zu wechseln, ohne den Blinker zu betätigen. Es ist auch gesetzeswidrig, rechts zu überholen. Aber nicht gesetzeswidrig genug, um einen dahin zu bringen, wo ich hinwollte. Bei weitem nicht.

Im Bundesstaat Massachusetts ist die Ahndung einer Straftat weniger eine Frage der Zeit als vielmehr des Ortes. In Concord fällt eine Verurteilung anders aus als in Walpole. Die Besserungsanstalt von Concord ist eine relativ nette Einrichtung, die ohne Schwierigkeiten in der ehrbaren, reichen Stadt Concord bestehen kann. In krassem Gegensatz dazu ist den Bürgern von Walpole endlich ihr vorletzter Wunsch erfüllt worden: Das Staatsgefängnis von Walpole ist in «Cedar Junction» umbenannt worden, damit es nicht gleich mit dem Namen der Stadt in Verbindung gebracht wird, in der Hoffnung, daß die Immobilienpreise dann ebenso steigen wie in den Gemeinden, in denen Einkaufszentren und gepflegte Hauptstraßen das Bild beherrschen statt Wachtürme und Stacheldrahtzäune.

Die meisten Bewohner von Walpole hegen den frommen Wunsch, das Gefängnis möge samt allen anwesenden und durchgezählten Insassen niederbrennen, nur das Personal, das zwar vom Gefängnis lebt, aber in der Stadt wohnt, möge auf geheimnisvolle Weise verschont bleiben.

Schwerste Gewaltverbrecher sitzen in Walpole ein. Die Oberliga der Verbrecherwelt. Wenn ein Richter zu «Concord-Haft» verurteilt, heißt das im allgemeinen, daß automatisch zwei Drittel der Strafe wegen guter Führung erlassen werden. Bei der «Walpole-Haft» tickt die Uhr langsam.

Die Straße war frei, sobald ich die 95 hinter mir ließ. Ich kurbelte das Fenster herunter und genoß den heißen Wind. Je näher ich dem Gelände der Haftanstalt kam, um so leerer wurde die Straße.

Als ich zum ersten Wachhaus kam, bremste ich auf Kriechtempo ab, um dem uniformierten Beamten reichlich Zeit zu geben, mein Massachusetts-Kennzeichen zu registrieren und vom Zulassungsamt überprüfen zu lassen. Warum soll man bewaffnete Männer nervös machen, sage ich mir.

Der Wachmann sah sich meinen Ausweis an und tätigte einen Anruf. Ich bereitete mich geistig auf eine Leibesvisitation vor. Ich wußte nicht, ob überhaupt weibliches Personal zum Abtasten zur Verfügung stand, was an Besuchstagen sicherlich der Fall war, und ich hoffte inständig, daß es ein solcher Tag war. Mein Körper ist nicht unbedingt ein heiliger Tempel, aber ich mache damit, was mir gefällt, und nur, was *mir* gefällt.

Bei der Vorstellung vom Körper als Tempel kam mir sofort Roz in den Sinn. Wie mochte sie vorankommen mit der kunstgerechten Alterung von Theas Foto? Wie war sie wohl an die Seiten aus dem alten Harvard-Jahrbuch gekommen? Hatte sie tatsächlich Zugang zum Harvard-Archiv gewonnen, diesem Allerheiligsten, in dem häßliche alte Wächter genau darauf aufpassen, wessen Spendengelder ausreichen, um die Zulassung eines geistesschwachen Enkels zu erwirken? 1954 brauchten sie sich noch keine Sorgen um dumme Enkeltöchter zu machen, weil damals keiner geglaubt hätte, Harvard könnte einmal nicht mehr nur Personen männlichen Geschlechts vorbehalten sein.

Personen männlichen Geschlechts. Davon gab's 834 entlang der holperigen Straße, auf der ich fuhr, 834 in einem Gebäude, das ursprünglich für 633 errichtet worden war.

Ich war nur an einem einzigen von ihnen interessiert. Albert Ellis Albion, Nr. 72786537. Al-Al nannten sie ihn, wenn sie ihn überhaupt bei einem Namen nannten, hatte Mooney mir früh am Morgen gesagt. Und daß gemunkelt würde,

Albert gehöre eigentlich nach Bridgewater, ins Gefängnis für psychisch kranke Verbrecher. Wegen der dortigen Überfüllung mußte er in Walpole bleiben, und für die übrigen Insassen stellte er kein Problem dar.

Der Wächter zeigte mit einem Kopfnicken die Straße entlang, und ich bog in den gepflasterten Parkplatz im Taschenformat ein, wobei ich den für den Wächter reservierten Platz freiließ. Ich hatte mich dem Anlaß entsprechend gekleidet. Das wäre mir im Winter leichter gefallen: schichtenweise L.-L.-Bean-Klamotten. Da es jedoch heiß genug war, um Eier zu kochen, kletterte ich mit lockeren Khakishorts und einem formlosen übergroßen T-Shirt aus dem Auto, mein Haar unter eine Mütze gesteckt, die mir jetzt schon den Schweiß auf die Kopfhaut trieb. Meine «Aufmachung», wenn man es so nennen will, war absichtlich asexuell. 834 Männer, ohne ein weibliches Wesen zusammengepfercht, sind eine Menge Männer.

Al-Al hatte außer seinem Anwalt, der ihm vom Gericht zugewiesen worden war, seit acht Jahren keinen Besuch gehabt.

30

Der Hof war betoniert – auf zwei Seiten von Mauern eingefaßt, auf der dritten und vierten Seite vergittert. Stacheldraht krönte den Platz wie der fehlgeschlagene Versuch einer Weihnachtsdekoration. Vierzig Männer waren draußen zum Morgenausgang, die meisten von ihnen mit bloßem Oberkörper, die gefängnisblauen Hemden um die Hüften geschlungen und mit den Ärmeln unter dem Nabel zusammengeknotet. Sie hatten sich nach Rassen aufgeteilt, die Weißen nach links, die dunkelhäutigen Schwarzen rechts, dazwischen alle Schattierungen von Milchkaffee. Dank meiner verspiegelten Sonnenbrille konnte ich mir, ohne Anstoß zu erregen, einige der schönsten Brustmuskeln, Bauchmuskeln und Bizepse anschauen, die ich je gesehen hatte.

Was für ein Land! Niemand ist so fit wie die Schwerreichen und die Schwerverbrecher, denen der doppelte Luxus von Zeit und Trainingsmöglichkeiten gemeinsam ist. Allerdings gab's keine Swimming-pools, Saunen, Heimtrainer und medizinischen Bäder für diese Kerle – wenn man nicht die morgendliche Schwüle als Dampfbad betrachtete. Aber die Sporthalle hier mußte mit guten Geräten ausgestattet sein. Nautilus, nach den Muskeln zu urteilen.

In meiner geschlechtslosen Aufmachung erregte ich kaum Aufmerksamkeit. Ein Schwarzer mit einem zum Stirnband gebundenen Halstuch ließ sich auf den glühendheißen Betonboden fallen und machte mir zu Ehren fünf schnelle Liegestütze mit einer Hand.

Ich ging rasch den Weg entlang, den mir der Wächter gewiesen hatte. Blicke schienen meine Haut zu durchbohren.

Jeder Durchgang war eine Herausforderung, eine Kombination aus Luftschleuse und Ausfalltor. Hinein in eine winzige Kammer, die Tür mit einem Knall hinter mir zu und automatisch verriegelt. Fragen beantworten, Ausweis vorzeigen, bevor die nächste Gittertür aufging. Überwachungskameras filmten die ganze Prozedur.

Beton und Stahl. Das Geräusch von Ketten, die über den Fußboden schleiften, der jäh gebrüllte Befehl eines Mannes. Meine Hände fühlten sich klamm an. Ich unterdrückte den Gedanken an Gefängnismeutereien und Zeitungsartikel über Geiselnahmen.

Ich wurde gut behandelt. Keine Leibesvisitation mit Ausziehen. Ich mußte in einem Buch unterschreiben und meine Adresse, Telefonnummer, Sozialversicherungsnummer sowie den Namen des Häftlings, den ich besuchen wollte, angeben. Und ich mußte formell erklären, daß ich keine Waffe trug. Ein Metalldetektor bestätigte meine Angabe. Ich fragte mich, wen Mooney angerufen hatte. Vielleicht stand Alberts Pflichtverteidiger in hohem Ansehen. Oder die Wärter waren so überrascht, daß jemand nach so vielen Jahren Al-Al besuchte, daß sie mich, in der Hoffnung auf ein bißchen Abwechslung, mit Samthandschuhen anfaßten.

Ich fiel mit zwei anderen Besucherinnen, hinter denen ich herging, in Gleichschritt, Frauen in aufreizenden Kleidern mit leuchtendbunten Blumen auf graubraunem Untergrund, ganz Augenweide und Versuchung für ihre Männer. Ehemänner, Freunde, Liebhaber? Die Väter ihrer Kinder? Ich konnte nur ab und zu einen Gesprächsfetzen aufschnappen von der Kabine aus, in die ich geführt wurde. Ein Wärter erklärte mir mit ausdrucksloser Stimme, daß mein Häftling in die Kabine auf der anderen Seite der Glastrennwand gebracht werden würde. Wir könnten uns per Telefonschaltung miteinander unterhalten. Niemand würde unser Gespräch mithören. Das Glas zu berühren sei nicht gestattet.

Ein zweiter Wärter mit knolliger Boxernase und metallgeränderter Brille hielt Al-Al mit knallhartem Griff, die Hände auf seinen Schultern, fest. Ohne Hilfe wäre Al vom Stuhl gepurzelt. Ich habe selten ein trübseligeres Geschöpf gesehen. Er wirkte ausgetrocknet, war faltig wie ein alter Mann. Mooney hatte gesagt, sein Pflichtverteidiger hätte sein Alter mit 42 Jahren angegeben.

Wie mochte er als jugendlicher Mörder ausgesehen haben?

Zuerst vermutete ich, daß er bis zu den Ohren mit Drogen vollgedröhnt war. Thorazin, etwas, das in größeren Mengen aus Menschen Zombies macht wie in *Night of the Living Dead.* Er versicherte mir aber zum Auftakt unseres Gesprächs mit heiserer Flüsterstimme, er nähme nichts. Es sei denn, es wäre etwas im Essen, murmelte er verschwörerisch.

«Ich möchte mit Ihnen über ein paar Dinge reden, die vor langer Zeit geschehen sind, Al», begann ich. «Soll ich Sie vielleicht Mr. Albion nennen? Al? Oder Albert?»

«Wer hat Ihn'n denn mein'n Namen gesagt?»

«Ihr Anwalt», log ich. «Harve Kelton. Der Mann, der Sie vor Gericht verteidigt hat. Erinnern Sie sich an ihn? Er schreibt Ihnen manchmal. Er hat mir gesagt, er hätte Sie dieses Jahr bei einer Anhörung zum Thema Straferlaß vertreten.»

«Ja?»

«Können Sie mir etwas über Ihren Hut erzählen?» Das war eigentlich nicht geplant. Ich wollte es auch gar nicht wissen, um ehrlich zu sein, aber ich unterhielt mich hier mit einem Strafgefangenen, der eine Kopfbedeckung aus zusammengesetzter Alufolie trug. Überbleibsel von Schokoriegeln vermutlich, die so zusammengedreht und -gefaltet worden waren, daß sie so etwas wie einen Ritterhelm bildeten.

«Ganz schön clever», sagte er mit einem Kichern, das ich nur verrückt nennen kann. Ohne einen Funken Humor.

«Ihr Hut?»

«Gegen die Strahlen», sagte er. «Hält die Strahlen fern.»

«Werden Sie mit Röntgenstrahlen beschossen?»

«Teilchenstrahlen», sagte er. «Die Röntgenscheiße benutzen sie nicht mehr, seit die Arische Bruderschaft die Geräte gestohlen hat.»

«Also Teilchenstrahlen», stimmte ich zu.

«Knallen sie auf einen ab. Teilchenstrahlungsfelder. Man weiß nie, wann sie sie auf einen abknallen.» Er nickte feierlich, und seine improvisierte Kopfbedeckung rutschte ihm fast bis auf die Nase herab. Er beeilte sich, sie wieder zurechtzurücken.

Ich mußte annehmen, daß der Kopfputz erst nach den Verbrechen entstanden war, denn sonst hätten sie ihn in Bridgewater eingeliefert, selbst wenn sie ihn mit dem Schuhlöffel hätten hineinzwängen müssen. Oder die Wärter waren der Auffassung, daß er seinen Wahnsinn nur vortäuschte, den Hut als Gag trug, einen Vorwand suchte, um in eine bessere Umgebung entlassen zu werden.

Falls Al-Al glaubte, Bridgewater sei besser als diese Anstalt, dann war er angesichts der jüngsten einschneidenden Kürzung der Mittel wirklich verrückt und gehörte dorthin.

«Ich bin Carlotta», sagte ich. «So heiße ich.»

«Anwältin?»

«Detektivin.»

«Also Polizistin?»

«So was Ähnliches wie eine Polizistin.»

«Ich habe nichts getan. Ich bin schon ewig hier.»

«Ich weiß, Al. Sie sind seit langem hier. Werden Sie schon lange mit Strahlen beschossen?»

«Ja, schon lange. Schon lange. Schon lange.» Er ging in einen Singsang über, und seine Augenlider zuckten. Schlummerzeit. Toll. Ich nutzte die Pause, um mein kleines Notizbuch aus der Tasche zu holen. Ich hatte mir die Namen von Al-Als Opfern und Einzelheiten von seinen Geständnissen aufgeschrieben.

«Al», sagte ich laut. Sein Kopf ruckte, und der Kopfputz geriet wieder in Schieflage. «Erinnern Sie sich noch an Anne Katon? Die Kellnerin? Die Frau, die Sie umgebracht haben?»

«O ja. O ja», flüsterte er. «Ich will nicht von ihr sprechen. Sie ist nicht wütend auf mich, gar nicht. Ich liebe sie. Ich liebe sie.»

«Anne?»

«Ja, Mensch, warum müssen Sie den Namen sagen?»

«Kannten Sie sie?»

«Sicher, kenn sie für alle Zeiten. Sie war mein Mädchen. Hab sie aufwachsen sehen. Sind Sie vor den Strahlen geschützt? Ist Ihre Mütze mit Folie ausgeschlagen oder so was?»

«Erinnern Sie sich noch an Thea Janis?»

«Ist Ihr Hut gefüttert?»

«Ja. Alles sicher. Was ist mit Thea?»

«Was für 'n Name is'n Thea. Tee-ja. Tee-ja.»

«Wie wär's mit Dorothy Cameron? Thea Janis. Dorothy Cameron. Klingelt's bei einem der Namen in Ihrem Kopf?»

«Klingelingeling», sang er. «Ich mag Klingelingeling.» Er kicherte, brabbelte: «'tschuldigen Sie.»

«Anne Katon», wiederholte ich.

«Tut mir leid, Annie», sagte er klagend, «ich wollte dir nicht weh tun. Dein Mund hat nicht zu reden aufgehört, nicht zu reden aufgehört, nicht zu reden aufgehört, nicht zu reden aufgehört, nicht aufgehört, nicht aufgehört.»

«Hatte Annie blondes Haar?»

«Braunes Haar, langes Haar, manchmal durfte ich es anfassen. Lange Zöpfe. Laß es lose hängen, Annie, laß dein Haar weich und lose hängen.»

Ich sah in mein Notizbuch. Das dritte Opfer war Eileen Evans gewesen. Thea das zweite. Ich würde probeweise mal die Reihenfolge ändern.

«Hatte Eileen braunes Haar wie Annie?» fragte ich.

«Eileen?»

«Eileen Evans?»

«Heißen Sie so? Sie haben hübsches rotes Haar, Eileen. Ich würde das Haar gern anfassen, aber nehmen Sie bloß die Mütze nicht ab. Sie werden sonst ganz bestimmt vollgeknallt.»

«Sind Sie mit Eileen ausgegangen?»

«Mit Annie, Annie, Annie. Sie hieß Annie, nicht Anne, nicht Anne, Eileen.»

«‹Thea war klein, nur 1,50 groß, mit braunem, zu einem langen Zopf geflochtenem Haar und nackten Füßen. Sie wartete am Straßenrand auf mich. Sie hatte ihre Sandalen ausgezogen.›» Ich zitierte aus dem Geständnis des Mannes, einem Dokument, das suspekt war, und sei es nur wegen seiner fehlerlosen Grammatik. Aber man weiß ja nie. Geständnisse werden im allgemeinen auf Band aufgenommen, und manchmal meinen diejenigen, die sie abtippen, sie müßten sie glätten.

Er reagierte überhaupt nicht.

«Hatte Thea langes braunes Haar?» fragte ich. «Sah sie wie Annie aus?»

Er preßte sein Gesicht zusammen. Ich starrte ihn ganze fünf Minuten an, bis er die Augen wieder aufmachte. Ich fragte mich, ob er glaubte, er stünde unter Strahlenbeschuß. Vielleicht sollte ich auch lieber das Gesicht zusammenpressen.

«Die», sagte er plötzlich.

«Thea», half ich nach. «Dorothy.»

Er sah mich lange an, rückte seinen Aluminiumhelm zurecht, mit dem er dem Blech-Holzfäller aus dem *Zauberer von Oz* ähnelte.

Nachdem er die Finger über alle Wände hatte gleiten lassen und mit dem Telefon rhythmisch auf die Stellfläche der Kabine geklopft hatte, sagte er: «Sagen Sie's auch keinem?»

Ich sagte: «Durch meine Mütze kann ich hören. Aber ich kann nichts weitersagen.»

«Aha», sagte er und nickte bedächtig.

«Fünfzack Seestern ging im Sand am Strand. Fünfzack Seestern ging im Sand am Strand. Fünfzack Seestern ging …»

Seine Stimme verlor sich in einem Lallen. Die halbe Zeit über klang es so, als spräche er nicht, sondern sänge. Das erinnerte mich an etwas.

Natürlich: das Kinderlied «Das Walroß und der Zimmermann gingen Hand in Hand …»

«Der Fünfzack Seestern sagte, Thea gehört ins Meer», fuhr er mit seinem Singsang fort und starrte mir in die Augen. «Sie gehört ins Meer, ins Meer, sagt Stern, ins Meer, ins Meer, ins Meer, ins Meer, ins Meer, ins Meer, ins Meer, Meer, Meer, Meer, Meer, Meer, Meer …»

«Al –»

«Ins Meer, ins Meer, ins Meer –»

Seine Stimme wurde schriller, bis plötzlich der Wärter aus einem Winkel des Raums auftauchte. Er nahm Al ohne weiteres das Telefon aus der Hand.

«Wollen Sie ihn noch länger singen hören?» fragte der

Wärter so gelangweilt, wie jemand nur gelangweilt sein kann. «Er macht nämlich stundenlang so weiter.»

«Nein. Schon gut.»

Er legte den Hörer auf und dirigierte Al-Al, der keinen einzigen Blick mehr für mich hatte, zu seiner Zelle zurück.

Bekenner. Sie kamen bei Serienmordfällen aus allen Ritzen gekrochen. Beim Würger von Boston gab es Tausende davon. Dieser Mann war immerhin überführt worden, hatte wirklich gemordet. Das verlieh ihm eine gewisse Glaubwürdigkeit.

Trotzdem, wenn ich ihn gefragt hätte, ob er Amelia Earhart umgebracht hatte, hätte er vermutlich zur Antwort gegeben, ein Stern hätte ihm gesagt, sie gehöre in den Himmel, in den Himmel, in den Himmel …

Der Verkehr hatte nachgelassen auf der Rückfahrt. Ich kurbelte das Fenster herunter und sang ordinären Blues zur Begleitung des Windes, jeden Song, der mir einfiel, der etwas mit Knast zu tun hatte, von «Ain't No More Cane on the Brazos» bis hin zum «Hard-Time Blues».

Woher hatte Al das Geld für all die Schokoriegel gehabt? Hatten Mitinsassen ihm ihr Stanniolpapier geschenkt? Wieviel Geld war auf seinem Gefängniskonto, wenn überhaupt? Welcher Art von Arbeit ging er im Gefängnis nach, wenn überhaupt? Brachte ihm sein Anwalt Alufolie mit, schmuggelte er vielleicht Folienrollen ohne Abreißkante herein?

Eins stand fest: Al-Al *hatte* Anne Katon gekannt. Er hatte sich an ihre Haarfarbe erinnert, hatte noch gewußt, daß er Annie etwas Schlimmes angetan hatte. An sein letztes Opfer, Eileen Evans, hatte er sich nicht mehr erinnern können.

Und Thea gehörte also ins Meer. Vielleicht hatte sie wie ein Seestern ausgesehen. Was – in den Augen eines Mannes, der so gestört war wie Albert Ellis Albion – womöglich auch zutraf.

Ich fuhr rechts ran und blieb abrupt auf dem grasbewachsenen Bankett stehen, während mehrere Autofahrer durch lautes Hupen ihre Verärgerung zeigten.

Ich hatte es falsch verstanden.

Nicht Fünfzack Seestern. Einfach Fünfzack. Fünfzack ist schon, seit ich denken kann, das Slangwort für «Polizist». Es ist in einer alten, in Hawaii gedrehten Fernsehserie aufgekommen, die womöglich in Albanien noch läuft, und es hat sich gehalten. Ich sah auf einmal die Schlangenlinien auf MacAvoys Handrücken vor mir. Kein sonderbarer fünfzakkiger Stern. Ein Seestern.

Der Fünfzack Seestern sagte, Thea gehört ins Meer.

31

In tiefes Sinnen über Seesterne und Cops versunken, öffnete ich vollkommen mechanisch meine diversen Haustürschlösser und stieg ebenso mechanisch die Stufe hinab in mein Arbeits- und Wohnzimmer. Ich bemerkte Roz an meinem Schreibtisch erst, als ich praktisch auf ihrem Schoß saß. Sie war so eifrig dabei, ein kleines Tonbandgerät zu bedienen, daß sie mich gleichfalls übersah.

Ich räusperte mich, aber ohne den gewünschten Erfolg. Wenn die Leute im Film das machen, schießen Assistenten von Schreibtischsesseln hoch, als seien sie von Killerbienen gestochen worden.

Roz blickte auf, blieb jedoch mit dem Hintern wie angewachsen sitzen.

«Hübsches Bandgerät», sagte ich. War es auch. Ein winziges Nakamichi mit lauter roten, grünen und gelben Knöpfen.

«Gloria hat mir beigebracht, es von den merkwürdigsten Orten aus abzuspielen. Sieh mal, du gehst rein, wählst eine Nummer an, haust auf diesen Knopf, und schon zischt deine Stimme über die Faseroptik. Ich glaube, ich hab sie inzwischen bei jedem ultrarechten Idioten gespielt, der sich ein Telefon leisten kann.»

«Bezahlt Gloria dich?»

«Klar.»

Großartig. Ich bezahle Gloria. Sie bezahlt Roz. Ein großer Kreis mit mir als tragender Säule.

«Ein Typ hat angerufen», sagte Roz.

«Name?»

«Hat er nicht gesagt.»

«Du bist mir eine schöne Sekretärin.»

Das holte sie aus dem Sessel. Ich ließ mich hineinsinken. Keinerlei Nachrichten auf meinem Schreibtisch, obwohl ich für den Fall meiner Abwesenheit einen Block mit hellblauen Merkzetteln in Sichtweite liegen habe.

«Und was wollte dieser ‹Typ›?»

«Fragte, wann du zurück bist. Ich habe gesagt, ich wüßte es nicht. Er hat zweimal angerufen.»

«Alt? Jung? Ausländer?»

«Eher alt, würde ich sagen.»

«Nicht Mooney?»

«Mooney nicht.»

«Hast du ferngesehen, während ich weg war?»

«Ein bißchen.»

«Gab's was über Entführungen hier am Ort?»

«Nicht bei MTV.»

Ich warf einen Blick auf die Titelseite des *Globe*. Falls etwas durchgesickert war, hätte die örtliche Journaille es zuerst aufgegabelt. Wenn die Entführung echt war, konnte ich damit rechnen, daß es keine Lecks gab. Das würden Gary Reedy und das FBI verhindern.

«Demnach hat Gloria nicht angerufen.»

«Hätt ich gesagt.»

Verdammt. Es hatte keinen Zweck, sie anzurufen. Wenn sie etwas darüber erfahren hätte, ob Marissa per Flugzeug, Schiff oder Taxi aus Logan abgereist war, hätte sie es mir mitgeteilt. Gloria ist zuverlässig. Man braucht ihr nichts zweimal zu sagen.

War Marissa auf dem Flughafen gekidnappt worden? Steckte sie irgendwie mit in der Sache oder gar mit den Entführern unter einer Decke? Sollte die Kidnapping-Masche als Wahlhilfe für Cameron dienen? Ein armer reicher Junge, Opfer eines teuflischen Komplotts?

Wenn die Organisatoren der Cameron-Kampagne meinten, das FBI an der Nase herumführen zu können, hoffte ich nur, daß sie sich gut mit Gentests und dem ganzen übrigen Schmus der modernen Kriminalistik auskannten.

Roz schien sich wohl zu fühlen in ihrem entweder zu kurzen Kleid oder zu langen Tank-Top. Das Kleidungsstück wurde zwecks besserer Ventilation mit langen Schlaufen zusammengehalten.

Sie sagte: «Gibt's was für mich zu tun?»

Ich sagte: «Ich will eine genaue Aufstellung über die Finanzen eines Polizisten im Ruhestand haben. Woodrow MacAvoy.»

«Sozialversicherungsnummer? Geburtsdatum?»

«Ich kenne weder das eine noch das andere. Immerhin weiß ich seine aktuelle Adresse – 31 Monroe, Marshfield.»

«Das müßte reichen.» Roz tänzelte zum PC-Tisch, klapperte auf meinem Computer herum – einem Geschenk von Sam Gianelli –, wartete, bis er summte und aufleuchtete, und tippte dann eifrig Zahlenreihen und Buchstaben ein, daß ihre langen lackierten Fingernägel nur so über die Tastatur flogen. Roz hat vor nicht allzulanger Zeit ein paar unsaubere Tricks und Codes von einem Meisterhacker gelernt. Da ich ihr ein Gehalt zahlte, während sie Unterricht in dubiosen Computermanipulationen nahm, nutze ich ihre Fertigkeiten, wann immer ich kann. Ich versuche gar nicht erst, die Computerschnüffelei moralisch zu rechtfertigen. Wenn da draußen irgendwo Informationen sind, wird sie auch jemand reinholen. Warum nicht ich?

«Stau bei TRW und Equifax», sagte Roz. «Ein Drittel der Bevölkerung dieses Landes versucht, etwas über die Kreditwürdigkeit eines anderen Bevölkerungsdrittels herauszubekommen.»

Und der Rest will wissen, ob der Freund oder die Freundin Aids hat, dachte ich.

«Was macht die Kunst?» fragte ich.

«Die Ausstellung?»

«Die Arbeit für mich. Das Mädchen auf dem Foto älter zu machen.»

«Ist schwierig.»

«Heißt das, daß es noch nicht fertig ist?»

«Es ist einfacher, mit einem lebenden Modell zu arbeiten, Carlotta. Siehst du das Fältchen da oben? Rechts neben deinem Nasenansatz? Das wird mal eine dicke Furche, weil du dein Gesicht immer so in Falten legst, wenn du auf den Computerbildschirm starrst. Das Foto, Scheiße, ich weiß nicht, welche Mimik sie hatte. Ich kann ein paar grundsätzliche Veränderungen machen – Anatomie-Grundkurs, weißt du. Die Kinnbacken gehen auseinander, die Haut unter den Augen und unter dem Kinn fängt an, locker zu werden. Wenn es ein Video oder eine Fotoserie gäbe, könnte ich entschieden mehr tun.»

Ich sagte: «Bleib dran.»

Ich wählte Mooneys Nummer. Er hob beim ersten Klingeln ab.

«Du bist also nicht bei den Camerons», sagte ich.

«Ich muß arbeiten. Fortschritte gemacht?»

«Wie sieht Reedys Plan aus?»

«Die Kidnapper auf eine Million, eine halbe Million runterhandeln, was auch immer, die Scheine unsichtbar kennzeichnen, die Übergabe beobachten, die Frau in Sicherheit bringen und die Gauner festnehmen.»

«Klingt aus deinem Mund alles ganz einfach.»

«Himmel, wenn Reedy einen Stealth-Bomber haben

wollte, um den Treffpunkt zu beobachten, würde er ihn bekommen.»

«Will er denn einen Stealth-Bomber?»

«Er will uns aus seinen Funkfrequenzen raushaben. Er will, daß die gesamte örtliche Polizei die Augen zumacht und mit einem Riesenschritt im Meer verschwindet.»

«Der gute alte Gary», sagte ich, «er glaubt also, daß die ganze Sache echt ist, was?»

«Er hält sich an die Regeln. Muß er wohl.»

«Dabei hat das FBI nicht mal mehr einen Stützpunkt in Butte, Montana», sagte ich.

«Stimmt», sagte Mooney. «Aber wenn Gary Reedy jetzt was versaut, werden sie ihn eigens für ihn wieder aufmachen.»

«Geschähe ihm recht, wo er dich so schön im dunkeln tappen läßt!»

«Was willst du eigentlich, Carlotta?»

«Dir die zerzausten Federn etwas glätten, Moon.»

«Ach Quatsch.»

«Also, ich wäre an Gerüchten über die Art des Ruhestands von Woodrow MacAvoy interessiert.»

«Wärst du.»

«Ja.»

«Wenn ich etwas höre, laß ich dich's wissen.»

«Mooney –»

Er legte auf. Fehlschlag auf der ganzen Linie. Wenn Gary Reedy netter zu Mooney gewesen wäre, wäre Mooney auch netter zu mir gewesen. Wie es in den Wald hineinschallt, so schallt es heraus.

Ich ließ es an Roz aus.

«Heiliger Himmel», sagte ich, «hast du noch immer nichts über Heather Foleys Familie für mich rausgefunden?»

«Über wen?»

«Heather Foley. Ein Mädchen aus Swampscott. Ist vor vierundzwanzig Jahren von einem Boot gefallen und ertrunken. Zur gleichen Zeit, als Thea verschwunden ist.»

«Du hast nicht danach gefragt», sagte Roz.

«Dann tu ich's jetzt.»

32

Roz, von meiner streitlustigen Laune eingeschüchtert, befand, daß Nachforschungen im Liberty Café erheblich vergnüglicher sein dürften. Ich kann nicht behaupten, daß ich sie ungern ziehen ließ. Ich mußte mich konzentrieren.

Zuerst machte ich mich ans Schreiben und brachte schließlich auch eine kurze, fröhliche Postkarte an Paolina fertig, auf der ich ihr mitteilte, daß es dem Vogel, dem Kater, Gloria und mir gutging und wir uns auf ihre Rückkehr freuten. Ich lief ganze vier Häuserblocks weit, um die Karte in den Briefkasten zu stecken. Nur um meine Nerven zu beruhigen, redete ich mir ein. Und nicht, um nach einem bewaffneten Mann in einer unverhältnismäßig warmen Windjacke Ausschau zu halten. Oder auf das Geräusch eines fernen Motorrads zu horchen.

Kaum wieder im Haus, kam mir eine Idee bezüglich Andrew Manleys, und ich rief die amerikanische Ärztekammer an. Zu meinem Ärger bekam ich eine automatische Ansage mit klassischer Musik im Hintergrund zu hören. Also wirklich, wenn sich die amerikanische Ärztekammer keine Ganztagssekretärin leisten kann, stecken wir eindeutig in einer Krise.

Was für eine Krise? Was hatte ich? Was wußte ich? Ich wand mir eine Haarsträhne um den Zeigefinger und rupfte daran, bis es weh tat.

Es war schon nach drei. Ich versuchte mich zu erinnern, wann ich zum letzten Mal etwas gegessen hatte. Und was.

Manche Leute würden Erdnußmus auf einem altbackenen Bagel nicht Frühstück nennen, aber wenn das alles ist, was sich ohne Schimmelansatz im Kühlschrank findet, ist es ein Frühstück.

Ich wühlte, bis ich im Gemüsefach einen Apfel fand, und schnitt die schlechte Stelle heraus. Lunch. Hmm.

Ich setzte mich an meinen Schreibtisch und rückte hin und her, bis ich bequem saß.

Es sah nach Erpressung aus; es roch nach Erpressung. Jemanden – neben Roz – gelüstete es anscheinend nach einem größeren Stück von Garnet Camerons Wohlstand. Nun sind ja eine Menge Leute auf dieser Erde scharf auf Geld – das verkleinerte also den in Frage kommenden Personenkreis nicht gerade, aber in diesem Fall mußte es jemand sein, der etwas wußte, das Garnet veranlassen würde, packenweise Scheine herauszurücken. Der oder die Betreffende konnte nicht persönlich zu Garnet marschieren und aus unbekannten Gründen die Knete fordern.

Ich werde Tessa dazu bringen, mir zu sagen, wo ich Manley finden kann. Ich knirschte mit den Zähnen, während ich die Telefontasten drückte. Mrs. Cameron war nicht zu sprechen.

Manley und Tessa verbrennen die Erpressernachricht. Kein Umsatz. Nächster Schritt: Marissa entführen.

Ich aß den Apfel auf und ging in die Küche, um noch etwas Eßbares zu suchen. Ein Paket in Zellophan verpackter Knusperstangen klemmte hinter der Besteckschublade. Ich tunkte sie in Peanutbutter. Eine brach, die andere hielt.

Vielleicht steckt die schöne, streitbare Marissa hinter allem, dachte ich. Oder sie hatte eine voreheliche Vereinbarung unterschrieben, die sie jetzt bereute. Sie würde auf den Penny genau wissen, wieviel Spendengelder Garnet für den Wahlkampf gesammelt hatte. Vielleicht wollte sie sich um jeden Preis von ihm trennen, meinte jedoch, ein wenig von seinem Reichtum mitzunehmen könnte nicht schaden …

Brauchte sie dann nicht einen Komplizen? Die Computerstimme hatte tief geklungen – zweifelsfrei männlich –, aber konnte man die Baßtöne nicht durch technische Tricks hinbekommen?

Warum hörte ich nichts von Gloria?

Ich rupfte an meinem Haar herum und kaute altbackene Stangen. Ich hätte beinahe Thea vergessen. Thea war das Herz aller Dinge, des Pudels Kern.

Und wer war Thea?

Die perfekte Tochter? Ein Teufelsbraten von einem Mädchen, das jedes männliche Wesen in Avon Hill hatte verführen wollen? Manleys junge Dame mit dem durchdringenden Verstand und der Fülle an literarischer Begabung? Eine Selbstmörderin? Ermordet? Ein Opfer, ja. Aber auch selbst eine Quälerin?

Ich schloß meinen Schreibtisch auf und nahm die Manuskriptkopie aus dem an mich selbst adressierten Umschlag. Echt? Eine Fälschung? Alt? Neu? Ich blätterte durch und las:

ein wort wird vielleicht fallen
und dann ein anderes
(still wie hitze, die einen schrei
erstickt
dunkel wie ein panther
der zu dschungelträumen
wiegenlieder flüstert)

Es erschien mir am wahrscheinlichsten, daß es sich bei dem Erpresser um eine Person aus der Vergangenheit handelte, um jemanden, der wußte, daß Thea Janis nicht von der Hand Albert Albions gestorben war.

Woodrow MacAvoy?

Ich sann über Al-Als schlichte Worte nach: Der Fünfzack Seestern sagte, Thea gehöre ins Meer. Ich überlegte mir drei Szenarien:

Eins: Woodrow MacAvoy, wie er Albert Ellis Albion dazu antrieb, einen Mord zu begehen. Ich verwarf diesen Gedanken. Äußerst unwahrscheinlich.

Zwei: Woodrow MacAvoy, wie er Theas Leiche findet – Todesursache: eine Überdosis Drogen, vielleicht auch aufgeschnittene Pulsadern – und von den Camerons dazu angestiftet wird, einen Mörder zu zwingen, das bereits tote Mädchen zu erstechen und ihre sterblichen Überreste ins Meer zu werfen. Warum das alles? Damit ihr Tod nicht als «Selbstmord» eingestuft wurde? Weil irgendeine Versicherung bei Selbstmord nicht gezahlt hätte? Damit sie in geweihtem Boden bestattet werden konnte?

Nummer drei: Woodrow MacAvoy, wie er mangels einer Leiche und angesichts der Unwahrscheinlichkeit, Thea jemals zu finden, Albert Ellis Albion dazu überredet, noch einen Mord zu gestehen. Warum sollte er? Damit jemand nicht die sieben Jahre, die erforderlich sind, bis ein Mensch amtlich für tot erklärt wird, zu warten braucht?

Aber es lag eine Leiche in Theas Grab ...

Wenn MacAvoy so viel für die Camerons riskiert hatte, hätten sie ihn dann fallenlassen? Oder waren seine Anschuldigungen bloß gespielt? Hatten die Camerons ihm seine Kooperation belohnt? Und wenn ja, warum dann die lausige Hütte?

Mit dem riesigen Fernsehapparat.

MacAvoy hatte zwei Zwanzigdollarscheine in der Bar hingelegt. Vierzig Dollar konnten ein beträchtlicher Teil seiner monatlichen Bezüge sein.

Verdammt. Ich fühlte mich hin und her gerissen in die verschiedensten Richtungen. Ich mußte noch einmal MacAvoy aufsuchen, herausfinden, was der Fünfzack Seestern wirklich zu Albert Albion gesagt hatte, warum und wann. Ich mußte über MacAvoy genügend belastendes Zeug ausgraben, um ihn zum Reden zu bringen. Ich mußte Drew Manley ausfindig machen und Schwester Beryl. Und ich wollte wissen, ob Heather Foleys Leiche je gefunden worden war. Es kam mir so vor, als ob die Teile des Puzzles allmählich meinen Fingern entglitten und in die Abgründe meiner Traumwelt fielen.

Ich hatte in jüngster Zeit nur unregelmäßig Schlaf bekommen, ganz zu schweigen vom Essen. Ich legte den Kopf auf meine Schreibtischauflage, nur für einen Augenblick, weil mir mein Haar so unerklärlich schwer vorkam.

Das Telefon schrillte. Ich öffnete die Augen im Dunkeln. Die Laterne an der Straße gab einen gelben Schein von sich.

«*Señorita, por favor, sin nombres.*»

Diese Stimme hatte ich schon einmal gehört. Ein einziges Mal. Tief, verteufelt sexy und weit, weit weg. Diesmal klang es so, als sei Carlos Roldan Gonzales, Paolinas leiblicher Vater, im Nachbarzimmer.

«Hallo», brachte ich mühsam hervor.

«*Ein guter Streich, den Sie Señor Miami da spielen, aber muy peligroso.*»

«Ich mußte wissen –»

«*Jetzt wissen Sie's.*»

«Señor –»

«*Adios, señorita.*»

Es klickte in der Leitung. Paolinas Vater lebte also. Lebte wo? Lebte wie? Lebte wie lange noch?

Ich starrte auf meine Uhr, knipste die Schreibtischlampe an. Das konnte nicht wahr sein – es war nach zehn. Ich hatte einen vollen Nachtschlaf nachgeholt.

Das Telefon klingelte unter meiner Hand und schreckte mich auf. Vielleicht bekam ich die Stimme noch einmal zu hören. Ich holte tief Luft. Ich weiß nicht, warum, aber manche Stimmen berühren mich auf eine mir vollkommen unerklärliche Weise.

«Miss Carlyle.» Das war auf gar keinen Fall Carlos Roldan Gonzales. «Drew Manley hier.»

Lauter Fragen, die ich ihm an den Kopf werfen wollte, und er gab mir kaum eine Chance dazu.

«Hören Sie genau zu», sagte er. «Ich habe sie gefunden.» Seine Stimme zitterte, aber er wirkte jetzt wieder wie ein unbeschwertes junges Hündchen.

«Wo sind Sie?» fragte ich schnell.

«Im Sommerhaus. Marblehead. Könnten Sie bitte hierherkommen?»

«Warum? Warum fahren Sie nicht nach Dover und erzählen es Tessa? Wenn Sie Thea Janis gefunden haben, lebend, dann werden sie dort das gemästete Kalb schlachten, ganz bestimmt.»

«Es – die Situation ist nicht ganz einfach.»

«Rufen Sie die Polizei.»

«Bitte, Miss Carlyle. Helfen Sie uns.»

«Helfen Sie *mir*! Wo ist Beryl Cameron?»

«Darüber reden wir, wenn Sie hier sind. Bitte kommen Sie.»

«Thea ist wirklich dort?»

«Ja.»

«Sie haben mich schon einmal angelogen.»

«Ja, ich habe gelogen», sagte er. «Ich bin irregeführt worden.»

«Lügen Sie jetzt auch?»

«Nein. Ich brauche Sie. Thea braucht Sie.»

Am Telefon ist es leicht, etwas vorzutäuschen.

Er beschrieb mir den Weg so klar, daß er ihn von einer gedruckten Karte abgelesen haben mußte.

«Unten am Strand gibt's eine Hütte, einen kleinen Schuppen. Treffen wir uns dort», sagte er.

«Wieso? Warum nicht im Haus?»

«Keine Schlüssel», sagte er ungezwungen. «Bitte beeilen Sie sich.»

«Lieber an einem Platz in der Öffentlichkeit», sagte ich, «zum Beispiel einem Doughnutladen –»

Er hatte aufgelegt. Ich sprach mit mir selbst.

«Roz!» brüllte ich durchs Treppenhaus nach oben.

Nichts. Zehn Uhr ist zu früh für sie, um nach Hause zu kommen. Sie war sicher noch im Liberty Café, falls sie nicht schon einen Partner für die Nacht aufgegabelt hatte.

Ich hätte bis zum Morgen warten sollen. Ich erwog, alles aufzuschreiben, was ich über den Fall wußte, und meine schriftlichen Gedanken wie eine Lebensversicherungspolice wegzuschließen. So machen sie's im Fernsehen. Ich kannte so viele unzusammenhängende Fakten, und vieles andere war reine Vermutung von mir. Nach *meinem* Verständnis konnte ich meine Aufzeichnungen ebensogut auf Toilettenpapier schreiben und ins Klo spülen.

Bevor ich ging, lud ich meine S&W 40, prüfte die Sicherung und das Zusatzmagazin und steckte sie mit meinem Hüftclip zusammen in eine Papiertüte. Ich hatte nicht vor, den ganzen Weg bis Marblehead auf hartem Metall zu sitzen.

In letzter Minute griff ich noch zum Telefon und rief Gloria an.

«ITOA», meldete sie sich. «Wo sind Sie, und wohin darf ich Sie bringen?»

«Ich bin's», sagte ich, denn sie erkennt jede Stimme wieder, die sie einmal gehört hat. «Wer hat in Marblehead Taxen laufen?»

«Nordstrand, ja, Nordstrand. Ein Laden namens Clancy's. Aber keiner namens Clancy dabei.»

«Kannst du mir die Adresse der Zentrale geben, und könntest du dort anrufen und fragen, ob ich für ein paar Stunden eine Taxe ausleihen kann?»

«Ich kenne ein paar von den Fahrern. Vielleicht geht's.»

«Ich zahle das Doppelte.»

«Sag ihnen das bloß nicht; dann denken sie nur, du wolltest ihnen ihren Wagen zu Schrott fahren.»

«Arrangier es für mich, Gloria.»

«Schon so gut wie geschehen.»

«Noch nichts über Marissa Cameron?»

«Bisher nicht. In Logan gibt's jede Menge Taxen. Mach's gut.»

Mach's gut. Ich sah auf meinen Schreibtisch, schnappte mir Paolinas Postkarte, rieb sie an meiner Wange und steckte sie in meine Tasche. Ein Talisman, eine Mahnung.

Wenn ich zu Schaden komme, wer kümmert sich dann um Paolina?

Der Himmel war diesig, kein Lüftchen regte sich. Ich ließ den Motor an.

Auf nach Marblehead, wo vor 24 Jahren die Überreste von Kleidern aus Baumwolle und Leinen entdeckt worden waren.

33

Ich fuhr auf kleinen Nebenstraßen nach Kirkland, überquerte den Charles auf dem McGrath und O'Brien Highway und kreiste ungehindert um den Leverett Circle, eine erhebende Großtat. Wenn ich Manley nicht versprochen hätte, mich zu beeilen, hätte ich den Kreisverkehr zweimal umrundet aus reiner Lust, mit einer Geschwindigkeit, die das ewige Verkehrschaos tagsüber nie zuläßt, dort herumzusausen.

Spätabends ist die einzige Zeit, in der man in Boston fahren kann. Schwere Sattelschlepper und Taxen bevölkern die Straßen, Berufsfahrer, die einander mit professioneller Höflichkeit grüßen. Ich wechselte auf die linke Fahrspur und trat das Gaspedal durch. Zur Rechten tauchte unheilvoll das neue Fleet Center auf, das doch nie den Bostoner Garden mit seinen schlechten Sichtverhältnissen, den engen Sitzen, die einem die Knie einquetschen, und den Basketballteams, die sich ehrlich abrackern, ersetzen kann. Ich nahm Route 3 in Richtung der 93, dann eine Abkürzung schräg hinüber zur Tobin Bridge und verdrehte den Hals, um einen Blick auf die Umrisse von *Old Ironsides* werfen zu können. Weiter zur Route 1, immer hinter einem roten Strom von Rücklichtern her.

Marblehead liegt so weit nördlich von Boston wie Marshfield südlich. An Revere, Lynn und Swampscott vorbei, wo Heather Foley gelebt hatte und gestorben war. Nah bei Salem, wo einst neunzehn Hexen gehenkt wurden und eine mit schweren Gewichten zu Tode «gedrückt» worden war. Sandstrände, eiskaltes Wasser, große Anwesen mit Blick aufs Meer, immer weniger Sommergäste.

Ich betrachtete forschend die Scheinwerfer in meinem Rückspiegel. Bis auf das Pochen in meiner Brust nichts Ungewöhnliches. Ich wechselte nach Bostoner Art häufig die Fahrspur und setzte an diversen Ausfahrten irreführend den Blinker, um mutmaßliche Verfolger abzuhängen.

Ich höre mir beim Fahren immer alte Blueskassetten an, alles, von Muddy Waters bis Mississippi John Hurt. Ich sah meine Sammlung durch, während ich die Geschwindigkeitsbegrenzung übertrat.

Ich schob eine Rory-Block-Kassette in das Gerät und trommelte im Takt zu «Terraplane Blues» mit den Fingern aufs Lenkrad. War die ganze Sache vielleicht aus politischen Gründen inszeniert worden? Zuerst war «Mayhew» aufgetaucht und hatte mein Interesse an Theas Verschwinden geweckt. Dann war Marissa entführt worden.

Hatte Tessa die Zügel in der Hand? Hatte sie sich die gescheiterten Kandidaturen ihres verstorbenen Mannes so zu Herzen genommen, daß sie ihren Sohn um jeden Preis vor einem ähnlichen Schicksal bewahren wollte? War vielleicht, als Tessas Schachzüge nicht den erwarteten Erfolg brachten, Marissa zur Pflicht gerufen und für den nächsten öffentlichen Auftritt eingespannt worden?

Falls ja, wo blieb dann die Öffentlichkeit? Mama war mit Marissas Entführung nicht an die Öffentlichkeit getreten. Keine tränenreichen Interviews mit der Familie. Keine Fernsehaufrufe an die Schurken.

Alle Fäden, die ich zusammenspann, lösten sich unter der Hand wieder auf. Ich gab's auf und fuhr einfach nur noch.

Mein Schatten aus der Gangsterwelt erschien mir nur mehr wie eine vage Möglichkeit. Es war schön, bei weit offenem Fenster hinter dem Steuer zu sitzen und sich vom Wind die Haare zausen und das Ziel zuwispern zu lassen.

Die Strandhütte am Sommerhaus der Camerons.

Sobald ich die Hauptstrecke verlassen und von der 1 A auf die 114 abgebogen war, fuhr ich vorsichtig und hielt überall schon bei Gelb an. Landpolizisten haben nachts kaum etwas anderes zu tun, als nach Fahrzeugen Ausschau zu halten, die ihnen nicht bekannt sind und die in einer anständigen Gegend durch ihr sonderbares Verhalten auffallen. Wie sollte ich einem Polizisten erklären, was ich hier tat?

Ich lächelte. Ich würde ihm sagen, daß ich auf einer Art Pilgerfahrt war, daß ich das Haus sehen wollte, in dem Thea Janis ihre wenigen Sommer verbracht hatte, den Strand, von dem aus sie womöglich aus dieser Welt geschieden war. Das war besser, als wenn ich sagte, ich suchte Licht in einer Hütte und Autos. Und Drew Manley, Seelenklempner im Ruhestand, der vermutlich ein Phantom gefunden hatte.

Ich ging in Gedanken noch einmal den Anruf durch, versuchte mich an jedes Wort zu erinnern, jede Änderung im Tonfall. Glaubte ich Manley?

Es war seine Stimme gewesen. Eindeutig. Ein wenig atemlos, bisweilen etwas zittrig. Sonderbar. Aber wenn er wirklich nach 24 Jahren Thea wiedergesehen hatte, war das Grund genug für eine zittrige Stimme.

Spielte es überhaupt eine Rolle, ob ich glaubte, daß er Thea gefunden hatte? Ich mußte mit ihm reden, mußte in Erfahrung bringen, worauf er mich hinweisen wollte mit seinen Anspielungen auf das Phänomen der Wiedererinnerung.

Glaubte ich, daß er mit einer lebendigen, atmenden Thea an seiner Seite in dem Strandhaus war?

Glauben wollen ist nicht das gleiche wie glauben. Ganz und gar nicht …

Vielleicht ist Beryl bei ihm, dachte ich. Konnte Beryl, die ältere Schwester, *Böses Erwachen* geschrieben haben?

Ich hielt in der Nähe einer Texaco-Tankstelle an und blätterte durch meinen Straßenatlas. Seite 14. Ich wollte mir die verschiedenen Möglichkeiten ansehen, nach Marblehead Neck zu gelangen, einer piekfeinen Gegend. Mir schien es irgendwie besser zu sein, anders als nach Manleys Wegbeschreibung dorthin zu kommen in Anbetracht des geisterhaften Motorrads.

Ich entdeckte nur eine einzige Straße nach Marblehead Neck. *Eine*. Wenn die Cops diese Straße nicht überwachten, war es nicht weit her mit der Polizeigewalt. Dort, wo die Reichsten wohnen, ist eigentlich immer ein Streifenwagen in der Nähe. Für alle Fälle.

Es war an der Zeit, zur Taxizentrale zu fahren.

Ich machte auf der 129 kehrt und entfernte mich vom Meer. Straßen und Häuser rückten enger zusammen. Alles wurde kleiner. Das Taxiunternehmen war in der Nähe des Krankenhauses. Eine günstige Lage.

Ich parkte auf einer Straße zwei Häuserblocks davon entfernt. Kein Grund, meine Ankunft an die große Glocke zu hängen. Ich schob meine 40er in den Hüftclip, steckte ihn hinten in den Bund meiner Jeans und zog mein kurzärmeliges T-Shirt über die Ausbuchtung. In die Gesäßtasche schob ich eine Taschenlampe. Nützlich und außerdem so etwas wie ein Ablenkungsmanöver. Fragte mich jemand, was ich denn da hätte, zeigte ich ihm die Taschenlampe. Zuerst.

Der Mann von der Zentrale hatte ein Taxi für mich bereitstehen. Er hatte mit Gloria gesprochen. Wollte Bargeld sehen.

Da ich keinen Fahrgast nach Marblehead Neck hatte, nahm ich das Nächstbeste mit. Ich hielt an einem rund um die Uhr geöffneten Supermarkt und erstand ein Fläschchen

Tylenol, das flüssige Zeug, mit dem man fiebernde Babys beruhigt. Ich hätte Schnaps gekauft, wenn ich einen Spirituosenladen gefunden hätte. Die Auslieferung von Spirituosen und Medikamenten macht achtzig Prozent der Taxikurierdienste aus.

Vielleicht fiel mein Erscheinen so niemandem auf. Ich ließ die weiße Papiertüte sichtbar auf dem Beifahrersitz liegen. Vorsorglich.

Ein Damm trennte Marblehead Neck im Süden vom Devereux Beach und im Norden vom Hafen von Marblehead. In dem gut beleuchteten Hafen, dem einstigen Hort einer tüchtigen Fischereiflotte, schienen nur noch Vergnügungsboote vertäut zu sein. Der Mast eines Segelbootes war mit silbrigen Lampen bestückt.

Ich fragte mich, welches Ende des Dammes die Cops wohl routinemäßig bewachen mochten. Vielleicht hatten sie die Scheinwerfer ausgeschaltet. Das wäre clever.

Die Küste von Massachusetts erfreut sich größter Beliebtheit. Warum rotten sich die Leute bloß an großen Wasserflächen zusammen? Ich weiß es nicht, aber woran es auch liegen mag, ich kann's jedem nachfühlen. Der Charles River ist ja ganz schön, aber ich würde ihn binnen einer Sekunde für den Ausblick aufs Meer eintauschen. Die Strände von Massachusetts sind laut Gesetz für alle offen. Wie kann da die Immobilienwerbung verbriefte Rechte an zwei Meilen Sandstrand anpreisen? Weil, rein technisch, nur das Stück Land zwischen der niedrigsten und der höchsten Flutlinie öffentlicher Strand ist. Mit anderen Worten: Das gemeine Volk muß waten. Ich hoffte, daß nicht gerade Flut war.

Falls mich ein Polizist anhielt, würde ich danach fragen.

Damit war es nichts. Vielleicht standen Zivilstreifen in dem dichten trockenen Buschwerk, aber ich sah nichts dergleichen. Wegen des rhythmischen Meeresrauschens konnte ich auch nicht viel hören.

Die Ocean Avenue ist eine Prachtstraße, lauter große Villen ziehen sich an ihr entlang, zweifellos rundum mit Alarmanlagen gesichert. Die verschiedenen Baustile führen einen stillen Krieg auf der Ocean Avenue. Ich fuhr hintereinander an einem normannischen Schloß, einem futuristischen Kuppelbau und einem georgianischen Herrschaftshaus vorbei. Ob die Reichen, die in diesen Kunstgebilden wohnten, wohl miteinander sprachen? Jeweils den Geschmack ihres Nachbarn verfluchten? 56 war die Hausnummer der Camerons. 56 Ocean Ave. Dort. Ein Fachwerkhaus im englischen Stil, das sich weit ausdehnte, um ein gewaltiges Stück Land einzunehmen. Das kleine Haus, das immer größer wurde.

Pechfinster. Im Gegensatz zu den beiderseitigen Nachbarn, stellte ich weiter fest, während ich mit der Taschenlampe den Boden ableuchtete.

Genau wie Manley es beschrieben hatte, führte ein schmaler unmarkierter Fahrweg an einer Seite des Anwesens hinunter. Der Anblick gefiel mir gar nicht. Ich fuhr noch ein paar Häuser weiter die Straße entlang, an einem französischen Château und einem wild zusammengeworfenen Ziegelhaufen mit schmucken Fenstern vorbei. Jedes Anwesen erstreckte sich etwa so weit wie ein ganzer Häuserblock in der Stadt. An einem Schild mit der Aufschrift «DESMOULIN-WEG» hielt ich an und stieg aus dem Auto. Von «Weg» konnte kaum die Rede sein, es waren eher grobe Stufen, die in den Fels gehackt worden waren, aber sie führten in die richtige Richtung. Ich beschloß, hinunterzusteigen, am Strand entlangzugehen und mir das Cameron-Anwesen von hinten anzusehen, ehe ich meine Anwesenheit kundtat. Solange ich innerhalb der Flutlinien blieb, brauchte ich nicht einmal unerlaubt fremdes Eigentum zu betreten.

So kam es mir sicherer vor, als mich der unten liegenden Hütte direkt zu nähern, wie Manley empfohlen hatte.

Während ich hinabstieg, schien die Umgebung zu verblassen, und die Felsformationen verschwammen zu schemenhaften Silhouetten. Dunst schwebte vom Wasser empor und verwandelte sich in niedrig hängende Nebelschleier, die alles auf ihrem Weg in ein Leichentuch hüllten.

Nebel. Plötzlich dicker weißer Nebel. Wie oft mochte er diesen Strand heimsuchen? Ich machte zögernd zehn Schritte, dann konnte ich den Fels und die Stufen nicht mehr sehen. In der Ferne tutete ein Nebelhorn. Hatte es Thea gerufen? War sie einmal zu oft in den Nebeldunst getreten und hatte das Meer ihren Namen singen hören? Hatten Sirenen den Nebel geschickt, um sie einzuhüllen, ihr die weichen Arme entgegengestreckt, um sie in die Wellen zu geleiten?

Hinter mir ein unregelmäßiges Tappen. Schuhe mit harten Sohlen, die den gleichen Stufenpfad hinunterkletterten wie ich? Bei dem Geräusch sträubten sich mir die Nackenhaare.

Der weiche Sand oberhalb der Flutlinie gab unter meinen Turnschuhen nach, bremste mich, zog mich zurück. Ich rannte auf das Haus der Camerons zu. Ein stecknadelkopfgroßes Licht schien nach einer Seite, teilweise verdeckt von einem überhängenden Ast.

Eine baufällige Hütte. Ein Umkleidehäuschen für mitternächtlich Badende? Der Schuppen, wo Manley auf mich wartete, um mir endlich die Wahrheit zu sagen.

Licht schimmerte auf der Rückseite der kleinen Holzhütte, keins vorn.

Manley?

Ich horchte auf einen Verfolger. Ich konnte nichts hören, aber ich war mir meiner Sinne nicht sicher, traute ihnen nicht bei der gleichmäßigen Brandung und der Stille des Sandes.

Sollte ich ihn beim Namen rufen? Ein Teil von mir fand einen Schrei nach Thea, die lange tot war, angemessener. Und ebenso wahrscheinlich, daß er gehört wurde.

Reiß dich zusammen, befahl ich mir selbst. Angesichts des nebelverhangenen Meeres und des schauerlich tutenden Nebelhorns kamen mir alle Gespenstergeschichten, die ich je gehört oder gelesen hatte, in den Sinn.

Ich stellte mir vor, wie meine Stimme aus dem Nebel schallte und aller Welt kundtat, wo ich war.

Unmöglich.

Ich besann mich einen Augenblick, atmete tief durch, beschwichtigte meinen Puls und redete mir ein, ruhig zu sein, um dadurch ruhig zu werden. Warum wollte Manley sich in einer Hütte am Strand versteckt halten, der kalten, rauhen Witterung ausgesetzt? Warum wartete er nicht in aller Bequemlichkeit in dem großen Haus auf mich? Keine Schlüssel, hatte er gesagt. Wenn «Thea» bei ihm war, die ihre Kindheitssommer hier verbracht hatte, hätte sie sich bestimmt an einen Geheimweg erinnert, über den man hineingelangen konnte, ein Fenster, das nicht vergittert war, einen versteckten Schlüssel.

Die Dinge ändern sich in 24 Jahren.

Thea ist tot, wisperte der Nebel. Ich versuchte, mich an die Zeilen zu erinnern, die sie geschrieben hatte: «der geist erinnert lange sich in einsamkeit an dunkle winkel ...»

Ich kroch auf die Hütte zu. Der Geruch biß mir in die Nase.

Das Innere war hell erleuchtet von einer Petroleumlampe, die hinter einem roten Motorrad hing. Einer alten Honda mit kaltem Motor, aus der Öl wie Blut auf die sandigen Fußbodendielen tropfte.

34

Sägespäne waren zu einem Haufen in der Ecke zusammengefegt. Mit einer Kuhle darin, als hätte jemand darauf geschlafen. Ein Landstreicher? Ein Obdachloser?

Mit einem roten Motorrad.

Warum die Lampe? Warum kündete jemand seine Anwesenheit an? Ich steckte die Taschenlampe in die Gesäßtasche und zog ein Papiertaschentuch hervor, um meine Hand zu schützen, bevor ich den eisernen Henkel über der brennenden Petroleumlampe anfaßte.

Eine an Land, zweie auf See. Dieser Vers, den jedes Schulkind in Massachusetts kennt, fiel mir ein. Sollte die Laterne ein Zeichen für jemanden auf dem Meer sein? Manley?

Ich schob mich langsam nach draußen und sah, was ich gleich hätte bemerken müssen, ehe mir Petroleum und Motoröl den Geruchssinn verdarben. Die Lampe hatte mich irregeführt, mich von draußen hineingezogen.

Die Gestalt im Sand könnte ein schlafender Landstreicher sein, sagte ich mir. Der dunkle Fleck unter der Gestalt hatte allerdings nicht die richtige Form für einen Schatten.

Wäre ich noch Polizistin gewesen, hätte ich dort haltgemacht und Verstärkung angefordert. Jede meiner Bewegungen konnte Einfluß auf den Tatort eines Verbrechens nehmen. Im Sand würden Fußabdrücke zurückbleiben. Wie lange? Lag der «Schläfer», obwohl ich den Verdacht hatte, daß er tot war, oberhalb der Flutlinie? Würde sich das Meer den Körper holen, wenn ich nicht eingriff?

Ich trat mit dem Fuß auf etwas, und es krachte so laut, daß es über den ganzen Strand zu hören war. Ich bückte mich, kniete mich in den Sand. Streckte die Hand danach aus, hielt mich aber gerade noch rechtzeitig zurück und betrachtete den Gegenstand von ferne dort, wo er lag.

Eine Bifokalbrille. Bis auf den Bügel, den ich mit dem Turnschuh zertreten hatte, heil. *Adams* – nein, Andrews –, Drew Manleys Brille, das Gestell, das ich zuletzt gesehen hatte, als es meinem ehemaligen Klienten von der Nase rutschte.

Manley mit seinen heiteren blauen Augen.

Ich hielt die Laterne hoch.

Er war tot. Lag am Privatstrand der Camerons. Die sichtbare Seite seines Gesichts war zertrümmert, dunkel von geronnenem Blut. Blut war auch in den Sand gesickert, aber es schien nicht mehr zu laufen. Wie lange nach seinem Anruf mochte er gestorben sein?

Wenn ich nah genug heranging, um ihn berühren zu können und mich zu vergewissern, daß wirklich er es war und daß er tot war, riskierte ich dann, die Gründe für seinen Tod zu verdunkeln? Wie hatte ich als Polizistin Zivilisten verflucht, die Tatorte versauten.

Schritte, die sich näherten. Diesmal eindeutig. Das deutliche Klatschen von Leder auf Sand. Da ich mich nirgendwo verstecken konnte, ließ ich mich in den Sand fallen, ein zweiter Schläfer.

«Alonso? Alles okay?» Die Stimme klang kindlich, hoch, piepsend. «Nach dem, waste genommen has, Mann? Haste noch was davon?»

Sie ging zuerst zu dem anderen Schläfer. Ich hörte, wie sie zischend Luft holte. «O Mann», murmelte sie. «Alonso, Mann, wie kannste mich in so was reinziehn? Scheiße. Alonso? Hast du diesen Typen umgelegt oder was?» Aus ihrer Stimme war Angst herauszuhören. Dann hockte sie sich in den Sand und grapschte sich alles mögliche, stopfte es in ihren Rucksack, wühlte Manleys Taschen durch, wenn ich mich nicht irrte.

Ich veränderte meine Lage möglichst geräuschlos, bis ich geduckt im Sand kauerte. Ein Knie knackte und verriet mich.

Sie drehte sich sofort um. Schrie instinktiv auf. Ich war nicht Alonso, der alles vermasselt hatte. Ich hatte ihr einen gewaltigen Schreck eingejagt.

Sie rannte los.

Ich hinterher.

Sie war jung, drahtig und von Angst getrieben. Ich war größer. Meine Schrittweite betrug fast das Doppelte von ihrer. Jedesmal, wenn ihr Fuß im weichen Sand landete, verlor sie ein Stück von ihrem Vorsprung. Ich machte mir nicht die Mühe, zu rufen. Reine Atemverschwendung. Ich rannte, bis der Sprung sicher war. Ich umschlang ihre Beine mit den Armen und riß sie unter ihr weg.

Sie fiel geräuschlos hin und rollte sich auf den Rücken. Statt zuzuschlagen, versuchte sie sich mit den Händen zu schützen. Ich packte sie an beiden Handgelenken und drehte sie wieder um. Mein Knie in ihrem Kreuz preßte sie zu Boden.

«Ich tu dir nicht weh», sagte ich. «Alles in Ordnung?»

«Ja», sagte sie zittrig. «Ich glaube schon.»

«Wer ist Alonso?»

«Ein Typ. Sie tun mir weh. Ham doch gesagt, würdense nich, tun Se aber doch.»

Sie wand sich heftig. Ich drückte noch stärker mit dem Knie zu. Ein zähes Luder. Aber ich kannte zähere. Mich in ihrem Alter zum Beispiel.

«Na schön, wir werden da drüben miteinander reden.»

«Ich laufe nicht weg.»

«Wieso sollte ich dir vertrauen?»

«Mein Wort drauf.»

«Wie wär's, wenn ich lieber den Rucksack nähme? Sieht so aus, als hättest du die Leiche ein bißchen gefleddert, was?»

Keine Antwort. Keine Regung.

«Kennst du ihn?» fragte ich.

«Hab den Typen noch nie gesehen. Ehrlich. Irgendein alter Kerl.»

Ein Harvard-Ring, die Doktorwürde, eine ausgezeichnete Laufbahn vermutlich ... Und der Tod verwandelte Manley in «irgendeinen alten Kerl», wie es eine Rotzgöre mit dem Mund voller Sand ausdrückte.

Ich griff nach ihrem Rucksack, und sie fing an, sich heftig zu wehren.

«Verdammt», sagte ich, «hör auf, so herumzuzappeln. Was, zum Teufel, hast du ihm denn abgenommen? Eine Million?»

Ich beschloß, mich auf den Rucksack zu konzentrieren. Wenn sie wie eine Furie darum kämpfte, würde sie ihn nicht zurücklassen. Ich machte die Schnallen auf und leerte ihn in den Sand. Es regnete Bananen, Äpfel, Orangen, Früchte aller Art.

«Was zum Kuckuck ist das?»

Sie griff hastig nach dem Obst. «Warum lassen Sie mich nicht in Ruhe, verflucht noch mal?»

«Hat Alonso den alten Mann umgebracht?»

Ein kräftiger Sturz in den Sand hatte sie nicht zum Weinen gebracht. Angst auch nicht. Der Name Alonso, in Verbindung mit dem Mord, zeigte Wirkung. Sie senkte den Kopf und heulte und schluchzte, bis ich dachte, daß uns unweigerlich jemand hören und die Cops rufen würde.

«Wer ist Alonso?» fragte ich erneut.

«Ich habe ihn auf der Straße kennengelernt. Er hat ein Motorrad. Er hat mich mitgenommen, so ungefähr vor einer Woche. Er ist wirklich nett. Cool, ein Künstler oder so was.»

«Hat er in der Hütte gewohnt?»

«In den letzten Tagen nicht. Seit Mittwoch nicht mehr. Er mußte was erledigen. Ist abgefahren, und ich dachte, er wär zurückgekommen.»

«Sein Motorrad steht da.»

Während wir miteinander redeten, durchsuchte ich weiterhin ihren Rucksack. Was hatte sie bloß gestohlen? Die Brieftasche? Das war das Wahrscheinlichste. Aber sie hatte mehrmals mit den Händen die Taschen durchwühlt. Ein Notizbuch?

«Hat Alonso einen Nachnamen?» fragte ich.

«Vergessen Sie's. Is'n absolut cooler Typ. Nennt sich manchmal Alonso der Außerirdische. Typen wie der brauchen keinen Nachnamen.»

Meine Finger schlossen sich um ein kleines Harvard-Notizbuch, wie mein eigenes. Meine sandige Freundin war wahrscheinlich nicht auf Harvard.

Manleys Terminkalender.

Eine schöne Bescherung.

Ich war verpflichtet, ein Verbrechen zu melden.

Ich hatte ein junges Mädchen bei mir, das sich im Sand die Augen nach einem gewissen Alonso ausweinte. Falls Alonso noch lebte, besaß er offenbar so viel gesunden Gossenverstand, nicht wegen seines Motorrads wiederzukommen.

Wenn er die letzten Nächte nicht hier verbracht hatte, warum hatte er denn sein Motorrad zurückgelassen?

Die Öllache fiel mir ein.

Hatte es jemand außer Betrieb gesetzt?

Warum?

Aus dem gleichen Grund, aus dem die Lampe gebrannt

hatte? Um auf den Ort eines Verbrechens aufmerksam zu machen? Es war nur eine Frage der Zeit, wann jemand die Polizei rufen würde.

Hastig klappte ich das Notizbuch auf und knipste die Taschenlampe an.

Auf der Seite von heute, Freitag, dem 17., war «A. bei C.s treffen» vermerkt. A. für Alonso den Außerirdischen? Andere Tage waren mit Abkürzungen und Stenogekritzel angefüllt.

«Los, komm.» Ich zerrte an dem flennenden Mädchen. Sie war höchstens zwölf.

«Ich geh nicht zur Polizei», wimmerte sie. «Die schickt mich nach Hause.»

Ich wollte sie beruhigen. Ihr sagen, daß es Schlimmeres gäbe als ein Zuhause, aber in diesem Geschäft habe ich gelernt, daß das nicht immer zutrifft.

«Wir gehen nicht zur Polizei.»

«Versprochen?»

«Wir suchen Alonso.»

«Au ja», sagte sie begeistert.

Ich hatte sie endlich so weit, daß sie aufstand und losmarschierte. Wenn ich diesen Alonso auf dem Weg zum Taxi finden würde, um so besser.

Ich wollte aus Marblehead Neck raus sein, bevor die Cops kamen.

35

Bei näherer Betrachtung dachte ich, daß sie noch jünger sein konnte. Elf. Mager. Sie stellte keine Fragen, als sie sich auf den Boden der Taxe legen mußte, während wir über den Damm fuhren.

Alonso hatten wir nicht gefunden.

Er hatte keinen Nachnamen. Ebensowenig wie «Pix» – ein Spitzname, falls ich je so was gehört hatte. Eine Abkürzung von «Pixie», vielleicht ein indirekter Hinweis auf die Droge Engelsstaub, oder sie spielte in den «Pics», den Kinderpornos, mit, um ihren Lebensunterhalt zu verdienen. Über ihren richtigen Namen schwieg sie sich aus. Zu gegebener Zeit würde ich mir ihren Rucksack noch einmal gründlich ansehen.

Ich parkte die Taxe in der Nähe meines Wagens und legte die Schlüssel unter die Bodenmatte. Die Zentrale würde ich später anrufen und mich für mein Vorgehen entschuldigen, denn im Augenblick konnte ich Pix nicht allein lassen, und ich wollte auch nicht, daß sie gesehen wurde.

Fürs erste lag das Zeug, das ich haben wollte, ausgebreitet auf dem Armaturenbrett. Manleys Brieftasche, vollgestopft mit Geld und Kreditkarten, so daß ein Raubüberfall als Motiv ausschied. Manleys Notizbuch. Manleys Uhr.

«Rufen Sie die Polizei?»

«Ich bin die Polizei. Privat.»

«Scheiße.» Es sah so aus, als wollte sie ihre Tür aufmachen. Ich schlang einen Arm um sie.

«Es ist vorbei mit dem Weglaufen», sagte ich.

«Was woll'n Se denn mit mir machen?»

«Gute Frage.» Eine von hundert, die mir durch den Kopf gingen.

«Ganz schön kompliziert, das alles», sagte ich. «Ich möchte etwas über dich und Alonso wissen. Zum Beispiel, ob er dich heute abend weggeschickt hat, weil er sich mit einem Typen treffen wollte.»

«Ich habe Alonso seit Mittwoch nicht –»

«Sicher.»

«He, denken Sie an Drogenhandel?» fragte sie. «Vergessen Sie's.»

«Ich stelle nur Fragen. Ich habe keine Antworten.»

Sie brauchte eine Weile, um darüber nachzudenken. «Alonso hat sich um mich gekümmert, wie gesagt, also bis vor ein paar Abenden.» Ihre Stimme schwankte.

«Ist was schiefgegangen?» fragte ich.

«Geht Sie 'n Scheiß an.»

«Geht mich wohl was an, Pix», sagte ich.

Sie schluckte. «Also, hat er ein anderes Mädchen gefunden. ‹Eine richtige Frau›, hat er gesagt, was soviel heißt, na ja, sie ist älter als ich. Er war immer davon dran, wie jung ich noch bin.»

«Und wie jung ist das?»

«Geht Sie 'n – ach, egal, jedenfalls als er mit mir zusammen war, habe ich eine Menge von seiner Kohle aufgebraucht, müssen Sie wissen. Da hab ich gedacht, ich geb ihm besser ein bißchen was zurück. Echt. Lebensmittel klauen und so 'n Scheiß. Ich wußte nicht, wo ich ihn finde, und da dachte ich, ich leg ihm das Zeug in die Hütte. Na ja, um meine Scheißschulden zurückzuzahlen, nicht?»

Ich mag Geschichten, für deren Wahrheitsgehalt Fakten sprechen. Die Bananen am Strand waren damit erklärt. Stillleben eines Verbrechens mit Bananen. Klang ganz nach einem von Roz' Gemälden. Welch ein Schlamassel für die örtliche Polizei.

«Wo hast du Alonso kennengelernt? Bist du mit ihm zusammen zur Schule gegangen?»

«Auf dem Harvard Square», sagte sie eiskalt. «Schule ist was für Doofe.»

«Kennst du dich rings um Marblehead aus?»

«Nee. Alonso war auch vorher noch nie hier, aber, na ja, er hatte Freunde.»

«Haben ihm Freunde von der Hütte erzählt?»

«Nehm ich an. Er wußte davon. Das war wie 'ne echt gute Bleibe. Na ja, in manchen Städten gibt's gute Bleiben, ich war in 'nem anständigen Quartier in Cambridge, aber der Vermieter hat was gemerkt, und dann kamen welche vom DSS, und sie stinken wie die Pest, müssen Sie wissen.»

Von der Fürsorge also, und es ist traurig, aber wahr: Sie riechen wirklich nicht gut. Unterbezahlt. Überarbeitet.

«Alonso hat dir nicht erzählt, daß er sich mit irgendwem getroffen hat?»

«Nein.» Sie schob trotzig das Kinn vor und schwieg. Als wenn ihr sowieso niemand glauben würde.

Ich ließ den Motor an.

«He, wohin fahren wir? Ich muß Alonso finden.»

«Die Sache sieht gar nicht gut aus», sagte ich. «Du bleibst besser bei mir.»

«Will ich aber nicht.»

«Pix oder wie immer du heißt, du kannst wählen. Mich oder die Cops. Und die Fürsorge ist immer noch besser als dahin zu kommen, wo sie Kinder hinstecken, die in einen Mord verwickelt sind.»

«Der Typ da ist ermordet worden?»

Hatte sie etwa gedacht, Manley sei auf den Kopf gefallen? Im Sand?

«Und dein Alonso ist der Hauptverdächtige», sagte ich.

«Niemals.» Die reine Angabe. Klar und wahr wie eine Tin-Whistle.

«Und du hast eine Leiche gefleddert. Nicht gerade clever», sagte ich. Tolles Gefühl, ein ohnehin schon völlig verängstigtes kleines Mädchen noch mehr in Panik zu versetzen.

«Was haben Sie denn vor?»

Ich sagte: «Halt nach einer Tankstelle Ausschau, die geschlossen ist. Das ist unsere beste Chance.»

«Unsere beste Chance», wiederholte sie und sah mich zum ersten Mal an, als könnten wir ein Team werden, als wäre ich vielleicht ihr verkappter Schutzengel, ihre Rettung.

Gott, ich denke lieber gar nicht erst darüber nach: Wo kommen all diese Wegwerfkinder mit ihren verdrehten Namen und ihrem verdrehten Kopf bloß her? Nichts bessert sich. *Live hard, die young.* Schule ist für Doofe.

«He», sagte sie, «da links – Arco.»

Sie hatte gute Augen. Ich riß das Steuer herum. Ein Telefon. In Anbetracht der vielen Gespräche in letzter Zeit, die ich von Münzfernsprechern aus getätigt habe, müßte ich von Nynex einen Preis bekommen. Ich überlegte, ob ich rein zum Spaß Vandenburg in Miami anrufen sollte. Statt dessen wählte ich jedoch die gute alte 911, wobei ich den Hörer mit einem Zipfel meines T-Shirts hielt und die Tasten mit den Knöcheln drückte. Hätte die Knöchel wahrscheinlich auch abdecken sollen. Diese Sache mit den Gentests wird immer verrückter, und ich bin eh nicht auf dem neuesten Stand, was die kriminalistische Technologie angeht. Irgendwann würden die Cops vermutlich eine Spur bis zu diesem Fernsprecher verfolgen. Vielleicht gab jemand an, uns hier beobachtet zu haben.

Ich sah zum Auto, um mich zu vergewissern, daß Pix noch drin saß und das Sandwich aß, das ich vom Automaten geholt hatte. Tat sie. Fütter sie, und sie ist dir ergeben. Wie ein Hund.

Das Telefon klingelte, und ich erwog alles mögliche, was ich der Polizei sagen könnte. Eine Leiche in Marblehead Neck hinter dem Anwesen der Camerons, 56 Ocean Avenue, weiß, männlich, um die sechzig. Name: Andrew Manley. Psychiater. Ständiger Begleiter von Mrs. Tessa Cameron. Tessas Geliebter.

Statt dessen spannte ich alle Muskeln meiner Kehle an und brabbelte mit der Stimme einer verschrobenen alten Frau: «Nur weil die Gören auf der Ocean Avenue wohnen, schicken Sie nie jemanden, der für Ruhe sorgt! So ein Lärm! Und sicher auch Drogen. Also machen Sie bloß jemandem Beine, daß er da rausfährt, oder ich werde es der Presse schreiben, und da können Sie Gift drauf nehmen!»

Ich wartete keine Antwort ab.

Man würde sicher nicht so schnell darauf reagieren wie auf die Meldung eines Mordes. So daß ich eine Chance hatte, Pix hier rauszubringen und mit einer Polizistin zu sprechen, die vielleicht wußte, wie man da helfen konnte.

Ich brauste los, trat jedoch bald hart auf die Bremse, fuhr langsam weiter und pumpte mich mit Luft voll. Ein, aus, ein, aus. Zähl bis zehn. Zähl bis zwanzig. Half alles nichts. Was hatte ich getan, seit Andrew Manley mit dem kostbaren Manuskript in seiner monogrammgeschmückten Aktentasche in mein Leben gestolpert war? Welche Aufgabe hatte ich eigentlich in diesem Sumpf? Entführungen zu melden? Morde zu melden?

Wenn Pix nicht zugesehen hätte, hätte ich womöglich mit

der Faust das Sicherheitsglas aus dem Seitenfenster geschlagen. Meinen Kopf auf das Lenkrad gelegt und geweint. *Ich hatte Thea nicht gefunden. Ich hatte Manley nicht gerettet.*

Am Ende des Regenbogens ein Toter mit zerbrochener Bifokalbrille. Kein Gramm, kein Körnchen Gold.

36

Pix war eine Quasselstrippe. Sie sagte mir ihre Meinung über die gottverdammte Regierung – nein danke! –, die letzten fünfzehn irren Filme, die sie gesehen hatte, die letzten vier Typen, mit denen sie geschlafen hatte, und die Aidsseuche, die sie persönlich für eine Abschreckungskampagne hielt, um Kids von der Straße fernzuhalten. Sie ging mir allmählich auf die Nerven. Ich hätte sie am liebsten nach hinten auf den Rücksitz verbannt, wenn ihr Geplapper nicht ein paar Rosinen enthalten hätte.

Alonso hatte dunkelbraune Augen, «Schlafzimmeraugen», und sie meinte, daß er irgendwie anders sei als alle, die sie je in ihrem Leben kennengelernt hatte. Er hätte einen Wahnsinnsteint, oder vielleicht sei er spanischer Abstammung, aber er spräche kein Wort Spanisch, also wär er's wohl doch nicht, und seine Augen wären absolut irre, und sie hätte keine Ahnung, warum er sich den Außerirdischen nannte, was sie total cool fand. Ja, und er sei richtig dünn, aber nicht so was Kränkliches wie bei Aids. Pix kannte sich aus. Er besäße Muskeln, nicht wie irgend so ein Arsch von Strandfreak, sondern richtige Männermuskeln, und dann noch die scharfe Honda-Maschine, echt geil, und sie sei ziemlich sicher, daß er die nicht gestohlen hatte, nur brächte er kaum die nötige Kohle zusammen, um Benzin im Tank zu haben. Er sei total klamm mit Geld.

Als ich sie fragte, ob das Motorrad in Massachusetts zugelassen sei, sah mich Miss Plappermäulchen an, als wäre ich verrückt. Sie verriet Alonso doch nicht an eine Beinahe-Polizistin! Es dauerte fast zwei Minuten, bis sie wieder losbrabbelte.

Ja, und ob ich wüßte, daß Alonso so was wie ein Künstler sei? Ja, sagte ich, sie hätte es erwähnt. Na ja, kein richtiger Künstler, sagte sie, sondern ein Dichter.

Ich schwieg. Das ist die beste Art, einen gesprächigen Zeugen auszufragen.

Na ja, sie wüßte es, weil sie, also zuerst hätte sie gedacht, er sei ein *richtiger* Künstler, wie ein Maler, weil er diese Zeichenblöcke – wie nennt man so was noch mal? – so Skizzenblöcke und so was benutzte. Aber sie hätte mal einen genommen, also nicht etwa, um ihn zu klauen oder so was, nur aus Interesse, und der sei voll gewesen mit ziemlich abwegigem Geschreibsel, nicht mit Bildern, wie sie gedacht hätte. Und er wäre stinksauer gewesen, als er sie beim Lesen von diesem Zeug erwischt hätte. Wow, wie er hochgegangen sei! Richtig ausgeflippt sei er! Hätte gesagt, das Zeug sei bares Geld wert, und sie hätte gefunden, daß er den Mund ganz schön voll nehme, denn sie könne auch schöne Worte schreiben, aber niemand würde ihr einen Dreck dafür bezahlen. Und sie wüßte auch nicht, wer für so 'n Scheiß überhaupt was bezahlen sollte – ein Wort hier und 'n anderes da und oft nicht mal richtige Sätze mit Verben und so.

«‹Eine Stunde bin ich hier gewesen›», sagte sie, «‹hab zugesehen, wie der Regen Melancholie trommelt, auf Scheiben und Reuegefühle, die ich weder bezwingen noch durchbrechen kann –›»

«Was ist das?»

«Das ist von Alonso. Würden Sie was dafür bezahlen?»

Es stammte nicht aus dem Kapitel, das ich gelesen hatte. Da war ich mir sicher.

«Hast du es dabei?»

«Vielleicht. Kommt drauf an.»

«Wie viele Skizzenbücher hatte Alonso denn?»

«Tonnenweise», sagte sie. «Ich finde, er hätte nicht stinkwütend werden brauchen, nur weil ich ein einziges gelesen habe.»

«Gelesen» ersetzte ich durch «genommen». Wo mochte es sein? Besaß ihr Rucksack vielleicht ein Extrafach, eine Reißverschlußtasche, die ich nicht durchsucht hatte?

Ich sah mir Pix noch einmal genau an: strohblond, kurzer Jungenhaarschnitt. Kräftiger Kinderkörper. Dünne staksige Beine.

«Du hast mit Alonso zusammen eine Schule aufgesucht.» Ein junger Mann und ein Mädchen, hatte Emerson gesagt. Straßenkids.

«Ja und?»

«Und *warum*?»

«Bezahlt meine Mam dafür, daß Sie mich suchen, oder was soll der Scheiß?»

Das klang nicht gerade wie ein Hilfeschrei, aber Pix hatte sich immerhin vorgestellt, daß ihre Mutter sie wiederzufinden versuchen würde. Ich wünschte, die verdammte Frau *hätte* mich engagiert.

«Warum seid ihr zu der Schule hingegangen?» fragte ich.

«Alonso hat gesagt, er wollte mal seine Alma mater besuchen. Na ja, seine alte Schule, also die, auf der er war, mit Uniform und all dem Scheiß. Das blöde Arschloch dort hat uns beinahe rausgeschmissen. Alonso hat bloß gelacht.»

«Er hat nach einer Frau namens Thea Janis gefragt.»

«Ja. Na ja, er hat immer von ihr gesprochen. War stinksauer, daß das blöde Arschloch kein Bild von ihr hatte. Wissen Sie was von der? Ich nämlich nicht, und so, wie Alonso von ihr gesprochen hat, ist sie so was wie ’n Filmstar, jemand, den ich kennen müßte, ich bin ja nicht doof.»

Was zum Teufel sollte ich bloß mit ihr machen? In einen Schrank einschließen? An die Leine nehmen?

Roz. Ich konnte sie Roz anhängen. Oder umgekehrt.

Na ja, Alonso war vielleicht nicht ganz richtig im Kopf, sagte Pix gerade. Vielleicht etwas schief gewickelt.

Ich klinkte mich wieder ein. Schnell.

«Wie kommst du darauf?»

«Er suchte nach'm Klapsdoktor. Ist das so wichtig?»

Hatte offenbar einen gefunden. Am Strand.

«Hat er einen bestimmten Klapsdoktor gesucht?» fragte ich. «Oder einfach einen, mit dem er reden konnte?»

«'nen Typen, der da bei den übergeschnappten reichen Kids gearbeitet hat.»

«Was heißt ‹da›?»

«Na ja, Sie wissen schon, wo die reichen Knacker ihre Kinder hinschicken, Kinder, die nicht ganz richtig im Kopf sind. Also das müssen Sie kennen, ist ganz berühmt, Himmel noch mal. Wie Harvard für die Bekloppten, wissen Sie? Die High-Society-Kids gehn dahin, wenn sie völlig durchgedreht sind.»

«Weston?» fragte ich voller Angst, ihren Wortschwall zu stoppen.

«Ja, stimmt, Weston. *Da* leben reiche Leute, klar.» Sie könnte sich nicht mehr so genau erinnern, aber der Klapsdoktor hätte etwas mit diesem Weston zu tun gehabt, wo all die Gören hingingen, die keinen Durchblick mehr hatten, na ja, all die, die ausgebrannt waren und Dope nahmen und kein Ivy-League-Diplom haben wollten.

Ich wurde von einer roten Ampel gebremst. Wäre sie nicht gewesen, wäre ich rechts rangefahren.

Weston Psychiatric Institute. WPI hatte in Drew Manleys Terminkalender gestanden. Jede Woche ein- oder zweimal. WPI. WPI.

Mein Haus liegt in der Nähe vom Harvard Square. Pix stockte mitten im Gespräch und begann, der Umgebung Aufmerksamkeit zu schenken, kaum daß sie gemerkt hatte, daß wir im freundlichen Cambridge waren, meilenweit von Leichen am Strand entfernt, den Bleiben nahe, die sie kannte, wo sie in der Anonymität des Straßenlebens untertauchen konnte.

«Dageblieben!» sagte ich warnend, während ich meinen Arm hinter der Rückenlehne zur Beifahrertür ausstreckte, um die Verriegelung festzuhalten. Und ich hätte Pix auch zurückgehalten, wären da nicht die drei Streifenwagen vor meinem Haus gewesen, deren Rotlicht blitzte. Ein Blick, und sie war auf der Rückbank, zur Tür hinaus und weg.

Ich hob die Hand und fegte automatisch Manleys Siebensachen vom Armaturenbrett auf den Boden. Hatte keine Zeit mehr, sie wieder in den Rucksack zu stopfen, und ich nahm sie auch bestimmt nicht mit nach draußen, damit die Cops sie bewundern konnten. Vielmehr schob ich sie im Dunkeln tief unter den Beifahrersitz.

Als ich ausstieg, war Pix schon einen halben Häuserblock weit und nur noch ein flüchtiger Schatten. Ich war in Versuchung, hinter ihr herzulaufen, aber etwas zog mich heimwärts wie eine neugierige Katze.

37

Ich muß zugeben, daß mein Herz rasend schnell klopfte. Ich weiß, daß Polizisten keine Wunder vollbringen. Die hier konnten unmöglich eine Verbindung hergestellt haben zwischen der Taxe, die aus Marblehead abfuhr, und meinem Toyota, konnten nichts wissen von meinem anonymen Anruf oder der Leiche am Strand, geschweige denn den Beweisstücken in meinem Wagen. Trotzdem war ich zutiefst erleichtert, als sie sich nicht an die Verfolgung von Pix machten. Gott allein weiß, was für eine Geschichte sie ihnen aufgetischt hätte.

Noch mehr beruhigte es mich, festzuhalten, daß es alles Cambridge-Beamte waren und nicht etwas so Feines wie FBI-Agenten. Marissa Camerons Entführung stand im Augenblick offenbar nicht zur Debatte.

Ich mußte den Polizisten meinen Führerschein zeigen und mich als Eigentümerin des Hauses ausweisen.

Versuchter Einbruch, sagten sie, von einem Nachbarn gemeldet.

«Ist der Nachbar zufällig ein Arzt zwei Häuser weiter mit Namen Donovan?» fragte ich.

«Das entzieht sich unserer Kenntnis.»

Ich besichtigte den Schaden an meiner Hintertür, die buchstäblich nur noch an den Angeln hing. Wer? fragte ich mich. Mooneys heißer Favorit – ein von den Gianellis gedungener Berufskiller? Jedenfalls nicht der arme Drew Manley, wie dringlich er auch «Theas» Manuskript hatte zurückhaben wollen. In Anbetracht der alten Honda, aus der das Öl herausgelaufen war in der Hütte in Marblehead, auch nicht der Motorradfahrer.

Türen aus den Angeln zu reißen ist sicher nicht Tessa Camerons Stil.

Ich überlegte, ob mich Dr. Manley vielleicht absichtlich von zu Hause weggelockt hatte, indem er den Namen Thea fallenließ. Zum ersten Mal kam es mir in den Sinn, daß er unter Zwang gesprochen haben könnte, vielleicht mit einer Revolvermündung an der Schläfe. Was ich für Begeisterung gehalten hatte, die ihm den Atem verschlug, konnte auch mühsam unterdrückte Angst gewesen sein.

Die Cops waren anscheinend der Auffassung, ich müßte froh und dankbar sein, daß Streifenwagen die Gegend abfuhren, vielleicht so dankbar, daß ich sie alle zu einem Drink einlud. Mußte eine einsatzarme Nacht sein. Sie hatten keine Personenbeschreibung des Einbrechers oder der Einbrecher. Sie waren überzeugt, daß die Kerle nicht mehr in der Nähe waren.

«Sind Sie mit heulenden Sirenen hier angekommen?»

Niemand antwortete, woraus ich schloß, daß es so gewesen war und die Verdächtigen reichlich Zeit gehabt hatten, sich abzusetzen. Das macht die Sache einfacher. Und sicherer.

Ob ich ein Formular ausfüllen wollte?

«Sind sie ins Haus gekommen?» fragte ich.

«Nein», sagte einer der Jungs in Blau. «Ich konnte mich nur durch die Hintertür hineinquetschen, um das Haus zu überprüfen. Leben Sie allein?»

Da ich keinen der Beamten auf Anhieb erkannte, erzählte ich ihnen, mein Mann sei verreist, und die beiden Rottweiler seien beim Tierarzt. Einer der Typen kannte mich aber doch, und mein Gag kam nicht an. Detective Hummel war ausführlich über die mutmaßliche Gangstergeschichte unterrichtet worden. Vermutlich kannte er Mooney, hoffentlich. Falls er Moon nicht kannte, dann war die Sache inzwischen allgemeiner Polizeiwachenklatsch. Carlotta Carlyle ganz oben auf der Abschußliste und höchstwahrscheinlich bald als Frikassee in der ganzen Stadt verteilt.

Vielleicht war der Kerl in meinem Kielwasser ein Polizist und kein Drogenfahnder oder blutrünstiger Gangster.

Ich fragte Hummel geradeheraus, ob er mir jemanden auf die Fersen gesetzt hätte. Er betrachtete mich mit dem müden, abschätzenden Blick, der typisch ist für einen Beamten, dem der Tag vollends gereicht hat. «Nein.»

«Zuwenig Personal», sagte ich. «Stimmt's?» Purer Hohn. Wird irgendein hohes Tier mit Verbindungen zu Harvard bedroht, ist sofort der ganze Apparat da, und zwar schnell.

«Sie haben's erfaßt», sagte Hummel.

Ich öffnete die Schlösser an der Eingangstür, musterte kurz den Flur und warf einen Blick von der Stufe aus ins Wohnzimmer. Es schien alles am gewohnten Platz zu sein.

«Sollen wir die Innenräume noch einmal überprüfen?» fragte Hummel.

«Nein.»

«Vielleicht können Sie die Nacht bei Freunden verbringen?» schlug er vor. «Oder Sie bitten jemanden, bei Ihnen zu übernachten.»

«Meinen Sie, daß meine Einbrecher noch mal zurückkommen?»

Einer seiner Kollegen tippte ihm auf die Schulter.

«Ich muß los», sagte Hummel.

«Danke, daß Sie so schnell gekommen sind», sagte ich. Dann ging ich von Zimmer zu Zimmer und musterte alles gründlich mit gezogener Waffe. Niemand da, nur ein hungriger Kater und ein vollkommen verstörter Vogel. Roz'

Schlafzimmer war eine Katastrophe, aber das war normal. Meins sah auch nicht viel besser aus.

Eben sah ich nach, ob die Manuskripte noch an Ort und Stelle waren, sowohl das Original – dafür mußte ich das Katzenklo ausschaufeln – als auch die Kopie, da klingelte es einmal heftig. Ich klopfte mir kurz aufs Kreuz, um sicherzugehen, daß die 40er noch in meinem Hosenbund steckte, und ging langsam zur Tür.

Keith Donovan stand auf der Schwelle, das helle Haar vom Verandalicht umschienen wie ein Heiligenschein. Ich brauchte niemanden mehr zu bitten, die Nacht bei mir zu verbringen.

Ich riß die Tür auf.

«Hallo. Alles in Ordnung? Du siehst –»

«Geschafft, verschwitzt und angewidert aus. Du kannst wählen.»

«Ich habe die Streifenwagen gesehen.»

«Nur der übliche Einbruchsversuch.»

«Versuch?»

«Sie sind nicht reingekommen. Im Polizeijargon ein Null-fünf-elf. Nächtlicher Versuch, sich gewaltsam Eintritt zu verschaffen. Hast du die Neunhundertelf angerufen?»

«Nein.»

«Ein Schutzengel muß mein Haus bewachen.»

«Nicht unbedingt», sagte Donovan. «Warum verbringst du die Nacht nicht bei mir?»

Er zuckte listig mit den Augenbrauen, und ich mußte den Gedanken an sein klimagekühltes Schlafzimmer mit aller Kraft niederringen. Mach dir doch nichts vor, dröhnte eine Stimme in meinem Kopf: Du willst ihm gar keine Fragen über seinen Psychiaterkollegen Drew Manley stellen, der tot im Sand von Marblehead liegt. Du willst dir die Kleider vom Leib reißen und mit ihm herumspielen. Es wäre nicht das erste Mal so, als Nachwirkung eines gewaltsamen Todes. Nichts bestätigt das Leben so sehr wie Sex.

Ich schluckte und sagte: «Bleiben wir hier.»

«Nervös?»

«Nicht nervös, aber wenn jemand sich entschließt, später hier noch mal einzubrechen, möchte ich gern das Begrüßungskomitee sein.»

«Darf ich dir Gesellschaft leisten?»

«Die Laken sind nicht sauber.»

«Das macht mir weniger aus wie die Waffe auf dem Nachttisch.»

«Besser als unter dem Kopfkissen», sagte ich.

«Solange sie gesichert ist, riskier ich's.»

Ich holte tief Luft. «Kennst du einen Psychiater namens Manley? Andrew Manley?»

«Verzeihung, aber das klingt nicht gerade wie der Anfang eines Bettgeflüsters. Ich bin rübergekommen, um beruhigend und entspannend auf dich einzuwirken –»

«Und mir zu helfen, die gottverdammte Hintertür zu reparieren.»

«Eigentlich nicht. Ich schaue dir bewundernd zu, während du es machst, Carlotta. Und gieße dir etwas zu trinken ein, falls du etwas Trinkbares da hast.»

Mein Vater hat mir die Grundlagen des Umgangs mit Hammer und Schraubenzieher vermittelt. Warum so viele Väter versäumt haben, diese Kenntnisse an ihre Söhne weiterzugeben, ist mir schleierhaft.

Donovan inspizierte meinen Kühlschrank und fragte sich zweifellos, warum meine Mutter versäumt hatte, irgendwelche Küchenkenntnisse an mich weiterzugeben.

«Ich hol etwas aus meinem Haus», sagte Keith.

«Bis du zurück bist, habe ich diesen Mist zusammengenagelt», sagte ich.

Ich führte die Reparatur ziemlich grob aus. Am Vormittag mußte ein Schlosser dran. Mir ging es nur um Sicherheit für eine Nacht. Ich bediente mich einer Unzahl von Zehnpennynägeln, Flüchen und Hammerschlägen.

Schwitzend ging ich ins Wohnzimmer. Mein Anrufbeantworter blinkte. Ich hörte ihn ab, und siehe da, alle Anrufe stammten von Vandenburg, der sofort zurückgerufen werden wollte.

Ha! Sicher hatte er gehört, daß Carlos Verbindung zu mir aufgenommen hatte. Auf einen Rückruf von mir konnte er meinethalben warten, bis Miami unter einer Schneedecke lag.

Keith Donovan brachte Sauvignon Blanc und eine teuer aussehende Flasche blaues Massagegel mit.

«Hast du das von einer Patientin geschenkt bekommen?» fragte ich honigsüß.

«Frag lieber nicht.»

«Ist es gut zum Massieren von Füßen?» fragte ich.

«Was ist denn mit dir und deinen Füßen?»

Bei mir sind die Füße eine höchst erogene Zone. Man reibe mir mit kreisenden Bewegungen des Daumens kräftig den Spann, und ich gebe tiefe Wohllaute von mir und vergesse ganz, Fragen zu stellen –

«Verdammt», sagte ich, «ich muß was über Manley wissen.»

Donovan machte sich auf den Weg in die Küche. Wäre es seine Küche gewesen, wäre er mit richtigen Weinkelchen zurückgekehrt, die Flasche in einem silbernen Kühler. Aber da es meine Küche war, hatte er ein paar Wassergläser genommen und in eine Schüssel Eis von den Tiefkühlfachwänden gehackt. Ich nahm mir ein größeres Stück, strich mir damit über die Stirn und drückte es auf die Halsschlagader, bevor ich es tropfend in den Mund steckte.

«Manley», sagte ich mit Nachdruck, während wir uns auf dem wackeligen Sofa niederließen. Ich hatte meine sandverkrusteten Turnschuhe von den Füßen geschleudert, meine Khaki-Jacke ausgezogen und die obersten beiden Knöpfe meiner Bluse aufgeknöpft. Donovan lächelte aufmunternd, als hoffte er, daß ich weitermachen würde. Hätte ich auch gern. Ich hatte ein Gefühl, als hätte ich Sand in den Achselhöhlen, Sand im BH.

Donovan reichte mir ein Glas Wein. Ich bemerkte, daß er aus dem Fenster starrte.

«Jemanden gesehen?»

«Nein.»

«Du wirkst so schreckhaft.»

«In dein Haus ist beinahe eingebrochen worden!»

«Erzähl mir von Manley.»

«Was willst du denn hören?»

«Eigentlich alles, was du weißt.»

«Netter Mensch. Guter Psychiater. Trink aus. Laß uns ins Bett gehen.» Klang so, als hätten die beiden Männer mehr als nur eine flüchtige Bekanntschaft gepflegt.

«Hat er je nach mir gefragt?»

«Weiß ich nicht. Vielleicht habe ich dich mal erwähnt.»

«Ist er häufig für die psychiatrische Klinik in Weston tätig?» Ich blieb absichtlich beim Präsenz. Ich wollte hören, was Donovan von dem Mann hielt, bevor er von dessen Schicksal erfuhr. Der Tod läßt im allgemeinen bestimmte Ansichten erstarren und verwandelt sie in lobende Grabreden und Nachrufe, statt die alltäglichen Beobachtungen aufrechtzuerhalten.

«Ich glaube, er ist so halb im Ruhestand. Er nimmt keine neuen Patienten mehr an, soviel weiß ich sicher. Er hat sich auf Langzeitanalysen spezialisiert von der Art, die immer seltener von den Kassen bezahlt werden.»

Beryl Cameron, die literarische Erbin ihrer Schwester, hatte es wohl kaum nötig, sich ihre Dauerbehandlung bei Drew Manley von einer Krankenversicherung bezahlen zu lassen.

«Ist er auf Gedächtnisstörungen und die plötzliche Wiedererinnerung spezialisiert?»

«Nein. Warum?»

«Ein Thema, über das ich dauernd stolpere», sagte ich.

«Mein Rat: Paß auf, wo du hintrittst. Die Erinnerungsrückkehr ist mit unglaublichen Problemen befrachtet. Richter und Geschworene scheinen nicht zu begreifen, daß es von Fall zu Fall verschieden ist. Bei einigen mutmaßlichen Opfern sprechen tatsächlich Anzeichen und Symptome für einen Mißbrauch, während man andere vielleicht irregeleitet und ihrer Erinnerung nachgeholfen –»

«Du scheinst dich ziemlich gut auszukennen», sagte ich.

«Es ist derzeit in der Psychiatrie so etwas wie ein heißes Eisen. Wenn es zu einer Gerichtsverhandlung kommt, kannst du einen Top-Experten engagieren, einen angesehenen Gerichtspsychologen, der dir in allen Einzelheiten belegt, warum allen mutmaßlichen Opfern unbedingt Glauben zu schenken ist. Und die andere Seite kann einen eigenen Top-Experten engagieren, einen ebenso hochangesehenen Gerichtspsychologen, der dir in allen Einzelheiten belegt, warum einem mutmaßlichen Mißbrauchsopfer, das erst viel später Anklage erhebt, auf keinen Fall Glauben geschenkt werden kann. In Boston hat gerade ein Bundesrichter entschieden, daß wiedererlangte Erinnerungen wissenschaftlich genügend erforscht und vor Gericht zugelassen sind. Die ganze Sache kann sich aber schon morgen wieder ändern.»

«Und auf welcher Seite stehst du?»

«Genau in der Mitte.»

«Prost auf die Mitte», sagte ich und stieß mit ihm an. Mein Glas war fast leer, und ich war nahe daran, es in den Kamin zu werfen. Noch mehr Scherben, die nach einer Höllennacht beseitigt werden mußten.

«Hast du je in Weston gearbeitet?» fragte ich Donovan und blinzelte. Der Wein, die lange Fahrt und pure körperliche Erschöpfung forderten allmählich ihren Tribut.

«Ich bin dort gewesen. Als Student.»

«Lange her und weit weg, was, Alterchen?»

«Trau dich nur, noch einen Knopf aufzumachen und mich noch mal Alterchen zu nennen!»

«Erst die Arbeit», sagte ich und trank die letzten Schlucke Wein. Ich nahm noch ein Stück Eis und ließ es über mein Gesicht gleiten. Wenn ich die Augen schloß, sah ich immer noch Scheinwerfer und Rücklichter. Ich hatte irgendwie den Faden verloren. Vielleicht sollte ich Tessa Cameron anrufen und ihr von den jüngsten Entwicklungen erzählen.

Donovan beugte sich vor und gab mir die Art von Kuß, die einem das Konzentrieren schwermacht.

«Oh», sagte ich. «Könntest du mir Zugang zur Westoner Klinik verschaffen?»

«Als Patientin vielleicht. Als Privatdetektivin, nein.»

«Wenn ich als Patientin eingeliefert würde, käme ich dann auch wieder raus?» fragte ich. Nur ein paar Fragen noch, dann würde ich es aufgeben, seine Küsse erwidern und ihm sein Hemd aufknöpfen. Die Erinnerung an Manleys einsame Leiche am Strand wegwischen.

«Kommt ganz darauf an, wer dich einweist.»

«Aha», sagte ich.

«Aha?»

«Wir haben August, Keith. Sind nicht die meisten Psychiater verreist?»

«Ja.»

«Könntest du für mich anrufen und herausfinden, ob jemand Bestimmtes Patient in der Westoner Klinik ist?»

«Carlotta –»

«Ist ja nicht das erste Mal, Keith.»

«Das weiß ich. Aber die psychiatrische Anstalt von Weston ist ein Ding für sich. Dort ist man äußerst … vorsichtig.»

«Dann sei einfach äußerst clever, Keith. Ich habe vollstes Vertrauen in dich.»

Er nahm noch einen Schluck Wein, sah auf die Uhr und sagte sinnend: «Ist wahrscheinlich leichter, es bei der Nachtschicht zu versuchen. Name des Patienten?»

«Beryl Cameron. Dauerpatientin. Wenn sie sagen, sie hätten keine Beryl Cameron, probier's mit Beryl Franklin.»

Ich hörte am Zweitgerät mit, wie er die Hürden nahm, seine Referenzen nannte, seinen Namen mit Manley in Zusammenhang brachte und nicht etwa fragte, ob Miss Beryl Cameron dort Patientin war, sondern ob sie mehr oder weniger als 600 Milligramm Clozaril pro Tag erhalte.

«Sechshundertfünfzig», lautete die Antwort.

«Sehr gut», sagte ich voller Bewunderung, nachdem wir beide aufgelegt hatten. «Was ist denn Clozaril?»

«Der Markenname für ein Mittel mit dem Wirkstoff Clozapin.»

«Und was ist das?»

«Ein extrem starkes antipsychotisches Mittel, das bei Patienten mit schwerer Schizophrenie verwendet wird.»

«Warum hast du das gewählt?»

«Manley. Diese Klinik. Die Dauerbehandlung. Nenn es eine fundierte Vermutung.»

«Ich möchte Beryl Cameron besuchen. Ich möchte wissen, wer Beryl Cameron eingewiesen hat.»

«Viel Glück», sagte er.

«Donovan.»

«Sieh mich bloß nicht so an. Ich kann dir nicht behilflich sein, in die Klinik hineinzukommen.»

«Du starrst mir die Bluse vom Leib», sagte ich.

«Endlich hast du es gemerkt!»

«Es war ein langer, heißer Tag. Ich brauche dringend eine Dusche.»

«Nachher.»

«Nach was?»

Er strich mir mit dem Zeigefinger am Ausschnitt entlang und machte beim dritten Blusenknopf halt.

Er rieb die Finger zusammen. «Sand.»

«Oder Katzenstreu», sagte ich warnend.

«Dusch erst mal», sagte er. «Und zieh deine Kleider hier schon aus, damit wir nicht das ganze Haus dreckig machen.»

«Ist es das, was deine Mama immer von dir verlangt hat?»

«‹Mama›? Sollte das eine psychologische Anspielung sein?» sagte er und knöpfte die restlichen drei Knöpfe meiner Bluse auf. «Ich dachte, wir wollten die Psychologie beiseite lassen.»

Ein feiner Sandregen ging mit meiner Bluse und meinem BH zusammen auf die Fußbodendielen nieder.

«He», protestierte ich, «du mußt auch etwas ausziehen. Das wird mir sonst zu einseitig.»

«Ich komm zu dir unter die Dusche, sobald die erste Ladung Sand durch den Ausguß gespült ist.»

Ich ging Richtung Treppe.

Ich wusch mir gerade mit geschlossenen Augen die Haare, als ich den Duschvorhang rascheln hörte. Dann spürte ich ihn hinter mir, seinen Atem auf meinem Nacken. Er arbeitete mir das Shampoo ins Haar, mit starken Fingern, die viel Schaum produzierten, meine Kopfhaut massierten und meine Locken oben zu einem lächerlichen Kopfputz zusammendrehten. Seine Seifenhände glitten mir über Brüste, Bauch und Schenkel. Ich schmiegte mich rückwärts an ihn und massierte mit einer Hand seine Erektion. Als ich mich umdrehte, um das Shampoo aus dem Haar zu spülen, begegneten wir uns von Angesicht zu Angesicht, und unsere Hände und Lippen gerieten in Bewegung. Ein Wunder, daß wir nicht umfielen und uns in der Dusche Arme und Beine brachen! Wir kamen nicht mehr zur Anwendung des Massagegels.

Wenn wir uns geliebt haben, ertappe ich Donovan manchmal dabei, wie er mich auf eine eigentümliche Art ansieht, die Augen leicht zusammengekniffen, die Stirn in Falten gelegt. Und dann frage ich mich, ob er an Sam Gianelli denkt, meinen früheren Geliebten und ehemaligen Chef beim G & W-Taxiunternehmen, das jetzt außer Betrieb ist. Nicht, daß ich eine Jungfrau defloriert hätte, als Donovan und ich miteinander ins Bett gingen. Außerdem bin ich genau informiert über ihn und Roz. Es ist sehr verwickelt, und wenn ich diesen Ausdruck auf Donovans Gesicht sehe, bin ich immer in Versuchung, ihn zu fragen, woran er gerade denkt.

Doch dann fällt mir ein, daß er Psychiater ist, und ich halte den Mund.

Eine Langzeitanalyse ist das letzte, was ich mir wünsche. Kurzzeitsex genügt.

Nur daß ich natürlich nicht schlafen konnte. Als die Hitze des Augenblicks verflogen war, wogten die Erinnerungen zurück. Und Schuldgefühle. Und Beklommenheit. Wenn jemand in mein Haus einbrechen wollte, warum sollte er sich dann nicht mein Auto vornehmen, ein leichteres Ziel? Das Auto mit Manleys Papieren, mit dem Rucksack von Pix …

Ich zog mir Shorts und ein T-Shirt an und schlich aus dem Zimmer und die Treppe hinunter. Donovan drehte sich im Schlaf um, wachte jedoch nicht auf.

Ich konnte nicht durch die Hintertür. Auf dem Weg durchs Wohnzimmer blieb ich am Schreibtisch stehen und zog mir Latexhandschuhe über die Hände. An der Eingangstür zögerte ich und überlegte, ob ich das Verandalicht lieber ausschalten sollte. Im Licht wäre ich als Silhouette zu erkennen. Schaltete ich es aus, könnte das für einen Beobachter ein Hinweis sein und ihm die bevorstehende Aktion ankündigen. Ich knipste das Licht aus und wartete fünf Minuten.

Die Zementstufe fühlte sich kalt an unter meinen nackten Füßen. Ich ging durch das feuchte Gras, schloß leise auf und wünschte, ich hätte das Deckenlicht im Wagen ausgeschaltet.

Ich blieb stehen, die Beifahrertür angelehnt, und wartete. Zwei lange Minuten lang regte sich nichts. Ich zählte im stillen die Sekunden – einundzwanzig, zweiundzwanzig –, dann bückte ich mich und stopfte alle Besitztümer Manleys in den Rucksack.

Drinnen schüttete ich den Inhalt auf meinen Schreibtisch. Da mir der Vers noch im Gedächtnis war, den Pix aufgesagt hatte, quetschte und knetete ich den Rucksack gut durch. Keine Rückenverstärkung aus Pappe, kein Platz, wo ein Skizzenblock sein konnte. Ein Knistern. Papier. Ein einziges zusammengefaltetes Blatt in einem Reißverschlußfach im Innern. Rahmfarben mit Wellenlinien.

Worte dick durchgestrichen, neu geschrieben, verändert. Das war ein Entwurf, Prosa, fast schon Lyrik. Ich erkannte die elegante Hand wieder, die kunstvolle Schrift, die ich inzwischen mit Thea in Verbindung brachte.

«für b», stand da.

«nenn sie kostbar, nenn sie jade, nenn sie edelstein, magnetstein der abstoßung. immer hat sie sich selbst für sich behalten. nenn sie verstohlen, still, schlaftrunken. die arme über meinem kopf mit weißem band gefesselt, kräuselbänder von geburtstagsgeschenken, sorgsam aufgehoben in einer duftenden schublade, fühlt sie nichts. empfindung flieht, geschwunden schon, ehe sie beginnt. flüstere ihren namen wenn du kommst sie ist nicht hier sie kann nicht hören es gibt kein hier»

Es brach abrupt ab. Ohne Punkt, mitten auf der Seite. Ich las es noch einmal, glättete die Knitterfalten, drehte das Blatt um.

Auf der Rückseite hatte eine kindliche Hand kaum leserlich gekritzelt: «Einmal hat Alonso mir erzählt, er wär beim FBI».

Ich las es noch zweimal, schloß alles in meine Schublade ein und warf die Latexhandschuhe weg. Ich duschte erneut, ehe ich wieder ins Bett ging.

38

Ich habe keine Ahnung, wie lange wir geschlafen hätten, wenn Roz nicht ins Schlafzimmer geplatzt wäre, randvoll mit Neuigkeiten.

Wegen der Hitze hatten wir das Decklaken in der Nacht abgeworfen. Donovan machte schlaftrunken einen Versuch, es vom Fußboden aufzuheben. Roz half ihm und kicherte dabei, als wäre sie nicht richtig im Kopf.

«Keine Angst, das ist nichts Neues für mich, Schatz», informierte sie ihn trocken.

Für mich hingegen *war* etwas neu: Roz' Haar. Roz' phantastisches Haar, allwöchentlich anders geschnitten und gefärbt, ist so zur Normalität geworden, daß ich es kaum noch wahrnehme. Maisstoppeln, Irokesenbürste, mir kann's egal sein. Aber in der letzten Nacht, während meine Hintertür fast aus den Angeln gehoben wurde, hatte sie offensichtlich Neuland betreten.

Ich kann die Frisur nur als eine Art Mönchstonsur beschreiben. Ganz oben auf dem Kopf war alles kahl rasiert und glänzte, ein Bereich mit dem Durchmesser einer Orange. Der Haarkranz ringsherum, zehn bis fünfzehn Zentimeter lang, stand wie ein stacheliger Heiligenschein in Neonlila und Leuchtendrosa vom Kopf ab.

Donovan drückte schnell sein Gesicht ins Kissen.

«Lachst du etwa über mein Haar?» fragte Roz.

Donovan, sofort wieder ernst, hob den Kopf. «Warum sollte jemand über dein Haar lachen?» sagte er.

«Roz», schaltete ich mich ein, «liegt was Dringendes an?»

Sie sagte: «Es ist schon nach zehn.»

«Na und?»

«Und Woodrow MacAvoy hat stille Reserven.»

«Kannst du dich kurz fassen, bitte?»

«Ich habe Stunden gebraucht. Ich erwarte Geld.»

«Geht in Ordnung. Aber wenn du auch Stunden brauchst, um mir klarzumachen, wie clever du bist, mußt du warten, bis ich mich angezogen habe. Dringendes kann ich im Bett erledigen.»

«Also ganz kurz: Erinnerst du dich noch an die T. und C.s?»

«Turks- und Caicos-Inseln.»

«So weit, so gut.» Roz gluckste vor Vergnügen. Sie sprach zu mir, betrachtete aber dabei Donovan, als wäre er ein Aktmodell. Vielleicht wollte sie ihn für eine neue Ausstellung als Akt malen. Ich wette, er fände das toll. «Ich weiß nicht, ob ich allein darauf gestoßen wäre, an unserem Computer, aber ich habe einen Typen gefunden, der viel für die Datensicherheit von Bankkunden gearbeitet hat.»

«Im ‹Liberty›?» fragte ich.

«Richtig. Ich habe ihm mehrere Stunden Online-Zugang für die Hauptgeschäftszeit spendiert, die ich auch bezahlt haben möchte.»

«Du hast mir bis jetzt noch nichts gesagt.»

«Dein Sergeant MacAvoy mag ja in ärmlichen Verhältnissen leben», sagte Roz, «aber er hat Reserven in Steuerparadiesen vor der Küste.»

Ich fragte: «Also wieviel?»

«Ich habe immerhin sechshundertfünfzigtausend gefunden, wogegen meine Forderung von läppischen dreihundert Grünen mickrig sein dürfte, Carlotta. Ich habe alle Spesen und so weiter aufgeschrieben.»

«Den Haarschnitt bezahle ich nicht.»

«Magst du ihn nicht?»

«Doch, sehr hübsch.»

«Ich habe auch die Zeichnungen fertig, die du haben wolltest. Noch mal hundert.»

«Wo hast du geschlafen?» fragte ich.

«Was geht dich das –»

«Anders gefragt: Warum warst du nicht zu Hause, als das Haus beinahe auseinandergenommen wurde?»

«Die Hintertür, was? Hab ich bemerkt. Ich war mit einem Freund zusammen. So ähnlich wie du. Wie geht's dir, Keith?»

Er hatte längst den Kopf vom Kissen gehoben. «Gut, danke.»

Ich sagte: «Roz, bevor du gehst, noch eine Kleinigkeit.»

«Geld», sagte sie.

«Ich bewahre es nicht unter der Matratze auf. Etwas läßt mir keine Ruhe. Du kennst das doch, wenn man plötzlich aufwacht und –»

«Ja», sagte Roz direkt, «all deine Hirnwellen und der ganze Scheiß hämmern auf dich ein. Ein kreativer Moment.»

«Es gibt da eine Nummer», sagte ich. «Eine Nummer … Sie ist jedesmal, wenn sie auftauchte, aus Theas Akte entfernt worden. Neun Ziffern. Sie liegt auf meinem Schreibtisch, unter der Auflage. Könnte eine Sozialversicherungsnummer sein. Gib sie mal in den Computer ein und sieh, was dabei herauskommt.»

«Wahrscheinlich nichts.»

«Wahrscheinlich.»

«Ach ja, Gloria hat angerufen. Sie hat gesagt, du sollst sie bei der ITOA zurückrufen.»

«Sobald ich wach bin.»

Wenn sich Roz in diesem Augenblick verabschiedet hätte,

wäre alles in Ordnung gewesen. Statt dessen sagte sie: «Hast du heute schon Nachrichten gehört?»

«Nein.»

«Hier ist die Zeitung. Du schuldest mir fünfzig Cent. Dieser Manley, der Typ von den Harvard-Fotos, ist tot.» Damit schob sie ab. Machte nicht einmal die Tür zu.

«Himmeldonnerwetter noch mal», sagte Donovan. «Du wußtest es schon den ganzen Abend.»

Wie hatten sie die Leiche so schnell identifizieren können? Ich hatte Manleys Brieftasche, seinen Terminkalender. Es konnte also nicht einfach ein Polizist in die Taschen des Opfers gelangt und sie herausgeholt haben: Beweisstück A.

Donovan sagte wieder: «Du wußtest es schon.»

Ich verteidigte mich. «Er ist ja nicht dein bester Freund gewesen.»

«Er war ein Mensch. Wie ich. Du hättest es mir sagen können.»

«Ich ziehe mich an», sagte ich.

Donovan blieb im Bett, bis ich gegangen war. Nicht mal ein Gute-Morgen-Kuß.

39

Ich kleidete mich in Weiß gegen die siedende Hitze und für den Fall, daß ich mich ohne Erlaubnis der Familie Cameron in die psychiatrische Klinik von Weston einschleichen mußte. Turnschuhe, besonders solche mit Leder oben, sehen heutzutage wie Schwesternschuhe aus. Und Krankenschwestern sehen absolut nicht mehr so aus wie in meiner Kinderzeit, damals steifgestärkt, mit gekräuselten Hauben und Trachten. Alles, was weiß ist, scheint heute seinen Zweck zu erfüllen. Ich wühlte meinen Kleiderschrank durch, fand Anstreicherhosen und ein schneeweißes T-Shirt.

Roz bedachte mich mit einem langen Blick und einer ausgedruckten Seite über Woodrow MacAvoy. Ich las sie, während ich Orangensaft in mich hineinschüttete.

Roz sagte: «Meinst du, Donovan wartet darauf, daß ich ihm Frühstück ans Bett bringe?»

«Gar nicht komisch», sagte ich.

«Hast du sein Gesicht gesehen?»

«Irgendwas über die SV-Nummer?» fragte ich.

«Nee, scheint keine Sozialversicherungsnummer zu sein.»

Ich rief Gloria an.

«Was gibt's?» fragte ich.

«Dir auch einen guten Morgen, Süße», sagte sie, und ihre tiefe Stimme war wie dahinfließende Musik. «Hat eine Weile gedauert, bis ich diesen Taxifahrer vom Flughafen ausfindig gemacht hatte, denn er hat den Fahrpreis schwarz eingestrichen.»

«Schande über ihn.»

Am internationalen Flughafen Logan herrscht Taxenknappheit. In Boston herrscht ebenfalls Taxenknappheit. Die Behörden gehen damit um wie alle hirnlosen Bürokraten, erlassen Regeln und Verordnungen, die keinen Sinn ergeben, und erheben Bußgelder, um ihrem Unsinn Nachdruck zu verleihen. Setzt man einen Fahrgast in Logan ab, kann man keineswegs gleich einen neuen einladen; vielmehr muß man erst den ganzen Flughafen umrunden, sich bei der Taxizentrale melden und für das Privileg blechen. Wenn man kein echter Bostoner Fahrer ist, sondern aus Cambridge, Chelsea oder Somerville kommt, kann man die Sache vergessen. Es herrscht allgemein Taxenknappheit, wußten Sie das?

«Der Typ ist ein Red-Cab-Fahrer aus Brookline, will keinen Ärger», sagte Gloria.

«Ich mach ihm keinen Ärger», sagte ich.

«Was du nicht sagst, Süße. Ich weiß genau, was er weiß, also laß ihn in Ruhe.»

«Vorausgesetzt, du erzählst mir auch alles.»

«Er hat den Blondschopf Mittwoch um vierzehn Uhr fünfundvierzig am internationalen Terminal aufgenommen und Ecke Marlborough und Newbury abgesetzt. Keine Adresse.»

«Was ist mit dem Gepäck? Sie hatte eine Tonne Zeug mit.»

«Eine kleine Tasche auf Rädern, sonst nichts.»

Sie konnte ihr übriges Gepäck am Flughafen gelassen haben. Schließfächer gibt es nicht mehr wegen der Terrordrohungen, aber sie konnte es einfach neben einem Laufband stehenlassen haben. Ohne Adreßanhänger stand es unter Umständen immer noch da. Falls es nicht gestohlen worden war.

«Sonst noch etwas? Hat sie irgend etwas gesagt, irgendwo angehalten?»

«Das ist alles», sagte Gloria. «Und jetzt kommt der Teil des Gesprächs, wo du ‹danke› sagst.»

Tat ich. Dann rief ich, ohne den Hörer erst wieder aufzulegen, Mooney an.

«Willst du dich bei mir über den neuesten Stand in Sachen Entführung informieren?» fragte er.

«Wo sonst?»

Mooney sagte: «Weißt du, zuerst dachte ich, sie wollten eine totale Medienshow abziehen mit in Tränen aufgelöster Mama, dem edlen leidenden Ehemann und dem ganzen Pipapo.»

«Du hältst die Entführung also für echt», murmelte ich.

«Du nicht?» fragte er vorsichtig.

Ich zögerte. «Ich bin nicht mehr sicher.»

«Deshalb wolltest du mich sprechen? Ich sollte wirklich Gary Reedy anrufen und sagen, he, die Frau, die mich in diese Kiste reingezogen hat, meint jetzt, daß alles absichtlich inszeniert ist.»

«Darum rufe ich nicht an, Mooney. Ich brauche Hilfe. Bitte. Es läßt mir keine Ruhe.»

«Das FBI läßt mir auch keine Ruhe. Letzte Nacht sollte die Übergabe stattfinden, und dann ist niemand aufgetaucht.»

«Wo sollte sie denn stattfinden?» Bitte nicht in Marblehead, dachte ich. Nein. Wenn es Marblehead gewesen wäre, wäre ich jetzt in Bundesgewahrsam.

«Tut mir leid, aber das sind vertrauliche Informationen, anders gesagt, ich habe keine Ahnung.»

«Mooney, hör mal, es gibt da eine Nummer in Theas Akte, in der Cameron-Janis-Akte.»

«Und?»

«Sie ist entfernt worden. Etliche Male.»

«Aber du hast doch gesagt, es gäbe da eine Nummer.»

«Sie ist nicht allzu gründlich entfernt worden.» Ich las sie ihm vor. «Sie besteht aus neun Ziffern, deshalb dachte ich, es wäre vielleicht eine Sozialversicherungsnummer, aber ich kriege nichts darüber raus.»

«So?» Sein Tonfall war völlig ausdruckslos und gleichgültig.

«Könnte sie ein Verweis auf eine andere Polizeiakte sein?»

«Könnte sein.»

«Könntest du das nicht mal prüfen?»

«Carlotta, falls ich – und nur falls – ich meinen Schreibtisch heute noch abgeräumt bekomme, was verflucht nahe ans Unmögliche grenzt, könnte ich es mal nachprüfen, dir zuliebe.»

«Dann tu ich dir auch was zuliebe. Im voraus. Sofort.»

Ich erzählte ihm alles, was ich von Marissa Camerons Abschied von daheim am Mittwoch nachmittag wußte, einschließlich des Streites, den ich mit angehört hatte. Ich informierte ihn über das Taxi aus Dover. Das Red Cab.

«Das hast du von Gloria, nicht wahr?» sagte er.

«Kann sein.»

«Verstehe ich nicht», sagte er. «Klingt völlig verrückt. Ecke Marlborough und Newbury. Warum macht eine Frau so was?»

«Stell mal fest, ob ihre Familie in der Gegend irgendwas besitzt.»

«Hab ich vor. Aber warum?»

«Hier ist eine Möglichkeit», sagte ich. «Nicht unbedingt das Gelbe vom Ei, aber nimm doch mal an, sie hätte das mit Garnet zusammen ausgeheckt, ja?»

«Aus welchem Grund?»

«Um Geld aus Garnets Kampagnenfonds auf ein Privatkonto abzuzweigen. Wie wär's damit?»

«Ich ruf Reedy an.»

«Vergiß nicht, meine Nummer zu checken!»

Er hatte schon eingehängt.

«Roz», sagte ich, «erzähl mir was von Heather Foley.»

«Du wärst stolz auf mich gewesen», sagte sie.

Mich beschlich eine Ahnung, als würde mich das teuer zu stehen kommen.

«Wieso?»

«Ich habe die Polizei von Swampscott telefonisch ausgehorcht», sagte sie selbstgefällig.

«Klingt vielversprechend. Und wie?»

«Habe mich als Alberta Stoneham ausgegeben, eine junge, engagierte Reporterin für die wöchentlich erscheinende *Tab*.»

«Die *Tab* ist okay», sagte ich, «die beschäftigen eine Menge Freelancer.»

«Es waren nämlich tonnenweise Foleys im Swampscotter Telefonbuch aufgeführt, deshalb habe ich beim Pressesprecher der örtlichen Polizei angerufen. Bin ihm um den Bart gegangen. Hab die nette Kleine gespielt und gesagt, ich würde eine Geschichte über die Gefahren der Küste schreiben, um die Teens auf die Risiken des Strandlebens und Bootfahrens aufzuklären. Gefällt's dir?»

«Ganz gut. Applaus.»

«Ich bin Jahr um Jahr mit ihm zurückgegangen, und ich kann dir sagen, ich mußte mir eine Menge gefühlsduselige Scheiße anhören. Sobald ich ihn erst mal beim Thema ‹Boote› hatte, dauerte es nicht lange, bis wir auf Alkohol und Boote zu sprechen kamen, und Bingo! Da war endlich Heather Foley dran.»

«Und?» Ich war inzwischen schon beim dritten Glas Orangensaft und fragte mich, ob Keith sich wohl je zu uns gesellen würde.

«Die Leiche ist nie gefunden worden. Eine traurige Geschichte. Der Cop wurde noch ein bißchen rührseliger, hat gesagt, sie sei das einzige gute Kind in der ganzen verdammten Familie gewesen. Daraufhin habe ich gesagt, ich würde die Sache gern mal weiterverfolgen, und da hat er mir gleich die Adresse gegeben, wie er sie in Erinnerung hatte, ich hab sie aufgeschrieben, und da ist sie. Beeindruckt?»

«Ja», sagte ich. «Willst du jetzt mal eine Expertin am Werk sehen?»

«Immer», sagte sie.

Ich rief die lokale Auskunft in Manhattan, Vorwahl 212, an und ließ mir die Nummer vom Verlag A. Knopf geben, der *Böses Erwachen* herausgebracht hatte.

«Bitte die Lizenzabteilung», sagte ich zu der jungen Frau, die sich meldete.

Ich mußte mir ein Streichquartett anhören, das stark verlangsamt aufgewärmte Beatles-Stücke spielte. Nach vier Minuten davon war ich heilfroh, eine menschliche Stimme zu hören, mochte sie auch noch so näselnd und eintönig sein.

«Nebenrechte. Olive Anders am Apparat.»

Ich schrieb «Olive Anders» auf ein Blatt Papier. Und dazu «Nebenrechte». Wenn man jemanden aushorchen will, muß man seine Sprache sprechen.

«Hallo», sagte ich und warf Roz einen Blick zu. «Mein Name ist Alberta Stoneham.» Ich hatte mein Pseudonym bereits oben auf das Blatt geschrieben. «Ich schreibe ein Buch über zeitgenössische Schriftstellerinnen und würde gern aus *Böses Erwachen* von Thea Janis zitieren. Sie haben den Roman 1970 veröffentlicht. Da die Autorin ja tot ist, meinen Sie, ich dürfte, ohne mit dem Gesetz in Konflikt zu kommen, einen ganzen Absatz oder ein ganzes Gedicht von ihr zitieren, Miss Anders?»

Bei Telefonspielchen muß man die Leute immer mit

ihrem Namen anreden. Äußerst zuvorkommend sein. Davon ausgehen, daß sie einem helfen wollen und können.

Ich seufzte unhörbar über die Naivität der netten jungen Alberta Stoneham. Wenn es sie wirklich gäbe, würde sie bald die gleiche Erfahrung machen wie ich: daß es immer jemanden gibt, der bezahlt werden muß, der die Hand nach ein bißchen Schmiergeld ausstreckt.

«Bitte warten Sie.»

Ich bekam noch mehr malträtierte Beatles-Musik zu hören. Äußerst komisch war, daß der Song «What would you do if I sang out of key» dank fast leerer Batterien vollkommen schräg aus dem Kassettenrecorder herausleierte.

«Die Alicia-Worth-Agentur ist dafür zuständig.»

«Vielen Dank, Miss Anders. Würde es Ihnen große Mühe machen, mir noch die Telefonnummer herauszusuchen? Ich bin nicht in Manhattan, und mein Budget ist sehr beschränkt. Jeder Anruf bei der Auskunft ...»

Die Alicia-Worth-Agentur hatte ebenfalls die Vorwahl 212.

«Wen spielst du als nächstes?» fragte Roz.

«Eine Finanzbeamtin. Mal sehen, wohin uns eine Anfrage nach nebenberuflichen Autoreneinkünften, Steuerformular 1099, führt.»

Roz zog eine Augenbraue hoch. Ich hatte sie beeindruckt. Die Sprache der Finanzämter zu beherrschen ist tatsächlich beeindruckend, finde ich.

Alicia Worth war kooperativ. Sie bestätigte mir, daß Miss Beryl Cameron regelmäßig Tantiemen bezog. Nein, sie gingen nicht an die Adresse der Anstalt in Weston. Sie wurden an Mr. Garnet Cameron, 87 Farm Road, Dover, überwiesen. Ich versicherte Miss Worth, daß die Angelegenheit nun dank ihrer Mitarbeit vollständig geklärt werden könnte. Eine Steuerprüfung sei infolgedessen nicht mehr nötig.

Roz sagte: «Super.» Und stolzierte nach oben.

Solange das Telefon noch heiß war, rief ich Garnet Cameron an.

«Schalten Sie das Band aus, Garnet», sagte ich. «Das FBI braucht nicht zu wissen, wo Ihre Schwester Beryl lebt. Ihre Familie scheint Beryls Aufenthaltsort nur ungern preiszugeben.»

«Beryl geht Sie nichts an, Miss Carlyle.»

«Garnet», sagte ich. «Ich möchte Sie um einen Gefallen bitten. Ich meine, das wären Sie mir schuldig.»

«Ich bin Ihnen nicht das geringste schuldig dafür, daß ich jetzt die FBI-Leute auf dem Hals habe. Ohne sie hätte ich Marissa längst wieder hier. Ich hätte den verdammten Kidnappern zahlen sollen, was sie haben wollten.»

«Gibt's was Neues? Über Marissa?»

«Nein. Das FBI läßt keinen ran. Hat gestern abend alles versaut. Würde mich nicht wundern, wenn sie inzwischen tot wäre.»

Einen Moment lang klang er so menschlich, so verletzt, daß ich mich kaum überwinden konnte, meine Bitte zu wiederholen.

«Was wollen Sie denn!» fragte er gereizt und machte den Zauber wieder zunichte; der arme Frosch verwandelte sich im Nu wieder in den arroganten Prinzen.

«Sie schulden mir einen Anruf beim psychiatrischen Institut in Weston. Sagen Sie dem Betreffenden, daß ich schon auf dem Weg bin, um im Auftrag Ihrer Familie Ihre Schwester zu besuchen. Ich erwarte, daß man mich mit offenen Armen willkommen heißt.»

«Sie haben vielleicht Nerven!»

«Mit gutem Grund. Wollen Sie hören, was ich nämlich tun könnte, wenn nicht?»

«Warum nicht?»

«Wenn nicht, schicke ich Auszüge aus Manuskripten, die ‹Thea Janis› zugeschrieben werden, an jedes Boulevardblatt in den Vereinigten Staaten.»

«Sie haben den Schreibblock wieder zurück! Er gehört mir, meiner Mutter!»

«Falsch. Er gehört Beryl.»

Die Leitung war plötzlich tot.

Ich horchte, hörte jedoch keine Schritte auf der Treppe. Ich zog hastig Handschuhe über, holte alle Besitztümer Manleys aus meiner sicheren Schreibtischschublade und stopfte sie in einen Umschlag. Das lose Blatt Papier faltete ich zusammen und schob es in meine Gesäßtasche. Falls Manley einen eigenen Raum im WPI hatte, wollte ich sein Zeug da abladen.

Ich sah im Telefonbuch und auf dem Stadtplan nach, wo die psychiatrische Klinik in Weston lag. Irgendwie kam mir dabei der Gedanke, beim städtischen Gartenbauamt anzurufen und nach Edgar Barrett zu fragen. Ich summte vor mich hin, während ich wartete, und genoß es, nicht mit Musik berieselt zu werden.

«Sie haben mir erzählt, der kubanische Gartenarbeiter, der mit Ihrem Vater zusammengearbeitet hat, hätte Ihnen gesagt, er sei beim CIA», sagte ich, sobald wir unsere Bekanntschaft erneuert hatten.

«So?»

«Könnte es vielleicht das FBI gewesen sein?»

«Junge Frau, ich war acht Jahre alt. Er hätte der Mann aus *Solo für O. N. C. E. L.* sein können. Er hätte auch die NASA sagen können, falls es die damals schon gab.»

«Könnte er Alonso geheißen haben?»

«Wenn das ein kubanischer Name ist.»

«Danke für Ihre Freundlichkeit.»

«Ebenfalls.» Er knallte den Hörer auf die Gabel.

Bevor ich aus der Tür war, rief Widerling Vandenburg an und wollte wissen, ob mir der Aufenthaltsort unseres gemeinsamen Freundes bekannt sei. Ich legte auf. So viele hatten in letzter Zeit aufgelegt, während ich mit ihnen sprach, daß es guttat, selbst einmal in dieser Machtposition zu sein.

Ich hätte ihm aufmerksamer zuhören sollen, aber ich war in Gedanken schon unterwegs zur Westoner Klinik.

Als ich eben zur Tür hinaus war, steckte Roz mir noch einen Umschlag zu. Vermutlich eine detaillierte Rechnung. Vermutungen, die führen einen leicht in die Irre.

DRITTER TEIL

Das Tuch zerriß – was bebte sie?
Der Spiegel barst – sie sank aufs Knie.
«Nun wird der Fluch mich treffen!»
schrie
die Dame von Shalott.

Alfred Lord Tennyson

Mann, warum zum Teufel ging sie nicht ans Telefon? Er hatte es fünf-, sechsmal probiert, und sie war ganz sicher zu Hause. Wo zum Teufel sollte sie auch sonst sein? Er hatte sogar die Leitung überprüfen lassen von dem blöden Fräulein vom Amt.

Alles hatte eine verrückte Wende genommen, und jetzt war's auch noch aus mit dem Motorrad. Womöglich war ihm die Polizei auf den Fersen und beobachtete ihn dabei, wie er auf die Tasten des blöden Münzfernsprechers haute, wenn er es recht bedachte.

Hatte sie nicht gesagt, sie wäre immer für ihn da? Er könnte immer heimkommen? Er könnte immer anrufen, wenn er in Schwierigkeiten steckte? Sie könnte alles geradebiegen?

Er wühlte mit der Hand in seiner Hosentasche. Er hatte immer noch den Hausschlüssel. Er konnte nach Hause. Er konnte gleich lostrampen.

Teufel auch, wie weit würde er kommen? Das war nicht mehr die große, freie Straße wie früher einmal, nicht wie damals für sie, Daumen raus, Hüften raus, alle halten gern an und nehmen dich mit, organisieren eine kleine Party. Werden high.

Absolut nicht.

Er hängte den Hörer ein und sog tief Luft in seine Lungen.

Hör damit auf, schalt er sich selbst. Panik konnte er nicht gebrauchen.

Er war ja nicht allein. Und außerdem war da noch das Geld, das ganz sicher eintrudelte. Er hatte eine Bleibe. Er hatte eine Lady. Nicht nötig, ein großes Trara um das Motorrad zu machen.

Seattle fehlte ihm nicht, jedenfalls nicht, wenn er Boston hatte und eine nette Lady, die sich um ihn kümmerte.

Es würde alles gutgehen.

Bescheuert, anzurufen.

Bescheuert, in Panik zu geraten.

40

Auf dem Parkplatz, dem Straßenverkehr durch hohe beschnittene Hecken weit entrückt, erschien mir der Umschlag von Roz erheblich stilvoller und angemessener als der, in den ich in aller Eile Manleys Brieftasche und Terminkalender gestopft hatte.

Ich löste das Verschlußband und zog nicht etwa eine Rechnung heraus, sondern zwei Kohlezeichnungen, durch ein Blatt Durchschlagpapier voneinander getrennt. *Thea Janis, wie sie sein könnte, wenn sie nicht tot wäre.*

Roz neigt zum Extrem, zur Karikatur. Wohlwollen betrachtet sie nicht als künstlerische Tugend. Die beiden Zeichnungen, die beiden Theas, wenn Sie so wollen, waren völlig unromantisch und illusionslos ausgeführt worden. 15 plus 24 macht 39, wie immer man es auch drehen mag, aber trotzdem fand ich Roz' Werk beinahe grausam. Vielleicht liegt es an der Relativität des Alters. Die Augen einer unbekümmerten Mittzwanzigerin sehen eine fast Vierzigjährige viel älter und schroffer, als sie in Wirklichkeit ist. Ich hingegen, bald selbst schon 35, empfinde das gleiche Alter als jugendlich und lebenssprühend.

Ich prägte mir die Bilder ein, die eine Thea ausladend, die andere dünn, beide mit kleinem Kinn, üppigem Mund und großen Augen. Die mollige Ausgabe hatte kurze Locken, die dünne lange glatte Haare. Die eine trug eine Brille, die andere nicht.

Auf die Rückseite der dünnen Frau hatte Roz gekritzelt:

«Tut mir leid. Du bekommst sie gratis. Ich kann ihnen einfach nicht gerecht werden. Zu viele Variationsmöglichkeiten. Was ist, wenn sie sich die Zähne hat machen lassen? Kronen? Eine Dauerwelle? Die Augenbrauen gezupft hat? Alles verändert sich, nicht wahr?»

Ihre Worte erinnerten mich an meine Ausbildung auf der Polizeihochschule. Ohren und Finger. Ohren und Finger bleiben immer gleich. Ich steckte Manleys Utensilien mitsamt Zeichnungen in den Umschlag und holte tief Luft.

Alles verändert sich.

Die psychiatrische Klinik von Weston hätte Ausbildungsseminare zum Thema Sicherheit abhalten können. Ihr Sicherheitssystem war raffinierter als das von Walpole und so gründlich und genau wie eine Präzisionsmaschine. Ein freundlicher Mann mit Anzug und Schlips prüfte meinen Ausweis und rief Garnet Cameron an, um sich von ihm persönlich bestätigen zu lassen, daß er meinen Besuch gestattete, obwohl drei Pfleger erst vor einer knappen halben Stunde mit Garnet über meine bevorstehende Ankunft gesprochen hatten und inzwischen kein Schichtwechsel stattgefunden hatte.

Mein Weiß hätte bei der Musterung nichts genützt. Meine Drohung hingegen hatte offensichtlich gewirkt.

Ich mußte ein Formular unterschreiben, das besagte, daß ich Miss Beryl Cameron besuchen wollte, ausschließlich Miss Beryl Cameron, und daß ich mich an die ärztlichen Anweisungen halten würde. Da keine Ärzte zu sehen waren, nur Sicherheitspersonal, unterschrieb ich, wobei ich meine Unterschrift absichtlich möglichst unleserlich hinkritzelte.

Ich ertappte mich dabei, daß ich mich fragte, welcher Art von Gewalt die Wächter wohl den Vorzug gaben. Nicht die Spur eines Halfters beulte das bewundernswert geschneiderte Jackett meines Begleiters aus. Der Mann mit der Windjacke hätte hier noch einiges lernen können, was die Kleidung betrifft. Eine Spritze in der Tasche? Eine elektronische Keule? Ein Gummiknüppel oder Pfefferspray?

Die Klinik bestand aus drei großen roten Ziegelgebäuden und einer Reihe kleinerer Bauten. Eine Turnhalle und ein Schwimmbad verstärkten die Campusillusion noch. Jedes Hauptgebäude oder «Heim» beherbergte offenbar einen bestimmten Krankheitstyp, eine einzige Form von Wahnsinn oder Geistesstörung. Jedes verfügte über einen eigenen Eßsaal, so daß sich die jeweiligen Kategorien nie vermischten. Ich fragte mich, ob man wohl von Heim zu Heim aufsteigen, eine unsichtbare Leiter emporklimmen konnte, bis man für gesund genug erklärt wurde, um in die Welt entlassen zu werden.

Alle Bewohner waren fürstlich untergebracht; der Sicherheitsapparat war nur schwach zu erkennen wie Knochen unter durchscheinender Haut.

Ich wurde ständig begleitet, nicht von dem ersten Herrn, sondern von einer Aufsichtsperson. Diese hatte Auftrag, mich sofort des Geländes zu verweisen, falls ich Miss Beryl oder einen anderen «Klienten» – «Klient» schienen alle dem Wort «Patient» oder «Insasse» vorzuziehen – in Aufregung versetzte. Meine Begleiterin klapperte beim Laufen metallisch, und es dauerte eine Weile, bis ich den Grund dafür herausgefunden hatte – Schlüssel am Gürtel, durch eine weiße Schürze und Leibesfülle verborgen.

Sie hatte ein Schildchen auf der Brust, auf dem «Jannie» stand. Nichts, was auf ihre Ausbildung hätte schließen lassen. Zuerst dachte ich, sie hätte vielleicht keine, sei nicht einmal Pflegerin. Als ich jedoch immer mehr Leute sah, die nur Schilder mit ihrem Vornamen trugen, ging ich davon aus, daß sie eine Illusion freundlicher Lockerheit schaffen sollten.

Alles Kumpel am PIW. Einige durften am Abend raus, andere nicht, so war das eben.

Ich habe während meines Berufslebens etliche staatliche Einrichtungen dieser Art kennengelernt, aber diese war so erhaben selbst über die besten davon, daß sie auf einem anderen Stern hätte sein können. Geschliffene Vasen, groß wie ein Wasserball, waren mit frischen Blumengestecken gefüllt. Atmosphäre und Geruch erinnerten eher an ein erstklassiges Hotel als an eine medizinische Einrichtung. Die «Klienten», die ich zu sehen bekam, sahen mit ihren lässigen Jeans und Hemden auch nicht so aus, als wären sie zu etwas Ernsterem als zur Erholung hier eingesperrt.

Ich hätte Donovans Rat annehmen und mich einweisen lassen sollen.

Wenn Manleys Tod nicht ein solches Chaos verursacht hätte, bezweifle ich, daß ich überhaupt einen Blick in den holzgetäfelten Aktenraum hätte werfen können, der als Bibliothek getarnt war. Dann hätte ich bestimmt auch keine Gelegenheit gehabt, Beryls Krankenakte, die auf einem Schreibtisch aus Rosenholz herumlag, lange genug einsehen zu können, um festzustellen, daß sie seit 27 Jahren «Klientin» war. Drei davon war sie nur in ambulanter Behandlung gewesen. 24 Jahre feste Bewohnerin. Ein sehr langer Erholungsaufenthalt hatte sie von ihren Jugendjahren jäh auf die Schwelle zur Lebensmitte katapultiert.

24 Jahre, das konnte kein Zufall sein ... Hatte die bereits gestörte ältere Schwester Thea aus Eifersucht über ihren Erfolg umgebracht? War MacAvoy für das Vertuschen bezahlt worden, und hatten die Camerons sich sein Schweigen unter anderem mit Beryls Dauereinweisung erkaufen müssen?

Eine Art viereckiger Schulhof trennte die Gebäudekomplexe voneinander. Ein Freistil-Volleyballspiel war dort im Gange.

Die Stille in der «Hortensienanlage» wurde nur von den beruhigenden Klängen eines Konzertflügels unterbrochen, die so echt wirkten, als ob sie live wären. Mittlerweile hätte es mich nicht überrascht, in jedem Gebäude einen Steinway-Flügel samt Konzertpianisten vorzufinden. Ich hätte gern die Hochglanzbroschüren gesehen, die diese Anstalt verschickte. Ich hätte gern mal die monatliche Abrechnung eines «Klienten» gesehen.

Plötzlich hatte ich Pix in ihrer Verzweiflung, ihrer prallen Lebendigkeit, vor Augen. Ob sie einmal in einer ähnlichen Einrichtung enden würde, die unendlich viel schlechter geführt war?

Die Räume im Erdgeschoß waren weitläufig, aber vielleicht waren dafür die Unterkünfte oben spartanisch. Ich hatte höflich abgelehnt, Miss Beryl im Sonnenzimmer zu treffen, und darauf bestanden, daß ihr eigenes Zimmer der einzig annehmbare Ort dafür sei. Garnet Cameron mußte sein Einverständnis erklärt haben, denn Jannie schloß anstandslos ein Tor auf und hinter uns wieder ab und geleitete mich schweigend ins Treppenhaus.

Ich spürte ein leichtes Kribbeln im Nacken und überlegte kurz, ob ich die stramme Jannie notfalls überwältigen, zum Tor rennen und darüberklettern konnte. Eine reine Gegenreaktion auf abgeschlossene Türen. Den gleichen Impuls hatte ich in Walpole gehabt.

Beryls Haar war aus dem Gesicht nach hinten gekämmt und zu einem Knoten geschlungen. Weiß wie Schnee. Sie war wabbelig dick und hatte eine pickelige bleiche Haut. In ihren Augen glomm kein Funken, kein Licht.

Verloren, dachte ich. Ihre Mutter hat gesagt, sie hätte sie verloren.

Beryl sah keinem der Bilder von der «gealterten Thea» ähnlich. Aus beiden Skizzen von Roz leuchtete Intelligenz, sprühte Lebhaftigkeit aus den weit auseinanderliegenden Augen. Ich wußte, daß Medikamente, insbesondere Psychopharmaka, das Äußere eines Menschen stark verändern können, weil sie oft eine Gewichtszunahme bewirken und die Gesichtszüge aufblähen. Ich versuchte, hinter die aufgedunsene Hülle zu schauen, das Mädchen von den alten Zeitungsfotos wiederzufinden, das mehr Franklin als Tessa glich. Ich gab's auf.

Sie hatte braune, starre Augen und Schatten darunter. Dunkler als Tessas.

«Hallo, Beryl», sagte ich. «Darf ich mich setzen?»

Nichts.

Jannie gab ein Geräusch von sich, ein dezentes Schnauben.

Ich zog einen Sessel näher ans Bett. Kein Anstaltsstuhl. Beryls sonniges Zimmer war mit blankem Mahagoni eingerichtet. Ihr Bett hatte einen geblümten Himmel. Die zierlichen Möbel hatten auch nicht im entferntesten etwas Anstaltsmäßiges. Ob es ihre eigenen waren? Der Sessel war weichgepolstert, etwas abgenutzt, aber bequem.

«Haben Sie Garnet kürzlich gesehen?» fragte ich, als würden wir ein freundschaftliches Gespräch fortsetzen.

Nichts.

«Oder Marissa? Seine Frau?»

Nichts.

Ich sah Jannie drohend an. Wenn sie jetzt wieder schnaubte, würde ich sie ohrfeigen.

«Erinnern Sie sich noch an Ihre Schwester Thea?»

Beryl summte eine kleine Melodie. Ihre Stimme klang merkwürdig unbenutzt, als würde die Spieluhr eines Kindes nach Jahren verstaubten Schweigens wieder geöffnet.

«Steht sie unter Medikamenten?» fragte ich.

«Natürlich», erwiderte Jannie.

«Beruhigungsmittel?»

«Ein mildes.»

«Ist sie immer so? Hat Garnet Cameron eine zusätzliche Dosis für heute bestellt?»

«Mr. Cameron ist kein Arzt.»

«Und ihr Arzt hat sie heute noch nicht besucht.»

Jannie biß sich auf die Lippen. «Nein.»

«Weil ihr Arzt Andrew Manley ist.»

Ich sprach im Präsenz. Ich war nicht sicher, was Beryl aufnahm, und wollte nicht diejenige sein, die ihr schlechte Nachrichten brachte.

Was hatte Andrew Manley vom Schreiben gesagt, daß das Schreiben die Art und Weise war, wie Thea die Welt erlebte und mit ihr kommunizierte?

Waren die beiden Schwestern immer so unterschiedlich gewesen?

Was war mit Beryl geschehen?

Ich hätte Donovan anflehen sollen mitzukommen. Er hätte gewußt, was man fragen konnte, worauf man den Blick richten sollte. Billigten angesehene Psychiater stillschweigend die Lobotomie? Hatten sie so etwas vielleicht Anfang der siebziger Jahre gemacht?

«Ist Beryl je mit Elektroschock behandelt worden?» fragte ich.

Jannie zuckte die Achseln. Allmählich ging mir ihr gleichgültiges Achselzucken auf die Nerven.

Wenn das Beryl war – Beryl, wie sie immer gewesen war –, konnte sie das neue Manuskript nicht geschrieben haben. Diese bleiche Frau mit den toten Augen nicht.

Konnte sie das erste Manuskript geschrieben haben? Hatte Thea einfach die Lorbeeren für sich in Anspruch genommen? Warum? Das Mädchen, das *Böses Erwachen* geschrieben hatte, war frühreif gewesen. In einem anderen

Jahrhundert, im Viktorianischen Zeitalter zum Beispiel, wäre ein solches Kind wahrscheinlich eingesperrt und bestraft worden.

Ich starrte Beryl an. Beryl. Sie hatte meine Anwesenheit in keiner Weise zur Kenntnis genommen. Sie summte tonlos vor sich hin und bewegte die Finger rhythmisch, für mich eher Anzeichen für Autismus als für Schizophrenie, aber was wußte ich schon über so komplexe Begriffe?

Letztlich wußte ich nur, daß sie meine Fragen nicht beantworten würde. Wo war sie, als ihre Schwester starb? Hatte sie sie sterben sehen, ihr vielleicht bei ihrem Gang ins Meer hinaus geholfen?

«Waren Sie eifersüchtig auf Thea?» fragte ich abrupt.

Keine Reaktion. Nichts. Ich sah Jannie gar nicht erst an.

Statt dessen betrachtete ich die Einrichtung. Von zu Hause. Wenn Beryl mir nichts von ihrem früheren Leben erzählen konnte, dann vielleicht ihre Besitztümer. Sicher bewahrte sie allerlei Persönliches auf, etwas, das sie geschrieben hatte. Eine Schriftprobe war bestimmt interessant.

Ich rechnete fest damit, daß Jannie mir an die Gurgel springen würde, als ich eine Schublade aufzog. Aber sie starrte nur teilnahmslos aus dem Fenster. Wenn sie es geöffnet hätte, hätten Beryl und ich den Lärm des Volleyballspiels hören können.

Beryl beobachtete mich ohne jede Neugier, als sei schon so oft in ihre Privatsphäre eingedrungen worden, daß sie kein Recht auf Geheimnisse mehr hatte.

Vielleicht hatte sie keine Geheimnisse. Nur sauber zusammengelegte Baumwollunterwäsche und Nachthemden, allesamt rosa, die leicht nach Kamelien dufteten, als hätte Tessa sie zusammengefaltet oder die Duftkissen ausgesucht. Aus einer Schublade lugten Teddybären heraus; Puppen, einige mit zerbrochenen Armen und verdrehten Beinen, lagen in einer anderen. Ich schaute weiter alles an, suchte systematisch nach einem Tagebuch, einem Schreibblock, bis ich unerwartet auf einen Schatz traf: einen duftenden Holzkasten. Groß, aus Sandelholz, angefüllt mit Familienfotos, alle ordentlich auf der Rückseite beschriftet. Wenn die mit dünner Tinte unsicher in Blockbuchstaben geschriebenen Bildlegenden, die keinerlei Ähnlichkeit mit den kraftvollen, klaren Schriftzügen aus Theas Prosa und Lyrik hatten, von Beryl stammten, war damit eine meiner Fragen beantwortet.

Ich hob den schweren Kasten aus der Schublade und stellte ihn neben Beryl.

«Was machen Sie da?» fragte Jannie.

«Erinnerungen auffrischen.»

«Viel Glück.»

«Es kann dauern. Sie müssen nicht bleiben. Wollen Sie nicht eine Zigarettenpause machen?» Ich war sicher, Rauch an ihrem Haar gerochen zu haben.

Sie sah sehnsuchtsvoll zum Fenster.

«Ich sag's niemandem», sagte ich. «Was ist schon daran!»

«Fünf Minuten», flüsterte Jannie, und ihre Hände klopften bereits die Taschen ab. Die Sucht – was soll man da machen?

Sobald sie aus dem Zimmer war, wurde mein Verlangen, mein zwanghafter Wunsch, allen Kram, der Manley gehörte, loszuwerden und in Beryls Schreibtisch zu versenken, fast übermächtig. Nein. Es war zu leicht nachzuweisen, daß ich hier gewesen war, und dann konnte auch schnell eine Verbindung zwischen mir und der Brieftasche hergestellt werden. Ich mußte herausfinden, ob Manley hier ein Büro hatte oder, noch besser, ein Zimmer, einen Raum, in den er sich zurückziehen konnte, wenn er und Tessa einmal Abstand brauchten und ihre Ruhe haben wollten.

Ich holte die beiden Skizzen von «Thea» und den Zettel,

den ich Pix geklaut hatte, hervor und mischte sie unter die Fotos.

«Lassen Sie uns die mal anschauen, Beryl», sagte ich. «Ist das Ihre Mutter?»

«Tourmaline Cameron» stand darauf. Ich hatte ganz vergessen, daß das Tessas richtiger Vorname war.

Beryl machte keinen unglücklichen oder gequälten Eindruck. Sie schien gar nicht ganz dazusein.

«Haben Sie das geschrieben?» Ich zeigte auf die Bildaufschrift.

Ihr geflüstertes Ja überrumpelte mich regelrecht.

Gemeinsam gingen wir die Fotokiste Stück für Stück durch. Garnet, Thea und Beryl als Kinder. «Vater, 1962», darauf Franklin Cameron als schwerer Trumm von Mann. Garnet hatte immer wie seine Mutter ausgesehen. Einmal, als die Kinder noch sehr klein waren, hatte die Familie einen Spaniel namens Beanie gehabt.

Ich probierte es zuerst mit der dünnen Version von «Thea».

«Kennen Sie diese Dame, Beryl?»

Sie legte sich die Hand auf die Kehle, deutete auf sich selbst. Ich fragte mich, ob sie vielleicht früher einmal, bevor die Medikamente ihr Äußeres so veränderten, ihrer Schwester geglichen hatte.

Auf die dickere «Thea» zeigte sie keine Reaktion.

«Können Sie das lesen?»

Ich gab ihr das Blatt, das ich von Pix hatte, die Seite «für b». Sie las sie einmal, las sie noch einmal, faltete sie zusammen und drückte sie an ihre Brust. «Meine», flüsterte sie, «meine weißen Bänder.»

Jannie kam herein, und Beryl versteckte das Blatt mit der unheimlichen Wendigkeit aller Gefangenen schneller, als ich es hätte tun können, unter ihrem Nachthemd.

«Irgendwas erreicht?» fragte Jannie spöttisch.

«Weiß Gott eine Menge Fotos», sagte ich seufzend, um ihr zu verstehen zu geben, daß sie sich ungeheuer langweilen würde, wenn sie blieb.

«Ja», sagte sie, «sieht so aus.» Sie starrte aus dem Fenster, sah dem Volleyballspiel zu. Mich beschlich das Gefühl, daß das Fenster das Äußerste war, wohin sie sich zu entfernen gedachte, nachdem der Nikotinteufel nun schlief.

Ich widmete mich wieder den Fotos.

Sie kamen mir seltsam unpersönlich vor. Keiner fehlte auf den Familienfotos. Hatten sie die Aufnahmen von einem Profi machen lassen? Oder hatte ein Angestellter sie aufgenommen, etwa der Chauffeur? Waren sie als Wahlpropaganda verwendet und zu diesem Zweck stilvoll von einem Werbefotografen inszeniert worden? «Die perfekte Familie beim eleganten Picknick». «Die perfekte Familie am Strand». «Die perfekten Kinder beim Bockspringen im Garten».

Beryl klopfte sich auf die Brust. Eine Träne rollte ihr langsam die Wange hinunter.

«Sind Sie Therapeutin?» fragte ich Jannie.

«Nein.»

«Krankenschwester?»

«Nein.»

«Wer wird denn jetzt ihr –»

Sie schnitt mir das Wort ab. «Die Entscheidung ist noch nicht gefallen. Sie gehen jetzt besser. Sie regen sie offenbar auf.»

Beryl ergriff meine Hand und hielt sie fest.

Jannie zuckte die Achseln. «Dann bleiben Sie», sagte sie.

Ich drehte ein Foto, das mit der Bildseite nach unten im Kasten lag, richtig herum. Ein gutaussehender Mann mit lachenden fremdländischen Augen und dunkler Hautfarbe.

Ein Schnappschuß, aber anders als die anderen. Deren merkwürdige Gelecktheit fehlte, offenbar war das Bild in der Hand gehalten und häufig bewegt worden. Die Ecken waren zerknickt und wieder glattgestrichen.

Es trug keine Aufschrift.

«Wer ist das?»

Keine Antwort. Was hatte ich denn erwartet?

Ich ging zum Fenster hinüber. «Kennen Sie diesen Mann?» fragte ich Jannie mit gedämpfter Stimme.

Beryls Blick folgte mir. Ihre Hände zupften an der Bettdecke.

«Nein», sagte Jannie. Hinter ihrer Selbstgefälligkeit verbarg sich eine gewisse Genugtuung. Sie sagte zwar die Wahrheit, aber sie wußte mehr.

«Wie lange arbeiten Sie schon hier?» fragte ich sie.

«Am ersten März sind es elf Jahre», sagte sie, als hätte sie jeden einzelnen Tag gezählt.

«Wer ist denn am längsten hier beschäftigt?» fragte ich. «Den muß ich sprechen.»

«Sie dürfen nur Miss Beryl besuchen», sagte Jannie halsstarrig.

«Hören Sie doch mit dem Quatsch auf», sagte ich.

«Wie können Sie so etwas sagen!»

«Nennen Sie mir nur die betreffende Person.»

«Wenn ich Sie recht verstehe, wollen Sie wissen, wer das auf dem Bild ist.»

«Ja.»

«Nun, ich könnte es Ihnen sagen, wenn Sie nicht so grob wären.»

«Tut mir leid», sagte ich, «habe eine lange Woche hinter mir. Ich würde mich echt freuen, wenn Sie's mir sagten.»

Ihre Zungenspitze erschien in einem Mundwinkel. Sie überlegte.

«Ich sag's auch niemandem weiter», ermunterte ich sie. «Wenn mich jemand fragt, sage ich einfach, daß es Beryl entschlüpft ist. Sie spricht ja gelegentlich.»

Jannie kam näher, bereit, etwas auszuplaudern. «Er war Gärtner hier.» Ihre Augen blickten belustigt, von oben herab. «Die Klienten, na ja, sie sehen nicht oft Männer ihrer eigenen, hm, Gesellschaftsklasse, und sie verlieben sich schon mal in jemand, besonders die jüngeren.»

«Das ist aber ein altes Foto», warf ich ein.

«Sie hat es immer gehabt. Seit ich hier bin. An manchen Tagen liegt es richtig herum, an anderen falsch. Manchmal liegt es im Kasten obenauf. Einmal habe ich es im Papierkorb gefunden, aber ich hab's nicht weggeworfen. Scheint ihr etwas zu bedeuten.»

Sie hat es immer gehabt.

Immer hieß, am 1. März mindestens elf Jahre lang.

«Arbeitet der Mann immer noch hier?»

«Nein.»

«Hat er hier gearbeitet, als Sie Ihre Stelle antraten?»

«Nein.»

«Seit wann ist er denn weg?»

Sie zuckte wieder die Achseln. «Er war nur tageweise hier beschäftigt, glaube ich.»

«Gibt es eine Akte?»

«Es gibt Gerüchte.»

«Ach ja?»

«Sie sehen doch, daß er gut aussah ...»

«Sehe ich.»

«Eines Tages war er weg. Und es hieß, seine Vergangenheit hätte ihn eingeholt. Männer mit einem solchen Ruf können hier nicht arbeiten.»

«Welchem Ruf? War er ein Dieb?»

«Nichts dergleichen.» Sie lächelte; es machte ihr offensichtlich Spaß, und sie zog es in die Länge. «Er hat in seiner früheren Stellung mit einer der Klientinnen herumgeturtelt.»

«Meinen Sie, daß er etwas mit Beryl hatte?»

«Das kann ich nicht sagen.»

«Können oder wollen Sie nicht?»

«Unbewiesene Gerüchte», sagte Jannie. «Und was taugt das an einem Ort, wo die Hälfte der Leute verrücktes Zeug redet – Verzeihung, das Wort darf ich nicht benutzen.»

Sie strich über das Bild. «So wie der aussah», fuhr sie fort und kicherte dabei, «ein bißchen wie ein Filmstar, wissen Sie, wie Omar Sharif, da hab ich immer gedacht, er hätte mit mindestens der Hälfte der Klientinnen herumturteln können. Hätte mir gewünscht, er wäre noch hiergewesen, als ich kam. Hätte sich vielleicht ja auch an mich rangemacht.»

Beryl sagte: «Kommen Sie», nicht glockenrein, aber doch eindeutig eine Aufforderung.

Jannie war sofort bei ihr. Ob sie die Kissen aufgeschüttelt haben wollte? Ob sie ein Glas Wasser wünschte? Mit einem Arzt sprechen wollte?

Sie zeigte mit einem kurzen Nicken an, daß sie mich meinte.

«Geben Sie mir das Bild von Alonso», formte sie unhörbar mit den Lippen.

«Sie wissen seinen Namen noch? Alonso.»

Wieder kullerte eine Träne herab, blieb einen Augenblick auf ihrer Wange haften und rollte dann ins Kissen.

Jannie, abgeblitzt, stolzierte zum Fenster zurück.

Ich flüsterte: «Tauschen wir doch für eine kleine Weile, Beryl. Lassen Sie mir Alonsos Foto. Es ist sehr wichtig. Und Sie behalten, was Sie haben.»

«Für immer», sagte sie.

«Ja. Sie können das Blatt für immer behalten. Und das Bild von Alonso bringe ich Ihnen zurück.»

«Versprochen?»

Ich versprach es.

«Hand aufs Herz und großes Ehrenwort.» Ihre Stimme klang wie eine Erinnerung, geisterhaft. Während ich es versprach, mußte ich an all das denken, was ihr in ihrem Leben entgangen war, entgangen durch Krankheit, entgangen durch ihr Schicksal.

«Ehrenwort», sagte ich und kreuzte wie ein Kind die Schwurfinger über meinem Herzen, während ich mit der anderen Hand das Bild in meine Gesäßtasche schob.

Wir wühlten weiterhin in der Fotokiste; verschiedene Male bat ich Jannie, mir Garnet zu zeigen oder Franklin als jungen Mann, damit ihr nicht Alonsos Foto als einziges in Erinnerung blieb, was mich interessiert hatte.

Es war die einzige Aufnahme von jemandem, der nicht zur Familie gehörte. Ein Gartenarbeiter, der aus seiner früheren Stelle entlassen worden war. Alonso.

Schließlich hielt ich den Zeitpunkt für gekommen, den Sandelholzkasten wieder in die Schublade zu stellen. Beryl hatte längst wieder ihr Interesse verloren. Sie schien zu schlafen, aber mit weit offenen, starren Augen.

«Auf Wiedersehen, Beryl», sagte ich. «Ich komme bald wieder.»

Sie reagierte nicht, aber Jannie stieß einen tiefen Seufzer der Erleichterung aus, als hätte ich sie bis jetzt von ihrer Lieblingsfernsehshow der letzten zehn Jahre abgehalten.

Ich faßte schnell einen Entschluß. Vor Gericht würde Jannies Wort gegen meins stehen. Sie war keine Therapeutin; sie war keine Krankenschwester; sie hatte bereits unerlaubterweise eine Zigarettenpause gemacht. Mein Wort würde auf alle Fälle mehr gelten als ihrs.

Ich wette, daß ich besser lüge als sie.

«Ich würde zu gern Dr. Manleys Büro sehen», sagte ich, sobald wir auf dem Gang waren und die Ohren mit Klaviermusik vollgehämmert bekamen.

«Das würden Sie gern, was? Ich hätte Sie gut vor einer halben Stunde rausschmeißen können. In dem Moment, als ihr die Träne über die Wange rollte –»

«Sie haben mich aber nicht rausgeschmissen, Jannie. Sie mögen Beryl. Sie würden es gern sehen, wenn es ihr wieder besserginge, nicht wahr?»

«Natürlich. Wer möchte schon gern sein Leben lang eingesperrt sein, noch nicht mal hier?»

«Was könnte es schaden, mich für zwei Minuten in das Büro von Dr. Manley zu lassen, während Sie noch ein Zigarettchen schmauchen?»

«Sie könnten etwas fortnehmen.»

«Mache ich nicht. Ehrlich nicht.»

«Das reicht nicht.»

«Reichen fünfzig Dollar?»

«Mal sehen.»

Ich hatte bereits zwei Zwanziger und einen Zehner griffbereit in der Tasche.

Sie hätte mich dem Sicherheitspersonal melden können. Ich hätte es auch nicht versucht, wenn sie nicht ihre Ziggipause gemacht und nicht soviel über Alonsos Foto ausgeplaudert hätte.

Sie traute sich nicht, mit zu dem betreffenden Gebäudekomplex hinüberzugehen. Sie hätte erwischt, gefeuert werden können. Aber sie beschrieb mir den Weg und gab mir einen Schlüssel. Ich sollte den Schlüssel im Schloß stecken lassen, sie würde ihn sich nach zehn Minuten holen. Zehn Minuten. Und keine Sekunde länger. Ob ich das verstanden hätte?

Hatte ich. Nachdem ich die Brieftasche und den Terminkalender des guten Doktors zuhinterst in seiner Schreibtischschublade verstaut hatte, wo sie leicht übersehen worden sein konnten, wischte ich meine Fingerabdrücke von allem, was ich berührt hatte, und nicht nur davon.

Draußen fing ich an zu zittern. Dieser Ort machte mir mehr Angst als jedes Gefängnis, das ich je von innen gesehen hatte.

41

Ich verbrachte viel zuviel Zeit damit, Mooney zu erreichen, um zu hören, ob er die aus Theas Akte entfernte Nummer herausbekommen hatte. Kein Glück um eins, um zwei und um drei. Ja, ich klammerte mich an einen Strohhalm, aber warum war auch in einer Akte, in der ohnehin die Hälfte mit einem schwarzen Filzstift übermalt und mit Tipp-Ex überpinselt war, etwas sorgfältig weggekratzt worden? Hatte jemand in der Lage sein wollen, die Nummer bei Bedarf wiederzufinden? Und warum?

Ich hinterließ eine Nachricht, daß Mooney mich zurückrufen sollte; das ist sonst nicht meine Art.

Ich kaufte mir den *Globe* und den *Herald*, setzte mich auf eine Stufe und vertiefte mich in die Berichte über Manleys Tod. Dr. Andrew Edgar Manley war erschlagen in der Nähe einer brennenden Hütte nahe am Meer aufgefunden worden. Die Flammen hatten einen Nachbarn alarmiert. Mr. Hector Davies, 46 Ocean Avenue, hatte sofort die Feuerwehr benachrichtigt.

Ich schluckte. Mein Hals war auf einmal eng und trocken. Der Mörder war zurückgekehrt. Hatte er sein Verbrechen durch Brandstiftung vertuschen oder mit dem Feuer Aufmerksamkeit erregen wollen? Aufmerksamkeit erregen. Sonst hätte er die Leiche in die Hütte gezerrt. Oder hatte die Polizei nur auf meinen anonymen Hinweis reagiert? Man kann nicht alles glauben, was man liest.

Der Mörder konnte dagewesen und zugeschaut haben,

wie Pix und ich im Sand miteinander kämpften, wie wir seine Fußstapfen mit unseren verwischten.

Manley war zuletzt bei einer Dinnerparty um 20.30 Uhr gesehen worden. Gäste und Ort wurden nicht genannt. Die Polizei von Marblehead versprach, den Täter bald zu verhaften. Ein Obdachloser, ein junger Mann Anfang Zwanzig, der nach Zeugenaussagen in der Nähe der Hütte herumgelungert hatte, wurde dringend ersucht, sich bei der Polizei zu melden. Forensikspezialisten inspizierten in der Kfz-Werkstatt der Polizei die ausgebrannten Überreste eines Motorrads.

In Manleys Nachruf war von zahllosen Ehrungen und Auszeichnungen sowie Veröffentlichungen die Rede, deren Klarheit und Brillanz gerühmt wurde. Er war einer der Gründerväter der psychiatrischen Klinik in Weston und hatte seine Privatpraxis aufgegeben, um sich ganz seiner Reiselust und seiner Passion für seltene Manuskripte zu widmen. Zum Zeitpunkt seines Todes war er noch immer aktives Mitglied im Verwaltungsrat der Klinik. Er hinterließ eine Schwester, zwei Nichten und einen Neffen.

Ich fragte mich, ob die Polizei herausgefunden hatte, daß Manley eine Stunde vor seinem Tod einen Anruf getätigt hatte. Ob sie nach Pix und mir suchten oder nur nach Pix' Freund Alonso. Dem «Obdachlosen».

Roz näherte sich, ausstaffiert mit einem zitronengelben T-Shirt, auf dem «Wiedergeborene Heidin» prangte.

«Was ist?» fragte ich.

«Mies drauf», bemerkte sie.

«Du kriegst dein Geld.»

«Ich dachte, du würdest gern noch ein bißchen was über MacAvoy erfahren.»

«Zum Beispiel, wo er gestern abend war?»

«Das weiß ich nun gerade nicht. Der Mann ist zugeknöpft, aber er stinkt vor Geld.»

«Noch mehr als die Inselkonten?»

«Er besitzt Grundstücke in bester Lage überall auf dem Cape, in Wellfleet, Yarmouth, Hyannis. Eine zehn Meter lange Jacht. Ist Mitinhaber eines Jachthafen auf Sanibel Island. Das ist in Florida.»

«Weiß ich.» Kein Problem, in einer Bar mit Zwanzigdollarscheinen herumzuwedeln, wenn man ein Boot und einen Jachthafen besitzt.

«Das kostet zusätzliche hundert», sagte Roz.

«Schreib's auf die Rechnung.»

Sie trottete glücklich davon. In lindgrünen Radlershorts, die zum T-Shirt paßten. Ich glaube, es stand auch ein Slogan auf dem Hintern, aber ich konnte ihn nicht lesen. Vielleicht «Abstand halten».

Ich packte eine Haarsträhne und drehte. Laut Albert Ellis Albions Geständnis gehörte Thea ins Meer, ins Meer. Am gleichen Stück Strand, wo Manley letzte Nacht auf so schreckliche Weise zu Tode gekommen war? Welchen Zusammenhang gab es zwischen den Todesfällen, dem einen, der so lange zurücklag, und dem neuen?

Wen konnte ich fragen?

Tessa hatte mir nicht einmal die Adresse des Doktors genannt, als er noch lebte. Ich bezweifelte, daß sie jetzt kooperativer sein würde. Bei Garnet hatte ich schon meinen Trumpf ausgespielt. Die Drohung, Theas Werke an die Öffentlichkeit zu bringen, hatte gerade für das Treffen mit Beryl gereicht.

Beryl. Verflucht sei der Tribut, den Krankheit und Medikamente gefordert hatten. Sie mußte vollkommen anders gewesen sein, als Thea verschwand. Wirklich? Manley hätte es mir sagen können. Er war tot.

MacAvoy hingegen würde vielleicht, wenn er auf seinen überraschenden, unerklärlichen Reichtum angesprochen wurde, bereitwilligst über Schwester Beryl reden. Und über vieles mehr … Zog es womöglich einem Plauderstündchen mit dem Finanzamt vor.

Er war ein alter Mann. Bestimmt wollte er den Rest seines Lebens lieber im «Lucky Horseshoe» zubringen und mit seinen Kumpeln Bier saufen, als in einem fensterlosen Bostoner Büro einem Beamten der Steuerbehörde eine Menge Belege vorzuweisen.

Zeit für Konfrontationen. Das konnte nicht warten.

Ich konnte nicht warten.

42

Ich hatte mich allmählich an das Kribbeln in meinem Nakken gewöhnt und fing an, es zu ignorieren. Während der Fahrt führte ich einfache Abhängmanöver aus, aber der «gedungene Killer» existierte nur noch in einem abgelegenen Winkel meines Kopfes.

Die Nummer aus Theas Akte, die sorgfältig entfernte Nummer, war zuerst an der Reihe. Roz hatte sie mit keiner Zahl zur Deckung bringen können, die eine Computerakte geöffnet hätte. Mooney war nicht zu erreichen, aber vielleicht konnte MacAvoy dazu überredet werden, die Nummer zu erklären. Als ich bei der Suche nach einem Kaugummi oder Minzbonbon meine Taschen abklopfte, traf ich auf Paolinas Postkarte und murmelte unhörbar: «Tut mir leid.»

Paolina und ich haben eine Abmachung getroffen. Ich begebe mich nicht ohne Verstärkung in Gefahr.

MacAvoy ist ein alter Mann, sagte ich mir.

Trotzdem nahm ich meinen Revolver mit. Einmal Polizist, immer Polizist. Das galt für mich genauso wie für MacAvoy.

Ich hielt für Burger und Fritten bei einem Imbiß in der Nähe der South Shore Plaza. Ich hatte im «Lucky Horseshoe» ein Bier getrunken und weder Vertrauen in die dortige Küche noch Lust, mit MacAvoy zu dinieren. Ich nahm mir Zeit, tunkte jede Fritte einzeln in Ketchup und aß langsam, grübelnd. Auch meinen Kaffee schlürfte ich langsam. Ich entdeckte einen Münzfernsprecher, suchte das nötige Kleingeld zusammen und probierte es noch zweimal bei Mooney, einmal im Büro, einmal zu Hause. Ohne Erfolg.

Eben verblich das letzte Licht am blauschwarzen Himmel, als ich neben MacAvoys Einfahrt parkte.

Niemand zu Hause.

Mrs. Neugier von nebenan erkannte mich gleich wieder, als ich auf ihrer gutbeleuchteten Veranda erschien. Mac sei heute abend nicht in der Bar. Gut, daß ich bei ihr vorbeigekommen wäre. Er tränke, ja, aber diesmal unten am Strand. Da säße er oft abends, ließe sich das Bier von den Wellen kühlen. Als er mit einem Sixpack in östlicher Richtung verschwunden sei, hätte sie gewußt, wo er zu finden sei, daß er wieder auf einem Stück von der alten Kaimauer hocken würde.

Sie beschrieb mir sehr genau den Weg. Hoffentlich wußten *meine* Nachbarn nicht so gut über mein Tun und Lassen Bescheid.

Ich ging zum Auto zurück. Ein Münzwurf, Kopf oder Zahl, sollte ich fahren oder zu Fuß gehen. Es war heiß. Ich fuhr lieber. Nach fünf Minuten verengte sich die Straße zu einem Weg. Ich parkte im Schutz eines windgepeitschten knorrigen Baums.

Im Handschuhfach habe ich immer einen Minirecorder und eine Polaroid-Kamera, dazu zwei Sorten Lippenstift und anderen Kram. Ich prüfte, ob die Batterien des Recorders geladen waren, und steckte das Gerät in mein Dekolleté, wo ich es mit Leukoplast zwischen den beiden BH-Körbchen anklebte. Es war alles andere als angenehm, aber ich wollte alles festhalten, was MacAvoy von sich gab. Was das Geld betraf, konnte er lügen. Die Camerons waren bestimmt nicht so blöd gewesen, es von ihrem Konto direkt auf seins zu überweisen.

Die Lügen eines Menschen sagen oft mehr als die Wahrheit.

Meine Sandalen rutschten in dem Kies, als ich im Zeitlupentempo den Hang hinunterkletterte. Ich fragte mich, wieviel Bier der alte Mann wohl schon getrunken hatte. Hoffentlich hatte er seine Pistole nicht mitgenommen, um auf die leeren Dosen zu schießen, während er sie ins Meer warf. Das würde die örtliche Gendarmerie nicht tolerieren, nicht einmal von einem alten Polizisten. Würde zu viele Touristen vom hellen, halbmondförmigen Strand verscheuchen.

Plötzlich das Meer. Endlose Dunkelheit und ein von Sternen durchlöcherter Himmel. MacAvoy saß reglos auf einer algenfleckigen Steinmauer, die von der letzten Flut her wohl noch kühl und feucht war. Der leichte Wind und der Geruch kamen über mich wie ein belebender Rausch. Ich atmete den scharfen, salzigen Morastgeruch tief ein, spürte, wie die Feuchtigkeit meine trockene Haut erfrischte, wie sich meine Schultern entspannten. Für den Ruhestand ein Häuschen am Meer, und sei es noch so klein ... Noch in weiter Ferne, MacAvoy.

Wenn er sich immer nach diesem einfachen Leben gesehnt hatte, warum mußten dann die Camerons bluten? Und wenn er sie so erfolgreich erpreßt hatte, warum beschränkte er sich dann auf die Verhältnisse eines Polizisten im Ruhestand? Vielleicht hatte er große Pläne für die Zukunft, vielleicht befriedigte ihn das bloße Wissen ungeheuer, daß seine Investitionen da irgendwo Zinsen abwarfen, daß er anders war als ein normaler Rentner mit festen Bezügen.

Ich räusperte mich. Entweder hatte er meine Schritte im Sand nicht gehört, oder er tat so, als ob er taub wäre. Nach einem Weilchen wandte er den Kopf und knurrte etwas. Der Mond war voll. Ich hoffte nur, daß das Knurren bedeutete, daß er mich wiedererkannte.

«Was führt Sie denn wieder her, Mädel?» Er erkannte mich wieder, na gut.

«Wollen Sie nicht lieber fragen, was mich so lange aufgehalten hat?»

«Nein», sagte er barsch, wendete den Blick vom Meer ab und starrte mich an. «Haben Se 'ne Zigarette?»

«Nein.»

Er zog ein Päckchen hervor, strich ein Streichholz an der Mauer an und zündete sich eine an, wobei er die Flamme geschickt mit der hohlen Linken vor dem Wind schützte. Dunkle Schlangenlinien wurden im Flackern auf seinem linken Handrücken sichtbar.

«Ich heb mir meine eigenen auf, wenn ich schnorren kann», sagte er. «Hab ich als Polizist gelernt.»

Ich inhalierte den Rauch aus zweiter Hand, dachte, wie leicht es wäre, jetzt auch eine zu paffen und bei einer Zigarette Geheimnisse auszutauschen. Einmal Raucher, immer Raucher.

«Woll'n Se eine?»

«Ja, aber geben Sie mir keine», sagte ich.

«Und warum würden Sie wieder mit mir reden wollen?» Ich hatte den Verdacht, daß er mit dem ganzen Zigarettenritual nur Zeit gewinnen, etwas finden wollte, um das Gespräch zu eröffnen. Ich fragte mich, wie betrunken der Mann schon sein mochte.

«Tessa Cameron», sagte ich.

«Die alte Frau?»

«So würde ich sie nicht nennen. Jedenfalls nicht, wenn sie es hören könnte.»

«Wohl lieber nicht», pflichtete er mir bei.

Bestimmt hätte er sie vor zwanzig Jahren nicht eine alte Frau genannt. Ob er sie vor kurzem einmal wiedergesehen hatte?

«Sie hat mich engagiert», sagte ich.

«Warum?»

Ich wich aus. «Mit dem Fall ist es ja schnell vorangegangen, sobald Sie eingeschaltet wurden, Mac. Bevor Sie ihn übernahmen, war er überall verteilt – eine Akte in Dover, eine Akte in Cambridge, noch eine in Marblehead …»

«Ja», sagte er zustimmend, nickte und paffte, die eine Hand an der Zigarette, die andere auf dem arthritischen Knie, das er massierte. «Und das FBI dachte, es handle sich um eine Entführung. Wenn die Bundes- und Landeskriminalen erst mal die Finger drin haben, wollen sie nicht wieder loslassen.»

Er hatte seine Zigarette weggequalmt wie nichts. Jetzt begann das Ritual von vorn, das Anstreichen des Streichholzes, das flackende Licht, das mir einen Teil der Zickzacklinien auf seiner Hand vor Augen führte. Ich griff schnell zu. Er war schon so angeheitert, daß er zum Glück mein Motiv mißverstand. Im Interesse meiner Klientin und aus reinem Forscherdrang nahm ich einen langen Zug von dem frisch angezündeten Sargnagel. Bei dem rötlichen Aufglühen war die Tätowierung klar zu erkennen.

Der Fünfzack Seestern sagte, Thea gehört ins Meer. Ich konnte förmlich Al-Als Stimme im leisen Wind hören.

Ich gab Mac die Zigarette zurück und ließ dabei seine gichtige Hand fallen, und sofort unternahm er alle Anstrengungen, sie mir auf den Schenkel zu legen. Ich verhinderte das durch einen leichten Klaps.

«Hat Mrs. Cameron ein Problem?» fragte er aufmunternd.

«Jemand schreibt anscheinend einen neuen Roman», sagte ich. «Angeblich Thea. Aber die ist tot.»

«Leute gibt es …», sagte er voller Abscheu und schüttelte so heftig den Kopf, daß seine Backen wackelten. «Man wundert sich manchmal, warum Gott sie auf diese Erde losgelassen hat. Der wär's mit den Dinosauriern bessergegangen.»

«Also, was meinen Sie dazu?» fragte ich.

«Erstens mal würde ich Mrs. Tessa Cameron selbst dann nicht glauben, wenn sie auf die Bibel schwören würde.»

«Glauben Sie, sie hat die Story erfunden?»

«Wenn sie dadurch in die Zeitung kommen kann, bestimmt. Teufel auch, sie würde sich schon so was ausdenken, wenn sie gerade mal 'nen schlechten Tag und nichts Besseres zu tun hätte.»

«Mac.» Ich sprach absichtlich leise und weich, in einem Flüsterton, der mit der Brandung verschmelzen sollte, gar nicht anklagend. «Sind Sie sicher, daß Thea Janis unter keinen Umständen mehr am Leben sein könnte?»

«Unter überhaupt keinen Umständen», sagte er. «Manches können sich selbst die Reichen nicht kaufen, aber das sind allerdings nur wenige Dinge.»

«Ich habe Albert Albion in Walpole besucht.»

«Jetzt, vor kurzem?»

«Er hat von Ihnen gesprochen, Sergeant.»

Er zog an seiner Zigarette. Ich half ihm beim Inhalieren.

«Sie haben also Al-Al besucht. Das muß für ihn der Höhepunkt des Jahres gewesen sein.»

«Ich weiß nicht, ob er sich überhaupt daran erinnern würde, Sergeant.»

«Was wollen Sie damit sagen, Mädchen?»

Er mochte die Erwähnung seines Dienstranges offenbar nicht besonders.

«Gab es außer seinem Geständnis, an dem übrigens für meine Begriffe irgendwas faul ist, knallharte Beweise, anhand deren Sie ihn als Theas Mörder überführen konnten?» fragte ich.

«Sie reden von etwas, das lange her ist», sagte er.

«Sie haben aber ein wahnsinnig gutes Gedächtnis, Mac.»

Der Exsergeant drückte seine nur halb gerauchte Zigarette an der Mauer aus und schmiß die Kippe ärgerlich in den Sand. «Sagen Sie mal – wie war doch Ihr Name? – Carlotta, die Expolizistin. Albert. Al-Al. Wirkte er normal auf Sie? Hundert Prozent?»

«Nicht mal fünfzig», sagte ich. «der Mann trägt Alufolie auf dem Kopf.»

Seine Hand tastete nach der Zigarettenpackung, zögerte. «Ich wüßte nicht, was das nach all diesen Jahren noch für 'ne Rolle spielt», murmelte er und starrte angestrengt nach oben, als würde am Nachthimmel vielleicht eine verschlüsselte Botschaft erscheinen, die sich entziffern ließe.

«Gestehen tut der Seele wohl», sagte ich.

«Sie sehen schon nicht wie 'ne Polizistin aus, aber noch weniger wie 'n Priester», sagte er.

Ich schwieg.

«Albert Ellis Albion», sagte MacAvoy voller Verachtung und schleuderte den Namen in die Luft, als wäre er eine Münze, die auf Kopf oder Zahl fallen würde.

Ich regte mich nicht, hielt förmlich den Atem an. Kopf oder Zahl. Reden oder schweigen.

«Der Mistkerl war's nicht», sagte MacAvoy und warf Kieselsteine in den Sand. Er machte gar nicht den Versuch, möglichst weit zu werfen, aber einige fielen doch inmitten eines kleinen Tropfenregens ins Wasser. «O ja, er hat eine Menge auf dem Gewissen, unser kleiner Al-Al, aber Thea hat er nicht umgebracht.»

Ich wartete. Er warf noch mehr Kieselsteine, weiter, zielte jetzt aufs Wasser, flach, um sie springen zu lassen.

«Haben Sie ihm das Geständnis abgepreßt?» fragte ich, nachdem lange fünf Minuten vergangen waren. «Haben Sie es selbst für ihn aufgesetzt?»

MacAvoy schwieg. Er warf einen Stein nach einem stelzbeinigen Wasservogel. Der schrie heiser und hüpfte davon.

«Muß eine Menge Druck von oben gegeben haben», sagte ich mitfühlend.

«Die verdammten Camerons.» Er hörte mit dem Steinewerfen auf und saß vollkommen ruhig da. «Das Mädchen hat sich selbst umgebracht. Ist ins Meer marschiert, weiter nördlich, an einem feudalen Privatstrand. Ist reingegangen und nicht wieder rausgekommen. Die Leute, mit denen sie zusammen war, Teufel auch, die haben's vermutlich nicht nötig, so was zu melden. Aber nein, die Camerons können's nicht dabei belassen, nicht wahr? Würde ja den lauteren Ruf der Familie beflecken, nicht wahr? Muß was faul sein mit einer Familie, wo eine der lieben Töchter in der Klapsmühle landet und die andere sich umbringt, finden Sie nicht? Schlecht für den politisch aktiven Teil der Familie, also müssen wir irgendein armes Schwein unter Druck setzen, das ohnehin ein richtiger Killer ist. Nicht bloß 'n ordinärer Junkie. Ein geständiger Mörder, nicht?»

«Und Sie haben getan, was die Camerons verlangten?»

«Nicht nur ich, mein Fräulein», sagte er entrüstet. «Schreiben Sie's auf. Sie dürfen mich gern zitieren. Jeder hat getan, was die Camerons verlangten. Vom obersten Polizeichef bis zum letzten kleinen Bullen, konnten ihnen gar nicht schnell genug in den Arsch kriechen. Was machte es schon, wenn ein Schwerverbrecher – und, nicht zu vergessen: Er war schließlich ein Mörder, wurde auf frischer Tat ertappt – noch ein ‹lebenslänglich› mehr aufgebrummt bekam, wenn sie nur ihr kleines Mädchen in geweihter Erde begraben und den Bischof ein Gebet sprechen lassen konnten!»

«Gab es denn eine Leiche?»

«Aber sicher», polterte er, «im Meer. Vor Marblehead.»

«Ach ja», sagte ich. «Und dann war da noch das Mädchen, das betrunken vom Boot gefallen ist. Ein Jammer.»

«Ja. Ein Jammer.»

«Heather Foleys Leiche wurde nie aufgefunden, Mac.»

«Das soll's geben.»

«Zwei Tage Verzögerung zwischen dem Zeitpunkt, an dem der Gerichtsmediziner eine weibliche Leiche vorgelegt bekommt, und dem Zeitpunkt, an dem er erklärt, daß es sich um Thea Janis handelt.»

«Auch das soll's geben. Der Mann muß vielbeschäftigt gewesen sein. Er ist inzwischen gestorben, Sie werden die Sache also mit jemand anderem aufrollen müssen.»

«Ich rolle sie ja mit Ihnen auf, Mac. Das muß wahrhaftig ein Spektakel gewesen sein, ein Zirkus, bei dem jeder mitmachen darf: Beide Familien identifizieren dieselbe Leiche.»

«Ich weiß nichts darüber», sagte er.

«Wie ich gehört habe, hatten die Foleys ziemlich regelmäßigen Kontakt zur Polizei von Swampscott.»

«So? Manche Familien sind eben so. Glücklos. Die Söhne ständig in Schwierigkeiten. Und dann ertrinkt noch die Tochter.» Er gähnte laut. «Dieses ganze Gequassel macht mich müde.»

Aha. Er wußte also, daß die Foley-Jungen Probleme mit der Polizei hatten. Er wußte mehr, als er zugeben wollte.

Ich sagte: «Hat Al-Al die Polizei zu den Opfern geführt?»

«Na ja, sie haben ihn erwischt, als er über dem Evans-Mädchen stand. Er hat ihnen gezeigt, wo er noch eins liegengelassen hatte. Gott allein weiß, wieviel Frauen der Wahnsinnige ins Jenseits befördert hat.»

«Thea aber nicht?»

Er starrte in die tiefe Schwärze des Meeres hinaus, auf dem ab und zu eine schaumgekrönte Woge im Sternenlicht aufblitzte. «Ich habe ihm gesagt, er soll behaupten, daß er ihre Leiche ins Meer geworfen hat. Da, das wollten Sie doch hören, nicht wahr? Sie war schließlich tot.»

«Wieso sind Sie so verdammt sicher, daß sie Selbstmord begangen hat? Sie hätte davonlaufen können. Das machen die Leute dauernd.»

«Fünfzehnjährige Mädchen? Splitterfasernackt? Die Kleider in Marblehead gehörten wirklich ihr.»

Bei der Marblehead-Akte war mir zum ersten Mal die entfernte Nummer am Rand aufgefallen.

«Ich dachte, die Kleidung wäre nie eindeutig mit Thea in Verbindung gebracht worden.»

«Na ja, damals hatten sie noch nicht die Technik von heute. Daß man eine Haarsträhne nimmt und daraus den genetischen Fingerabdruck erfährt. Wer hatte je schon so etwas gehört?»

Er starrte beharrlich auf das abebbende Meer hinaus.

«Was?» fragte ich.

«Es gab einen Ring, einen Silberreif, in den ihre Initialen eingraviert waren. Er war noch da, als Franklin Cameron, ihr Vater, kam, um die Kleidung erstmalig anzuschauen, und war weg, als er wieder gegangen war. Daraufhin erhielten wir Anweisung, es aus dem Bericht zu entfernen.»

Das würde auch noch andere Streichungen erklären.

«Und nun frage ich Sie, Mädchen, warum wir die Sache mit dem Ring wohl entfernen mußten?»

Ich wußte die Antwort – weil der Ring die Identität bewies, den Selbstmord bestätigte –, aber sie gefiel mir nicht. Überhaupt gefiel mir MacAvoys Offenherzigkeit nicht. Sie wirkte aufgesetzt, vorbereitet. Ich fragte mich, ob er seit meinem ersten Besuch vielleicht mit den Camerons gesprochen hatte.

«Sind Sie Katholikin?» fragte er mich plötzlich.

«Halb», sagte ich.

«Gehen Sie in die Kirche?»

«Nein.»

«Ich bin katholisch geboren, getauft und groß geworden. Die Camerons haben einen Priester zu mir geschickt, müssen Sie wissen, ihren Familienpriester, der alte Kauz muß schon lange tot sein. Vater Martin. Ja, Vater Martin. Er hat mit mir über Sünden geredet, läßliche Sünden und Todsünden, und in welchem Alter man wirklich verantwortlich ist für seine Taten, und er hat mich so durcheinandergebracht, daß es so aussah, als wären sie im Recht und ich im Unrecht. Ich wollte nur meine Arbeit tun, den Fall abschließen.»

Ich nickte. «Meinen Sie, daß der Priester auch den Gerichtsmediziner aufgesucht hat? War das ein religiöser Mensch?»

«Ich weiß nur, daß ich den verdammten Camerons einen Gefallen getan habe. Ich habe einen Mann dazu bewogen, ein Verbrechen zu gestehen, habe einen Selbstmord in einen Mord umgewandelt. Und glauben Sie, daß sie mir dafür dankbar waren? Haben mich wie den letzten Dreck behandelt. Sergeant war ich damals, und Sergeant bin ich geblieben. Ich bin nach dem Fall nie mehr befördert worden. Ich hatte nicht gedacht, daß es so laufen könnte, daß ich mit den Kollegen in der Wachstube sitzen und denken würde, ich sei bestechlich, wo ich doch nur jemandem einen Gefallen getan hatte, etwas, zu dem mich ein Priester regelrecht aufgefordert hatte.»

Ich gab vor, seine Lügen zu glauben.

«Und darum hassen Sie die Camerons», sagte ich.

«Sie haben mich ausgenutzt. Sie werden auch Sie ausnutzen, Mädchen. Tut mir leid, tut mir leid. Ich hab immer ‹Mädchen› gesagt. Man ändert sich nicht so leicht.»

Ich hätte ein besseres Gefühl gehabt, wenn er nicht noch

die letzte Rechtfertigung vorgebracht hätte. Er war verdammt gut, aber ein schamloser Lügner. Hatte er die Selbstmordstory selbst erfunden, oder hatte Tessa ihn instruiert? Oder Franklin, bevor er starb? Garnet?

Unter sich hatten die Camerons verschiedene Strategien zu ihrem Schutz verfolgt: erstens die einfachste, daß die unschuldige Thea von Albion ermordet worden war; zweitens für den Notfall die, daß Thea sich selbst umgebracht und MacAvoy dabei geholfen hatte, Albion dazu zu bewegen, den Sündenbock zu spielen.

Das Problem dabei: Das eine wie das andere war eigentlich nicht die Summen wert, die die Camerons für MacAvoy lockergemacht hatten.

«Es gab eine Beerdigung», sagte ich im Plauderton. «Wer liegt denn wirklich in Theas Grab?»

Er veränderte die Haltung, rieb sich das Knie.

«Ich weiß nur, daß sie in geweihter Erde ruht. Es gibt eine Grabstätte, und der Fall ist abgeschlossen und so kalt wie meine Knochen im Januar.»

Sie, nicht Thea, nicht Dorothy.

«Warum sollte dann jetzt jemand so tun, als sei sie Thea?»

«Da müssen Sie mal ein paar verstaubte Familiengeheimnisse bei den Camerons lüften», schlug er voller Genuß vor. «Es müßte wohl jemand sein, der die Familie gut kennt.»

«Oder die Ermittlungen gut kennt», sagte ich.

«Ach was.»

«Die andere Tochter, Beryl, die, die ‹in der Klapsmühle gelandet ist›, haben Sie die je vernommen?»

«Nein.»

«Warum nicht?»

«Ich habe genug Verrückte auf der Straße gesehen, danke vielmals. Die in Gummizellen brauchte ich nicht auch noch zu überprüfen.»

«Erinnern Sie sich noch an den Namen ihres Arztes?»

«Ist das nicht ein bißchen viel verlangt?» sagte er finster. «Wieso zum Teufel sollte ich?»

«War es Andrew Manley? Der Mann, der vergangene Nacht tot in Marblehead aufgefunden wurde?»

«Tut mir leid», sagte er, «genug ist genug. Mir reicht's. Ich bin ein müder alter Mann. Lassen Sie mich in Frieden.»

«Würde ich ja», sagte ich ruhig, «wenn Sie mir die Wahrheit sagen würden.»

«Ich habe die Wahrheit gesagt.»

«Sie haben mir eine gute Story aufgetischt, Mac. Aber nicht die Wahrheit. Das ist ein kleiner Unterschied.»

«Hauen Sie endlich ab.»

«Besonders gut gefällt mir der Teil von dem leidgeprüften Vater, der den Silberring mitnimmt. Haben Sie das selbst erfunden?»

«Wollen Sie sonst noch was wissen?» fragte er.

«Die Camerons sind nicht blöd. Sechshundertfünfzigtausend Dollar sind erheblich zuviel dafür, daß ein Polizist einen Selbstmord in einen Mord umwandelt.»

«Sechshundertfünfzig- – was wollen Sie damit sagen, Mädchen?»

Sie hatten wahrscheinlich noch mehr gezahlt, wenn man das Boot und die Grundstücke auf dem Cape mitrechnete.

Ich sagte: «Natürlich ist es nicht zuviel für einen Mord. Hat Franklin Cameron Sie dafür bezahlt, Thea zu töten?»

«Zu töten? Sie müssen von Sinnen sein.»

«Sie werden Ihre Mühe haben, den Grundbesitz zu erklären, Sergeant. Bei Ihren Pensionsbezügen? Sie sollten keine Zwanzigdollarscheine auf Bartische klatschen. Das Häuschen ist eine gute Tarnung, auch das ganze Gerede davon, wie sehr Sie die Camerons hassen, aber das reicht nicht. Das Geld, die Manipulationen an der Akte und die einfache Tatsache, daß Sie die totale Kontrolle über den Fall besaßen, alles riecht nach einer Verschleierungsaktion.»

Er hielt mich am Arm fest. «Wollen Sie damit sagen, ich hätte jemanden umgebracht? Ich habe im Dienst nur ein einziges Mal die Waffe gezogen, und da habe ich sie nicht abgefeuert.»

«Ein Jammer, daß Sie so gierig geworden sind.»

«Sie arbeiten wohl nicht für Geld, wie?» Er stellte sich langsam auf die Füße, ein alter Elefantenbulle, ein Schurke. Er packte meinen Arm noch fester, versuchte es mit dem Polizeigriff. Ich ließ mich ein paar Schritte zum Wasser hin drängen. Ich wollte nicht unbedingt zuschlagen, nur wenn es sein mußte. Er war ein alter Trunkenbold. Ohne Saft und Kraft. Mit seiner Wut würde ich schon fertig werden.

«Ich will die Wahrheit wissen», sagte ich.

«Was ist überhaupt Wahrheit? Eine alte Hure, das ist die Wahrheit.»

«Wofür haben die Camerons gezahlt?»

«Für die Vertuschung eines Selbstmords.»

«Die Wahrheit, verdammt noch mal.» Ich nannte die neunstellige Zahl. «Was ist das? Warum haben Sie sie aus Theas Akte entfernt? Warum?»

Ich wußte nicht genau, ob es die Zahl war oder die Brandung. MacAvoy schwankte einen Schritt nach vorn und fiel um. Gottverdammt, dachte ich, vielleicht hat er einen Herzinfarkt! Einen Augenblick lang platschten wir beide im Wasser herum. Ich richtete mich auf und blickte um mich, um ihn zu suchen.

Er hielt einen Revolver auf mein linkes Auge gerichtet.

43

Die Zeit legte sich über uns wie eine Staubschicht. Ich hatte eine Ewigkeit Zeit, um festzustellen, daß MacAvoy keine mattschwarze Pistole mit beiden Händen hielt. Wäre sie schwarz gewesen, hätte ich sie nicht in allen Einzelheiten erkennen können. Das Edelstahlgehäuse der großen SIG-Sauer Automatik blinkte im Mondlicht. Vielleicht hat er dafür das Geld ausgegeben, dachte ich, und sich teure Waffen gekauft.

Ich lächelte ihn an, gab mir alle Mühe. Es muß gräßlich ausgesehen haben.

«Während Ihrer ganzen Berufslaufbahn haben Sie noch nie jemanden erschossen», sagte ich und bemühte mich, nicht mit der Stimme zu schwanken. «Wollen Sie etwa jetzt mit mir den Anfang machen?»

Ich wählte absichtlich die Frageform. Er sollte weiterreden.

«Warum mischen Sie sich ein? Nach all den Jahren?» fragte er.

«Die neunstellige Zahl, die Sie entfernt haben, was bedeutet die?»

«Können Sie schwimmen?»

«Nein», log ich mit hörbarem Entsetzen und atmete schneller. «Nur sehr schlecht.»

«Ich bin ein hervorragender Schütze», sagte er. «Vielleicht sollten Sie einfach ins Meer hinausschwimmen, immer weiter, bis Sie kein Ziel mehr für mich sind. Damit hätten Sie eine faire Chance.»

«Ich werd's nicht schaffen», sagte ich in der Hoffnung, er würde mir diese Chance geben. Das Wasser war kühl und trübe. Ich hob erst einen Fuß, dann den nächsten. Meine Sandalen schwammen davon. Ich machte eine Bestandsaufnahme. Meine Kleidung war leicht und würde mich nicht hinabziehen. Allerdings tat es mir um das Minikassettengerät leid. Die S & W 40 mit ihren 1200 Gramm steckte an meinem Kreuz.

MacAvoy sagte: «Schade, daß das nicht vor vierundzwanzig Jahren passiert ist. Man hätte Ihre Leiche für Theas halten können. Die Familie war nicht wählerisch, was die Ähnlichkeit betrifft.»

Während er sprach, winkte er mich mit der Pistole weiter ins Meer hinein. Das Wasser ging mir schon bis zur Brust. Ich fragte mich, ob er ein guter Schwimmer war. Die Strömung zog uns beide tiefer.

Er fing an zu lachen, wahrscheinlich wirkte das Bier allmählich. Der Pistolenlauf wackelte nicht.

«Was ist denn so komisch?» fragte ich freundlich.

«Wofür manche Leute bezahlen», sagte er. «Das ist komisch. Daß manche Leute denken, daß mehr Geld, als ein Typ sich je erträumt hat – mehr, als er sich überhaupt je vorstellen könnte –, nur Peanuts sind. Ist wirklich verflucht komisch. Die Menschen und das Geld.»

Er war nicht betrunken, aber er war glücklich. Er hatte die Pistole wie der Blitz gezogen, aber jetzt, da sie nicht mehr die anfängliche Schockwirkung hatte, glaubte ich nicht, daß er noch davon Gebrauch machen würde. Der Mann benahm sich so, als ob er reden wollte; vielleicht brauchte er die Waffe, um das Gefühl zu haben, Herr der Lage zu sein.

Ich ermutigte ihn mit einer weiteren Frage zum Reden.

«Haben Ihnen die Camerons Ihrer Meinung nach zuviel angeboten?» fragte ich.

Er blickte zum Strand. Ich starrte aufs Meer hinaus, erwog die Strömung, spürte den Meeresrhythmus und flehte um einen jähen Brecher. Unterströmung. Kabbelung.

«Die verdammte Nummer, an der Sie so interessiert sind», sagte MacAvoy spöttisch, «ist nur ein Verweis auf eine Vermißtenakte. Wie finden Sie das?»

Er klang total selbstgefällig, prahlerisch. Ich mußte an all die Abende in der Bar denken, an denen er seine alten Freunde nicht hatte übertrumpfen können. Ein reicher Mann, ein cleverer Mann, ein Mann, der an den Strand gehen und dort allein trinken mußte, damit er seine Geheimnisse nicht preisgab.

«Verstehe ich nicht», sagte ich.

«Ich habe niemanden umgebracht. Ist es jetzt klar? Ja, ich habe Albion dazu gebracht, noch einen Mord zu gestehen. Toll. Hat's ihm was ausgemacht? Hat es eine Rolle gespielt, wohin er kam? Für die Camerons war Dorothys Verschwinden auch keine so heiße Sache, müssen Sie wissen. Das dicke Ding war nur eins: daß *zwei* Personen am selben Tag verschwunden sind! Dorothy Cameron und der Gärtner der Familie, ein kleiner Herumtreiber namens Alonso Nueves. Ich bin für Albions Geständnis bezahlt worden, sicher, aber vor allem bin ich dafür bezahlt worden, daß ich verdammt sicherstellte, daß niemand das Verschwinden der beiden miteinander in Verbindung brachte. Das ist die lautere Wahrheit.»

Er fing wieder an zu lachen.

«Dann sollte die Tochter lieber tot sein, verstehen Sie? Lieber sollte ein Cameron-Mädchen *ermordet* worden sein, als mit einem Scheißgärtner durchzubrennen.»

«Stecken Sie die Waffe weg», sagte ich. «Sie sind nun mal ein Polizist und kein Killer, Mac.» Ich hatte keine Angst vor ihm. Bevor jemand abdrückt, liegt eine bestimmte Spannung auf seinem Gesicht, in seinem Arm, in seinem ganzen Wesen. MacAvoy atmete nicht einmal schwer.

Das helle Licht am Strand war für uns beide ein Schock. Eine tiefe Stimme erschallte, brüllte gegen die donnernden Meereswogen an. Ich konnte kein Wort verstehen.

Einen Moment lang stand der Exsergeant wie erstarrt. Dann zog er den falschen Schluß.

«Gottverdammtes Miststück, Sie haben mich reingelegt», brummte er, und die mörderische Energie durchlief auf einmal seinen Körper, ein fast sichtbarer Impuls, der vom Gehirn durch die Wirbelsäule zur Schulter weitergeleitet wurde und durch den Arm zum Finger am Abzug schoß.

Ich füllte meine Lungen, tauchte seitlich unter und strampelte nach Grund. Ich rechnete mit einem Schuß, plötzlichem Schmerz, aber nichts dergleichen. Ich bewegte weiter die Arme und trat mit den Beinen, bis ich entweder Luft holen mußte oder platzte.

Als ich an die Oberfläche kam, versuchte ich, nicht zu japsen, sondern möglichst leise einzuatmen.

Ich war viel weiter draußen im Meer als MacAvoy. Er hatte es vorgezogen, den Signalgeber am Strand aufs Korn zu nehmen, und feuerte Salve um Salve ab. Wenn ich näher an ihn herankam ... Meine Hand schloß sich um die S & W 40 in der Bundhalterung.

Ich konnte nicht mit der Waffe in der Hand schwimmen. Ihr Gewicht beeinträchtigte die Gleichmäßigkeit meiner Schwimmbewegungen. Ich steckte sie wieder in die Halterung und glitt unter Wasser.

Kein Licht, kein Geräusch. Keine Möglichkeit, meinen Standort einzuschätzen.

Dieses Mal tauchte ich schlecht auf, in der Nähe von MacAvoy, aber nicht nahe genug, um ihn mir zu schnappen.

«Miststück!» schrie MacAvoy bei meinem Anblick.

Er sah zu dem Licht am Strand, dann zum mondhellen Himmel. Er richtete die Waffe nicht auf mich. Plötzlich drehte er sich um, öffnete den Mund und schob sie hinein, so tief, daß fast der gesamte Lauf darin verschwand.

«Nein!» schrie ich. Der Knall war leise, ein gedämpftes Plopp.

Ich bekam die ganze Szene vor der Hintergrundbeleuchtung voll mit. Das jähe Rucken von MacAvoys Kopf, den Rückstoß, der Arm und Waffe ins Meer sinken ließ. Das Riesenloch in seinem Hinterkopf, aus dem Blut und Hirnmasse herausströmten. Auch wenn ich die Augen schließe, dachte ich, werde ich es sehen, immer und immer wieder.

Ich würgte, packte meine Waffe und zielte auf das Licht. Wut überkam mich. Wer immer das am Strand sein mochte – der Mann mit der Windjacke, ein Drogenfahnder, die Polizei, ein gedungener Killer –, hatte MacAvoy für immer zum Schweigen gebracht, so daß er mir nie mehr von dem Mann erzählen würde, der mit Thea Janis verschwunden war.

«Stopp!» schrie die Stimme in höchsten Tönen. «Nicht schießen! Ich bin getroffen. Ich bin auf Ihrer Seite.»

Auf meiner Seite. Na schön. Und warum war ich dann diejenige, die die blutige Leiche des Exsergeants aus dem Wasser zog? Warum war ich diejenige, die einen Toten festhielt und wünschte, ich könnte mich an die Worte, die entscheidenden Worte der Religion meiner Väter erinnern? Alles, was ich vor mich hin murmeln konnte, war «Unser Vater, der du bist im Himmel, geheiligt werde dein Name, dein Reich komme, dein Wille geschehe.» Ich sagte es zweimal auf, dreimal, viermal. Es war keine Absolution. Ich hätte keine Absolution erteilen können, aber wie sehr wünschte ich doch, daß mir die lateinischen Worte einfallen würden.

44

Gott sei Lob und Dank für Vollmonde. Ich schaffte es tatsächlich, MacAvoys sterbliche Überreste auf den Sand zu zerren, und wußte endlich den Begriff «totes Gewicht» zu würdigen, als ich sie aus dem Wasser rollte. Langsam näherte ich mich dem Leuchtfeuer, einer riesigen, batteriebetriebenen Lampe des Typs, mit dem man im Falle eines schweren Unfalls andere Fahrer warnt. Er lag am Boden, der Mr. Windjacke, Mr. Jeansjacke, und Blut sickerte aus einer Beinwunde.

Ich merkte auf einmal, daß ich MacAvoys SIG-Sauer in der Hand hielt. Ich konnte mich gar nicht erinnern, sie gerettet zu haben. Sie war etwas schwerer als meine 40er. Der Edelstahl glitzerte.

Was muß das für ein Vollidiot sein, der sich neben ein Licht stellt und einen bewaffneten Mann anbrüllt, der eine Geisel im Meer festhält? Ein Heckenschütze lauert im Hintergrund, trägt Schwarz und benutzt ein Infrarot-Zielfernrohr. Stille und Verstohlenheit sind seine Waffen.

«Wer zum Teufel sind Sie?» fragte ich.

Er kniff die Lippen zusammen, also durchsuchte ich seine Hosentaschen und zog eine ziemlich lädierte Brieftasche hervor. Der Führerschein war auf den Namen Ralph Farrell ausgestellt. Eine Master Card desgleichen. Ich verglich das Foto im Führerschein mit den schlaffen Gesichtszügen des Mannes zu meinen Füßen. Ralph Farrell, na schön. Ein vollkommen Fremder.

«Reden Sie», sagte ich und fuchtelte mit MacAvoys Pistole herum.

«Bringen Sie mich ins Krankenhaus, Carlotta.»

«Sobald ich weiß, woher Sie meinen Namen kennen, keine Sekunde eher.»

Er schwieg. Ich marschierte los.

«Carlotta!»

«Sie können meinetwegen verbluten», sagte ich zähneknirschend. «Verflucht noch mal, ich könnte Sie auch erschießen.»

«Keith Donovan», sagte er ganz leise.

«Was?»

«Ich bin Privatermittler. Meistens als Leibwächter tätig. Keith Donovan hat mich angeheuert. Er sagte, Sie wären in Gefahr. Ein Mafia-Killer wäre hinter Ihnen her, aber Sie würden das nicht ernst nehmen. Ich sagte ihm gleich, daß eine verdeckte Beschattung nicht klappen würde bei einer vom Fach, aber –»

«Aber er hat bezahlt», sagte ich, und Blut sauste in meinen Ohren. Donovan.

«Wie lange geht das schon so?» fragte ich scharf.

«Bringen Sie mich, verflucht noch mal endlich ins Krankenhaus, Lady! Und nehmen Sie die Waffe runter.»

«Wann hat er Sie engagiert?»

«Am ersten des Monats.»

Bevor ich überhaupt wußte, daß Thea Janis und Dorothy Cameron ein und dieselbe waren. Bevor Paolinas Vater verschwunden war.

«Wer hat Donovan von dem Killer erzählt?» fragte ich.

«Weiß ich nicht. Woher zum Teufel sollte ich das wissen? Jemand hat ihn angerufen, glaube ich. Ich verblute hier, Lady! Dabei habe ich Ihnen Ihr verfluchtes Leben gerettet.»

Meine Hand zitterte. Ich hätte Ralph Farrell, Donovans gottverdammte unerwünschte Antwort auf meinen phantasierten Hilfeschrei, ermorden können.

Einen kurzen Augenblick lang wünschte ich das. Erwog es. War der Polizei leichter zu erklären. Bei zwei Leichen konnte ich ein feines Garn spinnen: MacAvoy tötet erst Farrell, dann sich selbst. Ich hatte meinen Revolver gar nicht benutzt.

Finito.

Wir waren am Ende der Welt, am Meer, in einer stillen Bucht. Niemand hatte die Schüsse gehört. Ich hätte MacAvoy mit seiner Pistole neben sich liegenlassen und unbehelligt weggehen können.

Farrell stöhnte, er benahm sich, als hätte MacAvoy eine Hauptarterie getroffen, und sah zu, wie sein Lebenssaft in den Sand rann.

Ich kniete mich hin, um besser sehen zu können. Eine saubere Wunde im Muskelbereich der Wade, Kugel rein und wieder raus. Ich riß mit einiger Mühe das Futter aus seiner schweißfleckigen Windjacke und legte einen Druckverband an.

«Können Sie fahren?» fragte ich. «Wo ist Ihr Wagen?»

Nichts als ein glänzendes, zu mir emporgewandtes Gesicht. Nicht mal ein Knurren.

Ich mußte Farrell in mein Auto hieven und selbst zum Krankenhaus bringen. Er wollte einfach nicht ohne mich hinein.

Schien zu meinen, er hätte etwas Großartiges geleistet. Müßte einen Preis kriegen.

Ich sagte: «Der alte Mann hätte mich nicht umgebracht. Ich war nie in Gefahr.»

«Na klar», brummelte Ralph Farrell, «er hat seine Knarre nur gezogen, um 'ne Schau abzuliefern.»

Ich ließ ihn auf der Schwelle des nächstgelegenen Krankenhauses liegen und sagte ihm, er solle der Polizei irgendeine Story auftischen, die ihm gefiele.

«O ja», sagte er.

«Vergessen Sie nicht», sagte ich, «daß diese Waffe einem Toten gehört. Wenn man Sie wieder laufen läßt, dann gehen Sie zu Ihrem Arbeitgeber. Sagen Sie ihm, ich werde mich bei ihm melden. Sagen Sie ihm, er hat Mist gebaut. Sagen Sie ihm, ich hätte Sie, verflucht noch mal, töten können.»

«Sie sind ja wütend.»

«Sagen Sie ihm auch das.»

Ich fuhr zum Strand zurück. Irgendwie fand ich zu viele Leichen. Bis jetzt wurde ich noch nicht mit der in Marblehead in Verbindung gebracht. Noch nicht.

Konnte ich ihn hier liegenlassen, diesen alten Gauner von Cop, der seine Pension auf Immobilien gegründet hatte statt auf Respekt?

Hatte ich einen Freund bei der Polizei von Marblehead?

Nein.

Hatte ich einen Freund bei der Polizei von Boston?

Wenn meine Zahl wirklich mit der Archivnummer einer Vermißtenakte übereinstimmte, vielleicht.

Ich zerrte den toten MacAvoy noch höher ans Ufer, taumelte unter seinem Gewicht, vermied jeden Blick- oder Handkontakt mit seinem zertrümmerten Schädel. Ich habe immer ein Seil im Kofferraum meines Wagens. Das eine Ende knotete ich fest um seine Beine und das andere um einen Pfahl hinter dem Mauerrest, das Überbleibsel einer alten Landungsbrücke. Wahrscheinlich hatte er sein Sechserpack Bier am gleichen Pfahl festgebunden.

Ich knöpfte mein Hemd auf und riß das Leukoplast von meinem BH, starrte den durchweichten Minirecorder an. Die Spulen drehten sich nicht mehr. Hoffentlich nur, weil das Ende erreicht war, und nicht wegen eines irreparablen Wasserschadens.

Ich ließ das Gerät auf der Kaimauer stehen, kroch den Strand hinunter, duckte mich ganz allmählich immer tiefer ins Salzwasser, bis es mir über den Kopf ging, und wusch das Blut und den Gestank ab. Wenn ich an all die Antworten dachte, die MacAvoy mir hätte geben können, all die Geheimnisse, die mit dem hellroten Blut und Hirn verlorengegangen und ins Meer hinausgeschwommen waren, hätte ich weinen mögen. Ich weiß nicht genau, ob ich's nicht getan habe. Ich spritzte mir Wasser ins Gesicht. Alles Salzwasser. Ein unendlicher Tränenstrom.

Für wen?

Für MacAvoy, der seinen letzten Schachzug so schnell tat, daß ich ihn nicht mehr aufhalten konnte. Ein alter Gauner von Cop.

Für Thea, die vor langer Zeit Verlorene? Für die fast bis zur Stummheit sedierte Beryl? Für eine Mutter ohne Töchter? Für einen unbetrauerten, vergessenen Vermißten, möglicherweise den einzigen Unschuldigen, und die Art und Weise, wie sie alle vor 24 Jahren zusammengekommen und ihr Leben für alle Zeiten runiniert hatten.

Nachdem ich den Minirecorder wieder eingesteckt und MacAvoys SIG-Sauer mit Sand abgerieben und ins Meer geworfen hatte, rief ich von einer Tankstelle aus Mooney an.

45

Ein Zuhause ist da, wo man aufgenommen wird, egal, wie zerschlagen, groggy und kaputt man ist. Ich habe kein solches Zuhause. Ich habe Freunde. Ich habe Gloria. Ich habe Mooney.

Er kam zu einer Raststätte an der Route 3, wo er sich von einer Zivilstreife absetzen ließ. Fand mich barfuß und zitternd auf einer Picknickbank, die Ellbogen auf den Tisch gepflanzt, die Stirn in die Hände gestützt. Bugsierte mich in meinen Wagen und fummelte an der Heizung herum. Er gab dem Beamten in der Zivilstreife einen Wink, nach Boston zurückzukehren, und dann hörte er sich alles an, was ich zu erzählen hatte – ohne Unterbrechung. Anschließend blieb er einige Minuten stumm, als zerkaute und verdaute er jedes einzelne Wort.

«Es war nicht deine Schuld», sagte er.

Das hätte ich zu MacAvoy sagen sollen: *Es war nicht Ihre Schuld.* Die Generalabsolution.

«Wie meinst du das, daß es nicht meine Schuld war?»

«Wenn du's auf dich nehmen willst, auch gut. MacAvoy hat die Berichte verfälscht, MacAvoy hat Geld von den Camerons angenommen. Dann bist du da rausgekommen, um ihm Fragen zu stellen, und da hat er wahrscheinlich gedacht, das sei das Ende, und hat schon mal seine Kanone eingesteckt, als er zum Saufen ans Meer ging. Du hast die Sache nur beschleunigt, sonst nichts.»

Sonst nichts. Ich schluckte einen Kloß von der Größe

eines Gänseeis herunter und versuchte, das Bild zu verdrängen, wie das Meerwasser rings um MacAvoys zerfetzten Kopf die Farbe gewechselt hatte.

«Du hast etwas auf dem Band», fuhr Mooney fort.

«Da bin ich mir nicht so sicher», sagte ich; ich wollte meinen durchweichten Recorder nicht vorzeigen. «Zuerst hat mir MacAvoy nur Mist erzählt und mir das Märchen aufgetischt, er hätte diese enormen Summen dafür bekommen, daß er Theas Selbstmord in einen Mord umwandelte.»

«Das war's aber nicht.»

«Hast du den Verweis gefunden, die Korrespondenzakte, die mit Theas Verschwinden nicht mehr in Zusammenhang gebracht werden sollte?»

«MacAvoy hat in seinem ganzen Leben keinen Fetzen Papier weggeschmissen.»

«Du hast sie also gefunden.» Ich hörte fast auf zu zittern.

«Die Abteilung ‹U-Boot› hatte sie. Früher oder später, vielleicht erst in hundert Jahren, hätte bestimmt jemand einen Zusammenhang mit Thea hergestellt.»

«Warum hat MacAvoy sie nicht vernichtet?» fragte ich. «Oder sie wenigstens mit nach Hause genommen, sie in einen Safe gelegt, um etwas gegen die Camerons in der Hand zu haben?»

«Er konnte sie nicht vernichten, Carlotta, weil es zwei Korrespondenzakten gibt, die zweite beim FBI. Ich habe bei Gary Reedy angefragt.»

Ich rieb mir den Kopf. Er war schwer wie ein Holzklotz, als wäre ich am Morgen nach einer Superfete aufgewacht.

«Wir müssen zurück», sagte Mooney. «Soll ich fahren?»

«Nein. Geht schon», sagte ich automatisch. Ich schaltete die Scheinwerfer ein und setzte den Toyota in Gang. Route 3 war wie leer gefegt. Nur ein paar graue Laster rumpelten auf der mittleren Spur.

«Hast du was von Marissa gehört?» fragte ich. «Wird sie immer noch vermißt?»

«Liest täglich etwas aus der Zeitung vor. Auf Band. Ihr geht's soweit gut. Sie verhandeln wieder um eine neue Summe, einen neuen Übergabepunkt.»

«Reedy scheint dich jetzt besser zu unterrichten.»

«Wenn er Lust dazu hat. Aber zurück zu heute nacht. Du hast gesagt, dieser Nueves, dieser Gärtner, sei am gleichen Tag wie Thea Janis verschwunden.»

«So hat es MacAvoy erzählt. Genau am selben Tag. MacAvoy ist angeblich dafür bezahlt worden, sicherzustellen, daß das Verschwinden der beiden nicht miteinander in Zusammenhang gebracht wurde.»

«Glaubst du, sie sind zusammen durchgebrannt? Dieser Alonso Nueves mit Thea Janis? Und daß das so eine Art politische Bombe war?»

Ich sagte: «Absolut nicht, Mooney. Sechshunderttausend sind erheblich zuviel dafür, daß ein Selbstmord als Mord getarnt wird. Ein viel zu hohes Schmiergeld, nur um die Presse von Spekulationen abzuhalten, die minderjährige Tochter könnte mit einem Mr. Nobody durchgebrannt sein.»

«Stimmt», pflichtete Mooney mir bei.

«Verdammt, Mooney, ich hab die Sache versiebt. Ich hätte MacAvoy der Polizeiaufsicht überantworten wollen. Wenn er eine Chance gehabt hätte, sich von dem Verdacht reinzuwaschen, hätte er sich vielleicht nicht umgebracht ...»

«Carlotta, wenn du nicht gerade fahren kannst, dann fahr an den Straßenrand, verdammt noch mal. Man gewinnt etwas, man verliert etwas. Wenn es so gelaufen ist, wie du mir erzählt hast, kommst du nicht in den Knast. Du hast doch sogar einen Zeugen.»

«Einen schönen Zeugen.»

«Du mußt darüber weg», sagte Mooney mit zusammengebissenen Zähnen.

Ein Schauer rann mir den Rücken hinab. «Ich habe Blut an mir, ich habe immer noch sein gottverdammtes Blut an mir. Ich –»

Ich ließ den Wagen auf der Standspur ausrollen, und dann saßen wir einfach da. Er sah mich einmal an. Und machte eine Handbewegung, als wollte er mich halten, mich trösten, aber ich war wie erstarrt, fühlte mich elend, war durch und durch unterkühlt vom Salzwasser und dem Mißerfolg.

Ich ließ ihn heimfahren. So schlecht ging's mir.

«Mooney», sagte ich, als ich die Tür aufmachte. «Du weißt doch, wie MacAvoy den Fall damals unter seine Kontrolle gebracht hat, oder?»

«Ja.»

«Kannst du das auch? Er ist ja überall verteilt, zeitlich und räumlich. Dover, Marblehead, Marshfield. Und Weston.»

«Die Polizei unseres Bundesstaates wird dabei ein Wörtchen mitreden wollen.»

«Aber die kennen dich. Und wegen der FBI-Connection werden sie vielleicht nichts damit zu tun haben wollen.»

«Ich vielleicht auch nicht.»

«Mooney.»

Er zuckte die Achseln. «Sie werden mir unter Umständen eine bestimmte Frist zubilligen in der Hoffnung, daß ich dabei auf den Hintern falle.»

«Wirst du nicht.»

«Wieso nicht?»

Ich fühlte mich allmählich nicht mehr so sehr wie eine Mörderin. Eher wie eine Polizistin.

Ich sagte: «Du weißt ja, daß in Marblehead im Mordfall Manley nach einem Jungen gefahndet wird, nach diesem Landstreicher, wie sie ihn nennen –»

«Der bei der Hütte in Marblehead herumgelungert sein soll. Ja. Was ist denn mit ihm?»

«Würdest du der Presse eine Falschmeldung durchgeben?»

«Mit Wonne.»

«Sag ihnen, in dem Fall gäb's einen Erfolg. Du hättest den Jungen in U-Haft.»

«Nur so zum Spaß?» fragte er.

«Warum nicht?» sagte ich.

Er zog ein Handy aus der Tasche, wählte eine Nummer, sprach kurz hinein.

«Das dürfte in den Morgenausgaben stehen», sagte er.

Wir saßen auf der vorderen Veranda und warteten auf den Streifenwagen, der ihn abholen sollte. Während wir uns unterhielten, bemerkte ich Licht in Donovans Haus.

Ich machte eine kurze Bestandsaufnahme. Hatte ich noch ein Nachthemd, Unterwäsche oder sonst etwas, das mir lieb und wert war, bei ihm? Würde ich je noch einmal dort aus und ein gehen?

Woher hatte er das mit dem angeblichen Killer gewußt? Von einem Anruf, hatte Ralph Farrell gesagt ... Hatte Mooney mich hintergangen? Donovan angespitzt? Mooney wußte, daß ich einen Mann, der nicht respektierte, daß ich mich selbst schützen konnte, daß ich mein Leben so leben wollte, wie es mir paßte, und tun und lassen wollte, wonach mir zumute war, sofort fallenlassen würde.

Ich schluckte und starrte Mooney an. Ich konnte ihn nicht fragen. Ich brauchte ihn zu sehr.

«Mooney», sagte ich schließlich, «kannst du eine Exhumierung veranlassen?»

«Ich bezweifle es», sagte er. «Warum?»

«MacAvoy hat irgend etwas davon gesagt, daß die Camerons bei der Leiche nicht wählerisch gewesen seien. Und von einem Mädchen namens Heather Foley gesprochen, das ertrunken ist, und zwar kurz vor der extravaganten Cameron-Beerdigung auf dem Mount-Auburn-Friedhof. Zu Anfang hat Heathers Familie behauptet, es handle sich bei der Toten um ihre Tochter. Der Gerichtsmediziner hat widersprochen. Heathers Leiche ist nie gefunden worden.»

«So was kommt vor.»

Aber ich wußte, daß sein Interesse erwacht war. Mooney glaubt ebensowenig an merkwürdige Zufälle wie ich.

«Wer liegt in Theas Grab, Moon?» fragte ich.

46

Ich wachte erst nachmittags nach drei auf, mit einem Gefühl, als wäre ich sandig und wasserverquollen, unzufrieden. Meine Laken waren umeinandergedreht und lagen auf dem Fußboden, als hätte ich in der Nacht mit ihnen gekämpft. Es bereitete mir Mühe, mir ein Paar Shorts auszuwählen, ein einfaches Hemd. Meine Hände ließen sich nur mühsam bewegen, als wären sie von der Hitze angeschwollen. Ich fummelte unbeholfen herum, brachte Knöpfe und Knopflöcher nicht richtig zueinander und fluchte etliche Male. Am Ende warf ich die Klamotten auf einen Haufen, zog mir ein extralanges T-Shirt über und marschierte nach unten.

Sonntag. Sonntag nachmittag. Vor knapp einer Woche hatte mich «Adam Mayhew» angerufen und flehentlich um einen Termin gebeten. Jetzt war er tot. MacAvoy war tot. Mein Mund war auf einmal voll Schleim, ich rannte ins Badezimmer und putzte mir zweimal die Zähne, dann säuberte ich mir die Hände so gründlich, daß ich leicht wegen Waschzwangs in die Westoner Heilanstalt hätte eingeliefert werden können.

Zeitungen stapelten sich auf meinem Schreibtisch. Mein Anrufbeantworter blinkte rot. Ich brachte es fertig, mich an allem vorbei in die Küche zu navigieren, und kippte Orangensaft direkt aus dem Karton hinunter.

Roz mußte einkaufen gewesen sein. Ich aß ein halbes englisches Muffin, dick mit Erdnußmus beschmiert. Es rutschte gut, lag mir dann jedoch klumpig und unverdaulich im Magen.

Ich betrachtete mich im Dielenspiegel, ging die Treppe hinauf und probierte es noch einmal mit dem Anziehen, wobei ich auf ein bestimmtes Image abzielte. Das feine marineblaue Kostüm nicht. Bequeme Hosen, ein formloses Oberteil. Eine Weste. Ja. Wenn ich die Bluse in die Hose stopfte, verlieh mir die Weste eine gewisse Professionalität. Ich schüttelte mein Haar lose, quetschte es durch ein Stretchband. Nichts Modisches, aber ausreichend, um mir das Gewicht vom Hals und die Locken unter Kontrolle zu halten. Ich hatte mir noch keine Rolle überlegt, aber mein Zielort stand fest.

Swampscott.

Mein Ziel war Edith Foley, vom Pressesprecher der Polizei, den Roz bearbeitet hatte, bis er die Adresse herausrückte, «Edie» genannt. Edie Foley, Heathers Mama. Ich las Roz' Notizen: Geschieden. Kirchgängerin. Früher einmal katholische Mutter von acht Kindern. Wenn ich sie fragte, wieviel Kinder sie hatte, welche Zahl würde sie dann wohl nennen? Ist man nicht mehr Mutter, wenn das Kind gestorben ist?

Ich sah meine Visitenkarten durch. Journalistin, Immobilienmaklerin, Avon-Vertreterin, Marketingspezialistin. Am Ende steckte ich acht Identitätsmöglichkeiten in meine Tasche. Entscheidend ist oft die Improvisation.

Mein Wagen kam mir allmählich wie mein Zuhause vor. Hinter dem Lenkrad entspannte ich mich ein wenig und gewann mein Selbstvertrauen zurück. *Ich komme mit dem Bostoner Verkehr klar. Ich kann immer eine Taxe fahren.* Ich hatte keine besondere Lust, die Nachrichten zu hören. Stattdessen schob ich Kassette um Kassette in die Stimmungsmaschine. Jeder Song klang irgendwie traurig, Geschichten von Tod und Leid, Tod und Leid, immer und immer wieder.

Swampscott liegt südlich von Marblehead, für die Reichen

in zu großer Nähe zum überfüllten Lynn. O ja, auch dort gibt es sicher todschickes Gelände mit Meeresblick, Filetstücke für Immobilienmakler, aber die Foleys wohnten an der Grenze zum bevölkerungsreichsten Stadtteil von Lynn in einem plattenverkleideten Haus, für das die Bezeichnung «Elendshütte» noch schmeichelhaft wäre. Die Straßen – Eastern, Maple, Cherry – trugen Gattungsnamen, und die Stadt sah aus wie alle sonnengebleichten Städte Neuenglands im August. Nichts, was sie aus der sommerlichen Flaute erlöst hätte. Keine Aussicht aufs Meer. Keine frische Brise.

Ich verbrachte zwanzig Minuten damit, das Haus zu beobachten. Flicken auf dem Dach. Vernachlässigter Rasen voller Unkraut. Ungepflegte Büsche. An zwei Fenstern fehlten die Fliegengitter, eins hatte einen Sprung. Überhaupt kein Fliegenschutz an der Eingangstür, die mit erstaunlicher Häufigkeit aufging und wieder zuknallte. Eine Menge Leute mußten dort leben oder zu Besuch sein. Vielleicht hatten all die Kinder inzwischen selber Kinder und verurteilten Edie dazu, nonstop Enkel zu hüten.

Die prächtige Cameron-Villa in Marblehead hatte ich mir nicht von nahem angesehen, aber ich hatte ja eine Führung erster Klasse durch den Cameron-Palast in Dover genossen. Ich konnte mir ebensowenig vorstellen, daß Tessa Cameron diesen Beinah-Slum betreten würde, wie ich mir die englische Queen nackt vorstellen konnte.

Wenn so viele Leute ein und aus gingen, war es Edith Foley vielleicht egal, wer ich war. Vielleicht war sie als Pflegemutter registriert, und in diesem Fall konnte ich praktisch irgendwer von der Behörde sein und mit Fug und Recht meine Nase in ihre Angelegenheiten stecken.

Ich konnte auch eine Nachbarin sein und mich über den Lärm beschweren. Aber die arme Frau bekam wahrscheinlich den ganzen Tag über Beschwerden zu hören.

Ich beschloß, ein Weilchen herumzufahren und nach Kirchtürmen Ausschau zu halten. Ich entdeckte zwei: Der eine gehörte zur Episkopalkirche, der andere zur katholischen St-Aidans-Kirche.

Mir war, als wäre ich an einer Bäckerei vorbeigekommen, und ich ließ mich von meiner Nase dorthin zurückführen. Kaufte eine Art klebrige Sahnetorte mit Sommerfrüchten. Bezahlte sie mit Andrew Manleys Geld. Diesmal parkte ich einen Block weiter um die Ecke, damit sie mein Auto nicht sah.

Neue Nachbarin stellt sich vor, Teil eins.

Auf dem Fußabtreter stand: «Tag, Fremder!» Ich glaube, so etwas wird östlich vom Mississippi nicht verkauft. Alteingesessene Neuengländer sind nicht gerade für ihre entgegenkommende Art, ihre Freundlichkeit berühmt.

Ich klopfte und balancierte dabei mein weißes, mit Kordel verschnürtes Tortenpaket.

«Hallo, meine Liebe, ganz schön groß sind Sie, was haben Sie denn da Feines?» Ihr Haar, das, was davon noch übrig war, war weiß und stand ihr in allen Richtungen flockig vom Kopf wie Kokosmakrönchen. Meinen Nachforschungen zufolge mußte meine Edie im gleichen Alter sein wie Tessa Cameron, aber dies war eine alte Frau mit ledriger, pergamentener Haut.

«Wohnen Sie hier? Sind Sie Edith Foley?»

«Na sicher.» Sie faßte die Schachtel gierig ins Auge. «Habe ich in einer Tombola gewonnen?»

Sehen Sie, was ich mit Improvisationskunst meine?

Sie trug ein silbernes Kreuz um den Hals zu einem verwaschenen geblümten Hauskleid, das vorne geknöpft war und sich über ihren ausladenden Hüften spannte.

«Von St. Aidans», sagte ich und nahm den Faden auf in der Hoffnung, daß sie hier in ihrer Nähe zur Kirche ging.

«Ich glaube, an der Tombola habe ich gar nicht teilgenommen», sagte sie.

Hoppla.

«Dann muß jemand für Sie ein Los gezogen haben», sagte ich fröhlich, ohne aus dem Takt zu geraten. «Eins Ihrer Kinder, vielleicht auch ein unbekannter Verehrer.»

«Joseph», sagte sie sofort. «Mein ältester Sohn ist immer noch eine richtige Naschkatze. Er ist bestimmt gleich da und will ein Stück abhaben. Kommen Sie doch rein, meine Liebe. Sie bekommen noch einen Sonnenstich, wenn Sie draußen stehen bleiben.»

Falls ich auf die schiefe Bahn geraten sollte, heißt es aufpassen. Es ist so leicht, sich Einlaß zu verschaffen. Warum so viele Gauner erwischt werden, wundert mich. Zumindest, bevor ich in den Polizeidienst ging und echte Ganoven kennenlernte. Man stelle sich einmal all seine Mitschüler vor, die es nicht über die zehnte Klasse hinaus schafften und meinten, Hamburger zu wenden sei eine strahlendere Zukunft, als Frösche zu sezieren. Wie sie jung heiraten, meist untereinander, und ein Kind nach dem anderen haben, ohne dafür aufkommen zu können. Schon hat man den Grundstock derer, die im Gefängnis landen, mit ein paar erschwerenden Zugaben wie Drogenhandel und radikalem Rassismus.

Edie sagte: «Sind Sie in dieser Hitze zu Fuß von Sankt A. bis hierher gegangen, Liebes? Was sind Sie doch für ein Schatz! Ich hoffe, Sie haben nichts gegen Katzen.»

Das Auf- und Zuklappen der Tür hatte gar nicht den Eintritt und Weggang von Leuten signalisiert, sondern von Katzen aller Art. Mindestens sieben davon machten lange Hälse und sahen mich unverwandt an. Nach dem Gestank zu urteilen, war das nicht mal die Hälfte derer, die mit Mrs. Edith Foley unter einem Dach lebten.

«Wohnen Sie weit von hier?» fragte Mrs. Foley und kam

wieder hereingetänzelt, auf einem Tablett zwei fettige Gläser mit etwas Gelbem und die Obsttorte, die immer noch in ihrer Schachtel steckte. «Möchten Sie Limonade?»

«Danke», sagte ich und unterdrückte ein Niesen. Alles im Wohnzimmer war geblümt, gekräuselt, schief und abgetragen und mit Staub und Katzenhaaren bedeckt. Möbel mit geblümten Chintzbezügen neben geblümten Vorhängen, die nicht dazu paßten. Berge von überdimensioniert großen, grell gemusterten Kissen. Sofaschoner aus Spitze. Eine Demonstration trotziger, schal gewordener Weiblichkeit.

Jeder freie Fleck war vollgestopft mit Katzenfiguren, Katzenspielzeug, Familienfotos in Plexiglasrahmen, Werbeprospekten von Lebensmittelmärkten und Poststapeln.

«Wohnen Sie in der Nähe?»

Mir wurde bewußt, daß Mrs. Foley mich das zum zweiten Mal fragte. Von der Inneneinrichtung überwältigt, hatte ich zu antworten versäumt.

«Drüben in der Cherry Street», sagte ich rasch und paßte meine Stimme ihrem Akzent an. «Bin gerade eingezogen. Hab ein Zimmer gemietet, so lange, bis ich wieder auf eigenen Füßen stehe. Die Kirchenleute waren wirklich nett zu mir.»

Sie saß da, die Augen kugelrund vor Neugier. Ich half ihr, Platz für das Tablett zu schaffen, was nicht einfach war, aber beim Abräumen der Fotos konnte ich ihr gut Fragen dazu stellen.

«Sind Sie das hier?»

«Nein, mein Kind, das ist mein Sohn Harry, der Zweitälteste, mit seiner Frau. Sie haben mittlerweile zwei kleine Söhne.»

«Wie nett», sagte ich traurig und begann, mir eine Leidensgeschichte auszudenken, durch die wir in ein vertrauliches Gespräch miteinander kommen konnten. Wenn sie mich zum Reden bringen wollte, würde sie mir auch etwas Trauriges von sich erzählen müssen.

Es fiel mir leicht, so zu tun, als hielte ich mühsam die Tränen zurück, weil ich dauernd das Niesen unterdrückte, das Staub und Katzen bei mir auslösten.

«Ach, Sie Ärmste», sagte sie, «hatten Sie, äh, einen Verlust zu beklagen?»

«Entschuldigung», sagte ich, «ich sollte wirklich nicht –»

«Also, Liebes, das Allerbeste auf der Welt ist, sich mal richtig auszuweinen und bei einem Fremden auszusprechen. Glauben Sie mir, ich weiß, wovon ich rede.»

«Es ist nur das Bild, die süßen Kinder. Ich habe wahrhaftig genug gelitten. Zuerst mein Mann auf und davon –» Das stimmte sogar. Daß Cal vor einigen Jahren mit meinem Segen abgezogen war, brauchte Edie ja nicht zu wissen. «Aber ich habe immer gearbeitet und alles in Ordnung gehalten, bis meine Tochter, mein kleines Mädchen, gestorben –»

Jedesmal, wenn ich so etwas erzähle, bin ich versucht, mir über die linke Schulter zu spucken und mit dem Fingerknöchel auf ein Stück Holz zu klopfen, um Unheil abzuwenden. Wenn Paolina etwas passieren würde –

Die Sache mit dem toten Töchterchen schien an ihr abzugleiten, ohne auch nur den leisesten Eindruck zu hinterlassen. Die Leute hören nur, was sie hören wollen, das steht fest.

«Ich weiß, wie das ist, meine Liebe» sagte sie mitfühlend. «Mein Mann ist vor über zwanzig Jahren aus dieser Tür spaziert und hat mich mit sieben Jungen zurückgelassen, die ich allein aufziehen mußte.»

«Sieben», wiederholte ich. «Du meine Güte, man sieht es den Leuten von außen nicht an, nicht wahr?»

Eins habe ich als Polizistin gelernt, nämlich daß jeder Mensch am meisten Vertrauen zu jemandem hat, der wie er selber klingt oder aussieht. Es war offensichtlich, daß Edie nicht in Swampscott oder sonstwo in Neuengland geboren war, so wie sie sprach, und angesichts der «Tag, Fremder»-Fußmatte. Ich konnte ihren Akzent nicht genau orten, nur daß er mehr zum Westen als zum Mittelwesten gehörte. Ich bin nicht so gut wie Professor Higgins, aber ich konnte ihre Sprechweise nachahmen, die A breiter dehnen, die G verschlucken und so klingen, als wäre ich in ihrem Landesteil aufgewachsen.

Es hat etwas mit Musikalität zu tun. Man muß ein Ohr dafür haben.

Sie schlürfte ihre Limonade, öffnete die Schachtel und schrie ah und oh beim Anblick des Kuchens. Ging hinaus, um ein Messer und Teller zu suchen. Ich scheuchte eine Katze vom Tablett, während ich mich eifrig nach dem Foto eines Mädchens, einer jungen Frau, einer alten Aufnahme umsah. Auf den meisten waren nur Mama und die Jungs.

Ah! Ein kleiner Tisch links neben einem kümmerlichen Kamin sah aus wie ein Reliquienschrein. Mit einem bunten Tuch bedeckt. Kerzen. Figuren verschiedener Heiliger. Da. Ein 13-mal-18-Foto, das förmlich nach einem High-School-Jahrbuch roch.

Heather hatte sich das Haar für den Anlaß hochgesteckt. Sie hatte einen weißen Peter-Pan-Kragen angelegt und ein enges Halsband aus falschen Perlen. Ihr Lächeln war das Beste an ihr, offen, ehrlich und ein bißchen leichtsinnig. Jung.

Ich hörte Mrs. Foley durch die Diele schlurfen, kehrte jedoch nicht zu meinem Platz zurück. Eine der Katzen hatte meinen Sessel bereits eingenommen, und ich wollte sehen, wie Edie reagierte, wenn sie mich beim Betrachten des Fotos ihrer Tochter ertappte.

«Wir haben noch etwas gemeinsam», sagte sie mit stokkender Stimme. «Ich hatte auch ein Töchterchen. Ich glaube immer noch, daß sich mein Leben in dem Moment verändert hat, als Heather gestorben ist. Glück in Unglück, im Bruchteil einer Sekunde.»

«Genau, was ich empfunden habe, als meine Wendy starb», sagte ich. Den Namen «Paolina» mochte ich nicht benutzen.

«Ach, Liebes» sagte sie tröstend, «Sie sind noch sehr jung. Sie können noch mehr Kinder bekommen, wenn Sie wollen und mögen. In meiner Familie waren fast alle schon groß, als Heather starb, aber ich glaube, ihr Vater, mein Harold, wäre nicht so ausgerastet, wenn sie nicht gestorben wäre. Ich habe nie erlebt, daß es einen Mann so hart getroffen hat. Er hat noch alles arrangiert und ist dann weggerannt, als hätte er ein Feuer im Leib, das er nicht löschen konnte.»

«Ihre Tochter war älter als meine», sagte ich. «Und hübsch.»

«Das Alter spielt keine Rolle», sagte sie. «Man liebt sie einfach über alle Maßen.»

«Ihre Tochter ist gestorben, genau wie meine, Ihr Mann hat Sie verlassen, und nun sehen Sie sich an. Sie haben's überlebt. Ich wette, die Leute von Sankt A. haben mich deshalb hierhergeschickt, um den Kuchen abzugeben. Würde mir guttun, ich würde endlich aufhören, mich selbst zu bemitleiden und zu meinen, ich sei die einzige, die ein Kreuz zu tragen hat.»

Sie sah nicht, daß die Katzen mit den Schwänzen über die Obsttorte strichen. Ich hatte nicht vor, davon zu essen. Nichts gegen meinen Kater, er ist in Ordnung. Er ist ein Einzelgänger wie ich.

Ich wünschte, ich hätte Roz zum Ausfragen hierhergeschickt. Aber Roz mit ihrem Haar, den Ohrringen, Fingerringen und Fingernägeln … Ich glaube nicht, daß sie mit Edie klargekommen wäre.

«Haben Sie noch mehr Kinder?» fragte mich Edie.

«Ich wollte, ich hätte mehr. Nur das eine Mädchen. Meine arme Wendy», sagte ich, wobei ich automatisch an Paolina dachte, und hoffte, wir würden das Gespräch wieder auf Heather bringen, bevor Edith Foley zu Verstand kam. Bis jetzt hatte mich die Frau nicht einmal nach meinem Namen gefragt.

So groß ist die Macht einer weißen Kuchenschachtel.

«Ein Mädchen ist eine Gabe Gottes», sagte Edie. «Meine Jungs, sicher, die liebe ich von Herzen, aber sie verstehen es einfach nicht, wissen Sie? Es ist so, als würden sie gern helfen, wenn sie könnten, nur wissen sie nicht, wie. Ich habe mittlerweile Enkelinnen, zwei davon sind nach Heather benannt.»

«Sie sieht wirklich nett aus. War sie krank?»

«O nein, meine Liebe. Es war einer von diesen Unfällen. Bootsunfällen. Demnächst steht was darüber im *Tab*, halten Sie die Augen offen.»

Sie hatte also noch ihre Verbindungen zur Polizei.

«Ist das nicht schlimm?» fragte ich. «Wenn jemand die Vergangenheit wieder lebendig werden läßt?»

«Nein, meine Liebe. Sie müßten besser als andere wissen, daß das etwas ist, was die Leute immer falsch sehen. Von dem Augenblick an, wo man ein Kind verliert, meinen die Leute, auch Freunde, immer, es wäre so, als hätte man es nie gehabt, es nie aufwachsen sehen, als würde man es nie vermissen. Ich glaube, sie wissen bloß nicht, was sie sagen sollen, aber es ist kaum zu glauben. Sie erwähnen sie gar nicht mehr vor mir. Das macht einen wahnsinnig. Man bekommt das Gefühl, als hätte man das Ganze geträumt, als hätte man nie eine Tochter gehabt. Darum habe ich Heathers Bild dort stehen. Damit jeder merkt, daß ich sie nicht vergesse.»

«Tut es immer noch so weh?» fragte ich. «Ich weiß, das ist

eine sehr persönliche Frage – ich versuche mir nur vorzustellen, ob ich Wendy auch so sehr vermissen werde nach so vielen Jahren.»

«Ach, Liebes, verzeihen Sie mir. Wann ist sie denn gestorben?»

«Es ist nun schon zwei Jahre und sechs Monate her. Leukämie, hieß es, von der übelsten Art. Ich habe all ihre Sachen in eine Kiste gepackt, die ich immer noch nicht wieder aufgemacht habe.»

«Irgendwann werden Sie's», sagte Edith unerschütterlich.

«Ach, wissen Sie, Sie haben wahrhaftig recht. Niemand spricht je mit mir über sie. Macht mich sehr einsam.»

«Sie können mit mir über sie reden», sagte Edie.

«Sie sagten, Sie haben Ihr Mädchen vor zwanzig Jahren verloren?» wechselte ich schnell das Thema. Ich hatte nicht das Gefühl, eine realistische Version von Wendys letzten Lebenstagen heraufbeschwören zu können, jedenfalls nicht vor Heathers Mutter.

«Über zwanzig, und drei Wochen später verschwand mein Mann, gleich nachdem ihre Leiche aus dem Meer gezogen worden war. Ich dachte, mir bricht das Herz. Und dann war ich erleichtert, müssen Sie wissen. Ich konnte sie begraben, konnte mir sagen, daß sie auf dem Friedhof hinter der Kirche liegt, ihr im Frühling Blumen bringen.»

«Das ist ein Trost», stimmte ich zu. «Ich bringe Wendy Maiglöckchen.»

«Aber sie war es gar nicht», fuhr Edie fort. «Mein Mann sagte, der Körper sei so aufgeschwollen gewesen, daß er sie nicht mit Sicherheit identifizieren konnte, und dann haben andere Leute eine Zahnuntersuchung machen lassen oder so was, um nachzuweisen, daß es ihr Kind war und nicht meins. Heather ist nie zu mir zurückgekehrt, aber ich gehe trotzdem auf den Friedhof. Wir haben dort einen Gedenkstein errichten lassen, und ich tue so, als wäre sie da. Schadet nichts.»

Ich nickte ernst. «Kaum zu glauben, daß Ihr Mann einfach so auf und davon ist. Hat er Ihnen wenigstens einen Abschiedsbrief oder so was dagelassen?»

«Ihrer etwa?» erkundigte sie sich.

«Ach was», vertraute ich ihr an, «brauchte er wohl nicht. Er hat mit meiner besten Freundin herumgemacht, und ich hab's rausgekriegt.»

«Wirklich?»

«Er wollte zu mir zurück», log ich, «aber ich hab auch meinen Stolz.»

«Ein Glück, Mädchen.»

Daraufhin brachte ich etwas vor, was ich nie geglaubt habe, und schob es im Geiste einer gesichtslosen, namenlosen Kirchgängerin von Sankt A. unter.

«Sie wissen ja, daß es heißt: Wenn Gott eine Tür zuschlägt, öffnet er ein Fenster.»

Sie betrachtete mich ohne die Verachtung, die meine Bemerkung meiner Meinung nach verdient hätte, aber mit einem fragenden Blick, als überlegte sie, welches Fenster der Herr wohl für sie geöffnet hatte.

«Wissen Sie, ich habe Sie beinahe angelogen, als ich sagte, mein Glück wäre mit meinem Mann und meiner Tochter dahin gewesen.»

«So?»

«Ich meine, sicher, er ist aus der Stadt verschwunden, und sie ist ertrunken, das ist schon ein großes Unglück und reicht für ein ganzes Leben, aber dafür hatte ich bei meinen Jungs Glück. Zwei von ihnen steckten damals in ziemlichen Schwierigkeiten, wären wahrscheinlich ins Gefängnis gekommen. Und das hat sich einfach so in Luft aufgelöst. Die Anklagen wurden fallengelassen.»

«Hat Ihnen Ihr Mann Geld für den Unterhalt der Kinder zurückgelassen?»

Bestimmt warf sie mich jetzt hinaus, empört, einer Fremden eine so persönliche Frage beantworten zu sollen.

«Ja», sagte sie gedankenvoll, «er war auch in dieser Hinsicht sehr anständig, hat nicht etwa unser Konto geplündert, wie ich erwartet hatte, ich darf mich also kaum beklagen. Probieren Sie mal den Kuchen! Er sieht wunderbar aus.»

Sie hob ein riesiges Stück auf einen zu kleinen Teller. Es wackelte und drohte, auf die Seite zu fallen. Ich biß etwas von der Luft ab. Ich wollte ihr Fragen an den Kopf werfen. Hatte ein Polizist namens MacAvoy mit ihrem Mann gesprochen, bevor der aus der Stadt verschwand? Waren Fremde in schikken Anzügen vorbeigekommen? Aber ich hatte mich mit meiner Lügerei selbst in diese heikle Situation gebracht, und jetzt mußte ich den Besuch wohl oder übel durchstehen, mußte zuhören und ab und zu mit fremder Stimme klagen.

Ich starrte wütend eine Katze an, die versuchte, etwas von der Sahnetorte zu ergattern.

Ich würde mich irgendwie aus der Affäre ziehen müssen, wichtige Arbeit vorschützen, beginnende Kopfschmerzen. In Ohnmacht fallen, wenn es sein mußte. Auf der Rückfahrt bei der Polizei halten. Die Foley-Jungen überprüfen und sehen, ob gegenwärtig etwas gegen sie vorlag oder ob es nur gelöschte Jugendstrafakten gab. Fragen, ob sich noch irgend jemand an das genaue Strafmaß erinnern konnte, zu dem sie vor 24 Jahren verurteilt worden waren, und warum sich die drohenden Haftstrafen so plötzlich in Luft aufgelöst hatten.

Ich fragte mich, wohin sich Mr. Harold Foley, Heathers Vater – der die Leiche der Tochter nicht richtig identifiziert hatte –, abgesetzt haben mochte und ob er vielleicht ebenso schwer reich war wie ehemals MacAvoy.

Oder vielleicht ein schon toter Mann, wie MacAvoy jetzt.

47

Die Polizei von Swampscott war nicht so naiv, so vertrauensselig wie Edith Foley. Ich hätte Plätzchen oder Doughnuts mitbringen sollen. Der redselige Pressesprecher hatte frei, und die kleine Polizeieinheit dort konnte keine Zeit an alte fallengelassene Klagen verschwenden, selbst wenn es dabei um Angehörige des zahlreichen Foley-Clans ging, die oft Ärger machten. Es würde dauernd Anklage erhoben und wieder fallengelassen. Ob ich nichts von dem Fall Miranda gelesen hätte?

Ja, doch, hatte ich, aber ich hätte an etwas Konkreteres gedacht, an Namen und Orte und an Daten. Vor allem an Daten.

Es war dunkel, als ich endlich aufhörte, auf einen freundlichen Polizisten zu warten, der Zeit für mich hatte, und mich auf den Heimweg machte. An der Haustür zögerte ich, die Schlüssel in der Hand, und beschloß, erst mal die Hintertür auszuprobieren. Ich wollte sehen, ob sie repariert war, ich hatte Roz Instruktionen und Geld dafür gegeben. Wenn die Tür immer noch von den Kanthölzern an ihrem Platz gehalten wurde, würde ich die ganze Chose mit Wonne eintreten.

Vielleicht würde ich, wenn ich meine Wut beim Türeintreten ausließ, nicht zu Donovan hinüberstürmen und ihm reinen Wein einschenken, was ich von seiner blöden, übertriebenen Beschützergeste hielt, einen Schnüffler anzuheuern. Ich konnte förmlich hören, wie er sich herausredete: Du hättest es nie zugelassen, wenn ich es dir gesagt hätte. Richtig. Aber Heimlichtuerei war auch keine Lösung. Ein geheimer Leibwächter war schlimmer als kein Leibwächter. Ein geheimer Leibwächter konnte getötet werden. Weil er vielleicht mit einem angeblichen Mafia-Killer verwechselt wurde.

Statt die Tür einzutreten, stolperte ich über ein kleines Mädchen, das unter meiner Hinterveranda hervorgekrochen kam. Sie hatte sich bei den Mülltonnen versteckt. Und roch, als hätte sie aus einer gespeist.

«Pix?»

«Ja. Ich muß mit Ihnen reden.»

«Rede.»

«In der Hütte ist jemand, der Sie braucht.»

«Die Hütte ist niedergebrannt», sagte ich.

«In der Nähe der Hütte, am Strand.»

«Alonso?»

«Können Sie hinkommen?»

«Wird sie bewacht?»

«Jetzt nicht. *Kommen Sie mit?*»

«Ja.»

«Jetzt? Es muß jetzt gleich sein.»

«Steig ins Auto und kurbel das Fenster runter.»

«Was zu essen?»

«Wir halten unterwegs an.»

Die Tür war repariert worden. Angenehm überrascht, klingelte ich dreimal und dann noch einmal, bis Roz öffnete.

«Was ist?» sagte sie ungehalten. «Hast du deine verdammten Schlüssel vergessen?»

«Ich hab's eilig. Nachrichten bitte.»

«Vielen Dank, daß du die Tür hast reparieren lassen, Roz. Und: Paolina hat angerufen.»

«Oh. Sie darf doch das Telefon im Ferienlager gar nicht benutzen!»

«Sie hat gesagt, ein Betreuer hätte sie wegen irgendwas mit in die Stadt genommen oder so.»

«Was wollte sie denn?»

«Ich vermute mal, es gefällt ihr nicht allzu gut dort. Sie wollte wissen, ob du rauskommen und sie abholen könntest.»

«Heute noch?»

«Ja.»

Keiner konnte wissen, wann Pix vielleicht auf die Idee kam, wieder abzuhauen.

Ich sagte: «Heute abend kann ich nicht. Wenn sie noch mal anruft, sag ihr, ich komme so bald wie möglich. Ist Freitag nicht der letzte Tag? Stell mal fest, ob sie nicht noch die fünf Tage durchhalten kann.»

«Mach ich.»

«Und noch was, Roz.»

«Ja?»

«Hol mir die .38er aus dem Schrank.»

«Ist sie geladen?»

«Das will ich hoffen. Dann ist sie besser zu gebrauchen.»

Roz ist zwar ein Multitalent, aber sie mag keine Waffen, und sie kann nicht fahren. Ich hätte sie bitten können, einen ihrer fahrtüchtigen Freunde anzumachen und mit ihm mitten in der Nacht nach New Hampshire rauszufahren, aber so, wie Roz aussah, ganz zu schweigen davon, wie die meisten ihrer Typen aussahen, würde ihr da ein Betreuer ein Mädchen in Paolinas zartem Alter anvertrauen?

Zartes Alter.

Mit Pix waren die Jahre nicht gerade zart umgegangen. Auch die kurze Zeit nicht, wo wir uns nicht gesehen hatten. Sie hatte einen scheußlichen blauen Fleck auf einer Wange und eine aufgeplatzte Lippe. Sie redete nicht darüber, wie es passiert war. Bei einem McDonald's an der Route 1 verdrückte sie trotz ihrer mickrigen Statur zwei Big Macs und eine große Portion Fritten und schlürfte dazu einen Schokodrink, der so dick war, daß der Strohhalm Schmatzgeräusche von sich gab wie ein Sumpf.

Ich fuhr, wobei ich mir Kassetten anhörte. Versuchte, mich mit zeitlosem Blues zu beruhigen.

«Got a mortgage on my body, lease taken on my soul», sang Robert Johnson, der mit 28 starb.

Ich mußte immer wieder an Woodrow MacAvoy denken. Was würden sie wohl auf seinen Grabstein meißeln? Welchen Bibelvers mochte Edith Foley für den Gedenkstein ihrer Tochter ausgewählt haben?

«Lassen Sie den Wagen hier stehen», sagte Pix, als wir an einem kleinen Immobilienbüro mit unbeleuchtetem Parkplatz ankamen. Ich erinnerte mich, daß ich schon einmal dran vorbeigefahren war. Es lag abseits der Ocean Avenue, etwa eine halbe Meile von Marblehead Neck entfernt.

«Warum?»

«Ist sicherer.»

«Alonso braucht nicht mehr wegzurennen. Ich kenne einen Cop, der dafür sorgen würde, daß er gut behandelt wird.»

«Ich darf niemand anders bringen als Sie.»

«Abgemacht.»

«Und kein Auto.»

«Pix, willst du mich reinlegen?»

«Sie ha'm mir doch zu essen gegeben», sagte sie. «Ich leg niemanden rein, der mir Geld, Stoff oder Hamburger spendiert.»

Ich glaubte ihr.

Wir gingen Seite an Seite den Damm entlang. Sie mußte sich sehr anstrengen, um mit mir Schritt zu halten.

«Steht noch irgendwas von der Hütte?»

«Nicht viel. Benutzen Sie die Treppe vom Fahrweg aus. Haben Sie eine Taschenlampe dabei?»

«Ja.»

«Haben Sie Ihre Kanone im Auto gelassen?»

Ich hatte die .40er ins Handschuhfach eingeschlossen.

«Brauche ich eine?» erkundigte ich mich.

«Nein. Ich schwör's.»

Sie schien keinen Gegenschwur von mir zu erwarten. Ich legte auch keinen ab. Die .38er, meine alte Chief's Special, fühlte sich gut an im Gurt.

Der Boden rings um die Hütte war von vielen Füßen zertrampelt und durch Wasserstrahlen aus dicken Feuerwehrschläuchen an vielen Stellen zerwühlt. Ich mußte achtgeben, daß ich auf dem unebenen Gelände nicht den Halt verlor. Von den verstreut herumliegenden Brettern stieg zwar kein Rauch mehr auf, aber der Brandgeruch war noch immer stark und beißend. Ein Gestank, der einem die Kehle zuschnürte. Gelbe Plastikbänder mit der Aufschrift «Zutritt streng verboten» markierten die Hütte als Schauplatz eines Verbrechens.

Ich hörte ein Geräusch, ein schwaches Räuspern, mit dem sich jemand bemerkbar machte. Ich wirbelte in die Richtung herum, wo es herkam.

Die Frau, die auf einem Fels in der Nähe saß, trug einen Hut mit breiter Krempe. Einen Augenblick lang hatte ich das törichte Verlangen, Pix zu fragen, ob das die «richtige Frau» war, mit der Alonso zur Zeit schlief.

Zu alt. Ich verwarf den Gedanken gleich wieder.

Ich betrachtete sie eingehender. Du lieber Gott, mir kam es so vor, als würde ich sie schon mein Leben lang kennen. Ich kannte zwei Versionen von ihrem Gesicht, gealtert und dünn, gealtert und dick.

Ihre Augen waren es, die ich wiedererkannte. Nur ihre Augen.

«Pix», sagte ich.

«Ich habe nicht gelogen.»

«Was ist denn mit Alonso?»

«Sie will uns helfen. Ich glaube ihr. Ich habe ihr von Ihnen erzählt. Hab ich das richtig gemacht?»

«Ja, Pix. Und jetzt geh mal nach da drüben und setz dich auf die Stufen, ja? Warn uns, wenn jemand kommt.»

«Meinen Sie, Alonso kommt zurück?»

Als ich nicht antwortete, trollte sie sich.

48

Sie saß da wie aus Stein gemeißelt. Hundert Fragen brannten mir auf der Zunge, aber ich schwieg, überließ ihr die Eröffnung des Gesprächs, ließ sie beginnen, so daß ich eine Vorstellung davon bekam, was sie vorhatte. Ein Teil von mir fürchtete, sie könnte sich in Dunst auflösen. Ich unterdrückte den Impuls, sie zu berühren, nach richtigem Fleisch zu tasten.

Bedächtig nahm sie den Hut ab. Ihr Haar war grau, im Vergleich zu Beryls vergilbtem Weiß wie Stahl. Niemand hätte die beiden Schwestern jetzt verwechselt, die eine vollgepumpt mit Medikamenten, die andere … einfach nur Durchschnitt. Nichts Besonderes.

Alle, was an Thea einzigartig und schön gewesen war, hatte sie abgelegt. Entweder das, oder sie hatte sich so grundlegend verändert, daß ihre unbekümmerte Schönheit verschwunden war. Ihr leicht gewelltes Haar bildete einen formlosen Schopf, der zu schwer für ihren dünnen Hals und die scharfen Gesichtszüge war. Eine Brille mit Schildpattgestell verbarg den Bogen ihrer Augenbrauen. Sie hielt den Kopf gesenkt. Ihr Kinn wirkte weniger spitz, war nicht mehr so ungewöhnlich klein. Wenn sie sich einer kosmetischen Operation unterzogen hätte, hätte sie nicht fremder aussehen können, und doch waren es die gleichen Züge. Unter einer kurzärmeligen Khaki-Jacke wölbten sich ihre Brüste, verdeckt zwar, aber zu groß für ihre schmächtige Gestalt. Alles Feuer und alle Farbe waren von ihr gewichen; Dorothy Cameron wirkte so ungewöhnlich wie Salz.

«Hallo», sagte sie und blickte sich um, als hätte sie ein größeres Publikum erwartet. «Sie müssen die Detektivin sein. Carlyle.»

Ihre ruhigen Worte schwebten im Dunst, und ich fröstelte. Es ist die Feuchtigkeit meiner Kleider, sagte ich mir, und keine Anwandlung von Grauen, nicht das Gefühl, die Stimme von jemandem zu hören, der sich aus einem nassen Grab erhoben hat …

«Sie wissen, wer ich bin – wer ich einmal war.» Keine Veränderung der Tonhöhe am Ende des Satzes. Es war keine Frage.

«Ja», sagte ich, als mir schien, sie würde nichts mehr hinzusetzen, wenn ich nicht antwortete.

«Wenn ich es richtig verstehe, hält die Polizei meinen Sohn fest.»

Mooney mußte die Meldung wirklich schnell verbreitet haben.

«Alonso», sagte ich.

«Ja. Ich bin zu einem Handel bereit: meine Freiheit gegen seine.»

Ich sagte: «Die Polizei bezichtigt ihn des Mordes. Ich bezweifle, daß sie Ihr Angebot attraktiv findet. Eine Ausreißerin ist kein gleichwertiger Ersatz.»

«Oh, sie werden mich schon nehmen», sagte sie.

«Wieso sind Sie da so sicher?»

«Weil *ich* Andrew Manley umgebracht habe.» Sie nickte in Richtung Absperrung. «Hier. Freitag nacht.»

«Wie lange nach seinem Anruf bei mir?» fragte ich.

«Versuchen Sie gar nicht erst, mich in die Falle zu locken. Ich kann all Ihre bohrenden Fragen beantworten», sagte sie spöttisch.

«Probieren wir's mal. Bevor wir zur Polizei gehen. Also, Thea –»

Sie schloß die Augen. «Nennen Sie mich Susan. Susan Gordon. So habe ich die meiste Zeit meines Lebens geheißen.»

«Warum haben Sie Andrew Manley ermordet, Susan Gordon?»

«Weil er mir nie zugehört hat. Weil er nie an mich geglaubt hat. Er hat nicht an mein Talent geglaubt, wegen Beryl. Er war der Meinung, ich sei unbeständig, nur wegen ihr. Er hätte tiefer blicken müssen, durch all die –» Sie brach abrupt ab.

«Warum haben Sie ihn *jetzt erst* getötet?»

Sie holte tief Luft und gewann ihre Fassung wieder. «Weil Rache kalt am besten schmeckt», sagte sie.

«Sie sind also aus Rachsucht wiedergekehrt», wiederholte ich.

«Und um sicherzustellen, daß meinem Sohn nichts passiert.»

«Sie sind von Avon Hill weggerannt, weil Sie schwanger waren?»

«O nein.» Sie schüttelte den Kopf und lächelte schief. «Für was für ein dummes Ding müssen Sie mich gehalten haben.»

«Ich habe Sie nicht für ein dummes Ding gehalten.»

«Dann gestehen Sie mir auch gute Gründe für mein Handeln zu», sagte sie mit dem ersten Anflug von Ärger, den ich in ihrer Stimme bemerkte. «Ich bin verschwunden. Ich habe es richtig gemacht. Weil ich keine andere Wahl hatte.»

Ich schluckte. Ich fand es einfach erstaunlich, daß sie da vor mir saß. Aus Fels gemeißelt. Die Ecken und Kanten vom Meer rundgeschliffen.

«Sie haben Ihren Sohn nach einem Gärtner genannt, der verschwunden ist», sagte ich, «am gleichen Tag verschwunden ist wie Sie.»

«Es ist nichts Ungewöhnliches, einen Jungen nach seinem Vater zu nennen.» Ich meinte, sie lächeln zu sehen, aber es konnte auch sein, daß mir das Licht einen Streich spielte. «Da ich den Mann getötet habe, mußte wenigstens das sein.»

Wenn sie den Gärtner umgebracht hatte, war das etwas, das die Schweigegelder wert war, das die Bestechung MacAvoys wert war, das es wert war, Heather Foleys zeitlich genau passenden Unfall auszunutzen.

Eine lange Pause trat ein. Wellen brachen sich am felsigen Ufer, rollten wieder in den Dunst zurück. Sie murmelte: «‹Eingesperrt für das, was man dir antat, um wieviel schlimmer noch als eingesperrt für das, was man getan hat, was man getan hat, was man getan hat.›» Sie schüttelte den Kopf, bestürzt, als wäre ihr gerade klargeworden, daß sie laut gesprochen hatte. «Entschuldigen Sie. Susan hat keine Poesie. Susan spricht normal.»

Spricht Susan auch die Wahrheit?

«Haben Sie einen Schlüssel zum Haus?» fragte ich.

«Nein.»

«Kennen Sie eine Möglichkeit hineinzukommen?»

«Warum?»

Ich wollte nicht, daß sie auf einem Fels am Meer saß. Ich hatte bereits ein Leben an den Atlantik verloren.

«Ich wollte ihn nicht umbringen», sagte sie. «Ich habe für seinen Tod mit meinem Talent bezahlt. Ich habe bezahlt.»

Ich war mir nicht sicher, ob sie von Manley sprach oder von Alonso Nueves, dem Gärtner. Alonso, der kubanische Tagelöhner an Avon Hill, der romantisch verklärte Traummann in der Westoner Heilanstalt. Der Mann auf Beryls geheiligtem Foto. Vielleicht ihr Liebhaber, auch ihrer.

Was hätte ein Mann in Franklin Camerons Stellung gedacht? Getan? Seine feinen Töchter und der Gärtner?

«Unterhalten wir uns in dem großen Haus weiter», sagte ich freundlich. «Ist Ihnen nicht kalt?»

«Kalt? Nein.» Sie verschränkte die Arme und rieb sie mit den Händen, eine Bewegung, die sie Lügen strafte. «Ich gehe nicht in das Haus.»

«Warum nicht?»

«Warum sollte ich? Trauen Sie mir nicht?» Wieder das schattenhafte Lächeln.

«Wobei?»

«Bei meinem Leben, meinem Leben, meinem Leben.»

Ihre Wortspielereien ärgerten mich allmählich. Ich sagte: «Sie spielen um Alonsos Leben, nicht wahr? Das Leben Ihres Sohnes.»

«Können Sie mich verhaften?»

«Als Bürgerin dieses Staates habe ich das Recht, Sie vorläufig festzunehmen und zur nächsten Polizeiwache zu bringen. Ich kann Ihnen nur den guten Rat geben, sich einen Anwalt zu nehmen. Hoffentlich haben Sie sich alle Einzelheiten zu Manleys Tod gut zurechtgelegt. Hoffentlich haben Sie einen Augenzeugen.»

«Warum?»

«Weil Ihr Junge an diesem Strandabschnitt gesehen worden ist. Sein Motorrad war in der Hütte.»

«Zufall», sagte sie geringschätzig.

«Aber ziemlich beweiskräftig», sagte ich. «Und ich hoffe, Sie haben auch Beweise für Alonso Nueves. Ich kenne nämlich den Beamten, der damit befaßt ist, und er wird mehr haben wollen als Ihr großes Ehrenwort, daß Freund Alonso an dem betreffenden Tag nicht einfach davongewandert ist.»

Sie starrte zu dem großen Haus hinüber, und ihre Lippen bewegten sich. Worte waren nicht zu hören.

«Was ist?» fragte ich.

«War es die ganze Zeit zu? Hat es jetzt eine Alarmanlage?»

«Es ist dichtgemacht worden, als Sie verschwunden sind. Ich weiß nichts von Sicherheitsvorrichtungen, aber ich könnte mir das Anwesen daraufhin mal ansehen.»

«Wenn wir reinkommen, kann ich Ihnen Beweise liefern», sagte sie.

«Aber Sie haben keinen Schlüssel.»

«Es gab eine Möglichkeit, ein Fenster, wo der Rahmen etwas locker war. Als Kinder sind wir da durchgekrochen, landeten in einem Spülbecken, so daß wir uns nie weh getan haben.»

«Zeigen Sie's mir», sagte ich. «Pix?»

Keine Antwort.

Ich hatte sie angewiesen, sich nicht von der Stelle zu rühren.

Aber sie war weg. Sie konnte mir nicht dabei helfen, Werkzeug heranzuschaffen, ein Brecheisen aus dem Kofferraum zu holen.

Zuerst prüfte ich, ob es am Haus Anzeichen für eine Alarmanlage gab. Fast jeder hat heutzutage so etwas, kleine leuchtende Tasten neben der Tür, rote und grüne Lämpchen. Die Camerons, Gott segne sie, hatten die Sorte installiert, die ich am besten kannte.

«Wenn wir nicht besonderes Pech haben und genau dies Fenster verkabelt ist, müßten wir es schaffen.» Ich gab mich optimistisch. Wenn ich ein schönes Anwesen am Meer dichtgemacht hätte, hätte ich große Nägel durch die Fensterrahmen im Erdgeschoß getrieben.

Die Reichen sind anders. Sobald Thea mir das Fenster gezeigt hatte, eine von vierzehn genau gleichen Öffnungen, lief alles wie am Schnürchen. Sie half mir, das Fliegengitter zu entfernen. Ihre Fingernägel waren kurzgeschnitten und unlackiert. Genauso einfach wie ihre Kleidung. Sie bewegte sich wie im Traum. Ich behielt sie im Auge.

«Der Riegel ist kaputt. Die obere Fensterhälfte müßte sich leicht nach unten schieben lassen», sagte sie. «Wir müssen vielleicht ein bißchen dagegenklopfen oder so was.»

Öl wäre gut gewesen. Ein Hammer, ein Schraubenzieher.

Während ich noch daran dachte, was uns alles fehlte, rutschte die obere Fensterkante kreischend gut dreißig Zentimeter hinunter.

«Sie zuerst», befahl ich Thea. «Machen Sie mir Platz, aber laufen Sie nicht rum. Wenn Sie ein rotes Lämpchen an einer Wand sehen, dann laufen Sie auf keinen Fall – ich wiederhole: auf gar keinen Fall! – davor her.»

Ihr Gesicht wurde noch blasser. «Lassen Sie mich bloß nicht hier allein», sagte sie.

«Je eher Sie hineinklettern, um so eher folge ich Ihnen.»

Sie zog ihre Sandalen aus wie eine alte Einbrecherin. Sie stieg rückwärts ein, mit den Füßen zuerst.

Glauben Sie nicht, daß ich kein mulmiges Gefühl hatte, als ich ihr folgte. Zum ersten Mal beneidete ich Leute, die ein Handy besaßen. Ich hätte Mooney anrufen und seinen bissigen Rat einholen können. Es gefiel mir nicht, mit einer geständigen Mörderin in ein unbeleuchtetes Erdgeschoß zu kriechen.

Aber, verdammt noch mal, ich wollte herausbekommen, was Thea dort vor so langer Zeit versteckt hatte.

Mit dem Kopf zuerst? Mit den Füßen zuerst? Ich folgte Theas Beispiel.

Manchmal verwandeln sich die riskantesten Unternehmungen in Sekundenschnelle ins Lächerliche. Drinnen knipste ich meine Taschenlampe an und entdeckte, daß Thea und ich in einer großen alten Doppelspüle hockten, jeweils eine Frau in einem Becken. Wir wechselten Blicke, ich voller Sarkasmus. Das sah nicht nach einer Räuberhöhle aus. Aber Theas Augen lächelten nicht. Sie starrten leer in das Zimmer. Ich hielt meine Taschenlampe hoch. Als sie den riesigen weißen Tiefkühlschrank sah, rang sie nach Luft.

«Sie werden schon sehen», sagte sie und begann sich aufzurichten.

«Warten Sie», sagte ich.

«Warum? Sie haben mich hier reingelockt. Ich will so schnell wie möglich wieder raus.»

«Wenn Sie den vierstelligen Code nicht kennen, müssen wir unter dem Bewegungsmelder herkriechen. Sehen Sie das rote Licht auf der linken Wand? Es liegt zwischen uns und dem Tiefkühlschrank. Wenn Sie dahin wollen, müssen Sie kriechen.»

«Und was ist, wenn wir –»

«Alarm auslösen? Dann haben Sie die Wahl – entweder geben Sie sich als Mitglied der Familie zu erkennen, oder Sie rennen wie der Teufel.»

«Toll», murmelte sie.

«Ich glaube nicht, daß es so weit kommen muß», sagte ich beschwichtigend und stieg aus dem gottlob trockenen Spülbecken. «Ich habe diese Alarmanlage schon einmal gesehen. Um sie auszulösen, muß man ziemlich genau durch eine Lichtschranke gehen, und die ist nicht besonders breit. Sie müssen Ihrer Familie sagen, daß sie nachrüsten sollte.»

Der Fußboden bestand aus Holzdielen. Schwere, dicke Dielen, glattgetreten und dick mit Staub bedeckt.

«Runter mit dem Po», zischte ich, während wir unter der Lichtschranke durchkrochen, Thea im Krabbelstil, ich im Armeestil auf Händen und Ellbogen robbend.

«Gut», sagte ich. «Hoch.»

Thea sagte: «Ist der abgeschlossen? Der Tiefkühlschrank?»

«Falls ja, haben Sie hoffentlich einen Schlüssel.»

«Ziehen Sie mal an der Tür», sagte sie unwirsch und sah weg.

«Was ist denn drin?»

«Was immer von einem Mann nach vierundzwanzig Jahren Aufenthalt in einem Tiefkühlschrank noch übrig ist», sagte sie energisch. Dann schluckte sie.

Ich ging davon aus, daß die Tür abgeschlossen war, und zog nur halbherzig daran. Sie öffnete sich. Nichts fiel heraus. Der Lichtstrahl meiner Taschenlampe fiel auf Plastikpakete mit der Beschriftung «Rippchen». Speiseeis in Kartons. Gefrorene Limonade in gelben Dosen.

«Nun?» sagte sie.

«Sehen Sie selbst», sagte ich. «Ich glaube, Sie werden nichts allzu Schreckliches darin finden.»

Ich irrte mich.

«O mein Gott», sagte sie. «Wo kann er bloß sein? Vielleicht haben sie ihn irgendwo auf dem Gelände begraben oder mit einem Strick ins Meer hineingezogen.»

«Das glaube ich kaum, Thea.»

«Susan», verbesserte sie mich automatisch, obwohl immer noch entsetzt über den Inhalt des Tiefkühlschrankes.

«Susan.»

«Jetzt werden sie mir nie glauben.»

«Was heißt ‹sie›?»

«Die Polizei.»

«Ich meine die anderen ‹sie›. Diejenigen, die die Leiche entfernt haben.»

«Das geht Sie nichts an», sagte sie.

49

Ich versuchte, auf dem Weg zum Auto zurück Pix zu finden. Vergeblich.

Ich drängte Thea / Susan den ganzen Weg bis South Boston, mir alles zu erzählen. *Nada.*

Ich führte sie durch die Vordertür der Polizeiwache D. Bis auf den Hut hatte sie keine Tarnung. Keine Kameras da. Wer würde sie schon mit einer Frau in Verbindung bringen, die seit 24 Jahren tot war? Unter den grellen Neonröhren konnte ich die Falten sehen, die das Alter ihr gebracht hatte. Sie hielt sich wunderbar aufrecht und ging gemessenen Schrittes, durchdrungen von der Passivität einer Statue. Mir kam sie wie eine Gestalt aus einer griechischen Tragödie vor – alle Rollen sind ausgespielt, alle Omen gedeutet, alle Handlung schlägt den Bogen zum Anfang zurück. Klytämnestra, die den schicksalhaften Schlag ausgeteilt hat, wartet, wartet, wartet auf Orest.

Keine Wahl, keine Wahl, alles bei ihr schien ein Echo zu haben. Keine Wahl. Ich bin meinen Weg gegangen. Ich bin ihn ganz gegangen. Er hat mich hierher geführt. Unweigerlich hierher.

Ich wünschte mit aller Kraft, sie würde wegrennen, sich auflehnen, fluchen, irgend etwas tun, bloß nicht so gehen wie ein Schaf zur Schlachtbank.

Thea Janis, das Wunderkind, die heimgekehrte Ausreißerin, marschierte in den Vernehmungsraum und maß Mooney mit einem einzigen kühlen Blick, bevor sie auf einen Stuhl sank. Sie trommelte mit der Fußspitze, während ich Mooney auf den neuesten Stand brachte.

«Wollen Sie sich mit einem Anwalt beraten?» fragte er sofort.

«Wo ist mein Sohn?»

«Wollen Sie einen Anwalt? Sie können Ihren eigenen nehmen, oder wir stellen Ihnen einen.»

«Nein.»

«Sind Sie sich dessen bewußt, daß alles, was Sie sagen, vor Gericht gegen Sie verwendet werden kann?»

«Ich rechne fest damit.»

«Sie nehmen Ihr Recht auf einen Anwalt nicht wahr?»

«Ich nehme überhaupt kein Recht wahr. Ich habe zwei Männer getötet. Ich möchte mein Gewissen, meine Seele erleichtern.»

«Gewissen» und «Seele» waren Mooney unangenehm. Das sah ich mit einem Blick.

«Kann eine Beamtin sie durchsuchen?» fragte ich leise.

«Warum?»

«Mooney, ich will nicht, daß heute nacht noch irgend etwas passiert. Sie könnte ein Messer bei sich haben, Tabletten, eine Waffe.»

«Du hast sie auf dem Weg hierher nicht durchsucht?»

«Ich wollte ganz vorschriftsmäßig vorgehen.»

«Na schön.»

Während wir auf die Beamtin warteten, wühlte Mooney einen Stapel Papier durch. Ich warf einen Blick darauf. MacAvoys spinnwebartige Handschrift war mir aus Theas Akte bekannt. Seite um Seite in MacAvoys Schrift flatterte vorbei. Hatte er ein geheimes Vermächtnis abgefaßt?

Thea wollte gleich loslegen. «Lassen Sie jemanden mitstenographieren, oder nehmen Sie mich auf Band auf?»

«Sie sollten sich einen Anwalt nehmen», sagte Mooney.

«Da bin ich anderer Meinung. Ich habe am 8. April 1971 Alonso Nueves getötet. Das ist der Tag, an dem Thea starb. Ich erinnere mich gut daran.»

Mooney schaltete das Bandgerät ein, gab seinen und meinen Namen, Datum und Uhrzeit an. Für die Bandaufnahme wiederholte er seine Frage, ob sie nicht einen Anwalt nehmen wolle, noch einmal. Thea blieb bei ihrem Entschluß, ohne Rechtsbeistand auszukommen.

Bevor sie anfing, sah sie mit Wohlgefallen das Kassettengerät an, eine echte Erzählerin.

«Mein Name ist Dorothy Cameron. Ich habe einmal unter dem Pseudonym Thea Janis ein Buch geschrieben. Thea ist die Kurzform meines eigenen Namens Dorothea, aber Janis habe ich wegen des Doppellebens gewählt, das ich damals bereits führte. Der Name erwies sich als prophetisch. Ich habe die vergangenen vierundzwanzig Jahre als ‹Susan Gordon› gelebt. Ich glaube, diesen Namen habe ich erfunden, obwohl ich als Kind vielleicht eine Suzanne Gordon kannte. Das weiß ich nicht mehr.»

«Möchten Sie etwas essen oder trinken?» fragte Mooney.

«Nein. Am 8. April 1971 habe ich mich mit Alonso gestritten. Er war ein traditionsbewußter Mann, ein älterer Mann. Er meinte, mich zu besitzen. Er wußte nicht, daß ich mich auch mit anderen traf, mit anderen schlief. Er glaubte, ich wäre unerfahren, weil ich so jung war. Ich war jedoch alles andere als unerfahren.

Ich sagte ihm, daß ich schwanger sei und vorhätte, das Kind abzutreiben, weil ich nicht sicher wüßte, wer der Vater sei. Zuerst glaubte er mir nicht. Ich zeigte ihm den Koffer, den ich gepackt hatte. Meine Terminabsprache mit dem Arzt. Erzählte ihm, wie ich meine Familie an der Nase herumgeführt hatte, um Zeit für mich herauszuschinden, wenigstens eine Nacht fern von zu Hause, um mich zu erholen.

Er drehte durch. Er schlug mich. Eigentlich verrückt: Er verprügelte mich so, daß er genau das hätte auslösen können, was er unbedingt verhindern wollte, aber so ist es eben, die Menschen sind meines Erachtens unvoraussagbar, bis auf die, über die ich schreibe, die Figuren, die nur in meinem Kopf existieren. Er schlug mich, und ich schlug zurück, was ihn überraschte. Ich glaube, wir waren beide schockiert. Wir waren in dem Treibhaus hinter dem Anwesen in Dover. Ich hatte ihn in Avon Hill kennengelernt. Ich habe ihm geholfen, eine Stelle bei der Westoner Klinik zu bekommen, als er in Avon Hill in Schwierigkeiten geriet. Daran war ich schuld, müssen Sie wissen. Er hatte ein Verhältnis mit einer minderjährigen Schülerin. Das war ich. Ich hatte gewisse Verbindungen. Davon habe ich Gebrauch gemacht, aber ich habe mich weiterhin mit ihm getroffen und mich noch mit anderen Jungen und Männern eingelassen. Lehrern. Gärtnern. Psychiatern.»

«Zum Beispiel Dr. Manley?» fragte ich.

«Dr. Manley nie», sagte sie. «Jedenfalls nicht so. Bitte unterbrechen Sie mich nicht. Ich habe wohl gedacht, daß die Jungs mir etwas beibringen könnten. Ich wollte so viel lernen. Jeder Junge, jeder Mann, mit dem ich geschlafen habe, war anders, diskret, rüde, zaghaft, stolz. Besorgt, ich würde vielleicht nicht befriedigt sein. Sicher, daß ich um mehr betteln würde. Und doch waren sie im Augenblick höchster Leidenschaft alle gleich. Erleichert. Wehrlos. Ich dachte mir, ich könnte sie genauestens studieren und alles nur Erdenkliche lernen. Ich analysierte alles, behielt die Kontrolle. Ich war nicht leidenschaftlich. Ich betrachtete es als Arbeit, als Lernprozeß. Ich hielt mich keineswegs für leichtfertig, zügellos und verrucht. Ich war ein Aufnahmegerät, eine Kamera, eine Schriftstellerin.

Ich wußte, daß Alonso mir nicht treu war. Er hatte davon

erzählt, daß er Mädchen in der Klinik verführt hatte und wie einfach es war. Vielleicht sogar meine eigene Schwester, die manchmal über Nacht dort blieb, damals schon. Als ihm die Klinik kündigte, habe ich es so eingerichtet, daß Alonso in die leere Wohnung über unserer Garage ziehen konnte, ohne Papa etwas davon zu sagen. Das war äußerst angenehm. Ich hatte das Gefühl, eine Menge für ihn getan zu haben.

Als Alonso mich schlug, ist etwas in mir zerbrochen. Anders kann ich es nicht beschreiben. Eine Welle von Wut stieg in mir auf, ein Riß tat sich im Universum auf und füllte sich mit Blut und Schmutz und Nebel. Ich war noch nie geschlagen worden. Nie. Beim Sex war es gelegentlich hart hergegangen, ja, aber nach dem ersten Mal hatte ich immer gewußt, was kommen würde. Seine Gewalttätigkeit setzte mich in Erstaunen, erschreckte mich. Es standen Geräte in dem Treibhaus herum, und ich schlug mit einer Maurerkelle, mit allem, was ich in die Finger bekam, auf ihn ein, aber besonders die Kelle ist mir in Erinnerung. Sie war scharfkantig, dreieckig. Er bewegte sich nicht mehr. Ich schlug weiter auf ihn ein. Dann wußte ich, daß ich ihn umgebracht hatte – und daß mein Vater nie Senator Cameron sein und meine Mutter mir nie vergeben würde. Und mir schien es, als sei es eine größere Sünde, meine Mutter und meinen Vater von ihren ehrgeizigen Zielen abzuhalten, als Alonso zu töten, der mich geschlagen hatte. Er hatte mich geschlagen.»

Sie schien wieder wütend und außer sich zu sein.

Mooney stellte das Kassettengerät aus.

«Was machen Sie da? Ich habe noch mehr zu erzählen.»

«Ich muß eine neue Kassette einlegen.»

«Ich möchte jetzt über Manley sprechen. Er hätte mir damals, vor so vielen Jahren, helfen müssen, aber ihm war nur darum zu tun, sich an meine Mutter heranzumachen, meine

Mutter zu verführen und zu vögeln. Beryl und ich waren ihm völlig egal. Es tut mir nicht leid, Drew Manley ermordet zu haben.»

«Ein technisches Problem», sagte Mooney trocken. «Keine Angst, wir lassen Sie nach Herzenslust weitergestehen. Carlotta, kannst du mal eben mit rauskommen?»

«Darf ich weitererzählen?» fragte Thea fast verzweifelt, als sei der Klang ihrer Stimme das Wichtigste im Universum, als ob sie, wenn sie einmal angefangen hatte, nicht mehr aufhören könnte. Sie griff nach dem Recorder. «Vielleicht ist noch ein bißchen Platz auf diesem Band.»

«Nur zu», sagte Mooney achselzuckend. «Da. Da haben Sie Papier. Warum schreiben Sie nicht auf, was Sie zu sagen haben?»

Thea war offensichtlich dankbar, aber ich wußte, daß etwas nicht stimmte. Das war eindeutig nicht die Art und Weise, wie ein Verhör abläuft.

«Was ist los, Moon?» fragte ich, sobald er die schallsichere Tür zugemacht hatte.

«MacAvoy hat einen ganzen Koffer voll Papier bei sich zu Hause hinterlassen. Auf dem Speicher. Hat sich auch in der Rolle des Schriftstellers gefallen, eines True-Crime-Autors, eines neuen Joe McGinnis, wer weiß.»

«Glaubst du ihr?»

«Ich weiß nicht mehr, was ich glauben soll. Laut MacAvoy wurde Alonso Nueves erdrosselt. Und übel zugerichtet. Aber als Todesursache gibt MacAvoy Tod durch Erdrosseln an.»

«Ist eine Autopsie vorgenommen worden? Ich verstehe das nicht.»

«Keine Autopsie», sagte Mooney. «Bloße Beobachtung.»

«Beobachtungen eines Toten», sagte ich.

«Sehr viel wert», bemerkte Mooney feixend.

Ich sagte: «Man könnte ja noch eine Autopsie vornehmen.»

«Wie denn?» fragte er.

«Thea könnte uns da weiterhelfen», sagte ich.

«Aha. Dann fragen wir doch mal die Tote», sagte er.

Ich starrte ihn an, fragte mich, wie er meine Gedanken hatte lesen können. Zum ersten Mal war sie für mich die Tote gewesen. Nicht Thea, die lebenssprühende Vierzehnjährige, der kollektive feuchte Traum von Avon Hill. Ich mußte an Hautzellen denken und daran, wie schnell wir sie verlieren und erneuern. Ich mußte an Schlangen denken, die sich häuten und ihre alte Haut zurücklassen. Ich mußte daran denken, wie ich selbst mit vierzehn, fünfzehn gewesen war.

War noch irgend etwas aus jener Zeit in mir lebendig?

Ein Rest von Thea?

Vielleicht beim jungen Alonso. Wo immer er sein mochte.

50

Früher einmal spielten Mooney und ich zusammen ein Spiel, das «guter Polizist, böser Polizist» hieß. Zuerst hatten wir uns dabei abgewechselt, und jeder war mal süß, mal sauer, aber schon bald war klar, daß mir die Rolle des Bösewichts zukam. Irgend etwas an Mooneys Sängerknabengesicht machte ihn ganz von selbst zum guten Jungen.

Da sie mich jedoch schon kannte und Grund hatte, mir zu vertrauen, fand Mooney, daß ich die Rolle des «guten Polizisten» spielen sollte.

Ich fühlte mich fehlbesetzt.

«Tut mir leid», informierte Mooney sie schroff, als wir wieder ins Vernehmungszimmer kamen, «aber so läuft das nicht. Ich habe keine Zeit zu vertrödeln! Geständnisse! Himmel, man braucht sich wahrhaftig nicht zu schämen, wenn man versucht, sein Kind zu retten. Ich bin sicher, daß wir alle dem eigenen Kind den Weg ebnen würden, wenn wir könnten. Aber Ihr Junge ist zu weit gegangen, viel zu weit.»

Er fing an, Stifte, Notizbücher und Kassettenrecorder aufzuräumen, als hätte er es eilig, nach Hause zu kommen.

«Aber ich habe Andrew Manley umgebracht», sagte sie und setzte sich kerzengerade hin. «Sie haben die Einzelheiten noch nicht gehört, ich habe ja noch nichts erklärt.»

«Sehen Sie's mal so», sagte Mooney grob. «Meiner Meinung nach sind Sie ungefähr so glaubwürdig wie die Frau, die jahrelang behauptet hat, Anastasia zu sein, die Tochter dieses dämlichen russischen Zaren. Hat davon gequasselt, bis sie gestorben ist – daß man ihr das Geburtsrecht gestohlen hätte –, und dann haben ein paar Gerichtsmediziner einen Gentest gemacht, und was glauben Sie? Alles erstunken und erlogen. Sie sollten sich über eins im klaren sein: Wenn Sie schwindeln, finden wir's heraus.»

«Ich weiß.»

«Sie halten hartnäckig daran fest, was?» fragte Mooney voller Spott, durch und durch der «böse Polizist».

«Mooney», sagte ich, ganz die Vernünftige. «Dr. Manley hat mir vor seinem Tod eine Tüte voll Zeug über das Thema Wiedererinnerung gebracht. Ich hab darin gelesen, und glaub mir, nach vierundzwanzig Jahren kann sie in einigen Details von der Realität abweichen.»

«Details!» schnaubte Mooney.

«Was meint er?» fragte Thea.

Ich fuhr fort, als wäre ich nicht unterbrochen worden. «Sie könnte fest davon überzeugt sein, mit einer Maurerkelle zugeschlagen zu haben. So lange damit auf den Mann eingeschlagen zu haben, bis er verblutet ist. Sie kann die Erdrosselung Nueves aus ihrer Erinnerung ausgeblendet haben –»

«Was soll das heißen, die Erdrosselung? Wer hat Ihnen denn das erzählt? Er war groß. Ich hätte meine Hände gar nicht um seinen Hals legen können. Ich hätte ihn beileibe nicht mit den Händen erwürgen können.» Thea war aufgestanden und klammerte sich an der Tischkante fest, um nicht umzufallen. Sie sprach schneller: «Ich habe nie mit Dr. Manley über diese Erinnerungen gesprochen, jedenfalls nicht über die Erinnerung an meine Tat. Ich habe nie vergessen, wie ich Alonso getötet habe, keine Sekunde lang, keine noch so kleine Einzelheit. Und das werde ich auch nie. Ich höre förmlich noch das Rasseln in seiner Kehle. Ich sehe das Blut noch vor mir –»

«Beweisen Sie's», sagte Mooney verächtlich.

«Kann ich nicht», murmelte sie und starrte mich an, als könnte ich ihr helfen, wenn ich nur wollte.

«Wenn wir seine Leiche hätten», sagte ich vorsichtig, «könnte man Tests machen lassen, selbst jetzt noch, und feststellen, wie er gestorben ist.»

«Wir haben aber keine Leiche», sagte Mooney zu mir und sprach so langsam wie zu einem Kind. «Und wir werden auch keine reinbekommen, kapiert? Dieser Nueves hat sich verdünnisiert, der kann sonstwo sein. Sie will mit ihm ihre Glaubwürdigkeit beweisen, damit wir ihr die Aussage abnehmen, daß sie den Psychiater ermordet hat, nur um ihrem Sohn aus der Patsche zu kriegen. Aber dazu ist es zu spät. Ihr Junge war am Tatort –»

Sie musterte ihn langsam von Kopf bis Fuß. Dann sagte sie mit eisiger Stimme: «Was wollen Sie eigentlich?»

«Wie meinen Sie das?» fragte Mooney zurück.

«Ich habe ziemlich feine Antennen», sagte sie mit leichter Schärfe in der Stimme. «Nachdem Sie beide von Ihrer Unterredung auf dem Gang wieder hereingekommen sind, benehmen Sie sich anders. Sie haben offensichtlich etwas vor. Sie wollen etwas von mir. Hören Sie mit diesem Quatsch auf, und reden Sie offen mit mir.»

Mooney zog eine Augenbraue hoch und starrte mich an. Wir mußten schlechter gespielt haben, als ich dachte. Andererseits kam es äußerst selten vor, daß ein Ganove, der auch nur halb so scharfsichtig war wie Thea Janis, hier verhört wurde.

Nach einer Pause sagte ich einlenkend: «Sie sollen eine Exhumierung für uns beantragen, ein entsprechendes Formular unterzeichnen.»

«Und wen, bitte sehr, möchten Sie gern ausgraben?»

«Dorothy Cameron», sagte ich, «alias Thea Janis.»

«Das würde meine Familie in helle Aufregung stürzen –

und ich will nicht, daß sie von mir hören, verstehen Sie? Wieso sollte mir das helfen?»

Ich sagte: «Es könnte Ihrem Sohn helfen.»

Während sie darüber nachdachte, konnte ich buchstäblich hören, wie sich bei ihr die Zahnräder drehten. Ohne die entstellende braungeränderte Brille waren ihre Augen riesig. Wie konnte sie es nur über sich bringen, sie Tag für Tag zu tragen wie ein Rennpferd Scheuklappen?

«Wo soll ich unterschreiben?» fragte sie.

Mooney winkte mir, ihm rasch aus dem Zimmer zu folgen.

«Keine Tricks mehr», hörte ich Thea noch sagen, als er die Tür hinter uns schloß.

«Ich muß erst eine richterliche Genehmigung haben», sagte Moon schnell. «Heute nacht können wir nicht mehr ans Ausbuddeln gehen.»

«Weiß ich.»

«Wo stecken wir sie hin?» sagte er. «Wenn ich sie verhafte, wird mir die Presse in den Ohren liegen, das Fernsehen. Kannst du sie mitnehmen?»

«Auf keinen Fall. Schließlich ist schon jemand in mein Haus eingebrochen und hat ihren Schreibblock gesucht.»

«Wer?»

«Vielleicht ihr Sohn. Vielleicht Manleys Mörder.»

«Das heißt, du glaubst nicht, daß es sich um ein und dieselbe Person handelt.»

«Egal, jedenfalls kommt sie nicht mit zu mir. Wie steht's denn mit dir? Deine Mutter wäre doch entzückt über die Gesellschaft!»

«Das soll wohl ein Witz sein, was? Wie wär's mit Gloria?»

«Nein», sagte ich, «Gloria ist noch nicht auf Gäste eingerichtet. Wir könnten sie in ein Hotel bringen.»

«Sicher», sagte er, «und wer bezahlt das? Und wieso meinst du, daß sie nicht gleich zur Tür hinaustanzt?»

«Hast du kein Spesenkonto für den Schutz von Kronzeugen? Könntest du ihr keinen Bewacher mitgeben?»

«Kein Spesenkonto, kein Extramann», sagte er. «Komm schon, Carlotta, wenn sie dein Haus schon probiert haben, könnte es der sicherste Ort sein. Roz kann auf sie aufpassen.»

«Ich dachte, du machtest dir Sorgen um einen Mafia-Killer, der es auf mein Leben abgesehen hat», sagte ich. «Hast du keine Angst, daß sie was abkriegen könnte?»

«Ach, das», sagte er gelassen, «war eine Ente, wie du schon vermutet hast. Irgendein Heini, der damit angeben wollte.»

So wurde Dorothy Cameron mein Gast. Die Unterbringung entsprach zweifellos nicht dem, woran «Thea Janis» einst gewöhnt war, aber «Susan Gordon» kam auch mit weniger Luxus aus.

51

Mooney traute ihr nicht über den Weg. Er beschattete uns in einem Zivilfahrzeug bis zu meinem Haus. Ich rechnete halb damit, daß sie an einer Ampel einen Fluchtversuch machen würde, aber sie rührte sich nicht. Ich bezweifle, daß sie unsere Eskorte überhaupt bemerkte.

«Haben Sie noch ein zweites Auto?» fragte sie. Einfach so, als mache sie Umfragen für das statistische Amt.

«Nein», sagte ich. «Und dieses bekommen Sie nicht. Wenn Sie jemanden besuchen möchten, fahre ich Sie hin.»

Ich nahm mir vor, Gloria anzurufen, daß ohne mein Wissen niemand per Taxi von meinem Haus abgeholt werden dürfte.

Die Zeit verging. Ich schaltete weder das Radio noch das Kassettengerät an. Sie sollte plaudern können, wenn ihr danach zumute war. Manche Leute halten Stille nicht aus. Thea gehörte nicht zu ihnen.

Stunden schienen verstrichen zu sein, als sie endlich fragte: «Hat Drew Manley wirklich mit Ihnen über das Thema Wiedererinnerung gesprochen?»

«Ja.»

«Warum?»

«Das weiß ich nicht. Er schien selbst unschlüssig zu sein. Er wollte irgendwie reden, aber dann ist er weggerannt. Ich glaube, es war ihm sehr wichtig, nur wußte er nicht, wo er anfangen sollte.»

Sie rang die Hände auf dem Schoß.

«Warum ist Ihnen das Thema denn wichtig, Thea?»

«Wer sagt denn, daß es das ist?» fragte sie gereizt.

Danach war nur noch der Motor zu hören, der ein wenig holperte und beim Anhalten vor roten Ampeln auf Hochtouren lief. Zeit für die Inspektion.

«Er hat es vielleicht nicht verdient zu sterben», sagte sie acht Minuten später.

Während der übrigen Fahrt, ich mochte fragen, was ich wollte, hielt sie das Schweigen aufrecht wie einen Schutzschild und starrte geradeaus, als könnte sie den Horizont in dreitausend Meilen Entfernung sehen.

Es gibt jede Menge Zimmer in meinem alten viktorianischen Haus. Wenn mal harte Zeiten kommen, kann ich sie an Harvard-Studenten vermieten. In letzter Zeit ging es recht gut. Ich habe mich daran gewöhnt, nur eine Mieterin zu haben, nämlich Roz.

Ich wählte mit großer Sorgfalt ein Zimmer für Thea aus. Ohne Telefon. Ohne Buchse für ein Telefon. Ohne Türschloß. Ihre Privatsphäre war mir piepegal. Entweder war sie zu erschöpft, um sich aufzuregen, oder sie war über solche Kleinigkeiten erhaben. Die Zimmerfenster boten keine Aussicht auf Bäume, es waren keine Regenrohre daneben und kein Balkon davor. Vielmehr ging es senkrecht hinab zu unwirtlichem Beton eine Etage tiefer. Nicht tief genug, um einen umzubringen, es sei denn, man fiel glücklich. Ihre Handtasche war auf der Wache durchsucht worden, ich brauchte mir also auch keine Sorgen zu machen, daß sie sich – oder mich – nachts erschießen würde.

Ihre Tür öffnete sich, wie die meisten Schlafzimmertüren, nach innen. Sie konnte sich eine Art Verriegelung basteln, wenn sie einen Stuhl unter die Türklinke schob. Ich nicht.

Statt dessen stieg ich mit bösen Ahnungen zum dritten Stock hoch, um Roz zu wecken. Wenn ich sie nun mit Keith

Donovan erwischte … nicht auszudenken, was für ein Ende ein runder Tag nehmen würde.

Sie war zu Hause, schlief, allein. Ein kleines Wunder. Sie schlug die Augen auf und knipste das Licht an, sobald sie meine Schritte hörte. Ich weiß nicht, ob es das Karatetraining ist oder ein angeborener sechster Sinn, niemand kann sich an Roz heranschleichen. Wir trugen zusammen einen ihrer Futons nach unten. Falls Thea Fluchtgedanken hegte, mußte sie erst über ihren Wachhund steigen.

Roz war immerhin so wach, daß sie noch um einen höheren Lohn feilschte. Das hieß für mich, daß sie der Sache gewachsen war.

Es kann höchstens zwei Minuten gedauert haben, da war ich eingeschlafen.

Das Telefon klingelte. Ein Auge noch zugeklebt, rollte ich mich auf die Seite und starrte auf die beleuchtete Anzeige des Weckers. Vier Uhr früh. Das Telefon schrillte wieder los.

Tessa Camerons Sprechweise klang eher unbeholfen als souverän. Ich fragte mich, ob sie getrunken, sich einen Martini nach dem anderen hinter die Binde gegossen hatte, nachdem sie die Nachricht von Drew Manleys Tod gehört hatte. Als ich sie an der Stimme wiedererkannte, erwartete ich fest, daß sie lostoben würde, was ich alles falsch gemacht hätte, daß ich versäumt hätte, ihren Geliebten am Leben zu erhalten.

«Der Entführer», flüsterte sie, was mich verblüffte. «Er hat gerade angerufen. Garnet will das Lösegeld unbedingt allein übergeben. Er will dem FBI nicht sagen, wo die – wie nennen Sie das noch? – die Übergabe stattfinden soll.»

«Aha», sagte ich, bemüht, mich hinzusetzen und dem, was sie sagte, einen Sinn zu entnehmen. Die Fußbodendielen fühlten sich unter meinen nackten Füßen kalt an.

Sie fuhr fort: «Ich habe den Zweithörer genommen, ganz

vorsichtig, zwischen dem Klingeln, wie ich es bei den FBI-Beamten gesehen habe, ich weiß also, wohin Garnet das Geld bringen soll. Sie müssen auch hingehen. Ihn dort treffen. Auf ihn achtgeben.»

«Weiß Garnet das?»

«Nein, natürlich weiß er es nicht! Sie werden für mich hingehen, denn ich habe Sie schließlich bezahlt.»

«Sie haben mich dafür bezahlt, daß ich ein gefälschtes Manuskript finde», protestierte ich.

«Und haben Sie das?»

Ich mußte an die Blöcke denken, die Pix mir beschrieben und die der verschwundene Alonso so vehement verteidigt hatte.

«Ich glaube, ich weiß, wo das Buch ist», sagte ich.

«Gut. Dann bezahle ich Sie auch dafür, daß Garnet nicht zu Schaden kommt.»

«Ist das alles?»

«Wie, alles?»

«Sie engagieren mich nicht, um die Kidnapper zu ergreifen. Sie engagieren mich nicht, um das Lösegeld zurückzubekommen.»

«Nur zum Schutz für meinen Jungen.»

«Wann ist denn das Treffen?»

«In einer Stunde, wir haben folglich keine Zeit mehr zu vertrödeln. Der Anrufer, der Mann mit der Stimme wie ein Computer, weiß, daß Garnet das Geld schon hat. Der Entführer will ihm keine Chance geben, nachzudenken, etwas zu planen.»

«Wo?»

«Unter der Harvard-Brücke. Auf der Bostoner Seite.»

Eine der wenigen Gegenden der Stadt, die auch um fünf Uhr morgens nicht menschenleer ist. Die Charles-River-Promenade erwacht früh zum Leben, dann wimmelt es dort nur so von Dauerläufern, Joggern, Inline-Skatern und Radfahrern, die alle noch schnell ihr Training absolvieren wollen, bevor der Arbeitstag beginnt. Rennen, nach Hause eilen, rasch duschen, ab zur Arbeit. Der Terminplan eines Bostoner Bürgers.

«Ich werde da sein», sagte ich zu Tessa Cameron und legte auf, ehe sie noch irgendwelche Bedingungen an meinen Auftrag knüpfen konnte.

Ich zog schnell Unterwäsche an und versuchte, Jogging-zeug zusammenzustellen, das der feinen Back Bay angemessen war. Ich entschied mich für Grau, das gut mit dem anbrechenden Morgenlicht harmonierte. Meinen ärmellosen Strickpulli konnte ich darüber tragen und meine Waffe im Rücken darunter verbergen.

Ich rief bei Mooney zu Hause an und weckte seine grauenhafte Mutter, die mir erst Drohungen an den Kopf warf, ehe sie einwilligte, ihren Herzensjungen zu wecken.

«Jogginganzug», sagte ich zu Moon. «In einer halben Stunde Ecke Commonwealth und Mass. Avenue.»

«Sonst noch etwas?» fragte er, als hätte ich eine vernünftige Bitte zu einer vernünftigen Zeit geäußert.

«Feldstecher», sagte ich.

52

«Okay», sagte Mooney und imitierte mit Beugen und Strekken genau meine Aufwärmübungen vorm Laufen, «nehmen wir als erstes mal an, daß das FBI überall seine Leute verteilt hat. Die Hälfte der Jogger sind Agenten. Wenn du einen Wetterhelikopter siehst, kannst du sicher sein, daß er voller FBI-Agenten ist.»

«Ich weiß nicht», sagte ich, «laut Tessa hat Garnet sich geweigert, sie zu unterrichten.»

«Warum sollte er ihnen etwas sagen, wenn sie sein Telefon abhören?»

«Tut's dir leid, daß ich dich geweckt habe?» fragte ich.

«Das bringt mich auf eine Frage: Was hältst du von dieser Entführung? Zuerst warst du der Meinung, sie sei echt und Garnet hätte versucht, sie zu vertuschen. Dann warst du der Meinung, sie sei getürkt und würde von Garnet dazu benutzt, Geld zu verschieben. Was meinst du denn jetzt, in diesem Moment?»

«Ich weiß überhaupt nicht mehr, was ich denken soll», sagte ich. Und nachdem ich tief Luft geholt hatte, wiederholte ich: «Tut's dir leid, daß ich dich geweckt habe?»

«Überhaupt nicht. Die Übergabe fällt in meine Zuständigkeit, Nachbarstaaten sind nicht daran beteiligt. Es ist mein Fall.»

«Tun wir uns zusammen?» fragte ich.

Mooney zog eine Augenbraue hoch, um zu zeigen, daß er mich absichtlich mißverstand und eine Zweideutigkeit aus dem heraushörte, was ich sagte, wo gar keine beabsichtigt war. Dann grinste er, und wir joggten in kameradschaftlichem Schweigen den einen kurzen Block zum Fluß und gingen rasch die grün gestrichenen Holzstufen rechts der Brücke hinunter.

«Dein Schweißband finde ich interessant», sagte ich zu ihm. Dabei konnte ich, um ehrlich zu sein, nicht genau erkennen, was es sein sollte; vielleicht war es ein Kinnriemen seiner alten Mutter. Wir hatten uns beide schnell umgezogen und waren losgesaust. Unser Lohn: noch 25 Minuten, bis der Vorhang aufging, wenn Tessa Cameron recht hatte. Ich wollte genug Zeit haben, um nach Möglichkeit Zivilisten und Beamte auseinanderhalten zu können.

«Kein einziger FBI-Knilch», sagte Mooney leise. «Ich erkenne jedenfalls keine Seele. Vielleicht hat der Kidnapper eine Art Code benutzt.»

«Einen Code, den das FBI nicht hätte knacken können? Na hör mal!»

Ein Radfahrer sauste vorbei auf einem blauen Diamond-Back, das so glänzte, als käme es frisch aus dem Laden.

«Etwas Privates», sagte Mooney. «Zum Beispiel könnte der Entführer mit Marissa gesprochen haben, die dann zu Garnet gesagt hat: Bring das Geld dahin, wo wir uns bei unserer zweiten Verabredung getroffen haben.»

«Und das würde *Tessa* wissen? Garnet hätte seiner Mutter erzählt, wo er sich mit seinem Mädchen trifft?» sagte ich.

«Laß das Spotten», sagte Mooney. «Vielleicht hat die werte Mama den Chauffeur ausgequetscht oder seinen Kammerdiener. Oder seine Kinderfrau.»

«Er ist zweiundvierzig», sagte ich. Mooney beschleunigte seine Schritte.

Es ging immer noch leicht, obwohl das Laufen nicht gerade mein Sport ist. Aber Volleyball und Schwimmen verhelfen mir zu einer guten Kondition. Nicht daß ich mich sehr wohl gefühlt hätte. Meine Waffe schlug ständig auf und ab. Und das Fernglas klatschte mir dauernd gegen die Brust.

Ich sah immer wieder auf die Uhr.

«Glaubst du, daß der Entführer auftaucht?» fragte ich Mooney.

«Entführer sind hinter dem Geld her», erwiderte Moon. «Das predigt das FBI immer. Andererseits geraten Entführer sehr schnell in Panik, und wenn sie Angst haben, morden sie auch. Deshalb wollen wir den Entführer identifizieren, wollen ihm folgen, wenn möglich. Aber wir wollen uns nicht mit ihm anlegen.»

«Alles klar.»

«Das hoffe ich auch, Carlotta, denn wer die Kohle abholt, ist unter Umständen nur ein Laufbursche, jemand, der zwanzig Grüne dafür bekommen hat, eine Tasche von A nach B zu bringen. Wenn wir ihn schnappen, ist alles umsonst, und der Kidnapper tötete Marissa.»

«Und dann werden wir bei Sonnenaufgang vom FBI abgeknallt.»

«Sie brauchen nicht mehr lange zu warten», sagte Moon. «Tss, habe ich einen Durst!»

«Vielleicht ist der Baum dort günstig für uns. Ein guter Ausgangspunkt. Gut zum Klettern.» Es gibt nicht gerade viele ausladende Bäume an der Esplanade. Meist nur spindeldürre japanische Kirschen, von Bostons Partnerstadt Osaka gespendet und als Geste des guten Willens gepflanzt. Hübsch anzusehen, aber zu jung, um hinaufzuklettern, zu niedrig und zuwenig Laub als Deckung.

«Ich klettere nicht auf Bäume», sagte Mooney.

«Ich aber.»

«Na schön.»

«Oh, Mooney», sagte ich und setzte mein Fernglas an die

Augen wie ein Vogelkundler, «sieh doch nur diese herrliche Grasmücke mit der blauen Kehle!»

Eine Blondine mit vollen Brüsten und einem königsblauen Tuch um den Hals kam gerade auf Inline-Skates vorbei. Das Halstuch paßte zu ihrem schaukelnden Bikinioberteil.

«Meinst du, sie ist vom FBI?» fragte ich.

«Willst du nun hochklettern, oder willst du Kommentare über andere Passanten abgeben?»

«Ich hätte besser Grün tragen sollen», sagte ich, «passend zum Baum.»

«Schscht. Ich hör mal den Funk ab.»

Ich fragte mich, wen Mooney bestochen haben mochte, um die Frequenz des FBI herauszubekommen.

«Totenstille», sagte er. «Da stimmt was nicht.»

«Vielleicht haben sie die Frequenz geändert.»

«Siehst du irgendwas?»

«Nein.»

«Nicht mal andere Vogelbeobachter? Das FBI könnte ein Gebäude mit Sicht auf diesen Platz besetzt haben.»

«Ohne der Bostoner Polizei etwas davon zu sagen?»

«Denen traue ich das glatt zu», sagte Mooney.

Ich hing in der Astgabel eines stämmigen Ahorns und sah zu, wie die Sonne über Beacon Hill aufging und die goldene Kuppel des Kapitols aufleuchten ließ. Genügend Zweige verdeckten mich, so daß ich gut den Feldstecher benutzen konnte. Ich ließ den Blick wandern, und derweilen grübelte ich über verschiedene Ereignisse nach, die sich im April vor 24 Jahren abgespielt haben mochten. Was hätte MacAvoy mir noch erzählt, wenn er fünf Minuten länger gelebt hätte?

Um wirklich dickes Geld verdient zu haben, hätte MacAvoy wissen müssen, wo die echten sterblichen Reste begraben lagen …

«Mooney», sagte ich, «was macht der Exhumierungsantrag?»

«Wir haben August», knurrte er. «Mein Lieblingsrichter ist im Urlaub.»

«Such dir einen anderen Liebling. Es muß bald über die Bühne gehen. Lieber gestern als heute.»

Die Sonne stieg schnell höher und blendete schon fast im Osten.

«Da ist er. Garnet», sagte ich. «Auf die Minute genau. Hat eine Tragetasche in der Hand.»

«Nicht sehr sportlich», bemerkte Mooney.

Garnet hatte sich keine Mühe gegeben, möglichst unauffällig zu erscheinen. Mit seinem Nadelstreifenanzug und ordentlich geknoteter Krawatte hätte er mitten im Wahlkampfgetümmel sein können. Er schien allein zu sein, aber es konnte ihm auch das halbe FBI von Boston auf den Fersen sein.

«Wo, glaubst du, stellt er sie ab?» fragte Mooney leise.

«Keine Ahnung. Vielleicht übergibt er sie persönlich.»

«Zu riskant.»

«Ja», sagte ich, «aber er kann die Tasche ja nicht einfach abstellen und abhauen. Die Häfte von all den Inline-Skatern sind gute Menschen, die drei Meilen weit hinterhersausen würden, um sie zurückzuerstatten. In dieser Aufmachung wirkt er, als würde er einen fetten Finderlohn ausspucken.»

«Wir hätten uns auch Rollschuhe mitbringen sollen», sagte Mooney. «Scheiße.»

«Oder ein Boot», sagte ich und blickte auf den Charles River im ersten Morgenlicht hinab. «Vielleicht ist der Entführer ein Segler.»

«Quatsch nicht.»

«Frag mal über Funk nach, ob Beacon Hill ein paar Cops auf Fahrrädern entbehren kann», sagte ich. «Ich bringe, falls nötig, einen Inline-Skater zu Fall und klaue ihm seine Rollschuhe.»

Während Mooney in sein Funkgerät sprach, entdeckte ich ihn, entdeckte ich die beiden. Ich kletterte zu schnell hinunter und schürfte mir an einem vorstehenden Ast den Ellbogen auf. Sekunden später zupfte ich Mooney am Hemd.

«Sieh doch!»

«Was denn?»

Zwei Personen näherten sich Garnet, eine zu Fuß, die andere auf Inline-Skates. Trotz der Rollschuhe war der Fußgänger größer. Er war dünn und muskulös und trug einen vollgepackten Rucksack, als wöge er nichts. Sie bewegten sich genau auf Garnet zu. Jeder der drei schien sich der anderen bewußt zu sein und legte ein Tempo vor, mit dem sie zur gleichen Zeit unter der Brücke ankommen mußten, wo die beiden Fremden Garnet in die Mitte nahmen.

«Mach keine Mätzchen!» warnte mich Mooney.

Ich hatte die Szene gut mit dem Fernglas im Blickfeld. Bemühte mich, mir jede Kleinigkeit genau zu merken für ein späteres Phantombild. Die Ohren, die Augen …

«Mooney», sagte ich aufgeregt, «der Inline-Skater ist eine Frau. Kurzes Haar unter die Mütze gestopft. Blond. Verdammt.»

«Was ist?»

«Ich habe sie nur einmal gesehen, aber ich schwöre bei Gott, daß es Marissa ist. Es ist die gottverdammte Marissa Cameron! Garnet kennt sie. Sieh doch sein Gesicht an!»

«Hör auf, irgendwelche Schlüsse zu ziehen!»

«Sie ist doch nicht wie ein Mann gebaut, Mooney!»

«Der andere Typ könnte eine Waffe auf sie gerichtet haben.»

«Von vorn?»

«Stockholm-Syndrom», murmelte Mooney. «Vielleicht

hat er sie umgekrempelt wie Patty Hearst. Und jetzt denkt sie, er ist auf ihrer Seite.»

«Mein Gott, schau dir seine verfluchten Ohren an, Mooney. *Du kannst gegen ihn vorgehen.* Du hast schließlich einen Haftbefehl.»

Mit diesem Abschiedsgruß lief ich davon. Nicht schnell. Nur wie die anderen Jogger, aber auf einen Sprint vorbereitet. Ich wollte so nahe herankommen, daß ich einen Satz machen und Marissa Gates Moore Cameron auf den hübschen kleinen Arsch fallen lassen konnte.

Es war nie eine echte Entführung gewesen.

Mooney holte mich ein.

«Der Typ ist Alonso», sagte er, und es klang keineswegs wie eine Frage.

«In Marblehead steckbrieflich gesucht. Er sieht genau aus wie seine Mutter.»

«Erpressung wegen erlittenen Unrechts?»

«Fragen wir ihn, wenn wir ihn uns geschnappt haben», sagte ich. «Ich werde Marissa von den Inline-Skates stoßen. Halt du die Jungs in Schach. Ruf Verstärkung.»

Ich wußte, daß Mooney vorgesorgt hatte, daß er zivile Beamte und Streifenwagen angefordert hatte. Ich konnte einfach nicht anders.

Moon schritt schneller aus.

Die Harvard Bridge hängt tief über dem Uferweg, halbmondförmig; tiefes Dunkel in ihrem Schatten.

Ich hatte nicht mit dem kurzen Augenblick gerechnet, in dem man fast blind ist, wenn man aus der Sonne kommt. Garnet mußte mich gesehen haben.

«Weg!»

Ich bin sicher, daß es seine Stimme war.

«Stehenbleiben!» sagte Mooney. «Polizei!»

Marissa rannte los, als ich eben zum Sprung ansetzte. Sie

machte einen schönen langen Schritt, und ich konnte froh sein, sie noch an der Kufe ihrer Rollschuhe zu fassen zu kriegen. Sie fiel der Länge nach ins Gras, zerrte ein Bein unter mir weg und trat mit dem schweren Rollschuh nach mir.

Die alarmierten Polizeistreifen kamen mit heulenden Sirenen angefahren. Beamte sprangen mit gezogener Waffe heraus. Überall Geschrei. Ich blieb vollkommen reglos und hielt Marissa an ihren Rollschuhen fest, bis mir ein junger Polizist befahl aufzustehen.

Alles klappte wie am Schnürchen. Bis sich Garnet Cameron weigerte, Anzeige zu erstatten. Sich glatt weigerte.

Mooney mußte ihn ziehen lassen, mußte Marissa ziehen lassen. Garnet brauchte ganze fünf Minuten, um Marissa davon abzubringen, mir Beleidigungen an den Kopf zu werfen.

Garnet ließ die Polizei nicht an seine Tasche heran. Er hielt sie verbissen fest.

Marissa griff nach Alonsos Rucksack. Ich wollte mich schon erneut auf sie stürzen, aber Mooney war zuerst da.

«Meine Kleider sind da drin», behauptete sie frech.

«Sie bekommen sie zurück», sagte Mooney, «nachdem wir sie inspiziert haben.»

«O Garnet», schrie Marissa auf einmal auf und verlor offenbar ihre bewundernswerte Fassung, «ist mit dir alles in Ordnung?»

Andersherum wäre es überzeugender gewesen; ich hatte das Gefühl, als sagte sie ihm durch die Blume, wo es langgehen sollte.

«Liebling», sagte er, «ich bin so froh, daß du wieder da bist.»

Alonso warf ihr einen vernichtenden Blick zu. Wenn er eine Kanone gehabt hätte, wäre sie in der nächsten Sekunde tot auf den Weg gefallen. Ich war froh, daß ihn zwei Polizisten in Schach hielten.

Marissa, die jetzt wirklich weinte, klammerte sich an die Schulter ihres Mannes. Fast widerwillig drückte er sie an sich.

Mit der Stimme eines Mannes, der Gehorsam gewohnt ist, sagte Garnet: «Der Rucksack ist Eigentum meiner Frau. Ich bestehe darauf, daß er augenblicklich zurückerstattet wird.»

«O nein», sagte Alonso, «auf gar keinen Fall!»

«Wenn er Ihrer Frau gehört, Mr. Cameron, werden wir ihn zu gegebener Zeit zurückerstatten», sagte Mooney mit lobenswerter Höflichkeit.

«Ich glaube, Sie haben keinen Grund, diesen jungen Mann festzuhalten», sagte Garnet mit Blick auf Alonso. «Wie gesagt, ich erstatte keine Anzeige. Ich habe meine Frau wieder. Ich will keinen Staub aufwirbeln während – äh – der Wahlkampagne und alledem ...»

Mooney lächelte. Dann verhaftete er den jungen Mann in aller Form. Mit einem in Marblehead gegen unbekannt ausgestellten Haftbefehl. Klopfte ihn auf Waffen ab, steckte ihn auf den Rücksitz einer Zivilstreife und befahl dem Fahrer, den Verdächtigen zum Polizeirevier D zu bringen. Der Rucksack fuhr im Kofferraum mit.

Sobald sie verschwunden waren, riefen Garnet und Marissa ein Taxi. Keiner von beiden fand ein Wort des Dankes für mich oder Mooney oder einen der anderen Beamten.

«Mooney», sagte ich.

«Ja?»

«Du mußt jemanden hinter dem Taxi herfahren lassen, um sicherzugehen, daß sie nicht direkt zum Flughafen fahren. Falls sie das tun, solltest du sie als Belastungszeugen festhalten.»

Er gab eilig Anweisungen. Ein weiterer Streifenwagen löste sich vom Bordstein und fuhr mit quietschenden Reifen auf den verkehrsreichen Storrow Drive.

«Belastungszeugen wofür?»

«Weiß ich nicht genau. Du kannst dich immer mit einem bürokratischen Versehen herausreden.»

Mooney sagte: «Ich brauch ja auch unbedingt schlechte Presse.»

«Mooney, denk doch mal nach. Hat Garnet wie ein Mann ausgesehen, der außer sich ist vor Freude, seine Frau wiederzuhaben, seine Kampagne weiterführen, sein Geld behalten zu können?»

«In allen Punkten: nein.»

«Sah er nicht vielmehr so aus, als würde er am liebsten seine Frau und die Knete gegen Alonsos Rucksack eintauschen?»

«Jetzt, wo du's sagst, ja. Was ist denn in dem Rucksack?»

«Mein allererster Suchauftrag», sagte ich. «Theas Roman.»

«Ein Roman? Es geht hier um einen *Roman*?»

«Moon, wenn in dem Rucksack Manuskripte sind, darf ich sie dann lesen?»

«Sie sind Eigentum der Polizei», sagte er wie aus der Pistole geschossen.

«Ja, aber wird sie denn sofort jemand anders lesen wollen? Gleich nachdem sie beschriftet und im Asservatenraum abgelegt worden sind?»

«Du kennst die Regeln», sagte er. Was soviel hieß wie «nein».

«Leih sie mir für eine Weile. Bitte, Mooney.»

«Wir können ja mal einen Blick darauf werfen», sagte Moon. «Beide zusammen.»

53

Mooney und ich saßen Schulter an Schulter und brieten in seinem völlig überhitzten Ofen von Büro. Es war noch vor neun, und ich mochte gar nicht daran denken, welche neuen Höhepunkte die Temperatur wohl am Nachmittag erreichen würde. Mooneys Büro hatte kein Fenster und die ganze Polizeistation keine Klimaanlage; unnütz, weiter darüber nachzudenken.

Lesen dauert seine Zeit. Genauso, wie es seine Zeit gedauert hatte, Alonso Gordon einzubuchten, sein Strafregister zu überprüfen – keine früheren Vorstrafen –, seine Fingerabdrücke zu nehmen und ihn in eine U-Haft-Zelle zu stecken. Er hatte behauptet, mittellos zu sein, und so wurde gegenwärtig ein Pflichtverteidiger für ihn gesucht.

Es dauert seine Zeit, Schreibblöcke aus einem Rucksack herauszuholen, sie durchzusehen und sie der Reihe nach von 2 bis 38 zu sortieren.

Und es braucht Zeit, niveauvolle Lyrik und Prosa zu verdauen. Dem Anschein nach handelt es sich um die Lebensgeschichte von Beryl, der Tochter, die «b» genannt wurde, derjenigen, die Schlangen unter dem Eßtisch kriechen sah, aber nicht das Summen von Insekten hören konnte.

Ich hatte Mooney bereits einen kurzen Überblick über den Inhalt des ersten Kapitels gegeben, das bei mir im Katzenklo begraben lag. Er hatte keine Ahnung von der literarischen Schule der «magischen Realisten», und ich merkte, daß er sich dadurch im Hintertreffen glaubte. Aus diesem Grund holte er widerstrebend seine Brille aus der Schreibtischschublade, setzte sie auf die Nase und las besonders sorgfältig.

Ich muß zugeben, daß mich nicht die Tochter namens «b», die von Alpträumen gezeichnet war, am meisten reizte. Mich fesselten vor allem die Fehler, die Stellen, an denen Thea «ich» statt «sie» geschrieben hatte, wo sie bei einer langen Erzählung oder einem kurzen Gedicht in die erste Person geschlüpft war, um sich dann wieder auf die dritte Person zu besinnen, auf «b»s phantastische Welt.

Das erste Kapitel war erheblich leichter zu lesen gewesen. Im zweiten war sehr viel neu geschrieben, durchgestrichen und verändert worden. Ich fragte mich, ob Thea die erste Fassung dieses ihres zweiten Romans vielleicht vor langer Zeit geschrieben hatte und kürzlich etwas eingetreten war, das sie veranlaßt hatte, ihn zu überarbeiten.

Die Antwort glaubte ich auch schon gefunden zu haben: einen Zeitungsausschnit aus den *Seattle Daily News*, nur wenige Zeilen einer Spalte, in dem stand, daß Garnet Cameron, der Sohn des verstorbenen Franklin Cameron, für die Gouverneurswahl in Massachusetts kandidieren würde.

Hatte diese kurze Notiz genügt, um Thea zu den Büchern der verbotenen Erinnerungen zurückzuführen? Hatte der unwiderstehliche Anblick und Geruch des Papiers sie gleich in den nächsten Laden getrieben, um frische Tinte einzukaufen?

Hatte sie während der Überarbeitung den häufigen Wechsel zur ersten Person seltsam gefunden? So seltsam, daß sie deswegen einen Therapeuten um Rat fragte, einen Therapeuten, der die Möglichkeit einer plötzlichen Wiedererinnerung erwähnt hatte, der Rückkehr jahrelang verdrängter Erinnerung ans Tageslicht?

Ich las den Absatz noch einmal und schaute hoch, ob Mooney ihn schon fertiggelesen hatte.

«nachts tauche ich auf und blende mich ein, ein falter, aus seiner puppe ausgestoßen, unbeherrschbar, unbeherrscht. leidenschaft, solange frucht nicht frucht tragen kann. die wächter pirschen sich an. gangordner für fluchten von schlafzimmern. wachhunde wären willkommener als diese fluchtwächter, die nach nackten zehen schnappen.

sie kichern vor entzücken über unerwartet haarige stellen, flauschige tiere, die freudig flüssigkeiten abgeben, warme, seidige flüssigkeiten, hin und her, hin und her die nacht hindurch.»

Das war offenbar Beryls Geschichte. Bis auf das anfängliche «ich». Beryl, die gelegentlich eine Nacht in der Klinik von Weston verbrachte, mit «Gangordnern». Thea war tagsüber in Avon Hill zur Schule gegangen. Aber «Gangordner» war eher ein Wort aus der Schülersprache als Krankenhausjargon.

Lautes Klopfen an der Zimmertür schreckte uns beide auf.

«Vielleicht haben sie einen PV gefunden», sagte Mooney und meinte einen Pflichtverteidiger.

Hatten sie nicht. Gary Reedy hatte uns gefunden. Er übersah mich einfach. Wenn ich als Kakerlake über den Fußboden gekrabbelt wäre, hätte ich mehr Aufmerksamkeit erregt.

«Lieutenant», bellte Reedy los, «hat es einen Grund, daß Sie das FBI heute morgen außen vor gelassen haben?»

«Agent Reedy», antwortete Mooney prompt, «in Anbetracht der geringen Glaubwürdigkeit unserer einzigen Zeugin war ich der Meinung, Sie würden es lieber sehen, wenn sich die Bostoner Polizei darum kümmert.» Er stellte einen Fuß mit schwerem Polizeistiefel dicht neben meinen kleinen Zeh in der offenen Sandale. Drückte nur ein bißchen, aber es war eindeutig eine Warnung. So, wie er das machte, konnte ich nicht einmal mit dem anderen Fuß ausholen und ihm einen Tritt verpassen. Ich spürte, wie sich meine Wangen röteten. Ich starrte unverwandt auf den Tisch.

Reedy sagte halsstarrig: «Das in der Schachtel war Marissa Camerons Haar. Wir haben einen Gentest machen lassen, die DNS stimmte mit Haaren aus ihrer Bürste überein. Und es ist mit einem stumpfen Messer abgeschnitten worden. Was ist das für eine Frau, die hingeht und sich das Haar abhackt –»

«Haben Sie Marissas neue Frisur schon gesehen?» fragte ich.

«Ja.»

«Das Haar ist nicht mit einem Messer abgehackt worden.»

«Sie haben eine Theorie», sagte er und sah Mooney an, obwohl er mich meinte, die «Gangsterbraut». Es mußte ihn große Überwindung gekostet haben.

«Newbury Street», sagte ich.

«Wie?»

«Sie hat sich von einer Taxe Ecke Newbury Street absetzen lassen. Wenn Sie es nachprüfen und Ihre Agenten mit einem Foto von ihr losschicken – einem neuen mit kurzem Haar –, werden Sic wahrscheinlich herausbekommen, daß sie die Wohnung eines Freundes von der Back Bay gemietet hat oder vorübergehend dort eingezogen ist und mit Alonso zusammen dort gelebt hat. Sie muß ein stumpfes Küchenmesser dazu benutzt haben, ein paar von ihren Locken abzusäbeln. Ich bezweifle, daß Alonso das gut fand; nach meiner Erfahrung sind Männer verrückt nach langen Haaren. Sie hat ihn dazu gebracht, die Schachtel abzuliefern, und ist dann mit einer Jammergeschichte zum nächsten Friseur gegangen. In der Newbury Street wimmelt es nur so von Friseuren. Bei manchen braucht man nicht einmal einen Termin. Sie kann dort alles mögliche erzählt haben – daß ihr

Neffe mit einer Schere herumgespielt, ihre Nichte ihr Kaugummi ins Haar geklebt hätte.»

Gary Reedy lehnte sich mit dem Rücken an die Tür und seufzte. «Aber die Frage ist doch nach wie vor: Ist sie je wirklich entführt worden? Soll ich Anklage gegen sie erheben? Gegen ihren Gatten?»

Mooney fragte: «Was sagen die denn dazu?»

«Was meinen Sie wohl? Daß das FBI die ganze Sache verpfuscht hätte, aber Gott sei Dank sei sie ja wieder zu Hause, und wenn ich das Maul aufrisse, könnte ich bald den Laden –»

«– in Butte, Montana, hüten», sagten Mooney und ich im Chor.

«Das FBI unterhält dort nicht einmal mehr eine Nebenstelle», sagte Reedy, «aber Sie wissen, was ich meine.»

Ich sagte: «Ich glaube, Garnet hat sie am Anfang ins feindliche Lager eingeschmuggelt. Meines Erachtens hat es als Erpressung angefangen, Manuskripte gegen Geld. Auf die Idee mit der Entführung könnte Marissa verfallen sein, damit sie Alonso im Auge behalten und aufpassen konnte, daß die Manuskripte nicht auf dem Schreibtisch eines Verlegers landeten. Wir haben womöglich alle den Wunsch der lieben Marissa unterschätzt, Gouverneursgattin zu werden.»

«Sie wollte sich doch angeblich von ihm scheiden lassen. Es gab Gerüchte, daß er das Rennen aufgeben werde.»

«Nette Werbung für ihn, nicht wahr?» sagte ich. «Aber vielleicht werde ich allmählich zynisch auf meine alten Tage.»

«Haben Sie denn mal mit dem Verdächtigen gesprochen? Er scheint aufrichtig zu glauben, daß sie – äh – etwas für ihn übrighatte. Auf jeden Fall hat sie mit ihm geschlafen. Sie paßt offenbar nicht in das Mata-Hari-Schema», wandte Reedy ein.

«Mata Hari auch nicht», sagte ich, «deshalb war sie ja so erfolgreich.»

«Hmmm», brummte der zuständige Spezialagent des FBI.

«Wollen Sie meine Meinung hören?» fragte ich. «Ich glaube, Marissa hat sich in ihn verliebt, in diesen Alonso. Nicht so, daß sie dabei vollkommen die Nummer eins aus den Augen verloren hätte – sich selbst nämlich. Ich glaube, sie wäre mit dem mitgegangen, der den Trumpf gezogen hätte. Wenn es so ausgesehen hätte, daß Garnet das Rennen verliert, während Alonso plötzlich viel Geld gehabt hätte, wäre sie meines Erachtens bei ihm geblieben. Wahrscheinlich erfindet sie gerade ein Märchen für den *National Enquirer*, während wir uns hier unterhalten, und ich garantiere Ihnen, daß es eine anständige Rührstory ist, aus der sie als Heldin hervorgeht. Sie können davon ausgehen, daß Sie sie binnen einer Woche in der Oprah-Winfrey-Talk-Show sehen können, was immer auch geschehen mag.»

Reedy runzelte die Stirn. «Danke», sagte er zu Mooney, als hätte ich die ganze Zeit über keinen Ton gesagt. «Kann ich irgendwas für Sie tun?»

«Danke», sagtc Mooncy, «im Augenblick –»

Diesmal gab ich ihm einen Tritt. «Die Exhumierung», sagte ich.

«Ach ja», sagte Mooney. «Sie könnten vielleicht einen Exhumierungsantrag für mich stellen –»

«Käme darauf an –»

«Er betrifft einen Fall, der ohnehin schon beim FBI liegt –»

Mooneys Telefon trillerte. Er warf ihm einen Blick zu, der förmlich knisterte – *wie kannst du es wagen, mich zu unterbrechen?* –, dann ging er ran, sagte seinen Namen und sonst nichts. Er nickte zu mir her.

«Nimm's auf dem Flur an, Apparat 2.»

«Danke.»

Ich ging und hob den Hörer des Telefons auf dem Gang ab. «Hallo? Carlyle am Apparat.»

Es war Roz, und sie sprach schnell, im Flüsterton. «Sie werden mich in einer Sekunde von diesem Telefon reißen. Ich bin mit Thea zusammen – sie ist es doch, nicht? Die, von der ich die Bilder gezeichnet hab? Wir sind in der psychiatrischen Klinik in Weston, und sie droht, die Türen einzuschlagen. Kannst du wie der Blitz herkommen?»

«Warum hast du sie rausgelassen?» erstarb mir auf den Lippen. Thea war dort. Das Wie und Warum spielte keine Rolle mehr.

«Ich brauche eine halbe Stunde», sagte ich und überlegte mir bereits die schnellste Strecke. «Hast du die Situation so lange im Griff?»

«Ja.»

«Meinst du, wir brauchen polizeilichen Beistand?»

«Nein», sagte Roz. «Ich muß gehen.»

Also ehrlich, warum glaube ich ihr immer wieder?

54

Da ich Beryl schon einmal besucht hatte und sich die Sicherheitskräfte daran erinnerten, daß ich dazu ausdrücklich die Genehmigung Garnets gehabt hatte, wurde meine Ankunft mit allgemeiner Erleichterung begrüßt. Schon von ferne konnte ich Thea mit gellender Stimme streiten hören. Kein Wunder, daß die Sicherheitscrew mich mit Wohlwollen aufnahm; man kann keine herumschreienden Gäste in einer Heilanstalt gebrauchen. So etwas taten nur Leute aus den unteren sozialen Schichten.

Jannie, die Wärterin mit Schürze, vertraute mir an: «Wir haben Mr. Cameron bestimmt siebenmal angerufen, aber es geht niemand ans Telefon. Wir haben überall Nachrichten hinterlassen.»

«Gut», sagte ich und maßte mir mit meiner Ruhe eine Autorität an, die ich nicht hatte, nur weil anscheinend niemand anders bereit war, die Last auf seine Schultern zu nehmen. «Beryl Camerons Schwester ist von einer langen Ferienreise zurückgekehrt und möchte Beryl besuchen. Ich bin sicher, daß Dr. Manley, wenn er jetzt zugegen wäre, nichts dagegen einzuwenden hätte. Dr. Manleys Assistent könnte während des gesamten Besuches anwesend sein, oder man könnte Thea, falls sie das unannehmbar findet, in ein Beobachtungszimmer mit Glasscheiben führen, die nur von einer Seite durchsichtig sind. Sie haben doch solche Räume, nehme ich an? Sowohl Beryl als auch Thea kennen mich, und obgleich ich keine psychologische Ausbildung habe, bin ich gerne bereit, die Begegnung zu überwachen, so daß jegliche Gewaltanwendung oder Aufregung ausgeschlossen werden kann. Ich bin sicher, daß die Familie Cameron, die ich hier repräsentiere, mir zustimmen würde, daß sich die Klinik in diesem Fall vollkommen verantwortungsvoll verhält.»

Na ja, ich repräsentierte immerhin noch Tessa. Es klang bloß so wenig nach mir, daß ich mich selbst in die Backe beißen mußte, um nicht zu grinsen.

Ein Sicherheitsbeamter in tadellosem Anzug zog die Stirn in Falten und sagte: «Da ist eine Frau bei Miss Cameron –»

«O ja», sagte ich und schürzte voller Abscheu die Lippen, «schrecklich, nicht wahr?» Man freundet sich nie schneller mit den Leuten an als über einen gemeinsamen Feind; ich wußte, daß Roz unter ähnlichen Umständen genauso handeln würde. «Die Frau kann in meinem Wagen warten. Oder falls Sie es lieber haben, wenn sie das Gelände ganz verläßt –»

«Ja», sagte er und klang erleichtert.

Ich war froh, daß Roz sein deutliches Mißfallen nicht mitbekam, sonst hätte sie ein paar Karatetritte an seinen Ohren ausprobiert, er hätte seinen Taser abgefeuert, und nur Gott allein weiß, was daraus für ein allgemeines Handgemenge geworden wäre.

Tatsächlich hörte sich Roz meine Bitte geradezu liebenswürdig an; mußte sie auch, fand ich, nachdem sie ihre Gefangene so weit von zu Hause hatte entkommen lassen! Ich gab ihr mit deutlichen Worten zu verstehen, daß sie verschwinden sollte. Dazu zwinkerte ich zweimal hintereinander schnell mit dem linken Auge: ein vereinbartes Zeichen. Sie würde im Wagen bleiben, in Alarmbereitschaft.

Jannie spielte wieder die Aufpasserin: Thea – in das gleiche lose Hemdchen und die Khaki-Jacke gekleidet wie am Vorabend – und ich warteten im Sonnenraum im Erdgeschoß, wohin sie mich das letzte Mal hatten abschieben wollen, auf Beryl. Ein reichverzierter Spiegel nahm fast die ganze rechte Wand ein. In Wahrheit Glasscheiben, durch die man von der anderen Seite hindurchsehen konnte. Viel Platz unter dem dicken Teppichboden, um Kabel zu verlegen. Palmenkübel und Sofas voll dicker Kissen, hinter denen man Mikrofone verstecken konnte.

Thea war wie aufgezogen; ich hätte sie nicht vom Reden abhalten können, auch wenn ich es versucht hätte.

«Haben Sie mein erstes Buch gelesen?» fragte sie aus heiterem Himmel, ohne mich zu begrüßen, ohne eine Bemerkung über Roz' Verschwinden, die Veränderung beim Personal und die Umgebung zu verlieren.

«Böses Erwachen?» fragte ich. «Ja. Zweimal. Ich kann nicht behaupten, daß ich es genossen hätte. Ich habe es bewundert. Es erschien mir sehr qualvoll, sehr realistisch.»

«Das neue Buch reicht nicht daran heran», sagte sie in einem etwas gepreßten Flüsterton, als könnte sie es kaum über sich bringen, von Ängsten zu sprechen, an denen sie so lange festgehalten hatte.

«Warum sagen Sie das?» fragte ich.

«Ich hab's versucht», sagte sie voller Verzweiflung. «Das Schreiben. Aber es war nicht mehr dasselbe, nachdem alle Welt wußte, wer ich bin. Ich fühlte mich entblößt, wie ein Film, der in der Sonne liegengelassen wurde, gähnend leer, vom Licht geblendet. Ich habe geschrieben, die Seiten jedoch alle in Fetzen gerissen. Ich habe Konfetti daraus gemacht und es in der Toilette runtergespült, damit niemand merkte, daß ich es probiert und nicht geschafft hatte. Ich bin in Panik geraten.»

Sie starrte auf den Plüschteppich. Faßte mit Daumen und Zeigefinger um das Gelenk der anderen Hand und preßte das Fleisch zusammen wie mit Handschellen. Ich sah Jannie an.

Keine Spur von Beryl. Ich fragte mich, ob sie uns hinzuhalten versuchten, bis Garnet Cameron endlich ans Telefon ging.

Jannie deutet auf einen Tisch in der Mitte, um den vier zierliche Sessel herumstanden, und lud uns ein, Platz zu nehmen. Wenn ich vorgehabt hätte, eine Wanze in diesem Raum zu installieren, hätte ich die Unterseite des Tisches genommen oder vielleicht die riesige Vase aus geschliffenem Kristall mitten darauf.

Thea gönnte Jannie nicht einmal einen Blick. Sie sagte: «Ich habe meine Schreibblöcke überallhin mitgenommen. Ich habe immer geschrieben, aber ich konnte meine Arbeit nie zeigen. Es war, als wäre ein Teil meines Lebens vorüber, unter Glas, verstaubt und weggeschlossen. Vor über zwanzig Jahren der erste Schreibblock voll, das erste Kapitel fertig. Es war Beryls Geschichte. Ich hatte Angst, meine eigene zu schreiben.»

«Alle waren begeistert von dem, was Sie geschrieben haben», sagte ich beschwichtigend, weil sie anfing, unruhig hin und her zu gehen, und die Stirn runzelte, und ich wollte dem Personal keinen Grund liefern, einen ihrer Toppsychiater einzuschalten, der am Ende Garnet oder Tessa gegenüber äußerte, ein weiteres Mitglied ihrer Familie könnte eine längere Ruhezeit gebrauchen.

Thea sagte: «Das war das Problem. *Böses Erwachen*. Alle waren begeistert von dem Roman, von mir, sie wollten, daß ich das gleiche Buch immer und immer wieder schreibe. Ich war noch so jung, und alle setzten so hohe Erwartungen in mich. Bevor ich davonlief, weil ich nicht mehr schreiben konnte, träumte ich davon, mich umzubringen.»

Jannie stand auf einmal kerzengerade. Sie schien Blickkontakt mit jemandem hinter dem Spiegel aufzunehmen.

«Kennen Sie die Lebensgeschichte von Thomas Chatterton?» fuhr Thea fort. Jannie entspannte sich wieder.

«Nein», sagte ich.

«Er war ein Dichter, ein Wunderkind. Heute halten ihn viele für einen Vorläufer der Romantik. Geboren 1752.»

«Das liegt ja eine gute Weile zurück», sagte ich, weil sie offenbar einen Kommentar erwartete.

«Sein Werk hat nie Anklang gefunden, und um sich durchzuschlagen, hat er in seiner Verzweiflung einen literarischen Betrug begangen. Er erfand einen Mönch des 15. Jahrhunderts namens Thomas Rowley und schrieb eine Reihe von Gedichten, die er dann als Rowleys Werk ‹entdeckte›. Die Gedichte des längst verstorbenen Mönchs waren in London der letzte Schrei, und Chatterton gleich mit. Bis er in seinem Stolz den Schwindel zugab.»

«Was geschah dann?»

«Chatterton wurde gesellschaftlich geächtet. Nach einem elenden Leben nahm er zwei Jahre später Rattengift. Mit fünfzehn ein Genie, mit siebzehn tot. Das Paradoxe daran ist, daß Sie in fast jedem neueren britischen Lesebuch Gedichte von Thomas Rowley finden können, der *nie existiert* hat, während Thomas Chatterton, der diese Figur erschaffen hat, nur am Rande erwähnt wird … Es gibt kaum Geschichten von Wunderkindern, die bis an ihr Lebensende glücklich und zufrieden gewesen wären. Ich habe keine finden können.»

«Haben Sie deshalb ein Testament verfaßt?»

«Ich hatte einen einzigen Wertgegenstand, das Buch, das ich in einem Atemzug und voller Lust geschrieben habe – in einer Woche oder höchstens einem Monat. Ich habe es Beryl vermacht. Es wirkte damals wie ein wunderlicher Einfall, das war es aber gar nicht. Sie sollte es haben, weil ich … weil ich ihr Leben ruiniert habe.»

Ich sagte leise: «Inwiefern haben Sie Beryls Leben ruiniert? Ist Ihr Werk ein Plagiat von Beryls? Stammt *Böses Erwachen* zum Teil aus Beryls Feder?»

«Aber nein! Ruiniert habe ich … Ich muß erst mit Beryl sprechen, mit Beryl.»

«Ihr Testament war nicht rechtskräftig», sagte ich nach einer kurzen Pause. «Sie waren minderjährig.»

«Ich hatte nicht wirklich vor zu sterben», sagte sie.

«Sie hatten bestimmt auch Geld. In einem Treuhandfonds?»

«Was auch immer, es ist wahrscheinlich zwischen Beryl und Garnet aufgeteilt worden.»

«Offenbar ist es Ihnen egal.»

«Es gab immer reichlich Geld, als ich aufgewachsen bin.»

«Hatten Sie dafür gesorgt, etwas davon mitnehmen zu können, als Sie davongelaufen sind?»

«Dreitausend Dollar», sagte sie finster. «Ich hatte keine Ahnung von Geld. Ich dachte damals, das sei eine Riesensumme, bis ich merkte, was alles kostete. Ich habe die Armut kennengelernt, mehr als alles andere.» Sie stand auf und ging einen Schritt auf Jannie zu. «Was hält meine Schwester zurück? Sie haben es versprochen.»

Ich trat zwischen die beiden, nahm Thea an der Hand und führte sie zum Sessel zurück. Ich sagte: «Ich fand Ihr zweites Manuskript gut. Es ist nicht so geschliffen. Streckenweise ist es voller wunderbarer Bilder. Sie müssen es nur überarbeiten.»

«Ich bin aber kein Wunderkind mehr», sagte Thea. «Nicht mehr ‹hochbegabt für mein Alter›.»

«Nur eine Schriftstellerin», sagte ich. «Nur eine Dichterin.»

Sie schluckte hörbar. «Danke», murmelte sie leise.

«Schreiben Sie immer noch gelegentlich Gedichte?» fragte ich und dachte an «berlin, *jetzt*».

«Ein Akt des Irrsinns, der Dunkelheit. Ich stopfe es in meine Feldkiste, schließe es so schnell wie möglich weg, voller Angst, die furchtbare Büchse der Pandora könnte aufgehen, und jetzt ist sie aufgegangen, hat ihren schrecklichen Inhalt für immer freigegeben –»

Beryl kam herein, allein, in einem Rollstuhl, den sie selbst mit den Händen antrieb. Ich war gar nicht auf die Idee gekommen, daß sie die Fähigkeit verloren hatte, aus eigener Kraft zu gehen. Hatte sie vielleicht auch nicht. Vielleicht machte ihr Gewicht den Rollstuhl erforderlich. Bestimmt war ihr nicht so lange Bettruhe verordnet worden, bis ihre Beinmuskeln verkümmert waren. Nicht im WPI.

Als Thea sie sah, begann sie zu weinen, ein dumpfes Schluchzen, das tief aus ihrem Innern kam und unkontrollierbar herausdrang. Ein häßliches Schluchzen. Ich reichte ihr eine Schachtel Papiertücher, und sie putzte sich die Nase.

Beryl machte nicht den Anschein, als würde sie sie wiedererkennen. Ich wußte nicht, ob sie auf die Begegnung vorbereitet worden war oder ob man sie einfach so kommen lassen hatte, um ihre Reaktion zu beobachten.

Thea ließ die Kleenextücher fallen, ohne sich auch nur umzublicken, ob ein Papierkorb da war. Sie fiel auf die Knie und brachte in ihrer Hast, etwas zu sagen, nur ein Stottern und Stammeln hervor. «Es tut mir so leid, Beryl. Es tut mir so leid. Du hattest recht. Du hattest recht, und ich hatte Angst, zuzugeben, daß du recht hattest, und deshalb haben sie dich hierhergebracht. ‹Eingesperrt für das, was man dir antat, um wieviel schlimmer noch als eingesperrt für das, was man getan hat.› Ich bin wiedergekehrt, und ich werde ins Gefängnis kommen für das, was ich getan habe, für Mord, aber ich weiß nicht, wie ich dich befreien könnte, Beryl. Ich weiß nicht, was sie dir angetan haben.» Sie sprach immer schneller, immer lauter, wütend.

«Was haben Sie mit meiner Schwester gemacht?» schrie sie Jannie an. «So war sie nie. Sie konnte sprechen, konnte lachen. Sie konnte tanzen und singen und Klavier spielen. Wissen Sie das? Sie hat besser gespielt, als Mama es je konnte. Die anderen Kinder mochten sie immer am liebsten. Mein Vater hatte sie auch am liebsten.»

Thea war jetzt aufgestanden, bedrohlich, drängte Jannie in eine Ecke. «Was haben Sie mit ihr gemacht? Ich will ihren Krankenbericht sehen! Ich will sehen, was dieser Idiot Manley ihr angetan hat, ihr angetan hat, damit er meine Mutter haben konnte, als mein Vater starb. Er hätte alles gemacht, was Mama sagte. Und Mama hätte alles gesagt, was Franklin von ihr verlangt hätte!»

«Dorothea!» Beryls krächzende Stimme erregte sofort unsere Aufmerksamkeit. «Dorothea», wiederholte sie langsam. «Warum bist du von den Toten zurückgekehrt?»

«Ich war nie tot.»

«Doch, das warst du. Wir haben dich begraben, Thea. Ich habe Weiß getragen, nicht Schwarz. Mama wollte, daß ich Weiß trage.»

«Beryl!» Thea ergriff ihre Hand. «Ich bin nicht tot. Ich bin wegen dir hergekommen. Um allen zu sagen, daß du immer die Wahrheit gesagt hast.»

«Warum? Warum jetzt?» Beryl strich über ihr Nachthemd, und ich hörte Papier leise knistern. Sie mußte die Worte ihrer Schwester bei sich getragen haben, seit sie sie in der Fotokiste gefunden hatte.

Thea senkte die Stimme, bis sie nur noch flüsterte. «Ich wußte es vorher nicht. Bei Gott, Beryl, ich wußte es nicht. Manley hat mir versprochen, mir dabei zu helfen, es dir zu erklären, wenn ich wiederkäme, und jetzt ist er nicht da.»

«Geht es hier um plötzlich wiederkehrende Erinnerungen, Thea?» fragte ich.

«Ja. Ja, so nannte er es. Er sagte, wenn Daddy zu dir ins Zimmer gekommen ist, bist *du* dagewesen, hast *du* dich erinnert. Aber ich lernte, mich in eine Phantasiewelt zurückzuziehen, so fest zu glauben, daß nie etwas passierte, daß ich nach einiger Zeit einfach in meine Gedankenwelt entschwinden konnte und es wirklich so war, als ob nie etwas geschehen wäre. Ich habe nicht wirklich gelogen, als ich Mutter sagte, Daddy würde mich nie nachts belästigen und du würdest dir das alles nur einbilden. Selbst als du versucht hast, dich umzubringen, als du Mamas Pillen alle auf einmal eingenommen hast, dachte ich noch: ‹Sie ist verrückt.› Es tut mir so leid ...»

«Wann?» fragte Beryl.

«Wie meinst du das? Wann ich mich wieder erinnert habe?»

Beryl nickte feierlich.

«Als ich angefangen habe, dein Buch zu überarbeiten, Beryl. Ich habe über dich geschrieben, Geschichten, die du mir erzählt hast und die ich nie geglaubt habe, von Daddy, der dich mit Geschenkband gefesselt hat, und da merkte ich, daß ich ‹mich gefesselt› geschrieben hatte, nicht ‹sie gefesselt›, ‹*mich*› – ich habe es schleunigst wegradiert, aber da *wußte* ich es schon, und mir war innerlich so elend, daß ich mich weder rühren noch reden konnte. Es krallte sich an mich, dieses ‹ich›, dieses ‹mich›. Ich konnte nicht mehr schreiben, ohne daß ‹ich› oder ‹mich› dabei herauskam. Es war, als würde meine Hand keine Kontrolle mehr darüber haben. Ich legte die Schreibblöcke wieder in die Feldkiste und schloß sie fest ein, und dann habe ich sie nie wieder angesehen. Damals wollte ich, daß Thea tot bleibt, mehr denn je, weil ich mich nicht erinnern wollte.» Sie atmete jetzt heftig und sprach schnell und leise. Ich hoffte nur, sie spräche zu leise für die Mikrofone, falls welche installiert waren, aber in einer so erstklassigen Anstalt wie dieser gab es wahrscheinlich Geräte, die auch den schwächsten Seufzer noch aufschnappen konnten.

«Bist du nicht Thea, Dorothea?» fragte Beryl und wiegte den Kopf vor und zurück, vor und zurück. «Ich wünschte, du wärst sie. Das wünschte ich.»

«Ja, Liebes, ich bin Thea, aber ich war lange Zeit jemand anders, so lange, daß ich inzwischen einen erwachsenen Sohn habe. Ich habe noch ein anderes Leben, ein stilles Leben ... ich hatte ein stilles Leben. Aber ich konnte die Erinnerungen nicht abstellen. Seit sie wiedergekommen sind, nicht mehr.»

Jetzt hörte ich eine Männerstimme: Garnet, der laut rufend durch die Gänge lief und immer näher kam.

«Es gibt einen zweiten Ausgang», sagte Thea zu mir. «Ich will ihn nicht sehen. *Ich will nicht.*»

Ehe ich ahnte, was sie vorhatte, und sie zurückhalten konnte, nahm sie die große Kristallvase, schüttelte die Hälfte der Blumen auf den Fußboden und stieß die bleischwere Kugel schnell und mit aller Kraft von sich, wobei sie wie beim Volleyball Hände und Ellbogen benutzte. Die Vase krachte in den Spiegel, zerschmetterte einen großen Teil der falschen Wand und gab den Blick auf das Nebenzimmer frei, in dem ein einsamer weißbekittelter Techniker wie erstarrt auf seinem Stuhl saß.

Dann packte sie mich bei der Hand, wir krochen durch die Öffnung, die sie geschaffen hatte, rannten durch den kleinen Beobachtungsraum, zur nächsten Tür hinaus und einen Pfad mit spätblühenden Büschen entlang.

Roz besaß die Geistesgegenwart, den Wagen anzulassen, als sie uns auf den Parkplatz zurennen sah.

Ich selbst hatte noch die Geistesgegenwart besessen, dem mit aufgerissenem Mund staunenden Mann im Laborkittel die Tonbandspule aus dem Gerät zu reißen, das er bediente.

Sobald wir sicher auf dem Highway waren, schrie und jubelte Thea vor Siegesfreude. Roz und ich stimmten mit ein.

Ich glaube, ich werde diesen einen unerwarteten Eindruck von Thea – Thea, wie sie vielleicht einmal gewesen war, mit einem Lachen in den Augen und geröteten Wangen – nie vergessen.

Vielleicht wußte sie, daß es am Ende wenig Anlaß zur Freude geben würde.

55

Das Lämpchen an meinem Anrufbeantworter blinkte. Tessa Cameron mit ihrer nörgeligen Stimme wollte wissen, wie die Lösegeldübergabe verlaufen sei. Statt sie anzurufen, stellte ich ihr widerstrebend einen Scheck über die Summe aus, die sie mir bezahlt hatte, steckte ihn schnell in einen Umschlag und klebte die Briefmarke darauf. Roz trug ihn sofort zum Briefkasten, ehe ich es mir anders überlegen konnte.

Ich konnte Tessas Auftrag nicht erfüllen, konnte nicht nachweisen, daß die Manuskripte gefälscht waren. Und zurückgeben konnte ich die Manuskripte auch nicht; sie waren Beweisstücke in mindestens einem Mordfall.

Thurman W. Vandenburgs Verlangen nach Informationen über Carlos Roldan Gonzales und Keith Donovans Bitte um Versöhnung konnte ich ignorieren. Ich hätte einen guten Therapeuten für Thea gebrauchen können, aber Donovan und ich hatten die so kostbare gemeinsame Grundlage verloren: Vertrauen. Ohne Vertrauen hatten wir keine Zukunft, und ich wollte nicht darüber reden, endlos reden, bis er mir die Worte im Mund herumgedreht und mich ins Unrecht gesetzt hatte – unbeugsam, lieblos und unversöhnlich.

Es gibt Dinge, die verzeihe ich nie, so einfach ist das. Mir selbst nicht. Anderen nicht.

Mooneys Stimme vom Band brachte mich mit einem Schlag wieder ins Hier und Jetzt zurück. Die Öffnung des Grabes von Dorothy Cameron fände morgen, Dienstag, den 22. August um zehn Uhr statt.

Ich rief im Revier an, und er war da, meldete sich steif mit seinem Namen und sonst nichts.

«Mooney», sagte ich, «wie hast du das so schnell hinbekommen? Ich dachte –»

«Beim FBI geschehen noch Zeichen und Wunder», sagte er.

«Das FBI?»

«Frag nicht. Komm hin. Mit Thea. Sie hat den Antrag unterzeichnet, sie muß also anwesend sein.»

«Und wen dürfen wir sonst noch erwarten?»

«Die Camerons wissen Bescheid. Sie versuchen, noch in letzter Minute eine einstweilige Verfügung gegen die ‹Schändung› von Theas Grab zu erwirken.»

«Schaffen sie das?»

«Nein. Ich habe vor, Alonso Gordon als Gast mitzubringen.»

«Alonso kann doch nichts mit diesen Todesfällen zu tun haben, sie liegen so lange zurück –»

«Das weiß ich, Carlotta.»

«Du willst also für Aufregung sorgen, Moon. Sehe ich das richtig?»

«Ja.»

«Ich kann mir denken, warum», sagte ich. «Du kannst Alonso nicht wegen Mordes an Manley weiter festhalten, wenn seine Mutter nach wie vor behauptet, *sie* hätte den Mord begangen.»

«Richtig», sagte Mooney, «ich kann niemanden belangen, und außerdem habe ich einen politischen Tiger am Hals. Ich will da raus.»

«Wir gehen also in Mount Auburn auf die Jagd.»

«Auf Wahrheitssuche.»

Eine alte Hure, das ist die Wahrheit. Hatte MacAvoy gesagt, bevor er sich das Hirn zerschoß.

«Bring genug Leute mit, Mooney», sagte ich.

«Ich werde dir mal eben Alonsos Aussage vorlesen», sagte er, als hätte er nichts gehört. «Ich möchte, daß du sie aufschreibst und auf deinem Schreibtisch liegenläßt. Ich wünschte, du hättest ein Fax.»

«Habe ich aber nicht. Verstehe ich dich richtig: Ich soll die Aussage hier herumliegen lassen, damit seine Mutter sie lesen kann?»

«Das habe ich nicht gesagt.»

«Ich habe einen Stift gezückt», sagte ich. «Low-Tech. Es kann eine Weile dauern.»

Mooney las langsam vor, wiederholte ab und zu etwas, buchstabierte gelegentlich.

«Meine Mutter hat mir immer gesagt, ich sei Alonso Gordon, aber ich glaube, ich bin Garnet Camerons Sohn. Ich glaube das, weil ich die Papiere in der Feldkiste meiner Mutter gefunden habe, in dem alten Ding, das wir immer schon hatten. Ich kenne meinen Vater nicht. Meine Mam hat mir nicht mal seinen Namen gesagt. Ich habe immer gedacht, daß etwas über meinen Vater in der alten Kiste sein müßte, aber es hat eigentlich keine Rolle gespielt bis vor kurzem, wo ich allerlei am Hals und keine rechte Arbeit mehr hatte.

Ich habe den Schlüssel geklaut und die Kiste aufgemacht. Lauter volle Schreibblöcke, und ich wurde an das Zeug erinnert, das ich in der High-School lesen mußte. Ein Artikel über Garnet Camerons Kandidatur für das Gouverneursamt war auch dabei. Kann sein, daß meine Mom die Manuskripte gestohlen hat, und ich will ihr keinen Ärger einhandeln. Vielleicht war sie Hausangestellte bei den Camerons, und der junge Garnet hat sie geschwängert, und da hat sie etwas gestohlen, was für ihn einen großen Wert hatte, falls sie mal dringend Geld brauchte.

Na ja, ich brauchte dringend Geld, und sie sagte, sie

könnte mir nicht aushelfen, was mich stinksauer machte, verstehen Sie? Ich meine, wo ich doch der Sohn von diesem reichen Typ bin. Also bin ich abgehauen. War ganz schön schwer, mich bis nach Massachusetts durchzuschlagen mit Gelegenheitsarbeit, Scheißjobs, müssen Sie wissen. Und währenddessen habe ich diese Manuskripte gelesen, ein total furchtbares Zeug, das vor langer Zeit im Hause Cameron abgelaufen sein muß. Und da bin ich zu dem Schluß gekommen, daß er, auch wenn ich nicht sein Sohn war, jedenfalls für das Manuskript blechen würde.

Dann habe ich seine Frau kennengelernt. Wie das so geht. Ich klopfe an die Tür, und er ist weg, aber seine Frau ist da, und sie ist die Frau all meiner Träume. Ich erzähle ihr meine Geschichte, und sie glaubt mir aufs Wort. Und sagt, sie hätte eine bessere Idee, um an Geld zu kommen, weil Garnet, wie sie sagt, sehr knauserig ist mit der Kohle.

Sie sagt, leg schon mal los und probier's mit Erpressung, aber wenn's nichts nützt, trifft sie sich in ein, zwei Tagen mit mir, und dann kann ich anrufen und behaupten, ich hätte sie entführt und in meiner Gewalt. Sie sagt, er wird zwei Millionen für sie ausspucken. Zwei Millionen!

Und so habe ich's dann auch gemacht. Ich wollte Geld dafür haben, daß ich ein Geheimnis bewahre, und wenn das gegen das Gesetz ist, habe ich das Gesetz übertreten. Auf jeden Fall habe ich Marissa nie entführt. Sie ist zu mir gekommen. Und ich glaube, sie will gern mit mir zusammenbleiben. Ich verstehe überhaupt nicht, worum's hier eigentlich geht, ehrlich gesagt. Ich bin nie zu diesem Doktor hingegangen. Ich hab ihn nur angerufen, weil meine Mom sagte, er könnte mir helfen. Er hat mir den Tip mit der Hütte gegeben, und da habe ich eine Zeitlang mit dieser Kleinen, mit Pix, gewohnt. Den Doktor habe ich nicht einmal zu sehen gekriegt.

Ich wünschte, meine Mutter wäre hier.»

«Ist das wirklich von ihm?» fragte ich Mooney. «Hat er tatsächlich diesen letzten Satz gebracht?»

«Laß es auf dem Schreibtisch liegen, und bring morgen Thea mit.»

Klick machte das Telefon. Ich war in Versuchung, ihn noch einmal anzurufen. Statt dessen verkrümelte ich mich. Roz rumorte bereits auf dem zweiten Stock herum und zog sich für die Nachtwache um.

Ich ging ins Badezimmer und verbrachte reichlich Zeit damit, mir Gesicht und Hände zu waschen, plätscherte laut mit dem Wasser herum und kühlte mich nach der langen Autofahrt ab, ließ Wasser in meine hohlen Hände laufen und trank es, was beim Wasser von Cambridge nicht ganz ungefährlich ist.

Als ich schließlich wieder zurückkam, hatte sie die Aussage gelesen. Soviel stand fest. Sie saß auf meinem Schreibtischsessel, vollkommen erschlagen von so viel Unwissenheit.

«Er hält Garnet für seinen Vater», sagte sie mit einem wilden Blick in den Augen.

«Er weiß nicht, wer Sie sind», erwiderte ich.

«Doch. Ich bin seine Mutter. Er kennt mich.»

«Nicht als Thea Janis. Und nicht als Dorothea Cameron.»

«Hören Sie auf», sagte sie, «ich habe mein Bestes getan. Er sollte so wenig mit der Familie zu tun haben wie möglich. Ich habe ihm den bestmöglichen Vater gegeben – ich will nicht, daß er etwas von Thea Janis erfährt.»

«Na gut», sagte ich freundlich.

«Versprechen Sie's mir», sagte sie.

Manchmal gebe ich Versprechen ab, von denen ich weiß, daß ich sie nicht halten kann.

Dieses hielt mich bis spät in die Nacht wach; ein Gedicht von Thea ging mir im Kopf herum:

zur strafe vielleicht
muß ich
barfuß und heilig
durch schneewachskamelien laufen

Mehr fiel mir nicht mehr ein, aber ich hatte Angst. Ich schlief schlecht und wachte bei Sonnenaufgang schweißgebadet auf. Wieder ein sengendheißer Tag.

56

Sie führen äußerst diskrete, würdevolle Exhumierungen auf dem Mount-Auburn-Friedhof durch. Im Grunde ist es unmöglich, sie von einer Beerdigung zu unterscheiden, es sei denn, man weiß Bescheid.

Der Friedhof war für Besucher geschlossen, das Eisentor verriegelt worden. Das grüne Leinwandzelt, das sich über der Grabstätte der Camerons erhob, war vollkommen korrekt. Streifen wären zu festlich gewesen, Mintgrün zu frühlingshaft. Das grasgrüne Zelt war groß und undurchsichtig. Niemand konnte etwas von den fieberhaften Aktivitäten im Innern sehen, von den zwei schwitzenden Totengräbern, die erst Theas Stein entfernten und dann ein zwei mal ein Meter großes Rechteck abmaßen, sorgfältig die Erde abstachen, die Spaten hochschwangen und die darauf aufgetürmte Erde in Schubkarren warfen. Ein Polizist als Beobachter dabei, der sich Notizen machte. Der amtliche Leichenbeschauer, wartend.

Der alte Friedhofswärter schien mich wiederzuerkennen. «Sie werden's schon sehen», sagte er kategorisch. «Ich hab Ihnen ja gesagt, daß da eine Leiche im Grab liegt.»

Schwarze Klappstühle waren reihenweise am Weg aufgestellt worden. Wegen des ungünstigen Standorts einer Birke war ein trennender Gang entstanden – Brautseite, Bräutigamseite oder, wie in diesem Fall, Cameronseite und Polizeiseite. Die meisten FBI-Beamten standen offenbar, auch Gary Reedy.

Die Schwierigkeit lag darin, Thea von ihrer feinen Familie fernzuhalten. Nicht von ihrem Sohn, der unter Bewachung anwesend war und einen billigen leichten blauen Anzug trug, den ihm offenbar der Pflichtverteidiger beschafft hatte, und Fesseln an Händen und Füßen, die seine Bewegungsfreiheit einschränkten. Thea hatte ihn mit einem Kuß begrüßt und ihm versichert, daß alles gut werden würde. Alonso saß wie im Traum da, sog den Duft des frischgemähten Rasens ein und war sich zuerst seiner Umgebung gar nicht bewußt. Sein Blick wanderte langsam die Stuhlreihen entlang und blieb auf Marissa haften.

Sie hatte sich in leuchtendes Wahlkampfgelb gekleidet, ärmellos und hauteng, und das Haar unter einen breitkrempigen Strohhut gesteckt. Er konnte ihr Gesicht nicht sehen. Sie hatte eine gute Hutwahl getroffen.

Garnet strich sich zum zigsten Mal die Krawatte glatt. Er machte keinen Versuch, sich zu nähern; nach der Szene in der Westoner Klinik war ihm wohl klargeworden, daß Thea vor ihm weglaufen würde ... Tessa Cameron wirkte zutiefst verwirrt in ihrer Trauerkleidung. Ich fragte mich, für wen sie die schwarze Seidenhemdbluse tragen mochte – für ihren Geliebten Drew Manley, der seit vier Tagen tot war, oder ihre «verlorenen» Kinder?

Tessa musterte Thea genauestens, sie stand dabei und drehte sich auf ihren Stöckelabsätzen. Sah das stahlgraue Haar, das unauffällige Kinn, die ausgesprochene Schlichtheit der Anwärterin auf den Thron. Ja, irgend etwas war da, irgendeine Erinnerung, die Tessa veranlaßte, den Kopf in Richtung der Tochter zu wenden. Tessa scheint vor allem ratlos zu sein, mehr als alles andere, dachte ich.

Das Ausgraben dauerte zwei Stunden und 27 Minuten, eingerechnet mehrere Pausen, in denen das gleichmäßige Geräusch abrupt verstummte und die Zuschauer kollektiv den Atem anhielten. Als sie schließlich auf den Zinksarg stießen, dröhnte es wie eine gedämpfte Kirchenglocke. Tessa schauderte zusammen. Ich blickte mich überall nach Edie Foley um, nach einem Mann, der ein Sohn von ihr sein konnte. Nein. Es war noch nicht notwendig gewesen, sie hinzuzuziehen. Ich war froh, nicht zur Polizei von Swampscott zu gehören, froh, nicht diejenige zu sein, die Edie diese Nachricht überbringen mußte.

«Erklären Sie mir das», sagte Thea und umklammerte meinen Arm.

Ich wußte, was sie hören wollte; wir hatten das schon einmal durchexerziert. «Ganz einfach», sagte ich. «Man brauchte einen Mord, um Sie in geweihtem Boden bestatten zu können.»

«Und man mußte eine Leiche haben –»

«Damit der Gärtner begraben werden konnte.»

«Der Mann, den *ich* umgebracht habe», sagte Thea, «mit einer Maurerkelle. Der erste Mann, den ich umgebracht habe.»

Ich nickte. Gegen ihre Hartnäckigkeit in diesem Punkt war nicht anzukommen. Sie sah ihre Pflicht klar vor sich: Alonso konnte nur gerettet werden, wenn sie sich zu dem Mord an Manley bekannte; zu dem Mord an Manley konnte sie sich nur bekennen, wenn sie den an Alonso senior zugab.

«Es müßte bald vorbei sein», sagte ich.

Mooney tippte mir auf die Schulter.

«Sie machen jetzt den Sarg auf», verkündete er laut.

Garnet stand auf und räusperte sich. «Wenn es Zweifel an der Identität gibt», sagte er, «würde es wohl der Vorschrift zwingend entsprechen, den Sarg ungeöffnet in eine Leichen- oder Friedhofshalle zu bringen, die von der Familie ausgewählt –»

«In die Räume des amtlichen Leichenbeschauers», korrigierte Mooney ihn. «Man wird ihn dorthin transportieren.»

Ich ließ Thea in der Obhut von Roz zurück – ihrer wachsamen Löwin, als ob das nötig wäre bei all den Polizisten und dazu noch Sohn Alonso – und betrat das stickige Zelt. Der Gestank traf mich wie ein Faustschlag. Ich stolperte blindlings rückwärts, griff nach der Eingangsplane, trat in die Sonne hinaus und rang nach Luft.

«Hier», sagte Mooney und bot mir einen Lappen an. Ich nahm ihn dankbar an. Er war mit Terpentin getränkt. Chanel hätte nichts genützt.

Wieder drinnen, mußte sich meine Augen erst umstellen. Das Zelt hielt mehr Sonnenlicht ab, als ich gedacht hatte.

«Es handelt sich um ein Skelett», sprach der Leichenbeschauer gerade in ein winziges Kassettengerät, «das einer weiblichen Person unter zwanzig Jahren entspricht.»

«Der Sarg», sagte Mooney, «ist er außergewöhnlich schwer oder hoch?»

«Nein.»

«Könnte er Ihrer Meinung nach ein Geheimfach enthalten?»

«Nein.»

«Eine zweite Leiche?»

«Nein.»

Mooney sagte: «Dann weitergraben.»

Die Totengräber sahen sich voller Erstaunen an. Von meinem Platz aus konnte ich zwar ihre Scheitel sehen, aber ihre Stiefel verschwanden in der Schwärze der Grube.

«Nun mal langsam», sagte der eine, «das reicht fürs erste. Wenn wir noch einen ausgraben sollen, dann nach dem Mittagessen und nicht vorher.»

«Entschuldigung», sagte Mooney, «Sie meinte ich gar nicht. Sie können für heute Feierabend machen. Die beiden Gerichtsmediziner machen weiter.» Die Totengräber brummten etwas und hievten sich seitwärts aus dem gähnenden Schlund heraus.

Zwei der Männer, die ich als FBI-Beamte eingestuft hatte, kamen ins Zelt, der eine schwarz, der andere weiß. Der Weiße schleppte einen großen Werkzeugkasten. Beide hatten Schutzhelme auf wie Bergarbeiter, mit vorn aufmontierten Lampen. Ich hätte mir nur zu gern ihr Werkzeug angeschaut. Von meinem Platz aus konnte ich kleine Handfeger erkennen, eine winzige Maurerkelle, Zahnbürsten und Pinzetten.

Der Schwarze betrachtete die Erde genau, dann kniete er sich hin, nahm eine Handvoll und ließ sie durch die Finger rieseln. Er sagte: «Am besten wäre es, den Sarg hochzuwinden, auf einen Rollwagen zu heben und über den ungemähten Rasen wegzufahren. Und wenn Sie anderen jetzt bitte das Zelt verlassen könnten, damit wir in Ruhe arbeiten können.»

Garnet sagte, während er mit der Fußspitze in der Erde scharrte: «Ich werde mich nicht von der Stelle rühren, bis Sie mir eine Erklärung gegeben haben.»

Mooney ignorierte Garnet einfach und sagte: «Er muß gleich unter dem Sarg begraben worden sein.»

«Wovon zum Teufel reden Sie?» fragte Garnet gereizt.

Der schwarze Gerichtsmediziner sagte höflich: «Würden Sie das bitte draußen austragen, meine Herren?»

Infolgedessen brach der Feuersturm draußen in der flimmernden Hitze los, zehn sonnige Tage, nachdem Andrew Manley wegen eines Manuskripts bei mir erschienen war, das von Thea Janis stammen sollte, dem lebenden Genie, das längst für tot erklärt worden war.

Es begann mit dem schnellen Auszug aus dem Zelt, aber der Keim dazu war schon gelegt, sobald Garnet von Tessas Seite wich. Als sie von ihrem Sohn allein gelassen wurde, eilte Tessa sofort zur anderen Partei hinüber, um sich Klarheit zu verschaffen. Marissa tat ihr Bestes, die alte Dame zurückzuhalten, die Mutter von der Tochter fernzuhalten. Vergeblich. Tessa, offensichtlich mit Taubheit geschlagen, faßte mit behandschuhter Hand unter Theas Kinn und drehte ihr Gesicht der Sonne zu.

«Mama», sagte Thea. Nur das eine Wort in einer etwas fremd klingenden Aussprache.

Tessa stammelte etwas auf italienisch. Alle Farbe wich aus ihrem Gesicht. Ich hatte schon Angst, sie würde in Ohnmacht fallen.

«Mama, es tut mir leid. Ich wollte Drew Manley nicht umbringen», sagte Thea trotzig, so daß ich es hören konnte, Mooney es hören konnte, aber vor allem Alonso es hören konnte. «Ich weiß, daß du ihn gern hattest.»

Tessa wandte sich ab, taumelte, trippelte an Theas Stuhl vorbei auf den kurzgeschnittenen Rasen. Nach vier schnellen Schrittchen zögerte sie und blieb stehen. Wohin sollte sie auch gehen?

Alonso sagte: «Moment mal, verflucht noch mal. *Mama?* Wenn das deine Mutter ist, dann – Mam, was sagst du da bloß!»

Thea erhob sich und legte ihm eine Hand auf den Mund. «Schon gut, mein Schatz», sagte sie, «es ist eine Erleichterung für mich. Ich bekenne mich schuldig. Ich habe nichts mehr zu verbergen. Du wirst bald freigelassen. Du trägst keine Schuld an alledem. Bitte fahr dann nach Hause. Versprich mir das.»

Er sah erst Thea, dann Marissa an, wahrscheinlich fielen ihm andere Versprechen ein, die gehalten oder gebrochen worden waren.

«Wir haben etwas gefunden!» Die Stimme aus dem Zelt war gedämpft und schien aus weiter Ferne zu kommen.

Mooney warf mir einen Blick zu und zog die rechte Augenbraue hoch. Ich holte tief Luft. Ich wollte mir den einen entscheidenden Satz nicht nehmen lassen, das brennende Streichholz nicht einfach fortwerfen.

«Thea», sagte ich, «war Ihr Bruder Garnet dabei, als Sie Alonsos Vater getötet haben?»

«Als sie was?» fragte Alonso.

Ich wußte, daß er an Händen und Füßen gefesselt war, und doch fürchtete ich, er könnte sich auf seine Mutter stürzen, die mich mit haßerfüllten Augen anstarrte.

«Nein», sagte Thea. «Nein!»

«Sie hat mir nie gesagt, wer mein Vater war», sagte Alonso. «Ich hatte gedacht –» Er starrte Garnet an und sah weg. «Sie sagte, einer von der Straße. Eine Affäre für nur eine Nacht. Sie konnte sich angeblich nicht mal an seinen Namen erinnern. Schließlich habe ich aufgehört, ihr Fragen zu stellen. Aber ich habe nie aufgehört, darüber nachzugrübeln.»

«Er war Gärtner», sagte ich und hielt ihm das Foto hin, das Beryl mir für das Gedicht ihrer Schwester und die Zeichnungen gegeben hatte. Er nahm es, und seine Augen hingen am Bild des Mannes, der sein Vater sein sollte. «Ich glaube, er hat Ihre Mutter geliebt», fuhr ich fort, «möglicherweise auch die Schwester Ihrer Mutter, und das hat die Familie wohl nicht gern gesehen, ihre feinen Töchter und der Gärtner.»

Alonsos Mund geriet in Bewegung. Er schluckte und sagte: «Du hast ihn umgebracht, weil –»

«Miststück!» schrie Thea und funkelte mich an. «Stecken Sie mich ins Gefängnis, bringen Sie mich irgendwohin, nur weg von hier! Das wollte ich nicht. Alonso, nie wollte ich dich verletzen. Ich habe Dr. Manley deinetwegen getötet.»

«Du wußtest ja nicht einmal, wo Manley war.» Alonso spie die Worte förmlich aus, als wären sie giftig. «Erzähl mir von meinem Vater.»

«Wer wußte denn, wo Manley war?» fragte ich schnell dazwischen.

«Marissa», sagte Alonso. «Sie hat mich zu diesem unglaublichen Haus mitgenommen. Sie sagte, wenn ich es verlangen würde, könnte es mir gehören. Sie haben es nicht mal benutzt. Ist das zu glauben? Eine Familie, die so reich ist, daß sie ein Haus verkommen lassen kann? Eine Villa am Meer. Ich bin in Wohnwagen aufgewachsen, in den Garagen anderer Leute. Gott im Himmel, Mam hat als Wäscherin gearbeitet!»

Thea senkte den Kopf. «Nur kurze Zeit, Alonso. Nur kurze Zeit.»

«Immerhin so lange, daß ich das Kind des Dienstmädchens war, die ganze Schulzeit hindurch. ‹Wasch mir die Laken, Alonso.› Und dann kam mir plötzlich der Gedanke, ich könnte aus einer Familie mit einer Villa am Meer stammen. Mit Geld satt.» Er blickte seine Mutter fragend an, aber sie wandte sich ab, wollte seinem Blick nicht begegnen. «Tue ich wahrscheinlich auch», murmelte er vor sich hin. «Tu ich auch.»

«Haben Sie ihm das gesagt, Marissa?» fragte ich.

«Ich habe ihm vielleicht gesagt, daß die Familie ziemlich gut betucht ist», erwiderte sie und betrachtete ihre Fingernägel, vollkommen beherrscht.

Alonso benutzte seine Stimme als Waffe, roh und schneidend. Er hob das Kinn und starrte Marissa an, als könnte er durch ihre Hutkrempe hindurchsehen. Dann sagte er langsam, indem er die Worte dehnte: «He, du reizendes Herzchen, hast du deinem lieben Gatten nach deinem kleinen ‹Entführungs›-Abenteuer eigentlich erzählt, mit wem du ins Bett gegangen bist, was für ein toller Typ ich war, daß ich viel besser war als er jemals und wie sehr du es genossen hast? Du weißt schon, all das Zeug, das du ihm erzählen wolltest, wenn du endlich Gelegenheit dazu hättest? Oder hast du gezetert, du wärst vergewaltigt worden? Nennt man das ‹Vergewaltigung›, daß ich den hübschen kleinen Stern kenne, der dir auf den süßen kleinen Hintern tätowiert ist?»

Röte stieg Marissa in die Wangen. Ihre Lippen bewegten sich eine Zeitlang stumm, dann richtete sie sich zu ihrer vollen Größe auf. Schließlich sprach sie mit gepreßter, bebender Stimme. «Ich finde das geschmacklos, Gar. Die Polizei sollte ihn zum Schweigen bringen!»

Garnet schnaubte verächtlich: «Warum sollte man die Stimme der Wahrheit zum Schweigen bringen, Missy, mein Liebes? Ich hoffe doch sehr, daß du es in vollen Zügen genossen hast, denn es wird dich einiges kosten, weißt du –»

Tessa sagte leise: «Kinder –» Sie hatte bestimmt sagen wollen, streitet oder zankt euch nicht in der Öffentlichkeit, aber sie konnte den Blick nicht von Theas Gesicht wenden, konnte nur ein Flüstern hervorbringen.

Danach ging sie wieder über den unebenen Rasen zu Thea hinüber, steifbeinig, eine alte Frau.

«Wie konntest du nur!» sagte sie mit ihrer Krähstimme.

«Wie konntest du nur!» erwiderte Thea.

«Wie konnte ich was? Ich weiß nicht, wovon du sprichst.»

«Sie ist verrückt, Mutter», sagte Garnet.

Thea ignorierte ihn. «Hast du mich nie nachts schreien hören? Hast du nie Beryl weinen hören?»

«Kinder weinen eben.»

«Besonders, wenn sie Alpträume haben, Mama.» Ein einzelne Träne rollte Theas Wange hinab. «Weißt du noch, daß wir immer schlecht geträumt haben?»

«Du nicht. Du nie. Beryl hatte Alpträume. Sie war immer ein schwieriges Kind.»

«Es muß schwer für sie gewesen sein, das Opferlamm zu

sein. Erinnerst du dich nicht mehr an ihre Träume? Von Vater? Und Garnet», setzte sie langsam hinzu.

«Du hast doch nie so geträumt. Nur Beryl –»

«Ich habe gelogen, Mama. Ich hatte es vergessen.»

«Und die Träume handelten nie von Garnet», beharrte Tessa. «Von Franklin, ja. Beryl hatte Angst vor ihrem Vater. Sie war ein furchtsames Kind.»

Tessa näherte sich ihrer Tochter, wollte ihr die Tränen wegwischen. Thea wich trotzig zurück.

«Das waren keine Träume. Du mußt es gewußt haben. Was hätte Vater dir schon erzählen können? Daß er eine Stunde brauchte, um seine Töchter abends ins Bett zu bringen? Daß er noch zu tun hatte? Unser Zimmer lag fast genau über deinem. Hast du deine Tür abgeschlossen? Noch mehr Schlaftabletten geschluckt? Das Radio angestellt? Ein bißchen Musikgeriesel, um unsere Schreie auszublenden? *Beryl hat immer die Wahrheit gesagt.* Sie hätte deinen ergebenen Psychiater nicht nötig gehabt. Wir brauchten Dr. Manley nicht – du hast uns bloß nie geglaubt.»

«Du hast mir zugestimmt, Thea, daß nie etwas passiert ist!»

«Ich habe es verdrängt! Ich konnte nicht damit fertig werden, darum habe ich es weggeschoben. *Aber du hast gelogen!* Du hast gesagt, Garnet und Dad wären nicht einmal zu Hause gewesen, und die böse kleine Beryl hätte das alles nur erfunden, um Aufmerksamkeit zu erregen.»

Ich sagte: «Als Drew Manley mich anfangs engagierte, um Thea zu suchen, war er so aufgeregt und fröhlich wie ein Kind. Als ich ihn dann das nächste Mal sah, war er am Boden zerstört. Ein gebrochener alter Mann, der *wußte*, daß er in diesem einen Fall mehr Schaden als Nutzen angerichtet hatte. Heute räumen Psychiater Kindern, die davon erzählen, mißbraucht worden zu sein, mehr Glaubwürdigkeit ein.

Sie schicken sie zum Arzt. Sie suchen nach physischen Beweisen –»

Mooney kam aus dem grünen Zelt heraus und räusperte sich. Ein leises Geräusch nur, aber wir drehten uns alle um wie aufgezogen.

«Es liegt noch ein Skelett da», sagte er. «Offenbar ein erwachsener Mann. Vierzig Zentimeter tiefer als der Sarg, in der Erde.»

«Das ist absurd –» zischte Garnet.

«Beruhigen Sie sich. Es dürfte Sie interessieren, daß die sterblichen Überreste vermutlich schon vierundzwanzig Jahre dort begraben liegen –»

«Vierundzwanzig Jahre!» sagte Garnet höhnisch. «Warum nicht sechsundzwanzig? Oder dreißig? Fünfzig?»

«Die Gerichtsmediziner können erst im Labor das genaue Alter der Gebeine feststellen.»

«Das ist lächerlich», sagte Garnet und richtete sich hoch auf. «Wir sind doch wohl nicht für das verantwortlich, was in der Erde lag, bevor wir Thea begraben haben!»

«Vorläufig kann ich nur mit Sicherheit sagen, daß das Zungenbein gefunden wurde, in zwei Stücke gebrochen, ein klarer Hinweis auf Erdrosselung.»

Ich sagte rasch zu Thea: «War Garnet bei Ihnen, als Alonso starb? Waren irgendwelche Freunde von ihm dabei? Denn *Sie* haben ihn nicht umgebracht, Thea.»

«Susan», stieß sie hervor. «Ich bin Susan. Ich bin ein Niemand.»

«Thea», sagte ich, «Sie haben auf ihn eingeschlagen, weil er Sie geschlagen hat, aber Sie haben ihn nicht von Weston nach Marblehead gebracht. Sie haben ihn nicht erdrosselt, als er dort war. Sie haben vielleicht geholfen, seine Leiche im Erdgeschoß des Hauses in Marblehead im Tiefkühlschrank zu verstauen, aber Sie haben sie nicht begraben.»

«Ich habe ihn nicht erdrosselt! Ich habe mit einer Maurerkelle zugeschlagen! Das habe ich Ihnen doch erzählt! Und der Polizei auch. Allen!»

Ich sagte: «Er lebte noch, als ihn jemand nach Marblehead gefahren hat. Sie müssen Helfer gehabt haben. Sie hätten ihn gar nicht selber tragen können. Sie sind auch nicht selbst gefahren. Er lebte noch, als Sie Ihre Kleider auszogen, sie im Sand vergruben und ins Meer hinaus schritten.»

«Garnet», sagte sie. Zwei Silben, eine vernichtende Beschuldigung. «Was hast du mir angetan? Was hast du mir bloß angetan?»

«Es war Vater», entgegnete Garnet, ohne den Blick von Theas Gesicht abzuwenden. «Dad hat ihn umgebracht. Als er wußte, daß du schwanger warst, war er nicht mehr aufzuhalten.»

«Dad war doch gar nicht da!»

«Es ist ewig her. Wahrscheinlich hast du es verdrängt, Thea. Wie solltest du dich daran erinnern! Klar erinnern!»

«Ich erinnere mich aber daran, Garnet. Ich erinnere mich deutlich daran. Ich erinnere mich an jeden Augenblick meines letzten Tages auf Erden, Garnet. Und du warst allein. Du hast meine Träume als deine eigenen verkauft. Du hast meinen Ruhm für dich beansprucht. Du hast mir mein Talent und meine Stimme genommen, alles, was ich besaß. Du hast mir mein Leben gestohlen –»

«Ich mußte Vater schützen.»

«Zwei auf einen Streich», sagte Thea bitter. «Das ist deine Begabung, Garnet, deine einzige Begabung: das Töten. Ihr habt Beryls Seele getötet, du und Vater. Du hast Alonso getötet – du warst immer eifersüchtig auf ihn, das sehe ich jetzt klar –, und als du ihn getötet hast, bist du bequemerweise auch gleich mich losgeworden. Du hast Drew getötet, nachdem er die Wahrheit ahnte, was du und Vater Beryl und mir angetan hattet, und dann hast du versucht, meinem Sohn die Schuld in die Schuhe zu schieben. Genauso, wie du mich damals reingelegt hast. Dafür hast du den Tod verdient. Ich werde dich töten.»

«Bringen Sie ihn lieber vor Gericht», sagte Mooney.

«O ja», sagte Garnet leichthin. «Nur zu. Richter und Geschworene lieben solche Märchen. Psychisch kranke Zeugen, zeitliche Lücken von über zwanzig Jahren, plötzlich wiederkehrende Erinnerungen! Ich glaube, zur Zeit hat das Thema der plötzlichen Wiedererinnerung sogar eine gewisse wissenschaftliche Glaubwürdigkeit, aber das kann sich jeden Tag ändern. Nur zu. Bringen wir die Sache vor Gericht.»

«Das ist gar nicht nötig, Garnet», sagte ich leise. «Es ist vorbei. Einmal beschuldigt, was wollen Sie da noch machen? Sich weiter der Gouverneurswahl stellen, während Ihre Schwester ihre Geschichten ausspinnt auf eine Weise, wie nur eine Thea Janis Geschichten erzählen kann? Machen Sie sich nichts vor, Garnet. Alles ist hin. Als Sie Alonso getötet haben, hätten Sie auch gleich sich selbst umbringen sollen –»

Ich hätte noch weiter geredet, aber er ging schon weg, eilte den Weg entlang. Bei all den Polizisten, die anwesend waren, wäre man nicht auf den Gedanken gekommen, daß er es bis zu seinem Wagen mit Chauffeur schaffen und Henry Befehl geben würde, sich in den trägen Nachmittagsverkehrsstrom einzureihen.

Aber er schaffte es.

Später berichtete der Chauffeur, er hätte es schon seltsam gefunden, daß Garnet zu dem alten Haus in Marblehead gefahren werden wollte und daß er die Trennscheibe im Wagen geschlossen haben wollte. Und noch seltsamer hätte er es gefunden, daß Garnet sein Fenster hinten herunterkurbelte und sein Handy auf die Straße warf, wo es beim Aufprall in tausend Stücke zerbrach.

Aber Henry war daran gewöhnt, Befehle auszuführen.

Er fuhr an den Straßenrand, wie ihm befohlen wurde, und sah zu, wie Garnet barfuß hinten um das alte Anwesen an der Ocean Avenue herumging. Seinen Schlips und seine Aktentasche hatte er im Auto gelassen, auch seine Stadtschuhe, in denen die ordentlich aufgerollten Socken steckten. Henry konnte seine Neugier nicht bezähmen und folgte ihm in einiger Entfernung.

Garnet ging mit regelmäßigen Schritten weiter, ließ beim Gehen ein Kleidungsstück nach dem anderen fallen, das Hemd, die Hose. Seinen Schlüsselbund warf er fast fröhlich mit Schwung in den Sand. Die Unterwäsche hinterher.

Als er ins Meer lief, reichte ihm das Wasser nur bis zum Knie, aber er begann trotzdem sofort zu schwimmen. Schwamm schnurgerade ins Meer hinaus, ließ die Wogen über seinem Kopf brechen, sah nicht nach rechts und nicht nach links und schaute nicht ein einziges Mal zurück.

Henry gab an, der Gedanke, Mr. Garnet könnte sich umbringen wollen, sei ihm erst gekommen, als dessen Kopf weit weg und nur noch stecknadelgroß auf den Wellen schaukelte und Seemöwen über ihm kreisten und schrien.

57

In Theas zweitem Roman schläft die Figur mit Namen «d» mit ihrem Bruder und wird von ihm schwanger. Ich fragte mich, ob Alonso ihn aufmerksam gelesen und verstanden hatte, was er da las. Ich hatte auf dem Friedhof beobachtet, wie seine Augen umherwanderten und zuerst das Gesicht des Onkels, dann das Foto des seit langer Zeit toten Namensvetters erforschten.

Fiktion? Hoffentlich. Theas auf Band aufgenommenes Geständnis kam mir in den Sinn – sie hatte Alonso senior gesagt, sie wüßte nicht sicher, wer der Vater sei.

Ich hoffte nur, daß Alonso junior dieses Band nie zu hören bekam. Er glich zu sehr seiner Mutter, seinem Onkel.

Es war besser, wenn er es nicht erfuhr. Vielleicht hatte seine Mutter recht, als sie sagte, sie hätte ihm den bestmöglichen Vater gegeben.

Ich brachte den größten Teil des Abends in Mooneys spartanischem Büro zu und bekam mit, wie er von ahnungslosen Vorgesetzten am Telefon kritisiert wurde. Nach Ansicht dieser Leute hätte er sofort einen dringenden Haftbefehl gegen Garnet Cameron erlassen und eine Autojagd auf ihn durch fünf Städte und kleine Orte veranlassen sollen, bei der Fußgänger und Fahrer gleichermaßen gefährdet worden wären. Ich saß daneben, stärkte ihm einfach durch meine Anwesenheit den Rücken und verdrehte die Augen, wenn das Telefon erneut klingelte. Versorgte ihn mit Doughnuts und Kaffee.

Ich war der Meinung, daß er das Richtige getan hatte. Vor Gericht hätten die anstehenden Fragen nie gelöst werden können. Garnets Tod machte vielleicht eine Versöhnung möglich, wenn Tessa erst einmal aufhörte zu trauern. Falls sie je damit aufhörte.

Zum FBI ist noch zu sagen: Alonso Nueves Rojas, aktenkundlich als vermißt gemeldet unter Nr. 902869432, Wanderarbeiter und Gärtner, war Kubaner und wurde vom FBI überwacht. Auch zehn Jahre nach der Schweinebucht war Kuba für das FBI noch immer ein Unruheherd. Sie hatten Nueves nördlich von Miami aufgespürt und geprüft, ob er als Gegenagent für sie in Frage kam. Er hatte zwar früher für Castro gekämpft, sich inzwischen jedoch zum Castro-Gegner erklärt. Das FBI hatte keine klaren Angaben über seinen Aufenthaltsort am 22. November 1963, dem Tag, an dem Kennedy ermordet wurde. Das FBI war sich noch nicht schlüssig, ob Freund oder Feind, als Nueves plötzlich verschwand.

Das war alles. Darum hatte MacAvoy sich nicht getraut, die Akte «Nueves» einfach verschwinden zu lassen, und vielleicht hatten ihm darum die Hände zu sehr gezittert, als er die Nummer ausradierte. Aus reiner Angst vor dem Big Brother FBI.

Gary Reedy durfte endlich die Akte 902869432 mit dem Stempel «Fall abgeschlossen» versehen. Er war rundum glücklich. Er schüttelte Mooney die Hand, als er ging, und schenkte mir tatsächlich ein Lächeln.

58

Es war vorbei, aber mir war nicht nach Feiern zumute.

Tessa hatte ihr verlorenes Kind wieder, aber um welchen Preis? Ihren Seelenfrieden … ihren Geliebten … ihren Sohn …

Wir schlossen die Sache am späten Dienstag abend ab – all die Beschuldigungen und Gegenbeschuldigungen, das Händeschütteln, die feindseligen Blicke. Ich hatte in letzter Zeit eine Menge Nachtfahrten gemacht, aber ich wußte, daß ich trotzdem noch keinen Schlaf finden würde. Was konnte also eine letzte lange Fahrt schaden?

Ich stieg in meinen Toyota und setzte mich bei einem Nieselregen, der immer stärker wurde, in nördlicher Richtung in Bewegung, nach New Hampshire zu Paolina.

Ich überlegte, ob Thea wohl weiterschreiben würde. Ich hatte meine Zweifel, daß sie ihren letzten Roman veröffentlichen würde, selbst wenn sie ihn noch überarbeitete. Er war vielversprechend, aber er hatte großes Leid gebracht. Hatte zu vielen, Unschuldigen und Wissenden, unversöhnlich die Wahrheit ins Gesicht gesagt.

Apropos Wahrheit: Ich konnte die Tiefe ihrer Begabung nicht ermessen. Vielleicht hatte sie tatsächlich ihr Talent eingebüßt. So geht es oft mit der Begabung von Wunderkindern. Sie reift nicht mit dem betreffenden Menschen zusammen, sondern bleibt, wie sie war. Theas Worte hallten in mir nach: «Ich bin nicht mehr ‹hochbegabt für mein Alter›.»

Ich merkte, daß ich immer schneller fuhr, je näher ich

Paolinas Ferienlager kam. Drehte die Musik auf, sang laut Les Sampous «Goodby Lullaby» mit, um mich abzulenken.

Paolina muß Angst gehabt haben, sonst hätte sie nicht angerufen, hätte mich nicht angebettelt, sie so schnell wie möglich abzuholen. Aber ich hatte Pix im Auto gehabt, ebenfalls ein Kind, das sich hilfesuchend an mich klammerte. Roz hatte den Anruf entgegengenommen. Hatte Paolina absichtlich mit normaler Stimme gesprochen, um mich nicht zu beunruhigen?

Manches läßt sich nicht mehr ungeschehen machen. Das hatte Thea gesagt, geschrien, während die Polizei weiter nach Garnets Leiche suchte.

Wie, wenn ich nicht rechtzeitig dort war? Nicht dort war, wenn Carlos Gonzales Paolina abholte?

Manches läßt sich nicht mehr ungeschehen machen.

Diesen Satz hörte ich bei jeder Bewegung der Scheibenwischer auf der regennassen Windschutzscheibe.

Ich glaube, ich habe den Atem angehalten, bis ich sie endlich sah, fest zusammengerollt im Schlafsack auf der linken Seite liegend. Jeweils sechs Mädchen schliefen in einer Hütte, und ich mußte leise auf Zehenspitzen hineinschleichen und mich gleichzeitig bücken wegen der niedrigen Decke. Der diensttuende Betreuer hatte mir erlaubt, sie zu wecken und mit nach Hause zu nehmen. Er hatte gesagt, es hätte ihr gut gefallen, sie sei unternehmungslustig und glücklich gewesen bis zur vorigen Woche, da hätte jemand angerufen.

«Ferienkinder dürfen doch gar nicht angerufen werden!» widersprach ich.

«Er hat gesagt, ein Notfall.»

Ein Notfall.

Paolina wacht immer langsam auf, rekelt sich, gähnt und

lächelt geheimnisvoll. Sie zwängte sich in die Kleider, die am Fußende ihres Lagers bereitlagen. Bereitlagen wofür?

Sie sagte keinen Ton, bis der Abschiedsbrief geschrieben war und mit einem Stein beschwert auf dem langen Küchentisch lag, wo ihn ihre Ferienfreunde finden würden, wenn sie aufwachten, bis Schlafsack und Rucksack im Kofferraum verstaut waren und sie neben mir im Auto saß.

Paolina redet nur, wenn sie dazu bereit ist. Nach fünf Minuten oder fünf Stunden. Oder gar nicht.

Schließlich fing sie mit gedämpfter Stimme an zu reden. Sie hätte genausogut vom Bogenschießen oder einem Fußballspiel erzählen können. «Mein Vater hat angerufen», sagte sie mit abgewandtem Gesicht, während sie aus dem Autofenster in die Dunkelheit hinausstarrte. «Mein richtiger Vater.»

Normalerweise nannte sie ihn «Carlos». Seit sie herausgefunden hatte, daß es ihn gab. Bis dahin war «Vater» immer der Mann gewesen, den ihre Mutter geheiratet hatte, ein Exilkubaner, durch den die Familie den Einwandererstatus erhalten hatte und nicht viel mehr.

«Er wollte mich mitnehmen», sagte sie.

Großer Gott, ich hätte sie verlieren können. Dieser Gedanke klang schauerlich in mir nach. Woher hatte er gewußt, wo sie war?

«Er hat es sich anders überlegt», sagte sie leise. Ich konnte die Augen nicht von der schmalen Straße wenden, konnte nicht sagen, ob sie vielleicht Kummer- oder Erleichterungstränen zurückhielt. Ich wartete, aber ihr schienen die Worte ausgegangen zu sein.

«Wolltest du mitgehen?» fragte ich, so sehr um einen unbeschwerten Ton bemüht, daß ich die Frage kaum herausbrachte.

«Ich ... weiß nicht recht. Er hat mir keine Chance gegeben. Ich weiß es nicht genau.»

«Es tut mir leid, daß ich nicht früher gekommen bin», sagte ich.

Sie schlief ein, den Kopf gegen das Fenster gelehnt. Ich prüfte nach, ob sie auch angegurtet war.

Als ich in die Einfahrt bog, wachte sie wieder auf und half mir, ihre Siebensachen hineinzutragen. Gemeinsam pellten wir sie im Eingangsraum aus dem feuchten Regenzeug. Mein Anrufbeantworter blinkte.

Die Stimme von Carlos Roldan Gonzales, diese tiefe, sonore Stimme mit Akzent, erfüllte das Zimmer.

«Kleine», sagte er, als ob er gewußt hätte, daß Paolina bei mir war und zuhörte. «Falls ich dich enttäuscht habe, tut es mir leid. Ich komme, wenn es sicher ist. Vielleicht klingt es albern, aber ich habe Feinde in deinem Land, die von deiner Existenz erfahren könnten und nicht zögern würden, dich zu benutzen, um an mich heranzukommen. Ich will nicht, daß dir etwas passiert, *querida*.»

«Señorita», sagte er dann und wechselte zu dem Tonfall, der unter Erwachsenen üblich ist. «Kümmern Sie sich um sie. Bei Ihnen ist sie besser aufgehoben. Fürs erste.»

Ich kniete mich hin und nahm sie in die Arme, so lange, bis sie sich zur Wehr setzte.

Was würde ich machen, wenn Carlos sie holen kam? Was würde ich machen, wenn sie beschloß, mit ihm zu gehen?

Meine glänzende schöne Tochter zu verlieren.

Am nächsten Tag, Mittwoch, in meiner Freude darüber, Paolina mit Erlaubnis ihrer Mutter noch bis zum offiziellen Ferienende am Freitag bei mir zu haben, engagierte ich mich selbst als Privatdetektivin, um ein kleines blondes Mädchen namens Pix zu suchen.

Ich setzte eine Anzeige in den *Phoenix* mit der flehentlichen Bitte um einen Anruf. Unterschrieb mit «Alonso». Ich schickte Roz zu allen stadtbekannten Unterkünften in

Cambridge und Somerville. Ich klebte eigenhändig hundert Plakate mit ihrem Porträt, das Roz gezeichnet und fotokopiert hatte, an schwarze Bretter und Mauern. Ich bot einen großzügigen Finderlohn an. Ich verfolgte ihre Spur über den Suchdienst für vermißte Kinder, über Gefängnisse und Bewährungshelfer bis ins Internet.

Ich fand sie nicht.

zur strafe vielleicht
muß ich
barfuß und heilig
durch schneewachskamelien laufen

Pix kommt mich in meinen Träumen besuchen. Meine Strafe vielleicht.

NACHWORT

Er ruft: «Sie hat ein süß Gesicht;
versag ihr Gott die Gnade nicht,
der Dame von Shalott!»

Alfred Lord Tennyson

Anmerkung der Autorin
Die Gedichte, die in diesem Buch von der fiktiven Thea Janis stammen, wurden tatsächlich im Sommer 1993 von Nancy Linn Pearl geschrieben. Sie wurden mit der Zustimmung der Dichterin verwendet. Da ich ein Gedicht brauchte, um zu beweisen, daß Thea noch lebt, habe ich versucht, Nancys frühen Stil in «berlin, *jetzt*» einzufangen.